KB174364

LA PESTE

페스트

알베르 카뮈/이혜윤 옮김

페스트

차례

페스트! 페스트! 아, 코로나! 코로나!
알베르 카뮈와 그 작품 세계

부조리와 반항의 문학

영원한 여름이 깃든 땅에서

《페스트》의 작가 알베르 카뮈(1913~1960) 문학에는 아무리 부조리하고 비참한 상황을 그려도 바다와 태양이 구원이 되는 향일성(向日性)이 있다. 이런 감각은 카뮈가 프랑스 식민지였던 알제리의 지중해 연안도시에서 태어나 자란 사실과 떼려야 뗄 수가 없으리라.

카뮈의 작품은 자주 '실존주의'라 불리며 문학, 사상사에서 실존주의 지도자 장 폴 사르트르(1905~1980)와 같은 범주 안에 놓인다. 그러나 카뮈의 소설과 사르트르의 소설은 감각적 인상이 전혀 다르다. 예를 들어 사르트르의 장편소설 《구토》(1938)에서 주인공 로캉탱은 회색빛 흐린 하늘 아래 쌀쌀한 항구도시에서 오로지 도서관에 다니며 글을 쓰거나 먹으며 사색하는 나날을 보내고, 소설 전체가 폐쇄적이며 내향적인 인상을 준다. 그리고 사르트르의 단편소설 《친밀한 관계》(1938)에서는 주인공 여자와 남자가 갇힌 공간 안에서 몸을 붙이고 마주 보며 출구가 없는 관계를 살아간다. 하지만 카뮈는 그런 폐쇄적, 내향적인 삶을 그리는 작가가 아니다.

카뮈의 작품 속 인간은 복잡한 상황에 맞닥뜨려 고뇌할 때도 있고 고통스러워하기도 하지만, 바다나 태양처럼 아무 조건 없는 커다란 에너지의 원천 같은 것을 만났을 때 그곳으로 자신을 열어 나가는 감성이 있다. 이런 유연한 감성과 개방성 덕분에 카뮈 소설은 사르트르의 작품보다 포용력이 강하게 느껴진다.

인간의 비참한 조건을 똑바로 바라보는 실존주의적 철학 경향 안에 있더라도 카뮈는 어딘가 세상에는 그런 '알 수 없는 다양성이 가져다주는 구원'이 존재한다는 사실을 느끼게 해준다. 이는 한 마디로 자연이 가져다주는 구원 감각이라 말할 수도 있는데, 바다와 태양은 카뮈에게 있어 미묘한 차이를 드러낸다.

주인공 뫼르소가 부조리한 살인 동기를 "태양 때문이다" 말하는 《이방인》에서 태양은 밝은 빛을 비추는 동시에 살인에 이를 만큼 강렬한 힘을 가지고 있으며, 때로는 인간의 공격적인 성향을 강하게 만든다. 한편 바다는 오히려 이를 가라앉혀주는 장소이다. 사막에서 뜨거운 태양을 마주 보면 인간은 말라서 죽을 수밖에 없지만 바닷속에 있으면 삶이 해방되는 감각을 얻을 수 있다. 《이방인》에도 《페스트》에도 인상 깊은 해수욕 장면이 등장하며 독자에게 구원의 감각을 느끼게 해준다.

카뮈의 이른바 '지중해성' 또는 '지중해적 정신'은 기독교 이전의 그리스철학으로 거슬러 올라갈 수 있고, 카뮈라는 작가가 가진 지성과 신체 모두에서 나오는 중요한 요소이다. 고대 그리스인의 자연과 조화를 이룬 범신론 세계관에 공감하고 동경하는 마음은 지중해 사람인 카뮈의 정신과 육체의 뿌리에 숨쉬고 있는 것이다.

20세기 첫 무렵 세상을 휩쓸었던 실존주의의 충격이 오늘 우리에게 그대로 전해질 수는 없겠지만, "실존은 본질에 앞선다"(사르트르)는 사상 전환은 신이나 영혼 같은 본질

알베르 카뮈(1913~1960)

을 인간보다 앞에 두는 기독교 세계관과 데카르트식 근대철학의 이성중심주의 세계관을 모두 부정하는, 철학사에 있어 엄청난 혁명이었다.

카뮈와 사르트르는 나중에 견해 차이로 논쟁한 끝에 절교하게 된다. 사르트르는 철저한 반자본주의적 관점을 바탕으로 공산주의를 옹호하여 철학적 행동주의와 '폭력의 필요성'을 주장한 반면, 카뮈는 정치적인 폭력 일체를 거부했으며 공산주의를 '문명의 질병'이자 '현대의 광기'로 여겼다. 비록 역사의 이름 아래서 행해진 혁명이

라는 대의를 위한 일이어도 카뮈는 절대로 살인을 인정하지 않았는데, 그 때문에 좌파 지식인들에게 반동으로 몰려 비판받고 고립되더라도 폭력이나 살인을 계속 부정했다.

카뮈의 《페스트》는 오늘날 우리에게 있어 오래전 알제리 도시에서 일어난 전염병 이야기에 머물지 않는다. 기상이변으로 끔찍한 자연재해가 되풀이되고, 원자력발전소 사고가 이어지며, 신종 전염병이 발병하여 전 세계를 공포와 불안에 떨게 하는 지금 《페스트》는 생생한 현실로 다가오는 글이다.

어느 날 예고 없이 닥친 불행에 맞서 인간이 고립된 상태에서 싸워 나가는 모습을 보여주는 이 이야기는, 전쟁 한복판에서 만들어졌으며 페스트라는 재앙이 전쟁이라는 현실과 겹쳐져 묘사되었는데, 이것은 오늘날 정치나 사회의 급변 및 자연재해와 전염병 유행 등의 모든 상황에 놀랍게도 딱 들어맞는다.

모든 것이 포화상태이고 모든 나라가 연결된 현대세계를 공격하는, 눈에 보이지 않는 바이러스의 무차별 공격 속에서 인간은 어떻게 살아가야 하는가. 이 작품을 통해 우리는 인간 존재의 의미와 삶의 방식을 이해하고 깨달을 수 있다.

"세상과 인간의 부조리에 어떻게 저항하고 어떻게 극복해 나갈 수 있을까?" 이것은 지금 이 순간 우리가 풀어야 할 가장 중요한 문제이리라.

알제항과 시가지 알베르 카뮈는 알제리에서 태어나 추방될 때까지 그곳에서 살았다.

가난과 전쟁 속에서

1913년 11월 7일, 알베르 카뮈는 프랑스령 알제리 몽드비에서 태어났다. 그의 증조할아버지는 프랑스 보르도 태생이지만 17세기 중반 알제리로 이주해 농사일을 했다. 그리고 알베르의 아버지 뤼시앵은 도시 근처 포도 농장에서 일했는데, 알베르가 태어난 이듬해 제1차 세계대전이 일어나 본국에 소집되어 마른 전투*¹에 나갔다가 전사했다. 남편이 죽자 알베르의 어머니 카트린은 생후 11개월 된 알베르와 네 살 위인 형을 데리고 알제의 친정으로 갔다. 집은 아주 작았는데, 외할머니와 외삼촌이 같이 살고 있었다.

─────────

*1 1914년 9월 파리 동쪽 마른강 부근에서, 조프르 장군이 지휘하는 프랑스군이 밀려들어오는 독일군을 물리친 싸움.

내가 자유를 배운 것은 마르크스 안에서가 아니었다. 가난 속에서 자유를 배웠다고 해야 옳을 것이다.

카뮈는 나중에 《시사평론I》에서 이렇게 쓴다. 작은 집에서 5명이 북적거리며 사는 것도 그렇지만 그 가족들은 모두 조금씩 독특했다. 스페인령 메노르카섬 출신으로 1707년에 남편을 잃은 할머니는 새침한 데다 거만했다. 포도주 통을 만드는 일을 하고 있던 외삼촌은 장애가 있었고, 가정부 일을 하며 아이들을 키우던 카뮈의 어머니 또한 귀가 거의 들리지 않아 말수가 적었다. 그들은 읽고 쓰지도 못했다. 그래서 집에는 책 한 권 없었고, 신문이나 잡지 같은 것도 찾아볼 수가 없었다. 카뮈는 《안과 겉》에서 자기 가족의 모습을 3인칭으로 묘사했다.

그 집에는 다섯 사람이 살고 있었다. 할머니와 아들, 딸 그리고 그 딸의 두 자녀였다. 아들은 벙어리에 가깝고, 딸은 귀머거리로 이제 아무것도 생각할 수 없었다. 두 아이 중 한 명은 이미 보험회사에서 일하고 있었으며, 다른 한 명은 아직 학업을 계속하고 있었다. 일곱 살이 되었지만 할머니는 아직도 이 집을 지배하고 있었다.

대부분의 경우 가난은 사람들에게 선망과 불만을 심어준다. 그러나 카뮈의 가족들은 아무것도 부러워하거나 시기하지 않았다. 지중해의 아름다운 풍경은 그의 탈출구로서 위안이 되고 구원이 되었다.

알베르 카뮈(왼쪽)**와 형 뤼시앵**(1920)
"너를 자세히 살펴봐도 가족들에 대해서는 전혀 알 수가 없었단다"(카뮈의 초등학교 담임
교사 루이 제르맹의 말).

내 소년 시절을 지배하고 있던 아름다운 태양은 내게서 모든 원한을 빼앗았다. 나는 궁핍한 생활을 했지만, 동시에 어떤 쾌락을 누렸다. 나는 스스로 무한한 힘을 느꼈다. (…) 이 힘의 장애가 되는 것은 가난이 아니었다. 아프리카에서는 바다와 태양뿐이다. 방해가 되는 것은 오히려 편견이나 어리석은 행동에 있었다.

카뮈는 1958년 《안과 겉》에 새로 덧붙인 머리말에서 이렇게 회상했다.

뫼르소가 그랬듯이 작가인 그 또한 자연의 변화에 예민했다. 하늘을 붉게 물들이며 뜨고 지는 태양은 그의 가슴을 뜨겁게 수놓았고, 망망하게 드넓은 바다는 그의 머리를 푸른빛으로 가득 채웠다. 카뮈와 마찬가지로 어릴 때 아버지를 잃고 할아버지의 보살핌 아래 자란 사르트르가 서재에만 틀어박혀 세상 물정에 어둡고 사회 교류가 적었던 것과 대조적인 모습이다. 이것이 그가 사랑한 자연의 치유력이었다.

생활고에 시달리면서 카뮈는 가까스로 초등학교에 입학했다. 카뮈의 뛰어난 자질을 눈여겨본 담임선생 루이 제르맹 덕분에 카뮈는 중고등학교(리세)의 국비생이 될 수 있었다. 성적이 우수했던 그는 운동신경도 뛰어나 축구팀에서 골키퍼로 활약했는데, 열일곱 살 때 폐결핵으로 첫 발작을 일으키고 말았다. 그 뒤 치료와 재발이 되풀이되며, 나중에 철학교수 자격시험을 단념할 수밖에 없었던 것도 이 병 때문이다.

중고등학교 상급반에서 그는 소설가이자 철학자인 장 그르니에 (1898~1971)를 만난다. 알제대학교에 진학해서도 카뮈는 다시 그르니에의 가르침을 받게 되는데, 그르니에의 실존에 대한 피상적이고 시적인 설명이나 회의적 어조는 카뮈의 사상적인 면에 지속적으로 영향을 미친다.

알제대학교 문학부에 들어간 카뮈는 재학 중인 스무 살 때 시몬 이에와 결혼했으나, 아내의 불륜과 모르핀 중독 때문에 2년 뒤 이혼을 한다. 한편 1935년에는 공산당에 입당하여 이슬람교도에 대한 선전 일을 맡았다.

대학을 다니며 그는 장학금을 받았지만, 여러 잡다한 일을 계속해야 했다. 대학 기상반에 속해 남부지방의 기압 상황을 조사하거나, 자동차 부품 판매를 하거나, 뫼르소처럼 해운업자가 되거나, 시청 사무원이 되거나 했다. 이런 다양한 경험은 그의 작품에서 직간접적으로 다루어지고 있다.

뜨겁게 타오르는 불꽃

카뮈는 대학을 졸업한 뒤 1937년 현지 아랍인이 조직한 알제리인 민당*²을 지지하며 공산당과 결별하지만 동료들과 연극 활동을 계속했다. 1938년 창작 활동을 이어가면서, 일간지 〈알제 레퓌블리캉〉

＊2 알제리 출신의 민족해방주의자, 인민사회주의자인 메살리 하지가 1937년 조직한 민족주의정당. 빈곤지역에서 큰 지지를 받자 공산당은 하지를 '봉건 지배계급의 대표'라고 비난하며 적대시했다.

에 들어가 파스칼 피아*³ 편집장 아래에서 기자로 활약한다. 글에 대한 카뮈의 재능은 이처럼 시사문제와의 직접적인 접촉으로 그 꽃잎을 틔워갔다. 그러면서 아마추어 극단의 일원이 되어 남자주인공으로서 무대에 오르기도 했다.

연출에도 관여했으나 곧 희곡으로 관심을 돌려 희곡 《칼리굴라》를 쓰기에 이른다. 1937년에는 《안과 겉》, 1939년에는 《결혼》을 적은 부수로 간행했다. 이 두 편은 소품이지만, 카뮈의 풍부한 감수성과 근원적인 사상 경향을 분명히 드러내는 작품이다. 그는 《안과 겉》의 머리말에서 이렇게 밝힌다.

나로 말하자면, 내 원천이 《안과 겉》, 빈곤과 빛의 세계 속에 있는 것을 알고 있다. 나는 거기서 오랫동안 살았지만 모든 예술가를 위협하는 두 개의 모순된 위험, 즉 원한과 만족에서 그 추억이 아직도 나를 지켜주고 있다.

제2차 세계대전이 시작되는 1939년 당국의 압력으로 〈알제 레퓌블리캥〉은 폐간되는데, 카뮈가 편집장을 맡아 자매지로 창간된 〈수아르 레퓌블리캥〉도 반전 성향을 띈 기사 때문에 1940년 발행 금지 처분을 받았다. 카뮈는 당국의 압력으로 알제리에서 직장을 잃어 파리로 건너갈 수밖에 없었다. 그는 피아의 소개로 〈파리 수아르〉

---

*3 프랑스 기자·시인(1903~1979). 카뮈에게 절대적인 도움을 준 그를 카뮈는 형처럼 믿으며 《시시포스 신화》(1942)를 바쳤다.

알제대학교 20세기 우편엽서에서

지의 기자가 될 수 있었다.

그런 가운데 나치스 독일 침략군에 프랑스군이 항복하는 사건으로 신문사가 이주했고, 카뮈는 지방을 떠돌아다니며 알제리에서 연인 프랑신 포르를 리옹으로 불러 재혼했다. 그리고 그 무렵 집필하던 희극 《칼리굴라》, 소설 《이방인》, 철학 에세이 《시시포스 신화》라는 부조리 3부작을 잇달아 완성한다.

구조조정으로 신문사에서 해고된 카뮈는 이듬해인 1941년 아내의 고향 알제리 오랑으로 옮겨갔다.

1942년 6월, 드디어 파리의 갈리마르에서 《이방인》이 간행되고 큰 반향을 불러일으킨다. 결핵이 재발한 카뮈는 신작 《페스트》를 구상하면서 아내와 함께 남프랑스의 고원지대로 가서 요양과 집필에 전념한다. 아내가 먼저 알제리로 돌아가고 혼자 프랑스에 남은 카뮈는

카뮈의 첫 번째 부인 시몬 이에
"그녀는 이제 오지 않을 거야…… 이미 선택
해버렸거든."

피아를 통해 레지스탕스 활동가와 인연을 맺기 시작했다. 12월에는 《시시포스 신화》도 갈리마르에서 출판된다.

1943년 카뮈는 파리에서 사르트르를 비롯한 작가와 예술가와 친해졌고 그들과 교우를 다졌다. 그해 가을에는 파리에 정착해 갈리마르에서 원고를 심사하는 일을 하면서 이듬해 1944년 피아와 함께 독일 저항 조직의 지하출판물 〈콩바〉의 편집, 발행, 기사 집필에 참여했으며 펜으로써 레지스탕스에 가담했다.

이윽고 일간지가 된 〈콩바〉의 편집장 자리에 올라 눈코 뜰 새 없이 바쁜 가운데 카뮈는 조금씩 《페스트》를 써 나갔다. 또 희곡 〈오해〉를 상연했으며, 스페인 출신 배우 마리아 카자레스와 사랑에 빠진 것도 이 무렵이다.

1945년 종전을 맞이했을 때도 《페스트》 집필은 끝나지 않았다. 이 소설이 완성되고 출판된 것은 1947년 6월이다.

《페스트》는 발행되자마자 베스트셀러에 오르며 폭발적인 반응을 얻었다. 반년도 채 지나지 않아 여러 나라 언어로 옮겨져 세계 곳곳으로 퍼져 나갔다. 제2차 세계대전이 끝나고 얼마 안 된 시기이기도 하여, 수많은 독자들은 이 소설을 읽으며 저마다 다양한 해석과 반응을 보였다.

그리고 4년 뒤인 1951년, 카뮈는 《페스트》에서 싹 틔운 '반항'과 '연대'라는 주제를 사상적으로 발전시켜 《반항하는 인간》을 펴낸다. 《페스트》에 등장하는 리외와 타루 등의 사상을 끝까지 파고들어 발전시킨 것이 《반항하는 인간》이라는 철학적 작품이다.

개인을 괴롭히던 병이 집단 페스트가 된다. 우리가 함께하는 나날의 고통 속에서 반항은 사고영역에서 "나는 생각한다. 그러므로 나는 존재한다(Cogito)"와 같은 역할을 한다. 반항이 첫 번째 명확한 증거가 되는 것이다. 하지만 그 증거는 개인을 고독으로부터 끌어낸다. 반항은 모든 사람들 위에 최초의 가치를 이루는 공통 장소이다. 나는 반항한다. 그러므로 우리는 존재한다.

"나는 생각한다"는 물론 데카르트의 명제 "나는 생각한다. 그러므로 나는 존재한다"를 받아들인다. 그런데 그것은 사고영역에 머무르지 않고 행동영역으로 나아가 "나는 반항한다"가 된다. 이는 단순한 사고가 아니라 세계 본연의 모습에 반항하고 행동함이 우리가 존재하는 증거가 되기 때문이다.

그러나 이 '반항'은 정치적 원인에만 한정되지 않는다. 자연적 재앙이나 전쟁을 비롯하여 인간을 습격하는 수많은 부조리한 재앙의 불운과 비참함에 대한 '반항'이다. 따라서 모든 사람이 똑같이 반항하고 연대할 수 있다. 단수형인 '나'가 복수형 '우리'로 바뀐 것은 바로 이런 까닭에서이다.

그런데 《반항하는 인간》을 두고 1952년 사르트르와 카뮈 사이에 논쟁이 벌어졌다. 카뮈가 《반항하는 인간》에서 혁명의 역사 속에 존재하는 허무주의, 폭력뿐만 아니라 이념으로 말미암아 신격화된 마르크스주의 자체에도 반항하는 관점을 명확하게 내세웠기 때문이다. 카뮈는 마르크스주의를 대표하는 '독일 이데올로기'를, 고대 그리스 이후의 자유로운 '지중해 정신'과 대립시켰다.

사르트르의 날카로운 비판은 논리적이며 엄격하고 세밀했기 때문에, 직관적이며 시적인 표현을 쓰는 카뮈에게는 매우 불리했다. 그러나 물론 알베르 카뮈는 우파도 반동 세력도 아니다. 오히려 마르크스주의 그 밖의 좌파, 예컨대 노동자 연대조직을 사회 기둥으로 세우는 노동공산주의(생디칼리슴)에 공감을 표하고 있다. 그리고 그와 연관되는 무정부주의와도 잘 어우러진다. 카뮈의 사상은 개개인의 자유를 그 바탕에 두고 있기 때문이다.

카뮈는 급진적인 '혁명'이 아니라 인간적 기준을 가진 '반항'에 얽매였다. 설령 그 반항이 패배로 끝날지라도, 시시포스가 산꼭대기에 밀어 올리면 다시 굴러떨어지는 바위를 끊임없이 밀어 올렸듯이, 인내력을 가지고 부조리와 맞서 싸워야만 한다고 주장한다.

이는 부조리와 맞서 싸움에 있어 패배와 좌절과 실패가 인간의 조건이라 할지라도, 리외와 타루를 비롯한 인물들처럼 '내가 할 수 있는 일을 한다'는 생각과 의지야말로 인간에게 희망이 있음을 보여준다는 뜻이 아닐까.

본디 사르트르와 카뮈는 "세계는 부조리하며 비참하다는 현실을 직시한다"는 점에서 그 출발점이 같았

카뮈의 자화상
"잘해냈다고 생각했으나 그렇지 않다고 깨달은 청년"이라는 메모가 오른쪽 위에 남겨져 있다.

다. 그런데 사르트르는 혁명을 포함한 정치적 수단으로 더 좋은 미래 사회를 건설할 수 있으리라 믿었지만, 카뮈는 믿지 않았다. 그런 이념 때문에 불가피하게 일어나는 폭력의 비참함을 모른 체할 수 없었기 때문이다. 결국 사르트르는 정치적 인간이 되는 길을 선택했으나 카뮈는 문학적 인간으로 머물렀다고 말할 수 있다.

사르트르와 결별한 카뮈는 파리 문단에서 차츰 고립되어 갔으며, 1954년에 시작된 알제리 전투 격화 소식에 괴로워했다. 그의 창작 활동도 침체되어 번안극(飜案劇) 상연 말고는 1956년 중편소설《전락》을 출판했을 뿐이다. 《전락》은 자조적인 야유와 씁쓸한 해학으

로 가득 차 있는 고독한 중년 남성의 고백체 소설이다.

단편집 《추방과 왕국》을 펴낸 1957년에 카뮈는 마흔세 살 젊은 나이로 노벨 문학상을 수상한다. 그리하여 카뮈는 다시 한 번 활력을 얻었고, 장편소설 《최초의 인간》을 써나갔다. 하지만 1960년 1월 4일, 알베르 카뮈는 자동차 사고로 갑자기 세상을 떠나고 만다.

1957년 12월 10일 스웨덴 스톡홀름에서 열린 노벨상 수상식 때 카뮈는 자신으로 하여금 부조리에 반항토록 만든 근본적인 동기를 밝혔다. 다음은 소감문의 일부분이다.

저는 이제까지 제 힘으로 키워온 희망, 살아가는 행복, 자유로운 생활, 그것들을 결코 단념하지 않았습니다. 고향을 그리워하는 마음과도 닮은 이 추억이 저의 오류나 실패를 설명한다 해도 그 덕분에 이제까지 제 직업을 잘 이해해올 수 있었다고 생각합니다. 또한 지금도 그것을 느끼고 있기에 저는 저 말없는 사람들—순간의 자유로운 행복을 떠올리는 것에 기대거나 그런 행복이 이따금 다시 돌아옴에 기대며 사는, 이 세계에서 현재의 생활을 겨우 지탱하고 있을 뿐인 저 말없는 모든 사람들 쪽에 아무 조건 없이 가담할 것입니다.

인간의 실존과 정의를 좇은 대표작

시공간을 뛰어넘어 걷도는 영원한 《이방인》

《이방인》은 프랑스 식민지였던 알제리에서 태어나 이름조차 알려져 있지 않던 문학청년을 단번에 문단의 총아로 만든 작품이다. 이 작품으로 카뮈는 짧지만, 실로 영광으로 가득 찬 문학적 삶으로 나아갔다.

주인공 뫼르소는 작가가 애착을 가지고 만든 인물이겠지만, 1930년대 젊은이들의 기쁨이나 괴로움을 한 몸에 구현한 전형적인 인물이기도 하다. 아니, 그 이상으로 과장시킨 인물이다. 그의 비극성은 20세기 어두운 유럽의 반영인 동시에 근원적 질문 "인간이란 무엇인가"에 대한 답이 된다. 그래서 국적과 환경이 아주 다른 우리에게도 강하게 호소하는 힘을 가지고 있다.

소설 《이방인》에 대해서는 사르트르의 완벽한 해설서인 《상황 I》이 있다. 여기서 사르트르는 《시시포스 신화》와 《이방인》과의 관계에 대해 언급하면서 전자가 후자의 '정확한 주석'이고 '철학적 번역'이라고 했다. 하지만 《이방인》은 테제 소설이 아니므로 《시시포스 신화》에서 이야기하는 부조리 이론이 그대로 《이방인》의 주인공 뫼르소에게 들어맞지는 않는다. 그는 부조리한 인간이면서도, 부조리하므로 완전히 설명되지 않는 고유의 애매함을 지키고 있는 것이다.

사르트르는 이것이 그가 살아 있는 증거이자, '소설적 농밀함'을 갖추고 있기 위한 일이라고 지적한다. 뫼르소는 '불가능한 초월의 작가' 카프카의 주인공과는 달리 카프카적인 불안을 전혀 가지고 있지 않다. 카프카에게 우주는 증거로 가득 차 있지만, 카뮈는 지상적이다. '아침, 밝은 저녁, 작열하는 오후'가 뫼르소가 좋아하는 시각이고, '알제의 영원한 여름'이 가장 좋아하는 계절이다. 그의 우주에서 밤은 들어앉을 자리가 아예 없다. "자연의 완고한 맹목성은 물론 그를 애태우게 하지만, 위로하기도 한다. (…) 이 부조리한 인간은 인문주의자이다. 그는 이 세상의 선(善)밖에 모른다"고 사르트르는 결론을 맺는다.

뫼르소가 작가의 꼭두각시로 전락하지 않고 고유의 애매함을 갖추고 있는 것은 카뮈의 손에 달려 있었겠지만, 또 하나의 이유로는 뫼르소의 모델이 있었다는 사실을 들 수 있다. 1944년 섣달 그믐날 밤, 지드가 소유한 아파트에 살고 있던 카뮈는 많은 사람들을 초대했다. 시몬 드 보부아르는 사르트르와 함께 참석했는데, 연회 내내 계속 침묵을 지키던 한 남자를 가리키며 카뮈가 "뫼르소의 모델이야" 말했다고 회상록 《어떤 전후(戰後)》에 적고 있다.

뫼르소는 사르트르가 교묘하게 지적하듯이 '사랑'이라 불리는 일반적 감정과는 아무런 관계가 없는 존재이다. 사람은 늘 상대를 대하고 있지 않더라도 여럿으로 나뉘어 있는 감정에 추상적인 통일감을 주고, 그것을 '사랑'이라 묶어 부른다. 뫼르소는 이런 의미를 붙이는 것을 모두 인정하지 않는다. 그에게 중요한 것은 현재이고, 구체적인 것뿐이다. 현재의 욕망만이 그를 움직이게 한다. 현재의 욕망은 달리는 트럭에 뛰어올라 탈 정도의 힘을 발휘한다. 이에 대해 우리는 같은 작가의 다른 작품인 《결혼》에서 언뜻 볼 수 있는 한 젊은 이를 떠올리지 않을 수 없다. 카뮈는 이렇게 쓰고 있다.

　내 친구 빈센트는 통 장수로 주니어급 평영 선수지만, 명쾌한 지식을 가지고 있다. 그는 목이 마르면 물을 마시고, 여자를 원하면 함께 잔다. 여자를 사랑한다면 결혼할 것이다(아직 그런 것은 아니지만). "이걸로 좋아"가 그의 말버릇이다.

　연회에 온 남자와 빈센트가 과연 같은 인물인지 아닌지는 알 수 없지만, 어쨌든 뫼르소의 특징을 떠올리게 만드는 인물임은 틀림없다. 그러나 뫼르소는 모델이 된 인물보다 더 매력적이고 실재감 있는 존재이다.

　《행복한 죽음》은 《이방인》 이전에 쓰인 작품으로 1937년에 완성됐다. 이 작품의 주인공 이름은 메르소(Mersault)로서, 프랑스어 '바다(mer)'와 '태양(soleil)'을 더해 만든 것이다. 뫼르소(Meursault)는 바로 이 메르소의 후신이고, 이것은 '죽음(meurs)'과 '태양'의 합성어이다. 그래서 이 명사는 아주 암시적으로 뫼르소의 생애를 상징한다.

　뫼르소를 부정적이고 허무적인 인간으로 볼 수 있다. 그러나 그는 하나의 진리를 위해 죽음을 받아들인다. 인간이란 무의미한 존재이고, 모든 것이 아무런 대가나 보상이 없다는 명제는 도달점이 아니라 출발점임을 알아야 한다. 뫼르소는 어떤 적극성을 안에 감춘 인간인 것이다.

작품 주제의 발상에서 완성까지 4년여의 세월을 필요로 했다는 사실에서, 카뮈가 이 작품에 예사롭지 않은 노력을 기울인 것은 충분히 추측할 수 있다. 《수첩》을 보면 1938년 가을에 그가 이미 《이방인》의 첫머리를 쓴 것을 알 수 있는데, 확실히 이 소설은 "부조리에 대해, 부조리에 맞서 만들어진 고전적인 작품이고, 질서가 있는 작품이다."(사르트르)

《이방인》 끝머리에 뫼르소는 "모든 것이 끝나지 않았다"고 중얼거린다. 이 말은 〈요한복음서〉에서도 볼 수 있다. 바로 예수가 임종을 맞으며 하는 말인데, 이것을 뫼르소에게 중얼거리도록 한 것은 그의 처형이 예수의 십자가형과 마찬가지로 '억울한 죄'라고 작가가 생각하고 있기 때문이다. 카뮈는 희곡 《칼리굴라》, 소설 《전락》의 주인공들에게도 같은 말을 하게 하고, 평론 《시시포스 신화》에서도 그것을 언급한다.

또 하나의 문제는 뫼르소의 회상처럼 진행되는 이 소설이 과연 뫼르소 자신에 의해 집필된 것인가 하는 문제이다. 카뮈는 절묘한 수법으로 이 문제를 해결했다. 법정에서 뫼르소가 시선을 나누었던 한 신문기자에 의해 쓰였다는 가설을 세우고 있는 것이다.

부조리에 의해 감금당한 사람들, 《페스트》

전쟁이라는 어려운 상황 속에서 쓰고 펴낸 《이방인》과 《시시포스 신화》 두 권으로 카뮈는 부조리의 철학을 내세웠다. 레지스탕스 활동과 집필 활동을 동시에 해낸다는 것은 참으로 엄청난 일이며, 어떤 상황에서든지 글을 쓰고 말겠다는 열정과 집념이 없으면 불가능한 일이다.

이 시기 카뮈의 부조리론은 아직 세상의 부조리와, 거기에 대항하는 인간의 부조리를 정확히 구분하지 않았기 때문에 부분적으로는 이해가 되어도 전체적으로는 파악하기 어려운 면이 있다.

나름대로 정리해보면 세상이라는 것은 확실하게 부조리하며 전쟁, 천재지변, 페스트 같은 전염병이 재앙으로서 인간을 습격한다. 그것은 부조리, 곧 불합리하며 이치에 맞지 않다. 그리고 그런 세상의 부조리한 성격을 깨달은 사람이 '그렇다면 인간도 부조리해야 하지 않으냐'며 그 부조리를 스스로 실천하는 경우가 나타난다. 《이방인》의 뫼르소처럼 어머니가 죽었을 때 슬퍼하지 않아도 괜찮지 않은가, 태양 때문에 사람을 죽여도 괜찮지 않은가 말하며 살아가는 방식에 부조리한 성격을 확대시켜버린다. 이것이 어쩌면 인간이 부조리에 대응할 때의 첫 번째 단계이리라. 자살이나 허무주의에 빠지기 한 걸음 전으로, 어떻게든 버티고 서 있으려는 상황이다.

그런 부조리의 첫 번째 단계 뒤에, 그런 자신을 일단 객관적인 시선으로 바라보며 세상의 부조리를 깨닫고 인간의 부조리한 성격도 깨달은 사람이 '그러면 부조리를 어떻게 극복할 수 있을까?'를 진지하게 생각하는 움직임이 생겨난다. 이것이 《페스트》 이후의 두 번째 단계이다. 거기서는 세상의 부조리와 인간의 부조리를 나눠서 생각하고, 이처럼 부조리를 이중으로 의식한 인간의 삶과 행동을 탐구하는 자세가 보이기 시작한다.

《이방인》에서는 세상의 부조리와 인간의 부조리를 깨달은 주인공이, 어떻게 살아가야 하는가의 자세를 아직 결정하지 못한 채 첫 번째 단계에 머물러 있다. 아마도 카뮈는 뫼르소 같은 인간이 있어도 괜찮다고는 생각했을 테지만 전면적으로 긍정하지는 않았을 것이다. 《시시포스 신화》에서 카뮈는 자살을 부정한다. 이는 세상의 부조리에 대항하는 인간의 패배를 긍정하는 일이 되어버리기 때문이다. 세상의 부조리에 저항하면서 살아가는 길을 찾아야 비로소 인간이라고 카뮈는 생각했다. 그래서 뫼르소 같은 운명을 소설로는 그리면서도 자기 삶의 방식으로는 긍정하지 않았다. "세상과 인간의 부조리를 인식한 뒤에 인간은 어떻게 살아가야 하는가?" 하는 두 번째 단계 질문에 대한 답을 시험한 작품이 바로 《페스트》이다.

따라서 이 작품에는 《이방인》과는 다르게 많은 사람이 등장한다. 세상과 인간의 다양성을 그려 나가려면, 한 인물만 들여다보고 그 인물에 집중하여 심리와 행동을 해부해 나가는 《이방인》 같은 소설작법으로는 한계가 있으며, 반드시 여러 인물들의 시점과 행동을 묘사하는 군상극(群像劇)이어야만 한다. 그러면 마땅히 장편이 되고 장면 전환도 많이 들어가기 때문에 소설가의 기술을 실험하는 작품이 되어버린다. 소설방법론으로 볼 때, 한 인물에게 집중하는 근대소설의 전형적인 방법이 아니라 오히려 19세기 발자크나 도스토옙스키 등과 같이 많은 인물의 시점과 행동이 뒤엉키는 작품에 가까운 방법이다. 그러한 소설이 20세기에 가능한가 하는 도전이기도 했다. 카뮈는 5년이라는 세월에 걸쳐 마침내 그런 작품을 완성

1957년 10월 노벨문학상 수상

했다.

《페스트》는 전쟁이 끝난 2년 뒤에 출판되었으므로 전쟁과 전쟁
이 남긴 영향을 빼고는 말할 수 없는 작품이다. 이제까지 비평에서
자주 다루어진 것은 전쟁 중 레지스탕스와의 관계이다. 페스트란
나치스 독일의 은유이며, 페스트와 싸우는 것은 카뮈의 레지스탕스
경험이 반영되었다고 읽는 방식이다. 하지만 이는 잘못된 접근 방식
이다.

카뮈에게는 처음부터 레지스탕스라는 영웅적인 주제를 나타내려
는 뜻이 있었던 게 아니라, 그 반대로 먼저 재앙이 인간을 공격하

는 부조리함과 공포가 출발점이었다. 그런 인간의 어려운 조건, 인간은 세상의 부조리로 비참한 상황에 처했다는 인식이 집약된 사건이 예를 들면 전쟁이고, 그 충격이 카뮈로 하여금 《페스트》를 쓰게 만들었던 것이다.

물론 카뮈 자신의 경험에서 나온 이야기도 있지만, 세상의 부조리가 인간을 공격하는 가장 전형적인 예로 천재지변이 있으며 이를 구체적으로 '페스트'라는 형태로 묘사하여 인간이 그 부조리를 어떻게 극복할 수 있는가를 새삼 다시 물으려 했다고 생각해야 한다.

천재지변과 인간–안티휴머니즘

《페스트》는 알제리 항구도시 오랑에 기이한 사건이 일어나면서 시작된다. 먼저 오랑에 대한 설명이 나온다.

어떤 도시를 아는 데 적합한 방법 가운데 하나는 거기서 사람들이 어떻게 일하고 어떻게 사랑하며 어떻게 죽는가를 알아보는 것이다. 우리의 이 자그마한 도시에서는 (…) 그 모든 것이 다 함께, 열광적이면서도 무심하게 이루어진다. (…) 시민들은 일을 많이 하지만, 그건 한결같이 부자가 되기 위해서다.

바로 현대사회의 도시 그 자체이다. 사랑은 순간적인 애욕 관계와 타성에 젖은 부부생활로, 죽음은 인공적으로 격리된 비인간적인 절차로, 노동은 그저 돈벌이로 변했다. 이런 변화가 카뮈가 살던 시절에는 뚜렷하게 보이지 않았을 텐데도 카뮈는 투철한 정신과 날카로운 시선으로 현대와 직결하는 인간과 사회 변화를 이 도시에서 알아보았다.

《페스트》는 도시 전체가 감금된 상황을 묘사하는데, 거기서 경제활동이 불가능해졌을 때 인간이 과연 어떻게 대응하는가를 다룬 한 편의 보고서이기도 하다. 이 점도 《페스트》라는 소설이 가진 매우 현대적인 의의이리라. 지진이나 원자력발전소 사고, 전염병 유행이 일어나 경제 시스템이 일시에 멈추면 어떻게 될까? 지금 우리의 상황과 똑같다.

본디 식민지란 경제적인 이익을 착취하기 위해 다른 나라가 지배하는 장소이므로, 그런 의미에서 식민지 도시가 경제를 최우선하는 것은 당연한 일이다. 《페스트》에서 그런 상업도시 오랑을 무대로 설정한 까닭에, 현대사회 모습이 고스란히 담길 수 있었다.

이 도시를 무대로 카뮈는 등장인물들을 차례로 묘사한다.

4월 16일 아침, 의사 베르나르 리외는 진찰실을 나서다가 계단참 한복판에 죽어 있는 쥐 한 마리에 걸려 넘어질 뻔했다.

리외는 그 일에 대해 수위 미셸 영감에게 알린다. 같은 날 저녁에는 털이 젖은 큰 쥐 한 마리가 아파트 복도에 나타나 달려오다가 멈추어 입에서 피를 토하고 죽어가는 모습을 리외가 본다.

이튿날 리외는 산중에 있는 요양소로 떠나는 몸이 아픈 아내를

역에서 배웅하고, 그곳에서 어린 아들 손을 잡고 있는 예심판사 오통을 만나 인사를 나눈다. 그리고 그날 오후 파리에서 온 젊은 신문 기자 랑베르가 진찰실로 리외를 찾아와 도시의 위생 상태를 취재한다.

다음으로 타루라는 젊은이가 등장하는데, 아파트 계단에서 만난 리외와 쥐가 출현한 일에 대해 대화를 나눈다. 이윽고 도시 곳곳에서 쥐가 수백 마리씩 죽는 기묘한 사건이 잇달아 발생하고, 사람들은 불안해하기 시작한다.

리외는 예수회 소속 파늘루 신부의 부축을 받으며 걸어오는 미셸 영감을 만난다. 미셸은 통증이 심하다고 괴로워하면서 숨소리가 거칠었다. 그리고 리외는 시청 서기 그랑의 전화를 받고, 그랑이 구해낸 코타르를 치료한다. 코타르는 그랑의 이웃에 사는 사람으로, 자기 방에서 목을 매려던 것을 그랑이 발견하고 살린 것이다. 코타르는 과거에 저지른 범죄가 드러나 체포될까 두려워하는 인물이다.

그날 밤 리외는 미셸 영감을 진료하러 들렀는데, 미셸은 열이 펄펄 끓었고 목에는 멍울이 잡혔으며 팔다리가 붓고 옆구리에 검은 반점 두 개가 퍼져 가고 있었다. 다음날 오후 미셸이 걸린 괴상한 병은 급격하게 악화되어 목숨을 잃고 만다. 그의 죽음은 단숨에 간결하게 그려졌지만, 미셸이 죽은 뒤로 많은 사람들이 그와 같은 방식으로 죽어가게 된다. 그때부터 사람들의 걱정은 공포로 변해간다.

여기서 다시 타루라는 인물을 소개하며 그가 수첩에 상세하게 관찰일지를 기록하고 그것이 사건 기록이 되었다는 이야기가 나온

카뮈 자동차 사고 현장 1960년 1월 4일, 남프랑스 별장마을 루르마랭에서 파리로 돌아오는 길 빌블르뱅에서 출판사 사장 갈리마르가 운전하는 차가 도로 옆 플라타너스와 충돌해 동승한 카뮈는 그자리에서 숨을 거뒀다.

다. 타루는 몇 주 전부터 오랑 시내 중심가 호텔에 머문 부유한 젊은이로, 오락을 좋아하고 리외와 같은 아파트 꼭대기에 사는 스페인 무용수와 악사들 집에 자주 드나들었다.

기록은 이 소설의 중요한 주제 가운데 하나이다. 객관적인 기록자 타루 말고도, 기자 랑베르와 서기 그랑이 나온다. 그리고 이는 《페스트》 마지막에 이 이야기 전체를 누가 쓴 것인지 밝히며 끝난다. 그러니까 《페스트》는 이 소설을 어떻게 썼느냐는 것에 대한 소설이기도 하다.

며칠 사이에 수수께끼 열병으로 죽는 사람들이 급격히 늘어난다.

리외는 오랑시 의사회 회장 리샤르에게 새로운 환자를 격리해야 한다고 요구하지만, 리샤르는 자신에게 그럴 자격이 없다며 거절한다. 나이 많은 의사 카스텔은 리외를 찾아와, 20여 년 전에 본 적이 있는 병증을 이야기한다. 이에 리외는 "페스트인 건 확실한 것 같습니다" 하고 대답한다.

처음으로 '페스트'라는 말이 이제 막 사람들의 입 밖에 나왔다. (…) 사실 재앙이란 모두가 다 같이 겪는 것이지만 그것이 막상 우리의 머리 위에 떨어지면 여간해서 믿기 어려운 것이 된다. 이 세상에는 전쟁만큼이나 많은 페스트가 있어왔다. 게다가 페스트나 전쟁이 일어났을 때 사람들은 언제나 속수무책이었다. (…) 전쟁이 일어나면 사람들은 말한다.
"오래 가지는 않겠지. 너무나 어리석은 짓이야."
전쟁이라는 것이 너무나 어리석은 짓임에는 틀림이 없을 것이다. 그러나 그렇다고 해서 전쟁이 오래 가지 않는다는 법도 없는 것이다. 어리석음은 언제나 집요하게 이어진다. 만약 사람들이 늘 자기 생각만 하고 있지 않다면 그 사실을 깨달을 수 있을 것이다.

여기서 분명하게 전쟁과 페스트의 공통점을 설명했다. 그리고 뒤이어 휴머니즘 문제를 제시한다.

그들은 휴머니스트들이었다. 즉 그들은 재앙의 존재를 믿지 않았

알베르 카뮈의 무덤　프랑스 남부 보클뤼즈주 루르마랭 공동묘지

다. 재앙이란 인간의 척도로 이해할 수 있는 것이 아니다. 그래서 사람들은 재앙이 비현실적인 것이고 지나가는 악몽에 불과하다고 여긴다. 그러나 재앙이 항상 지나가버리는 것은 아니다. 악몽에 악몽을 거듭하는 가운데 지나가버리는 쪽은 사람들, 그것도 휴머니스트들이 제일 첫 번째인 것이다.

여기서 말하는 휴머니즘은 르네상스의 인간주의(인문주의)와는 다르다. 르네상스의 인간주의는 기독교 신의 지배와 가톨릭 세계관에 대한 하나의 반항이었다. 그런데 그 뒤 근대적인 합리주의 세계가 확립되고 인간은 완전히 거만해졌으며 인간의 가치관이 모든 것이라는 생각에 물들어버렸다. 그것이 카뮈가 말하는 현대의 인간중심주의이다.

사르트르는 역설적으로 "실존주의는 휴머니즘이다" 말했지만 이는 실존주의가 인간의 비참함만 강조한다는 말을 듣고 이를 반박하기 위해서 한 말이었다. 사르트르는 인간이 가장 높은 가치이며 그 자체가 궁극의 목표라고 과신하는 기존 휴머니즘을 비판하며 인간이 끊임없이 스스로를 주체적으로 비판하고 다시 형성해 나가는 새로운 휴머니즘을 주장했다.

카뮈는 인간이 세계 일부에 지나지 않는다는 사실을 끊임없이 생각했다. 카프카도 이와 비슷한 생각을 했다. "당신과 세상의 싸움에서는 세상을 지원하라"는 카프카의 말은, 자신이 옳다고 생각하는 사람에게 인간을 뛰어넘는 세상의 엄청난 크기와 깊이를 생각하고 이를 두려워하라는 의미이다. 인간은 세상의 일부일 뿐, 세상을 지배할 수 있는 존재라고 교만해지면 안 된다. 언제 어디에서든 인간 앞에 부조리와 비참함으로 나타나기도 하는 세상의 압도적인 불가사의함과 다양성을 마주했을 때 인간은 겸손해야만 한다. 이는 지진이나 메르스·코로나19 등의 전염병을 겪은 우리에게 뼈저리게 와닿는, 인간중심주의를 근원적으로 비판하는 것이리라.

또한 재앙(천재지변)과 대립하는 개념으로 자유를 생각했다는 점도 중요하다.

미래라든가 장소 이동이라든가 토론 같은 것을 금지시켜버리는

빌블르뱅에 세워진 카뮈를 기리는 기념탑 이곳에서 카뮈가 1960년 1월 4일 자동차 충돌사고로 유명을 달리하였다. 청동 명판에는 '온주의 평의회에서 카뮈를 존경하는 뜻에서 1960년 1월 4일~5일까지 당신의 주검이 안치된 빌블르뱅 마을회관에서 밤을 세워 기도드립니다'라고 씌어 있다.

페스트를 어떻게 그들이 생각할 수 있었겠는가? 그들은 스스로 자유롭다고 믿었지만 재앙이 존재하는 한 누구도 결코 자유로울 수는 없다.

뜻밖의 재앙으로 인간은 자신이 자유롭지 않다는 사실을 극단적인 형태로 깨닫게 되며, 이는 자유라는 인간 조건에 대한 근원적인 반성으로 나아간다. 자유는 그저 거기에 존재한다는 인간의 생각을 받아들이는 것만으로는 가능하지 않다. 소설 《페스트》는 인간이 어떻게 자유로울 수 있느냐는 질문에 대답하는 시도이기도 하다. 여기에는 페스트라는 재앙에 맞서려는 반인간중심주의, 또는 무엇보다 자유에 큰 가치를 두는 철학이 등장한다.

관료적인 법과 행정─추방과 감금

의사 리외는 시청에 회의를 열어달라 부탁하고, 그곳에서 관료적 자세를 대표하는 의사회 회장 리샤르와 대립한다. 법과 행정은 현실보다 형식적 말을 중요히 여기므로, 페스트가 가져오는 재앙에 대한 대응이 아니라 페스트라는 말을 어떻게 정의하는가, 그 말이 어떤 영향을 가져오는가 등에 대해서만 논의한다. 카뮈는 그런 관료적 말을 철저히 비꼬아 그려냄으로써 비판의 목소리를 높인다.

의사들은 서로 의견을 주고받았다. 마침내 리샤르가 말했다.
"그럼 우리는 그 병이 마치 페스트인 것처럼 대응하는 책임을 져야 합니다."
그 표현은 열렬한 동의를 얻었다. (…)
"표현은 아무래도 상관없습니다." 리외가 말했다. "다만 시민의 반수가 죽음의 위협을 받고 있지 않는 것처럼 행동해선 안 된다는 것을 말해둘 필요가 있습니다. 머지않아 실제로 그렇게 될 테니까요."

현대사회에서 천재(天災)는 늘 법이나 행정 대응과 밀접한 관계를 갖는다. 한 사람의 영웅적 행동으로는 결코 대처할 수 없는 안타까운 현실이다. 그리고 이런 현실 모습을 카뮈는 냉정하고 치밀하게 담아낸다. 소설의 초점은 이야기가 펼쳐짐에 따라 차츰 리외와 타루 같은 개인의 생각과 행동으로 옮겨가지만, 처음 부분에서는 사회의 큰 정치적 틀을 명확히 파악하고 있다. 그렇다 해도 무사안일주의 의사들에 대한 리외의 날카로운 반격은 속이 시원해지는 느낌이다. 우리나라 관료와 정치가들에게도 들려주고 싶은 말이다.

리샤르는 병을 막기 위해서 병 자체가 저절로 사라지지 않을 경우 법률에 규정된 중대한 예방 조치를 취해야 하고, 그렇게 하자면 그 병이 페스트라는 사실을 공식적으로 인정할 필요가 있지만, 그에 대한 확실성이 절대적이지 않은 이상 신중하게 생각을 거듭해야 한다고 강조함으로써 사태를 요약하려고 했다. 하지만 리외는 "문제는 법률에 규정된 조치가 중대하냐 아니냐가 아닙니다" 반론한다. 법률이 현실보다 우선한다는 어리석은 관료주의를 향한 매서운 비판이다.

페스트라는 병명이 인정된 것은, 책임을 피하던 시장에게 전보 공문이 날아와 식민지 총독부로부터 명령이 내려진 때였다. '페스트 사태를 선언하고 도시를 폐쇄하라', 곧 도시 전체를 폐쇄하여 페스트 구역으로 격리하라는 명령이었다.

이처럼, 페스트가 우리 시민들에게 가져다준 첫 번째 것은 귀양살이였다.

재앙이 일어났을 때 확실히 인간은 귀양살이, 감금 상태에 처하게 된다. 병든 자와 죽은 자라는 직접적인 피해자뿐만 아니라 남겨진 많은 사람들 또한 어떤 추방과 감금 상태에 놓여 그곳에서 도망칠 수 없게 되는 것이다. 이는 재앙이 닥친 사람들과 지역을 생각할 때, 밖에서 상상하는 것보다 훨씬 안쪽으로 깊이 파고들어간 감각이다. 이 작품이 단순한 우화가 아니라 강한 현실감을 갖는 것은 이렇듯 촘촘하고 날카로운 세부적 부분에서 생겨나는 힘이다.

천재로 말미암아 감금된 사람들은 "자기 자신들의 상황에 진저리가 나고 과거와도 원수가 되었으며, 미래마저 박탈당한" 시간의 철창 속에 갇힌 죄수가 되어버린다. 이런 표현에도 카뮈가 가진 상상력이 유감없이 발휘되고 있다. 시간의 철창에 갇힌 이들은 다음과 같이 되어버린다.

그러한 극도의 고독 속에서 결국 아무도 이웃의 도움을 바랄 수는 없었기에 제작기 혼자서 저마다의 근심에 잠겨 있었다. 만약 우리 가운데 누가 우연히 자기 속마음을 털어놓거나 어떤 감정을 표현해도, 그 사람이 받을 수 있는 대답은 무엇이건 간에 대개는 마음을 아프게 하는 대답이었다. 그래서 그 사람은 상대방과 자기가 같은 이야기를 하지 않았음을 알게 되는 것이었다.

참으로 놀라운 통찰력이다. 재앙이 일어나면 연대하여 힘을 모아야만 한다고 우리는 생각하지만, 그건 쉽지 않은 일이다. 오히려 단

〈페스트〉 아르놀트 뵈클린. 1898. 바젤미술관

순한 연대를 불가능하게 만들 만큼 비참한 상태야말로 재앙임을 카뮈는 분명하게 꿰뚫어 보고 있다. 그리고 이 '연대' 문제는 이야기 전개에 있어서도, 또한 사상적으로도 매우 중요한 부분을 차지한다.

페스트 첫 번째 단계─행복과 이념의 대립

도시 출입구인 시문(市門)에는 보초병이 배치되고 항구도 폐쇄되어 오랑 시는 물길로도 바닷길로도 완전히 고립되었다. 그러나 시민들은 "자기들에게 닥쳐오고 있는 것이 무엇인지 잘 이해하지 못하고", "여전히 개인적인 관심사를 무엇보다도 더 중요하게 여기고 있었다." 마치 휴가와 비슷한 상태가 되어 오락을 제공하는 영화관과 카페는 도리어 평소보다 북적였다.

그러던 중 리외는 신문기자 랑베르와 다시 만난다. 랑베르는 오랑 시가 폐쇄되어 연인과 생활하는 파리로 돌아갈 수 없게 되었다. 그는 자신이 병에 걸리지 않았다는 증명서를 써달라고 리외에게 부탁하지만 리외는 거절한다. "이 도시에는 선생과 같은 사람들이 수천 명이나 있고, 그런데도 당국은 그 사람들을 내보내주지 않으니까요. (…) 참 어리석은 이야기지요. (…) 하지만 그건 우리 모두에게 관련되는 문제입니다"라고 이유를 말하면서. 랑베르가 연인에게 돌아가고 싶어하는 마음을 모르지 않았으나 리외는 의사로서 만에 하나 감염되었을 가능성이 있는 그를 프랑스로 돌려보낼 수 없었다.

반면 랑베르는 "선생님 말씀은 이성에서 나오는 말씀이지요. 선생님은 추상적인 세계에 계십니다" 반발한다. 이에 리외는 그저 자신은 자명한 이치에서 나오는 말을 하고 있는 것이라 대답한다.

이 대화는 언뜻 감정이냐 이성이냐는 단순한 대립처럼 보인다. 그러나 그것은 꽤 까다롭고 이해하기 어려운 철학론을 품고 있다.

그렇다, 페스트는 마치 추상처럼 단조로운 것이었다.

랑베르와 대화하고 조금 지나서 갑자기 나오는 이 이상한 한 줄은, "선생님은 추상적인 세계에 계십니다"는 랑베르의 비난의 말을 받고 있다. 그런데 '추상'이란 대체 무엇을 뜻하는 것일까?

카뮈는 하나의 개념에 성질이 다른 두 가지 의미를 겹쳐놓는 경향이 있다. '추상'에도 두 가지 의미가 있다. 그중 하나는 '이념'이다. 의사 리외의 경우에는, 인간의 건강을 유지한다는 행동 지침으로 가져야 할 이념이 실제로는 비현실적이기 때문에 '추상'으로 인식된다. 다른 하나는 '페스트'라는 너무나 터무니없는 사건 자체가 '추상', 즉 비현실적이라는 의미이다. 그러므로 리외에게 있어서는 다음과 같은 뜻이 된다.

추상과 싸우기 위해서는 추상을 약간은 닮을 필요가 있다.

페스트라는 거의 비현실적인 재앙과 싸우려면, 이념이라는 비현실적으로 보이는 것으로 대항할 수밖에 없다. 그런 리외의 '추상'은 랑베르의 일상적 '행복'과는 반대된다.

그렇지만 "추상이라는 것이 행복보다 나은 것으로 나타날 수도 있으므로 그런 경우, 반드시 그런 경우에만, 추상을 고려해야 한다."

행복이란 예를 들어 사랑하는 연인과 함께 있는 일이지만, 페스트라는 추상과 싸우기 위해서는 그런 개인의 행복을 부정해야만 하는 경우도 있다는 말이다.

"개개인의 행복과 페스트라는 추상과의 사이에서 벌어진 그런 종류의 우울한 투쟁"이라는 말도 나오는데, 페스트의 추상성은 리외가 가진 이념의 추상성과 같은 수준이며, 그 둘은 서로 마주하고 있는 것이다. 일상적 행복에 매달리려 해도 재앙의 절대적 크기는 어찌할 도리가 없으며, 이념을 행복보다 우선해야만 하는 경우가 있다는 뜻이다.

아직 사람들이 개인적 행복에 매달리는 페스트의 첫 번째 단계는 얼마간 계속된다. 그러나 다음에는 더욱 역동적인 대화로 말미암아 극이 크게 움직이기 시작한다.

재앙은 천벌인가?

페스트라는 재앙에서 리외는 '추상'을 보았지만, 거기서 종교적인 '진리'를 보는 사람도 있었다.

도시의 교회는 기도 주간을 갖고 예수회 소속 파늘루 신부가 성당에서 설교를 한다. 그 첫 마디는 "여러분은 불행을 겪고 계십니다. 여러분은 그 불행을 겪어 마땅합니다" 이런 통렬한 말이었다.

이어서 파늘루 신부는 애굽(이집트)에서 있었던 페스트와 관련하

〈흑사병〉 생 마르탱 수도원장 쥘리 뮈지가 지은 연대기에 실린, 투르네에서 널리 퍼졌던 흑사병에 희생된 사람들의 장례를 치르는 광경 세밀화의 한 부분

여 〈출애굽기〉의 한 구절을 인용하여 '신의 재앙'이 오만하고 눈먼 자들을 무릎 꿇리는 것이라 말한다.

"오늘 페스트가 여러분에게 영향을 미치게 되었다면, 그것은 반성 해야만 할 때가 왔기 때문입니다. 올바른 사람들은 조금도 그것을 두려워할 필요가 없습니다. 그러나 사악한 사람들은 두려워할 이유가 있습니다. 우주라는 거대한 곳간 속에서 가차없는 재앙은 쭉정이와 낟알을 가리기 위해서 인류라는 밀을 타작할 것입니다."

여기서 '재앙'이라는 프랑스어 단어는 플레오(fléau)인데, '재앙·재해'와 '도리깨'의 두 가지 뜻을 갖고 있다. 본디 이 말은 밀을 쳐서 낟알을 떨어내기 위한 도구 '도리깨'를 가리키지만, 어원적으로는 '채찍'을 뜻한다. 따라서 전쟁, 페스트, 기근 따위처럼 신이 하늘에서 인간에게 내리치는 '채찍'이라는 의미로서 '재앙'을 일컫는다.

요컨대 이 설교는 사람들에게 그때까지 막연했던 생각을 분명히 깨닫게 했다. 즉 자신들은 뭔지 모르는 죄를 저질렀기 때문에 유죄를 선고받아, 상상도 못했던 감금 상태로 복역하게 되었다는 생각이다.

"천벌을 받는다"는 표현은 우리 일상에서도 흔히 쓰인다. 아무 이유 없이 천재지변을 겪는 사람들은, 그 재앙이 자신을 덮친 것에 어떤 필연성이 있다고 믿게 되고 만다. 그런 힘을 가진 말의 무시무시함, 위험성을 카뮈는 정확히 꿰뚫어 보았다.

그러한 파늘루 신분의 설교를 듣고, 관찰자이며 기록자이기도 한 타루는 지원자로 이루어진 보건대를 만들기 위해 의사 리외와 긴 대화를 나누면서 "파늘루 신부의 설교에 대해 어떻게 생각하세요?" 묻는다. 리외는 "병원 안에서만 살아서인지 집단적 처벌 같은 것은 좋아하지 않습니다" 대답한다. 확실히 파늘루의 생각을 확대하면 보통의 질병도 신이 내린 벌일 수도 있으며, 환자는 죄인일지도 모른다. 타루는 다시 묻는다.

"선생님은 신을 믿으시나요?" (…)
"믿지 않습니다. (…) 나는 어둠 속에 있고, 거기서 뚜렷이 보려고 애쓰고 있습니다."

리외는 대답한다. 랑베르에게는 '추상적인 말'이라며 비판받았지만, 리외에게 있어 중요한 점이 이야기된다. 그리고 자신이 신이라는 관념을 왜 거부해야만 하는지, 리외 나름대로 대답을 한다.

"선생님 자신은 신도 믿지 않으시면서 왜 그렇게까지 헌신적이십니까?" (…)
의사는, (…) 만약 어떤 전능한 신을 믿는다면 자기는 사람들의 병을 고치는 것을 그만두고 그런 수고는 신에게 맡겨버리겠다고 말했다.

곧 신이라는 관념을 믿고 그것에 의지해버리면 끝내 인간의 책임이라는 것이 사라지고 만다. 여기서 리외는 신이 아닌 인간 쪽에 서기 위해 무신론을 선택한다. 그런 의미에서는 "실존주의는 휴머니즘이다" 선언한 사르트르의 견해에 가깝다고 할 수 있다.
프랑스를 비롯한 많은 유럽 지역들은 가톨릭적 토양 위에 이루어져 있으므로 늘 신이 문제가 된다. 침략이나 압제적 지배 역사 속에서 절대적 힘을 갖는 신이 존재하며, 언젠가 나쁜 지배자들을 벌하고 자신들 희생자의 편을 들어 구해주리라는 르상티망(ressentiment, 원한)의 감정이 일신교 멘탈리티(mentality, 정신성)를 밑바닥에서 지탱하고 있다. 《채털리 부인의 사랑》을 쓴 영국 작가 데이비드 로렌스는 이러한 기독교적 사고를 비판했다. 그처럼 전능한 신이 사람들의 마지막 구원의 버팀목으로 작용하는 기독교적 유럽에서 카뮈는 그런 정신의 지배와 싸웠던 것이다. 물론 그 싸움은 매우 어렵고 아직도 이기기가 쉽지 않다.

리외는 의사도 아닌데 목숨을 걸고 페스트와 싸우려는 타루에게 반대로 다음 질문을 던진다.

"그런데, 타루." 그가 말했다. "대체 뭐가 당신을 이렇게 만든 겁니까? 이런 일까지 하다니."
"모르겠어요. 아마도 나의 윤리관 때문이겠죠."
"어떤 윤리관이지요?"
"이해하자는 윤리관입니다."

'윤리'의 원어는 모랄(morale)이다. 보통 '도덕'이라 번역하는데, 그러면 선악의 판단이라는 뜻이 강해진다. '윤리'라 옮긴다고 해서 선악이라는 느낌이 사라지는 것은 아니지만, 모랄은 본디 선악과 직접 관계가 없고 어원적으로는 풍습(mœurs)에 가까운 '행동양식'이나 '의

〈죽음의 무도〉 지아코모 보를로네 데 부시스의 벽화. 1485. 이탈리아 북부 베르가모의 클루소네에 있는 예배소에 새겨진 벽화. 중세 유럽 사람들은 흑사병을 하늘이 내린 형벌로 받아들였으며, 예배소에 모여 기도를 올리면서 병의 치유를 빌었으나 전염병의 특성을 몰랐던 탓에 비좁은 공간에 많은 사람들이 모여 기도 올린 것이 오히려 화근이 되어 병이 더 널리 퍼졌다고 한다.

지'를 나타내는 추상적인 말이다.

어쨌든 타루가 말하는 '이해하는 것'과 리외의 '판별하는 것'이라는 행동양식(모랄)이 여기서 서로 통하고, 두 사람은 이 점에서 일치하여 행동하기 위해 손을 잡을 수 있었다. 그건 신이 없는 세상에서의 실천이다.

반(反)영웅주의–할 수 있는 일을

타루는 다음 날부터 일을 시작하여 유지(有志)들을 모아 보건대를 만든다. 이는 헌신적이고 아름다운 행위의 실천이었다. 그런데 여기서 카뮈는 일부러 이런 훌륭한 행위를 지나치게 찬미하는 걸 경계하고, 그 경향에 제동을 걸고 있다.

　서술자는 그래도 이 보건대를 실제 이상으로 중요시할 생각은 없다. 반면에 우리 시민의 대부분은 오늘날 서술자의 입장이 된다면 그 역할을 과장하고 싶은 유혹에 넘어가리라. 그러나 서술자는 차라리 훌륭한 행동에 너무나 지나친 중요성을 부여하다 보면 결국에는 악의 힘에 대하여 간접적이며 강렬한 찬사를 바치게 되는 것이라고 믿고 싶다. 왜냐하면 그런 훌륭한 행동이 그렇게 대단한 가치를 갖는 것은 그 행위들이 아주 드문 것이고, 악의와 냉정함이야말로 인간 행위에 있어서 훨씬 더 빈번한 원동력이기 때문이라는 말밖에 되지 않을 테니까 말이다. 그런 것은 서술자가 공감할 수 없는 생각이다. 세계에 존재하는 악은 거의가 무지에서 오는 것이며, 또 선의도 풍부한 지식 없이는 악의와 마찬가지로 많은 피해를 입히는 일이 있는 법이다. 인간은 악하기보다는 차라리 선량한 존재이지만 사실 그것은 문제가 되지 않는다.

즉 인간의 행위를 훌륭함과 하찮음으로 판단하여 이를 선악 문제로 바꾸는 건 위험하다는 말이다. 좋은 뜻에서 한 행동도 나쁜 결과로 이어질 수 있으며, 그 반대도 있을 수 있다. 미덕도 악덕도 모두 인간의 무지에서 생겨난다. 《페스트》는 결코 보통 사람보다 강한 정신을 가진 주인공이 보여주는 아름다운 영웅주의 이야기가 아니다. 이는 오히려 반(反)인도주의, 반영웅주의 소설이며, 영웅주의에 대한 의심은 곳곳에서 드러나고 있다.

　최대한의 통찰력이 없고서는 참된 선도 아름다운 사랑도 없다.

　프랑스어로 '통찰력(clairvoyance)'은 '밝게(clair) 보는 것(voyance)'이다. 타루의 노력으로 실현된 보건대의 행동에 대해서도 먼저 객관성을 갖고 명확하게 보는 걸 잊어서는 안 된다는 말이다.

　반영웅주의를 대표하는 인물은 말단 공무원 그랑이다. 그랑은 관청에서 일하면서 소설을 쓰는 데 열중하고 있다. 하지만 그 소설은 첫머리의 한 문장만을 끝없이 되풀이하여 다시 쓰는 것이었다. 한편 그는 보건대에 지원하여 들어간다.

　영웅적인 점이라고는 전혀 없는 그랑이 보건대의 서기 비슷한 역할을 하는 것도 당연한 일이었다. (…)

　그런 점에서 보면, 리외나 타루 이상으로 그랑이야말로 보건대를 살아 움직이게 하는 그 조용한 미덕의 실질적 대표자였다고 서술자는 평가한다. 그는 자기가 지니고 있던 선의로서 주저함 없이 자기가 맡겠다고 말했던 것이다. 단지 그가 바라는 것은 자질구레한 일에 도움이 되고 싶다는 것뿐이었다.

　우리 주변에서도 쉽게 찾을 법한, 평범하기 이를 데 없는 이 인물이야말로 그저 자신이 할 수 있는 일을 해내는 '조용한 미덕'을 갖춘, '수수한' 영웅이었다는 말이다. 그리하여 독자들은 이 영웅에게 친근감을 느낀다. 이런 인물을 본 줄거리와는 관계없이 적절하게 끼워넣어 활약할 자리를 만들어주는 것은 군상극으로서 《페스트》의 진면목이리라.

그랑이라는 평범한 인물과, 페스트에 의한 소동 덕분에 체포를 피한 걸 기뻐하는 코타르 같은 악인을 그림으로써, 이 소설은 참으로 풍부한 깊이를 갖게 된다. 범죄자 코타르도 단순히 그의 악함을 단죄하거나 야유하지 않고 그 사나움과 나약함을 거리를 두고 설득적으로 그려내고 있다. 카뮈는 '평범함'이나 '악함'을 부정적으로만 받아들이지 않는다. 오히려 그랑 같은 인물을 통해 평범함의 좋은 점을 긍정하는 포용력을 드러낸다.

이념은 사람을 죽이다

연인이 있는 파리로 어떻게든 돌아가고 싶은 기자 랑베르는 배급 물자를 밀수하는 코타르에게 부탁하여, 수상한 스페인계 조직에 속한 건달들의 도움을 받아 불법으로 도시를 탈출하려 했다. 그러나 그 계획은 성공을 눈앞에 두고서 몇 번이나 실패한다. 지쳐버린 랑베르는 어느 날 밤, 리외와 타루를 방으로 불러들인다.

"그런데 선생님," 그가 말했다. "저도 그 조직에 대해 많이 생각해 봤습니다. 제가 같이 일을 안 하고 있는 것은 저에게도 그만한 이유가 있기 때문입니다. 다른 일 같으면 아직도 제 몸을 바칠 수 있

〈죽음의 무도〉 15세기 전반 도미니크회 수도원에 교황에서 서민에 이르기까지 40명의 다양한 인물이 벽화로 그려졌으나 19세기 초에 붕괴, 모사만 남아 있다. 바젤역사박물관.

을 것 같아요. 저는 스페인 전쟁에 종군한 일도 있으니까요.”

“어느 편이었죠?” 타루가 물었다.

“패배한 쪽이었죠. 그러나 그 뒤 나는 좀 생각한 것이 있었어요.”

“무슨 생각이죠?” 타루가 말했다.

“용기라는 것에 대해서 말입니다. 이제 나는 인간이 위대한 행동을 할 수 있다는 것을 압니다. 그렇지만 만약 그 인간이 위대한 감정을 가질 수 없다면 나는 그 인간에 대해서 흥미가 없습니다.”

여기에 이르러 연인을 만나고 싶다는 마음 하나로 경솔하게 행동하는 것으로밖에 보이지 않던 랑베르가, 사실은 지난날 전쟁이라는 재앙 속에서 지옥 같은 경험을 했으리라는 걸 알 수 있다. 게다가 스페인 내전은 카뮈에게도 어머니의 조국에서 일어난 아주 중대한 사건이었다.

그 결과, 랑베르는 인간이 위대한 행동을 해냈다 해도 그 위대함이 감정에 의해 뒷받침되지 않는다면 아무런 의미가 없다고 생각하게 되었다. 그는 집요할 만큼 추상과 이념의 세계에 반발하여 자기 감정의 세계에 집착한다. 아마도 그는 스페인 내전에서 감정을 짓눌러 죽인 영웅이 이념을 위해 사람을 죽이는 사례를 수없이 보았기 때문이리라. 패배한 좌파 인민전선도 승리한 우파 프랑코 병사들을 많이 죽였다. 아무리 그것이 위대한 사상을 위해 적과 싸우는 영웅적 행위였다 해도, 인간이 인간을 죽이는 일은 용서받을 수 없는 악이라는 원초의 감정을 잊어버린다면 얼마나 무시무시한 비극을 낳는지 그는 알아버린 것이다.

"이것 보십시오, 타루. 당신은 사랑을 위해서 죽을 수 있나요?"
"모르겠어요. 그러나 아마 죽을 수는 없을 것 같군요. 지금은……."
"그렇죠. 그런데 당신은 하나의 관념을 위해서는 죽을 수 있습니다. 똑똑히 눈에 보입니다. 그런데 나는 어떤 관념 때문에 죽는 사람들은 진절머리가 납니다. 나는 영웅주의를 믿지 않습니다. 그것이 쉬운 일이라는 것을 알고 있고, 그것은 살인적인 것임을 알았습니다. 내가 흥미를 느끼는 것은, 사랑하는 것을 위해서 살고 사랑하는 것을 위해서 죽는 일입니다."

여기는 매우 중요한 대목이다. 하나의 관념이 사람을 죽인다는 사실이 쓰여 있기 때문이다. 그 점은 스페인 내전 때의 프랑코 쪽도 인민전선 쪽도 마찬가지이며, 전쟁을 벌이는 한 그 사실에서 벗어날 수 없다. 따라서 랑베르가 영웅적 이념이 아니라 "사랑하는 것을 위해서 살고 사랑하는 것을 위해서 죽는다"고 한 말은 감정과 함께 살아가는 일이며, 죽음을 받아들인다 해도 그렇게 살아가는 것과 표리일체여야만 한다는 뜻이다.

전쟁에는 반드시 그럴듯한 이념이 명분으로 내세워진다. 본심은 영토 확장이나 경제적 이득인데도 겉으로는 민족 해방을 위해, 인민 평등을 위해, 혁명을 위해, 때에 따라서는 평화와 자유를 위해서라고 부르짖는다. 이념이 살인을 허용하며, 또한 자기 죽음도 마다 않는 영웅적 행위는 그 이념을 더욱 강화하고 미화시켜 간다. 이 점에 대한 랑베르의 공포와 혐오는 이미 그의 뼈와 살이 되어 있는 것이다. 그런 랑베르에게 리외는 말한다.

"이 모든 일은 영웅주의와는 관계가 없습니다. 그것은 단지 성실함의 문제입니다. 어쩌면 비웃을지도 모르나, 페스트와 싸우는 유일한 방법은 성실한 것뿐입니다."

"성실하다는 게 대체 뭐죠?" 랑베르는 돌연 심각한 표정으로 물었다.

"일반적인 면에서는 모르겠지만, 내 경우 그것은 자기가 맡은 직분을 완수하는 것이라고 알고 있습니다."

이는 그랑과도 공통되는 행동 윤리이다. 즉 상황을 잘 판별한 뒤 그저 자신이 할 수 있는 일을 한다는, 견실하고 정직한 윤리이다.

그 윤리에 따라 영웅주의가 빠지는 위험을 피하기 위해 리외는 자기 나름의 생각을 내세우고 랑베르의 망설임과 의심에 답을 주었다. 리외의 말은 강한 설득력을 갖는다.

마음이 흔들린 랑베르는 리외가 일을 하러 돌아간 뒤, 타루에게서 리외의 아내가 멀리 요양원으로 가서 서로 떨어져 지낸다는 이야기를 듣는다. 랑베르와 리외는 똑같은 처지였던 것이다. 그 사실이 더욱 랑베르의 마음을 움직여, 다음 날 아침 그는 리외에게 전화를 걸어 자신이 이 도시를 떠날 방법을 찾을 때까지 함께 일하게 해달라고 부탁한다.

마침내 랑베르는 페스트와 싸우는 보건대 일원이 되었다.

이 소설은 군상극임과 아울러 토론극으로서도 매우 뛰어나다. 말과 말이 부딪치는 대화극, 역동적인 사상의 대결이라는 극을 카뮈는 더할 나위 없이 교묘하게 그려낸다. 저마다의 절정이 독백이 아닌 대화로 이루어져 있으며, 그 대화가 인물의 심리와 행동을 앞을 향해 움직이게 만드는 역동성의 원천이 되어 있다.

무엇을 말해도 소용없다, 진실 따위 없다 등 '말에 대한 무력감'이 널리 퍼져 있는 오늘날 풍토 속에서, '말의 중요성'을 철저히 믿는 《페스트》라는 소설은 큰 의미를 갖는다. 대립이 생겼을 때 그대로 끝내지 않고 대립의 한 발 앞, 새로운 상황으로 나아가는 것이 바로 대화이다. 그런 대화의 중요한 기능을 자연스러운 말의 주고받음 속에 그려내고 있다는 것은 이 소설에서 결코 빼놓을 수 없는 장점이다.

〈죽음의 무도〉 미하엘 볼게무트의 판화. 1493. 하르트만 쉐델이 지은 《뉘른베르크 연대기》에서

페스트의 두 번째 단계―정체(停滯)의 무시무시함

페스트는 이윽고 두 번째 단계에 접어드는데, 재앙이 점점 더 미쳐 날뛰는 게 아니라 오히려 정체 속에서 그 무시무시한 국면을 맞이한다. 그리고 이 점이 카뮈의 소설적 상상력의 날카로움이다.

페스트가 일어난 지 네 달이 지난 8월 중순, 더위와 전염병의 맹위는 정점에 이른다. 어디에도 개인의 삶은 존재하지 않고 그저 페스트라는 집단적 현실만 있으며, 공포와 이별 및 추방의 감정에 사람들은 똑같이 얽매어 있었다.

먼저 자포자기하여 악에 받친 몇몇 사람들에 의한 방화와 습격, 약탈이 일어난다. 그러고 나서 해수욕이 금지된다. 항구를 비롯한 해안선을 완전히 폐쇄하기 위함이다.

그리고 감염 방지 등 실제적 이유에서 죽은 이들의 장례도 금지된다. 죽은 자의 수가 너무 많아 일일이 장례를 치를 수 없다는 '부조리'한 상황에 사람들은 어처구니없는 두려움을 느낀다. 간호사와 매장꾼들은 잇달아 병에 감염되어 죽지만, 수많은 실업자가 생겨나 있었으므로 그런 가혹한 노동을 해줄 사람은 부족하지 않았다. 매장 절차는 점점 간략해져 가고, 이윽고 죽은 자들을 태우는 연기가 끊임없이 솟아오르는 음침하고 참혹한 광경이 펼쳐진다.

그러나 그런 표면적인 사태 전개보다 무시무시한 것은 페스트의 두 번째 단계에서 가까운 사람과의 이별에 괴로워하던 사람들이, 기억도 상상력도 잃어버리고 말았다는 점이다.

이 도시에서는 이미 그 누구도 큰 감정의 기복을 갖지 않게 되었다. 그 대신 모두 단조로움을 느꼈다. "이젠 끝나도 좋은데." 시민들은 너도나도 말했다. 재앙 속에서 집단적 고통의 끝을 바라는 건 당연했으며, 실제로 그들은 이 재앙이 끝나기를 빌었다. 그렇지만 이런 말에도 처음의 열기와 절실한 감정이 깃들어 있지 않고, 그저 우리에게 남아 있는 궁색한 도리가 그렇게 말하게끔 만들었다. 처음 몇 주 동안 격렬한 감정의 폭발에 뒤이어 의기소침한 상태가 생겨나고, 체념과도 같은 그 상태는 재앙을 어쩔 수 없는 일로 받아들이는 것이나 다름없었다. 체념까지는 아니더라도 비참한 현재 상태에 동조하고 만다는 뜻이다.

　우리 시민들은 보조를 맞추었고, 흔히 사람들의 말을 빌리자면 스스로 적응하고 있었는데, 그것도 달리 어쩔 도리가 없었기 때문이었다. 물론 그들에게는 아직 불행과 고통의 태도가 남아 있었지만, 그 고통은 더 이상 느껴지지 않게 되었다. 예를 들어서 의사 리외가 지적했듯이, 사실 불행은 바로 그 점에 있는 것이며, 또 절망에 익숙해진 것은 절망 그 자체보다 더 나쁜 것이라고 할 수 있었다.

　아주 훌륭한 집단 심리의 분석이다. "절망에 익숙해진 것은 절망 그 자체보다 더 나쁜 것"이라는 말은 결정적인 한 구절이다.

　기억도 희망도 없이 그들은 현재 속에 자리를 잡고 있었다. 사실 모든 것이 그들에게는 현재가 되었다. 이것도 말해야겠는데, 페스트는 모든 사람들에게서 사랑의 능력을, 심지어 우정을 나눌 힘조차도 빼앗아가 버렸다. 왜냐하면 연애를 하려면 어느 정도의 미래를 요구하는 법인데, 우리에게는 이미 현재의 순간 말고는 남은 것이 없었기 때문이다.

　언제까지나 이어지는 재앙에 의한 추방과 감금 상태 속에서 과거와 미래라는 시간의 전망을 잃고, 과거의 기억도 미래에 대한 희망도 없어지고 만다. 그리고 사랑과 우정조차 갖지 못하는 상황으로 변해 간다. 절망에 익숙해진다는 것은 그런 식으로 미래를 빼앗긴 죄인처럼 된다는 말이다.

이런 무기력 상태로 말미암아 '페스트 속에 틀어박혀버리고 마는 것'이며 곧 '긴 잠'과 비슷한 정체가 찾아온다. 도시는 곧 "눈을 크게 뜬 채 잠자고 있는 사람들로 가득 차"게 된다. 도시 곳곳은 숨막히는 '제자리걸음 소리'로 가득하다. 이 얼마나 섬뜩한 상황인가.

지금의 나를 받아들이다─랑베르의 결의

9월과 10월 두 달 동안 페스트는 제자리걸음을 계속한다. 그런 정체 속에서, 리외와 보건대 사람들 또한 밤낮으로 일하느라 지쳐 여유가 없어지고 감수성이 무뎌져만 갔다.

그런 가운데 초췌하지도, 낙심하지도 않은 '만족의 화신'과 같은 한 사람이 있었다. 바로 범죄자 코타르이다. 그는 자신이 페스트에 걸리리라고는 꿈에도 생각지 않고, 페스트 덕분에 당장 체포를 면했음에 만족하고 있는 것이다. 쫓기는 신세로 자살미수까지 저질렀던 코타르는 페스트 소동이 계속되면 자신의 체포유예 기간도 늘어나 자유로이 지낼 수 있으리라 여겼다.

그런 코타르를 타루는 흥미롭게 관찰하며, '코타르와 페스트의 관계'라는 제목의 글을 수첩에 기록한다.

페스트는 고독하면서도 고독하기를 원치 않는 사람들을 공범자

〈대수도원장〉 한스 홀바인 2세의 '죽음의 무도' 시리즈 목판화. 1523~25.

로 만든다. 왜냐하면 그는 분명히 하나의 공범자이며, 게다가 그러기를 원하는 공범자이기 때문이다.

즉 코타르는 체포를 두려워하며 지내던 자신의 상태가, 페스트에 벌벌 떨며 지내는 모두와 유사한 상태로 변해버렸음에, 사람들과 기묘한 동료의식을 갖게 된 것이다. 시민들은 이웃으로부터의 감염을 경계하면서도 그것과 모순되게 이웃들과의 접촉을 바라며 깊은 밤 도시에서 산책을 하고 향락적인 생활도 이어갔다.

타루는 어느 날 밤, 코타르에게 이끌려 오페라극장에 간다. 그런데 사람들이 가득 들어찬 극장에서 한 사건이 일어난다. 오르페우스 역을 맡은 가수가 클라이맥스 장면에서 노래를 하다 괴이한 모습으로 경직된 채 쓰러진 것이다. 이를 본 관객들은 비명을 지르며 출구로 마구 도망쳐 나갔다. 이는 페스트라는 두려움을 잠시나마 잊게 해주는 향락에 만족하면서도 사실은 그 두려움을 잊지 못하는, 사람들의 모순된 심리상태를 설명해주는 듯한 사건이다.

리외, 타루와 이야기를 나누고 나서 보건대에 들어간 신문기자 랑베르는 리외 곁에서 몸을 아끼지 않고 열심히 일을 했다. 그러면서도 한편으로는, 스페인 범죄자 같은 이들과 접촉을 계속하며 그들의 안내로 도시를 탈출할 준비도 착착 해나갔다. 그러다 마침내 밤 12시 도시를 나가기 직전에 이르러 랑베르는 리외에게 할 이야기가 있다고 부른다.

"역시," 랑베르는 말을 꺼냈다. "나는 가지 않겠어요. 그리고 여러분과 함께 남겠어요." (…)

랑베르는 다시 한 번 생각해보았고, 여전히 자기 생각에 변함은 없지만 그래도 자기가 떠난다면 부끄러운 마음을 지울 수 없게 될 것이라고 말했다. 그렇게 되면 남겨두고 온 그 여자를 사랑하는 것도 거북해지리라는 것이었다. 그러나 리외는 (…) 행복을 택하는 데 부끄러울 것은 없다고 말했다.

"그렇습니다." 랑베르가 말했다. "그러나 혼자만 행복한 것은 부끄러울지도 모르지요. (…) 나는 여태껏 이 도시와는 남이고 여러분과는 아무 상관도 없다고 생각해왔어요. 그러나 이제는 볼대로 다 보고 나니, 나는 내가 원하건 원하지 않건 간에 이곳 사람이라는 것을 알았어요. 이 사건은 우리 모두에게 관련된 것입니다."

'우리 모두'란, 페스트가 등장인물 모두, 그리고 오랑 사람들 모두와 관계가 있다는 의미이다. 아울러 독자들에게도, 언제 이런 끔찍한 재앙이 들이닥칠지 모른다고 조용히 경고하는 것 같은 느낌을 준다.

본디 자신과 전혀 관계없는 사건으로서 페스트라는 재앙을 취재만 해오던 랑베르에게, 이 마을은 자신과 전혀 관계없는 곳이었으나 이곳에서 자신이 할 수 있는 일을 하고 사람들과 관계를 맺어 가는 동안 같은 상황을 공유하는 동료라는 연대감이 그에게 생긴 것이다. 천재지변이나 전쟁 같은 사건이 일어났을 때, 그에 맞서 저마다 지극히 마땅한 행동을 함으로써 더욱 적극적인 연대가 생겨날 가능성이, 자연스러운 이야기 흐름 속에서 드러난다.

위의 랑베르 대사는 《페스트》 다음 작품 《반항하는 인간》(1951)*⁴에서 다루어지는 주제인 '연대'*⁵를 예고하는 것이라고도 할 수 있다. '내가 할 수 있는 일'을 하거나 '지금의 나를 받아들이는 것'이야말로 연대의 중요한 전제이다.

순수한 아이의 죽음

10월 하순, 예심판사 오통의 아들이 페스트에 걸린다. 가족으로부터 격리된 소년은 절망적인 증상을 보이고 있었다. 이에 리외는 늙은 의사 카스텔이 갓 제조한 혈청을 이 아이에게 시험해보기로 마음먹고 주사한다.

그런데 이 혈청은 결과적으로 아이의 죽음을 늦추기만 했으며 아이로 하여금 더욱 기나긴 괴로움을 겪도록 만들어버렸다. 카뮈의 긴박한 필치가 속속들이 발휘된 장면으로, 경련하며 괴로움에 몸부림치는 아이 곁에서 리외와 카스텔, 타루, 파늘루 신부, 그랑, 랑베르

---

*4 '인간의 삶을 빼앗는 포학함에 대한 집단적 반항'을 논한 책. 그 속에서도 카뮈는 반항하는 인간이란 '부정(否定)'이면서 동시에 인간의 어느 부분에 대해서는 '수락'을 말하는 인간이라 정의했다. 또한 마르크스주의에 바탕을 둔 혁명사상은 '역사'를 절대시하고 있다며 비판, 폭력혁명을 반대했다.

*5 "개인이 지키려고 하는 가치는 그만의 것이 아니다. 가치를 만들려면 적어도 모든 사람이 필요하다. 반항에 있어서는, 인간은 다른 사람 안으로, 자신을 초월시킨다. 이 판단에서 보자면 인간의 연대성은 형이상적이다.

Mors tua. mors xpi. fraus mūdi. gloria celi. Et dolor iferni: ſint memoranda tibi.
Credo ꝗ redemptor meus viuit ꝫ in nouiſ
ſimo die de terra ſurrecturus ſum et in
carne mea videbo deum ſaluatorē meū

Vado mori iuder: quia iam
plures reprehendi Judicium
mortis horreo. vado mori

Le mort

Abbe: venez toſt: vous fuyez:
Mayez ia la chiere eſbaye.
Il conuient que la mort ſuiuez:
Combien que moult lauez haye
Commandez a dieu labaye:
Que gros et gras vous a nourry.
Toſt pourriez a peu de aye.
Le plus gras eſt premier pourry.

Labbe

De cecy neuſſe point enuie:
Mais il conuient le pas paſſer.
Las: or nay ie pas en ma vie
Garde mon ordre ſans caſſer.
Garde vous de trop embraſſer
Vous qui viuez au demorant:
Se vous voulez bien treſpaſſer.
On ſauiſe tard en mourant.

Le mort

Bailly qui ſauez queſt iuſtice
Et hault et bas: en mainte guiſe:
Pour gouuerner toute police.
Venez tantoſt a ceſte aſſiſe.
Je vous adiourne de main miſe.
Pour rendre compte de vous fais
Au grant iuge: qui tout vng priſe
Un chaſcun porteras ſon fais.

Le bailly

Hee dieu: vecy dure iournee:
De ce cop pas ne me gardoye
Or eſt la chanſe bien tornee:
Entre iuge honneur auoye.
Et mort fait raualer ma ioye:
Qui ma adiourne ſans rappel.
Je ny voy plus ne tour ne voye:
Contre la mort na point dappel.

죽음의 무도를 추고 있는 수도원장과 집행관 마르샹이 펴낸 책에 실린 세밀화. 1486. 파리

알베르 카뮈와 그 작품 세계 65

가 하루 밤낮을 지킨다.

　단지 아이만이 온 힘을 다해서 발버둥치고 있었다. 리외는 가끔 가다가, 딱히 그럴 필요성이 있어서라기보다는 오히려 현재 자신이 놓인 아무것도 하는 일 없는 무력한 상태에서 벗어나려고 아이의 맥을 짚어보곤 했는데, 눈을 감으면 그 요란한 맥박이 자신의 맥박과 뒤섞이는 것을 느꼈다. 그때 그는 사형을 선고받은 아이와 자신이 한 몸이 된 것을 느꼈으며, 아직 몸이 성한 자신의 모든 힘을 다해서 그 애를 지탱해주려고 애썼다. 그러나 순간적으로 하나가 되었다가도 두 사람의 심장의 고동은 다시 엇갈리게 되어 아이는 그만 그에게서 빠져나갔고, 그러면 그는 그 가느다란 손목을 놓고 자기 자리로 돌아오곤 하는 것이었다.

죽어가는 아이의 모습에서, 온 힘을 다해 병에 맞서 싸우는 이미지가 강하게 떠오른다. 아이의 비참한 모습과, 과감하게 나서서 싸우는 리외의 모습이 겹쳐진 것이다. 아이의 요란한 맥박과 자기 맥박의 합일을 바라는 리외의 절망적인 기대에는, '연대'라는 주제가 육체화한 듯한 힘이 있다. 또한 '사형을 선고받은'이라는 표현은 뒤에 기술되는 타루의 삽화를 암시하며, 사형도 인간에게 죽음을 선고하고 강제적인 죽음을 내린다는 점에서 페스트나 전쟁이라는 재앙과 닮았다는 주제를 보여준다. 단순한 비유적인 표현이 아닌 것이다. 아이의 비참한 싸움을 그린 묘사는 계속된다.

갑자기 아이는 두 다리를 꺾더니 넓적다리를 배 근처에 갖다 대고는 움직이지 않았다. 아이는 이때 처음으로 눈을 뜨고, 눈앞에 있는 리외를 보았다. 이제는 잿빛 찰흙처럼 굳어버린 그 얼굴의 움푹한 곳에서 입이 벌어졌다. 그러더니 곧 한 마디의 비명, 호흡에 따른 억양조차 거의 없이 갑자기 단조로운 불협화음의 항의로 방안을 가득 채우는, 인간의 것이라기에는 너무나도 이상한, 마치 모든 인간들에게서 한꺼번에 솟구쳐 나오는 것만 같은 비명이 터져 나왔다.

너무도 비통하고 잔혹한 묘사지만 '죄 없는 어린아이의 부조리한 싸움'을 그려냄으로써 카뮈는 '신 없는 세상'을 관념이 아닌, 구체적인 현실로서 눈앞에 생생하게 펼쳐놓는다.

좀더 지켜보자고 말하던 리외마저도 끝내 눈을 돌려버리고 자리를 떠난다. 리외가 그런 인간적인 나약함을 보이는 가운데, 아이는 어떤 구원도 없이 죽음에 이르고 만다.

"더 이상은 못 있겠어요." 리외가 말했다. "더 들을 수가 없어요."

그러나 갑자기 다른 환자들이 입을 다물었다. 그때 의사는 아이의 비명이 약해진 것을 알아차렸다. 그 비명은 점점 더 약해지더니 급기야는 멎어버렸다. 그러더니 그의 주위에서 앓는 소리들이 다시 들려오기 시작했다. 그러나 나지막하게, 이제 막 끝난 그 싸움의 머나먼 메아리처럼 들려왔다. 싸움은 끝났으니 말이다. 카스텔은 침대 저쪽으로 가더니, 이제 모든 것이 끝났다고 말했다. 어린아이는 입을 벌린 채로, 그러나 말없이, 흐트러진 담요의 움푹 들어간 곳에서 갑자기 더 작아진 듯한 몸을 웅크리고 얼굴에는 눈물 자국을 남긴 채 누워 있었다.

순수한 아이의 잔혹한 죽음이라는 주제는, 카뮈에게 하나의 강박관념처럼 박혀 있었다. 1948년 도미니크회 수도원에서 했던 〈무신론자와 기독교인〉 강연에서, 카뮈는 다음과 같은 말을 남겼다.

저는 당신들과 똑같이 악에 강한 증오를 품고 있습니다. 그러나 저는 당신들과 같은 희망을 갖고 있지 않고, 아이들이 괴로움에 발버둥 치며 죽어가는 이 세계에 맞서 싸움을 이어가고 있을 뿐입니다.

'당신들'이란 강연의 청중인 기독교인, 특히 성직자나 수도사를 뜻한다. 그리고 '당신들과 같은 희망'이란, 사람은 죽어도 내세에서 구원을 받는다는 생각을 말한다. 그러나 죽어버리면 내세는 없다는 게 카뮈의 기본적인 생각이었기에, 내세에서 구원된다는 희망이 그에게는 없다. 그래서 '아이들이 괴로움에 발버둥 치며 죽어가는' 것은 이 세상 궁극의 비참한 모습이다.

카뮈는 '인간의 운명에 대해서는 비관론자'이지만 인간이 악한 존재는 아닐지도 모른다는 '낙관적인 희망'을 품고 있다. 이는《페스

〈죽음의 무도〉 벽화가 함께 있는 파리 생 이노상 공동묘지의 납골당 위의 공간에는 해골이 가득 차 있고, 아래 아치형 공간에 〈죽음의 무도〉 벽화가 그려져 있다.

트》에 담긴 사상이기도 하다. 인간은 처음부터 죄를 짓고 태어나는 존재가 아니며 악을 저지르기 위한 존재도 아니라는 뜻이다.

이 말은, 기독교와의 대비로서 카뮈의 견해를 명확하게 나타낸다. 그리고 '인간주의의 이름이 아닌' 이 부분은 일반적 의미에서의 휴머니즘이라 하기에는 부족하고 '인간끼리 서로서로 돕자'는 생각만으로는 충분치 않다는 것을 뜻한다. 휴머니즘 또한 처음부터 인간 존재를 결정지어버려, 모두 알고 있는 것처럼 전제를 두기 때문이다.

그렇다면 무엇이 필요할까? 카뮈는 '무지(無知)'라고 말했다. 여기서 '무지'란, 기독교 이전의 고대 그리스 철학자 소크라테스가 말하는 '무지'와 마찬가지다. 곧 '나는 아무것도 모른다'는 인식을 갖고 자신의 판단을 곧이곧대로 믿지 않으며, 선한 것과 악한 것을 미리 정해두지 말고 '어떤 것도 부정하지 않는' 상태에서 출발해야 된다는 것이다.

'인간은 본디 이렇다' 또는 '세계란 이런 거야' 고정관념을 가져선 안 되고, '나는 아무것도 모른다'는 인식이 바탕에 깔려 있어야 한다는 사고방식이다. 카뮈는 앞의 강연에서 이렇게 강조한다.

우리는 아마 아이들을 괴롭히는 이 세계를 막을 수는 없을 것입니다. 그러나 우리는, 괴로워하는 아이들 수를 줄일 수는 있습니다.

악을 똑바로 바라보면서도 인간적인 노력으로 비참한 세계를 개선해 나아갈 수 있음을 이야기하며, 카뮈는 그 힘겨운 인간의 싸움을 긍정적으로 바라보았다.

그런 세상을 사랑할 수 있을까?—파늘루 신부의 변화

오통의 아들 죽음에 리외는 큰 충격을 받는다. 피로의 극한에 내몰린 리외는 파늘루 신부에게 "이 애만큼은 적어도 아무 죄가 없었습니다" 하며 분노를 터뜨렸다.

얼마쯤 지나서 이성을 되찾은 리외는 신부에게 용서를 구하며, "이따금 나는 이 도시에서 반항심밖에는 아무것도 느끼지 못할 때가 있습니다" 말한다. 파늘루는 리외의 말을 이해한다는 듯, "그렇지만 아마도 우리는 우리가 이해할 수 없는 것을 사랑해야 합니다" 대답해준다.

즉 신의 의지는 인간의 척도를 뛰어넘으며 인간이 이해할 수 없는 존재이므로 어디에 구원이 있을지 모른다는 것이다. 이에 대해 리외는 아이들을 입에 담는다.

"나는 사랑이라는 것에 대해서 달리 생각하고 있어요. 어린아이들 마저 주리를 틀도록 창조해 놓은 이 세상이라면 나는 죽어도 거부하겠습니다."

아이들의 이름으로, 리외는 신이 창조한 세상에 반대한 것이다. 파늘루는 순간 혼란스러운 듯한 표정을 지으며 "이제야 나는 은총이라 부르는 것이 과연 무엇인가를 알게 되었어요" 중얼거렸다. 이렇듯 그는 종교적인 문제로 돌아간다. 리외는 대답한다.

"그런 문제에 대해 당신하고 토론하고 싶지는 않아요. 우리는 신성 모독이나 기도를 초월해서, 우리를 한데 묶어주고 있는 그 무엇을 위해서 함께 일하고 있어요. 그것만이 중요합니다."

이는 종교적인 문제를 뛰어넘어야 비로소 리외는 파늘루와 연대를 할 수 있다는 뜻이다. 신앙이든 정치적 신념이든 무언가를 고집하고 있기만 하면 연대를 할 수 없다. 추상적인 이념에 절대적인 정의나 진실만 보고 있으면, 결국 랑베르가 말했듯이 서로를 죽이게 될 뿐이다. 이 생각은 레지스탕스 시대 카뮈 자신의 경험에 바탕을 둔 것이 아닐까. "당신도 역시 인간의 구원을 위해서 일하고 계시거든요." 파늘루는 이렇게 말했으나 리외는 이에 대해서도 다른 의견을 밝힌다.

"인간의 구원이란 나에게는 너무나 거창한 말입니다. 나는 그렇게까지 원대한 포부는 갖지 않았습니다. 내가 관심이 있는 것은 인간의 건강입니다. 다른 무엇보다도 건강이지요."

리외는 자신이 할 수 있는 일을 한다는, 발이 땅 위에 붙어 있는 실천적 논리를 기초로 둠으로써, 파늘루처럼 자신과 생각이 다른 사람과도 연대가 가능하다고 믿었다. 의논을 끝낸 뒤, 리외는 파늘루의 손을 잡고 "하느님조차 이제는 우리를 갈라놓을 수 없습니다" 짓궂은 농담을 하고는 떠나간다.

파늘루 신부도 보건대에 동참하여 페스트와의 싸움 최전선에서 헌신적으로 일을 한다. 그러나 오통의 어린 아들 병간호를 시작한 날부터 그에게도 변화가 일어난다. 그는 리외에게 '사제가 의사의 진찰을 받을 수 있는가?'라는 주제로 논문을 준비하고 있다고, 웃으면서 이야기한다. 그것은 진지한 결의였다. 또 파늘루는 미사 때 그 문제를 이야기할 생각이라고도 리외에게 알렸다.

그리고 사나운 바람이 불던 날, 파늘루는 페스트 발생 이래 두 번째 설교를 시작한다. 그는 첫 번째 설교 때와 달리 '여러분' 대신 '우리'라는 말을 썼다. 하지만 내용은 '모든 것을 믿어야 하는가, 아니면 모든 것을 부정해야 하는가'라는, 너무도 극단적인 주제였다.

"신의 사랑은 몹시 힘든 사랑입니다. 그것은 자신을 전적으로 포기하여 자기 자신을 돌보지 않는 것을 전제로 합니다. 그러나 그 사랑만이 어린아이의 고통과 죽음을 지워줄 수 있습니다."

파늘루에게도 '어린아이의 고통과 죽음'이 하나의 동기가 되어 있음을 알 수 있다. 다만 아이들을 구원하기 위해 신을 믿고 사랑하려면, '자기 자신을 완전히 포기'해야 한다는 자기 징벌적인 도덕적 또는 종교적 주장을 하고 있는 것이다. 이 설교는 이단이라고까지 할 수 있을 만한 내용이었다.

파늘루의 설교를 듣고, 늙은 사제가 그 대담한 내용을 걱정하며 젊은 부제에게 "대체 어떤 사상인가?" 물었다. 그러자 젊은 부제는 "신부가 의사의 진찰을 받는다면 그것은 모순이라는 거죠" 하고 대답한다.

파늘루는 자기 같은 성직자가 신의 의지로 페스트에 걸린다면, 그 잔혹한 시련을 그저 받아들여야 한다는 신념을 말한 것이다. 리외는 파늘루의 설교 내용을 타루에게 알린다. 그러자 타루는, 전쟁 통에 눈을 잃은 어떤 젊은이의 얼굴을 보고 신앙을 잃은 한 신부를 알고 있다고 말한다.

"파늘루의 말이 옳죠." 타루가 말했다. "죄 없는 사람이 눈을 잃게 될 때, 한 기독교인으로서는 신앙을 잃거나 눈을 잃거나 해야 마땅 하죠. 파늘루는 신앙을 잃기를 원치 않습니다. 그러니 그는 끝까지 갈 거예요. 그가 하고 싶었던 것이 바로 그겁니다."

여기서 흥미로운 점은, 타루가 어떤 과격함에 있어서 파늘루에게 공감하고 있다는 것이다. 사실 타루는 전쟁이든 재앙이든 사형이든 간에 인간을 죽이는 모든 행위를 절대적으로, 과격하게 부정해온 사람이다.

리외의 눈에는 파늘루의 생각이 도덕적·종교적 마조히즘으로 보 이지만, 한편으로 사람을 죽이는 행위를 절대적으로 부정하는 타루 의 사고방식은 파늘루의 절대적인 자기부정과 비슷하다.

이런 대화를 통해서 카뮈는 인간 정신의 신비로운 움직임을 절 묘하게 표현해냈다. 스스로의 신념을 관철시키며, '최후의 최후까지 나아간다'는 극단적 결의야말로 파늘루 신부의 비장한 변화이다.

그로부터 며칠 뒤 파늘루는 갑자기 몸 상태가 나빠졌으나, 설교 에서 말했듯이 의사의 진찰을 거부했고 병세는 악화되어간다. 소식 을 들은 리외가 서둘러 달려갔을 때는 이미 손쓸 수 없는 상태였다.

그런데 신기하게도 파늘루에게서는 페스트라 확정할 만한 주요한 징후는 보이지 않았다.

파늘루는 곁에 있어주겠다고 말하며 자신을 위로하는 리외에게 감사하면서도 "성직자에겐 친구가 없습니다. 모든 것을 신에게 맡긴 몸이니까요" 괴로운 듯 말했고, 병원으로 옮겨지고 나서는 어떤 표정도 없이 입을 꾹 다물고만 있었다. 그다음 날 아침, 파늘루 신부는 숨을 거두고 만다. 그의 사인(死因)은 '병명 미상'이었다.

타루의 고백–널리 퍼진 페스트의 정체

11월, '페스트 진행 그래프 곡선'은 정점에서 어떤 변화도 없었다. 의사회 회장 리샤르는 페스트가 드디어 '안정기'에 접어들었다 보고 낙관적 예상을 한다. 그 직후, 리샤르 자신이 페스트에 걸리고 자기 입으로 주장한 '안정 상태' 속에서 숨을 거둔다.

카스텔의 혈청은 예기치 않았던 성공을 몇 건 거두지만 정작 카스텔 자신은 어떤 낙관도 비관도 하지 않고 정성들여 혈청을 제조하는 데에만 골몰한다. 의사들과 조수들은 건강을 해칠 만큼 노력을 계속했으며 초인적이라고 할 수밖에 없는 일을 그저 규칙적으로 이어가기만 한다. 한편, 신문은 당국으로부터 내려오는 정보나 감동적인 이야기만을 흘리고 낙관적인 보도를 한다. 그러나 실제 사정은 달랐다. 식량 보급의 불평등 때문에 시민들 사이에서 불만이 커져 갔고, 시립운동장 등에 세워진 예방격리소나 격리수용소도 사람들로 포화 상태에 이르는 등 비참하기만 했다.

그즈음 타루는 이미 호텔을 나와 어머니와 함께 사는 리외 집으로 들어가 있었다. 11월 끝 무렵 어느 날 저녁, 타루는 왕진을 가는 리외와 동행한다. 두 사람은 그곳의 전망 좋은 테라스에 올라가 상쾌한 바람을 맞으며 잠깐 동안 휴식을 취하는데, 그때 타루는 리외에게 자신의 정체를 밝힌다. 타루의 이 고백은, 작품 속 '페스트'의 의미를 은유적으로 이해하는 중요한 삽화이다.

"간단히 말하자면 리외, 나는 이 도시와 전염병을 만나게 되기 훨씬 전부터 페스트로 고생했습니다."

타루에게 과연 '페스트'가 무엇인지는, 그 기나긴 고백 속에 드러난다. 그의 아버지는 검사로, 성실하고 정직하며 가정적인 평범한 사람이었다. 취미라 해도 철도 여행 안내서를 읽는 것쯤으로, 어린 타루에게 많은 애정을 쏟았으며 타루 또한 아버지를 사랑했다. 타루가 열일곱 살이 되었을 때 아버지는 자신의 논고를 듣도록 아들을 법정으로 불렀다.

그곳에서 타루는 아버지에 의해 사형선고를 받은 피고인에게 강렬한 인상을 받는다. 그때까지는 '피고'라는 추상적인 관념으로만 있던 존재가 바로 그의 눈앞에서 키 작고 빨간 머리털을 가진, 너무 강한 햇빛을 받아 겁을 먹은 올빼미처럼 '살아 있는' 인간의 모습을 하고 있었던 것이다. 설령 그가 죄를 저질렀다고 해도, 살아 있는 인간을 사회의 이름으로 죽여버리는 사형선고가 아버지에 의해 내려졌다는 것은 타루에게 엄청난 충격이었다.

　내 관심은 사형선고였습니다. 나는 그 붉은 머리털을 한 올빼미 씨하고 결말을 지어보고 싶었죠. 그래서 결과적으로 정치 운동을 하게 되었어요. 결코 페스트 환자가 되고 싶지는 않았어요. 그것뿐이에요. 내가 살고 있는 사회는 사형선고라는 기반 위에 서 있다고 믿고, 그것과 투쟁함으로써 살인 행위와 싸울 수 있다고 믿었어요.

　타루가 말한 '페스트'란, 사형선고를 뜻한다. 그것이 병에 의해서든, 사회에 의해서든 인간에게 죽음이라는 결과를 가져다주는 살인이란 것에는 변함이 없다고, 타루는 느꼈다. 그런데 그가 몸을 내던진 유럽 각국 정치 투쟁 속에서도 "몇몇 사람의 죽음은, 더 이상 아무도 사람을 죽이지 않는 세계로 이끌어가기 위해서 필요한 일"이라는 그럴싸한 명분으로 처형이 행해졌다. 그는 헝가리에서 총살형을 목격하기도 했다.

　나는 그야말로 내가 온 힘과 정신을 기울여 페스트와 싸우고 있었다고 믿고 있던 그 오랜 세월 동안 내가 끊임없이 페스트를 앓고 있었다는 것을 깨달았습니다. 나는 내가 간접적으로 수천 명의 인간의 죽음에 동의한다는 것, 불가피하게 그런 죽음을 가져오게 했던 그런 행위나 원칙들을 선이라고 인정함으로써 그러한 죽음을 야기하기까지 했다는 것을 알았습니다.

타루는 사형선고를 내리는 사회에 반대하며 참가한 혁명운동 속에서도 수많은 숙청(사형선고와 살인)이 이루어지고 있었음을 깨달은 것이다. 아마 여기에는 카뮈가 젊은 시절 참가한 공산주의운동에서의 경험도 투영되어 있으리라. 혁명의 대의 아래 벌어지는 살인들, 전쟁이라는 이름으로 이루어지는 학살이 존재한다.

역사는 내 생각이 옳다는 것을 증명해 주었습니다. 오늘날에는 많이 죽이는 자가 승리하는 모양이니 말이에요. 그들은 모두 살인에 미친 듯이 열중해 있습니다. (…) 나는 부끄러워했습니다. 아무리 간접적이라 하더라도, 또 아무리 선의에서 나온 것이었다 하더라도 나 역시 살인자 측에 끼어들었었다는 것이 죽을 만큼 부끄러웠습니다. 시간이 지남에 따라서 내가 알게 된 것은, 다른 사람들보다 나은 사람들조차도, 오늘날의 모든 논리 자체가 잘못되어 있기 때문에, 사람을 죽게 하는 위험을 무릅쓰지 않고서는 이 세상에서 몸 한번 마음대로 움직일 수 없다는 것이었습니다.

극단적인 생각이긴 하지만, 요컨대 인간 사회란 사형이나 살인으로 이루어져 있으며 사회 속에서 살아간다는 것은 그 사회를 긍정하는 것, 나아가서는 살인을 긍정하는 것이라고 타루는 인식한다. "우리는 모두가 페스트 속에 있다는 것"을, "누구라도 제각기 자신 속에 페스트를 지니고 있다는 것"을 그는 깨달았다.

타루는 인간 사회의 근원적인 악을 고발하고, 자신 또한 가담자

임에 고통스러워한다. "페스트 환자가 된다는 것은 피곤한 일입니다. 그러나 페스트 환자가 되지 않으려고 발버둥치는 것은 더욱더 피곤한 일입니다"라는 타루의 말에서, 모두와 같은 상태가 되지 않고자 하는 것이 몸과 마음을 피폐하게 만드는 고독한 일임이 느껴진다.

다만 지상에 재앙과 희생자들이 있으니 가능한은 재앙의 편을 들기를 거부해야 한다고 말하렵니다.

타루가 이런 고백으로 리외에게 전하고자 한 바는, 어떤 경우에도 희생자 편에 서겠다는 결심이다. 그리고 이는 타루 자신 또한 죽임을 당할지도 모른다는 뜻이며, 그럼에도 이를 받아들이고 긍정하겠다는 다짐이다. 이 점에서, 파늘루의 결의와도 통하는 데가 있다.

카뮈는 타루라는 인물을 등장시킴으로써, '절대적으로 희생자들 편'에 서는 그 사상의 절정을 드러낸다.

공감과 행복, 한밤의 해수욕

타루의 강렬한 고백이 있고 난 뒤 리와와 타루가 있는 테라스에는 정적이 감돌았다.

타루는 이야기를 맺으면서, 다리 한쪽을 흔들다가 테라스 바닥을 가볍게 탁탁 쳤다. 잠시 아무 말이 없던 의사는 몸을 약간 일으키면서 타루에게, 마음의 평화에 도달하기 위해 걸어야 할 길이 어떤 것일지 생각해본 것이 있느냐고 물었다.

"있죠. 공감이라는 겁니다."

'공감'은 프랑스어로 sympathie, 영어로 sympathy라 한다. sym은 '함께'라는 뜻이며 pathie는 영어의 pathos와 같이 그리스어 pathos가 어원이다. 본디 뜻은 '고통을 느끼다'로, 어원적으로는 '함께 고통스러워하는 것'을 나타낸다. '공감'이라는 단어는 특히 《페스트》에서 '함께 고통스러워하다'라는 어원적인 의미에 가닿는다.

타루는 늙은 천식환자에게 마음이 끌려 이렇게 자문한다. "성스러움이 온갖 습관의 총체를 의미하는 것이라면 그는 성자일까?" 타루에게 '유일한 구체적인 문제'는 '사람은 신에게 의지하지 않고 성자가 될 수 있을까?'이고, 그는 늙은 천식환자에게서 그가 성자일 수 있는 모습을 찾으려고 한다.

이 부분에서 타루는 '신에게 의지하지 않는 성자'를 입 밖에 낸다. 참으로 불가사의한 존재이지만, 알베르 카뮈는 무신론자이면서도 기독교 신앙의 중요성 또한 인식하고 있었다. 그러니까 늘 신앙과 신에 대한 문제를 바라보며 인간의 윤리를 생각하고 있었음을 알 수 있다.

그때 마을 경계선 쪽에서 고함 소리, 강렬하게 번쩍이는 빛, 총소리와 수많은 사람들의 목소리가 들려온다. 그리고 또다시 정적이 흐른다. 아무래도 폐쇄된 문에서 실랑이가 일어났고 탈출에 실패하여 희생자가 나온 듯하다. 희생자는 영원히 사라지지 않을 거라 말하는 타루에게 리외는 이렇게 이야기한다.

"그렇지만 나는 성인들보다는 패배자들에게 더 연대의식을 느낍니다. 아마 나는 영웅주의라든가 성자 같은 것에는 취미가 없는 것 같아요. 내 마음을 끄는 것은 그저 인간이 되겠다는 것입니다."

"그럼요, 우리는 같은 것을 추구하고 있어요. 다만 내가 야심이 덜할 뿐이죠."

리외는 실천적이고 이성적인 사람이다. 그러나 이때 패배자들에게 연대의식을 느낀다고 말한 것은, 죄를 지은 스스로에게 벌을 내리는 파늘루나 타루에게 깊은 공감을 느꼈기 때문이다. 그럼에도 성자보다 인간이 중요하다고 말하는 리외에게, 타루는 자기 야심이 더 작다며 농담을 섞어 대답했지만 그 얼굴은 어딘가 슬프고 진지해 보였다.

"우리가 우정을 위해서 무엇을 하면 좋을지 아세요?" 그가 물었다.

"뭐, 좋으실 대로 합시다."

"해수욕을 하는 거죠. 미래의 성인에게 그것은 부끄럽지 않은 쾌락입니다. (…) 정말이지 페스트 속에서만 살아야 한다는 건 너무 바보 같아요. 물론 인간은 희생자들을 위해 싸워야 하죠. 그러나 사실 아무것도 사랑하지 않게 되어버린다면 투쟁은 해서 뭣 하겠어요?"

"그렇죠." 리외가 말했다. "자, 갑시다."

랑베르가 "사랑하는 것을 위해서 살고 사랑하는 것을 위해서 죽는다"고 말했듯이, 감정을 잃고 이념만으로는 살아가는 일은 아무런 의미가 없다. 타루의 말에는 그런 인간적인 생각이 담겨 있다.

그렇게 두 사람은 바닷가로 나아간다. 카뮈에게 있어 바다와 태양은 인간의 해방을 나타내는 아주 특별한 심상(心象)이다. 하지만 지금은 엄중하게 페스트를 경계하고 있으므로 짓궂게도 리외와 타루는 사람들 눈을 피해 밤바다를 헤엄친다. 공격적이고 충동적인 의미를 포함한 햇빛 아래서가 아닌 달빛 아래에서 해수욕을 즐기는 것은 《이방인》에서 그려낸 선명한 해수욕 장면과는 다르다. 리외와 타루가 느끼는 해방감을 잔잔하게 그려내 오히려 독자들의 마음을 울린다.

바다의 그 고요한 호흡으로, 기름을 바른 것 같은 반사광이 물 위에 나타났다가 사라지곤 했다. 그들 앞에는 밤의 어둠이 끝없이 펼쳐져 있었다. 손바닥 밑에 바윗돌의 울퉁불퉁한 감촉을 느끼는 리외의 마음속에 이상한 행복감이 가득 차올랐다. 타루에게로 고개를 돌리자 그는 친구의 침착하고 심각한 얼굴에서도 그 어느 것 하나, 심지어는 그 살인 행위까지도 잊지 않고 있는, 행복감을 느낄 수 있었다.

한창 페스트로 불행할 때이니만큼, 행복을 느낀다는 것은 아이러니하다. 그러나 이 장면은 일방적인 불행 속에 갇히지 않는 리외와 타루의 열린 감성을 그리고 있다.

그날 저녁 바다는 여러 달을 두고 축적된 열을 대지로부터 옮겨 받아 아직도 가을 바다의 따뜻한 온도를 그대로 지니고 있는 것을 알 수 있었다. (…) 발을 풍덩거릴 때마다 그의 뒤에는 하얀 물거품이 남고, 두 팔을 따라 흘러내린 물이 다리로 흘렀다. (…) 리외는 물 위에 드러누워서 달과 별들로 가득 찬 하늘을 바라보면서 미동도 하지 않았다. 그는 천천히 숨을 쉬었다. 그러자 밤의 침묵과 고요 속에서 물 튀기는 소리가 신기하게도 점점 뚜렷하게 들려왔다. 타루가 가까이 오자, 이윽고 그의 숨소리까지 들리게 되었다. 리외는 자세를 바꿔 친구와 나란히 같은 리듬으로 헤엄을 쳤다.

이 바다 장면 또한 카뮈다운 훌륭한 문장이다. 심리 묘사가 전혀 없다. 등장인물의 행동과 사물의 움직임, 그리고 풍경만이 살아 숨쉰다. 하지만 독자들은 조용하고 잔잔한 바닷속에서 그들과 함께 움직이는 듯한 기분에 사로잡혀, 왠지 모를 안도감에 젖어든다. 이 둘의 연대감은 단순한 정신적 이해에서 머물지 않고 육체적인 감각으로도 받아들여지게 되는 것이다.

페스트는 잠깐이나마 그 둘의 존재를 잊은 듯했다. 그렇지만 리외는 순간의 기쁨일 뿐, 다시 시작해야만 한다는 사실을 알고 있었다.

타루의 마지막 싸움, 이제 모든 것이 잘됐다

페스트는 12월 혹독한 추위 속에서도 선페스트에서 폐페스트로 형태를 바꾸며 여전히 진행되었다. 크리스마스 날 그랑이 길거리에서 쓰러진다. 그는 병상에 누워 비통한 마음으로 죽음을 각오한다. 그리고 첫머리 문장을 몇 번이나 고쳐 쓴 그의 소설 원고를 리외에게 불태워 달라고 부탁한다. 그런데 다음 날 아침이 밝자 그랑의 몸은 아무렇지도 않았고, 그는 곧 원고를 불태운 일을 후회하게 된다. 그랑은 어찌 된 까닭인지 거짓말처럼 회복된 것이다. 그랑처럼 절망적이었던 몇몇 환자들이 갑작스레 이 전염병에서 벗어난다. 살아 있는 쥐들이 여기저기 눈에 띄었고, 페스트 쇠퇴의 징조가 보이기 시작한다.

1월 첫 무렵, 여태껏 효과를 보이지 않던 의사들의 몇몇 조치가 갑작스레 빛을 발하여 페스트의 힘은 급속도로 약해졌다. 물론 이따금 페스트가 다시 왕성해져 아들을 잃은 오통의 목숨마저 빼앗아버리지만, 페스트란 공포의 지배는 끝을 보이고 있었다. 1월 25일, 드디어 질병 종식이 선언되고, 시민들은 들뜨고 흥분하여 기쁨의 환호성과 함께 무리를 지어 거리로 쏟아져 나왔다.

반면 범죄자 코타르는 홀로 몸부림치며 괴로워했다. 초조함에 시달려 아파트 방 안에 틀어박혔다. 그는 타루에게 악담을 퍼부으며 절망에 빠져있었다.

"뭐든지 무에서 다시 출발한다는 것은 참 좋은 일이죠."

무(無)로 돌아가면 코타르 자신은 체포되기 때문이다.

드디어 폐쇄된 시문을 다시 열 날이 다가왔다. 해방에 대한 기대가 리외의 피로감을 모두 씻어주었다. 그런데 집으로 돌아온 리외에게 어머니가 타루의 몸 상태가 좋지 않다고 말했다. 타루는 열이 나 누워 있었다. 페스트 증상이 나타나기 시작한 타루는 본디 격리되어야 하지만 리외는 그 규칙을 어기고, 그를 자기 집에서 치료해주기로 결심한다.

"리외." 마침내 그가 말을 꺼냈다. "사실대로 말해주세요. 그럴 필요가 있어요."

"약속하지요."

타루는 그 두툼한 얼굴을 일그러뜨리며 웃었다.

"고마워요. 나는 죽고 싶지 않아요. 그러니 싸워보겠어요. 그러나 만약 진다면 깨끗하게 최후를 마치고 싶어요."

리외는 머리를 숙이고 그의 어깨를 잡았다.

"안 돼요." 리외가 말했다. "성자가 되자면 살아야죠. 싸우십시오."

그러나 밤이 어두워지고, 리외의 치료를 비웃는 듯이 페스트는 타루의 몸 깊숙이 번져갔다.

타루는 미동도 없이 싸우고 있었다. 밤새도록 단 한 번도 고통의 엄습에 몸부림으로 대응하지 않고 다만 그 육중한 몸과 철저한 침묵으로 싸우고 있었다. 그는 단 한 번도 입을 열지 않았다. 그러니까 그는 그런 방식으로 이제는 잠깐이라도 딴 데로 마음을 돌릴 여유가 없음을 고백하고 있는 셈이었다.

병과 맞서 싸우는 이 장면은, 오통의 아들 장면과는 대조적으로 한결같이 조용하고 고결한 분위기가 흐른다. 새벽이 되어 타루의 병세는 잠시 진정되지만 정오가 가까워지면서 또다시 심해졌다. 타루는 증세가 가라앉았을 때 리외의 어머니에게 미소를 지어 보이고, 리외에게는 자신의 상태를 냉정하게 묻는다.

카뮈는 주역은 물론 조역과 단역들까지 모든 등장인물을 생동감 넘치게 그려낸다. 잠을 자지 않고 리외와 함께 간병을 해주는 어머니가 타루에게 애정을 보이는 장면도 자연스럽게 그려져 있다. 사실 타루는 리외 어머니의 모습 또한 수첩에 적었다. 그녀의 과묵함, 강한 인내력, 그리고 조심스러운 몸가짐에서 타루는 자신의 어머니를 떠올린다. 어쩌면 여기에는 카뮈의 어머니 모습이 스며들어 있을지도 모르리라.

부인은 환자가 여전히 자기를 바라보고 있는 것을 볼 수 있었다. 그녀는 그에게로 몸을 굽혀서 베개를 고쳐주고, 몸을 일으키면서 축축하게 젖은 채 한데 엉킨 머리칼 위에 잠시 손을 얹었다. 그때 부인은 멀리서 들려오는 듯한 어렴풋한 목소리가 자기에게 고맙다고 하면서, 이제 모든 것은 잘됐다고 말하는 것을 들었다.

타루의 마지막 말은, '모든 인간적인 것을 긍정'하는 뜻으로 이해될 수 있다. "이제 모든 것은 잘됐다"는 도스토옙스키 《악령》에 나오는 키릴로프의 대사에서 왔으리라 짐작되는데, 카뮈는 이 말을 《시시포스 신화》에서도 인용한 바 있다.

키릴로프는 무신론자로 인류애를 위해 자살해야겠노라 생각했고, 도리에 어긋난 이념을 스스로 실천하는 인물이다. 기묘한 행복이 넘쳐흘러 정신이 고양된 상태 속에서 그는 "모든 게 좋다" 세계의 모든 것을 긍정하는 계시를 받는다. 타루는 키릴로프처럼 스스로 목숨을 끊진 않았지만, 죄를 지어 스스로를 벌하는 극단적인 경향이나 '신에게 의지하지 않는 성자'가 되고 싶어하는, 모순으로 가득 찬 부분은 키릴로프와 겹친다.

기억에 의한 승리

타루는 용감하게 맞서 싸웠으나 높은 열과 잦은 기침, 토혈과 경련으로 끝내 숨을 거둔다. 리외는 속수무책으로 그의 죽음을 바라보며 눈물을 흘릴 수밖에 없었다. 이어서 리외에게 찾아온 것은 투쟁의 밤이 아닌 '침묵의 밤'이었고, 그는 남겨진 자들의 책임과 의무는 무엇일까 하는 생각에 빠져들었다. 이때 리외의 절박한 마음과 서로 뒤얽힌 윤리적인 결단이 다음과 같이 그려진다.

의사는 결국 타루가 평화를 다시 찾았는지 어떤지 알 수 없었다. 그러나 적어도 그때, 그는 자기 자신에게 다시는 평화가 있을 수 없다는 것, 또 아들을 빼앗긴 어머니라든지 친구의 시체를 묻어본 적이 있는 사람에게 다시는 휴전이라는 것이 없다는 것을 알 것 같았다.

리외는 그저 타루의 죽음을 받아들이고 끝내는 게 아니라 남은 자의 책임과 의무로서 끊임없이 맞서 싸워 나가야만 하리라는, 괴롭지만 정직한 윤리를 내보인다. 그리고 '기억(추억)'이라는 주제가 떠오르기 시작한다.

그는 타루의 바로 곁에서 살아왔는데도, 자신들의 우정을 정말 우정답게 체험할 시간도 미처 갖지 못한 채 그날 저녁에 타루는 죽어갔던 것이다. 타루는 자기 말마따나 내기에 졌던 것이다. 그러나 리외는 대체 뭘 이긴 것인가? 단지 페스트를 알았고, 그리고 그것에 대한 기억을 가진다는 것, 우정을 알게 되었으며 그것에 대한 추억을 가진다는 것, 애정을 알게 되었으며 언젠가는 그것에 대한 추억을 갖게 되리라는 것, 그것만이 오로지 그가 얻은 점이었다. 인간이 페스트나 인생의 노름에서 얻을 수 있는 것이라고는 그것에 관한 인식과 추억뿐이다. 아마 이것이 내기에 이기는 것이라고 타루가 말했던 것이리라!

끝까지 지켜본 것을 결코 잊지 않고 기억해 나아가야 함을, 그것이 남은 자들의 책임과 의무임을 리외는 깨닫는다. 이는 전쟁, 우정, 애정 등의 경험과 기억을 영혼과 마음에 확실히 새기고 잊어서는 안 된다는 윤리적인 책임이다. 타루는 분열과 모순 속에서 희망 없이 살아왔고, 어쩌면 그래서 성스러움을 추구하며 인간에 대한 봉사를 통해 마음의 평화를 찾으려 했을지도 몰랐다. 그런 타루에 대해 모든 것을 이해할 수 없어도 지금 리외의 마음속에는 "삶의 체온과 죽음의 이미지"로 타루란 존재가 남아 있다. 리외는 이런 인식과 기억만으로도 충분하리라 스스로를 위로한다.

리외는 다음 날 한 통의 전보를 받는다. 아내의 죽음을 알리기 위해 요양소에서 보낸 것이었다. 이제 그는 이런 슬픔마저도 평안하고 고요한 마음으로 받아들인다. 어머니에게 부디 눈물을 흘리지 말라 부탁하고 아무 말 없이 고통을 참아낸다.

2월의 화창한 아침, 드디어 굳게 닫혔던 문이 열리자 도시는 단숨에 축제 분위기로 휩싸였다. 랑베르는 파리에서 기차를 타고 온 연인을, "현재의 행복에서 오는 것인지 아니면 너무나 오랫동안 억눌러 참았던 고통에서 오는 것인지 알 수 없는 눈물을 줄줄 흘리면서" 안아준다. 해방이란 기쁨에 취해 마구 날뛰는 수많은 사람들

속에서 리외는 홀로 아무 말 없이 하염없이 걷는다.

이 연대기도 막바지에 이르렀다. 이제 베르나르 리외도 자기가 이 연대기의 서술자라는 것을 고백해야 할 때가 되었다.

이때 이야기 속에서 가끔씩 얼굴을 비추며 '서술자'라 자칭했던 글쓴이의 정체가 갑작스레 밝혀진다. 이 이야기는 1인칭이 아닌 3인칭으로 서술되어 있기에 그의 존재는 거의 눈에 띄지 않았다. 그런데 여기서 돌연 정체를 드러낸 것이다. 그리고 정체를 밝힌 '서술자'는 스스로 집필 목적과 그 방법을 매우 성실하게 설명한 뒤, 이 연대기의 '마지막 사건'에 대해 이야기를 시작한다.

리외가 큰 거리를 빠져나와 그랑과 코타르가 사는 골목으로 들어섰을 때 경관들이 아파트를 포위하고 있었고, 창문에서 한 남자가 사람들을 향해 총을 쏘고 있었다. 리외를 본 그랑이 코타르의 집임을 알려주었다. 코타르는 곧 무력으로 제압당한 뒤 밖으로 끌려나온다.

사건을 마지막까지 지켜본 리외는 방으로 돌아가 또다시 소설 문장을 고쳐 쓰겠다는 그랑과 헤어지고, 왕진을 위해 한 노인의 집으로 찾아가 그 노인과 대화를 주고받는다.

천식으로 앓아누워 은둔자 같은 생활을 보내고 있는 그 노인은 늘 하나의 냄비에서 다른 냄비로 완두콩을 하나씩 옮겨 담았다. 전에 리외의 왕진을 따라갔던 타루는 이 노인과 대화를 나눈 뒤에 '그는 성자일까?' 생각하고 수첩에 기록했다. 노인은 타루의 죽음을 전해 듣고 안타까워하며 이렇게 말한다.

"가장 좋은 사람들이 가버리는군요. 그게 인생이죠. 하지만 그이는 자기가 뭘 원하는지 다 알고 있었죠."

노인의 집에서 나온 리외는 예전에 타루와 잠시 휴식의 시간을 보내며 우정을 다진 테라스로 나아간다.

어둠침침한 항구로부터 공식적인 축하의 첫 불꽃이 솟아올랐다. 온 도시는 길고 은은한 함성으로 그 불꽃들을 반기고 있었다. 코타르도 타루도, 리외가 사랑했으나 잃고 만 남자들과 여자들도, 죽은 자들도, 범죄자들도 모두 잊혀갔다.

사람들은 모든 것을 쉽게 잊어버린다. 노인의 말대로 인간들은 언제나 똑같다. 하지만 "그것이 그들의 힘이고 순진함이기도 하다." 때문에 잊어버리지 않도록 저항하고 뚜렷이 기억하기 위해서는 이 모든 것을 기록할 필요가 있다.

의사 리외는, 입 다물고 침묵하는 사람들의 무리에 속하지 않기 위하여, 페스트에 희생된 그 사람들에게 유리한 증언을 하기 위하여, 아니 적어도 그들에게 가해진 불의와 폭력에 대해 기억만이라도 남겨놓기 위하여, 그리고 재앙의 소용돌이 속에서 배운 것만이라도, 그러니까 인간에게는 경멸해야 할 것보다도 찬미해야 할 것이 더 많다는 사실만이라도 말해두기 위하여, 지금 여기서 끝맺으려고 하는 이야기를 글로 쓸 결심을 했다.

《페스트》는 하나의 메타소설*6이라 할 수 있다. 어찌하여 이 소설을 썼는지 그 이유를 마지막에 말하고, 왜 이 소설을 이렇게 써야만 했는가에 대한 동기가 명백하게 드러난다. '기록하는 것'은 이 소설의 중요한 주제 가운데 하나이다.

시내에서 올라오는 환희의 외침소리에 귀를 기울이면서, 리외는 그러한 환희가 항상 위협을 받고 있다는 사실을 떠올리고 있었다. 왜냐하면 그는 그 기뻐하는 군중이 모르고 있는 사실, 즉 페스트 균은 결코 죽거나 소멸하지 않으며, 그 균은 수십 년간 가구나 옷가지들 속에서 잠자고 있을 수 있고, 방이나 지하실이나 트렁크나 손수건이나 낡은 서류 같은 것들 속에서 꾸준히 살아남아 있다가 아마 언젠가는 인간들에게 불행과 교훈을 가져다주기 위해서 또다시 저 쥐들을 불러내 어느 행복한 도시로 그것들을 몰아넣어 거기서 죽게 할 날이 온다는 것을 알고 있었기 때문이다.

불행이나 재앙을 결코 잊어서는 안 된다는 것을, 끊임없이 기억하

---

*6 소설 속에 소설 창작 과정 자체를 노출시키는 소설. 소설 창작의 실제를 통하여 소설의 이론을 탐구하는 자의식적 경향의 소설이다.

여 대비해나가는 일이 얼마나 중요한지를, 카뮈는 스스로 다짐하듯 말하며 독자들에게 일깨워주고 있다. 언제든지 이야기는 다시 처음으로 돌아가 재앙이 또다시 되풀이된다는 것을 암시한다.

해마다 자연재해가 일어나고, 온갖 바이러스가 새롭게 생겨나며, 문명의 이기가 무시무시한 흉기로 뒤바뀌기도 하는 오늘날 우리에게 깊은 울림을 주는 끝맺음이다. 인간들은 스스로 만들어낸 부조리 속에서 자유롭지 못하다. 그리하여 카뮈의 '페스트'는 인간 존재로부터 자유를 빼앗고 고통과 죽음을 불러일으키는 모든 것을 상징한다 할 수 있다.

불멸의 《페스트》!

《페스트》는 흔히 성공을 거두는 작품에서 보이는 상상이나 감정에 강하게 호소하는 요소는 아주 적고, 오히려 주로 머리에 호소하는 작품이다. 본디대로라면 일반 독자가 읽기 어려운 글인데 어떻게 폭발적인 성공을 거둘 수 있었을까?

카뮈 연구가 알베르 마케는, 이 작품의 간결한 사실주의가 여러 각도에서 아주 명료한 상징성을 지니고 있으므로 독자들이 저마다 거기에서 당면한 관심을 충족할 수 있었기 때문이라고 말한다. 페스트 때문에 완전히 격리된 도시에서 질병과 싸우는 시민들의 기록이라는 이 이야기에서, '페스트'는 모든 삶에서의 악의 상징으로서 대체할 수 있다. 죽음이나 병, 고통 등 인생의 근원적인 부조리를 이것과 바꿔 놓을 수 있다면, 다른 한편으로는 인간 내부의 악덕이나

약함, 또는 가난, 전쟁, 전체주의 같은 정치악의 상징을 찾을 수도 있다.

사실 이 작품은 분명히 그러한 목적으로 쓰였다고도 말할 수 있다. 막 끝난 세계대전의 생생한 체험을 간직한 그 무렵 독자들에게 이 상징은 단순한 상징이 아니라 절박함 그 자체였고, 그것이 이 작품의 커다란 성공 원인인 것은 의심할 여지가 없다.

하지만 거기에 카뮈 문체의 매력도 크게 작용했음을 놓쳐서는 안 된다. 압축된 깨끗한 문체는 언뜻 보기에도 객관적이며, 애써 감동이 없는 듯한 묘사로 처음부터 끝까지 이어진다. 고통스러운 상황에서도 간결하게 아무런 수식도 없이 담담하게 말하는 자와 듣는 자의 마음이 독자의 가슴에도 스며든다. 마음과 마음이 닿는 미묘한 감촉을, 이만큼 아름답게 전할 수 있는 작가가 얼마나 될까? 작품의 성질이 다르긴 하지만 초기 수필이나 《이방인》에서는 볼 수 없었던 문체의 특징으로, 여기서 우리는 그의 작가로서의 성장을 볼 수 있다.

카뮈는 허먼 멜빌(1819~1891)의 《모비 딕》(1851)을 읽고 감동받아 이 작품을 구상하게 되었다고 밝혔다. 그러나 이 가공의 방대한 기록에 충분한 긴박감을 주기 위한 그 구성상의 노력은 결코 쉽지 않았던 듯하다. 갈리마르 출판사의 카뮈 전집 책임편집자 로제 키요에 따르면, 1941년부터 착상이 시작되어 1946년 끝 무렵에서야 작품이 완성되었으며, 카뮈의 작품 가운데 가장 고심한 것이라고 한다. 《페스트》의 주요 인물들은 전염병을 계기로 '부조리'에 눈을 뜬

다. 그리고 '페스트'로 상징되는 '부조리'는 그 시대를 뛰어넘어 과거와 미래, 오랑 사람들과 전 인류에게 연결됨으로써 집단적이고 역사적인 문제가 된다.

카뮈의 '부조리한 철학'이 비로소 완전하고 일정한 형식을 갖추어 표현된 《페스트》는 인생의 근본적인 부조리에 토대를 세우고, 머리를 '역사'의 구름 속에 들이밀면서, 그중에서도 특히 현재의 행복에 살려고 하는 한 도시 주민들의 전투 기록이다.

지금까지 한 번도 겪어보지 못한 엄청난 시련 속에서 몇몇 인물들이 보여주는 변화는, 정의의 문제가 얼마나 깊게 인생에 대한 이해와 사랑으로 이어지는지를 증명해준다. 또한 '부조리'의 절망에 놓인 인간이 공동의 이상과 희망을 위해 얼마나 힘차게 싸우는지를 말해준다.

'삶의 기쁨'이 동시에 '죽음에 대한 응시'이기도 한, 철저한 모순의 동시적 현존. 이 '부조리에 대한 시론'을 통해 우리는 《페스트》에 어우러진 '바다'와 '태양'과 '죽음'이 만들어낸 모순의 역학과, 거기에서 볼 수 있는 결코 암울하지 않은 색조, 오히려 절망이 그 모습 그대로 투명하게 빛나기까지 하는 모습을 만날 수 있다.

통일을 바라면서도 그 불가능을 알고 있기에 통일에 대한 계기는 모두 거짓으로서 냉정하게 떨쳐버리고, 긴장 사태의 대립을 계속해 유지해간다.

《시시포스 신화》에서 카뮈의 태도는 이렇게 요약할 수 있을 것이다. 물론 이것은 정합적 논리체계를 구축하는 데 적당한 자세는 아니다. 또한 미래에 무관심하고 현재의 순간순간만 탐욕스럽게 의식적으로 살아가는 것을 삶의 규칙으로 삼기만 하는 태도는, 역사의 식은 조금도 없고 도덕률로서도 참으로 불충분한 것이다. 하지만 그런 면에서 카뮈의 사상가로서의 한계를 말하는 견해는 그의 본질을 무시하는 일이다.

통합을 이룰 계기가 없는 이항대립(二項對立)을 더욱 심화해서 '현재의 지옥'을 그대로 '왕국'으로 바꾸고자 하는 것은, 인간의 부조리성에서 눈을 떼지 않고 신이 아닌 '성스러운 것'을 추구하려 하는 매우 20세기다운 문학적 자세인 것이다. 흑백논리에 가까운 성급한 추궁 방식이 궁극적으로 터져나올 때의 찬란함, 그것이 '성스러운 것'이고, 그것이 문학으로서 가장 완전한 꽃을 피운 것이다.

게다가 카뮈의 작품세계에서 특징적인 것은 세계의 부조리를 지탱하는 것이 영웅적인 행위라고 말할 뿐만 아니라, 형이상학적 행복을 느낄 수 있는 일이라고까지 말할 수 있는 점에 있다. 암흑과의 투쟁이, 지중해 풍토에서 죽음을 응시하고 현재를 살아갈 때의 기쁨과 특질로 바뀌는 것이다.

마지막으로 카뮈의 이러한 '행복관' 속에서 우리는 그와 친했던 사람들이 입을 모아 말하는 인간적 매력, 아마도 어두운 허무주의를 안에 숨겼겠지만, "만나면 꼭 악수하고 싶은 사람이었다"는 그의 사람 됨됨이를 느낄 수밖에 없으리라.

LA PESTE
페스트

제1부

이 연대기의 주제를 이루는 기이한 사건들은 194×년 오랑*¹에서 일어났다. 흔히 볼 수 있는 경우에서 좀 벗어나는 사건치고는 그것이 일어난 장소가 어울리지 않는다는 것이 일반적인 의견이다. 처음 봤을 때, 오랑은 사실 '평범한 도시'의 하나로서 알제리 해안에 면한 프랑스의 한 현청 소재지에 불과하다.

솔직히 말해서 도시 자체는 볼품이 없다. 평온해 보이는 이 도시가 지구상 어디에나 있는 수많은 상업도시들과 어디가 다른지 알아차리자면 시간이 필요하다. 어떻게 상상할 수 있을까? 예를 들면 비둘기도 없고 나무도 없고 공원도 없어서 새들의 날개치는 소리도 나뭇잎 흔들리는 소리도 들을 수 없는 도시, 요컨대 중성적인 장소일 뿐인 이 도시를 말이다. 여기서는 계절의 변화도 하늘을 보고 읽을 수 있을 뿐이다. 봄은 오직 바람결이나 어린 장사꾼들이 가까운 마을에서 가지고 오는 꽃광주리를 보고서야 겨우 알 수 있다. 말하자면 시장에서 파는 봄인 것이다. 여름에는 아주 바싹 마른 집에 불을 지를 듯이 해가 내리쬐어 부연 재로 벽을 뒤덮는다. 그래서 덧

---

*1 알제리 항구도시.

문을 닫고 그 그늘 속에서 지내는 수밖에 없다. 가을에는 그와 반대로 진흙의 홍수다. 밝은 날씨는 겨울이 되어야 비로소 찾아온다.

어떤 도시를 아는 데 적합한 방법 가운데 하나는 거기서 사람들이 어떻게 일하고 어떻게 사랑하며 어떻게 죽는가를 알아보는 것이다. 우리의 이 자그마한 도시에서는 기후의 영향 때문인지는 모르겠으나 그 모든 것이 다 함께, 열광적이면서도 무심하게 이루어진다. 다시 말해 여기서는 사람들이 권태에 절어 있으며 여러 가지 습관을 붙여 보려고 애쓰는 것이다. 우리 시민들은 일을 많이 하지만, 그건 한결같이 부자가 되기 위해서다. 그들은 특히 장사에 관심이 많다. 그들 자신의 표현대로 우선 사업을 하는 데 골몰해 있는 것이다. 물론 단순한 즐거움에 대한 취미도 없지 않아서, 여자나 영화, 해수욕을 좋아한다. 그러나 대단한 분별력이 있어서 그런 재미는 토요일과 일요일을 위해 아껴두고 주중의 다른 날들에는 돈을 벌려고 한다. 저녁때 퇴근하면 그들은 정해진 시간에 카페에 모이거나 늘 같은 큰길을 산책하거나 그렇지 않으면 자기 집 발코니에 나와 앉는다. 아주 젊은 패들의 욕망이 격렬하면서도 한순간의 짧은 것인 데 비해, 나이가 많은 축들이 빠지는 취미란 기껏해야 볼링 모임이나 친목회의 회식이나 카드놀이에 큰돈을 거는 동아리 등의 영역을 넘지 않는다.

아마 사람들은 그 정도라면 우리 도시에서만 유별나게 볼 수 있는 모습이 아니라 우리 시대 사람들이라면 누구나 다 그럴 것이라고 할지도 모른다. 아마도 오늘날 사람들이 아침부터 저녁까지 일을 하고 그 다음에는 남은 시간을 카드놀이나 카페에서의 잡담으로 허비하고 있는 모습만큼 자연스러운 것은 없을 것이다. 그러나 사람들이 이따금 다른 것의 낌새를 느끼기도 하는 도시나 나라도 있다. 일반적으로 말해서 그것 때문에 그들의 삶이 바뀌지는 않는다. 다만 낌새를 느꼈을 뿐이다. 그것만으로도 이득이라면 이득이다. 그와 반대로 오랑은 아무리 보아도 낌새가 없는 도시, 바꿔 말해 완전히 현대적인 도시다. 따라서 우리 고장에서는 사람들이 어떤 방식으로 사랑을 하는지 구태여 설명할 필요가 없다. 남자들과 여자들은 이른바 성행위라고 하는 것 속에 파묻혀서 짧은 시간 동안 서로를 탕진해버리거나 아니면 둘의 기나긴 습관 속에 얽매이는 것이다. 그 두 가지 극단 사이에서 중간이라곤 찾아보기 어렵다. 그것 역시 특이한 것은 아니다. 오랑에서도 다른 곳에서도 긴 시간이나 반성 없이 사람들은 사랑이 무엇인지 알지도 못한 채 사랑할 수밖에 없는 것이다.

우리 도시에서 보다 더 특이한 점이 있다면 그것은 죽음에 이르러 겪는 어려움이다. 하기야 어려움이라는 말은 적절한 표현이 못되고, 불편함이라고 하는 편이 더 맞을 것이다. 아픈데 기분이 좋을 때는 결코 없지만 병을 앓는 동안 의지가 되어서, 이를테면 마음을 푹 놓을 수 있는 도시나 나라도 있다. 환자란 부드러움을 필요로 하며 무엇엔가 기대기를 좋아한다. 그것은 아주 자연스러운 일이다. 그러나 오랑에서는 지나치게 강렬한 기후, 거기서 거래하는 사업의 중요성, 순식간에 지나가버리는 황혼, 쾌락의 특질 등 모든 것이 한

결같이 건강한 몸을 요구한다. 이곳에서 아픈 사람은 아주 외롭다. 같은 도시에 살고 있는 모든 사람들이 바로 그 시간에 전화를 붙잡고서, 혹은 카페에 앉아서 어음이니 선하증권이니 할인이니 하는 이야기를 주고받고 있는데, 더위로 불꽃이 튀기는 듯한 수많은 벽들 뒤에서 덫에 걸린 채 다 죽어가는 사람을 상상해보라. 비록 현대적인 것이라 할지라도 어떤 메마른 고장에 그처럼 죽음이 들이닥칠 때 그 불편함이 어떨 것일지는 이해가 갈 것이다.

이상의 몇 가지 힌트들만으로 아마 우리의 도시 모습을 상상하기에 충분하리라. 그렇지만 과장해서는 안 된다. 마땅히 강조해두었어야 할 것은 도시와 일상생활의 평범한 모습이다. 그러나 사람이란 일단 습관을 붙이고 나면 그날그날을 힘들이지 않고 지낼 수 있는 법이다. 우리 도시가 바로 그런 습관을 붙이기에 안성맞춤이라는 것을 보면 다 잘되어가고 있다고 할 수 있다. 이런 각도에서 본다면 삶이란 아주 흥미진진한 것은 못 된다. 적어도 우리 고장에서 혼란이라는 것은 찾아볼 수 없다. 솔직하고 호감이 가고 활동적인 우리 주민들은 여행자들의 마음속에 늘 지각 있는 사람들이라는 느낌을 불러일으킨다. 눈을 끌 만큼 특이한 것도 없고, '초목도 없고 넋도 없는' 이 도시는 마침내 푸근한 인상을 주기에 이르러, 결국 사람들은 거기서 잠이 들어버린다. 그러나 이 도시는 완벽하게 선을 그어놓은 듯한 만(灣)에 면하여 있고 밝게 빛나는 언덕들에 둘러싸인 채 헐벗은 고원 한가운데, 비길 바 없는 경치와 접하고 있다는 사실도 덧붙여 지적해두는 것이 공평하리라. 다만 유감스럽게도 이 도시가 그 만을 등지고 있으며, 그래서 바다를 바라볼 수가 없기 때문에 일부러 찾아가야만 바다를 볼 수가 있다.

이쯤 이야기했으니, 이곳 시민들이 그해 봄에 일어난 사건들, 나중에서야 깨닫게 된 일이지만, 실은 이 연대기로 상세히 기록하고자 하는 일련의 중대한 사건들의 첫 신호였던 말썽거리들을 꿈에도 예상하지 못했을 것임을 어렵지 않게 납득할 것이다. 이런 사실들이 어떤 사람들에게는 아주 당연하다고 여겨질 것이고 또 어떤 사람들에게는 터무니없다고 여겨질 것이다. 그러나 어쨌든 연대기의 서술자란 그런 모순들을 참작할 수가 없다. 그의 임무는 다만 그런 일이 실제로 일어났으며 그것이 한 민중 전체의 삶에 관계되는 일이고, 또 그리하여 그가 하는 말이 진실임을 마음속으로 인정해줄 수 있는 수천 명의 증인들이 있다는 사실을 알고 있을 때 '이런 일이 일어났다'고 말하는 것뿐이다.

게다가 때가 되면 언제든지 그가 누구인지 알겠지만, 이 연대기의 서술자가 어떤 우연 때문에 약간의 진술 내용들을 수집할 수 있는 상황에 놓이지 않았다면, 또 어떻게 하다 보니 그가 이제 이야기하려고 하는 그 모든 일에 휩쓸려들긴 했지만 만약 그렇지 않았다면 이런 종류의 일에 착수해보겠다고 할 명분은 찾을 수 없었을 것이다. 그것이 바로 역사가처럼 행세할 권리를 그에게 준 것이다. 역사가는 비록 아마추어라 할지라도 항상 자료를 가지고 있다. 그러므로 이 이야기의 서술자도 자료를 가지고 있다. 우선 자기 자신의 증언과 다음으로는 다른 사람들의 증언—왜냐하면 그는 자신이 맡고 있는 직분 때문에 이 연대기에 나오는 모든 인물들이 털어놓은 이야기를 모두 다 듣게 되었으니까—그리고 마지막으로 마침내는 그의 손안에 들어오게 된 서류들이 그것이다. 그는 적절하다고 판단될 때는 그것들을 기록의 토대로 삼아 마음내키는 대로 이용할 생각이다. 그리고 또 그의 계획으로는……. 그러나 아마도 이제는 주석이나 머리말은 이 정도로 그치고 이야기의 본론으로 들어갈 때인 듯싶다. 처음 며칠 동안의 경위는 좀 상세하게 설명할 필요가 있다.

4월 16일 아침, 의사 베르나르 리외는 진찰실을 나서다가 계단참 한복판에 죽어 있는 쥐 한 마리에 걸려 넘어질 뻔했다. 당장에는 특별한 주의를 기울이지 않은 채 그 동물을 발로 밀어 치우고 계단을 내려왔다. 그러나 거리에 나서자 문득 쥐가 나올 곳이 아니라는 생각이 들어 발길을 돌려 수위에게 가서 그 사실을 알렸다. 미셸 영감의 반발에 부딪치자 자기가 쥐의 시체를 발견한 것이 예삿일이 아니라는 것을 더한층 실감했다. 죽은 쥐의 존재는 그에게는 그저 괴이하게 보였을 뿐이지만 수위에게는 빈축을 살 만한 난리였던 것이다. 아닌 게 아니라 수위의 입장은 단호했다. 이 건물 안에는 절대로 쥐가 없다는 것이었다. 2층 계단참에 한 마리가 있는데 틀림없이 죽은 것 같다고 의사가 분명히 말했지만 아무 소용없이 미셸 영감은 꿈쩍도 하지 않았다. 건물 안에는 쥐가 없으니, 그렇다면 누가 밖에서 그 쥐를 가져왔을 것이다. 요컨대 이건 누군가의 장난이라는 것이었다.

바로 같은 날 저녁, 베르나르 리외는 아파트 현관에 서서 자기 집으로 올라가려고 열쇠를 찾고 있었는데, 복도의 어둠침침한 저 안쪽에서 털이 젖은 큰 쥐 한 마리가 불안정한 걸음으로 불쑥 나타나는 것을 보았다. 그 짐승은 멈춰 서서 몸의 균형을 잡는 듯하더니 갑자기 의사를 향해 달려오다가 또다시 멈추어 섰고 작은 소리를 내지르며 제자리에서 한 바퀴 돌고는 마침내 빠끔히 벌린 주둥이에서 피를 토하면서 쓰러졌다. 의사는 한동안 그 광경을 바라보다가 자기 집으로 올라갔다.

그가 생각하는 것은 쥐가 아니었다. 쥐가 피를 토하고 죽었다는 것이 아무래도 마음에 걸렸던 것이다. 1년째 병석에 누워 있는 그의 아내는 이튿날 어느 산중에 있는 요양소로 떠나기로 되어 있었다. 아내는 그가 시킨 대로 침실에 누워 있었다. 장소를 옮기는 데 따르게 될 피로에 그런 식으로 대비하고 있었던 것이다. 아내는 미소를 지어 보였다.

"기분이 아주 좋아요." 그녀가 말했다.

의사는 침대 머리맡의 불빛을 받으며 그에게 향해 있는 아내의 얼굴을 바라보았다. 나이 삼십에다가 병색이 뚜렷했지만 그래도 리외에게는 그 얼굴이 항상 청춘 시절의 얼굴처럼 보였다. 아마 다른 모든 생각들을 말끔히 씻어주는 듯한 그 미소 때문인 것 같았다.

"되도록 자려고 해봐요." 그가 말했다. "간호사가 11시에 올 테니 그때 12시 기차를 타도록 데려다 주리다."

그는 약간 땀이 난 이마에 입을 맞추었다. 아내의 미소가 방문까지 그를 따라왔다.

그 이튿날인 4월 17일 8시에 수위는 지나가는 의사를 붙들고 어떤 짓궂은 장난을 하는 놈들이 죽은 쥐 세 마리를 복도 한복판에 갖다 놓았다고 하소연했다. 쥐들이 피투성이인 것을 보면 분명히 커다란 쥐덫으로 잡은 것 같다는 것이었다. 수위는 쥐들의 다리를 든 채 한동안 문턱에 서서, 범인들이 혹시나 비웃듯이 낄낄대면서 나타나지나 않을까 하고 기다리고 있었다. 그러나 아무런 낌새도 보이지 않았다.

"아! 나쁜 놈들, 놈들을 기어코 잡고 말겠어." 미셸 씨가 말했다.

불안한 기분으로 리외는 그의 환자들 중에 제일 가난한 사람들이 사는 변두리 지역부터 회진을 시작하기로 했다. 그 지역에서는 훨씬 늦게야 쓰레기를 거둬 가는 까닭에, 먼지가 잔뜩 뒤덮인 그 동네의 길을 따라 자동차를 달리다 보면 길가에 내놓은 쓰레기통들을 스치며 지나가게 된다. 그렇게 지나가던 어떤 골목에서 의사는 야채 쓰레기와 더러운 걸레 조각들 위에 팽개쳐진 쥐를 10여 마리나 보았다.

가장 먼저 찾아간 환자는 거리에 면한 침실과 식당을 겸한 방에서 침대에 누워 있었다. 얼굴이 깡마르고 움푹 팬 엄격해 보이는 늙은 스페인 사람이었다. 그는 자기 앞 이불 위에 완두콩이 가득 담긴 냄비 두 개를 놓아두고 있었다. 의사가 들어가자 침대에 일어나 앉아 있던 환자는 몸을 뒤로 눕히면서 천식을 앓는 노인 특유의 고르지 못한 숨을 몰아쉬어댔다. 그의 아내가 세숫대야를 가지고 왔다.

"그런데, 선생님." 주사를 놓는 동안 그가 말했다. "그놈들이 나오는데, 보셨지요?"

"정말이에요." 그의 아내가 말했다. "옆집에서는 세 마리나 봤대요."

노인이 손을 비비며 말했다.

"막 나온다고요. 쓰레기통마다 안 보이는 데가 없는걸요. 배가 고픈 거예요."

리외는 온 동네가 쥐 이야기를 하고 있다는 것을 확인하는데 별로 시간이 걸리지 않았다. 회진을 마치고 그는 집으로 돌아왔다.

"선생님께 전보가 와서 위에 갖다 놓았습니다." 미셸 씨가 말했다.

의사는 그에게 혹시 또 쥐를 보았느냐고 물었다.

"아! 천만에요." 수위가 말했다. "제가 지키고 있단 말씀이에요. 그래서 그 나쁜 놈들이 감히 가져오질 못하는 겁니다."

전보는 이튿날 그의 어머니가 오신다는 내용이었다. 며느리가 병으로 집을 비운 동안에 집안일을 돌보러 오시는 것이었다. 의사가 집 안으로 들어갔을 때 간호사는 이미 와 있었다. 리외는 자기 아내가 자리에 일어나서 정장을 차려입고 화장까지 한 채 있는 것을 보았다. 그는 아내에게 미소를 지었다.

"좋군." 그가 말했다. "아주 좋아."

곧 역에 도착한 그는 아내를 침대차에 데려다 앉혀주었다. 그녀는 찻간을 둘러보았다.

"우리 형편으로 너무 비싼 좌석이잖아요?"

"필요한 건 해야지." 리외가 말했다.

"그 쥐 이야기는 대체 뭐예요?"

"나도 모르겠어. 해괴한 일이지만 지나가겠지, 뭐."

그러고 나서 그는 빠른 어조로 좀더 잘 돌봐주었어야 하는 건데 너무 소홀히 했다고 용서해 달라고 말했다. 아내는 그만 입을 다물라는 듯이 고개를 저었다. 그러나 리외는 이렇게 덧붙였다.

"당신이 돌아올 때는 모든 일이 다 잘될 거요. 그때 새 출발 합시다."

"그래요." 눈을 반짝이며 그녀가 말했다. "새 출발 하기로 해요."

곧 그녀는 남편에게 등을 돌리고 유리창 밖을 내다보았다. 플랫폼에는 사람들이 서둘러 오가며 서로 부딪치고 야단들이었다. 기관차가 증기를 내뿜는 소리가 그들에게까지 들려왔다. 리외는 아내의 이름을 불렀는데, 돌아보는 아내의 얼굴이 눈물에 젖어 있었다.

"울지 말아요." 그가 부드럽게 말했다.

눈물 젖은 두 눈에 살짝 경련하는 듯한 미소가 되살아났다. 아내는 심호흡을 했다.

"이제 가보세요. 다 잘될 거예요."

그는 아내를 꼭 껴안아주었다. 이제 플랫폼으로 내려온 그에게는 유리창 너머 그녀의 미소밖에는 보이는 것이 없었다.

"제발 몸조심하도록 해요." 그가 말했다.

그러나 그녀에게는 그의 말이 들리지 않았다.

리외는 출구 근처 플랫폼에서 어린 아들의 손을 잡고 있는 예심 판사 오통 씨와 마주쳤다. 의사는 그에게 여행을 가느냐고 물었다. 키가 크고 검은 머리의 오통 씨는, 반은 옛날에 흔히 사교계 인사라고 부르곤 했던 인물의 인상이었고 반은 장의사 일꾼 같은 인상이었는데, 친근하지만 무뚝뚝한 목소리로 대답했다.

"시집에 인사차 갔다 오는 아내를 기다리고 있습니다."

기관차가 삑 하고 기적을 울렸다.

"쥐들이……" 판사가 말했다.

리외는 기차 쪽으로 발을 옮겼다가 다시 출구 쪽으로 돌아섰다.

"네." 그가 말했다. "아무것도 아니에요."

그 순간 기억에 남는 것이라면 죽은 쥐들로 가득 찬 궤짝 하나를 겨드랑이에 낀 역무원이 지나간다는 사실뿐이었다.

바로 그날 오후에 진찰이 시작될 무렵 어떤 젊은 남자가 하나 찾아왔는데 그는 신문기자로서 이미 아침에도 다녀갔었다고 했다. 그의 이름은 레몽 랑베르였다. 키가 작달막하고 어깨가 딱 벌어지고 거리낌 없고 솔직해 보이는 표정에 눈이 맑고 총명해 보이는 랑베르는 경쾌한 옷차림이었는데 자유분방하게 살아가는 인물 같았다. 그는 대뜸 본론으로 들어갔다. 자신은 파리에 있는 어떤 큰 신문사에 근무하는 기자로서 아랍인들의 생활 조건에 대하여 취재하는 중인데, 그들의 위생 상태에 관해 기삿거리를 얻고자 한다는 것이었다. 리외는 위생 상태가 좋지 못하다고 대답했다. 그러나 더 깊이 들어가기 전에 그는 그 신문기자가 과연 진실을 말할 수 있는 입장인지 알고 싶다고 말했다.

"물론입니다." 신문기자가 말했다.

"내가 말한 의미는 철저하게 고발할 수 있느냐는 말입니다."

"철저하게는 못한다고 해야 옳겠지요. 그렇지만 그런 식의 고발은 근거가 없을 것 같은데요."

부드러운 말투로 리외는 사실 그런 고발은 근거가 없는 것이겠지만, 그런 질문을 한 것은 랑베르의 증언이 과연 에누리 없는 것이 될 수 있느냐 아니냐를 알고자 했을 뿐이라고 말했다.

"나는 에누리 없는 증언만 인정합니다. 따라서 그렇지 않다면 내가 당신의 증언을 위해서 기삿거리를 제공할 수 없다는 말입니다."

"그야말로 생쥐스트*2식 발언이군요." 신문기자는 미소를 지으며 말했다.

리외는 언성을 높이지 않은 채, 자기는 그런 것에 대해서는 전혀 알지 못하나, 그것은 자신이 살고 있는 세상에 대하여 진절머리가 났으면서도 사람들에게 애착을 갖고 있으며, 또 자기 딴에는 불의와 타협을 거부하기로 결심한 한 인간의 발언이라고 말했다. 랑베르는 목을 움츠리며 의사를 물끄러미 바라보았다.

"무슨 말씀인지 알아들을 것 같습니다." 마침내 자리에서 일어서며 그가 말했다.

의사는 그를 문까지 바래다주었다.

---

*2 1767~1794 프랑스 정치가. 프랑스 혁명 당시 열광적인 정의론자.

"그렇게 생각해주시니 저도 기쁩니다."

랑베르는 조바심이 난 것 같았다.

"네." 그가 말했다. "알겠습니다. 폐를 끼쳐서 죄송합니다."

의사는 그와 악수하고 나서 지금 이 도시에서 발견되고 있는 수많은 죽은 쥐들에 대해서 취재해보면 흥미 있는 보도 기사를 만들 수 있을 것이라고 말했다.

"아, 그래요!" 랑베르가 소리치듯 말했다. "그거 재미있겠군요."

오후 5시에 다시 왕진을 가려고 밖으로 나서다가 의사는 계단에서 다부진 체격에 얼굴이 큼직하면서도 홀쭉하고 눈썹이 짙은, 아직 젊은 편인 한 젊은이와 마주쳤다. 그는 그 남자를 가끔 건물의 맨 꼭대기층에 살고 있는 스페인 무용가들의 집에서 만난 적이 있었다. 장 타루는 열심히 담배를 빨아대면서 계단 위의 자기 발 앞에서 뻗어가고 있는 쥐 한 마리의 마지막 경련을 들여다보고 있었다. 그는 회색 눈을 들어, 침착하지만 다소 의미 있는 시선으로 의사를 바라보더니 인사를 건네면서 쥐들이 이런 식으로 출현하는 것은 기묘한 일이라고 덧붙였다.

"그렇죠." 리외가 말했다. "하지만 끝내 성가신 일이 되고 말 겁니다."

"어느 의미에서는요, 선생님. 오직 어느 의미에서만 그렇다 이겁니다. 우리가 전에는 이런 일을 한 번도 본 적이 없다는 것뿐이죠. 그렇지만 나는 흥미로운 일이라고 봅니다. 그럼요, 확실히 흥미로운 일이지요."

타루는 손으로 머리를 쓰다듬어 뒤로 넘기면서 이제는 꼼짝하지 않는 쥐를 다시 한 번 바라보다가 이윽고 리외에게 미소를 지었다.

"하지만 선생님, 이런 건 수위가 걱정할 문제지요."

바로 그때 의사는 집 앞 대문 옆 벽에 등을 기댄 채, 평소에는 늘 벌겋게 상기되어 있던 그 얼굴에 피로의 기색을 감추지 못하고 있는 수위를 발견했다.

"네, 압니다."

쥐가 또 나타났다고 알려주자 그는 리외에게 말했다.

"이젠 아주 두 마리 세 마리씩 나타나는군요. 하지만 다른 집들도 마찬가지예요."

그는 아무래도 낙담한 듯이 근심이 가득해 보였다. 그는 기계적인 동작으로 목덜미를 쓰다듬었다. 리외는 그에게 몸은 괜찮으냐고 물었다. 수위는 몸이 좋지 않다고 말할 수는 없지만 어딘지 개운치가 못하다고 했다. 자기 생각으로는 정신적으로 괴로운 것 같다는 것이었다. 그 쥐라는 놈들이 그에게 충격을 주었는데 그놈들만 사라지면 모든 것이 다 잘될 것이었다.

그러나 이튿날인 4월 18일 아침에 역에 가서 어머니를 모시고 온 의사는 미셸 씨의 얼굴이 좀더 초췌해진 것을 보았다. 지하실에서 다락방에 이르는 계단에 여남은 마리의 쥐들이 어지럽게 흩어져 있었던 것이다. 이웃집들의 쓰레기통도 온통 쥐들로 가득 차 있었다. 의사의 어머니는 그 소식을 듣고도 별로 놀라지 않았다.

"그럴 수도 있는 일이지."

까만 눈과 부드러운 은발을 한 몸집이 작은 부인이었다.

"너를 보니 반갑구나, 베르나르." 그녀가 말했다. "쥐 따위가 뭐 대수로운 일이겠니."

그도 그 말에 수긍했다. 사실 어머니만 있으면 무슨 일이건 다 수월한 것처럼 여겨졌다.

그래도 리외는 알고 있던 시청의 쥐 피해 담당 과장에게 전화를 걸었다. 수많은 쥐들이 떼지어 밖으로 나와서 죽는다는 이야기를 들었는지 물었다. 메르시에 과장은 그런 이야기를 듣기도 했지만, 부둣가에서 그리 멀지 않은 곳에 있는 자기네 사무실에서도 50여 마리나 발견했다고 답했다. 그러면서도 그는 그 일이 과연 고려해야 하는 일인지 아닌지 결단을 내리지 못하고 있었다. 리외도 그 점은 뭐라고 할 수 없지만 쥐 피해 담당과에서 나서야 할 문제라고 생각했다.

"그럼," 메르시에가 말했다. "지시가 있어야겠지. 만약 자네 생각에 정말 그럴 필요가 있다면 지시가 내려지도록 노력할 수도 있지……."

"그럴 필요야 언제나 있지." 리외가 말했다.

그의 가정부가 조금 전에 와서 말하기를, 자기 남편이 일하는 큰 공장에서는 죽은 쥐를 수백 마리나 쓸어냈다는 것이었다.

어쨌든 거의 이 무렵에는 우리 시의 시민들이 불안감을 느끼기 시작했다. 과연 18일부터 공장들과 창고들이 수백 마리는 족히 되는 쥐의 시체들을 게워 냈으니 말이다. 어떤 경우에는, 죽음의 고통이 너무 오래 계속되었기 때문에 아예 짐승의 명을 끊어줘야 할 때도 있었다. 그러나 도시의 외곽지대에서부터 시내 중심지에 이르기까지 리외가 지나가는 곳이면 어디나, 특히 우리 시민들이 모여 있는 곳이면 어디나, 쥐들이 쓰레기통 속에 더미로 쌓인 채, 아니면 도랑 속에 길게 열을 지은 채 기다리고 있는 판이었다. 석간신문은 그날부터 이 사건을 채택해, 과연 시 당국이 움직일지 어떨지, 또 구역질나는 쥐 떼들의 침해로부터 시민들의 안전을 지키기 위하여 어떤 긴급 대책을 검토하고 있는지를 추궁했다. 시 당국은 제안을 마련한 것이 아무것도 없었고 대책도 세운 것이 전혀 없었지만, 우선은 문제를 토의하기 위한 회의를 열기로 했다. 매일 아침 새벽에 죽은 쥐들을 수거하라는 지시가 쥐 피해 담당과에 내려졌다. 쥐들을 한데 다 수거해놓으면 담당과의 차 두 대가 와서 그것들을 화장장으로 운반해 태워버리기로 되어 있었다.

  그러나 그 뒤 며칠이 지나자 사태는 점점 더 악화되었다. 죽은 쥐들의 수는 날로 늘어만 갔고 수집되는 양도 매일 아침마다 더욱 많아졌다. 나흘째 되는 날부터 쥐들은 떼를 지어서 거리에 나와 죽었다. 집 안의 구석진 곳으로부터, 지하실로부터, 지하창고로부터, 수챗구멍으로부터 쥐들은 떼지어 비틀거리면서 기어나와 햇빛을 보면 어지러운지 휘청거리고, 제자리에서 돌다가 사람들 곁에 와서 죽어버렸다. 밤이면 복도나 골목길에서 그놈들이 찍찍거리는 최후의 작은 소리가 똑똑히 들려왔다. 아침에 변두리 지역에서는 뾰족한 주둥이에 작은 꽃 같은 선혈을 묻힌 채, 어떤 놈은 퉁퉁 부어서 썩어가고 또 어떤 놈은 빳빳이 굳어진 몸에 아직도 수염만은 꼿꼿이 세위가지고 그냥 개천 바닥에 즐비하게 나자빠져 있었다. 시내에서조차도 계단참이나 안마당에 무더기로 눈에 띄었다. 그것들은 또 관공청 홀에서, 학교의 체육관에서, 때로는 카페의 테라스에서 한 마리씩 따로따로 죽어 있기도 했다. 시민들은 시내 번화가에서도 그것들이 나타나는 것을 보고는 질색하곤 했다. 연병장, 가로수길, 바닷가의 산책로 같은 곳도 점점 그것들로 더럽혀졌다. 새벽에 죽은 쥐들을 말끔히 치워 두어도 낮 동안에 다시 그 수가 차츰차츰 늘어났다. 밤에 보도를 산책하던 사람이, 죽은 지 얼마 되지도 않은 시체의 그 물컹한 덩어리를 밟게 되는 일도 심심치 않게 일어났다. 그 광경은 마치 우리의 집들이 자리잡고 서 있는 대지가 그 속에 있던 고름을 짜내고 지금까지 안으로 곪고 있던 종기나 피고름을 표면으로 내뿜고 있는 것만 같았다. 건강한 사람의 짙은 피가 갑자기 역류하기 시작하는 것처럼, 여태껏 그렇게도 고요했다가 불과 며칠 사이에 발칵 뒤집혀버린 이 자그마한 도시의 놀라움이 어느 정도일 것인가 상상만이라도 해보길 바란다.

사태가 어느 정도였는가 하면, 랑스도크 통신(정보, 자료 수집, 모든 문제에 대한 정보 수집을 담당)이 무료 제공되는 라디오 방송을 통해 25일 단 하루 만에 6,231마리의 쥐가 수거, 소각되었다고 알릴 정도였다. 그 숫자는, 이 도시에서 매일같이 눈으로 보고 있는 광경에 어떤 분명한 의미를 부여하고, 마음속의 혼란을 더욱 가중시켰다. 지금까지만 해도 사람들은 그저 좀 불쾌한 사건이라고 투덜거릴 뿐이었다. 그런데 이제는 아직 그 전모를 분명히 헤아릴 수 없고 그 원인도 규명할 수 없는 그 현상이 예삿일이 아닌 것을 알아차렸다. 오직 천식 환자인 스페인 영감만은 여전히 양손을 비비면서 "나온다, 나와" 하고 늙은이 특유의 유쾌한 어조로 되풀이해 말하고 있었다.

이럭저럭하는 사이 4월 28일에는 랑스도크 통신이 약 8천 마리의 쥐를 수거했다는 뉴스를 발표하자 시중의 불안은 그 절정에 달했다. 사람들은 근본적인 대책을 세우라고 요구하며 당국을 비난하고, 바닷가에 집을 가지고 있는 일부 사람들은 벌써부터 그리로 피난을 간다는 이야기까지 나왔다. 그러나 그 이튿날 통신사는, 그 현상이 돌연 멎었고 쥐 피해 담당과에서 수거한 죽은 쥐의 수가 무시해도 좋을 정도로 감소했다고 보도했다. 시민들은 안도의 한숨을 내쉬었다.

그런데 바로 그날 정오에 의사 리외가 자기 집 건물 앞에서 차를 세우는데, 길의 저쪽 끝에서 수위가 고개를 푹 숙인 채 팔다리를 뻗쳐 벌리고 허수아비처럼 어색한 자세로 힘겨워하며 걸어오는 것이 보였다. 노인은 어떤 신부의 팔을 붙들고 있었는데, 그 신부는 의사도 알고 있는 사람이었다. 파늘루 신부라는 박식하고 열렬한 제수이트 파(派) 신부로, 리외도 가끔 만난 적이 있고, 종교 문제에 대하여 무관심한 사람들 사이에서까지 대단한 존경을 받고 있었다. 그는 두 사람을 기다렸다. 미셸 영감의 눈이 번뜩거렸고 숨소리가 거칠었다. 몸이 좋지 않아서 바람을 쐬러 나왔었다고 했다. 그러나 목과 겨드랑이와 사타구니에 통증이 어찌나 심한지 별 수 없이 돌아오다가 파늘루 신부에게 도움을 청해야 했다는 것이었다.

"종기가 났나 봐요." 그가 말했다. "과로했던 모양이에요."

자동차의 창문 밖으로 팔을 내밀어 리외는 이쪽으로 뻗친 미셸 영감의 목 밑을 손가락으로 만져 보았다. 나무옹이 같은 것이 거기에 맺혀 있었다.

"가서 누우십시오. 그리고 체온을 재보세요. 오후에 가서 봐드릴 테니."

수위가 가고 나자 리외는 파늘루 신부에게 쥐 사건을 어떻게 생각하느냐고 물었다.

"오!" 신부가 말했다. "아마 유행병일 겁니다."

그렇게 말하며 그의 눈은 둥근 안경 너머로 웃고 있었다.

리외가 점심을 먹고 나서, 아내가 잘 도착했다는 소식을 알리는 요양소의 전보를 다시 읽고 있으려니까 전화벨이 울렸다. 그의 옛 환자들 중 한 사람인 시청 서기에게서 온 전화였다. 오랫동안 대동맥 협착증으로 고생한 사람인데 가난해서 리외가 무료로 그를 치료해준 적이 있었다.

"네. 저를 기억하시는군요." 그가 말했다. "그런데 이번엔 딴 사람 때문에 전화드렸어요. 빨리 좀 와주십시오. 이웃집 사람에게 일이 생겼습니다."

숨 가쁜 목소리였다. 리외는 수위 생각이 났으나 나중에 들르기로 했다. 몇 분 뒤, 그는 변두리 지역에 있는 페데르브 거리의 나지막한 집의 문으로 들어섰다. 썰렁하고 악취가 풍기는 계단 중턱에서 그는 마중하러 내려온 서기 조제프 그랑을 만났다. 노란 콧수염을 길고 둥글게 길렀고 어깨가 좁으며 손발이 가느다란 50대 가량의 남자였다.

"이제 좀 나아졌어요." 그는 리외에게 다가오며 말했다. "그렇지만 아까는 그 사람이 꼭 죽는 줄만 알았습니다."

그는 계속해서 코를 풀었다. 마지막 층인 3층 왼편 문 앞에 이르자 리외는 거기에 붉은색 분필로 쓴 글씨를 볼 수 있었다.

'들어오시오. 나는 목 매달았소.'

그들은 안으로 들어갔다. 테이블을 한구석에 치워놓고, 방 한가운데 뒤집혀진 의자 위로 천장에서부터 밧줄이 늘어져 있었다. 그러나 밧줄만 허공에 매달려 있었다.

"때마침 제가 와서 끌러주었지요." 그랑은 가장 간단한 표현들만을 쓰면서도 언제나 적당한 말을 찾고 있는 것처럼 보였다. "마침 저도 외출하려는 참이었어요. 그때 소리가 들렸어요. 문에 써놓은 글씨를 보았을 때는 어떻게 설명하면 좋을까요. 저는 장난이라고 생각했어요. 그런데 저 사람이 이상한 신음 소리를 내지 않겠어요. 심지어 음산하다고도 할 수 있는……."

그는 머리를 긁적거리고 있었다.

"제 생각에는 그 과정이 고통스러웠을 것 같아요. 물론 저는 안으로 들어왔죠."

그들이 어떤 문을 하나 떠밀어 열자 밝기는 하지만 살림살이가 초라한 방의 문턱으로 들어서게 되었다. 얼굴이 둥글고 몸집이 작은 남자가 구리 침대에 누워 있었다. 그는 숨을 가쁘게 쉬면서 충혈된 눈으로 그들을 바라보았다. 의사는 멈춰 섰다. 숨쉬는 사이사이 희미하게 쥐가 우는 소리들이 들리는 것 같았기 때문이다. 그러나 방구석에는 아무것도 움직이는 것이 없었다. 리외는 침대 쪽으로 갔다. 그 사내는 아주 높은 곳에서 떨어진 것도, 너무 갑자기 떨어진 것도 아니었기 때문에 척추는 무사했다. 물론 약간의 질식 증상은 있었다. 엑스레이 사진을 찍을 필요가 있을 것 같았다. 의사는 강심제 주사를 한 대 놓아주고 나서 2, 3일이면 회복될 것이라고 말했다.

"고맙습니다, 선생님." 사내는 목소리를 죽이며 말했다.

리외는 그랑에게 경찰서에 신고했느냐고 물었다. 그러자 서기는 당황한 기색을 보이며 말했다.

"아뇨, 그것은 아직…… 제 생각에 보다 급한 것은……."

"물론이죠." 리외가 말을 막았다. "그럼 내가 신고하죠."

거기까지 말하자 환자가 안절부절못하더니 침대 위에서 벌떡 일어나, 자기는 아무렇지도 않으니 그럴 필요가 없다고 반대했다.

"진정하세요." 리외가 말했다. "뭐 대수로운 일도 아녜요. 안심해요. 나로서는 신고를 해야 해요."

"오!" 사내가 소리쳤다.

그러더니 그는 뒤로 벌떡 자빠지면서 흐느껴 울었다. 아까부터 콧수염을 만지작거리고 있던 그랑이 그의 곁으로 다가갔다.

"이봐요, 코타르 씨." 그가 말했다. "이해해 주세요. 의사에게는 책임이 있다고 할 수 있어요. 가령 말이에요, 당신이 혹시나 또 그런 짓을 할 마음을 먹는 경우……."

그러나 코타르는 눈물어린 목소리로 다시는 그런 짓을 안 할 것이고 그건 다만 순간적으로 정신이 나가서 그랬던 것이니, 자기는 그저 가만 놔두어주기만 바랄 뿐이라고 말했다. 리외는 처방전을 썼다.

"알았습니다." 그가 말했다. "그 일은 그냥 그대로 두기로 합시다. 2, 3일 뒤에 다시 오지요. 그러나 실없는 짓은 하지 마시오."

계단참에서 그는 그랑에게 아무래도 신고는 해야 하지만 형사에게 조사는 이틀 뒤에나 해달라고 부탁할 생각이라고 말했다.

"오늘 밤에는 저 사람을 좀 지켜야겠는데, 가족은 있나요?"

그는 머리를 저으며 말했다.

"모르겠는데요. 하지만 제가 지킬 수 있습니다. 저는 사실 저 사람과 잘 아는 사이라고는 할 수 없습니다. 하지만 서로 돕고 살아야지요."

복도를 지나면서 리외는 기계적으로 구석진 곳들에 시선을 던지면서 그랑에게 그 동네에서는 쥐들이 완전히 없어졌느냐고 물었다. 그랑은 그것에 대해서는 아무것도 몰랐다. 그런 이야기를 듣기는 했지만 그는 동네 소문에는 별로 관심이 없다는 것이었다.

"저는 마음 쏟는 데가 따로 있어서요." 그가 말했다.

리외는 벌써 그랑과 악수를 하고 있었다. 아내에게 편지를 쓰기 전에 수위를 보아줄 일이 급했던 것이다.

석간신문을 파는 길거리 판매원들이 쥐들의 습격이 완전히 멈췄다고 외치고 있었다. 리외는 환자가 윗몸을 침대 밖으로 내민 채, 한 손은 배에 또 한 손은 목덜미에 대고 대단히 힘을 쓰면서 불그스름한 담즙을 오물통에다 게우고 있는 것을 보았다. 오랫동안 애쓴 끝에 거의 숨이 막힐 지경이 되어서 수위는 다시 자리에 누웠다. 체온이 39도 5부였고 목에는 멍울이 잡혔으며 팔다리가 붓고 옆구리에 거무스름한 반점 두 개가 퍼져가고 있었다. 이제 그는 배가 아프다고 하소연했다.

"막 쑤셔요." 그가 말했다. "이 망할 놈의 것이 마구 쑤셔댄다구요."

악취가 풍겨대는 입에서는 말이 잘 나오지 않았다. 그는 툭 불거져 나온 두 눈을 의사에게로 돌렸는데, 그 눈에는 두통 때문에 눈물이 맺혀 있었다. 수위의 아내가 아무 말도 하지 않고 있는 리외를 불안한 듯 보고 있었다.

"선생님, 대체 뭐죠?" 그 여자가 말했다.

"여러 가지로 볼 수 있지요. 그러나 아직 확실히 알 수 있는 것은 아무것도 없습니다. 오늘 저녁까지는 굶기고 정혈제를 쓰도록 하지요. 물을 많이 마셔야 합니다."

마침 수위는 갈증이 나서 견딜 수 없는 지경이었다.

집으로 돌아오자 리외는 시내에서 가장 유력한 의사들 중의 한 사람인 리샤르에게 전화를 걸었다.

"아뇨." 리샤르가 말했다. "특별한 경우는 전혀 보지 못했는데요."

"국부적인 염증을 동반한 열 같은 것은 없었나요?"

"아! 그러고 보니 멍울에 심한 염증이 생긴 환자가 둘 있더군요."

"비정상이다 싶을 만큼요?"

"뭐, 정상이다 아니다 하는 문제란⋯⋯." 리샤르가 말했다.

어쨌든 그날 밤 수위는 헛소리를 해댔고 40도나 열이 오르면서 쥐를 원망하고 있었다. 리외는 고정농양 치료를 시도해보았다. 테레빈유가 들어가자 수위는 살이 타는 듯한 통증으로 끙끙거렸다.

"아! 이 망할 것들 때문에!"

멍울은 더 커졌는데 손으로 만져보니 딱딱하게 목질이 박혀 있었다. 수위의 아내는 울고 있었다.

"밤새 잘 지켜보세요." 의사가 말했다. "그리고 무슨 일이 있으면 나를 부르세요."

그 이튿날인 4월 30일에는 푸르고 눅눅한 하늘에 벌써 훈훈한 미풍이 불고 있었다. 바람은 먼 교외 쪽 꽃향기를 실어왔다. 거리에서 들려오는 아침의 소음은 여느 때보다도 더 활기차고 유쾌하게 느껴졌다. 일주일 동안 겪었던 그 암묵적인 걱정에서 벗어나 홀가분해진 이 조그만 도시에서 그날이야말로 새로운 날이었다. 리외 자신도 아내의 편지를 받고 안심이 되어 아주 경쾌한 마음으로 수위의 방으로 내려갔다. 과연 아침이 되자 열은 38도로 떨어져 있었다. 쇠약해진 환자가 침대에 누운 채 미소를 지었다.

"좀 나은 것 같아요. 그렇죠, 선생님?" 수위의 아내가 말했다.

"더 두고 봅시다."

그러나 정오가 되자 열은 단번에 40도로 올라갔다. 환자는 끊임없이 헛소리를 해댔고 다시 구토가 시작되었다. 목의 멍울은 건드리기만 해도 아파서 수위는 될 수 있는 대로 목을 몸에서 멀리 두고 싶어하는 듯했다. 그의 아내는 침대 발치에 앉아서, 두 손을 이불 위에 놓고 환자의 두 발을 지그시 누르고 있었다. 그녀는 리외를 바라보았다.

"아무래도" 리외가 말했다. "환자를 격리시켜 특수 치료를 해야겠습니다. 병원에 전화를 걸 테니 구급차로 옮기도록 합시다."

두 시간 뒤, 구급차에서 의사와 그의 아내는 환자를 굽어보고 있었다. 목을 축인 환자의 입에서 말이 마디마디 튀어나오곤 했다. "쥐들!" 그는 내뱉었다. 푸르죽죽해진 입술은 촛농 같았고 눈꺼풀은 무겁게 아래로 처지고 숨은 단속적으로 짧아졌다. 림프샘의 통증 때문에 온몸이 찢기는 듯하고, 자기 몸 위로 이불을 끌어 덮고 싶어하는 듯, 아니면 땅속 저 깊은 곳에서 무엇인가가 그를 끊임없이 불러대기라도 하는 듯, 수위는 자리 속 깊이 몸을 쪼그리고 그 어떤 보이지 않는 무게에 짓눌려 숨막혀하는 것 같았다. 그의 아내는 울고 있었다.

"이제 가망이 없는 건가요, 선생님?"

"죽었습니다." 리외가 말했다.

수위의 죽음은 사람을 당황하게 하는 징조들만 난무하던 한 시기에 종지부를 찍고, 처음의 뜻하지 않은 놀라움이 차츰 뚜렷한 낭

패감으로 변해가는, 상대적으로 더 어려운 다른 시기의 시작을 점 찍어놓은 것이라고 말할 수 있으리라. 시민들은, 이제부터 차차 깨 닫게 되겠지만, 하필이면 우리의 이 작은 도시가 쥐들이 밖으로 기 어나와 죽고 수위가 괴상한 병으로 목숨을 잃는 도시로 특별히 지 정될 수 있으리라고는 꿈에도 생각하지 못했다. 그런 점에서도 시민 들은 착오를 일으킨 셈이어서 그들의 생각은 수정되어야 한다. 모든 일이 거기에서 그쳤더라면 아마도 그 일은 습관 속에 묻히고 말았 으리라. 그러나 시민들 중에서 그 밖에도 몇몇 사람들이 그것도 반 드시 수위나 가난뱅이가 아닌 사람들이 미셸 씨가 먼저 밟은 길을 따라가게 되었다. 즉 그때부터 공포가, 그리고 공포와 함께 반성이 시작된 것이다.

그렇기는 하지만 이 새로운 사건들의 자세한 내용을 이야기하기 전에 서술자가 지금까지 설명한 시기에 대해 또 다른 사람의 목격 자가 생각하는 견해를 소개하는 것이 이로우리라 믿는다. 장 타루 는 이 이야기의 첫머리에서 이미 만난 적이 있는 사람인데, 몇 주일 전부터 오랑에 머물고 그때부터 시내 중심가에 있는 한 호텔에서 살고 있었다. 보아하니 그는 자기 수입으로 살기에 꽤 넉넉한 형편 인 것 같았다. 그의 얼굴은 오랑 시에서 점차 익숙해지고 있었지만 그가 어디서 왔는지, 왜 이곳으로 온 것인지 아는 사람은 아무도 없 었다. 그는 모든 공공장소에 얼굴을 드러냈다. 봄이 되면서부터 바 닷가에서, 자주, 그것도 상당히 즐기는 빛이 역력하게 수영하는 그 의 모습을 볼 수 있었다. 사람 좋고 항상 웃는 낯인 그는 모든 정상적인 쾌락이면 무엇이고 다 좋아하는 듯했지만 거기에 빠지지는 않았다. 사실 사람들이 알고 있는 그의 유일한 습

관이라면, 우리 도시에 있는 수많은 스페인 무용수와 악사들 집에 열심히 드나들고 있다는 것뿐이었다.

어쨌든 그가 적고 있는 수첩들 역시 그 견디기 어려운 시기에 대한 일종의 연대기를 구성하고 있었다. 그러나 그것은 사소한 일들에만 관심을 갖기로 작정한 듯한 아주 유별난 연대기라고 할 수 있겠다. 언뜻 보기에는 타루가 사람이나 사물을 어느 정도 초연한 시선으로 바라보려고 애쓴다는 느낌을 가질 수도 있을 것이다. 그 전반적인 혼란 속에서 그는 아무 이야깃거리도 되지 못하는 것에 대하여 기록하는 역사가가 되려고 애쓰고 있었던 것이다. 아마 우리는 그와 같은 고의적 태도를 개탄스럽게 여기고 그것이 혹시나 메말라버린 그의 마음의 발로가 아닐까 하는 의혹을 품을 수도 있으리라. 그러나 뭐니뭐니해도 그 수첩들이 그 시기에 대한 연대기를 구성하는 데 있어서 그 나름의 중요성을 지닌 수없이 많고 부차적인 세밀함을 제공할 수 있다는 것은 말할 나위도 없다. 그리고 그 세밀함들은 그것이 지닌 기묘한 면으로 인하여 이 흥미로운 인물에 대해 성급한 판단을 내리지 못하도록 방해할 것이다.

장 타루가 적은 최초의 기록들은 그가 오랑에 도착한 날부터 시작되었다. 그 기록들은 첫머리부터 그렇게도 추레한 도시에 와서 지내게 되었다는 것을 이상하게도 매우 만족스럽게 여기고 있음을 보여주고 있다. 시청에 장식으로 만들어놓은 두 마리의 청동 사자상

에 대한 자세한 묘사, 시내에 나무 한 그루 없다는 점이라든가 볼 품없는 집들이라든가 이치에 맞지 않는 도시계획 따위에 대한 호의 적인 평가를 거기에서 볼 수 있다. 타루는 또한 전찻간이나 거리에 서 얻어들은 사람들의 대화 내용도 거기에 섞어서 적어 놓고 있지 만 그것에 대해서 자신의 주석은 붙여놓지 않았다. 다만 나중에 캉 이라는 이름을 가진 사람과 관련된 대화 내용에 대해서만은 예외적 으로 나중에 주석을 달아놓았다. 타루는 전차 차장 둘이 서로 주고 받는 이야기를 듣게 되었다.

"자네도 잘 알지. 그 캉이라는 남자 말이야." 그중 하나가 말했다.

"캉? 키 크고 검은 수염이 난 사람 말인가?"

"맞아. 전철(轉轍) 담당이었지."

"그래, 생각나."

"그런데 그 사람이 죽었어."

"뭐! 대체 언제?"

"쥐 소동이 난 다음이지."

"맙소사! 아니 어쩌다가?"

"몰라, 열병이래. 그런데 그 사람 건강하지도 않았으니까. 겨드랑이 에 종기가 났었는데, 그만 이기지 못했던 모양이야."

"그래도 보기엔 다른 사람들과 다르지 않았는데."

"그렇지도 않아. 폐가 약했거든. 그런데도 남자 합창부에서 나팔 을 불었지. 줄곧 나팔을 불어대면 안 좋은 법이니까."

"거 참!" 나중 사람이 말끝을 맺었다. "아플 때는 나팔을 불면 안 되지."

이런 내용을 기록하고 난 다음 타루는 캉이 왜 명백히 자신에게 이득이 되지도 않는 남자 합창부에 들어갔으며, 일요일의 의식을 위하여 자신의 생명을 걸도록까지 그를 이끌어간 진정한 이유가 대체 무엇인지 문제로 삼았다.

다음으로, 타루는 자기 집 창문과 마주보고 있는 발코니에서 가끔 벌어지는 어떤 장면에 호의적인 감명을 받은 듯했다. 사실 그의 방은 어떤 작은 뒷골목에 면해 있었는데 거기서는 집집마다 벽의 그늘에서 고양이들이 낮잠을 자고 있었다. 그러나 매일같이 점심식사가 끝난 뒤 도시 전체가 더위 속에서 꾸벅거리며 졸고 있는 시간이면 길 건너편 집 발코니 위에 몸집이 작은 노인이 한 사람 나타났다. 흰 머리에 빗질을 단정히 한 데다가 군대식으로 재단한 복장을 갖춘, 자세가 꼿꼿하고 엄격한 그는 냉담하면서도 부드러운 목소리로 고양이를 불렀다. "나비야, 나비야." 고양이들은 졸린 눈을 쳐들지만 몸을 움직이려고는 하지 않았다. 노인이 거리 위 고양이들의 머리 위로 잘게 찢은 종잇조각들을 뿌리면 고양이들은 비처럼 떨어지는 그 흰 종잇조각 나비들에 이끌려 길 한복판으로 걸어나와 마지막으로 떨어지는 종잇조각들을 향하여 주춤거리는 한쪽 발을 내밀었다. 그때 몸집이 작은 노인은 고양이들을 겨냥해 세차고 정확하게 가래침을 탁 뱉었다. 그 가래침들 중 하나가 목표물에 맞으면 그는 신이 나서 웃어댔다.

결국 타루는 그 외관과 활기와 심지어는 쾌락들까지도 모두 상거래의 필요에 의하여 좌우되는 것 같아 보이는 이 도시의 상업적 성격에 결정적으로 매혹된 모양이었다. 그 특이성(이 말은 그의 수첩에 쓰인 표현이다)은 타루의 찬양의 대상이었고 그의 찬사로 가득 찬 지적들 중 하나는 심지어 '드디어!'라는 감탄사로 끝맺을 정도였다. 그것은 그 무렵 그 여행자의 기록이 개인적인 성격을 띠는 듯이 보이는 유일한 대목이다. 다만 그 말이 뜻하는 의미가 무엇인지, 그 말이 얼마만큼 진지한 것인지 판단하기는 어렵다. 죽은 쥐를 한 마리 발견하게 되자 호텔 회계원이 계산서를 잘못 적는 오류를 범하게 되었다는 사실을 기록하고 나서 타루는 평소보다 좀 무딘 글씨로 다음과 같이 덧붙여놓았다.

'물음 : 시간을 허비하지 않으려면 어떻게 해야 하나?

답 : 시간을 남김없이 체험할 것.

방법 : 매일매일 치과병원 대기실에서 불편한 의자에 앉아 보낼 것. 일요일 오후를 자기 방 앞의 발코니에서 보낼 것. 자신이 모르는 외국어로 하는 강연을 경청할 것. 가장 길고 가장 불편한 철도의 코스를 고르고 입석으로 여행할 것. 극장 매표소 앞에 줄을 서서 기다렸다가 차례가 오면 표를 사지 말 것 등등.'

그러나 이같은 언어나 사색의 일탈에 바로 이어서 수첩은 우리 도시의 전차, 그것의 조각배 같은 형상, 그 어정정한 색깔, 일관된 불결함에 대한 상세한 묘사들로 시작하여 아무런 설명도 되지 못하는 '그것은 주목할 만한 일이다'라는 말로 관찰을 끝맺고 있다.

어쨌든 쥐 사건에 대하여 타루가 적어놓은 것은 다음과 같다.

'오늘은 맞은편 집의 노인이 난처해진 모양이다. 이제는 고양이가 없어진 것이다. 거리에서 수없이 발견되는 쥐들 때문에 자극을 받았는지 과연 고양이들이 모습을 감추었다. 내가 보기에 고양이들이 죽은 쥐들을 먹는다는 것은 생각도 할 수 없는 일이다. 내 기억으로는 집에서 키우던 고양이는 그걸 아주 싫어했다. 그러건 말건 고양이들은 틀림없이 지하실에서 달음질치고 있을 테니 노인은 난처할 수밖에 없다. 노인은 머리에 빗질도 전처럼 하지 못한 채 좀 풀이 죽은 것 같았다. 매우 불안해 보였다. 얼마 지나지 않아 안으로 들어가버렸다. 그러나 딱 한 번 허공에다 대고 가래침을 탁 뱉고는 들어갔다.

오늘 시가지에서 전차 한 대가 멈췄는데, 왜 그런 곳에 나왔는지 모르지만, 죽은 쥐가 전차 안에서 발견되었기 때문이다. 2, 3명의 부인이 내렸고 쥐는 버려졌다. 전차는 다시 출발했다.

호텔의 야근 담당자는 믿을 만한 사람인데, 자기는 그 많은 쥐들로 해서 결국 무슨 불행한 일이 생길 것 같은 예감이 든다고 내게 말했다.

"쥐들이 배를 떠나면……."

나는 그에게, 배에서라면 그런 걱정을 하게 되겠지만 도시에서는 아직 검증되지 않았다고 대답했다. 그러나 그의 믿음은 확고했다. 나는 그에게, 당신 의견으로는 어떤 흉한 일이 생길 것 같으냐고 물었다. 흉한 일이란 미리 알 수 없는 것이므로 자기는 모른다는 것이었다. 그러나 그것이 지진이라 할지라도 뜻밖이라는 생각은 들지 않을 것 같다고 했다. 내가, 하기야 그럴 수도 있는 일이라고 인정했더니 그는 내게 그것 때문에 불안해지지 않느냐고 물었다.

"내가 관심 있는 것은 꼭 한 가지뿐인데." 내가 그에게 말했다. "그건 바로 마음의 평화를 얻는 일이랍니다."

그는 내가 말한 의미를 이해해 주었다.

호텔 식당에는 아주 재미있는 가족이 하나 있다. 아버지는 검은색 양복에 빳빳한 옷깃을 단 키가 크고 깡마른 사람이다. 머리통 한가운데가 벗겨지고 좌우에 흰머리가 한 움큼씩 덮여 있다. 작은 두 눈은 동글동글하며 코는 홀쭉하고 입은 한일자로 다물고 있어서 가정교육이 잘된 올빼미 같은 인상이다. 그는 언제나 앞장서서 식당 문 앞에 나타나서는 옆으로 비켜서면서 까만 생쥐처럼 호리호리한 자기 아내를 들여보내고, 그 다음 학자같이 옷을 입힌 어린 아들과 딸을 뒤에 데리고 들어간다. 자기네 식탁에 이르면 그는 아내가 자리를 정하여 앉기를 기다렸다가 자기도 않는다. 그제야 그 두 꼬마들도 마침내 자기들의 의자에 올라가 앉을 수가 있다. 그는 아내와 아이들에게 존댓말을 쓰는데, 아내에게는 예의바른 핀잔을 던지고 자식들에게는 나무라는 말들을 쏘아붙인다.

"니콜, 나빠요!"

그러면 딸아이는 눈물이 글썽글썽해진다. 마땅히 그래야만 한다.

오늘 아침에 어린 아들이 쥐 이야기에 완전히 흥분해 있었다. 그래서 식탁에 앉자 그 이야기를 꺼내고 싶어했다.

"식사 중에 쥐 이야기를 하는 거 아니에요, 필리프. 앞으로는 절대로 그런 건 입 밖에 내지 않도록 해요."

"아버지 말씀이 옳아요." 까만 생쥐 부인이 말했다.

두 꼬마들은 밥그릇에 코를 박았고 그는 별 뜻도 없는 고갯짓으로 감사하다는 시늉을 했다.

이런 모범적인 몸가짐도 없지는 않았지만, 시내에서는 쥐 이야기가 많은 사람들의 입에 오르내렸다. 신문도 거기에 한몫 거들었다. 지방 기사는 평소에는 매우 다양한 내용으로 꾸며지는데, 이제는 시 당국에 대한 공격으로 꽉 차버렸다.

"우리 시 당국자들은, 이 쥐 떼의 썩은 시체들이 가져올 수도 있는 위험을 깨닫고나 있는 것인가?"

호텔 지배인은 이제 딴 이야기는 할 줄 모르게 되었다. 그러나 그것은 화가 나 그러는 것이기도 했다. 도대체 점장으로서는 호텔 엘리베이터 속에서 쥐가 발견된다는 것은 그에게는 상상도 할 수 없는 일이었던 것이다. 그를 위로하려고, 나는 그에게 이렇게 말했다.

"누구나 다 당하는 일인데요."

"바로 그겁니다." 그가 대답했다. "우리는 이제 누구나와 마찬가지 꼴이 되었다. 이겁니다."

사람들이 불안을 느끼기 시작한 그 문제의 돌발적인 첫 사례들을 내게 말해준 사람이 바로 그 지배인이었다. 자기네 호텔의 하녀 한 사람이 그 열병에 걸렸다는 것이었다.

"그러나 물론 전염성은 없습니다." 그는 서둘러 덧붙여 말했다.

나는 그에게 전염성이 있건 없건 내겐 마찬가지라고 했다.

"아! 알겠습니다. 선생님도 저와 같으시군요. 선생님은 운명론자세요."

나는 그렇게 말한 적이 없었다. 게다가 나는 운명론자가 아니다. 나는 그에게 그렇게 말해주었다.'

사람들 사이에서 이미 불안의 대상이 되고 있는 그 원인불명의 열병에 대해서 타루의 수첩이 좀더 자세히 이야기하기 시작하는 것은 여기서부터다. 그 몸집이 작은 노인은 쥐들이 자취를 감추면서부터 고양이들을 다시 보게 되었으며 참을성 있게 조준하며 그 가래침 사격을 해대고 있다는 사실을 기록하면서 타루는 열병에 걸린 환자의 수가 이미 10여 명을 헤아리게 되었고, 그 대부분이 치명적이었다고 덧붙이고 있다.

참고자료가 될 수도 있으니, 끝으로 여기에 타루가 묘사한 의사 리외의 모습을 옮겨 적어두어도 무방할 것이다. 서술자의 판단으로는 상당히 충실한 묘사라고 볼 수 있다.

'서른다섯 살 정도, 중간 키, 딱 벌어진 어깨, 거의 직사각형에 가까운 얼굴. 짙은 색 눈은 곧고 턱은 튀어나왔다. 굳센 콧날은 반듯하다. 검은 머리는 아주 짧게 깎았으며, 입은 활처럼 둥글고, 두꺼운 입술은 거의 언제나 굳게 다물고 있다. 햇볕에 그을은 피부, 검은 털, 한결같이 짙은 색이지만 그에게 잘 어울리는 양복색 같은 것이 어딘가 시칠리아 농부 같은 인상이다.

그는 걸음걸이가 빠르다. 걸음걸이를 바꾸는 법도 없이 보도를 걸어 내려가지만 세 번이면 두 번은 가볍게 반대편 보도로 올라간다. 자동차 핸들을 잡을 때에도 방심하기 일쑤여서, 길모퉁이를 회전하고 난 뒤에도 깜빡이를 끄지 않은 채 간다. 항상 모자는 쓰지 않는다. 세상사를 훤히 다 꿰뚫어 보고 있는 듯한 표정을 짓고 있다.'

타루의 숫자는 정확했다. 의사 리외는 그 점에 대해 어느 정도 알고 있었다. 수위의 시체를 격리시키고 난 다음, 그는 리샤르에게 전화를 걸어 겨드랑이에 멍울이 생기는 열병에 관해서 물었다.

"저도 전혀 모르겠는데요." 리샤르가 말했다. "사망자가 둘인데 하나는 48시간 만에, 다른 하나는 사흘 만에 죽었어요. 나중 사람은 어느 날 아침에 보니 꼭 다 나아가는 것만 같아서 가만 놔두었었지만."

"만약에 또 이런 경우가 생기거든 알려주세요." 리외가 말했다.

그는 또 다른 몇몇 의사들에게 전화를 걸었다. 이런 식으로 조사해본 결과 2, 3일 동안 20명 정도가 비슷한 증세를 보였다. 거의 전부가 죽었다. 그래서 그는 오랑시 의사회 회장인 리샤르에게 새로운 환자들의 격리를 요구했다.

"하지만 나로서는 어쩔 수가 없어요." 리샤르가 말했다. "현청의 조치가 있어야 할 겁니다. 더군다나 전염의 위험이 있다는 확증도 없지 않습니까?"

"확증이야 없지만 나타나는 증세가 불안합니다."

그래도 리샤르는 '자기에겐 그럴 자격이 없다'고 판단하는 것이었다. 자기가 할 수 있는 일이란 그저 현청의 지사에게 말을 하는 정도라고 했다.

그러나 사람들이 말을 하고 있는 동안 날씨는 악화되어갔다. 수위가 죽은 다음 날 짙은 안개가 하늘을 뒤덮었다. 억수 같은 소나기가 도시에 퍼부었다. 그러고는 그 갑작스러운 폭우에 이어 푹푹 찌는 더위가 계속되었다. 바다까지도 그 짙은 푸른빛을 잃은 채 안개 낀 하늘 아래서 은빛으로, 혹은 무쇠빛으로 눈이 아플 정도로 번뜩거렸다. 봄의 이런 눅눅한 더위보다는 차라리 한여름의 뜨거운 열기가 그리울 지경이었다. 높은 언덕바지에 달팽이 모양으로 건설되어서 바다와는 거의 등을 지고 있는 이 도시에서는 음울한 허탈감이 짓누르고 있었다. 개흙을 바른 기나긴 벽으로 둘러싸인 가운데 먼지가 자욱이 내려앉은 진열장들이 늘어선 거리들에서, 칙칙한 황색 전차 속에서, 사람들은 저마다 하늘 아래 감금당한 죄수가 된 느낌이었다. 오직 리외의 그 늙은 환자만이 천식을 이겨내고 그러한 날씨를 즐기고 있었다.

"푹푹 찌는군." 그가 말했다. "이런 날씨는 기관지에 좋아."

아닌 게 아니라 타는 듯한 더위였지만, 열병보다 더하지도 덜하지도 않았다. 도시 전체가 열병에 걸렸다. 적어도 코타르의 자살미수 사건에 대한 조사에 입회하려고 페데르브 거리로 가던 날 아침 의사 리외의 머리를 떠나지 않고 따라다니던 느낌은 그랬다. 그러나 생각해보면 그런 인상은 이치에 맞지 않았다. 자신의 마음을 사로잡고 있는 신경과민 상태와 걱정 때문에 그러려니 싶었다. 그러므로 무엇보다 먼저 머릿속의 생각을 가다듬는 것이 급선무라는 생각이 들었다.

그가 도착했을 때 형사는 아직 와 있지 않았다. 그랑이 계단참에서 기다리고 있어서, 그들은 우선 그랑의 집으로 들어가서 문을 열어놓은 채 기다리기로 했다. 시청 서기는 방 두 개짜리 집에 살고 있었는데 가구가 지극히 단출했다. 사전 두어 권이 꽂혀 있는 흰색 나무선반과 '꽃이 핀 오솔길들'이란 글씨가 반쯤 지워졌으나 그래도 알아볼 수는 있는 칠판만 눈에 띌 뿐이었다. 그랑의 말에 의하면, 코타르는 지난밤에 잠을 잘 잤다는 것이었다. 그러나 아침에 깨면서부터 머리가 아프고 아무런 반응도 느낄 수 없는 상태가 되었다고 했다. 그랑은 피곤해서 신경이 예민해진 것 같았다. 그는 방 안을 이리저리 거닐면서 탁자 위에 놓여 있는, 손으로 쓴 원고가 가득 든 두툼한 서류철을 열었다 닫았다 했다.

그러면서 의사에게 자기는 코타르를 잘 모르지만 재산을 좀 가지고 있는 것 같다고 말했다. 코타르는 좀 괴상한 사람이어서 그들 두 사람 사이의 관계는 오랫동안 기껏해야 계단에서 마주치면 인사나 하는 정도가 고작이었다고 했다.

"그 사람하고 얘기를 나눈 건 딱 두 번이었어요. 4, 5일 전에 제가 분필상자 한 통을 집으로 가지고 오다가 계단참에서 그만 뒤집어엎었어요. 붉은색과 푸른색 분필이 들어 있었지요. 마침 코타르가 계단참으로 나오더니 줍는 것을 도와주더군요. 그는 이렇게 여러 색깔의 분필을 무엇에 쓰느냐고 물었어요."

그래서 그랑은 사실 라틴어를 다시 좀 공부해볼까 한다고 그에게 설명해주었다. 고등학교 이후로 실력이 점점 줄어들고 있었기 때문이다.

"그럼요." 그는 의사에게 말했다. "프랑스어 단어의 뜻을 좀더 똑똑히 알려면 라틴어를 하는 게 확실히 도움이 된다는 말을 들었었거든요."

그래서 그는 칠판에다 라틴어 단어들을 써놓은 것이었다. 성, 숫자, 격변화와 활용 법칙에 따라서 단어의 변화하는 부분은 푸른색 분필로 쓰고, 전혀 바뀌지 않는 부분은 붉은색 분필로 썼다.

"코타르가 제 말을 제대로 알아들었는지는 모르겠지만 흥미가 있는지 붉은색 분필을 하나 달라고 하더군요. 저는 좀 의외였지만 어쨌든……. 그런데 물론 그것이 그런 일에 사용되리라고는 저로서는 예측하지 못했어요."

리외는 두 번째로 나눈 대화의 내용이 어떤 것이었는지 물었다. 그러나 형사가 서기를 대동하고 와서 우선 그랑의 진술을 듣겠노라고 말했다. 의사는 그랑이 코타르의 이야기를 하면서 항상 그를 '그 절망한 사람'이라고 지칭한다는 점을 주목했다. 심지어 한번은 '숙명적인 결단'이라는 표현까지 쓸 정도였다. 그들은 자살의 동기에 대하여 의견을 주고받고 있었는데 그랑은 어휘 선택에 세심하게 신경을 썼다. 마침내 '말 못할 고민'이라는 표현으로 결말났다. 형사는 혹시 코타르의 태도에서 '나의 결심'이라고 스스로 이름 붙이고 있는 그 일을 하게 만드는 그 무엇을 발견하지 못했느냐고 물었다.

"그 사람이 어제 내 방문을 두드리더니 성냥을 좀 빌려달라고 하더군요." 그랑이 말했다. 그래서 갑째로 줬지요. 서로 이웃 사이니까 운운하면서 실례한다더군요. 그러고는 곧 돌려준다고 하기에 나는 아주 가지라고 했어요."

형사는 그랑에게 코타르가 좀 이상해 보이지 않느냐고 물었다.

"이상하게 보이는 점은 자꾸 말을 걸고 싶어하는 눈치였다는 거였어요. 그렇지만 나는 일하고 있는 중이었어요."

그랑은 리외 쪽으로 고개를 돌리면서 쑥스러운 듯이 이렇게 덧붙였다.

"개인적인 일이었지요."

형사는 어쨌든 환자를 만나보길 원했다. 그러나 리외는 우선 만나보기 전에 코타르로 하여금 마음의 준비를 하도록 하는 것이 낫겠다고 판단했다. 리외가 방 안에 들어갔을 때, 코타르는 흐릿한 회색 플란넬 잠옷만 입은 채 침대에서 일어나 앉아서 불안한 표정으로 문 쪽을 보고 있었다.

"경찰이군요, 네?"

"그렇소." 리외가 말했다. "당황해할 것 없어요. 두세 가지 형식적인 조사만 하면 끝날 테니까요."

그러나 코타르는 그런 건 다 소용없는 짓이고, 자기는 경찰이라면 질색이라고 대답했다. 리외가 쏘아붙였다.

"나도 경찰이 좋은 건 아니오. 단지 그들이 묻는 말에 재빠르게 사실대로 대답을 할 뿐이오. 한 번에 끝낼 수 있게 말이오."

코타르는 입을 다물었고, 의사는 문 쪽으로 돌아섰다. 그러나 그 키 작은 사내는 리외를 불렀다. 리외가 침대 옆으로 오자 그는 손을 잡으면서 말했다.

"아픈 사람을, 목을 매달았던 사람을 어떻게 할 수는 없겠죠. 그렇죠, 선생님?"

리외는 한동안 그를 물끄러미 바라보다가 마침내 그런 것은 전혀 문제가 되지 않고, 또 환자를 보호하려고 내가 옆에 있는 것이니 안심하라고 말했다. 코타르는 그제야 긴장을 풀었고, 리외는 형사를 들어오게 했다.

코타르에게 그랑의 증언 내용을 읽어주고 나서 그에게 그가 한 행동의 동기를 밝힐 수 있느냐고 물었다. 그는 형사를 보지도 않고 "말 못할 고민, 그거 딱 맞는 말이에요"라고 대답할 뿐이었다. 형사는 또다시 그런 짓을 하고 싶은 심정인지 어떤지 분명히 말하라고 다그쳤다. 코타르는 흥분한 표정으로 그럴 생각은 없고, 그저 건드리지 말고 가만 두어주기만 했으면 좋겠다고 대답했다.

"분명히 말해두지만," 형사가 좀 짜증이 난 어조로 말했다. "지금 당신이야말로 사람들을 귀찮게 하고 있소."

그러나 리외가 눈짓을 했기 때문에 그쯤에서 그쳤다.

"아시다시피," 밖으로 나오면서 형사가 한숨을 내쉬며 말했다. "그 열병 때문에 말썽이 생긴 뒤론 그러잖아도 할 일이 태산 같은 데……."

그는 의사에게 사태가 심각한 것이냐고 물었고 리외는 자기도 모르겠다고 대답했다.

"날씨 때문이에요, 그뿐입니다." 형사가 결론을 내렸다.

어쩌면 날씨 탓인지도 몰랐다. 하루의 해가 높이 떠오름에 따라 모든 것이 손에 쩍쩍 달라붙었고, 리외는 한 집 한 집 회진을 해나갈수록 불안이 더욱 짙어지는 것을 느꼈다. 바로 그날 저녁, 교외에 있는 늙은이 환자의 이웃사람 하나가 사타구니를 움켜쥐고 헛소리를 해대더니 구토를 했다. 멍울들은 수위의 것보다 훨씬 컸다. 그중 하나는 곪기 시작하고 있었고 이내 썩은 과일처럼 쩍 갈라졌다. 집으로 돌아온 리외는 현청의 약품 제작소에다가 전화를 걸었다. 그의 직업상의 노트에는 이 날짜에 이렇게만 적혀 있다. 부정적 회답. 게다가 다른 곳에서도 이미 비슷한 증세의 환자들이 왕진을 청해왔다. 곪은 데를 째야만 했다. 필연적이었다. 메스로 열십자를 그어서 째니까 멍울에서는 피 섞인 고름이 쏟아져 나왔다. 환자들은 피를 흘리면서 온몸을 비틀었다. 그러나 반점이 배와 다리에 돋아나면서 어떤 멍울들은 더 이상 곪지 않게 되었다가 또다시 부어 올랐다. 대개 환자는 엄청난 악취를 풍기며 죽었다.

쥐들의 사건을 가지고 그렇게 떠들어대던 신문도 이제는 아무 말도 하지 않았다. 쥐들은 눈에 띄는 거리에 나와 죽었지만 사람들은 방 안에서 죽기 때문이다. 그리고 신문은 오직 거리에서 일어나는 일만 문제 삼는다. 그러나 현청과 시청에서는 의문을 느끼기 시작했다. 의사들이 제각기 기껏 두세 가지 경우 정도만 알고 있을 때는 누구 하나 움직이려 들지 않았었다. 그러나 결국 그 모두를 더해본 다는 데 생각이 미치기만 하면 충분히 깨달을 수가 있는 것이다. 합계는 경악할 만한 것이었다. 불과 며칠 동안에 사망 건수가 몇 배로 불어났으니 그 해괴한 병에 깊이 마음을 쓰고 있는 사람들에게는 그것이 진짜 전염병이라는 사실이 명백해졌다. 리외와 같은 의사이 지만 그보다 훨씬 나이가 많은 카스텔이 리외를 만나러 온 것은 바로 그 무렵이었다.

"물론," 카스텔이 말했다. "당신은 이게 뭔지 알고 있겠죠?"

"분석 결과를 기다리고 있습니다."

"나는 그 결과를 알아요. 분석해볼 필요도 없어요. 나는 한때 중국에서 의사 생활을 한 경험이 있고 파리에서도 몇몇 사례를 겪었어요. 20여 년 전의 일이죠. 다만 당장에는 거기에 감히 병명을 붙일 엄두가 나지 않았을 뿐이었지요. 여론이란 무서운 것이니까 무엇보다도 냉정함을 잃지 말아야죠. 그리고 어떤 동료 의사 말마따나 '있을 수 없는 일이다. 서양에서는 그것이 아주 자취를 감추었다는 것쯤은 누구나 다 알고 있다' 이거예요. 그래요. 누구나 다 그건 알고 있었어요. 죽은 사람만 빼고는. 자, 리외. 당신도 나와 마찬가지로 이게 무슨 병인지 잘 알고 있어요."

리외는 깊은 생각에 잠겼다. 그는 자기 사무실의 창문 저 너머 멀리 물굽이 쪽으로 등을 돌리고 있는 낭떠러지 바위의 등성이를 바라보고 있었다. 하늘은 푸르기는 했지만 해가 기울어감에 따라 그

흐릿한 광채는 점점 부드러워졌다.

"그래요, 카스텔." 그가 말했다. "거의 믿어지지 않는 일이오. 그렇지만 이건 페스트인 건 확실한 것 같습니다."

카스텔은 자리에서 일어나 문 쪽으로 갔다.

"사람들이 뭐라고 말할지는 알고 있겠죠." 늙은 의사가 말했다. "기후가 따뜻한 나라에서는 벌써 여러 해 전부터 없어졌다고 말할 겁니다."

"없어졌다는 게 무슨 의미가 있겠습니까?" 리외가 어깨를 으쓱하며 대답했다.

"파리에서도 20여 년 전에 그 병이 돌았다는 걸 잊지 마시오."

"좋습니다. 지금이 그때보다는 덜 심한 것이기를 바랍시다. 그렇지만 정말 믿을 수가 없는 일이군요."

처음으로 '페스트'라는 말이 이제 막 사람들의 입 밖에 나왔다. 베르나르 리외를 그의 집 창 너머에 앉혀놓고 있는 이야기의 이 대목에서, 서술자가 그 의사의 의아해하고 놀라워하는 심정에 충분한 근거가 있다고 지적하는 것을 허락해주기 바란다. 왜냐하면 몇몇 뉘앙스에 있어서는 다소 차이가 있겠지만 그가 보는 반응은 우리 시민 대부분의 반응 바로 그것이었기 때문이다. 사실 재앙이란 모두가 다 같이 겪는 것이지만 그것이 막상 우리의 머리 위에 떨어지면 여간해서 믿기 어려운 것이 된다. 이 세상에는 전쟁만큼이나 많은 페스트가 있어왔다. 게다가 페스트나 전쟁이 일어났을 때 사람들은 언제나 속수무책이었다. 따라서 그의 망설임도 그렇게 이해해야 한다. 또한 그가 불안과 믿음 사이에서 엉거주춤하고 있었던 것도 그렇게 이해해야 한다. 전쟁이 일어나면 사람들은 말한다.

"오래 가지는 않겠지. 너무나 어리석은 짓이야."

전쟁이라는 것이 너무나 어리석은 짓임에는 틀림이 없을 것이다. 그러나 그렇다고 해서 전쟁이 오래 가지 않는다는 법도 없는 것이다. 어리석음은 언제나 집요하게 이어진다. 만약 사람들이 늘 자기 생각만 하고 있지 않는다면 그 사실을 깨달을 수 있을 것이다. 그런 점에서 우리 시민들은 세상의 모든 사람들과 마찬가지로 자기네들 생각만 하고 있는 셈이다. 달리 말하면 그들은 휴머니스트들이었다. 즉 그들은 재앙의 존재를 믿지 않았다. 재앙이란 인간의 척도로 이해할 수 있는 것이 아니다. 그래서 사람들은 재앙이 비현실적인 것이고 지나가는 악몽에 불과하다고 여긴다. 그러나 재앙이 항상 지나가버리는 것은 아니다. 악몽에 악몽을 거듭하는 가운데 지나가버리는 쪽은 사람들, 그것도 휴머니스트들이 제일 첫 번째인 것이다. 왜냐하면 그들은 대비책을 세우지 않았기 때문이다. 우리 시민들도 다른 사람들보다 잘못이 더 많았던 것은 아니고 겸손할 줄 몰랐다는 것뿐이다. 그래서 자기에게는 아직 모든 것이 다 가능하다고 믿고 있었으며 그랬기 때문에 재앙이란 있을 수 없는 일이라고 추측하게 된 것이었다. 그들은 사업을 계속했고 여행 준비를 했고 제각기 의견을 지니고 있었다. 미래라든가 장소 이동이라든가 토론 같은 것을 금지시켜버리는 페스트를 어떻게 그들이 생각할 수 있었겠는가? 그들은 스스로 자유롭다고 믿었지만 재앙이 존재하는 한 누구도 결코 자유로울 수는 없다.

심지어 의사 리외는 자기 친구 앞에서, 여기저기에서 발생한 여러 명의 환자들이 아무 예고도 없이 이제 방금 페스트로 사망했다는 사실을 인정했으면서도 그에게 있어서 위험은 여전히 현실적으로 믿어지지 않는 상태였다. 다만 직업이 의사인지라 고통에 대한 나름대로의 개념을 가지고 있고 남보다 약간 더 풍부한 상상력을 지니고 있을 뿐이다. 아무것도 변한 것이 없는 시가지 풍경을 창문 밖으로 내다보면서 의사는 흔히들 불안이라고 이름 붙이는 미래에 당면하여 가슴속에 가벼운 구토증이 일어나는 것을 느낄 듯 말 듯했다. 그는 그 병에 관해 자신이 알고 있는 바를 머릿속에 정리해보려고 했다. 숫자들이 그의 기억 속에서 떠돌았다. 그는 역사에 기록된 약 30차에 걸친 대대적인 페스트가 1억에 가까운 사람들의 생명을 빼앗아갔다고 생각하고 있었다. 그러나 1억 명의 사망자란 과연 무슨 뜻인가. 죽은 사람이란 그 죽은 모습을 눈으로 보았을 때에만 실감이 나는 것이어서, 오랜 역사에 걸쳐 여기저기 산재한 1억 구의 시신들은 상상 속의 한 줄기 연기에 불과한 것이다. 의사는 콘스탄티노플에 있었던 페스트를 떠올렸다. 프로코프기원 6세기, 역사상 최대의 페스트를 겪은 유스티니아누스 시절의 그리스 역사가에 의하면 단 하루 동안 1만 명의 희생자가 났다. 1만 명의 사망자라면 커다란 영화관을 가득 채운 관중의 다섯 배에 해당한다. 바로 이런 식으로 생각해보아야 한다. 똑똑히 이해를 해보자면 극장 다섯 곳에서 관람을 마치고 나오는 사람들을 한데 모아서, 그들을 시내의 큰 광장으로 데리고 간 다음 모두 죽여서 무더기로 쌓아놓는다는 식으로 상상해볼 필요가 있는 것이다. 이렇게 이름 모를 시체들의 더미 위에 낯익은 사람들의 얼굴을 올려놓을 수 있게 될 것이다. 그러나 이것은 물론 실현 불가능한 일이고 또 누가 남의 얼굴을 만 명씩이나 알고 있단 말인가? 더군다나 프로코프 같은 사람들이 수를 헤아릴 줄 모른다는 건 널리 알려진 일이다. 70년 전 중국 관동에서는 재앙이 주민들에게까지 미치기도 전에 쥐 4만 마리가 페스트에 걸려 죽었다. 그러나 1871년에는 쥐를 헤아리는 방법이 없었다. 모두들 주먹구구로 대강 계산했고 오차가 생길 수 있는 가능성이 매우 컸다. 그렇지만 쥐 한 마리의 길이를 30센티미터로 칠 때 4만 마리를 잇대어 줄을 지어놓는다면……

리외는 조바심이 났다. 질질 끌어서는 안 될 일이었다. 몇 가지 사례만 보고 전염병이라 할 수는 없으니 대책만 세운다면 충분할 것이다. 마비나 몸의 힘이 쭉 빠짐, 눈의 충혈, 입의 오염, 두통, 멍울이 붓고 격심한 갈증, 정신착란, 온몸에 돋는 반점, 내부에서의 상처 파열 그리고 마침내는……. 스스로 보아서 알고 있는 이런 것들의 확인에 그쳐야만 했다. 그러고는 그 끝에 가서 어떤 한 마디 말이 리외의 머릿속에 되살아났다. 바로 그가 읽은 의학서적 속에서 그런 증세들을 열거하고 난 다음 결론을 내리듯 맺은 말이었다.

'맥박이 실낱같이 미약해지면서 몸을 약간 움찔하다가는 숨이 끊어져버린다.'

그렇다. 그런 증세들이 나타나고 난 끝에 환자는 실오라기에 매달린 꼴이 되고 그들 중 4분의 3(이것이 정확한 숫자였다)은 자신들의 죽음을 재촉하는 그 어렴풋한 몸짓을 어서 빨리 하고 싶다는 듯 애쓰는 것이었다.

의사 리외는 여전히 창 밖을 내다보고 있었다. 유리창의 저편에는 봄의 산뜻한 하늘이 떠 있었고, 이쪽에는 아직도 방 안에서 메아리치고 있는 '페스트'란 한 마디 말이 있었다. 그 말에는 단순히 과학적 지식이 담아놓은 내용이 포함되어 있을 뿐만 아니라, 이 시간이면 적당하게 활기를 띠면서 요란스럽다기보다도 오히려 낮게 웅웅거리는, 결국 행복하다고도(만약 인간이 행복한 동시에 우울할 수 있다면) 볼 수 있는 그 누렇고 뿌연 도시와는 어울리지 않는 일련의 예외적인 이미지들의 행렬도 내포하고 있었다. 그런데 도시의 그토록 평화스럽고 무심한 고즈넉함을 보고 있노라면 그 무서운 전염병의 해묵은 이미지들은 손쉽게 지워져버렸다. 페스트에 휩쓸려 새 한 마리 볼 수 없게 된 아테네, 말없이 죽음의 고통에 몸부림치는 사람들만 가득한 중국의 도시들, 썩은 물이 뚝뚝 떨어지는 시체들을 구덩이에 처넣고 있는 마르세유의 도형수들. 페스트의 광란하는 바람을 막기 위해 프로방스*3에 건설한 거대한 성벽. 야파*4 도시의 끔찍스러운 거지들, 콘스탄티노플 병원의 진흙 바닥에 납작하

---

*3 프랑스 남부, 지중해에 접해 있는 지방.
*4 시리아의 항구. 나폴레옹은 이집트 원정 때 이 도시를 점령하고, 그 페스트 환자 수용소를 시찰했다.

게 깔아놓은 축축하고 썩어가는 침상들. 흑사병이 걷잡을 수 없이 퍼지는 동안 갈고리로 끌어내지는 환자들, 마스크 쓴 의사들의 축제, 밀라노의 공동묘지에서 벌어진 산 사람들의 성교, 공포에 질린 런던 시의 시체 운반 수레들, 그리고 곳곳에서 늘 끊이지 않는 인간들의 비명으로 넘쳐나는 밤과 낮. 아니, 그런 모든 것도 그 한나절의 평화로움을 없애버릴 만큼 강렬하지 않았다. 유리창 저편으로부터 보이지 않는 전차의 경적소리가 갑자기 울리면서 순식간에 그 잔혹함과 고통을 뒤엎었다. 흐릿한 바둑판처럼 펼쳐진 집들의 저 끝에서 오직 바다만이 이 세상속에 있는 불안하고 결코 휴식하지 못하는 그 무엇을 증언해주고 있었다. 그때 리외는 물굽이를 바라보면서 루크레티우스[*5]가 말한 바 있는, 페스트에 휩쓸린 아테네 사람들이 바다 앞에 드높이 세워놓았다는 화장터의 장작더미들을 생각했다. 사람들은 밤에 그곳으로 시체들을 가지고 갔는데 자리가 모자라서 산 사람들은 서로 자기들이 아끼는 이들의 시신을 그곳에 갖다 놓으려고 횃불을 휘두르며 다투었고, 자기들의 시체를 버리고 가느니 차라리 피투성이가 되어서라도 싸워 이기려고 했다. 고요하고 어둠침침한 바다 앞에서, 벌겋게 타오르는 모닥불 화장대, 가만히 굽어보고 있는 하늘로 솟아오르는 독기 서린 연기와 불꽃으로 번쩍이는 어둠 속에서의 횃불 싸움, 이런 것을 누구나 상상할 수 있었다. 그리고 더욱 두려운 것은…….

[*5] 기원전 1세기 로마의 시인.

그러나 이런 한순간의 환상은 이성 앞에서는 계속되지 못했다. '페스트'라는 말이 입 밖에 나온 것도 사실이고, 바로 이 순간에도 재앙이 2, 3명의 희생자를 들볶고 때려눕히고 있는 것도 사실이다. 그러나 그거야 뭐 중지될 수도 있지 않은가? 마땅히 해야 할 일은, 인정해야 할 것이면 명백하게 인정하여, 쓸데없는 두려움의 그림자를 쫓아버린 다음 적절한 대책을 세우는 것이다. 그런 다음에야 비로소 페스트가 멎을 것이다. 왜냐하면 페스트가 머릿속에서의 상상, 머릿속에서의 그릇된 상상이 아니게 될 것이기 때문이다. 만약 페스트가 멎는다면—그것이 가장 가능성 있는 일이었다—모든 일은 잘될 것이다. 그 반대의 경우라면, 우리는 페스트가 어떤 것인지 알게 될 것이고, 우선 그에 대비하는 조처를 취하고 다음으로는 그것과 싸워서 이기는 방법이 있는지 어떤지를 알게 될 것이다.

의사가 창문을 열자 거리의 소음이 대뜸 커졌다. 이웃에 있는 어떤 공장에서 기계들의 짧고 반복되는 소리가 싸각싸각 들려왔다. 리외는 몸을 움츠리며 놀랐다. 저 매일매일의 노동, 바로 거기에 확신이 담겨 있는 것이었다. 그 나머지는 무의미한 실오라기와 동작에 얽매여 있을 뿐이었다. 거기서 멈출 수는 없는 일이었다. 중요한 것은 저마다 자기가 맡은 직책을 충실히 수행해나가는 일이었다.

의사 리외의 생각이 거기에 이르렀을 무렵 조제프 그랑이 찾아왔다. 시청의 직원으로서 거기서 맡은 직책이 아주 여러 가지이긴 했지만 그는 정기적으로 통계과라든가 호적과에도 불려 가서 일을 했다. 그리하여 그는 사망자의 집계를 맡게 되었다. 또 그는 천성이 싹싹한 사람인지라 집계 결과의 사본 한 벌을 리외에게 갖다 주기로 약속했었다.

의사는 그랑이 자기 이웃인 코타르를 데리고 들어오는 것을 보았다. 그랑은 종이 한 장을 흔들며 내밀었다.

"숫자가 불어가고 있어요, 선생님." 그가 보고했다. "48시간 동안 사망이 11명꼴이니까요."

리외는 코타르에게 인사를 하고 좀 어떠냐고 물었다. 그랑은 코타르가 한사코 의사 선생님께 감사를 드리고, 자기 때문에 폐를 끼쳐 드린 것을 사과드리고 싶어했다고 설명했다. 그러나 리외는 가만히 통계표를 들여다보고 있었다.

"자, 이제는 이 질병도 확실한 제 이름대로 부를 결심을 해야 될 것 같군요. 이제까지 우리는 제자리걸음만 했어요. 어쨌든 나하고 같이 가지 않겠어요? 검사소에 가는 길이니까요." 리외가 말했다.

"맞습니다. 정말 그렇습니다." 그랑이 의사의 뒤를 따라 계단을 내려가면서 말했다. "무엇이고 간에 제 이름대로 불러야죠. 대체 그 이름이 뭡니까?"

"그것은 말해드릴 수 없습니다. 그리고 설사 안다 하더라도 도움이 되지는 못할 겁니다."

"거 보세요." 그랑이 웃었다. "그게 그렇게 쉬운 일이 아니거든요."

그들은 연병장 쪽으로 향했다. 코타르는 계속 말이 없었다. 거리는 사람들로 복잡해지기 시작했다. 이 고장의 짧은 황혼은 벌써 어둠에 밀려서 물러나고 아직 선명한 지평선에 첫 저녁별들이 돋아나고 있었다. 몇 시간 뒤, 거리마다 가로등이 켜지면서 온 하늘이 어두워졌고 사람들의 주고받는 말소리가 한 음정 높아지는 것 같았다.

"죄송하지만," 아름 광장의 한 모퉁이에서 그랑이 말했다. "저는 전차를 타야겠습니다. 제 저녁시간은 신성불가침이거든요. 저희 고향사람들 말마따나 '결코 다음날로 미루지 마라'랍니다."

리외는 이미 그랑의 묘한 버릇을 알고 있었다. 몽텔리마르*⁶ 출생인 그는 자기 고향 문자를 들먹거리고 거기에다가 '꿈 같은 날씨'라든가 '선경(仙境) 같은 불빛' 따위의 출처를 알 수 없는 진부한 문구들을 덧붙이는 버릇이 있었다.

"아!" 코타르가 말했다. "정말 그래요. 일단 저녁만 먹었다 하면 아무도 저 사람을 집 밖으로 불러낼 수가 없어요."

리외는 그랑에게 시청에서 하는 일 때문에 그러느냐고 물었다. 그랑은 그게 아니라 자기 개인 일을 하느라 그런다고 대답했다.

"아!" 리외는 무슨 말이건 해야겠기에 말했다. "그래, 잘 되어가나요?"

"일한 지 여러 해째니까 당연히 그렇죠. 또 다른 의미에서 보면 별로 진전이 없다고 할 수도 있지만요."

"그런데 어떤 일인데요?" 리외가 걸음을 멈추고 말했다.

그랑은 그의 커다란 두 귀 있는 데까지 둥근 모자를 꽉 눌러 고

_____
*6 프랑스 남부의 작은 도시.

쳐 쓰면서 알아듣기 어려울 만큼 빨리 중얼거렸다. 리외는 그것이 인격 개발에 관한 그 무엇이라는 것을 아주 막연하게나마 알아차릴 수 있었다. 그러나 서기는 벌써 그들과 멀어지면서 마른 거리의 무화과나무 밑을 총총걸음으로 거슬러 올라가고 있었다. 검사소 문턱에서 코타르는 리외에게 한번 찾아가서 충고 말씀을 들어보았으면 한다고 말했다. 호주머니 속에 손을 넣은 채 통계표를 만지작거리고 있던 리외는 그에게 진찰 시간에 찾아오라고 권했다가 곧 생각을 바꾸어서, 자기가 이튿날 그 동네에 갈 일이 있으니 오후 늦게 들르겠다고 말했다.

코타르와 헤어지면서 의사는 자기가 그랑 생각을 하고 있다는 것을 깨달았다. 페스트의 한복판에 놓인 그랑의 모습—그것도 별로 대단한 것은 아닐 듯한 지금의 페스트가 아니라 역사상의 어떤 대대적인 페스트 한복판에 있는 모습을 상상해 보았다. '그런 경우에도 살아 남을 수 있는 인간이야.' 그는 페스트가 허약한 체질을 가진 사람들은 가만히 놓아두고 특히 건장한 체질의 사람들을 쓰러뜨린다는 기록을 읽은 생각이 났다. 그리하여 그 생각을 계속하다 보니 리외는 그랑에게서 어떤 작은 신비의 한구석을 발견한 듯한 느낌이 되었다.

얼핏 보기에 사실 조제프 그랑은 그 행동거지가 그저 시청의 하급서기에 지나지 않는 인물이었다. 후리후리하고 마른 몸매에, 옷은 커야 오래 입을 수 있다는 자기 나름의 생각에서 언제나 지나치게 큰 옷만 골라 사가지고는 너펄너펄 걸쳐 입고 있었다. 아래 잇몸에는 이가 대부분 그대로 있었지만 그 대신 위에는 이가 하나도 없었다. 그의 웃는 얼굴은 특히 윗입술이 당겨지듯 올라가서 무슨 유령의 입 같았다. 이런 인상에다 신학교 학생 같은 몸가짐이며 벽을 쓸듯이 딱 붙어 걸어가서는 문 안으로 살짝 들어가버리는 솜씨, 퀴퀴하게 풍겨나는 지하실과 연기 냄새, 평범하기 짝이 없는 모습 등 이런 것들을 덧붙여보면 시중의 공중목욕탕 요금을 검토한다든가 하는 일에 골몰한 채 사무실 책상 앞에 쭈그리고 있는 모습으로밖에는 그 인물을 상상할 수가 없음을 시인하게 되리라. 선입견 없이 보더라도 그는 일당 62프랑 30상팀을 받는, 시청의 임시직 보조서기라는 화려하지는 않지만 그래도 없어서는 안 될 직책을 수행하기 위하여 이 세상에 태어난 사람이라는 인상을 주었다.

사실 그 일당 62프랑 30상팀의 시청 임시직 보조서기는, 사령장의 '직무자격'란에 기재되어 있다고 그랑 자신이 말한 것이었다. 22년 전에 대학을 졸업했을 때 돈이 없어 더 이상 공부는 할 수 없고 해서 그 직책을 맡기로 했는데 빠른 시일 안에 '정식 발령'을 받을 수 있으리라는 암시를 받았다는 이야기였다. 우리 시의 행정상에 생기는 미묘한 문제들을 처리하는 데 있어서 그의 능력이 어떨지를 시험해보자는 것이었다. 그런 다음에는 넉넉한 생활을 할 수 있는 문서 기안직으로 틀림없이 올라갈 수 있다고 확언하더라는 것이었다. 그러나 야심 때문에 움직이는 조제프 그랑은 아니라고 그는 우울한 미소를 띠면서 장담했다. 그래도 정직한 방법으로 생활의 경제적인 문제를 보장할 수 있다는 전망, 그럼으로 해서 자기가 즐기는 일에 양심의 가책 없이 몰두할 수 있으리라는 가능성이 그의 마음을 자극했다. 그가 자기에게 마련된 자리를 받아들인 것은 바로 그런 명예로운 이유에서였다. 이를테면 어떤 이상에 대한 충실성 때문이었던 것이다.

어느덧 오랜 세월에 걸쳐 그 임시적인 상태가 여전히 계속되어 물가는 어처구니없는 비율로 올랐는데 그랑의 봉급은 약간의 전반적인 인상이 있긴 했었지만 여전히 미미한 수준이었다. 그는 리외에게 그 사정을 하소연했었다. 그러나 아무도 그 문제를 생각해주는 것 같지는 않았다. 여기에 그랑의 특이한 점, 혹은 적어도 그런 특이점의 낌새가 있었다. 사실 그는 권리라고까지는 말하지 못하더라도 적어도 애초에 자기가 받은 약속에 대해서는 자기의 뜻을 주장할 수 있었을 것이다. 그러나 그를 채용해준 국장이 오래전에 죽은 데다가 채용당한 장본인부터가 처음 채용되었을 때 약속받은 말이 정확히 무엇이었는지를 기억할 수가 없었다. 마지막으로, 그리고 무엇보다, 조제프 그랑은 적당한 할 말을 도무지 찾아낼 수가 없었다.

그런 특징이야말로 리외도 주목했듯이 우리의 시민 그랑의 면모를 가장 잘 나타내주는 점이었다. 또 바로 그 특징 때문에, 그가 계획하고 있는 청원서를 써 보낸다든가 사정이 허락하는 대로 필요한 활동을 한다든가 하는 일을 언제나 망설이게 되는 것이었다. 그의 말에 의하면, 언제나 확고한 자신을 갖기 어려운 '권리'라는 말이라든가, 자신이 마땅히 받아야 할 것을 청구한다는 뜻을 지닌 '약속'이라는 말 따위는 자기가 맡고 있는 보잘것없는 직책과는 도무지 어울리지 않는 당돌한 성격을 갖게 되므로 아무래도 사용할 수 없을 것 같다는 것이었다. 한편 '호의', '청원', '감사' 같은 용어들은 자기의 인격적인 자존심을 손상하는 것이라 여겨져 쓸 수 없었다. 그처럼 적절한 용어가 생각나지 않아서 그랑은 나이가 지긋이 들어서까지도 그의 보잘것없는 직책을 계속 수행했다. 게다가, 이것도 마찬가지로 그가 리외에게 한 말이지만, 그는 결국 자기의 재력에 맞추어서 분수껏 지출을 하면 되므로 자신의 물질생활은 충분하게 보장되어 있다는 것을 습관에 의해서 깨달았다. 이리하여 그는 우리 시의 시장이 즐겨 쓰는 말들 중 하나가 얼마나 적절한 것인가를 인정하게 되었다. 우리 시의 대사업가인 시장은 결국(그는 자기 이론의 모든 무게가 실려 있는 이 '결국'이라는 말에 특히 힘을 주었다), 그러니까 결국, 여태껏 한 번도 배가 고파서 죽은 사람은 본 적이 없다고 강력히 단언하는 것이었다. 어쨌든 조제프 그랑이 영위하고 있는 거의 금욕주의라 할 만한 생활은 실제로 그런 종류의 근심에서 그를 해방시켜주었다. 그는 여전히 자기가 할 말을 찾고 있었다.

어느 의미에서 그의 생활은 모범적이었다고 할 수 있다. 그는 다른 곳에서건 우리 도시에서건 마찬가지로 드문 경우이지만, 자기의 착한 마음씨에서 오는 용기를 항상 간직하고 있는 사람들 중 하나였다. 그가 자기 자신에 관해서 털어놓은 그리 많지 않은 내용들은 사실 오늘날 사람들이 감히 고백하지 못하는 선의와 애착의 증언이었다. 자신은 그에게 남아 있는 유일한 친척이며 2년에 한 번씩 프랑스로 찾아가서 만나는 조카들과 누이를 사랑한다고 얼굴 하나

붉히지 않은 채 시인하는 것이었다. 그가 아직 젊었을 때 죽은 부모님 생각을 하면 슬퍼진다는 것이었다. 그는 또 오후 5시쯤이면 부드럽게 울리는 자기 동네의 종소리를 듣는 것이 무엇보다도 좋다고 시인했다. 그러나 그렇게 단순한 감정을 표현하기 위한 아주 짧은 한 마디 말을 골라내는 것도 그에게는 엄청나게 힘이 드는 것이다. 결국은 그런 어려움이 그의 가장 큰 근심거리가 되고 말았다.

"아! 선생님," 그가 말했다. "마음 먹은 것을 시원하게 표현할 수 있는 법을 배웠으면 좋겠어요." 그는 리외를 만날 때마다 그런 말을 꺼내곤 했다.

그날 저녁 의사는 그 시청 서기가 가는 모습을 보면서 문득 그랑이 말하려 했던 것을 깨달을 수 있었다. 그는 아마도 책을 한 권, 아니면 적어도 그와 비슷한 것을 쓰고 있는 것이었다. 마침내 검사소에 다 와서까지도 그 사실이 리외의 불안감을 잠재웠다. 그 느낌이 어리석다는 것은 그도 알고 있었지만, 이처럼 명예로운 취미에 열중해 있는 겸손한 관리들을 찾아볼 수 있는 도시에 정말로 페스트가 퍼진다는 것을 그는 아무래도 믿을 수가 없었다. 더 정확하게 말해서 페스트의 구렁에서 그런 취미를 가질 여지 따위는 상상할 수가 없었다. 그래서 페스트가 우리 시민들 가운데서는 실질적으로 오래 가지 않으리라고 단정하고 있었던 것이다.

그 이튿날, 적절하지 않다는 말을 들어가면서도 고집을 세운 덕분으로 리외는 현청에 보건위원회를 소집할 수 있었다.

"시민들이 불안해하고 있는 건 사실입니다." 리샤르도 그것은 인정했다.

"게다가 입방아를 찧어대는 바람에 모든 게 과장되었어요. 지사가 날더러 '원하신다면 빨리 서두릅시다. 그러나 말이 안 나게 조용히 해야 돼요'라고 그러더군요. 어쨌든 지사도 공연히 놀라서 법석을 떠는 거라고 굳게 믿고 있어요."

베르나르 리외는 현청으로 가려고 카스텔을 자기 차에 태웠다.

"알고 있나요?" 카스텔이 말했다. "현청에는 혈청이 없어요."

"압니다. 의약품 저장소에 전화를 했었죠. 소장은 깜짝 놀라더군요. 어떤 일이 있어도 파리에서 가져오도록 조처해야 돼요."

"오래 걸리지 않았으면 좋겠는데."

"제가 이미 전보는 쳤습니다." 리외가 대답했다.

지사는 친절했으나 신경질적이었다.

"여러분, 시작하죠." 지사가 말했다. "사태를 요약해 말씀드릴 필요가 있을까요?"

리샤르는 그럴 필요가 없다는 의견이었다. 의사들은 사정을 다 알고 있었다. 다만 문제는 어떤 조치를 취하는 것이 적절할지 알아내는 데 있었다.

"문제는," 카스텔 노인이 대놓고 말했다. "문제는 그것이 페스트냐 아니냐를 알아내는 데 있어요."

두세 명의 의사들이 탄성을 질렀다. 다른 사람들은 망설이고 있는 것 같았다. 한편 지사로 말하면, 그는 펄쩍 뛰더니 기계적으로 문 쪽을 향해 몸을 돌렸다. 마치 어처구니없는 말이 복도로 새어 나가지 않도록 문은 잘 닫혀 있는지 확인이라도 하려는 것 같았다. 리샤르가, 자기 생각으로는 냉정함을 잃어서는 안 된다고 말했다. 문제는 사타구니의 병발증을 동반한 열병으로서 우리가 알고 있는 것은 이것만이 전부이고, 과학에서나 실생활에 있어서 가상이라는 것은 언제나 위험한 것이라는 요지였다. 태연하게 누런 코밑수염을 씹고 있던 카스텔 노인이 그 맑은 눈을 리외에게로 던졌다. 그러고는 정다운 눈길로 참석자들을 한 바퀴 둘러보면서 자기는 그것이 페스트라는 사실을 잘 알고 있지만, 그 사실을 공식적으로 시인하고 나면 무자비한 조치를 취해야 할 것이라고 말했다. 그는 자기 동료들이 꽁무니를 빼는 것도 사실은 그런 점에 있다는 것을 잘 알고 있으므로, 따라서 그들이 안심할 수 있도록 페스트가 아니라고 인정하고 싶은 심정이라는 것이었다. 지사는 흥분해서, 어쨌든 간에 그것은 온당한 논리가 못 된다고 말했다.

"중요한 것은 그게 온당한 논리냐 아니냐에 있는 것이 아닙니다. 그 논리가 우리로 하여금 깊이 생각해보지 않을 수 없게 만든다는 데 있어요." 카스텔이 말했다.

리외가 아무 말도 하지 않고 가만히 있었기 때문에 사람들은 그의 의견을 물었다.

"이건 티푸스성 열병이지만 멍울과 구토증을 동반하고 있습니다. 저는 멍울을 절개해 보았습니다. 그래서 그것의 분석 실험을 요청할 수 있었는데, 그 결과 연구소에서는 굵직한 페스트균 같은 것을 발견할 수 있었다고 합니다. 그러나 엄밀하게 말씀드리자면 균의 어떤 특수한 변화 형상들이 과거의 정통적인 설명과는 일치하지 않는다는 것을 지적해야겠습니다."

리샤르는 바로 그 점 때문에 주저하게 되는 것임을 강조하고, 적어도 수일 전부터 시작한 일련의 분석 실험의 통계 결과를 기다려야 한다고 말했다.

"어떤 세균이 사흘 동안에 비장의 부피를 네 곱절로 불어나게 하고 장간막의 임파선이 오렌지 크기만큼 커져서 죽처럼 물컹물컹해지게 만들어놓는다면 이건 그야말로 일말의 주저도 허락하지 않는 사태라고 보아야 합니다. 전염된 가정의 수는 날로 증가하고 있습니다. 병이 퍼지고 있는 추세로 보아서는, 이 상태가 멈추지 않는 한 2개월 내에 이 도시의 반수가 생명을 잃게 될 위험이 있습니다. 그러므로 그것을 페스트라 부르건 지혜열이라고 부르건 그건 별로 중요한 게 아닙니다. 다만 중요한 것은 시민들의 반수가 목숨을 잃는 것을 막는 일입니다." 잠시 침묵이 흐른 뒤에 리외가 말했다.

리샤르는 무엇이건 어두운 쪽으로만 생각할 필요는 없고, 게다가 자기 환자들의 가족이 아직 무사한 것을 보면 사실 전염성도 증명된 것은 아니라고 말했다.

"그렇지만 딴 사람들은 죽었는걸요." 리외가 지적했다. "그리고 물론 전염성이란 결코 절대적인 것은 아니에요. 그렇지 않았다면 무한한 산술적 증가와 무시무시한 인구의 감소가 생겼을 테지요. 절대로 어두운 쪽으로만 보자는 게 아닙니다. 예방 조치를 취하자는 것이지요."

그렇지만 리샤르는 병을 방지하기 위해서는 병 자체가 저절로 멈추지 않는 한 법률에 규정된 중대한 예방 조치를 취해야 한다, 그렇게 하자면 그 병이 페스트라는 사실을 공식적으로 인정할 필요가 있다, 그러나 그에 대한 확실성이 절대적이지 않은 이상 심사숙고가 필요하다는 것 등을 지적함으로써 사태를 요약하려는 생각이었다.

"문제는 법률에 규정된 조치가 중대하냐 아니냐가 아닙니다. 이 도시 인구의 반수가 목숨을 잃는 것을 막기 위해서 그 조치를 내려야 하느냐 아니냐를 알자는 것입니다. 그 밖의 것은 행정적인 문제인데, 바로 그런 문제를 해결하라고 현행 제도가 현청 지사직을 만들어놓은 것입니다." 리외가 주장했다.

"그럴지도 모릅니다." 지사가 말했다. "그러나 우선 여러분이 공식적으로 그것을 페스트라는 전염병으로 인정해주실 필요가 있습니다."

"우리가 그것을 인정하지 않는다고 해도," 리외가 말했다. "그것은 여전히 시민의 반수를 죽일 위험성이 있습니다."

리샤르는 약간 신경이 곤두섰는지 말을 가로막았다.

"사실 리외 씨는 페스트라고 믿고 있군요. 아까 들은 병발증상의 설명이 그걸 증명하는 거예요."

리외는 병발증상을 설명한 것이 아니라 자기가 본 것을 설명했다고 대답했다. 그리고 그가 눈으로 본 것이란 멍울과 반점 그리고 헛소리가 나올 정도의 고열과 48시간 이내의 임종이라 말했다. 그러고 나서 리샤르 씨는 이 전염병이 엄중한 조치 없이도 종식될 것이라고 단언한 책임을 질 수 있느냐고 물었다.

리샤르는 주저하다가 리외를 보았다.

"당신 생각을 솔직하게 말해주시오. 당신은 이것이 페스트라고 확신합니까?"

"당신은 질문을 잘못하셨습니다. 이건 어휘 문제가 아니고 시간 문제입니다."

"선생의 생각은 결국 이것이 설령 페스트가 아니라 해도, 페스트가 발생했을 때 취하는 예방 조치가 적용되어야 한다는 것이겠군요." 지사가 말했다.

"기어코 제 의견을 필요로 하신다면 사실 제 의견은 그겁니다."

의사들은 서로 의견을 주고받았다. 마침내 리샤르가 말했다.

"그럼 우리는 그 병이 마치 페스트인 것처럼 대응하는 책임을 져야 합니다."

그 표현은 열렬한 동의를 얻었다.

"당신도 같은 의견이시죠, 리외 씨?" 리샤르가 물었다.

"표현은 아무래도 상관없습니다." 리외가 말했다. "다만 시민의 반수가 죽음의 위협을 받고 있지 않는 것처럼 행동해선 안 된다는 것을 말해둘 필요가 있습니다. 머지않아 실제로 그렇게 될 테니까요."

모두가 상을 찌푸리고 있는 가운데 리외는 물러나왔다. 그리고 얼마 지나지 않아 튀김기름 냄새와 지린내가 풍기는 변두리 동네에서 사타구니가 피투성이인 채로 어떤 여인이 나 죽는다고 소리치면서 그를 쳐다보았다.

회의가 있은 다음 날 열병은 좀더 확산되었다. 그것은 신문에까지 났지만 가벼운 논조로 열병에 대해 두세 마디 언급하는 데 만족했다. 어쨌든 리외는 그 다음다음날 현청에서 시내의 가장 으슥한 골목마다 재빨리 갖다 붙여놓은 흰색의 작은 벽보들을 볼 수 있었다. 그 벽보에서 당국이 사태를 정확히 보고 있다는 증거를 찾아내기는 어려웠다.

취해진 조치도 준엄한 것이 아니었고 여론을 불안하게 하지 않으려는 생각이 앞서고 있다는 것이 역력했다. 포고문의 머리말은 과연 다음과 같이 알리고 있었다. 즉 전염성인지 아닌지 아직 뭐라고 말할 수 없지만, 악성 열병이 오랑 시에 몇 건 발생하였다. 그 증상들은 사실 불안을 느끼게 할 만큼 뚜렷한 특징을 보이지 않으며, 또한 시민들이 냉정을 잃지 않으리라는 것은 믿어 의심치 않는 바이다. 그러나 시민 각자가 다 이해할 수 있는 일이지만, 신중을 기한다는 뜻에서 지사는 몇 가지 예방적인 조치를 취하기로 하였다. 의당 그래야 할 만큼 깊이 이해하고 협조해준다면 그 조치들로 전염병의 위협을 철저히 저지시킬 수 있는 것이다. 따라서 지사 개인의 노력에 대해 시민 여러분이 헌신적인 협조를 해줄 것으로 굳게 믿는다는 요지였다.

이어서 벽보에는 전반적인 대책들이 적혀 있었다. 그중에는 하수구에 독가스를 주입하는 과학적 쥐잡기라든가 물 공급에 대한 철저한 경계라든가 하는 조항이 들어 있었다. 시민들에게는 극도의 청결을 요구했고, 몸에 벼룩이 있는 사람들은 시의 무료진찰소에 출두하라고 권하고 있었다. 한편 의사의 진단이 내려진 경우 가족들은 의무적으로 신고를 해야 하며 그 환자들을 시립병원 특별 병실에다가 격리하는 데 동의해야 한다는 것이었다. 그 병실들은 가장 짧은 기간 동안에 최대의 완치 가능성이 있도록 설비를 갖추고 있다는 것이었다. 몇 가지 부가조항에는 환자의 방과 운반 차량에 강제적인 소독 의무가 있었다. 나머지는 환자 주위의 사람들에게 위생상의 주의를 하도록 권고하는 데 그치고 있었다.

의사 리외는 벽보를 보다가 몸을 휙 돌리고 자기 진료실을 향하여 걸어갔다. 조제프 그랑이 그를 기다리고 있다가 그를 보자 두 팔을 쳐들었다.

"알아요." 리외가 말했다. "숫자가 증가하고 있지요, 압니다."

전날 밤에 시내에서 10여 명의 환자가 쓰러져 죽었던 것이다. 의사는 그랑에게 자기는 코타르를 찾아가볼 생각이니 저녁때나 만나자고 했다.

"잘 생각하셨어요." 그랑이 말했다. "너무 기뻐요. 어쨌든 그 사람도 변했으니까요."

"어디가요?"

"예의 발라졌거든요."

"전에는 그렇지 않았나요?"

그랑은 머뭇거렸다. 코타르가 예의 바르지 않았다고는 할 수 없었다. 그런 표현은 적절하지 않았으니까 말이다. 그는 늘 틀어박혀서 지내고 말이 없는, 어딘가 멧돼지 같은 모습의 사내였다. 자기 방, 실내 식당, 상당히 수상쩍은 외출, 그것이 코타르의 생활의 전부였다. 표면적으로는 포도주와 리큐어 대리판매업자였다. 이따금씩 그의 고객인 듯한 사람이 두서너 명 찾아오는 일이 있었고, 저녁때 가끔 자기 집 맞은편에 있는 영화관에 가곤 했다. 시청 서기는 코타르가 갱 영화를 좋아한다는 것까지도 눈여겨보았다. 언제나 그 대리판매원은 혼자 있는 것을 좋아하고, 사람을 경계했다. 그런 모든 것이, 그랑의 말에 의하면, 많이 변했다는 것이었다.

"뭐라고 하면 좋을까, 어쨌든 그런 느낌이에요. 사람들과 타협하려고 애쓴달까, 모든 사람을 자기편으로 끌어들이려는 것 같은 인상을 주거든요. 나한테 말도 자주 걸고 같이 나가자고 부르기도 하죠. 번번이 거절할 수도 없더군요. 게다가 저에게는 흥미로운 사람입니다. 제가 그의 목숨을 구해준 것이니 말이에요."

그때의 자살미수 사건 이후로는 코타르를 찾아오는 사람이 아무도 없었다. 거리에서나 거래처에서나 그는 호감을 얻으려고 줄곧 애를 썼다. 식료품가게 주인들과 이야기를 할 때 그렇게 사근사근한 사람도 없었고 담배가게 여주인의 이야기를 그렇게 흥미진진하게 들어주는 사람도 없었다.

"그 담배가게 여자는," 그랑이 설명했다. "정말 심술궂어요. 코타르에게 그 말을 해주었지만 그는 내가 잘못 봤다면서 그 여자에게도 좋은 면이 있고 그 점을 알아줘야 한다고 대답하더군요."

그리고 코타르는 그랑을 두세 번 시내의 호화로운 식당과 카페에 데리고 갔다. 그는 그런 곳을 자주 드나들기 시작했던 것이다.

"여기 오면 기분이 좋거든요." 그는 말하곤 했다. "그리고 또 이런 데 오면 출입하는 손님들의 수준이 높구요."

그랑은 그 집 종업원들의 코타르에 대한 특별한 대접을 주목했는데 그가 많은 팁을 놓고 가는 것을 보고 그 이유를 알았다. 코타르는 팁을 받은 대가로 베풀어주는 친절에 상당히 민감한 것 같았다. 어느 날 급사장이 그를 배웅 나와서 외투 입는 것을 거들어주자 코타르는 그랑에게 이렇게 말한 적이 있다.

"괜찮은 친구예요. 그만하면 증인이 되어줄 수 있는데."

"증인이라고요, 무슨 증인이요?"

코타르는 말을 머뭇거렸다.

"아니, 그저 내가 나쁜 사람이 아니라고……."

게다가 그는 기분이 돌변하는 일도 있었다. 어느 날 식료품가게 주인이 좀 덜 친절했었다고 그는 엄청나게 화가 난 채 집에 돌아왔었다.

"딴 놈들하고 한패가 되었단 말야, 그 망할 자식이."

그는 몇 번씩이나 이렇게 말했다.

"딴 사람들이라뇨?"

"딴 놈들 모두 말이에요."

그랑은 그 담배가게 여주인 있는 데서 기이한 장면을 목격한 적도 있었다. 한참 신바람이 나서 이야기를 주고받고 있는데, 그 여자가 알제에서 한창 떠들썩하던 그 당시의 어떤 체포사건 이야기*7를 했다. 그것은 어떤 무역회사의 젊은 사무원이 바닷가에서 아랍인한 사람을 죽인 사건이었다.

"그런 나쁜 놈들을 모조리 감옥에 처넣는다면," 여주인이 말했다. "정직한 사람들도 안심하고 살 수 있을 거예요."

그러나 여주인은 상대가 갑작스럽게 흥분한 모습에 하던 말을 뚝 그쳤다. 코타르는 이렇다는 말 한 마디 없이 가게 밖으로 뛰어나가 버렸던 것이다. 그랑과 여주인은 그저 그가 사라지는 모습을 멍하니 보고만 있었다.

그 뒤에, 그랑은 그 밖에도 코타르의 성격 변화를 리외에게 알려 주게 되었다. 코타르는 언제나 아주 자유로운 의견을 가지고 있었다. 그가 즐겨 쓰는 '작은 놈은 항상 큰 놈에게 먹히게 마련이다'라는 말이 그것을 잘 증명하고 있었다. 그러나 얼마 전부터 그는 오랑의 온건파 신문밖에는 안 사보게 되었고, 게다가 공공장소에서 읽고 있는 것을 어딘지 우쭐해한다고 생각하지 않을 수 없게까지 되었다. 또한 병석에서 일어난 지 며칠 뒤, 그는 우체국에 가려던 그랑에게, 멀리 떨어져 사는 자기 누이동생에게 매달 보내는 100프랑짜리 우편환을 좀 부쳐달라고 부탁한 일이 있었다. 그러나 그랑이 막 나가려는 순간, 코타르가 부탁했다.

"200프랑을 보내주세요. 그렇게 하면 그 애가 좋아서 깜짝 놀랄

---

*7 《이방인》 참조.

거예요. 내가 제 생각을 통 안 해주고 있다고 생각하는 애니까요. 그러나 사실은 나도 그 애를 사랑하고 있답니다."

마지막으로 그는 그랑과 묘한 대화를 나눈 일이 있었다. 그랑은, 자기가 저녁마다 붙들려 있는 별것 아닌 일에 호기심이 생긴 코타르의 질문들에 대답을 하지 않을 수 없었다.

"알았어요." 코타르가 말했다. "책을 쓰시는군요."

"그렇게 생각해도 괜찮겠지만, 그보다 좀더 복잡한 거예요."

"아," 코타르가 외쳤다. "나도 그런 일을 해봤으면 좋겠어요."

그랑이 놀란 표정을 짓자 코타르는 머뭇거리며 예술가가 된다면 아주 여러 가지 문제들이 해결될 거라고 말했다.

"왜요?" 그랑이 물었다.

"그거야, 예술가는 딴 사람들보다 권리가 더 있으니까 그렇죠. 누구나 다 알고 있는 일인걸요. 예술가한테는 여러 가지가 허용되거든요."

"하기야," 벽보가 나붙은 날 아침에 리외는 그랑에게 말했다. "쥐 사건 때문에 머리가 어떻게 된 모양이군요. 대부분 그러니까요. 그저 그뿐이겠죠. 그렇지 않으면 그 사람도 열병에 걸릴까봐 겁을 내고 있나 보지요."

그랑이 대답했다.

"그런 것 같진 않아요, 선생님. 제 생각을 말씀드리자면……."

쥐 청소차가 엔진 소리를 요란하게 내면서 창문 앞을 지나갔다. 리외는 자기의 말소리가 그랑에게 들릴 수 있을 때까지 입을 다물고 있다가, 그냥 무심히 그랑의 생각이 어떤 것인지 물어보았다. 그는 심각한 표정으로 리외를 바라보며 말했다.

"그 사람은 뭔가 마음속에 가책을 느끼고 있어요."

리외는 어깨를 으쓱했다. 형사가 한 말마따나 그런 것까지 신경쓸 여유가 없었던 것이다.

리외는 오후에 카스텔과 의논을 했다. 혈청은 아직 도착하지 않았다.

"그런데," 리외가 물었다. "그게 과연 도움이 될까요? 이 세균은 괴상한 것인데요."

"오!" 카스텔이 말했다. "나는 선생과는 생각이 달라요. 그놈의 세균이란 것은 언제나 유별난 것이다 싶은 법이거든요. 그러나 결국은 같은 것이죠."

"결국 선생이 짐작하는 바겠죠. 그런데 사실 우리는 그것에 대해서 아무것도 아는 게 없어요."

"물론 그건 내 짐작일 뿐이지요. 하지만 누구나 그 정도밖에 몰라요."

하루 종일, 리외는 페스트 생각을 할 때마다 머리가 어질어질해지는 듯한 기분이 점점 더 심해지는 것을 느꼈다. 결국 그는 자신이 겁을 먹고 있다는 것을 인정했다. 그는 사람들이 가득 들어찬 카페에 두 번이나 들어갔다. 그도 코타르처럼 인간의 훈훈한 체온이 느끼고 싶었던 것이다. 리외는 그게 어리석은 생각이라는 것을 잘 알고 있었다. 그러나 그 바람에 자기가 코타르를 찾아가주겠다고 약속했었다는 것이 떠올랐다.

저녁에 리외가 찾아가 보니 코타르는 그의 집 식당의 식탁에 앉아 있었다. 그가 들어서자 식탁 위에는 탐정소설 한 권이 펼쳐져 있었다. 그러나 저녁도 이미 늦어졌고 어둠이 깔리는 중이라 책을 읽는 것도 힘들었다. 차라리 코타르는 조금 전까지도 어둠침침한 저녁빛 속에 앉아서 생각에 잠겨 있었을 것이다. 리외는 그에게 좀 어떠냐고 물었다. 코타르는 자리에 앉으면서 몸은 괜찮고, 제발 남들이 그에게 신경을 쓰지 않아준다면 더욱 좋아질 것 같다고 중얼거렸다. 리외는 인간이란 언제나 저 혼자서만 살 수는 없는 법이라고 깨우쳐주었다.

"아니, 그런 게 아닙니다. 제 말은, 남에게 참견을 해대면서 귀찮게 구는 사람들 이야기입니다."

리외는 가만히 있었다.

"제 얘기는 아닙니다. 그것은 분명히 말씀드립니다. 하여튼 저는 이 소설을 읽고 있었는데, 어떤 불쌍한 사내가 글쎄 어느 날 아침에 갑자기 체포를 당한 겁니다. 사람들이 그의 일에 참견하고 있었는데 그는 전혀 모르고 있었지요. 사무실에서는 그에 대한 이야기를 해댔고 카드에 그의 이름을 써넣었어요. 그런 짓을 하는 게 옳다고 생각하세요? 한 인간에 대하여 남들이 그런 짓을 할 권리가 있다고 생각하세요?"

"경우에 따라서는요." 리외가 말했다. "어떤 의미에서는 사실 그럴 권리가 전혀 없지요. 그러나 그런 것은 이차적인 문제예요. 너무 오랫동안 틀어박혀 있어서는 안 됩니다. 외출을 좀 해야 돼요."

코타르는 갑자기 흥분한 듯이 자기는 외출밖에 하는 게 없으며 만약 필요하다면 온 동네 사람들에게 그런가 그렇지 않은가를 물어봐도 된다고 말했다. 심지어 동네 밖에도 아는 사람은 얼마든지 있다는 것이었다.

"리고 씨를 아십니까? 건축가 말씀이에요. 그 사람도 제 친구입니다."

방 안에 어둠이 짙어져 왔다. 이 변두리 거리가 활기를 띠고, 밖에서는 둔탁하면서도 안도감이 섞인 탄성이 들리면서 가로등에 불이 켜졌다. 리외는 발코니로 나갔다. 코타르도 그의 뒤를 따랐다. 그 주변의 모든 동네들로부터, 우리 시에 저녁이 올 때마다 볼 수 있듯이, 가벼운 미풍이 사람들의 웅성대는 소리와 불고기 냄새와 떠들썩한 젊은이들에게 점령된 거리에 점점 더 부풀어가는 자유의 유쾌하고도 향기로운 소음을 실어 오고 있었다. 어둠, 보이지 않는 선박들의 요란한 아우성, 바다와 흐르는 군중들로부터 올라오고 있는 웅성거리는 소리. 리외가 익히 잘 알고 있으며 전에는 퍽 좋아했던 이무렵의 시간이 오늘은 그가 알고 있는 그 모든 일들 때문에 마음을 무겁게 짓누르는 것 같았다.

"불을 켤까요?" 하고 코타르가 말했다.

방 안이 다시 밝아지자 그 작은 사내는 눈을 깜박거리며 그를 바라보았다.

"그런데 말이죠, 선생님. 만약 제가 아프면 선생님 병원에 입원시켜주시겠어요?"

"그거야 상관없습니다."

그러자 코타르는 진료소나 병원에 입원한 사람을 체포해 간 전례가 있느냐고 물었다. 리외는 그런 일이 있기는 있었지만 그건 환자의 병세에 달린 것이라고 대답했다.

"저는 선생님을 믿습니다." 코타르가 말했다.

그리고 나서 그는 리외의 차로 시내까지 데려다 주지 않겠냐고 물었다.

도심에 나오자 벌써 지나다니는 사람도 드물어졌고 불도 많이 꺼져 있었다. 아이들은 아직도 문 앞에서 놀고 있었다. 코타르의 부탁으로 리외는 그 아이들이 무리지어 놀고 있는 앞에 차를 멈추었다. 아이들은 소리를 지르면서 사방치기를 하며 놀고 있었다. 그중에서 검은 머리를 착 붙이고 가르마를 반듯이 탔지만 얼굴이 더러운 한 아이가 맑고 겁먹은 듯한 눈길로 리외를 빤히 쳐다보았다. 리외는 눈길을 돌렸다. 코타르는 인도 위로 내려서서 리외의 손을 잡았다. 그는 목이 쉬어 가까스로 나오는 소리로 말을 했다. 두 번 세 번 그는 뒤를 돌아보았다.

"사람들이 전염병 얘길 하고 있어요. 그게 정말인가요, 선생님?"

"사람들이야 늘 떠들어대지요. 자연스러운 일입니다." 리외가 말했다.

"맞아요. 한 열 명만 죽으면 이 세상 끝장이라도 난 듯이 떠들어 댑니다. 꼭 필요한 건 그런 게 아니지요."

벌써 자동차 모터 돌아가는 소리가 부르릉거렸다. 리외는 기어의 손잡이를 붙잡고 있었다. 그러나 그는 다시, 심각하면서도 침착한 표정으로 그에게 눈길을 떼지 않고 있는 어린아이를 바라보았다. 그러자 갑자기 밑도 끝도 없이 그 어린아이가 그에게 활짝 미소를 지었다.

"그럼 꼭 필요한 것이 어떤 것일까요?" 그 어린아이에게 미소를 던지며 리외가 물었다.

코타르는 갑자기 자동차 문의 손잡이를 꽉 잡더니 눈물과 분노로 가득 찬 목소리로 외치고는 달아났다.

"지진입니다. 진짜 지진 말입니다."

그러나 지진은 일어나지 않았고, 리외의 그 다음날은 환자 가족들을 붙들고 담판을 하고 또 환자들과 옥신각신하면서 시내를 이리저리 쫓아다니느라고 다 지나가버렸다. 그전까지는 환자들이 그가 하는 일의 힘을 덜어주었고 자신들의 몸을 그에게 완전히 맡겼었다. 그런데 처음으로 의사는, 환자들이 어딘가 좀 꺼리는 눈치를 보이면서 일종의 불신에서 오는 놀라움 때문에 병 속에 깊이 파묻힌 채 숨어 있는 듯한 느낌을 받았다. 그것은 하나의 싸움이고, 그로서는 아직 습관을 들이지 못한 싸움이었다. 그래서 그날 밤 10시쯤 회진의 마지막 차례로 들른 그 늙은 천식환자의 집 앞에 차를 세웠을 때 리외는 좌석에서 몸을 일으키기가 무척 힘이 들었다. 그는 어두운 거리와 캄캄한 밤하늘에 나타났다 사라졌다 하는 별들만 쳐다보면서 가만히 앉아 멈칫거렸다.

그 천식환자는 자기 침대 위에 일어나 앉아 있었다. 호흡도 평소보다 나아져 콩을 골라내 이 냄비에서 저 냄비로 옮겨 담고 있었다. 그는 반가운 얼굴로 의사를 맞이했다.

"선생님, 콜레라인가요?"

"어디서 그런 말을 들었어요?"

"신문에서요. 또 라디오에서도 그러던데요."

"아녜요, 콜레라가 아닙니다."

"하여튼," 노인은 몹시 흥분해서 말했다. "그렇게 말하던데요, 높은 양반들이 말이에요!"

"그런 말은 믿지 마세요." 리외가 말했다.

그는 노인의 진찰을 마치고 이제는 그 가난한 집 부엌 한가운데에 앉아 있었다. 그는 두려웠다. 바로 이 교외지역에서도 이튿날 아침에는 10여 명의 환자들이 몸에 난 멍울 때문에 허리를 구부정하게 굽힌 채 자기를 기다리고 있으리라는 것을 그는 알고 있었다. 지금까지 불과 두서너 건만이 멍울의 절개 수술로 약간의 효과를 보는 데 지나지 않았다. 그러나 대부분의 사람들에겐 입원 지시가 내려질 것인데 가난한 이들에게 입원이 무엇을 의미하는지 그는 잘 알고 있었다.

"실험 재료가 되기는 싫어요." 어떤 환자의 아내가 그에게 말한 적이 있었다. 그 환자는 실험 재료가 되지는 않으리라. 죽어가고 있었을 뿐이다. 사태에 대비하여 세운 대책들이 불충분하다는 것은 보나마나 아주 뻔한 일이었다. '특수 시설을 갖춘' 병실들이란 것이 어떤 것인지 리외는 잘 알고 있었다. 부랴부랴 다른 입원 환자들을 옮긴 다음 창문들을 밀폐시키고 주위에 위생 차단선을 쳐놓은 병동 두 개가 고작이었다. 전염병이 제풀에 그치지 않는 한 당국이 생각해낸 조치들로 다스려질 일이 아니었다.

그런데도 저녁때 나온 공식 발표는 여전히 낙관적이었다. 이튿날 랑스도크 통신은 현청 당국의 조치들이 지극히 평안하게 전달되었으며, 이미 30여 명의 환자들이 발병 신고를 해왔다고 보도했다. 카스텔이 리외에게 전화를 걸어왔다.

"병상이 몇 개나 되나요? 본관의 수용능력은?"

"80개입니다."

"시내에는 환자가 물론 30명 이상이겠죠?"

"겁이 나서 신고하지 않는 사람들이 있겠고, 나머지 대부분이 그렇듯이 그럴 겨를이 없는 사람들이 있겠지요."

"사망자를 매장하는 문제에는 신경을 쓰고 있나요?"

"아뇨. 내가 리샤르에게 전화를 했어요. 철저한 조치가 필요하며, 말만 하고 있어서는 안 된다고. 전염병을 차단할 수 있는 진짜 방벽을 치든가 아주 그만두든가 해야 한다고 말입니다."

"그랬더니 뭐랍디까?"

"자기는 그럴 권한이 없다고 하더군요. 내 생각에는 점점 심해질 것 같아요."

과연 사흘 만에 병동이 둘 다 가득 차버렸다. 리샤르는 당국이 어느 학교를 접수해서 보조병원으로 개조하게 될 것 같다고 했다.

리외는 백신이 도착하기를 기다리면서 멍울 절개수술을 하고 있었다. 카스텔은 옛날에 보던 책들을 다시 꺼내 펼쳐보기도 했고 도서관에 가서 오랫동안 처박혀 있기도 했다.

"쥐들은 페스트나 그와 비슷한 병으로 죽었습니다." 그는 결론을 내렸다. "그 쥐들이 수만 마리의 벼룩을 퍼뜨려놓았을 테니 빨리 그걸 막지 않는다면, 그 벼룩들이 기하급수적으로 병을 전염시킬 겁니다."

리외는 아무 말도 하지 않았다.

그 무렵에는 날씨도 정해진 듯했다. 태양은 지난번에 내린 소나기로 생긴 물웅덩이들을 펌프질하듯 빨아올리고 있었다. 노란 빛살이 넘쳐흐르는 아름다운 푸른 하늘, 이제 막 시작되는 더위 속에서 붕붕대며 날아가는 비행기들, 계절의 온갖 모습이 한결같이 고즈넉한 분위기를 자아내고 있었다. 그러나 불과 나흘 동안 열병은 네 단계에 걸친 비약을 보였다. 사망자가 16명에서 24명, 28명, 32명으로 불어났다. 넷째 날에는 어떤 유치원 내 보조분원 개설이 보도되었다. 그때까지 농담 속에 자신들의 불안감을 숨겨왔던 시민들은 거리에서 한층 더 낙담한 표정이 되었고 한층 더 말이 없어졌다. 리외는 과감히 지사에게 전화를 걸었다.

"이번 조치들로는 불충분합니다."

"숫자를 보고받았는데 과연 우려할 만한 상황이군요." 지사가 말했다.

"우려할 정도가 아니라 명백한 숫자들입니다."

"총독부에 명령을 요청하겠습니다."

리외는 카스텔이 보는 앞에서 전화를 끊었다.

"명령을 기다리다니! 머리를 움직여야 할 텐데."

"그래, 혈청은 어떻게 되었나요?"

"이번 주 중으로 도착할 겁니다."

현청에서는 리샤르를 통해서, 명령을 내려주도록 식민지 수도에 보낼 보고서 작성을 리외에게 의뢰해 왔다. 리외는 거기에다가 임상적인 진술과 숫자들을 기재했다. 같은 날 약 40명의 사망자가 생겼다. 지사는 자기 말대로, 자신의 책임 아래 당장 그 이튿날부터 이미 공표한 조치들을 한층 더 강화하기로 했다. 신고 의무제와 격리는 여전히 계속되었다. 환자가 생긴 집들은 폐쇄되어 소독되었고, 가족들은 일정 기간 격리 조치에 따라야 했으며, 매장은 장차 결정될 조건에 따라 시 당국이 맡아 하기로 되었다. 하루가 지나자 혈청이 비행기편으로 도착했다. 현재 치료중인 환자들에게는 충분했다. 만약에 전염병이 더 퍼진다면 그걸로는 부족했다. 리외가 친 전보에 대하여, 구급용의 재고는 바닥이 났고 새것은 제조에 착수했다는 답이 왔다.

그동안 인접한 교외지역들로부터 봄은 여러 시장들에 속속 도착하고 있었다. 장미꽃 수천 송이가 인도를 따라 나앉은 꽃장수들의 바구니 속에서 시들어가면서 그 달콤한 향내가 온 시가지에 감돌고 있었다. 겉으로는 아무것도 변한 것이 없었다. 러시아워가 되면 전차는 여전히 만원이었다가 낮에는 텅 비고 더러웠다. 타루는 그 작달막한 노인을 관찰하고 있었고 그 노인은 고양이들에게 가래침을 뱉어댔다. 그랑은 매일 밤 집에 들어가 그의 수수께끼 같은 일을 계속했다. 코타르는 쳇바퀴 돌듯 맴돌고 있었고 예심판사인 오통 씨는 여전히 그의 동물 떼거리를 이끌고 다녔다. 늙은 천식환자는 콩을 옮겨 담고 있었고, 태연하면서도 호기심 많은 신문기자 랑베르의 모습도 가끔 볼 수 있었다. 저녁때면 변함없는 인파가 거리를 가득 메우고 있었고 영화관 앞에는 사람들이 줄을 지어 모여들었다. 아닌 게 아니라 유행병이 수그러져가는 듯싶었다. 며칠 동안 사망자의 수는 불과 10여 명밖에 되지 않았다. 그러더니 갑자기 사망자 수가 늘기 시작했다. 사망자의 수가 다시 30명으로 늘어난 날, 베르나르 리외는 "저들이 겁을 먹었소" 하며 지사가 내미는 전보 공문을 받아 읽었다. 전보에는 '페스트 사태를 선언하고 도시를 폐쇄하라'라고 적혀 있었다.

제2부

그 순간부터 페스트는 우리 모두의 문제가 되었다고 할 수 있다. 그때까지는 그 이상한 사건들로 생긴 놀라움과 불안에도, 시민들은 저마다 평소와 마찬가지로 맡은 자리에서 그럭저럭 일을 계속하고 있었다. 그리고 아마도 그 상태는 그대로 이어질 것이었다. 그러나 시의 문들이 폐쇄되자 그들은 모두(서술자 자신까지도) 같은 독 안에 든 쥐가 되었으며 거기에 그냥 적응할 수밖에 없게 되었다. 그래서 가령 사랑하는 사람과의 이별 같은 개인적인 감정도, 처음 몇 주일부터 당장 모든 사람들의 감정이 되었고, 공포심이 더해지면서 저 오랜 귀양살이 시절의 주된 고통거리가 되었다.

시의 문을 폐쇄함으로써 생긴 가장 뚜렷한 결과들 중의 하나는, 아무런 마음의 준비도 없었던 사람들이 갑작스레 이별을 맞게 된 것이었다. 어머니와 자식, 부부, 애인, 며칠 전에 그저 짧은 이별이거니 하고 생각하면서 우리 도시의 역 플랫폼에서 부탁을 몇 마디 일러주고는 서로 껴안고, 며칠 혹은 몇 주일 뒤에는 다시 보게 되리라고 확신한 채 저 어리석은 인간적 믿음에 사로잡힌 나머지 그 작별로 인하여 평소 마음을 사로잡던 근심들도 잠시 잊고 있었던 그들이 단번에 호소할 길도 없이, 멀리 떨어진 채 만나거나 소식을 주고

받을 수도 없이 헤어지고 말았던 것이다. 왜냐하면 폐쇄는 현청의 명령이 공표되기 몇 시간 전에 실시되었고, 당연한 일이지만 몇몇 특별한 경우를 생각하는 것은 불가능했기 때문이었다. 말하자면 이 질병의 무지막지한 침범은, 그 첫 결과로서 우리 시민들로 하여금 사적인 감정 같은 것은 느끼지 않는 사람처럼 행동할 수밖에 없도록 만들어놓은 것이다. 명령이 실시된 날 처음 몇 시간 동안, 현청은 수많은 진정서로 골치를 앓았다. 그들은 전화로 혹은 계원들을 찾아와서 한결같이 절실하고 또 동시에 한결같이 거절하기 어려운 사정들을 호소하는 것이었다. 사실, 우리가 타협의 여지가 없는 형편에 놓여 있으며, '타협'이라든가 '특전'이라든가 '예외'라든가 하는 말이 더 이상 의미를 갖지 못하게 되어버렸다는 사실을 납득하기까지는 여러 날이 걸렸다.

우리에게는 편지를 쓴다는 사소한 기쁨조차 주어지지 않았다. 사실, 한편으로, 이 도시는 평상시의 통신 방법으로는 나머지 다른 지역과 연락을 취할 수 없게 되었으며 다른 한편으로는, 편지가 전염의 매개물이 되는 것을 막기 위하여 모든 서신 교환이 금지되었다. 초기에 몇몇 특권층들은 시문에서 보초병들을 포섭해 그들이 외부로 가는 편지를 통과시켜주기도 했다. 아직은 이 전염병의 초기였고 보초병들이 동정심의 충동에 꺾이는 것도 자연스러운 일이라고 생각될 시기였기에 가능한 일이었다. 그러나 얼마 지나서, 그 보초병들마저 사태의 중대성을 충분히 납득하게 되자, 그 결과가 어디까지 파급될지 예측할 수도 없는 그런 일에 대하여 책임지기를 거부했다.

시외전화가 초기에는 허가되었지만 공중전화 박스나 회선이 너무나 혼잡해졌기 때문에 며칠 동안은 전적으로 중지되었고, 나중에는 사망이라든가 출산이라든가 결혼 같은 긴급한 일에만 쓸 수 있도록 엄격히 제한받게 되었다. 그러니 전보가 우리에게 남은 유일한 수단이었다. 이해와 정과 살로써 맺어졌던 사람들이, 결국은 고작 열 마디 정도가 전부인 대문자 속에서 그 옛정의 표시를 더듬어 보게끔 되었다. 그리고 사실, 전보에서 쓸 수 있는 문구들은 곧 바닥이 드러나고 말기 때문에, 오랫동안의 공동생활이라든가, 공통으로 가지고 있는 애욕 같은 것들이 '잘 있소, 당신을 생각하며, 사랑하오.' 같은 상투적인 문구의 정기적 교환으로 급속히 축소되고 말았다.

우리 중에서도 몇몇은 그래도 편지를 쓰는 데 집착하고, 외부와 통신을 하려고 끊임없이 여러 수단을 궁리해보았으나 결국 실없는 짓이었음을 깨닫고 마는 것이었다. 비록 우리가 생각해낸 방법 가운데 몇 가지가 성공했다 하더라도, 답장을 받을 길이 없으니 우리는 아무것도 모를 수밖에 없었다. 우리는 몇 주일이나 같은 편지를 끊임없이 다시 쓰고, 똑같은 호소의 말을 다시 베껴 쓸 수밖에 없게끔 되어버린 나머지, 어느 시기가 지나자 우리의 마음에서 솟아나와 피가 뜨겁게 흐르던 말들도 완전히 그 의미를 잃어버렸다. 그러니 우리는 기계적으로 그것들을 베끼고, 그 뜻이 죽어버린 말들을 가지고 우리의 고달픈 삶의 신호를 나타내보려고 애쓰고 있었다. 그리고 마침내는 아무 반향도 없는데 기를 쓰고 내뱉는 독백이나, 벽에다 대고 주고받는 그 무미건조한 대화보다는, 전보문의 판에 박은 듯한 호소가 차라리 낮게 여겨지는 것이었다.

그런데 며칠이 지나서 아무도 이 도시에서 벗어날 수 없다는 것이 확실해지자, 사람들은 전염병이 발생하기 전에 시외로 나갔던 사람들의 귀가는 허락되는지 알아보고자 했다. 며칠 동안 고려한 뒤에, 현청은 그럴 수 있다는 답변을 했다. 다만 일단 돌아온 자는 어떤 경우에도 다시 시에서 나갈 수 없다고, 들어오는 것은 자유지만 다시 나갈 수는 없다는 것을 명백히 했다. 그런데도 역시, 적은 수의 몇몇 가정에서는 사태를 대수롭지 않게 생각한 나머지 가족을 만나고 싶다는 욕심이 모든 조심성보다 앞서게 되어, 가족들에게 이 기회를 이용하라고 권했다. 그러나 페스트의 포로가 되어버렸던 사람들은 자칫하면 자기네 가족을 위험에 빠트릴 수 있음을 곧 깨닫고, 이별을 참아내기로 결심했다. 질병이 가장 심각한 지경에 달했을 때 고문하는 듯한 죽음의 공포보다 인간적인 감정이 더 강했던 예는 단 한 건밖에 볼 수 없었다. 그것도 흔히 우리가 기대하듯 고통을 초월해서 서로가 서로에게 사랑만을 쏟아붓는 애인들의 경우가 아니었다. 그것은 오히려 아주 오랜 세월 동안 결혼생활을 해온 늙은 의사 카스텔과 그 부인의 경우였다. 카스텔 부인은 그 전염병이 돌기 며칠 전에 이웃 도시에 갔었다. 그들의 가정이 세상 사람들에게 모범적인 예로 보일 만큼 행복한 것도 아니었다. 그러므로 모든 가능성으로 보아서, 그 부부는 여태껏 자기들의 결혼이 만족스러운 것이라는 확신조차 없이 살아왔다고 서술자는 자신 있게 말할 수 있다. 그러나 갑작스럽게 시작된 별거생활이 끝 모르게 연장

되면서부터 그들은 서로 떨어져선 살 수 없으며, 백일하에 문득 드러난 그 진실에 비긴다면 페스트 같은 것은 하찮은 것임을 확신하게 된 것이었다.

그것은 하나의 예외였다. 대부분의 경우, 별거 상태는 분명히 그 전염병이 사라져야 비로소 끝날 모양이었다. 그래서 우리 전체에게 있어서, 우리의 생활을 이루고 있던 감정, 더구나 우리가 잘 알고 있다고 생각했던 감정(오랑 시민들은, 전에도 말했지만 단순한 정열의 소유자들이다)이 전에는 몰랐던 새로운 면모를 드러내기 시작했다. 배우자를 퍽 끔찍이 믿어오던 남편들이나 애인들은 자신들의 질투심을 발견했다. 사랑을 가볍게 여긴다고 스스로도 인정하던 남자들이 다시 성실해졌다. 어머니 곁에 살면서 제대로 어머니를 마주보지도 않았던 아들들이, 그들의 기억 속에 되살아나는 어머니 얼굴의 주름살 하나에도 자기들의 모든 불안과 후회를 떠올리게 되었다. 어처구니없고 앞으로 예측도 할 수 없는 그 급작스러운 이별에 우리는 망연자실한 채 아직 그토록 가까우면서도 어느새 그토록 멀어져버린, 그리고 지금은 우리 하루하루의 삶을 가득히 차지하고 있는 그 존재의 추억을 뿌리칠 능력도 없어진 형편이었다. 사실 우리는 이중의 고통을 겪고 있었다―우선 우리 자신의 고통과, 다음으로는 자식이며, 아내며, 애인이며 여기에 없는 사람들이 겪으리라고 상상되는 고통이었다.

다른 경우였다면 우리 시민들도 좀더 외부적이고 좀더 적극적인 생활 속에서 탈출구를 발견할 수도 있었으리라. 그러나 페스트는 그들을 아무 할 일이 없게 만들었고, 그 침울한 도시 안에서 맴돌면서 하루하루 추억의 부질없는 유회에 빠지게 했다. 왜냐하면 목적도 없는 산책에서, 그들은 항상 같은 길을 또 지나가게 마련이었으며, 또 그렇게 작은 도시였으니만큼 대개 그 길은 지난날, 이제는 곁에 없는 사람과 같이 돌아다니던 바로 그 길이 되기 때문이었다.

이처럼, 페스트가 우리 시민들에게 가져다준 첫 번째 것은 귀양살이였다. 서술자가 느꼈던 것이 수많은 우리 시민들 또한 느꼈던 것인 만큼, 서술자는 자신이 그때에 느낀 바를 모든 사람의 이름으로 여기에 써도 무방하다고 굳게 믿는다. 사실, 그 귀양살이의 감정이야말로 그때 우리가 끊임없이 마음속에 지니고 있었던 공허함, 과거로 되돌아가거나, 혹은 그 반대로 시간의 흐름을 재촉하고만 싶은 구체적 감정, 어이없는 요구, 저 불타는 화살과도 같은 기억이었다. 이따금 우리는 상상이 뻗어가는 대로 마음을 맡긴 채, 집에 돌아오는 사람의 초인종 소리라든가 계단을 올라오는 귀에 익은 발소리를 심심풀이로 기다려보기도 하고, 그러는 동안에는 기차 운행이 정지되었다는 것을 잊어버리기로 마음먹기도 하고, 그리하여 저녁 급행으로 온 여객이 우리 동네에 도착함직한 시간에는 밖에 나가지 않고 집에서 기다리고 있도록 일정을 맞추어놓아 보기도 했지만, 물론 그런 장난이 오래갈 리 없었다. 기차가 오지 않는다는 사실을 확실히 깨닫게 되는 순간이 반드시 오고 마는 것이었다. 그때 우리는 우리의 이별이 앞으로도 계속될 운명에 있으며, 시간과 더불어 해결을 보도록 노력해야 된다는 것을 알고 있었다. 결국 우리의 감금 상태를 다시 깨닫고, 지나온 과거만 바라보고 지내는 수밖에 없게 되었다. 그러니 우리 가운데 몇몇이 미래를 내다보며 살고 싶은 유혹을 느끼는 일이 있다 해도, 그들은 공연한 상상을 믿었다가 마지막에 가서는 입고야 말 상처의 쓰라림을 느끼고서 되도록 빨리 그런 유혹을 뿌리쳐버렸다.

특히 시민들은 모두 이별의 기간이 얼마나 될지 헤아려보던 습관을 공공장소에서조차 아주 빨리 떨쳐버렸다. 왜냐하면 가장 비관적인 사람들이, 예를 들어서 그 기간을 6개월로 정하고 앞으로 그 6개월 간 닥쳐올 모든 고초를 미리 다 맛보고 나서, 가까스로 그러한 시련의 경지에 걸맞도록 용기를 불러일으키고 그토록 오랜 세월에 걸친 고통 속에서도 꺾이지 않고 버티기 위해 마지막 힘을 내고 있었다고 해도, 때로는 우연히 만난 친구라든가, 신문에 실린 의견이라든가, 근거 없는 의혹이라든가, 혹은 불현듯 생기는 통찰이라든가 하는 것이 결국 그 전염병이 6개월 이상 가지 말라는 법도 없으며, 어쩌면 1년 또는 그 이상 갈지도 모른다는 생각을 하게 되고야 말 테니 말이다.

그럴 때 그들의 용기, 의지, 그리고 인내의 붕괴는 실로 급작스러워서 영원히 그 수렁에서 다시 기어나올 수 없으리라 여겨질 정도였다. 그래서 그들은 자기들이 해방될 날의 기한을 전혀 생각지 않고 이제는 더 이상 미래를 바라보지도 않은 채 항상 두 눈을 내리깔고 지내려 무척 애쓰고 있었다. 그러나 당연한 일이지만, 고통을 숨기려는, 그리고 투쟁을 거부하기 위해 경계를 포기하는 그러한 조심성과 방법은 과히 신통한 결과를 얻지 못했다. 그들은 어떤 대가를 치르고라도 피하고자 했던 그런 붕괴는 모면할 수 있었지만 그와 동시에, 앞으로 있을 재회를 마음에 그려봄으로써 페스트를 잊을 수 있는, 결국 자주 가질 수 있는 그 순간들을 갖지 못하게 되고 말았다. 그럼으로 해서 그들은 그 수렁과 절정의 중간에 좌초되어, 산다기보다는 차라리 정처 없이 떠돌면서 기약 없는 그날그날과 메마른 추억 속에 몸을 맡긴 채 고통의 대지 속에 뿌리를 박으려 승낙하지 않고서는 힘을 얻을 수 없는 방황하는 망령이었다. 그들은 이렇게 아무 도움도 안 되는 기억을 간직하고 살아가는 모든 유형수들의 깊은 고통을 맛보았다. 그들이 끊임없이 돌이켜 생각하던 그 과거조차도 후회의 쓴맛만 있을 뿐이었다.

사실 그들은 지금 자기들이 기다리고 있는 그 남자, 또는 그 여자와 아직 할 수 있었을 때 하지 못했던 것이 애석하게만 여겨지는 모든 것을, 가능하다면 그 과거에 덧붙여보고만 싶었을 것이다―마찬가지로 감옥이나 다름없는 자신들의 모든 생활 환경, 비교적 행복한 상황에서조차도 그들은 현재 자기 곁에 없는 사람들을 끼워 넣어 생각하고 있었다. 따라서 그때 그대로의 상태로는 그들을 만족시킬 수 없었다. 자기 자신들의 상황에 진저리가 나고 과거와도 원수가 되었으며, 미래마저 박탈당한 우리는 마치 인간적인 정의나 증오 때문에 철창 속에 갇힌 신세가 되어버린 사람들과 똑같았다. 결국 그 견딜 수 없는 휴가에서 벗어나는 유일한 방법은 상상을 통해서 다시 기차를 달리게 하고, 악착같이 침묵만 지키고 있는 초인종을 연거푸 울리게 함으로써 기간을 가득 채우는 것뿐이었다.

그러나 귀양살이라 해도 대부분 자기 집에서 귀양살이를 하는 것이었다. 서술자는 모든 사람들에게 공통된 귀양살이밖에는 겪어보지 못했지만, 이와 반대로 신문기자 랑베르나 그 밖의 사람들 같은 경우를 잊어서는 안 된다. 페스트의 내습을 받고 이 도시에 억류된 여행자인 그들은 만날 수 없는 사람뿐만 아니라 자기들의 고장과도 멀리 떨어져 있게 됨으로써 이별의 고통이 더욱 커졌던 것이다. 전반적인 귀양살이 속에서 그들은 특히 중형의 유형수였다. 왜냐하면 그들은 모든 사람들과 마찬가지로 시간이 야기시키는 특유의 고통에 시달리고 있는 동시에 공간에도 묶여, 페스트에 감염된 그 객지와 잃어버린 그들의 고향땅을 갈라놓는 그 벽에 쉴 새 없이 부닥치고 있었던 것이다. 먼지투성이 시가지를 종일토록 헤매고 다니면서 자기들만이 아는 저녁과 자기들 고장의 아침을 소리없이 외쳐 부르고 있는 사람들은 틀림없이 그런 사람들일 것이다. 제비 떼가 나는 모습이며, 해질녘에 엉그는 이슬방울이며, 또는 간혹 인적 없는 거리에 태양이 뿌려놓는 그 야릇한 광선들처럼, 뜻을 헤아릴 수 없는 여러 가지의 징조들과 이해할 수 없는 메시지들로 그들의 고뇌는 날로 커가고 있었다. 항상 모든 것으로부터 구원해줄 수 있는 것이 바깥 세계인데 그들은 오히려 바깥 세계에는 눈을 감은 채 너무나도 생생하게만 느껴지는 꿈만을 어루만지고, 그 어떤 광선과 언덕 두셋과 마음에 드는 나무와 여자들의 얼굴이 그들에게 그 무엇으로도 바꿀 수 없는 풍토를 이루는 고향땅의 영상에 한사코 매달리는 것이었다.

　가장 흥미롭고, 또 아마도 서술자가 이야기하기에 가장 적절한 입장에 있는 애인들에 관해 좀더 구체적으로 이야기하고자 한다. 그들은 다른 여러 가지 고민들로 인해 괴로워하고 있었는데, 그중 하나로 후회를 들지 않을 수 없다. 이번 사태로 사실 그들은 스스로의 감정을 일종의 열에 들뜬 객관성을 가지고 고찰할 수 있게 되었던 것이다. 그리고 그런 기회를 통해 자신의 실수들이 그들 자신의 눈에 뚜렷이 드러나 보이지 않는 경우란 거의 드물었다. 그것은 우선 지금 자기 곁에 없는 사람의 행동거지를 정확히 상상하기가 곤란하다는 점에서 자신의 실수를 깨닫는 첫 기회가 되었다. 그래서 그들은 사랑하는 사람이 시간을 어떻게 보내는지 자신이 전혀 모른다는 점이 후회스러웠다. 그들은 그런 것을 물어보는 일을 게을리 했고, 사랑하는 사람에게 있어서 자기 애인의 소일 방법이 모든 기쁨의 원천은 아니라고 믿었던 척했던 경솔함을 자책하는 것이었다. 거기서부터 자신들의 사랑의 역사를 거슬러 올라가서 그것이 불완전했던 점을 검토하기는 쉬웠다.

　평상시에 우리는 누구나 의식적이건 무의식적이건 간에 사랑이란 예상 밖의 위력을 발휘할 수 있다는 것을 알고 있었지만 또한 우리의 사랑이 보잘것없다는 것도 조금은 담담한 태도로 인정하고 있었다. 그러나 추억이란 더 제멋대로이다. 그리고 극히 당연한 결과지만, 외부로부터 우리에게 달려들어서 도시를 덮친 그 불행은 우리로서는 분노를 금치 못할 그 부당한 고통을 우리에게 끼치는 데만 그치지 않았다. 그것은 또한 우리로 하여금 괴로워하도록, 그리하여 우리 스스로 그 고통에 동의하도록 만들어버렸던 것이다. 그것이 바로 우리의 관심을 딴 곳으로 돌리면서 그 저의를 은폐하는 이 질병의 상투적인 수단들 중 하나였다.

이처럼 우리 각자는 그날그날 하늘만 마주 보며 고독하게 살아가기를 감수해야만 했다. 그 전반적인 포기 상태는 결국에 가서는 사람들의 성격을 단련시킬 수도 있었지만 오히려 사람들을 줏대 없게 만들어놓기도 했다. 예를 들어서 몇몇 시민들은 또 다른 노예 상태에 빠져 해가 나거나 비가 오면 그에 따라 마음이 변하게 되었다. 그들의 표정을 보면 태어나 처음으로, 그것도 바로 날씨에 대해 반응을 보이는 것 같았다. 그들은 그저 황금빛 햇빛이 비치기만 해도 즐거워했다가, 반대로 비오는 날이면 그들의 표정과 생각은 두꺼운 베일에 싸이는 것이었다. 몇 주일 전만 해도 그들은 그런 허약함이나 어처구니없는 노예 상태에 빠지지 않았는데, 그것은 자기들 혼자만이 고독하게 세계와 대면하고 있는 것이 아니라 어떤 의미에서는 그들과 함께 살고 있는 사람이 그들의 세계 앞에 놓여 있었기 때문이었다. 그런데 이제부터 그들은 아무리 보아도 하늘의 변덕에 좌우되는 형편이 되고 만 것 같았다. 즉, 이유 없이 괴로워하거나 희망을 품는 것이었다.

그러한 극도의 고독 속에서 결국 아무도 이웃의 도움을 바랄 수는 없었기에 제각기 혼자서 저마다의 근심에 잠겨 있었다. 만약 우리 가운데 누가 우연히 자기 속마음을 털어놓거나 어떤 감정을 표현해도, 그 사람이 받을 수 있는 대답은 무엇이건 간에 대개는 마음을 아프게 하는 대답이었다. 그래서 그 사람은 상대방과 자기가 같은 이야기를 하지 않았음을 알게 되는 것이었다. 사실 그는 오래도록 되새기고 괴로워하던 끝에 그 심정을 표현한 것이었으며, 그가 상대방에게 전달하고자 한 이미지는 기대와 정열의 불 속에서 오래 익힌 것이었다. 그와 반대로 상대방은 습관적인 감동이나 시장에 가면 살 수 있을 상투적인 괴로움이나 판에 박은 감상을 마음에 그리는 것이었다. 호의에서건 악의에서건 그 응답은 언제나 빗나가는 것이었기 때문에 단념하는 수밖에 없었다. 그렇지 않으면 적어도 침묵이 더 이상 견딜 수 없게 느껴지는 사람들의 경우, 남들이 정말 마음에서 우러나오는 말을 쓸 줄 모르게 된 이상 자기들도 차라리 시장에 굴러다니는 말로 쓰고, 그들 역시 상투적인 방식으로 단순한 이야기나 잡보, 이를테면 일간신문의 기사 비슷한 말투로 이야기하고 마는 것이었다. 그 경우에도 가장 절실한 슬픔이 흔해빠진 대화의 상투적 표현으로 변해버리기 일쑤였다. 페스트의 포로가 된 사람들은 바로 그런 대가를 치르고서야 겨우 아파트 수위의 동정이나 옆사람들의 관심을 끌 수가 있었다.

그러나(이 점이 가장 중요한 것이지만) 그 고뇌가 아무리 쓰라린 것이라도, 텅 비어 있으면서도 무거운 그 마음이 아무리 견디기 어려운 것이라도, 그 유형수들은 페스트의 제1기에는 그래도 특권층에 속한 셈이었다. 사실 시민들이 냉정을 잃기 시작한 바로 그 순간에 그들의 생각은 완전히 자기들이 기다리는 사람에게로만 쏠려 있었다. 전반적인 낙담 속에서 사랑의 이기주의가 그들을 지켜주고 있었다. 또 페스트 생각을 하기는 했지만 그것은 단지 페스트로 인해서 자기들의 이별이 끝도 없이 계속될까 봐 염려된다는 점에 한한 것이었다. 이처럼 그들은 전염병이 한창 기승을 부리는 가운데서도, 자칫 냉정함이라고 착각될 정도로 건전한 여유 같은 것을 누리고 있었던 것이다. 그들의 절망감은 그들을 공포로부터 건져주었고, 그들의 불행에는 좋은 점도 제공했다. 예를 들면, 그들 가운데 누가 병으로 목숨을 잃는다고 해도, 대개의 경우 본인은 그것을 경계할 시간적 여유도 없이 그렇게 되었다. 눈앞에 있지도 않는 그림자 같은 존재를 상대로 계속해온 기나긴 마음속의 대화로부터 끌려 나오는 즉시 그는 다짜고짜 가장 무거운 침묵만이 전부인 흙 속으로 내던져지는 것이었다. 그는 앞뒤 돌아볼 시간의 여유도 전혀 없었다.

우리 시민들이 그 갑작스러운 귀양살이와 타협해보려고 노력하는 동안 페스트는 문마다 보초병을 서게 만들었고, 오랑을 향해 항해중이던 선박들의 뱃머리를 돌리게 했다. 시의 폐쇄 이후 한 대의 차량도 시내에 들어오지 않았다. 그날부터 자동차들은 시내를 돌고 있는 듯한 느낌이었다. 신작로의 높은 곳에서 바라다보는 사람들의 눈에는 항구도 이상한 모습으로 보였다. 그곳을 연안에서 가장 번화한 항구의 하나로 만들어주던 종래의 활기는 갑자기 사라져 있었다. 검역중인 선박들이 아직도 거기에 있는 것이 보였다. 그러나 부두에는 일손을 놓은 커다란 기중기들, 뒤집어놓은 소화물 운반차,

열을 지어 한적하게 쌓여 있는 술통이며 부대 같은 것들이, 무역 역시 페스트로 죽어버리고 말았다는 사실을 뚜렷이 말해주고 있었다.

그런 익숙지 않은 광경인데도, 우리 시민들은 자기들에게 닥쳐오고 있는 것이 무엇인지 잘 이해하지 못하고 있었다. 이별이라든가 공포라든가 하는 공통된 감정은 있었지만, 사람들은 여전히 개인적인 관심사를 무엇보다도 더 중요하게 여기고 있었다. 아직 아무도 그 질병을 현실적으로 인정하지 않았던 것이다. 대부분은 자기들의 습관을 방해하거나 자기들의 이해관계에 해를 끼치는 것에 대해서 특히 민감했다. 그래서 그들은 애도 태우고 화도 내고 했지만, 그런 것이 결코 페스트와 맞설 수 있는 감정은 아니었다. 예를 들어서, 그들의 최초의 반응은 행정당국에 죄를 뒤집어씌우는 것이었다. 신문이 여론을 반영한 여러 가지의 비판(강구된 조치의 완화를 고려할 수는 없는가?)에 대한 지사의 답변은 자못 예상 밖의 것이었다. 지금까지 신문들이나 랑스도크 통신사는 병세에 관한 통계의 공식적인 통보를 받지 못했었다. 이제 지사는 통계를 매일매일 통신사에 통지해주면서, 매주 그것을 보도해달라고 의뢰해 왔다.

그러나 거기에 대해서도, 역시 일반 사람들의 반응이 바로 나타나지는 않았다. 사실 페스트가 발생한 지 3주일 만에 302명의 사망자가 났다는 보도는 사람들의 상상력에 큰 호소력을 발휘하지 못했다. 한편으로 생각하면, 아마 그 모두가 페스트로 죽은 것은 아닐지도 모른다. 또 한편, 여느 때 그 도시에서 한 주에 몇 사람이 사망하는지를 아는 사람이라곤 아무도 없었다. 그 도시의 인구가

20만이나 되니 말이다. 사람들은 그 정도의 사망률이 정상적인 것인지 아닌지도 몰랐다. 그것은 뚜렷한 이해관계가 걸려 있는데도 결코 사람들이 정확하게 알려고 관심을 기울이는 법이 없는, 바로 그런 성질의 것이다. 대중들은 말하자면 비교의 기준치를 갖고 있지 않았던 것이다. 한참 지난 뒤 그 동안의 사망자 수의 증가가 확실해졌을 때에는 비로소 여론도 진실을 확실히 이해한 것이다. 제5주에는 321명, 제6주에는 345명의 사망자가 나왔다. 적어도 그 증가율은 사태를 명백히 말해주고 있었다. 그러나 그같은 사망자의 증가도 충분하지 못했는지 시민들은 그 불안의 한복판에서도, 그것은 분명히 가슴 아픈 사건임에는 틀림없지만, 그래도 결국은 일시적인 것이라는 인상을 여전히 가지고 있었다.

그리하여 이들은 여전히 거리로 나와 돌아다녔고, 카페의 테라스에 앉아 있었다. 전체적으로 말해서, 그들은 무기력하지 않았고 한탄보다 농담을 더 많이 주고받았으며, 일시적인 것이 분명한 그 불편을 자연스럽게 받아들이자는 눈치였다. 어쨌든 겉보기에는 그대로 유지되고 있었다. 그러나 월말이 가까워지자, 그리고 좀더 나중에 얘기하게 될 기도 주간 동안에, 더 심각한 여러 가지 변화들이 우리 시의 모습을 바꾸어놓았다. 무엇보다도 먼저 지사는 차량의 운행과 식량 보급에 관한 조치들을 취했다. 식량의 보급이 제한되고, 휘발유는 배급제로 되었다. 심지어 전력의 절전까지도 실시되었다. 생활 필수품만은 육로 또는 공로로 오랑에 들어왔다. 이렇게 하여 차량의 운행은 점차로 줄어들다가 마침내는 거의 사라지고, 사치품 가게들은 나날이 문을 닫게 되었으며, 다른 가게들도 진열창에 품절되었다는 쪽지를 붙이게 되었지만, 각 가게의 문 앞에는 손님들이 줄을 지어 늘어서 있었다.

오랑 시는 이렇게 이상한 모습으로 변했다. 보행자들의 수는 눈에 띄게 늘었으며, 심지어 대낮의 한산한 시간에도 가게의 휴업이나 몇몇 사무실들의 휴무로 할 일이 없어진 많은 사람들이 거리와 카페에 넘쳐나고 있었다. 아직까지는 그들은 실업자가 아니라 휴가를 얻은 것뿐이었다. 그래서 예를 들어 오후 3시쯤, 그리고 밝은 하늘 밑에서 오랑 시는, 공개적인 행사를 벌이느라고 교통을 차단하고 가게의 문을 닫은 채 시민들이 거리를 메우며 쏟아져 나와 즐거운 잔치에 참가하고 있는 축제의 도시와도 같은 착각을 불러일으키고 있었다.

물론 영화관들은 그 휴가를 이용해서 큰돈을 벌었다. 그러나 현내에 들어오고 있었던 필름 배급이 중단되었다. 2주일 뒤에는 영화관들이 필름을 서로 교환할 수밖에 없게 되었고, 또 얼마 뒤에는 마침내 영화관마다 항상 똑같은 영화를 상영하게 되고 말았다. 그래도 영화관의 수입은 줄어들지 않았다.

끝으로, 포도주와 알코올 음료의 매매가 제일인 도시이고 보니, 전부터 비축되었던 상당수의 재고품 덕분으로 카페들 역시 손님들의 수요를 충족시킬 수 있었다. 사실, 사람들은 엄청나게 마셔댔다.

어느 카페에서, '양질의 술은 세균을 죽인다'라는 광고문을 써 붙이자, 알코올이 전염병을 예방해준다는 것이 세간에 이미 상식처럼 여겨져오던 터라, 그런 생각은 더욱 확고하게 사람들의 뇌리에 박히게 되었다. 매일 밤 2시쯤 되면 카페에서 쏟아져 나오는 상당히 많은 주정꾼들이 거리를 가득 메우면서 서로 낙관적인 얘기들을 주고받는 것이었다.

그러나 이 모든 변화들은 어떤 의미에서는 너무 유별났고, 또 너무나 재빨리 이루어진 까닭에, 그것이 정상적이고 지속성 있는 것이라고 생각하기가 쉽지 않았다. 그 결과 우리는 여전히 우리의 개인적인 감정들을 제1의 관심사로 여기고 있었다.

시의 문들이 폐쇄된 지 이틀 뒤, 의사 리외는 병원에서 나오는 길에 코타르를 만났는데, 그는 매우 만족스러워 보였다. 리외는 그에게 얼굴이 좋아졌다고 축하했다.

"그래요, 요새는 건강이 아주 좋습니다." 그 몸집이 작은 사내가 말했다. "그런데 선생님, 그놈의 페스트가 거 참! 점점 심각하게 되어 가는데요."

의사는 그것을 인정했다. 그러나 코타르는 거의 유쾌해하는 듯한 어조로 단정을 내렸다.

"이제 와서 가라앉을 리가 없습니다. 모든 것이 뒤죽박죽이 될 걸요."

그들은 잠시 함께 걸었다. 코타르는 자기 동네의 어떤 큰 식료품상이 비싸게 팔아먹을 생각으로 식료품을 비축해 두고 있었는데, 발병한 그 사람을 병원으로 데려가려고 사람들이 왔다가 침대 밑에 쌓여 있는 그 통조림 깡통들을 발견했다는 얘기를 했다.

"그대로 병원에서 죽었지요. 페스트에 걸려들면 밑천도 못 건지죠."

이처럼 코타르는 사실인지 거짓말인지는 모르나 전염병에 관한 이야기를 많이 했다. 예를 들면, 시내 중심가에서 어느 날 아침에 페스트 증세를 보이는 어떤 남자가 병 때문에 머리가 이상해졌는지 밖으로 뛰쳐나가 무턱대고 처음 만나는 여자에게 달려들더니 그 여자를 꼭 껴안으면서, 자기는 페스트에 걸렸다고 외치더라는 것이었다.

"그럼요!" 그러한 단정과는 어울리지 않는 상냥한 어조로 코타르는 덧붙였다. "우리는 모두 미치고 말 거예요. 틀림없어요."

마찬가지로 그날 오후에 조제프 그랑이 드디어 자기의 개인적인 속내 이야기를 의사 리외에게 털어놓았다. 그는 책상 위에 있던 리외 부인의 사진을 보더니 의사를 바라보았다. 리외는 자기 아내가 시외의 딴 곳에서 요양중이라고 말해주었다.

"어떤 의미에서," 그랑은 이렇게 말했다. "운이 좋았군요."

의사는 어쩌면 그게 다행일지도 모르며, 그저 아내의 쾌유를 비는 도리밖에 없다고 대답했다.

"이해가 갑니다." 그랑이 중얼거렸다.

그러고는 리외가 그를 알게 된 뒤 처음으로, 그는 마음을 터놓고 이야기하기 시작했다. 아직 말을 찾느라고 애쓰는 눈치였지만, 거의 그때그때 적합한 말들을 찾아내는 데 성공했다. 마치 오래전부터 생각해 둔 것 같은 투였다.

그는 이웃에 사는 처녀와 아주 젊을 때 결혼을 했다. 공부를 집어 치우고 취직하게 된 것도 바로 결혼을 하기 위해서였다. 잔도 그도 동네 밖으로 나가본 일이 없었다. 그는 잔을 보러 그녀의 집을 찾아 가곤 했었고, 잔의 부모님은 이 말없고 서투른 구혼자를 약간 비웃 곤 했다. 그녀의 아버지는 선로인부였다. 일이 없을 때는 항상 창가 구석에 앉아, 큼직한 두 손을 허벅다리에 척 얹고 생각에 잠긴 채 거리를 바라보고 있었다. 어머니는 언제나 살림에 매달려 있었고, 잔이 어머니를 거들었다. 잔은 어쩌나 몸이 가냘프던지, 그랑은 그 녀가 길을 건너갈 때면 아슬아슬해서 볼 수가 없었다. 그럴 때면 차 량들이 비정상적일 만큼 커 보였다. 어느 날, 크리스마스 선물을 파 는 가게 앞에서 진열창을 바라보면서 잔은 감탄한 나머지 "아름다 워!" 하면서 그랑에게 몸을 기대었다. 그는 그녀의 손목을 꽉 쥐었 다. 이렇게 해서 그들의 결혼이 결정되었다.

그랑의 말에 의하면, 나머지 이야기는 아주 단순한 것이었다. 모 든 사람의 경우가 다 그렇다. 즉 결혼하고, 계속해서 또 좀 사랑하 고 일을 한다. 사랑한다는 사실을 깜박 잊어버릴 정도로 일을 한다. 잔도 다시 일을 했는데, 국장이 그랑에게 한 약속이 이행되지 않았 기 때문이었다. 그 대목에서 그랑이 말하고자 하는 바를 이해하려 면 어느 정도 상상력이 필요했다. 피로해진 탓도 있고 해서 그는 무 심한 사람이 되었고, 점점 더 말이 적어졌으며, 젊은 아내로 하여금 사랑 받고 있다는 생각을 하도록 계속 이끌어나가지 못했다. 일하 는 남자, 가난, 서서히 막혀가는 장래, 식탁에 앉아도 할 말이 없는 저녁때의 침묵, 그런 세계에 정열적 사랑이 파고들 여지란 없다. 아마 잔은 고민했을 것이다. 그래도 그녀는 그곳에 남았다. 사람은 고통을 고통인 줄도 모른 채 오랫동안 괴로워하는 일이 흔히 있는 법이니 말이다. 몇 해가 지난 뒤 그녀는 떠나고 말았다. 물론 떠나갔을 때 혼자는 아니었다. '나는 당신을 무척 사랑했어요. 그렇지만 이제는 나도 피곤해요....... 떠나는 것이 행복하지는 않아요. 하지만 꼭 행복할 필요는 없으니까요.' 이것이 대략, 그녀가 남긴 편지의 내용이었다.

이번에는 조제프 그랑이 고민했다. 리외가 지적했듯이 그 역시 새출발을 할 수 있었을 것이다. 그러나 문제는 자신이 없다는 점이었다. 그는 여전히 아내 생각만 하고 있었다. 그가 바라는 것이 있다면 아내에게 편지나 한 장 써 보내서 변명을 하는 것이었다.

"그러나 그게 어렵더군요." 그가 말했다. "꽤 오랫동안 생각했습니다. 서로 사랑하고 있을 때는 말을 안 해도 서로를 이해할 수 있었어요. 그러나 사람이란 항상 사랑하지는 못하죠. 적당한 시기에 아내를 붙들어둘 수 있는 좋은 말들을 생각해냈어야 했는데 그러질 못했습니다." 그랑은 체크 무늬가 새겨진 손수건 비슷한 헝겊에 코를 풀었다. 그러고는 이번에는 콧수염을 닦았다. 리외는 가만히 그 모습을 바라보았다.

"실례했습니다, 선생님." 그렇게 그 늙은이는 말했다. "하지만 뭐랄까요? ......나는 선생님을 믿습니다. 선생님이라면 이야기를 할 수 있습니다. 그냥 그렇게 되는군요......"

분명히 그랑은 페스트와는 천 리나 멀리 떨어져 있었다.

그날 저녁 리외는 아내에게 전보를 쳐서 시가 폐쇄되었으며 자기는 잘 있고, 계속 몸조리를 잘 하길 바라며, 그리고 그녀를 생각하고 있다고 말했다.

시의 문들이 폐쇄된 지 3주일 뒤에, 리외는 병원에서 나오다가 자기를 기다리고 있는 어떤 젊은 남자를 만났다.

"아마 저를 기억하시리라 생각하는데요." 그 젊은이가 말했다.

리외는 알 것 같기도 했지만 머뭇거렸다.

"이런 일이 있기 전에 찾아왔었지요." 그가 말했다. "아랍인들의 생활상에 관한 말씀을 들어보려고 말입니다. 제 이름은 레몽 랑베르입니다."

"아! 그랬었죠." 리외가 말했다. "그러면 이제는 훌륭한 특종 기삿거리를 얻은 셈이겠군요."

그 사나이는 신경질적인 모습이었다. 사실은 기삿거리 때문이 아니라 의사 리외에게 한 가지 부탁을 하러 왔다는 것이었다.

"죄송합니다." 그는 말을 덧붙였다. "하지만 저는 이 도시에 아는 사람이라고는 아무도 없고, 우리 신문사의 주재원은 불행하게도 멍텅구리예요."

리외는 시내 중심가에 있는 어떤 진료소까지 같이 걸어가자고 했다. 몇 가지 지시를 전할 일이 있었기 때문이다. 그들은 흑인 거리의 골목길을 걸어 내려갔다. 저녁때가 가까워오고 있었으나, 전 같으면 이맘때에는 그렇게도 떠들썩하던 시내가 기이하게도 적적해 보였다.

아직도 황금빛으로 물들어 있는 하늘에 울려 퍼지는 나팔 소리만이 군인들이 직무를 수행하고 있다는 기색을 말해주고 있었다. 그러는 동안 가파른 길을 따라 무어식 가옥들의 푸른 벽, 붉은 벽, 자주색 벽들 사이를 걸어가면서, 랑베르는 몹시 흥분해서 말했다. 그는 아내를 파리에 두고 왔다. 사실 정식 아내는 아니었지만, 아내나 마찬가지였다. 시가 폐쇄되자 그는 곧 아내에게 전보를 쳤다. 처음에는 그저 일시적인 것이려니 하고 편지 왕래나 할 방도를 궁리하고 있었던 것이다. 오랑의 동료 기자들은 자기들로서는 아무 방도가 없다고 말했고, 우체국에서는 상대도 하지 않았고, 현청의 한 서기는 그에게 콧방귀를 뀌었다. 마침내 그는, 두 시간이나 줄을 서서 기다린 끝에 '만사 순조로움. 곧 다시 봅시다'라고 쓴 전보를 한 장 접수시킬 수가 있었다.

그러나 아침에 잠자리에서 일어났을 때, 얼마 동안이나 이 사태가 계속될는지 알 수가 없다는 생각이 문득 머리에 떠올랐다. 그는 떠나기로 결심했다. 그는 소개장을 갖고 있었으므로(직업이 기자이고 보니 여러 가지 편의가 있다) 현청의 비서실장과 접촉할 수가 있어서, 그에게 자기는 오랑과는 아무런 관계도 없으며, 여기에 머물러 있을 수도 없고, 우연히 여기에 있었을 뿐, 일단 나가서 격리 수용되는 한이 있더라도 어쨌든 퇴거를 허가해주는 일이 마땅하리라고 말했던 것이다. 비서실장은 이에 대해서, 잘 알아듣겠으나 예외를 만들 수는 없다, 검토는 해보겠지만 사태가 중대하니만큼 선뜻 어떤 결정도 내릴 수 없다고 대답했다는 것이다.

"그러나 어쨌든," 랑베르는 말했다. "나는 이 도시와 아무 상관이 없습니다."

"아마 그렇겠죠. 그러나 어쨌든 전염병이 오래 계속되지 않기를 피차에 바랄 뿐입니다."

결국 그는 랑베르를 위로하면서, 오랑에서 흥미 있는 기삿거리를 얻게 될지도 모르는 일이고, 무슨 일이든 간에 잘 살펴보면 반드시 좋은 면이 있는 법이라고 말해주었다. 랑베르는 어깨를 으쓱했다. 그들은 시가의 중심지에 도착했다.

"어리석은 일입니다, 선생님. 저는 기사를 쓰려고 세상에 태어난 것은 아닙니다. 그보다는 오히려 어떤 여자하고 살기 위해서 세상에 태어났을지도 모릅니다. 그쪽이 더 어울리는 얘기가 아닙니까?"

어쨌든 그쪽이 더 이치에 맞을 것 같아 보인다고 리외는 말했다.

중심가의 큰길에도 여느 때와 같은 군중은 볼 수 없었다. 몇몇 통행인들이 먼 집을 향해서 서둘러 가고 있을 뿐이었다. 누구 하나 웃는 사람도 볼 수 없었다. 그것은 그날 발표된 랑스도크 통신사의 보도가 가져온 결과라고 리외는 생각했다. 24시간이 지나면 우리 시민들은 다시 희망을 갖기 시작할 것이다. 그러나 그 당일에는, 그들의 기억 속에 너무나 생생한 통계 숫자들이 지워지지 않고 남아 있었던 것이다.

"그런데," 랑베르가 느닷없이 말했다. "그녀와 나는 만난 지 얼마 안 됐지만 서로 마음이 잘 맞았거든요."

리외는 아무 말도 하지 않았다.

"선생님께 관심도 없는 얘기를 늘어놓았군요." 랑베르가 말을 이었다. "저는 단지 선생님께, 제가 그 고약한 병에 걸리지 않았다는 것을 확인하는 증명서를 한 장 써주실 수 없는지 여쭈어보고 싶었던 것뿐입니다. 그렇게 해주신다면 도움이 될 것 같습니다."

리외는 고개만 끄덕였다. 그는 자기 다리 사이로 뛰어든 어느 사내아이를 안아서 사뿐 일으켜 세워주었다. 두 사람은 다시 발걸음을 옮겨서 연병장까지 왔다. 무화과나무와 종려나무 가지들이 먼지에 싸여 더러워진 공화국의 여신상 주변에 먼지를 푹 뒤집어쓴 채 조용히 늘어서 있었다. 그들은 그 기념상 아래에 멈추어 섰다. 리외는 뿌연 먼지로 뒤덮인 신발을 한 짝씩 차례로 땅에 탁탁 치며 털었다. 그는 랑베르를 바라보았다. 펠트 모자를 좀 뒤로 젖혀 쓰고, 넥타이 아래 와이셔츠 깃의 단추를 풀어 헤친 채 수염도 제대로 깎지 않은 그 신문기자의 표정은 무뚝뚝하고 뿌루퉁해 보였다.

"잘 알겠습니다." 마침내 리외가 말했다. "그러나 선생의 말을 옳다고 할 수는 없습니다. 나는 그 증명서를 써드릴 수가 없습니다. 왜냐하면 사실 나는 선생이 병에 걸려 있는지 어떤지도 모를 뿐더러, 비록 걸리지 않았다 하더라도 내 진찰실을 나가는 순간부터 현청에 들어가는 순간까지 전염이 안 된다고 증명할 수는 없으니까요. 비록……"

"비록?" 랑베르가 말했다.

"비록 내가 그 증명서를 써드린다 해도 아무런 도움도 안 될 것입니다."

"어째서요?"

"왜냐하면 이 도시에는 선생과 같은 사람들이 수천 명이나 있고, 그런데도 당국은 그 사람들을 내보내주지 않으니까요."

"페스트에 안 걸린 사람들도요?"

"그것은 충분한 이유가 못 됩니다. 참 어리석은 이야기지요. 나도 잘 압니다. 하지만 그건 우리 모두에게 관계되는 문제입니다. 현실을 있는 그대로 받아들여야 합니다."

"하지만 나는 이 고장 사람이 아닌데요!"

"지금부터는 유감입니다만, 선생도 이 고장 사람입니다. 다른 모든 사람들처럼 말입니다."

랑베르는 흥분했다.

"이건 그야말로 인도적인 문제입니다. 서로 마음이 잘 맞아서 살고 있는 두 사람에게 이런 이별이 어떤 것인지 아마 선생님께서는 이해하지 못하실 겁니다."

리외는 곧바로 대답할 수 없었다. 그러다가 그는 자기도 그걸 잘 이해하고 있다고 말했다. 그는 랑베르가 아내와 다시 만나게 되고, 서로 사랑하는 사람들 모두가 다시 결합하게 되기를 진심으로 원하는 바이지만, 포고와 법률이 있고 페스트가 있으니, 자기의 역할은 마땅히 해야 할 일을 완수하는 것이라고 말했다.

"아니지요." 랑베르가 씁쓸한 듯이 말했다. "선생님은 이해하지 못하세요. 선생님 말씀은 이성에서 나오는 말씀이지요. 선생님은 추상적인 세계에 계십니다."

의사는 공화국의 여신상 위로 눈을 치켜떴다. 그러고는 자기의 말이 이성에서 나오는 것인지 어떤지는 모르지만, 어쨌든 자기는 자명한 이치에서 나오는 말을 하고 있는 것이며, 그것이 반드시 같은 것은 아니라고 말했다. 랑베르는 넥타이를 바로 했다.

"그러면 달리 어떻게 해보란 말씀이신가요?" 그는 도전적인 어조로 말을 이었다. "어쨌든 나는 이 도시에서 나가고 말 것입니다."

의사는 이번에도 이해할 수는 있지만 그런 일은 자기와는 무관하다고 말했다.

"아니, 선생님과 관계가 있는 일이지요." 갑자기 발끈 화를 내며 랑베르가 말했다. "내가 선생님을 찾아뵌 것도 이번 결정에 선생님의 역할이 컸다는 말을 들었기 때문입니다. 그러니 적어도 한 건쯤이야, 스스로 만든 조항인 만큼 좀 손을 써주실 수 있으리라고 생각했어요. 그러나 선생님은 아무래도 상관이 없으시군요. 선생님은 남의 일은 생각해보지도 않으셨군요. 생이별을 한 사람들에 대해서는 생각해보지도 않으셨어요."

리외는, 어떤 의미에서는 그 말이 사실이고, 그런 것들을 고려해보려고 하지 않았다는 것을 인정했다.

"아! 알겠어요." 랑베르가 말했다. "그러니까 사회 전체를 위한 일이라는 말씀이시죠. 그러나 공공복지도 개개인의 행복으로 만들어지는 것입니다."

"어쩔 수 없어요." 의사는 딴 생각을 하다가 깨어난 듯이 말했다. "이 세상에는 그런 점도 있고 또 다른 점도 있지요. 속단해선 안 됩니다. 그러나 그렇게 화내시는 것은 잘못됐습니다. 만약 선생이 이 난관에서 벗어날 수 있다면 나는 정말로 기쁘겠습니다. 단지 나로서는 직무상 해서는 안 될 일이 있으니까요."

랑베르는 초조한 듯이 머리를 흔들었다.

"그렇죠, 화를 낸 것은 잘못입니다. 그리고 이렇게 시간을 너무 끌어서 죄송합니다."

리외는, 앞으로 랑베르가 하는 일이 어떻게 되어가는지 알려줄 것과 자기를 원망하지 말아줄 것을 당부했다. 그들이 서로 일치할 수 있는 면이 확실히 있다는 것이었다. 랑베르는 갑자기 난처해진 모양이었다.

"저도 그렇게 생각합니다." 잠깐 사이를 두고 그가 말했다. "저 자신이나 선생님이 제게 말씀하신 모든 것에도 불구하고 그러리라는 생각이 듭니다."

그는 말을 머뭇거렸다.

"그러나 저는 선생님이 옳다고는 생각할 수 없습니다."

그는 모자를 깊숙이 눌러 쓰고 빠른 걸음으로 가버렸다. 리외는 장 타루가 묵고 있는 호텔로 그가 들어가는 것을 보았다.

잠시 후, 의사는 고개를 흔들었다. 그 신문기자의 행복에 대한 조바심에도 일리가 있었다. 그러나 그가 자신을 비난한 것은 정당했던가? '선생님은 추상적인 세계에 살고 있습니다.' 페스트가 더욱 퍼져서 일주일에 사망 환자 수가 평균 500명에 달하고 있는 병원에서 보낸 그날들이 과연 추상적이었을까? 그렇다, 불행 속에는 추상적이고 비현실적인 일면이 있다. 그러나 추상이 우리를 죽이기 시작할 때에는 정신을 바짝 차리고 그 추상과 대결해야 한다. 다만 리외는 그것이 그리 쉬운 일이 아니라는 것을 알고 있을 뿐이다. 예를 들어서, 그가 책임을 맡고 있는 그 임시병원(이제는 셋이 됐다)을 관리하기란 결코 쉽지 않았다. 그는 진찰실이 마주 보이는 방에 접수실을 꾸미게 했다. 땅을 파서 크레졸액을 탄 물을 채워 못을 만들고, 그 가운데에는 벽돌로 작은 섬을 만들어놓았다. 환자가 그 섬으로 운반되면 재빨리 옷을 벗기고 옷은 물 속에 떨어지는 것이었다. 몸을 씻고 잘 말리고, 꺼슬꺼슬한 병원용 내의로 갈아입혀진 환자는 리외의 손으로 넘어왔다가 다음에는 병실로 운반되는 것이었다. 부득이 어떤 학교의 실내체육관까지 이용하게 되었는데, 지금 그 속에 갖추어 놓은 모두 500개나 되는 침대는 거의 전부가 환자로 차 있었다. 리외 자신의 지휘 아래 진행되는 오전의 환자 접수가 끝나면, 환자에게 백신 주사나 종기 수술을 마치고 다시 통계를 검토하고 나서 오후의 진찰을 위해서 자기 병원으로 돌아오는 것이었다. 저녁 나절에야 마침내 왕진을 갔다가 밤 늦게 집에 돌아왔다. 그 전날 밤에도 리외의 어머니는 며느리에게서 온 전보를 그에게 건네주다가 아들의 손이 떨리는 것을 보았다.

"네, 떨리는군요." 그가 말했다. "그러나 참고 견디다 보면 마음이 진정되겠죠."

그는 튼튼하고 강단이 있었다. 그리고 사실 아직 피곤하지는 않았다. 그러나 왕진 같은 것은 지긋지긋했다. 유행성 열병이라고 진단을 내리는 것은 결과적으로 그 환자를 당장 끌려가도록 만드는 일이 되었다. 그럴 때면 정말 추상과 난관이 시작되는 것이었다. 왜냐하면 환자의 가족들은 환자가 완치되거나 죽기 전에는 다시 만날 수 없다는 것을 알고 있었으니 말이다.

"제발 불쌍히 여겨 주세요, 선생님!" 타루가 묵고 있는 호텔에서 일하고 있는 청소부 여자의 어머니인 로레 부인이 그렇게 말했다. 그것이 대체 무슨 뜻인가? 물론 의사는 가엾게 여겼다. 그러나 그것은 아무에게도 도움이 되질 못했다. 전화를 걸어야만 했다. 그러면 이내 구급차의 사이렌이 울렸다. 처음에는 이웃사람들이 창문을 열고 내다보았다. 그러나 얼마 지나자 부리나케 문을 닫아버리는 것이었다. 그러면 결국 싸움과 눈물과 설득, 요컨대 추상이 시작되는 것이었다. 신열과 불안으로 과열된 이 방 저 방에서 여러 가지 난장판이 벌어지는 것이었다. 그러나 병자는 끌려간다. 그제서야 리외는 그 자리를 뜰 수 있었다.

처음 몇 번은 전화를 거는 것으로 그치고, 구급차가 오기를 기다리지 않은 채 다른 환자들에게로 달려가곤 했다. 그러나 가족들이 이제는 그 결과가 뻔한 이별보다 차라리 페스트와 마주 앉아 있는 것이 낫다고 생각하는지 문을 닫아 걸고 열어주지 않는 것이었다. 아우성을 치고 강제명령이 내려지고 경찰이 개입하고, 그런 뒤에는 무장된 병력으로 환자를 빼앗았다. 처음 몇 주일 동안 리외는 구급차가 오기를 기다리는 수밖에 없었다. 그 후 의사가 왕진을 할 때에는 자원봉사 감독관이 한 사람씩 따르기로 되자 리외도 한 환자로부터 다른 환자에게로 달려갈 수 있었다. 그러나 처음에는 매일 저녁이 그가 로레 부인 집에 들어갔던 날 저녁과 비슷했다. 부채와 조화로 장식해놓은 조그만 아파트 방에 들어갔을 때, 환자의 어머니가 어정쩡한 미소를 지으면서 그를 맞아들이며 이렇게 말했다.

"설마 요새 한창 떠들썩한 열병은 아니길 바라요."

그래서 그는 홑이불과 속옷을 걷어올리고, 배와 넓적다리에 생긴 붉은 반점과 부어 오른 임파선들을 말없이 들여다보았다. 그 어머니는 자기 딸의 넓적다리를 들여다보고 있다가 참지 못하고 소리를 지르는 것이었다. 매일 저녁 어머니들은 죽음의 모든 징후를 띤 노출된 배를 앞에다 놓고 추상적으로 되어버린 표정으로 그렇게 소리를 질렀다. 매일 저녁 사람들의 팔이 리외의 팔을 붙들고 늘어졌고, 쓸모없는 말들, 약속들, 그리고 눈물이 쏟아져 나왔고, 또 매일 저녁 구급차의 사이렌은 모든 고통과 마찬가지로 헛된 감정의 발작을 불러일으키는 것이었다. 그리고 언제나 비슷한 모습으로 이어지기만 하는 저녁들을 오래 겪고 나자, 리외는 끝없이 되풀이되는 비슷한 광경의 기나긴 연속 말고는 아무것도 기대할 수가 없었다. 그렇다, 페스트는 마치 추상처럼 단조로운 것이었다. 단 한 가지, 어쩌면 달라졌을지도 모른다고 하면 그것은 바로 리외 자신이었다. 그는 그날 저녁, 공화국의 여신상 밑에서 오직 마음속에 차오르기 시작한 벅찬 무관심만을 의식하면서 랑베르가 들어간 호텔 입구를 바라보다가 그것을 느끼게 되었다.

모든 시민들이 거리로 쏟아져 나와 제자리에서 맴돌기만 하는 저 모든 황혼빛들에 이어 기진맥진한 몇 주일이 지나자, 리외는 이제 더 이상 동정심과 싸울 필요가 없다는 것을 깨달았다. 동정이 아무 소용없게 되면 동정하는 것도 피곤해지는 법이다. 그리고 의사는 서서히 닫혀가는 그 마음의 감각 속 말고는 온몸이 으스러지는 듯한 그날들의 위안을 찾을 길이 없었다. 그는 자기의 임무가 그것으로 말미암아 수월해지리라는 것을 알고 있었다. 그가 기뻐한 것은 그 이유에서였다. 새벽 2시에 아들을 맞아들이면서 그의 어머니는 자기를 바라보는 아들의 눈길이 공허한 것을 안타까워했지만 그때 그녀는 바로 리외가 받을 수 있는 유일한 위안을 한탄하고 있는 것이었다. 추상과 싸우기 위해서는 추상을 약간은 닮을 필요가 있다. 그러나 어찌 랑베르가 그것을 느낄 수 있겠는가? 랑베르가 볼 때 추상이란 자기의 행복을 가로막는 모든 것이었다. 그리고 사실, 리외도 어떤 의미에서는 그 신문기자가 옳다는 것도 알고 있었다. 그러나 그는 추상이라는 것이 행복보다 나은 것으로 나타날 수도 있으므로 그런 경우, 반드시 그런 경우에만, 추상을 고려해야 한다는 것을 또한 알고 있었던 것이다. 그런 경우는 랑베르에게 장차 닥쳐오게 되어 있었고 리외는 나중에 랑베르가 들려준 속사정 이야기들을 통해서 그 사실을 자세하게 알 수 있었다. 그리하여 리외는 꾸준히, 그리고 새로운 각도에서, 개개인의 행복과 페스트라는 추상과의 사이에서 벌어진 그런 종류의 우울한 투쟁을, 그 기나긴 기간에 걸쳐 우리 도시의 삶 전체를 지배했던 그 투쟁을 계속 추적할 수가 있었다.

그러나 어떤 사람들의 눈에 추상으로 보이는 것이 또 다른 사람들의 눈에는 진리로 보였다. 페스트가 발생한 첫 달이 다 갈 무렵엔, 사실 전염병의 창궐과 미셸 영감이 처음 발병했을 때 도와주었던 예수회 파늘루 신부의 열렬한 설교로 분위기가 암담해졌다. 파늘루 신부는 오랑 지리학회 회보에 자주 기고하여 이미 그 이름이 알려져 있었는데, 그의 금석문(金石文)에 대한 고증은 권위가 있었다. 그러나 그는 근대 개인주의에 관한 일련의 강연회를 열어 연구의 전문가로서보다도 더 많은 청중을 모았다. 그는 강연을 통해서 근대의 방종이나 지난 여러 세기 동안의 몽매주의와는 다 같이 거리가 먼, 일종의 까다로운 기독교의 열렬한 옹호자가 되었다. 그때 그는 청중들에게 혹독한 진실들을 가차없이 털어놓았다. 그래서 그의 명성은 자꾸 높아만 갔다.

그런데 그달 말쯤에, 우리 시의 고위 성직자 측에서는 집단 기도 주간을 설정함으로써 그들 특유의 방법으로 페스트와 싸우기로 결정했다. 대중 신앙심의 표시가 담긴 이 행사는 일요일에 페스트에 걸렸던 성(聖) 로크14세기 프랑스의 성자. 중부 이탈리아에서 페스트 환자의 구조에 헌신했다. 페스트에 대한 수호성자로서 존경받고 있다에게 드리는 장엄한 미사로 끝맺음하기로 되어 있었다. 그 기회에 파늘루 신부는 설교를 부탁받았던 것이다. 이미 2주일 전부터 파늘루 신부는 그의 교단에서 각별한 지위를 얻게 해준 성 아우구스티누스와 아프리카 교회에 대한 연구에서도 간신히 손을 뗄 수 있었다. 성미가 급하고 열정적인 그는 부탁받은 그 사명을 굳은 결의로 받아들였다. 그 설교 이야기는 예정되기 훨씬 전부터 사람들의 입에 오르내렸고, 이 시기와 역사에 그것 나름대로의 중요한 날짜를 기록해놓았던 것이다.

기도 주간에는 수많은 군중들이 모여들었다. 그것은 평소에 오랑 시민들의 신앙심이 특별히 두터워서가 아니었다. 예를 들면, 일요일 아침엔 해수욕이 미사에 대한 벅찬 경쟁의 대상이었다. 그렇다고 갑작스레 신앙에 눈을 떠 그들을 각성시킨 것도 아니었다. 그것은 한편으로는 시가 폐쇄되고 항구는 차단되어 해수욕도 불가능해진 탓과, 다른 한편으로는 시민들이 갑자기 닥쳐오는 여러 우발적인 사건들을 아직 마음속 깊이 인정하지는 못하면서도 분명히 어떤 변화가 생긴 것만은 절실히 느끼고 있는 아주 특이한 정신 상태에 빠져 있었기 때문이었다. 그래도 많은 사람들은 여전히 질병이 곧 멈출 것이고, 가족들과 함께 무사히 모면하리라는 희망을 갖고 있었다. 그래서 그들은 무엇을 해야겠다는 필요성도 느끼지 않았다. 그들에게는 페스트가 어느 날엔가 사라져버릴 불쾌한 방문자로밖에는 보이지 않았다. 왜냐하면 그것은 일단 찾아왔으니 말이다. 겁은 났지만 절망하지는 않았으며, 페스트가 그들의 생활의 형태처럼 보이기까지 하고 또 그때까지 영위할 수 있었던 생활방식 자체를 잊어버리게까지 되는 시기는 아직 오지 않았다. 요컨대 그들은 기대를 품고 있었다. 여러 가지 다른 문제들과 마찬가지로 종교에 대해서도 페스트는 그들에게 야릇한 정신 상태를 가져다 주었다. 그것은 열성과도 거리가 멀고 무관심과도 거리가 먼 '객관성'이라는 말로 충분히 정의할 수 있는 그런 정신 상태였다. 기도 주간에 참가한 대부분의 사람들은, 예를 들어서 의사인 리외 앞에서 어떤 신자 한 사람이 "어쨌든 해가 되지는 않을 테니까요"라고 한 말을 자신의 심정 표현으로 삼을 수도 있었을 것이다. 타루조차도 자기 수첩에 적어놓기를, 이런 경우 중국인들은 페스트 귀신 앞에 가서 북을 두드릴 것이라고 한 다음, 실제로 북이 각종 예방 조치보다 효력을 발휘할는지는 결코 알 수 없는 일이라고 지적했다. 그는 다만 그 문제를 해결하자면 우선 페스트 귀신이라는 존재에 대해 알아야 할 것이며, 그 점에 관한 우리의 무지는 우리가 생각할 수 있는 모든 의견을 무의미하게 만들어버린다고만 덧붙였다.

어쨌든 우리 시의 대성당은 기도 주간 동안 줄곧 신자들로 뒤덮였다. 처음 2, 3일은 아직 많은 시민들이 성당 문 앞에 늘어서 있는 종려나무와 석류나무 숲에 앉아서 거리에까지 흘러나오는 온갖 축원과 기도 소리에 귀를 기울이고 있었다. 차츰차츰 그 청중들은 앞사람들을 따라 성당으로 들어가서, 덩달아 회중들의 답창에 어색한 목소리로 끼어들었다. 그래서 일요일에는 상당수의 군중이 성당의 중앙 홀을 가득 메우고 앞뜰과 마지막 계단에까지 넘쳐났다. 그 전날부터 하늘이 컴컴해지더니 비가 억수로 쏟아졌다. 밖에 있는 사람들은 우산을 펼쳤다. 향로와 축축한 옷에서 나는 냄새가 성당 안에 감도는 가운데 파늘루 신부가 설교단에 올라갔다.

그는 보통의 키에 몸이 딱 바라졌다. 그가 그 큰 두 손으로 나무틀을 붙들고 설교단의 가장자리를 꽉 짚고 섰을 때, 사람들의 눈에는 강철테 안경 밑의 불그레한 양쪽 볼이 두 개의 얼룩처럼 튀어나온 두텁고 시커먼 하나의 형체로밖에는 안 보였다. 그는 멀리까지 울리는 힘차고 정열적인 목소리를 갖고 있었다. 그래서 그가 "여러분은 불행을 겪고 계십니다. 여러분은 그 불행을 겪어 마땅합니다"라고 격렬하고 단호한 한 마디로 청중을 후려쳤을 때, 소용돌이 같은 것이 군중을 헤치고 성당 앞뜰까지 파문을 일으켰다.

논리적으로 그 다음에 이어질 말은 그 비장한 전제와 일치하지 않는 것 같았다. 그것은 다만 시민들로 하여금 신부가 교묘한 웅변술을 가지고 그 설교 전체의 주제를 한 대 후려치듯이, 단숨에 제시한 그 말 바로 다음에, 애굽에서 있었던 페스트와 관련하여 〈출애굽기〉의 한 구절을 인용하여 이렇게 말했다.

"이 재앙이 처음으로 역사상에 나타난 것은 신에게 대적한 자들을 쳐부수기 위해서였습니다. 애굽 왕*¹은 하느님의 영원한 뜻을 거역한 탓에 페스트가 그를 굴복시켰습니다. 태초부터 신의 재앙은 오만한 자들과 눈먼 자들을 그 발 아래 무릎 꿇게 했습니다. 이 점을 잘 생각하시고 무릎을 꿇으시오."

밖에서는 비가 더 심하게 퍼부어댔고, 쥐죽은 듯 조용한 가운데 던져진 그 마지막 한 마디는 유리창을 두드리는 빗소리 때문에 더한층 심해지면서 강하게 메아리치는지라 몇몇 청중들은 잠시 머뭇거리다가 의자에서 미끄러져 내려와서 기도대 위에 무릎을 꿇었

---

*1 모세가 이끄는 이스라엘 사람들을 박해한 이집트왕 바로.

다. 다른 사람들도 그것을 따라야만 한다고 생각한 나머지 차례차례, 간혹 의자가 삐걱거리는 소리가 날 뿐, 딴 소리라고는 없이 이내 청중들이 모두 다 무릎을 꿇고 말았다. 그때에 파늘루 신부가 다시 몸을 일으키고 깊이 숨을 들이쉬더니 점점 더 강한 어조로 말을 이었다.

"오늘 페스트가 여러분에게 영향을 미치게 되었다면, 그것은 반성해야만 할 때가 왔기 때문입니다. 올바른 사람들은 조금도 그것을 두려워할 필요가 없습니다. 그러나 사악한 사람들은 두려워 할 이유가 있습니다. 우주라는 거대한 곳간 속에서 가차없는 재앙은 쭉정이와 낟알을 가리기 위해서 인류라는 밀을 타작할 것입니다. 낟알보다는 쭉정이가 더 많을 것이며, 선택을 받은 사람들보다는 부름을 받는 사람들이 더 많을 것입니다. 그런데 이 불행은 신이 원하신 것은 아닙니다. 너무나 오랫동안 이 세상은 악과 타협해 왔었습니다. 너무나 오랫동안 이 세상은 신의 자비 위에서 안주하고 있었습니다. 회개하는 것으로 충분했고, 모든 것이 허용되었습니다. 그리고 회개라면 누구나 자신있어 했습니다. 때가 오면, 사람들은 틀림없이 회개를 하고 싶은 심정이 될 것이기 때문입니다. 그때가 오기 전에 가장 쉬운 길은 그냥 제멋대로 살아가는 것이요, 그 밖의 것은 신의 자비로 해결될 것이었습니다. 그런데 그런 식으로 오래 계속될 수는 없었습니다. 참으로 오랫동안 이 도시의 사람들 위로 그 연민의 얼굴을 보여주시던 신께서도, 기다림에 지치고 그 영원의 기대에 어긋나자 마침내 외면을 하신 겁니다. 신의 광명을 잃고 우리는 바야

호로 오랫동안 페스트의 암흑 속에 빠지고 말았습니다!"

장내에서 누군가가 마치 성난 말처럼 콧바람 소리를 냈다. 잠깐 동안 멈추었다가, 신부는 전보다 더 낮은 목소리로 말을 이었다.

"〈황금 전설〉*² 에 이런 이야기가 있습니다. 롬바르디아의 홈베르트 왕*³ 시대에 이탈리아는 페스트에 침노되었는데, 어찌나 맹렬했던지 산 사람들이 다 해도 죽은 사람들을 매장하기 어려웠습니다. 그리고 그 페스트는 특히 로마와 파비아*⁴ 에서 맹위를 떨쳤습니다. 선의 천사 하나가 나타나서 악의 천사에게 명령을 내리면 산돼지 사냥에 쓰는 창을 가진 악의 천사는 집집의 문을 두드리는 것이었습니다. 그리고 그 두드린 수효대로 그 집에서는 사망자가 났다고 합니다."

파늘루는 여기서 그 짤막한 두 팔을 마치 비를 맞아 펄럭이는 휘장 뒤의 그 무엇인가를 가리키듯이 성당 앞뜰 쪽으로 뻗었다.

"여러분!" 그는 힘차게 말했다. "바로 그와 똑같은 죽음의 사냥이 오늘날 우리 시의 거리거리에서 이루어지고 있습니다. 보십시오. 루시퍼*⁵ 처럼 당당하고 악의 화신처럼 찬란한 저 페스트의 천사를 보십시오. 여러분의 집 지붕 위에 서서 오른손에는 붉은 창을 머리 높이까지 쳐들고 왼손으로는 여러 집들 중 하나를 가리키고 있습니다.

---

*2 1260년경 제노바에서 편찬된 성인전.
*3 7세기 롬바르디아 왕.
*4 이탈리아 북부, 구롬바르디아의 수도.
*5 로마의 신, 마왕의 이름.

지금 이 순간에 아마도 그의 손가락이 당신의 문을 향해 뻗치고 창은 나무 대문을 두드리고 있을지도 모릅니다. 또 이 순간에, 여러분의 집에 들어간 페스트가 당신들의 방에 앉아서 당신들이 돌아오기를 기다리고 있을지도 모릅니다. 페스트는 참을성 있게, 그리고 조심스럽게, 마치 이 세상의 질서 그 자체처럼 천연덕스럽게 거기에 있습니다. 여러분에게 뻗칠 그 손은 지상의 그 어떤 힘도, 똑똑히 알아두십시오, 저 덧없는 인간의 지식조차도 여러분으로 하여금 그것을 피하게 할 수는 없습니다. 피비린내 나는 고통의 타작마당에서 두들겨 맞아 여러분은 쭉정이와 함께 버림받을 것입니다."

여기서 신부는 더 풍부한 표현을 빌려서 재앙의 비장한 이미지를 계속 말했다. 그는 거대한 몽둥이가 이 도시의 하늘을 빙빙 돌다가 닥치는 대로 후려갈기고 피투성이가 되어 다시 솟아올라, 마침내 '진리의 수확을 준비하는 파종을 위하여' 인류의 피와 고통을 뿌리는 광경을 상기시켰다.

파늘루 신부는 그 기나긴 이야기를 끝마치자, 머리카락을 이마 위에 내려뜨리고 그의 양손을 통해 설교대 위까지 전달될 정도로 온몸을 부르르 떨었다. 그러더니 말을 멈추었다가 더 낮은 음성으로, 그러나 힐책하는 어조로 다시 말을 이었다.

"그렇습니다. 반성할 때가 온 것입니다. 여러분은 주일에 하느님을 찾아뵙기만 하면 나머지 시간은 자유라고 생각했던 것입니다. 두세 번 무릎을 꿇는 것으로 여러분의 그 죄스러운 무관심에 대한 대가를 하느님께 갚은 것이라 생각했던 것입니다. 그러나 하느님은 미지근하신 분이 아닙니다. 그처럼 드문드문 찾아뵙는 관계 정도로는 하느님의 넘쳐흐르는 애정을 만족시킬 수 없었던 것입니다. 하느님은 여러분을 더 오랫동안 보기를 바라셨던 것입니다. 그것이 여러분을 사랑하시는 하느님의 방식이며, 그리고 사실을 말하자면, 그것만이 사랑하는 유일한 방식입니다. 이리하여 여러분이 오기를 기다리다가 지치신 하느님은 인류가 역사를 가진 이래 재앙이 죄 많은 모든 도시를 찾아들었듯이 여러분에게도 찾아들게 하신 것입니다. 여러분은 이제 죄가 어떤 것인가를 알 것입니다. 카인과 그 자손들이, 노아의 대홍수 이전의 사람들이, 소돔과 고모라*6의 사람들이, 애굽의 왕과 욥, 그리고 또한 모든 저주받은 사람들이 그것을 알았듯이 말입니다. 그리고 이 도시가 여러분과 재앙을 벽으로 둘러싸고 가두어버린 그날부터, 여러분은 그네들이 모두 그러했듯이 새로운 눈으로 모든 존재와 사물들을 바라보고 있는 것입니다. 여러분은 이제야 마침내 근본적인 것으로 돌아와야 한다는 사실을 알게 된 것입니다."

이제는 축축한 바람이 대성당의 중앙부까지 불어 들어오고 있었으며, 큰 촛대의 불꽃이 쪼그라들면서 한쪽으로 쏠리며 찌지직거렸다. 촛농의 짙은 냄새와 기침 소리, 어떤 사람의 재채기 소리가 파늘루 신부에게까지 들려왔다. 신부는 높이 평가를 받은 바 있는 그 교묘한 말솜씨를 발휘하면서 다시 자기의 논조로 돌아와 조용한 음

*6 구약성서 《창세기》에 나오는 도시. 성적 문란 및 도덕적 퇴폐 때문에 유황불 심판에 의해 멸망했다.

성으로 말을 이었다.

"여러분 중의 대부분은 도대체 내가 어떠한 결론에 도달할 것인지 궁금해하실 줄로 압니다. 나는 여러분을 진리로 이끌어가고자 하며, 여러 가지 말한 그 모든 것에도 불구하고 여러분이 기쁨을 누릴 수 있는 길을 가르쳐드리고자 합니다. 충고나 우애의 손길이 여러분을 선으로 밀어주는 수단이었던 시대는 이미 지났습니다. 오늘날, 진리란 하나의 명령입니다. 그리고 구원으로 가는 길은 붉은 창이 그 길을 여러분에게 제시하고 여러분을 그곳으로 밀어주는 것입니다. 형제 여러분, 바로 여기의 만물에다가 선과 악, 분노와 연민, 페스트와 구원을 마련하신 하느님의 자비가 마침내 드러나고 있는 것입니다. 여러분을 괴롭히고 있는 그 재앙이 도리어 여러분을 향상시키고, 여러분에게 길을 제시하고 있는 것입니다.

아주 오래전에, 아비시니아의 기독교도들은 페스트 속에서 영생에 다다를 수 있도록 신이 주신 유효한 방법을 보았습니다. 페스트에 걸리지 않은 사람들은 스스로 페스트 환자들의 홑이불을 몸에 감아 확실한 죽음을 얻으려고 했습니다. 아마도 구원에 대한 그토록 미친 듯한 열망은 그다지 바람직한 것이 아닐지도 모릅니다. 거기에는 그야말로 오만에 가까운, 유감스러운 조급함이 나타나 보입니다. 하느님보다도 더 서둘러서는 안 되며, 어쨌든 하느님이 이룩해놓으신 영구한 질서를 앞당기려 한다는 건 이단으로 가는 것이 됩니다. 그러나 적어도 이 예는 나름대로 교훈을 지니고 있습니다. 우리가 보다 더한 통찰력을 가지고 본다면 그것이 모든 고민 속에 가로놓인 저 영생의 황홀한 빛을 보여주고 있다는 것을 알 수 있습니다. 그것은 확고하게 악을 선으로 변화시키시는 신의 뜻을 말해주는 것입니다. 오늘 또다시, 죽음과 고뇌와 아우성의 길을 통해서 그 빛은 우리들을 본질적인 침묵으로 이끌어가며, 모든 생명의 원칙으로 이끌어가고 있습니다. 여러분, 이것이야말로 끝없는 위안입니다. 나는 이 위안을 여러분에게 가져다 주고자 했습니다. 부디 여러분은 이 자리에서 단순히 응징의 언사만이 아니라 여러분을 진정시키는 '말씀'도 잘 듣고 가주시기 바랍니다."

파늘루 신부의 말은 끝난 것 같았다. 밖에는 비가 멎어 있었다. 물과 햇빛이 뒤섞인 하늘은 한결 더 젊은 광선을 광장에다 쏟고 있었다. 거리로부터 사람들의 말소리와 차 지나가는 소리와 깨어난 도시의 온갖 기척이 들려오고 있었다. 청중들은 소리를 죽이고 자리를 뜨면서 조심스럽게 소지품을 챙겼다. 그러나 신부는 말을 다시 이어, 본디 페스트가 신이 내리신 것이라는 점과 그 재앙의 징벌적인 성격을 밝힌 이상 자기로서 할 말은 끝났으며, 그처럼 비극적인 주제를 다루면서 장소에 어울리지도 않는 웅변으로 끝을 맺고 싶지는 않다고 말했다. 그가 보기에 모든 일이 누구에게나 명백해진 것 같았다. 그는 다만, 마르세유에 대대적으로 페스트가 창궐했을 때, 그 기록자인 마티외 마레*7가 지옥에 빠진 것처럼 구원도 희망도 없이 사는 것을 한탄했던 사실만을 언급했다. 다시 말해 마티외 마

---

*7 루이15세 시절의 파리 재판소 변호사.

레는 장님이었다! 그러기는커녕 파늘루 신부로서는 만인에게 베풀어진 신의 구원과 기독교적 희망을 오늘만큼 느껴본 적이 한 번도 없었던 것이다. 그는 우리 시민들이 매일같이 겪고 있는 참상과 죽어가는 사람들의 아우성 속에서도 그리스도의 말이요 또한 사랑의 말인 유일한 말을 하늘을 향해 외치기를 그 어떤 희망보다도 더 원하고 있었다. 그 나머지 일은 신이 하시리라는 것이었다.

그 설교가 우리 시민들에게 어떤 영향을 끼쳤는지는 단언하기 어렵다. 예심판사인 오통 씨는 리외에게 자기는 파늘루 신부의 말을 '전혀 반박할 여지가 없는' 것으로 생각한다고 단언했다. 그러나 모든 사람들이 그렇게 명백한 의견을 가지고 있는 것은 아니었다. 다만 그 설교는 그때까지 막연했던 어떤 생각, 즉 자기들이 뭔지 모를 죄를 저지른 벌로 상상도 할 수 없는 감금 상태의 선고를 받았다는 생각을 절실히 느끼게 했다. 그리고 자기네들의 보잘것없는 생활을 계속해가며 그 유폐 생활에 적응하고 있는 사람들도 있었던 반면에, 반대로 어떤 사람들은 그때부터 오로지 그 감옥에서 탈출하겠다는 생각뿐이었다.

사람들은 처음에는 외부와 차단당하는 것을 그들의 몇몇 습관을 깨뜨리는 임시적인 불편 정도로 알고 감수했던 것이다. 그러나 뜨겁게 달아오르기 시작하는 여름 하늘이 마치 솥뚜껑처럼 덮고 있는 듯 일종의 감금 상태에 놓여 있음을 돌연 의식하게 되자, 그들은 막연하게나마 그 징역살이가 자기네들의 삶 전체를 위협하고 있다는 것을 느끼게 되었으며, 저녁 때가 되어 서늘한 공기와 더불어 기력을 되찾기라도 하면 간혹 절망적인 행동으로 몸을 던지기도 하는 것이었다.

무엇보다도 먼저, 그리고 그것이 우연의 일치였든 아니었든 간에, 바로 그 일요일부터 우리 시에는 상당히 전반적이고 상당히 심각한 공포 같은 것이 생겨났는데, 혹시나 시민들이 그들이 놓인 상황에 대해 정말로 의식하기 시작한 것이 아닌가 하는 생각이 들 정도였다. 그런 점에서 보면, 우리 시의 분위기가 약간 변화하기는 했다. 그러나 사실, 분위기가 변한 것인지 아니면 사람들의 마음속에서 변화가 있었는지 바로 그것이 문제였다.

설교가 있은 지 불과 며칠 뒤에, 변두리 동네 쪽으로 가면서 그랑과 함께 그 일에 대해서 논평을 주고받던 리외는 그네들 앞 어둠 속에서 제자리 걸음만 하며 비척거리고 있는 어떤 남자와 마주쳤다. 바로 그 순간, 점점 켜지는 시각이 늦어지고 있는 우리 시의 가로등들이 갑자기 환해졌다. 거리를 거닐고 있는 사람들 등 뒤에 높이 달린 전등이 눈을 감고 소리없이 웃고 있는 한 남자를 갑작스레 비추어주었다. 말도 없이 크게 웃어서 일그러진 그 창백한 얼굴에 굵은 땀방울이 흐르고 있었다. 그들은 지나쳤다.

"미쳤군요." 그랑이 말했다.

리외는 얼른 그랑을 끌고 가려고 그의 팔을 잡았다가 그가 잔뜩 긴장하여 떨고 있다는 것을 느꼈다.

"이제 머지않아 이 도시 안에는 미치광이만 있게 될 거예요." 리외가 중얼거렸다.

피곤하기까지 해서 그는 목이 말랐다.

"뭘 좀 마십시다."

그들이 들어간 조그만 카페에는 카운터 위에 켜놓은 전등 하나만이 실내를 밝히고 있었는데, 사람들은 불그스름하고 답답한 분위기에 잠긴 채 이렇다 할 이유도 없이 나지막한 목소리로 이야기를 하고 있었다. 카운터에 자리를 잡자 그랑은 놀랍게도 술을 한 잔 청해서 단숨에 마시고 나서 자기는 술이 꽤 세다고 말하는 것이었다. 그러고는 밖으로 나가자고 했다. 밖으로 나오자, 리외는 밤이 신음 소리로 가득 차 있다는 느낌을 받았다. 가로등 위, 어두컴컴한 하늘 어딘가에서 들리는 둔탁한 휘파람소리는 보이지 않는 재앙이 더운 공기를 지칠 줄 모른 채 휘젓고 있다는 생각을 상기시켰다.

"다행이지, 다행이야." 그랑이 말했다.

리외는 그가 무엇을 말하려고 하는지 의심이 들었다.

"다행히도 나는 할 일이 있거든요." 그랑이 말했다.

"그래요?" 리외가 말했다. "그 점은 다행입니다."

그러고는 그 휘파람 소리를 듣지 않기로 결심하고, 그는 그랑에게 그 일에 만족을 느끼느냐고 물어보았다.

"글쎄요, 제 길로 들어선 것 같습니다."

"앞으로 한참 걸리나요?"

그랑은 활기 찬 모습으로, 알코올의 뜨거운 열기가 목소리에도 섞여 나왔다.

"모르겠습니다. 그러나 문제는 그것이 아니죠, 선생님. 그게 문제가 아닙니다."

어둠 속에서 리외는 그가 두 팔을 휘두르고 있다는 것을 알아차렸다. 그랑은 무슨 할 말을 준비하는 듯이 보이더니 별안간 술술 풀어놓았다.

"선생님, 내가 바라는 것은 말이죠. 원고가 출판사로 넘어가는 날, 그 출판업자가 그것을 읽고 나서 자리에서 일어서며 자기네 사원들에게 이렇게 말하는 거예요. '여러분, 모자를 벗으시오!'"

그런 난데없는 선언에 리외는 깜짝 놀랐다. 그랑은 모자를 벗는 시늉을 하는 듯한 손을 머리로 가져갔다가 팔을 수평으로 뻗었다. 저 높은 곳에서 그 야릇한 휘파람 소리가 더 크게 들리는 것 같았다.

"그럼요," 그랑이 말했다. "그것은 완벽해야 합니다."

문단의 관례에 대해서는 거의 아는 바가 없었지만, 그래도 리외는 일이 뭐 그렇게 간단하게 되어나갈 것 같지는 않았다. 예를 들어서 출판사 사람들도 사무실 안에서는 모자를 안 쓰고 있을 것 같은 느낌이 들었다. 그러나 혹시 또 모를 일이어서 리외는 가만히 있는 게 낫겠다고 생각했다. 그는 자신도 모르게 페스트가 내는 신비한 소리들에 귀를 기울이고 있었다. 그랑이 사는 동네가 가까워지고 있었는데, 그 지대는 좀 높았기 때문에 가벼운 산들바람이 시원하게 해주면서 동시에 시내의 온갖 소음을 말끔히 씻어주고 있었다. 그 동안에도 그랑은 말을 계속했지만, 리외는 그 사람이 하는 말을 다 알아들을 수가 없었다. 그는 단지 문제의 작품이 벌써 많은 분량에 이르고 있으며, 그것을 완전한 것으로 만들기 위해서 저자가 한 고생은 몹시 괴로운 것이었다는 사실만을 알 수 있었다.

"며칠 밤, 몇 주일이나 꼬박 말 한 마디를 붙잡고……. 그리고 때로는 단순한 접속사 하나 때문에."

그랑은 거기서 말을 멈추고 의사의 외투 단추를 잡았다. 말이 그 고르지 못한 잇새로 떠듬떠듬 새어 나왔다.

"글쎄, 생각 좀 해보세요, 선생님. 엄밀하게 말해서 '그러나'와 '그리고' 중 어느 것을 택하느냐는 퍽 쉬운 편입니다. 그런데 '그리고'와 '그 다음에' 중 어느 것을 택하느냐가 되면 벌써 문제는 더욱 어려워지지요. '그 다음에'와 '이어서'가 되면 어려움은 더해집니다. 그러나 뭐니뭐니해도 가장 곤란한 것은 '그리고'를 쓸 필요가 있느냐 없느냐를 결정하는 일이죠."

"그렇군요. 알겠어요." 리외가 말했다.

그리고 그는 다시 걷기 시작했다. 그랑은 난처한 듯이 보였지만, 다시 본디의 자기로 돌아갔다.

"실례했습니다." 그는 빠른 어조로 말했다. "오늘 저녁엔 내가 왜 이러는지."

리외는 가볍게 그의 어깨를 두드리면서, 자기는 그를 도와주고 싶으며, 그의 이야기가 매우 흥미롭다고 말했다. 그랑은 마음이 좀 개운해진 듯이 집 앞에 왔을 때 약간 망설이다가 좀 들어갔다 가면 어떻겠느냐고 의사에게 말했다. 리외는 그러기로 했다.

식당에서 그랑은, 현미경으로나 보일 듯한 자잘한 글씨로 온통 삭제한 부분투성이인 종이들이 잔뜩 놓여 있는 탁자에 리외를 앉게 했다.

"네, 그거예요." 그랑은 눈으로 묻는 듯이 자기를 바라보는 리외에게 말했다. "그런데 뭘 좀 마실까요? 포도주가 좀 있는데요."

리외는 거절했다. 그는 종잇장들을 바라보고 있었다.

"보지 마세요." 그랑이 말했다. "이건 첫 구절이에요. 어지간히 애먹었습니다. 이만저만 애먹은 게 아니에요."

그랑 역시 그 모든 종잇장들을 바라보고 있었는데, 그의 손은 거역할 수 없는 힘에 끌리는 듯이, 그 가운데 한 장을 집어들고 갓도 안 씌운 전등 앞에 대고 비춰 보았다. 종이가 그의 손에서 떨리고 있었다. 리외는 그랑의 이마가 땀으로 촉촉한 것을 보았다.

"자, 앉아서 한 장 읽어줘봐요." 그가 말했다.

그랑은 리외를 보더니 감사하다는 듯 미소를 지었다.

"네." 그가 말했다. "나도 그러고 싶군요."

그는 여전히 그 종잇장을 바라보면서 잠시 망설이다가 앉았다. 그와 동시에 리외는 뭔가 윙윙거리는 소리를 들었는데, 이 도시가 그 재앙의 휘파람소리에 대답하는 것 같았다. 그는 바로 그 순간에 발 밑에 펼쳐져 있는 그 도시와, 그 도시가 형성하고 있는 폐쇄된 세계와, 그리고 그 도시가 어둠 속에서 억지로 참고 있는 무시무시한 아우성소리를 이상할 정도로 뚜렷하게 지각할 수 있었다. 그랑의 목소리가 무디게 높아졌다.

"5월 어느 화창한 아침 나절, 우아한 여인 하나가 기막힌 밤색 암말을 타고 불로뉴 숲의 꽃이 만발한 오솔길을 누비고 있었다."

다시 침묵이 흘렀다. 그러자 그와 함께 고통하는 도시의 분명치 않은 소음이 들려왔다. 그랑은 종잇장을 내려놓고도 여전히 들여다보고 있었다. 잠시 후 그는 눈을 들었다.

"어떻게 생각하세요?"

리외는 처음 부분을 들으니 그 다음이 어떻게 되는지 알고 싶다고 대답했다. 그러나 그랑은 의욕에 차 그런 식으로 보는 것은 적절하지 못하다고 말했다. 그는 손바닥으로 원고를 철썩 쳤다.

"이건 아직 대충 해둔 것입니다. 내가 머릿속에 그리고 있는 장면을 완전한 것으로 만드는 데 성공하여 나의 문장이 빠른 발걸음으로 '하나 둘 셋, 하나 둘 셋'이라는 그 자체와 딱 들어맞는 보조를 갖추게 되는 때에야 비로소 나머지가 더욱 즐거워질 것이고 무엇보다 눈에 보이는 모습이 너무나 멋져 아마도 '모자를 벗으시오!' 하는 소리가 나올 수 있을 겁니다."

그러나 그렇게 되기까지는 아직도 할 일이 많다. 그 문장을 지금 그대로 인쇄에 넘길 생각은 전혀 없으리라. 왜냐하면 때로는 그 문장에 만족을 느껴도 그것이 아직도 현실과 완전히 일치되지 않는다는 것을 알고 있으며, 또 어떤 의미에서는 필치의 안이함이 남아 있어, 그것이 아주 두드러지게 나타나지는 않지만 역시 상투적인 문장에 가까운 것도 사실이기 때문이다. 어쨌든 이것이 그랑이 말한 의미였는데, 그때 창 밑에서 사람들이 뛰어가는 소리가 들려왔다.

리외는 일어섰다.

"이걸 어떻게 만드는지 보세요." 그랑이 말했다. 그리고 창문 쪽으로 몸을 돌리고서 덧붙였다. "이런 일들이 다 끝나고 난 뒤의 얘기지만요."

그러나 부산한 발소리가 다시 들려왔다. 리외는 벌써 계단을 내려가고 있었는데, 그가 거리에 나섰을 때 두 사나이가 그의 앞을 지나갔다. 분명히 그들은 시의 출입문을 향해서 가고 있었다. 시민들 가운데 어떤 사람들은 사실 더위와 페스트의 협공에 이성을 잃은 나머지 벌써부터 폭력으로 흘러서 관문 감시의 눈을 피해 시외로 도망쳐보려고 했던 것이다.

랑베르와 마찬가지로 다른 사람들 역시 징조가 보이기 시작한 공포의 분위기에서 벗어나려고, 반드시 더 좋은 성과를 거둔 것은 아니라 해도 훨씬 더 집요하고 교묘하게 노력하고 있었다. 랑베르는 우선 합법적인 절차를 계속 밟아갔다. 그의 말에 의하면, 끈기가 결국 모든 것을 이겨내고 만다는 것이 그의 한결같은 생각이었으며, 또 어느 면에서 보면 요령껏 일을 성사시켜야 하는 것이 그의 본업이라는 것이었다. 그래서 그는 엄청나게 많은 관리들과 인사들을 만났는데, 그들은 모두 평소라면 그 직무능력에 대해 논의할 여지도 없는 사람들이었다. 그러나 그 문제에 관한 한 그런 능력도 그들에게 아무런 도움이 되지 않았다. 대개 그들은 은행이라든가, 수출이라든가, 또는 청과물이라든가, 또는 포도주의 거래라든가 하는 데에 관해서는 아주 정확하고도 분명하게 정리된 생각을 가지고 있는 사람들이었다. 소송이나 보험에 관한 문제에서는 믿을 만한 졸업장이나 의심할 나위 없는 선의를 가졌음은 물론, 해박한 지식까지 가지고 있었다. 더군다나 모든 사람들에게 있어서 가장 뚜렷하게 드러난 점은 바로 선의였다. 그러나 페스트에 관한 한 그들의 지식은 거의 무지에 가까웠다.

그런데도 랑베르는 기회가 있을 때마다 그들 한 사람 한 사람 앞에서 자기 사정을 하소연해보았다. 그의 주장의 핵심은 여전히 자기는 우리 도시와 무관한 사람이므로 자신에 대해선 특별한 검토가 있어야 한다는 것이었다. 대체로 랑베르와 이야기를 한 사람들은 이의 없이 그 점을 인정해주었다. 그러나 그들은 몇몇 다른 사람들의 경우 역시 같은 성질의 것이어서, 그의 경우가 그의 상상만큼 특수한 사정은 못 된다는 견해를 털어놓기 일쑤였다. 거기에 대하여 랑베르는 그렇다고 해서 자기 주장의 본질이 조금이라도 변하는 것은 아니라고 반박할 수 있었다. 그러면 사람들은 그에게, 그렇게 되면 일체의 특별한 배려를 거부함으로써, 흔히 몹시 꺼리는 이른바 전례라는 것을 만들 위험성을 피하려는 행정상의 어려움에 어떤 변화가 생길 수 있다고 대답하는 것이었다. 랑베르가 의사 리외에게 제안한 분류에 따르면, 그러한 종류의 이론을 가진 사람들이 형식주의자의 범주를 구성한다. 그런 사람들이 있는가 하면 한편으로는 말 잘하는 사람들도 있어서, 의뢰자에게 도시의 이런 상태는 오래 갈 수 없노라고 안심을 시키고, 어떤 것이든 결정을 지어달라고 하면 친절한 충고들을 아끼지 않으면서, 문제가 다만 일시적인 괴로움에 불과한 것이라고 단정짓고 랑베르를 위로하려 드는 것이었다. 또 거드름피우는 사람들도 있어서, 방문자에게 사정의 요점을 적어놓고 가라고 말하면서, 그런 사정에 대해 결정을 내릴 거라고 통고하곤 했다. 시시한 친구들은 숙박권이나 값이 싼 하숙집 주소를 대주겠다고 했다. 차근차근한 성격의 사람들은 카드에 해당사항을 기입하라고 한 다음 잘 분류해두었다. 일이 많아 정신없는 사람들은 두 손을 들었고, 귀찮아하는 사람들은 외면했다. 끝으로 가장 많은 수의 전통주의자들은 랑베르에게 다른 기관을 일러주기도 하고, 혹은 다른 길을 뚫어보라고 권유하기도 했다.

랑베르는 이렇게 사람들 찾아다니기에 지쳐 기진맥진했다. 그는 세금이 면제되니 국채를 신청하라고, 혹은 식민지 군대에 지원하라고 권하는 광고판 앞의 인조 가죽 의자에 앉아 기다리기도 하고, 혹은 사무원들이 기껏 문서 정리함이나 서류함만큼이나 건성으로 대해주는 사무실들을 드나들다 보니, 시청이니 현청이니 하는 데가 어떤 곳이라는 하나의 정확한 관념을 얻게 되었다. 그런 식으로 얻은 것이라 한다면 그것은 랑베르가 씁쓸하게 리외에게 말했듯이, 그리고 다니는 통에 진정한 사태를 잊은 채 모르고 지낼 수 있었다는 것이었다. 페스트의 진전 따윈 사실상 그의 생각 밖이었다. 이렇게 해서 세월이 빨리 지나가는 것은 고사하고라도, 시 전체가 처한 그 상황에서는 하루하루 날이 지나갈 때마다, 만약 우리가 죽지만 않는다면 각자는 시련의 종말에 그만큼 가까워지는 것이라고 할 수 있다. 리외도 그 점이 사실임을 인정하지 않을 수 없었지만, 역시 그 것은 약간 지나친 일반론이라고 생각했다.

한때, 랑베르는 희망을 품었었다. 현청에서 기입되지 않은 신원조 회 서류를 보내오더니, 그것을 정확하게 기입하라고 한 것이었다. 서 류는 신분, 가족 상황, 과거와 현재의 수입, 그리고 이력에 관한 항목 으로 분류되어 있었다. 그는 그것이 원 주소지로 송환될 가능성이 있는 사람들을 대상으로 한 조사라는 인상을 받았다. 어떤 기관에 서 얻어들은 두세 가지 막연한 정보에 의해 그 느낌은 더 확실해졌 다. 그러나 몇 가지 구체적인 탐문 끝에 서류를 보내 온 기관을 찾 아내는 데 성공했는데, 거기서는 만일의 경우를 위해서 정보를 수집 하는 것이라는 이야기를 했다.

"그러니까 어떤 경우입니까?" 랑베르가 물었다.

그러자 상대는 만약 그가 페스트에 걸려 사망하는 경우, 가족에 게 통지할 수 있기 위해서이고, 한편으로는 병원비를 시의 예산에 서 부담하도록 할 것인가, 또는 그의 친척들이 빚을 갚기를 기대해 도 좋은가를 알자는 데 있다는 것이었다. 분명히 그것은 자기를 기 다리고 있는 그 여인과 자기가 완전히 절연된 상태는 아니고, 사회 가 그들 일을 걱정해주고 있다는 사실을 증명하는 것이었다. 그러 나 그것이 위안이 되지는 못했다. 보다 주목할 만한 것은, 그리고 결 국 랑베르도 주목하게 된 것은, 바로 재난이 극에 달한 가운데서도 어떤 기관은 여전히 계속하여 사무를 보고 있으며, 또 그것이 바로 그 사무를 위해 설치된 기관이라는 그 이유만으로, 종종 최고 당국에서도 모르는 동안 까마득한 지난 시절에나 하던 일을 그렇게 자발적으로 해나갈 수 있다는 점이었다.

그 이후의 시기는 랑베르에게 가장 안이하기도 하고 가장 곤란하기도 한 기간이었다. 그것은 마비된 시기였다. 즉 지쳐서 녹초가 된 시기였다. 그는 모든 기관을 다 찾아다녀보았고 모든 교섭을 다 해보았으므로 그 방면의 해결 가능성은 당분간 막힌 상태였다. 그래서 할 수 없이 이 카페에서 저 카페로 헤매고 다녔다. 아침에는 어느 테라스에 앉아서 미지근한 맥주 한 잔을 앞에 놓고, 페스트가 가까운 시일 내에 끝나리라는 무슨 징조라도 찾아볼까 하는 희망을 품고 신문을 읽었고, 길 가는 사람들의 얼굴을 들여다보고 있다가 그 서글픈 표정에 그만 신물이 나 눈을 돌려버리고 말았으며, 이미 백 번도 더 본 맞은편 가게들의 간판이나 이제는 어딜 가도 마실 수 없게 되어버린 이름난 아페리티프 광고 따위를 읽은 다음, 몸을 일으켜서 시내의 누런 거리를 발끝 가는 대로 걸어다녔다. 고독한 산책을 하며 카페로, 거기에서 다시 식당으로 옮겨 다니다 보면 저녁 때가 되곤 하였다. 어느 날 저녁, 리외는 어느 카페의 문 앞에서 랑베르가 들어갈까 말까 망설이고 있는 것을 보았다. 그는 마침내 결심을 한 듯이 홀의 맨 안쪽에 가서 앉았다. 마침 카페들은 전등을 가능한 늦게 켜라는 상부의 명령에 따라 불을 켜지 않고 견디고 있었다. 황혼이 마치 회색 물결처럼 홀 안을 가득 채우고 있었고, 저물어가는 하늘의 장밋빛이 유리창에 어려 있었으며, 식탁의 대리석은 스며드는 어둠 속에서 흐릿하게 빛나고 있었다. 랑베르는 아무도 없는 가게 한가운데 남겨진 유령처럼 보였다. 그래서 리외는 지금이 바로 그가 자포자기하는 시간이라고 생각했다. 그러나 그것은 이 도시에 감금된 모든 포로들이 저마다 자포자기를 경험하는 순간이기도 했으니, 그 해방을 재촉하기 위해서는 무슨 일인가 해야 했다. 리외는 돌아섰다.

랑베르는 또한 정거장에서 오랜 시간을 보내기도 하였다. 플랫폼에 다가가는 것은 금지되었다. 그러나 밖으로 나 있는 대합실 문은 열린 채였고, 또 그늘이 져 선선한 곳이었으므로 몹시 더운 날이면 가끔 거지들이 들어와 자리를 잡았다. 랑베르는 거기에 가서, 옛날 열차 시간표라든가, 가래침을 뱉지 말라는 푯말이라든가, 열차 내의 경찰 규칙 따위를 읽어보곤 했다. 그러다가 그는 한 모퉁이에 자리잡고 앉는 것이다. 실내는 어둠침침했다. 낡은 무쇠 난로 하나가 구식 살수기 모양의 팔각 그물 울타리 안에 벌써 몇 달째 싸늘하게 놓여 있었다. 벽에는 서너 장의 광고가 방돌*8이나 칸에서의 자유롭고 즐거운 생활을 선전하고 있었다. 여기서 랑베르는 헐벗음의 밑바닥에서 볼 수 있는 종류의 참혹한 자유의 감촉을 느끼곤 하는 것이었다. 그 당시 그로서 가장 견디기 힘들었던 이미지는, 적어도 그가 리외에게 말한 바에 의하면, 파리의 이미지였다. 해묵은 돌들과 물의 풍경, 팔레 루아얄의 비둘기들, 북정거장, 인적 없는 팡테옹 일대, 그리고 자기가 그만큼 사랑했었는지도 몰랐던 그 도시의 몇

---

*8 남프랑스 피서지로 알려진 작은 마을.

몇 장소들이 어찌나 마음을 사로잡는지 랑베르는 도무지 아무 일도 할 수가 없었다. 다만 리외가 볼 때 랑베르는 그런 이미지를 그의 사랑의 이미지와 동일시하고 있다는 느낌이 들었다. 그리고 랑베르가 그에게, 자기는 새벽 4시에 잠이 깨어서 자신의 도시를 생각하기를 좋아한다고 말하던 날에도 리외는 이내 그가 두고 온 여자 생각에 잠기기를 좋아하는 것이라고 자기 경험에 비추어서 어렵지 않게 해석할 수 있었다. 그것은 사실, 그가 그 여자를 자기 것으로 만드는 시간이었다. 보통 새벽 4시까지 사람들은 아무 일도 하지 않으며, 비록 배반의 밤이라 하더라도 그때는 모두들 잠을 잔다. 사실, 그 시간에는 모두들 잠을 자고, 그것이 마음을 안정시켜 준다. 왜냐하면 자기가 사랑하는 사람을 끝없이 소유하고 싶다거나, 또는 한동안 헤어져 있어야 될 경우 다시 만나는 날까지 사랑하는 사람을 결코 깨어나지 않을 꿈도 없는 깊은 잠 속에 빠뜨려놓을 수 있으면 좋으련만 하는 것이 불안한 마음의 당찮은 욕망이기 때문이다.

설교가 있은 지 얼마 지나지 않아 더위가 시작되었다. 이제 6월 말이었다. 그 설교가 있던 일요일을 인상 깊게 만들어주었던 철 늦은 비가 내린 다음 날, 여름이 단숨에 하늘과 집 위에서 폭발했다. 거센 열풍이 점점 일더니 하루 종일 불어대며 벽돌을 모조리 말려 놓았다. 해가 제자리에 박힌 듯 움직이지 않았다. 더위와 햇빛의 끊임없는 물결이 하루 종일 시가에 넘쳐흘렀다. 아케이드로 된 거리와 아파트를 제외하고, 이 도시 안에서 눈부신 햇빛의 반사 속에 놓여 있지 않은 곳이란 하나도 없었다. 태양은 우리 시민들을 거리의 구석구석까지 뒤쫓아 가서 어디든 멈추어 서기만 하면 바로 덮쳤다. 그 첫 더위가 매주 700에 가까운 숫자를 기록하는 희생자 수의 급상승과 일치했기 때문에 우리 시는 일종의 절망에 사로잡히게 되었다. 변두리 지역의 보도가 없는 거리와 테라스가 있는 집들 사이에서도 활기가 눈에 띄게 줄었고, 주민들이 항상 문 앞에 나와서 살던 동네도 문이란 문은 모두 닫히고 덧창들마저 첩첩이 잠겨 있어서 햇빛을 막으려고 그러는 것인지 아니면 페스트를 막으려는 것인지 알 수가 없었다. 그래도 몇몇 집에서는 신음소리가 새어 나왔다. 그전에는 그런 일이 생기면 호기심 많은 사람들이 거리에 나와 서서 귀를 기울이는 모습이 흔히 눈에 띄었었다. 그러나 그렇게 오랜 시일을 두고 시달리다 보니 사람마다 심장이 무뎌져버렸는지, 마치 신음소리가 인간의 타고난 언어라는 듯이 아랑곳하지 않은 채 스쳐 지나가거나 그 곁에서 살고 있었다.

시의 출입문에서 소동이 벌어지면 헌병들이 무기를 사용하지 않을 수 없게 되었고, 그로 인해서 어딘지 어수선한 동요가 생겼다. 확실히 부상자는 있었지만, 시내에서는 사망자가 났다는 소문까지 나고, 더위와 공포로 모든 것이 과장되었다. 어쨌든 시민의 불만이 커져가고 있었기에 당국에서도 최악의 경우를 우려했으며, 그 재앙에 억눌려 있던 시민들이 반항에 휩쓸리게 될 경우에 취할 조치를 신중하게 고려했었던 것은 사실이다. 신문에는 도시에서 나가는 것을 엄중히 금지하고, 위반자는 엄벌에 처한다는 포고문이 발표되었다. 순찰대가 시내를 돌았다. 사람 그림자도 볼 수 없는 가운데 확확 달아오르고 있는 거리에서 기마순찰대가 포장도로 위에 울리는 말발굽 소리를 먼저 앞세우고 닫힌 창문들이 늘어선 사이로 오는 것을 볼 수 있었다. 순찰대가 지나가고 나면 경계를 늦추지 못하는 침묵이 위협에 처한 시가지를 다시 내리눌렀다. 최근에 내려진 명령으로 벼룩을 전파시킬 위험이 있는 개와 고양이들을 죽이는 임무를 맡은 특별 부대의 발포 소리가 가끔씩 들렸다. 그 요란한 총성은 시내의 긴장된 분위기를 조성하는 데 한몫을 했다.

더위와 침묵 속에서, 그러잖아도 시민들의 겁먹은 마음에는 모든 것이 더욱 심각하게 생각되었다. 계절의 변화를 알리는 하늘의 빛깔이나 흙의 냄새가, 처음으로 모든 사람들에게 민감하게 느껴졌다. 날이 더워지면 전염병이 더 기승을 부리게 된다는 것을 모두들 아는지라 두려워하고 있는데, 어느새 여름이 정말 자리잡는 것을 누가 봐도 다 알 수 있었다. 저녁 하늘을 나는 귀제비 울음소리도 도시의 머리 위에서 더욱 가냘프게만 들렸다. 그것은 우리 고장에서 지평선이 멀어지는 6월의 황혼과는 이미 어울리지 않는 울음 소리였다. 시장의 꽃들도 이제는 봉오리가 맺힌 상태로는 나타나지 않게 되었다. 그것들은 벌써 다 활짝 피어버려서 아침에 팔리고 나면 먼지가 켜켜이 앉은 도로 위에 그 꽃잎들이 수북이 떨어지는 것이었다. 봄은 이미 쇠약해졌고, 가는 곳마다 지천으로 피어난 수천 가지 꽃들 속에서 마음껏 무르익었다가, 이제는 페스트와 더위라는 이중의 압력에 차차 짓눌려 오그라들고 있다는 것을 분명히 알 수 있었다. 모든 시민들에게 있어서 그 여름 하늘은, 그리고 먼지와 권태에 물들어 뿌옇게 변해가고 있는 그 거리거리는, 시의 분위기를 매일 무겁게 만들고 있는 100여구의 시체들 못지않게 무시무시한 의미를 내포하고 있었다. 줄기차게 내리쬐는 태양, 졸음과 휴가의 맛이 깃드는 그 시간도 이젠 더 이상 전처럼 물과 육체의 향연을 즐기도록 권유하지 않았다. 반대로 그것들은 밀폐된 침묵의 도시에서 공허하게 울리고 있었다. 그것들은 행복한 계절들의 그 구릿빛 같은 광채를 잃어버리고 말았다. 페스트가 스며든 태양이 모든 빛깔의 광채를 꺼버렸으며, 모든 기쁨을 쫓아버렸던 것이다.

그것은 전염병에 의한 커다란 혁명 중의 하나였다. 평소엔 모든 시민들은 즐거운 기분으로 여름을 맞이하곤 했었다. 그때가 되면 도시가 바다를 향해 활짝 열리면서 젊은이들을 해변으로 쏟아 놓는 것이었다. 그런데 그와 반대로 이번 여름에는 가까운 바다로의 접근이 금지되고 육체는 이미 기쁨을 누릴 권리가 없었다. 그런 조건 아래 대체 어쩌면 좋단 말인가? 역시 타루가 그 당시 우리의 생활에 대한 이미지를 충실하게 전달해주고 있다. 그는 페스트의 전반적인 진행 과정을 더듬어보면서, 그 병의 첫 고비는, 라디오에서 사망자 수가 매주 몇 백이라는 식으로 보도하지 않고 하루에 92명, 107명, 120명이라는 식으로 보도하기 시작한 시점이었다고 지적하고 있다. '신문과 당국은 페스트에 관해서 더할 수 없이 교묘한 속임수를 쓰고 있다. 그들은 130이 910에 비해서 훨씬 적은 수라는 점에서 페스트로부터 점수를 따온 것으로 알고 있다.' 그는 또한 그 전염병이 보여주는 비장하거나 연극 비슷한 면면도 소개하고 있다. 일례를 들면, 덧창들이 다 닫힌 채 인기척이 없는 어떤 거리에서 갑자기 머리 위로 창문을 열어젖히고 큰 소리로 고함을 두 번 지르고 나서는 짙은 그늘에 잠긴 방의 덧창을 다시 닫아 걸고 말았다는 어떤 여자의 이야기 같은 것이다. 그리고 또 딴 데서는 박하 알약이 약국에서 동이 났는데, 그것은 많은 사람들이 혹시 걸릴지도 모르는 전염병의 예방에 좋다고 해서 그것을 사가지고 빨아먹기 때문이라는 것이었다.

그는 또한 자기가 즐겨 관찰하는 인물들의 묘사도 계속하고 있었다. 우리는 고양이와 장난을 하는 그 작달막한 늙은이도 역시 비극 속에 살고 있다는 것을 거기서 알았다. 어느 날 아침에 총소리가 몇 방 나더니, 타루도 묘사했듯이, 납덩어리 총알들 몇 개가 가래침같이 날아가서 대부분의 고양이들을 죽였고, 나머지 고양이들도 놀라서 그 거리를 떠나고 말았다. 바로 그날, 그 늙은이는 습관대로 제 시간이 되자 발코니에 나타났는데, 꽤나 놀라는 눈치를 보이더니 몸을 굽히고 길 저 끝까지 골고루 살펴보고 나서 하는 수 없다는 듯 기다렸다. 그는 손으로 발코니의 철망을 툭툭 두드려보았다. 또 좀 기다리다가 종잇조각을 조금 찢어서 뿌렸고, 다시 방으로 들어갔다가 나왔다가, 얼마 뒤에는 갑자기 화가 치민 손놀림으로 창문을 쾅 닫으면서 집 안으로 사라져버렸다. 그 뒤 며칠 동안 같은 장면이 되풀이되었는데, 그 작달막한 늙은이의 얼굴에 슬픔과 혼란의 기색이 점점 더 뚜렷이 엿보이는 것이었다. 한 주일이 지난 뒤, 타루는 매일처럼 나타나던 그 늙은이를 기다렸으나 허사였다. 창문들은 충분히 짐작이 가는 슬픔 속에 굳게 닫혀져 있었다. '페스트 기간 중에는 고양이에게 침을 뱉지 말 것.' 이것이 수첩의 결론이었다.

한편, 저녁에 돌아올 때면 언제나 로비의 홀에서 이리저리 거닐고 있는 야경꾼의 침울한 얼굴과 틀림없이 마주치는 것이었다. 그는 누구건 만나기만 하면 자기는 이번 일을 미리 예측하고 있었다고 뇌까리는 것이었다. 타루는 그 친구가 어떤 불행한 일이 일어난다는 예언을 한 적이 있음을 인정했지만, 그때는 지진이 일어난다고 했음을 그에게 상기시켰다. 그러자 그 늙은 야경꾼은 타루에게 대답했다.

"아! 차라리 지진이었다면! 한번 와르르 흔들리고 나면 끝날 텐데…… 죽은 사람 수와 산 사람 수를 헤아리고 나면 그걸로 끝난 거니까요. 그런데 이 망할 놈의 병은 글쎄! 병에 걸리지 않은 사람까지도 생병을 앓게 된다니까."

호텔 지배인의 걱정도 이에 못지않았다. 처음엔 당국에서 시의 폐쇄령을 내리자 도시를 떠날 수 없는 형편이 된 여행객들이 호텔에 발이 묶이게 되었었다. 그러나 전염병이 오래 지속되면서 많은 사람들이 친구 집에 머무는 편이 낫다고 생각하게 되었다. 그래서 호텔을 가득 차게 했던 바로 그 이유가 그때부터는 호텔 방이 텅텅 비게한 것이다. 우리의 도시에는 이제 더 이상 새 여행자라고는 없기 때문이었다. 타루는 호텔에 계속 남아 있는 몇 안 되는 숙박자 가운데 한 사람이었는데, 지배인은 기회만 있으면 타루를 붙들고 자기에게 마지막 손님까지도 기분 좋은 대접을 하고자 하는 소망이 없었던들 벌써 오래전에 호텔 문을 닫아버렸을 것이라는 말을 잊지 않았다. 그는 자주 타루에게 그 전염병이 계속될 기간을 어림잡아 말해보라고 청하곤 했다.

"들리는 말로는," 타루는 한 가지 의견을 들었다. "이런 종류의 병은 추위와는 상극이랍니다."

지배인은 터무니없다는 듯 펄쩍 뛰었다.

"그러니까, 여기는 진짜 추위 따위는 없어요. 어쨌든 그렇다면 아직 몇 달을 더 있어야겠네요."

사실, 그는 이 시에 한참 동안 여행자들이 발을 들여놓지 않으리라는 것을 믿어 의심치 않고 있었다. 그놈의 페스트가 관광부문을 쑥대밭으로 만들어놓은 것이다.

한동안 보이지 않던 올빼미 신사 오통 씨가 식당에 다시 나타나는 것을 볼 수 있었다. 그러나 이번에는 유식한 강아지 같은 두 아이들만 데리고 왔다. 들은 정보에 의하면, 아내는 친정어머니를 간호했고 결국 장례식을 치르고 나서 지금은 자신이 격리되고 있는 기간이라는 것이었다.

"아무래도 이번에는 좋지 않아요." 지배인이 타루에게 말했다. "격리 기간 중이건 아니건, 그 여자는 의심스러워요. 따라서 저 사람들도 다 마찬가지예요."

타루는 그에게, 그런 의미에서라면 모든 사람들이 다 못 미덥다는 것을 지적했다. 그러나 지배인은 아주 단호했고 그 점에 대해서는 지극히 확고한 견해를 가지고 있었다.

"아닙니다. 선생이나 나는 못 미더울 데가 없지만, 저들은 그렇거든요."

그러나 오통 씨는 그 정도 가지고는 별로 달라지지 않았다. 이번 페스트도 그에게는 헛수고였다. 그는 변함없는 태도로 식당 안에 들어와서 자기가 먼저 앉은 다음 애들을 앞에 앉히고 여전히 점잖고 꾸짖는 언사로 애들을 다스리고 있었다. 다만 어린 아들만은 외모가 달라져 있었다. 제 누이처럼 검은 옷을 입고, 전보다 약간 더 땅땅해진 모습이 마치 자기 아버지의 작은 그림자처럼 보였다. 야경꾼은 오통 씨가 싫어서 타루에게 이렇게 말한 일이 있었다.

"허! 저 사람은 죽을 때도 옷을 차려 입었을 거예요. 그러면 옷을 갈아입힐 필요도 없죠. 곧장 가면 되니까요."

파늘루 신부의 설교도 역시 적혀 있었는데, 다만 이러한 주가 달려 있었다. '나는 그 호의적인 열정을 이해한다. 재앙이 처음 일어났을 때와 그것이 끝났을 때, 사람들은 으레 약간은 말을 다듬고 꾸미는 법이다. 전자의 경우에는 아직 습관을 털어버리지 못해서 그렇고 후자의 경우에는 습관이 이미 회복되어서 그렇다. 불행의 순간에서야 비로소 사람들은 진실에, 즉 침묵에 익숙해진다. 앞으로를 기다려보자.'

끝으로 타루는 의사 리외와 긴 대화를 했다고 적어놓고, 거기에 대해서 그는 다만 그 대화가 좋은 결과를 가져왔다고 적었을 뿐이며, 덧붙여서 리외의 어머니의 맑은 밤색 눈에 대해 언급하고, 그처럼 착한 마음이 비치는 눈이라면 언제나 페스트를 이기는 힘을 가지고 있는 법이라면서 부인에 대해 묘하게 딱 잘라 말한 다음에, 끝으로 리외가 돌보고 있는 천식환자 노인에 대해서 상당히 긴 대목을 할애하고 있었다.

그는 의사와 환담을 나눈 뒤, 함께 그 노인을 보러 갔었다. 노인은 낄낄대기도 하고 두 손을 비비기도 하면서 타루를 맞았다. 그는 완두콩을 담은 냄비 둘을 밑에 놓고, 베개에 등을 기댄 채 침대 위에 앉아 있었다.

"아! 또 한 분이 오셨군요." 타루를 보더니 노인은 그렇게 말했다. "세상이 완전히 거꾸로 됐소. 환자보다도 의사가 더 많다니. 빨리들 죽어가니까 그런 거죠, 맞지요? 신부 말이 옳아요. 그래도 싸지요."

그 다음날 타루는 아무런 예고도 없이 다시 찾아갔다.

그의 수첩에 적힌 것을 믿는다면, 그 천식환자 노인은 본래 잡화상이었는데, 쉰 살이 되었을 때 그 장사도 이제 할 만큼 했다고 판단했었다. 그때 자리에 눕게 된 후로 다시는 일어나지 못했다는 것이었다. 그의 천식은 그래도 일어나서 움직여도 되는 병이었다. 적은 액수지만 연금 덕분에 일흔다섯이 되는 오늘날까지 거뜬하게 살아올 수 있었다. 그는 시계만 보면 못 참는 성격이었다. 그래서 사실 집안을 뒤져보아도 시계라고는 하나도 없었다.

"시계는 비싸기만 하고 어리석은 물건이오." 그가 말했다.

그는 시간을, 특히 그에게 유일한 중요한 식사 시간을, 눈만 뜨면 하나는 비어 있고 다른 하나는 완두콩이 가득 차 있는 두 개의 냄비를 가지고 짐작했다. 그는 한결같이 부지런하고 규칙적인 동작으로, 콩을 하나씩 하나씩 딴 냄비에 옮겨 담았다. 이렇게 해서 그는 냄비로 측정되는 하루 속에서 자기의 지표를 찾아내는 것이었다.

"냄비를 열다섯 번 채울 때마다 한 끼를 먹어야 하죠. 아주 간단합니다." 그가 말했다.

사실 그의 아내가 말한 것을 믿는다면, 그에겐 아주 젊어서부터 그렇게 될 천부적 소질이 엿보였다는 것이었다. 사실 어느 것 하나 일도, 친구도, 카페도, 음악도, 여자도, 산책도 그의 흥미를 끄는 것이 없었다. 결코 자기가 사는 도시에서 밖으로 나가본 일이 없었다. 다만 어느 날 집안일로 알제에 가지 않을 수 없었는데 오랑 바로 옆 정거장까지 가서는 그만 내려 멈춰버렸다. 더 이상 모험을 할 수가 없었던 것이다. 그러고는 첫차를 타고 집으로 돌아왔다.

담을 쌓은 그의 칩거생활에 놀라는 타루에게 그는, 종교에 의하면 한 인간에게 있어 앞의 반생은 상승이고 뒤의 반생은 하강인데, 하강기에 있어서 인간의 하루하루는 이미 그의 것이 아닌지라 언제 빼앗기고 말지도 모르는 일이며, 따라서 그 자신은 어떻게도 할 수 없고 그러니까 아무것도 취하지 않는 것이 바로 최선의 길이라고 대강 설명했던 것이다. 또한 그는 모순도 두려워하지 않았다. 조금 뒤에 그는 타루에게 신은 확실히 존재하지 않는다면서, 그 이유는 신이 존재할 경우엔 신부가 필요 없으니까 그렇다고 말했다. 그러나 그 다음에 꺼낸 몇몇 가지 그의 생각을 듣고, 타루는 그의 철학이 그가 속해 있는 교구의 빈번한 헌금 모금에서 생긴 그의 기분과 밀접하게 연관되어 있다는 사실을 깨달았다. 그러나 결정적으로 그 노인이 어떤 사람이라는 것을 짐작하게 해준 것은 그 노인이 자신의 말상대 앞에서 여러 번 되풀이한 심각한 소원이었는데, 그 소원이란 아주 오래 살다가 죽는 것이었다.

'그는 성자일까?' 타루는 스스로 물었다. 그러고 나서 이렇게 대답했다. '그렇다, 성스러움이라는 것이 온갖 습관의 총체를 의미하는 것이라면 말이다.'

동시에 타루는, 페스트에 휩쓸린 우리 도시의 하루 생활을 꽤 세세하게 묘사해보려고 노력함으로써 이번 여름 동안 우리 시민들의 관심사와 생활에 대한 하나의 정확한 생각을 전달하고자 했다. '주정꾼들 말고는 아무도 웃는 사람이라고는 없다'고 타루는 말했다. '그런데 주정꾼들은 지나치게 웃는다.' 그러고는 그날의 묘사가 시작되었다.

'새벽이면 산들바람이 아직 인기척 없는 거리를 훑고 지나간다. 밤의 죽음과 낮의 고뇌 사이에 있는 그 시간에는 페스트도 잠시 그 일손을 멈추고 숨을 돌리는 듯싶었다. 모든 가게가 문을 닫았다. 그러나 그중 몇 집에는 '페스트로 인해 폐점'이라는 패가 나붙어, 다른 가게들처럼 잠시 후면 문을 열지는 않을 것이라는 사실을 말해주고 있다. 아직 졸고 있는 신문팔이들이 뉴스를 외쳐대지는 않지만, 그 대신 길모퉁이에 등을 기대고 몽유병자 같은 몸짓으로 자기네 신문들을 가로등 앞에 벌여놓고 있었다. 이제 곧 첫 전차 소리에 잠이 깨어, 그들은 도시의 거리마다 흩어져서 '페스트'라는 글자가 커다랗게 눈에 띄는 신문들을 팔 끝에 내밀고 다닐 것이다.

'페스트는 가을까지 이어질 것인가? B교수는 아니라고 말한다.'
'하루 동안 사망자 124명. 페스트 발생 94일째인 현재의 집계.'

점점 심각해진 용지난 때문에 어떤 간행물들은 부득이 지면을
줄이지 않을 수 없었는데도 불구하고 《역병시보(疫病時報)》라는 또
하나의 신문이 창간되었다. 그 신문은 병세의 진행 또는 그 후퇴에
관해 엄밀한 객관성을 유지하면서 시민들에게 보고를 하고, 병의 진
행 전망에 대한 가장 권위 있는 증언을 제공하며, 명성이 있건 없건
상관없이 재앙과 싸울 의욕을 가진 모든 사람들을 지상을 통해서
격려하고, 주민의 사기를 북돋우며, 당국의 지시를 전달하는, 즉 한
마디로 말해서 우리에게 닥친 불행과 효과적으로 싸워나가기 위해
모든 사람의 선의를 결집시키는 것"을 그 사명으로 내세웠다. 실제
로는 그 신문은 얼마 안 가 페스트 예방에 확실한 효력을 발휘한다
는 신약품들을 광고하는 데에 그치고 말았다.

아침 6시경, 그 모든 신문들은 개점하기 한 시간 전부터 가게 앞
에 늘어서 있는 행렬 속에서, 그 다음으로는 교외 방면으로부터 만
원이 되어 들어오는 전차들 속에서 팔리기 시작한다. 전차가 유일한
교통수단이 된 탓으로, 승강구의 계단과 바깥 난간에 이르기까지
터질 정도로 사람을 싣고 가까스로 달리고 있다. 신기한 일은, 그런
와중에도 승객들은 가능한 한 서로 전염을 피하려고 등을 돌리고
있는 것이다. 정류장에서 전차가 남녀 승객을 무더기로 쏟아놓으면,
그들은 급히 흩어져서 혼자가 된다. 번번이 불쾌감으로 싸움이 벌

어지곤 하는데, 그런 언짢은 기분은 만성적인 것이 되고 말았다.

첫 전차가 지나가고 나서 도시는 차츰차츰 잠에서 깨어나고, 첫 맥주홀들이 문을 여는데 카운터에는 '커피 매진', '설탕 지참' 등의 패가 붙어 있다. 이윽고 상점들이 열리면 거리가 활기를 띤다. 이와 동시에 태양이 중천으로 솟아오르고, 더위가 차츰차츰 7월의 하늘을 납빛으로 만든다. 이때가 바로 아무 할 일 없는 사람들이 한길에 나가보는 시간인 것이다. 그 대부분의 사람들은 그들의 사치를 과시해 보임으로써 페스트를 쫓아 보내고자 애쓰고 있는 것이었다. 매일 11시경만 되면 중심가에는 청춘 남녀들의 행렬이 밀려드는데, 이 행렬에서 사람들은 커다란 불행의 도가니 속에서 자라나는 삶에 대한 열정을 느낄 수 있다. 전염병이 더 퍼지면 도덕 역시 헐렁해질 것이다. 우리는 무덤 근처에서 벌어지던 밀라노의 사투르누스 축제를 여기서도 다시 보게 될 판이다.

정오가 되면 식당들은 순식간에 만원이 된다. 이내 자리를 못 얻은 사람들이 문 앞에 무리를 이룬다. 하늘은 극도에 다다른 더위로 그 빛을 잃는다. 식사를 하려는 사람들은 햇볕으로 바짝바짝 타는 길가의 커다란 회전 차양의 그늘 속에서 차례를 기다리고 있다. 식당이 만원이 되는 이유는 양식 문제를 간단히 해결해 주기 때문이다. 그러나 식당에서도 전염에 대한 불안은 그대로 남아 있다. 함께 식사하는 사람들은 자기네 수저를 꼼꼼하게 닦느라고 시간을 많이 소비한다. 얼마 전만 해도 몇몇 식당에서는 "우리 식당에서는 식기를 끓는 물에 소독합니다"라는 광고를 붙였었다. 그러나 차츰 그들은 모든 광고를 중단했다. 그렇게 하니까 손님이 너무 많이 몰려오기 때문이었다. 게다가 손님들은 돈을 쓰고 싶어 했다. 고급 또는 고급시되는 술, 가장 비싼 안주, 그렇게 시작해서 걷잡을 수 없는 경주가 벌어진다. 또 어떤 식당에서는 한 손님이 속이 불편해진 나머지 얼굴이 새파랗게 되어 일어서서 비틀거리며 급히 문 쪽으로 나간 탓에 그곳이 발칵 뒤집힌 일도 있는 모양이다.

2시쯤 되면 이 도시는 차츰 한산해진다. 그 시각이야말로 침묵과 먼지와 햇볕과 페스트가 거리에서 서로 만나는 순간이다. 잿빛의 커다란 집들을 따라 끊임없이 더위는 흐른다. 오랜 감금의 시간은 인구가 많아 시끄러운 이 도시에 벌겋게 불붙는 저녁때가 되어야 끝난다. 더위가 시작된 처음 며칠 동안은 가끔, 까닭은 알 수 없으나 저녁때는 인기척이 드물었다. 그러나 이제는 시원한 기운이 찾아오기 시작하면 희망은 아니더라도 일종의 안도감을 준다. 그러면 모든 사람들이 거리로 나와서 지껄이기에 열중하거나 싸우거나 혹은 정염에 불타는 눈으로 서로 바라보기도 한다. 그리고 7월의 붉은 하늘 아래 쌍쌍의 남녀들과 소음을 가득 실은 도시는 숨 가쁜 밤을 향해서 표류한다. 매일 저녁, 계시를 받은 한 노인이 모자에 나비넥타이를 매고 큰 거리로 나와 사람들 사이를 가로지르며 "하느님은 위대하시다. 그에게로 오라" 하고 되풀이해 외쳤으나 헛수고일 뿐이었다. 모든 사람들은 그와 반대로 그들이 잘 알지도 못하는 그 무엇, 아마도 신보다 더 긴요하고 급하게 여겨지는 그 무엇을 향해 발길을 재촉한다. 그들이 초기에 이번 질병도 딴 질병이나 다름없는 흔한 것이리라고 생각했을 때에는 종교도 제자리를 차지하고 있었다. 그러나 그것이 드디어 진짜라고 알았을 때, 그들은 향락이라는 것을 떠올렸던 것이다. 낮에 사람들 얼굴에 그려져 있었던 그 모든 고뇌가 뜨겁고 먼지투성이인 황혼이 되면 일종의 흉포한 흥분이나 모든 시민을 열에 들뜨게 하는 서투른 방종으로 변해버리고 만다.

그리고 나도 그들과 마찬가지다. 그래, 어쨌단 말이냐! 나 같은 인간에게는 죽음쯤은 아무것도 아니다. 그것은 그들이 옳다는 것을 말해주는 하나의 사건에 불과하다.'

타루가 수첩에서 말하고 있는 면담은 타루 쪽에서 리외에게 요청한 것이었다. 타루를 기다리던 날 저녁, 마침 의사는 식당 한구석에서 의자에 얌전히 앉아 있는 자기 어머니를 바라보고 있었다. 어머니는 집안일을 다 끝내면 바로 거기서 하루 해를 보내는 것이었다. 그녀는 두 손을 포개어 무릎에 얹고 기다리고 있었다. 리외는 과연 어머니가 자신을 기다리는 것인지 아닌지 확실하게 알 수는 없었다. 그러나 어쨌든 자기가 나타나면 어머니의 얼굴에 뭔가가 바뀌었다. 고달픈 일생이, 그녀의 얼굴에 침묵으로 새겨놓은 그 모든 것이, 그때면 생기를 띠는 듯싶었다. 그러고는 또다시 침묵에 잠기는 것이었다. 그날 저녁 그녀는 창 너머로, 이제는 인기척도 없는 거리를 내다보고 있었다. 밤의 불빛은 3분의 2가량 줄어들어 있었다. 그래서 이따금 아주 희미한 불빛이 도시의 어둠 속에서 몇 가닥 빛을 발하고 있었다.

"페스트가 기승을 부릴 동안에는 전기를 내내 제한할 모양이지?" 리외의 어머니가 말했다.

"아마 그럴 거예요."

"겨울까지 계속 그러지 않았으면 좋겠는데. 그렇게 되면 너무 쓸쓸할 거야."

"그렇죠." 리외가 말했다.

그러고 보니 어머니의 눈길이 그의 이마에 가 있었다. 그는 지난 며칠 동안의 불안과 과로로 자기 얼굴이 초췌한 것을 알고 있었다.

"오늘은 일이 잘 안 됐니?" 리외의 어머니가 말했다.

"아니요, 늘 그대로죠."

늘 그대로다! 다시 말해, 파리에서 보내온 새 혈청이 처음 것보다도 효력이 없었으며, 통계 숫자가 상승하고 있었다. 예방 혈청을 이미 감염된 가족들 이외의 사람들에게 접종할 가능성은 여전히 없었다. 접종을 일반화하자면 대량생산이 필요했다. 대부분의 멍울들은 딱딱하게 굳어지는 시기라도 왔는지 칼을 대도 잘 찢어지지 않아 환자들을 괴롭혔다. 그 전날 밤부터, 그 병의 새로운 형태를 보여주는 사례가 둘이나 생겼다. 이제 폐페스트로까지 확대된 것이었다. 바로 그날, 어느 회합에서 기진맥진한 의사들은 갈피를 잡지 못하고 있는 지사 앞에서, 입에서 입으로 옮겨지는 폐페스트의 전염을 막기 위해 새로운 조치를 요구해서 그 승낙을 받았다. 늘 그렇듯이 여전히 아무것도 알 수가 없었다.

그는 어머니를 보았다. 아름다운 밤색 눈동자를 바라보니 애정으로 가득 찼던 옛 시절이 리외의 마음속에 되살아났다.

"무서우세요, 어머니?"

"내 나이가 되면 이제 무서운 건 없단다."

"매일매일이 꽤 긴 시간이고, 게다가 제가 옆에 없으니 말이에요."

"괜찮다, 기다리는 것쯤은. 네가 꼭 돌아올 줄 알고 있으니까. 그
리고 네가 옆에 없을 때, 나는 네가 무엇을 하고 있을지 생각해본단
다. 네 처한테서 무슨 소식이라도 있었니?"

"네, 다 잘 되고 있대요, 마지막으로 온 전보를 보면요. 그러나 저
를 안심시키려고 하는 말인 것쯤은 알고 있어요."

초인종이 울렸다. 의사는 어머니에게 미소를 짓고 문을 열러 갔
다. 침침한 계단참에 서 있는 타루의 모습은 회색 옷을 입은 커다
란 곰 같았다. 리외는 방문객을 그의 사무용 책상 앞에 앉히고, 자
신은 안락의자 뒤에 그냥 서 있었다. 그들은 방 안에서 하나밖에 안
켜진 사무용 책상 위의 전등을 사이에 두고 마주 보았다.

"선생님하고는 단도직입적으로 이야기할 수 있을 것 같아서요." 타
루는 대뜸 이렇게 말했다.

리외는 말없이 고개를 끄덕였다.

"보름이나 한 달이 지나면 선생님은 이곳에서 아무 쓸모가 없게
되실 겁니다. 사태가 사태인 만큼 역부족인 거죠."

"사실입니다." 리외가 말했다.

"보건위생과의 조직이 잘못되어 있습니다. 선생님에게는 인원도
시간도 다 부족합니다."

리외는 또 한 번 그것도 사실임을 인정했다.

"나는 일반 구조작업에 건강한 남자들을 의무적으로 참가시키기 위해서 현에서 민간 봉사대 같은 것을 조직할 계획이라는 말을 들었습니다."

"그 정보는 정확하네요. 그러나 이미 불만이 대단해서 지사가 주저하고 있습니다."

"왜 자원봉사자들을 모집하지 않나요?"

"해봤습니다만, 결과가 신통치 않았어요."

"이렇다 할 확신도 없이 그냥 관리들이 하는 방식대로 모집했으니까요. 그들에게 부족한 건 바로 상상력이에요. 그들은 결코 재앙의 규모에 맞설 수 없어요. 그래서 그들이 상상해 낸 대책이란 게 겨우 두통 감기약 수준에 불과한 겁니다. 만약 그들이 하는 대로 맡겨두었다가는 그들은 결국 손을 들고 말 거예요. 게다가 그들과 함께 우리까지 죽게 되겠죠."

"그럴 수도 있죠." 리외가 말했다. "다만 말씀드려야 할 것은, 그래도 그들은 죄수들을 쓸까 하는 생각도 했습니다. 말하자면 저 험한 일 같은 데에 말입니다."

"그건 일반인이 했으면 더 좋겠는데요."

"나도 그래요. 그러나 왜 이런 것이 문제가 되지요?"

"나는 사형선고라면 딱 질색입니다."

리외는 타루를 바라보았다.

"그래서요?" 그가 말했다.

"그래서 나는 자원보건대를 조직하기 위한 한 가지 구상을 해보 았습니다. 제게 그 일을 맡겨주시고, 당국은 빼버리지 않겠습니까? 게다가 당국은 할 일이 태산 같습니다. 여기저기 친구들이 있으니, 우선 그들이 중심이 되어주겠죠. 그리고 물론 나도 거기에 참가하겠 습니다."

"잘 알았습니다." 리외가 말했다. "물론 기꺼이 받아들이겠습니다. 특히 의사가 하는 일에는 여러 사람의 협조가 필요합니다. 그 구상 을 현청에서 수락하도록 만드는 것은 제가 책임을 지겠습니다. 사실 현청으로서는 찬밥 더운밥 가릴 때가 아닙니다. 그러나……."

리외는 잠시 생각을 해보았다.

"그러나 이런 일은 목숨을 걸어야 할지도 모릅니다. 잘 알고 계시 겠지만요. 그러니 좌우간 일단 알려는 드려야지요. 잘 생각해보셨나 요?"

타루는 회색빛이 도는 침착한 눈으로 그를 바라보았다.

"파늘루 신부의 설교에 대해 어떻게 생각하세요?"

질문은 자연스럽게 나왔고, 리외도 자연스럽게 거기에 대답했다.

"나는 너무나 병원 안에서만 살아서인지 집단적 처벌 같은 것은 좋아하지 않습니다. 그러나 당신도 알다시피, 기독교 신자들은 현실 적으로는 절대 그렇게 생각하지 않으면서 가끔 그런 식으로 말하더 군요. 결국 보기보다는 좋은 사람들이죠."

"선생님도 역시 파늘루 신부처럼 페스트에도 그것 나름의 유익한 점이 있어서 사람의 눈을 뜨게 하고, 사람으로 하여금 생각을 하게 한다고 여기고 계시겠죠!"

리외는 조바심이 난 듯이 머리를 흔들었다.

"이 세상의 모든 병이 그런 의미죠. 그러나 이 세상의 모든 불행이란 것에 있어서 진실인 것은 페스트에 있어서도 역시 진실입니다. 하기야 몇몇 사람을 위대하게 만드는 구실도 하겠죠. 그러나 그 병이 가져오는 비참함과 고통을 보면, 체념하고 페스트를 용인한다는 것은 미치광이나 장님이나 비겁한 사람의 태도일 수밖에 없습니다."

리외는 어조를 높이지도 않았다. 그러나 타루는 그를 진정시키려는 듯이 손을 저었다. 그는 미소를 짓고 있었다.

"좋습니다." 리외는 어깨를 으쓱하면서 말했다. "한데, 내가 아까 한 말에 대해 아직 대답을 안 하셨습니다. 잘 생각해보셨나요?"

타루는 안락의자에서 좀 편안하게 고쳐 앉으면서 머리를 불빛 속으로 내밀었다.

"선생님은 신을 믿으시나요?"

질문은 역시 자연스럽게 나왔다. 그러나 이번에는 리외가 망설였다.

"믿지 않습니다. 하지만 그게 대체 뭡니까? 나는 어둠 속에 있고, 거기서 뚜렷이 보려고 애쓰고 있습니다. 그러는 것이 유별나다고 생각하지 않게 된 지가 벌써 오래됩니다."

"그 점이 파늘루 신부와 다른 점 아닌가요?"

"그렇지 않습니다. 파늘루는 학자입니다. 그는 사람이 죽는 것을 많이 보진 못했습니다. 그래서 진리 운운하고 있는 것이죠. 그러나 아무리 보잘것없는 시골 신부라도 자기 교구 사람들과 접촉이 잦고 임종하는 사람의 숨소리를 들어본 사람이면 나처럼 생각합니다. 그는 그 병고의 유익한 점을 증명하려 하기보다는 우선 치료부터 해야 할 겁니다."

리외가 일어섰다. 그의 얼굴은 이제 그늘 속에 들어가버렸다.

"그 이야기는 그만둡시다." 그가 말했다. "대답도 하려고 안 하시니."

타루는 자기 의자에서 움직이지도 않은 채 미소를 지었다.

"대답 대신 질문을 하나 해도 될까요?"

이번에는 의사가 미소를 지었다.

"수수께끼를 좋아하시는군요." 그가 말했다. "자, 해보시죠."

"그러니까 이거예요." 타루가 말했다. "선생님 자신은 신도 믿지 않으시면서 왜 그렇게까지 헌신적이십니까? 선생님의 답변이 제가 대답하는 데 도움이 될지도 모릅니다."

그늘에서 얼굴도 내밀지 않은 채 의사는, 그 대답은 이미 했으며, 만약 어떤 전능한 신을 믿는다면 자기는 사람들의 병을 고치는 것을 그만두고 그런 수고는 신에게 맡겨버리겠다고 말했다. 그러나 이 세상 어느 누구도, 심지어 신을 믿는다고 생각하는 파늘루라 해도 그런 식으로 신을 믿지는 않을 것이고, 그 증거로는 누구 하나 완전히 자기를 포기하는 사람은 없기 때문이며, 적어도 그 점에 있어서는 리외 자신도 이미 창조되어 있는 그대로의 세계를 거부하며 투쟁함으로써 진리의 길을 걸어가고 있다고 믿었다.

"아! 그러면 선생님은 자신의 직업을 그렇게 생각하시는군요?" 타루가 말했다.

"네, 대체로 그렇습니다." 의사는 다시 밝은 쪽으로 몸을 내밀면서 말했다.

타루는 나직이 휘파람을 불었고 의사는 그를 보았다.

"그래요." 그가 말했다. "아마 자존심이 대단하다고 생각하시겠죠. 그러나 나는 필요한 만큼의 자존심밖에는 없습니다. 정말이에요. 앞으로 무엇이 나를 기다리고 있는지, 이 모든 일이 끝난 다음에 무엇이 올지 나는 모릅니다. 당장에는 환자들이 있으니 그들을 고쳐주어야 합니다. 그런 다음에 그들은 반성할 것이고, 나도 반성할 겁니다. 그러나 가장 급한 일은 그들을 고쳐주는 겁니다. 나는 힘이 닿는 데까지 그들을 지켜줄 것입니다. 단지 그뿐입니다."

"무엇에 대해 지켜준다는 말입니까?"

리외는 창문 쪽으로 돌아섰다. 그는 저 멀리 지평선의 보다 짙어진 어둠 속에 바다가 있다는 것을 짐작하고 있었다. 그는 다만 피로하다는 느낌뿐이었지만 묘하다 싶으면서도 우정이 느껴지는 이 사나이에게 좀더 마음을 털어놓고만 싶은 돌발적이고도 당치않은 욕구를 억제하느라고 애썼다.

"그건 전혀 모르겠군요. 타루. 정말 아는 바가 없어요. 내가 이 직업에 발을 들여놓았을 때는 그냥 추상적으로 택했을 뿐이었어요. 어떤 의미에서는 말이죠. 직업이 필요했었고, 딴 직업이나 마찬가지로 괜찮은 직업이었고, 젊은 사람이 한번 해볼 만한 직업의 하나였기 때문이죠. 또 어쩌면 나 같은 노동자의 자식으로서는 특히 어려운 일이었을지도 모릅니다. 택하고 났더니 죽는 장면을 보아야만 했지요. 죽기를 거부하는 사람이 있는 것을 아시나요? 어떤 여자가 죽는 순간에 '안 돼, 안 돼, 죽는 것은 안 돼!' 하고 외치는 것을 들은 일이 있나요? 나는 들었어요. 그때 나는 절대로 그런 것에 익숙해질 수 없음을 깨달았지요. 그때 나는 젊었고, 내 혐오감은 세계의 질서 그 자체에 대하여 일어나는 것이라고 생각했었죠. 그 뒤 나는 한층 더 겸허해졌어요. 다만, 죽는 것을 보는 일에는 여전히 길들여지지 않았어요. 그 이상은 아무것도 모릅니다. 그러나 결국······."

리외는 입을 다물고 다시 자리에 앉았다. 입 안이 마른 듯싶었다.

"결국은요?" 타루가 나직하게 물었다.

"결국······." 의사는 말을 계속하려다가 망설이면서 타루를 물끄러미 보았다. "당신 같은 사람이면 이해할 수 있는 일이 아닙니까? 어쨌든 세계의 질서는 죽음에 의해 지배되는 것이니만큼 아마 신으로서는 사람들이 자기를 믿어주지 않는 편이 더 나을지도 모릅니다. 그리고 신이 그렇게 침묵하고만 있는 하늘을 쳐다볼 것이 아니라 있는 힘을 다해 죽음과 싸워주기를 더 바랄지도 모릅니다."

"네." 타루가 끄덕였다. "의미는 알겠습니다. 그러나 선생님이 말하는 승리는 언제나 일시적인 것입니다. 그뿐이죠."

리외의 얼굴이 어두워졌다.

"언제나 그렇죠. 나도 알고 있어요. 그러나 그것이 싸움을 멈추어야 할 이유는 못 됩니다."

"물론 이유는 못 되겠지요. 그러나 그렇다면 이 페스트가 선생님에게 어떠한 존재일지 상상이 갑니다."

"네, 그래요." 리외가 말했다. "끝없이 이어지는 패배지요."

타루는 잠시 의사를 보고 있다가 일어서서 무거운 걸음으로 문 쪽으로 걸어갔다. 리외도 그의 뒤를 따랐다. 의사가 이미 그의 곁까지 갔을 때 자기 발등을 보고 있는 것 같던 타루가 리외에게 말했다.

"그 모든 것을 누가 가르쳐드렸나요?"

대답은 바로 나왔다.

"가난입니다."

리외는 자기 사무실 문을 열고 복도로 나와서, 자기도 변두리 쪽에 환자 한 사람을 보러 가려고 내려가는 길이라고 타루에게 말했다. 타루가 같이 가자고 청하자 의사도 그러자고 했다. 복도 끝에서 그들은 리외의 어머니를 만났다. 의사는 타루를 소개했다.

"친구입니다." 그가 말했다.

"오!" 리외의 어머니가 말했다. "이렇게 알게 돼서 참 반갑구려."

그녀와 헤어지자, 타루는 다시 한 번 그쪽을 돌아다보았다. 의사는 계단참에서 자동 스위치를 켜보았으나 헛수고였다. 계단은 어둠 속에 잠겨 있었다. 의사는 혹시 새로운 절전 조치의 결과인가 하고 생각했다. 그러나 왜 그런지 아는 것이 없었다. 벌써 얼마 전부터 집에서나 거리에서나 모든 것이 뒤틀려가고 있었다. 그것은 수위들도, 그리고 우리 일반 시민들도 이제는 아무것에도 주의를 하지 않게 된 데서 오는 것인지도 모른다. 그러나 의사는 더 이상 생각해볼 여유가 없었다. 뒤에서 타루의 목소리가 울려왔기 때문이다.

"한 마디만 더 하겠어요. 우스꽝스럽다고 생각하실지는 모르겠습니다만, 선생님이 전적으로 옳으십니다."

리외는 어둠 속에서 자조적으로 어깨를 으쓱했다.

"나는 정말 아무것도 모릅니다. 그런데 당신은 대체 무엇을 알고 계신지요?"

"오!" 타루는 태연하게 말했다. "이제는 모르는 것이 별로 없습니다."

의사는 발을 멈추었고, 그 뒤에서 타루의 발이 계단에서 미끄러졌다. 타루는 리외의 어깨를 붙들면서 몸을 바로잡았다.

"인생을 다 안다고 생각하십니까?" 리외가 물었다.

여전히 침착한 목소리로 어둠 속에서 대답이 들려왔다.

"네."

그들은 길에 나서자 꽤 늦은 시간이라는 것을 알 수 있었다. 아마 11시쯤은 되었을 것이었다. 거리는 조용했고, 바스락거리는 소리만이 가득 차 있었다. 멀리서 구급차 소리가 들려왔다. 그들은 차에 올라탔다. 리외는 시동을 걸었다.

"내일 병원에 오셔서 예방주사를 맞으셔야 되겠습니다." 리외가 말했다. "그러나 마지막으로, 그리고 그 이야기에 들어가기 전에 잘 생각해 보세요. 당신이 살아 남을 수 있는 확률은 3분의 1밖에 안 됩니다."

"그런 계산은 의미가 없어요. 다 아시는 일 아닙니까. 100년 전에 페르시아의 어느 도시에서 페스트가 유행해 시민들을 죽였을 때, 시체를 목욕시키는 사람만은 살아 남았답니다. 매일같이 자기 일을 멈추지 않고 해왔는데도요."

"그는 3분의 1의 기회를 가졌던 것뿐입니다." 리외는 갑자기 무딘 목소리로 말했다. "하지만 사실 그 문제에 대해서는 배울 것이 아직도 많군요."

이제 길은 변두리 지역에 들어섰다. 인적이 없는 거리에서 전조등이 환하게 빛을 발했다. 차는 멈췄다. 리외는 자동차 앞에서 타루에게 들어가겠느냐고 물었고 타루는 그러겠다고 했다. 하늘의 반사광이 그들의 얼굴을 비추고 있었다. 리외는 갑자기 정다운 웃음을 터뜨렸다.

"그런데, 타루." 그가 말했다. "대체 뭐가 당신을 이렇게 만든 겁니까? 이런 일까지 하다니."

"모르겠어요. 아마도 나의 윤리관 때문이겠죠."

"어떤 윤리관이지요?"

"이해하자는 윤리관입니다."

타루는 집 쪽으로 몸을 돌렸다. 그래서 그들이 천식환자 노인 집에 들어설 때까지 리외는 그의 얼굴을 볼 수가 없었다.

타루는 그 이튿날부터 일에 착수해서 우선 제1진을 모았는데, 계속 여러 팀이 뒤따라 편성될 모양이었다.

서술자는 그래도 이 보건대를 실제 이상으로 중요시할 생각은 없다. 반면에 우리 시민의 대부분은 오늘날 서술자의 입장이 된다면 그 역할을 과장하고 싶은 유혹에 넘어가리라. 그러나 서술자는 차라리 훌륭한 행동에 너무나 지나친 중요성을 부여하다 보면 결국에는 악의 힘에 대하여 간접적이며 강렬한 찬사를 바치게 되는 것이라고 믿고 싶다. 왜냐하면 그런 훌륭한 행동이 그렇게 대단한 가치를 갖는 것은 그 행위들이 아주 드문 것이고, 악의와 냉정함이야말로 인간 행위에 있어서 훨씬 더 빈번한 원동력이기 때문이라는 말밖에 되지 않을 테니까 말이다. 그런 것은 서술자가 공감할 수 없는 생각이다. 세계에 존재하는 악은 거의가 무지에서 오는 것이며, 또 선의도 풍부한 지식 없이는 악의와 마찬가지로 많은 피해를 입히는 일이 있는 법이다. 인간은 악하기보다는 차라리 선량한 존재이지만 사실 그것은 문제가 되지 않는다. 그러나 그들은 조금 무지한데 그것은 곧 미덕 또는 악덕이라고 불리는 것으로서, 가장 절망적인 악덕은 자기가 모든 것을 다 알고 있다고 믿고서, 그러니까 자기는 사람들을 죽일 권리가 있다고 인정하는 따위의 무지의 악덕인 것이다. 살인자의 혼은 맹목적인 것이며, 최대한의 통찰력이 없고서는 참된 선도 아름다운 사랑도 없다.

　그 때문에, 타루 덕택에 이루어진 우리의 보건대도 객관적인 만족감을 가지고 판단되어야 한다. 바로 그런 이유로 서술자는 그 의도와 영웅심에 대해 필요 이상으로 웅변적인 칭송자가 되려고는 하지 않고, 거기에 알맞은 중요성만을 인정하는 데 지나지 않는다. 그러나 서술자는 페스트가 유린한, 그 당시 우리 시민 모두의 비통하고 절박한 마음에 대해서 역사가 노릇을 계속할 것이다.

사실 보건대에 헌신한 사람들도 그렇게 대단한 칭찬을 받을 만한 일을 한 것은 아니다. 그들은 해야 할 일이 그것뿐임을 알고 있었으며, 그런 결단을 내리지 않는 것이야말로 그때 처지로는 오히려 믿을 수 없는 일이었기 때문이다. 보건대는 우리 시민들이 페스트 속에 더 깊게 파고들도록 도와주었으며, 시민들에게 부분적이나마 질병이 눈앞에 있으니 그것과 싸우기 위해서 마땅히 해야 할 일을 해야 함을 납득시켰다. 이처럼 페스트가 몇몇 사람들의 의무로 변했기 때문에 이제는 그 본연의 실체, 즉 모든 사람의 문제로 보이기에 이르렀다.

그것은 좋은 일이다. 그러나 사람들은, 어떤 교사가 둘에 둘을 보태면 넷이 됨을 가르친다고 그에게 찬사를 보내지는 않는다. 아마도 그가 그 훌륭한 직업을 선택했다는 점에서 찬사를 보내는 것이리라. 그러므로 타루와 그 밖의 사람들이 구태여 둘에 둘을 보태면 넷이 된다는 것(그 반대가 아니라)을 증명한 것은 칭찬받을 만한 일이라고 해두자. 그러나 또한 그러한 선의가 그들에게 있어서, 그 교사나 그 교사와 똑같은 마음을 가진 모든 사람과 공통적이라는 것도 말해두고 싶다. 그런데 인류의 명예를 위해서는 다행히도 세상에는 그런 사람들이 생각보다 많으며, 적어도 그것이 서술자의 확신이다. 하기야 그 사람들은 생명을 잃어버릴 위험을 감수하고 있다고 서술자에게 반박할 수도 있음을 잘 알고 있다. 그러나 역사상 둘에 둘을 보태면 넷이 된다고 감히 주장할 수 있는 사람에게도 죽음의 벌을 받는 시간이 반드시 오는 법이다. 교사도 그것은 잘 알고 있다. 그리고 문제는 그런 논리의 끝에 어떤 보상 또는 어떤 벌이 기다리고 있는가 하는 것이 아니다. 문제는 둘에 둘을 보태면 과연 넷이 되느냐 안 되느냐를 아는 것이다. 그 당시 자기네 생명을 걸고 있었던 사람들 또한 결정해야 한 것은, 그들이 과연 페스트 속에 있느냐 아니냐, 페스트와 싸워야 하느냐 아니냐 하는 것이었다.

그 무렵 우리 시의 수많은 새 모럴리스트들은 아무런 도움도 되지 못하고, 무릎을 꿇는 수밖에 없다고 말하면서 돌아다녔다. 타루도 리외도 그들의 친구들도 이런저런 대답을 할 수 있었지만 결론은 항상 그들이 잘 알고 있는 것이었다. 즉 이런 방법으로든 저런 방법으로든 싸워야 한다는 것이지 무릎을 꿇어서는 안 된다는 결론이었다. 모든 문제는 오로지 될 수 있는 대로 많은 사람들로 하여금 죽는다든가 결정적인 이별을 겪게 되는 것을 막아주자는 데에 있었다. 그러려면 유일한 방법은 페스트와 싸우는 것이었다. 그 진리는 찬탄 받을 만한 것은 못 되고 다만 당연한 결과였다.

따라서 늙은 카스텔이 임시변통으로 구한 재료를 가지고 현장에서 혈청을 제조하는 데 자기의 온 신념과 정력을 기울이고 있는 것도 자연스런 일이라 할 수 있다. 리외와 그는 그 도시를 휩쓸고 있는 바로 그 세균을 배양해서 만든 혈청이, 외부에서 가져온 것보다 더 직접적인 효과가 있기를 기대하고 있었다. 왜냐하면 그 세균들은 종래의 분류에 따른 페스트균과는 약간 달랐기 때문이다. 카스텔은 자기가 만든 첫 혈청이 빨리 완성되기를 바라고 있었다.

또한 바로 그런 이유로, 영웅적인 점이라고는 전혀 없는 그랑이 보건대의 서기 비슷한 역할을 하는 것도 당연한 일이었다. 타루가 조직한 보건대 가운데 일부는 사실 인구 밀집 지역의 예방 보조작업에 헌신하고 있었다. 사람들은 그런 지구에 필요한 위생 조건을 갖추어놓으려고 애썼으며, 소독반이 채 다녀가지 않은 헛간이라든가 지하실의 수를 조사했다. 다른 보건대는 의사의 호별 왕진을 도왔고, 페스트 환자의 운반을 책임졌으며, 나중에는 심지어 전문 요원이 없는 경우 환자나 사망자를 실어 나르는 차를 운전하기까지 했다. 이 모든 일은 등록이나 통계 작업을 필요로 했는데, 그랑이 그것을 맡아서 했다.

그런 점에서 보면, 리외나 타루 이상으로 그랑이야말로 보건대를 살아 움직이게 하는 그 조용한 미덕의 실질적 대표자였다고 서술자는 평가한다. 그는 자기가 지니고 있던 선의로서 주저함 없이 자기가 맡겠다고 말했던 것이다. 단지 그가 바라는 것은 자질구레한 일에 도움이 되고 싶다는 것뿐이었다. 그 밖의 일을 하기에는 그는 너무나 늙었었다. 오후 6시부터 8시까지 그는 자기 시간을 낼 수 있었다. 뜨거운 마음으로 리외가 그에게 감사의 뜻을 표시하자, 그는 놀라서 말했다.

"가장 어려운 일도 아닌걸요. 페스트가 생겼으니 막아야 한다는 건 뻔한 이치입니다. 아! 만사가 이렇게 단순했으면 좋으련만!"

그러고는 자기의 문장 이야기를 다시 꺼내는 것이었다. 가끔 저녁

때 그 통계 카드를 기록하는 일이 끝나면 리외는 그랑과 이야기를 하곤 했다. 결국에는 타루도 그 대화에 끼게 되었는데, 그랑은 점차 눈에 띄게 기쁜 얼굴로 그의 동지들에게 마음속을 털어놓았다. 리외와 타루는 그 페스트의 와중에 그랑이 꾸준히 계속하고 있는 그 작업을 흥미 있게 지켜보고 있었다. 그들 역시 마침내는 거기에서 일종의 휴식을 얻었던 것이다.

"그 말 타는 여인은 어떻게 되었나요?" 타루가 가끔 물어보면 그랑은 한결같이, "달리고 있어요. 달리고 있어요"라고 어색한 미소를 지으면서 대답하는 것이었다. 어느 날 저녁, 그랑은 그 말 타는 여인에 대해 '우아한'이라는 형용사를 아주 포기하고, 앞으로는 '가냘픈'으로 표현하기로 했다. "그게 더 구체적이거든요"라고 그는 덧붙여 말했다. 언젠가 한번은 그 청중에게 다음과 같이 수정한 그 첫 구절을 읽어주었다. "5월 어느 화창한 날 아침 나절, 가냘픈 여인 하나가 기막힌 밤색 암말을 타고 불로뉴 숲의 꽃이 만발한 오솔길을 누비고 있었다."

"그렇죠?" 그랑은 말했다. "그 여인은 확실히 눈에 띄죠. 그리고 나는 '5월 어느 화창한 아침 나절'이 더 나은 것 같아요. 왜냐하면 '5월달'이라고 하면 박자가 좀 느려지거든요."

그후 그는 '기막힌'이라는 형용사에 대해 대단히 고심하고 있는 듯이 보였다. 그의 말로는, 그것으로는 딱히 맛깔스럽지가 않아서, 자기가 상상하고 있는 멋진 암말을 대번에 사진으로 찍은 듯이 느껴질 용어를 찾고 있는 중이라는 것이었다. '살이 오른'도 어울리지 않았다. 구체적이기는 하나 품위가 없어 보였다. '윤기가 도는'에 한때 마음이 끌렸으나 말의 울림이 아무래도 어울리지 않았다. 어느 날 저녁, 그는 의기양양하게 '검은 밤색 털의 암말'이라는 표현을 발견했다고 말했다. 검은 빛깔은 역시 그의 설명에 의하면 은근히 우아한 것을 가리킨다는 것이었다.

"그건 있을 수 없어요." 리외가 말했다.

"그건 왜요?"

"밤색 털이라는 표현은 말의 품종이 아니라 빛깔을 말하는 것이니까요."

"무슨 빛깔요?"

"어쨌든 검은빛이 아닌 어떤 빛깔이죠!" 그랑은 마음이 상한 것 같았다.

"감사합니다." 그가 말했다. "선생님이 계셔서 다행입니다. 그러나 어쨌든 대단히 어려운 일이군요."

"'훌륭한'이라고 하면 어떨까요?" 타루가 물었다.

그랑은 그를 쳐다보았다. 그는 생각에 잠겨 있었다.

"그렇군요." 그가 말했다. "그게 좋네요!"

그리고 그의 얼굴에 차츰 미소가 되살아났다.

그후 얼마 만에, 그는 '꽃이 만발한'이라는 말에 골치를 앓는다고 고백했다. 그는 오랑과 몽텔리마르밖에 아는 고장이 없었기 때문에 가끔 두 친구에게, 불로뉴 숲 속의 오솔길에 어떤 모양으로 꽃이 만발해 있는지 물어보았다. 정확하게 말해서 불로뉴 숲의 오솔길들이 리외나 타루에게 그처럼 꽃이 만발해 있다는 인상을 준 적은 없었지만, 그랑의 확신이 그들의 마음을 흔들어놓았다. 그랑은 자기 친구들이 거기에 대해서 확실한 것을 모르는 것이 오히려 이상했다. "오로지 예술가만이 볼 줄 알지요." 그러나 한번은 그가 몹시 흥분해 있는 것을 볼 수 있었다. 그는 '꽃이 만발한'을 '꽃으로 가득한'으로 바꿔놓았다. 그는 두 손을 마주 비볐다.

"마침내 훤히 보입니다. 느낄 수 있어요. 모자를 벗으십시오, 여러분!" 그는 의기양양하게 자기 글을 읽었다. "5월 어느 아름다운 아침 나절, 가냘픈 여인 하나가 훌륭한 밤색 암말을 타고 불로뉴 숲의 꽃으로 가득한 오솔길을 누비고 있었다."

그러나 큰 소리로 읽다 보니 '꽃, 불로뉴, 숲', 이 세 단어의 관형격이 귀에 거슬려 그랑은 약간 말을 더듬거렸다. 그는 맥이 풀려서 주저앉았다. 그러더니 그만 가보겠다고 의사에게 양해를 구했다. 생각을 좀 해볼 필요가 있었던 것이다.

나중에 안 일이지만, 바로 그 무렵 그는 직장에서 멍하니 딴 데 정신이 팔려 있는 사람 같은 증상을 가끔 보여서, 시에서는 줄어든 인원으로 태산 같은 일거리를 처리해야 할 때였으니만큼, 모두들 마땅찮게 여겼다. 그가 속해 있는 과에서는 그것 때문에 골머리를 앓았다. 그래서 국장이 그를 호되게 야단치면서 일을 하라고 봉급을 주는데도, 맡은 일을 완수하지 못하고 있다고 지적했다. '듣자니' 국장이 그에게 말했다.

"당신은 담당 사무 말고도 보건대에 지원해서 일하고 있다는데,

그건 나와는 상관없는 일이오. 나와 상관이 있는 건 당신이 맡은 일이오. 그리고 이 가혹한 상황에서 당신이 이바지할 수 있는 첫째가는 방법은 맡은 일을 잘 해내는 거요. 그렇게 하지 않으면 다른 건 다 소용없는 거요."

"국장이 말한 대로입니다." 그랑은 리외에게 말했다.

"그래요, 그가 옳아요." 의사도 동의했다.

"하지만 정신이 딴 데 가 있어서요. 내 글의 끝을 어떻게 처리해야 할지 모르겠어요."

그는 '불로뉴'를 없애버릴 생각을 했었다. 그래도 누구나 알아들을 수 있을 것 같아서 말이다. 그러나 그렇게 하면 '숲의'라는 구절이 '꽃'에 걸리는 것처럼 되는데, 그것은 사실 '오솔길'에 걸리는 것이었다. 그는 또한 다음과 같이 쓸 수 있는 가능성도 검토해 보았다. '꽃으로 가득한 숲 속 오솔길.' 그러나 '숲'이란 말의 위치가 수식어와 명사 사이에 제멋대로 끼어 있는 듯해서 살 속에 가시가 박힌 듯 느껴졌다. 어느 날 저녁에는 실제로 그가 리외보다 더 피곤해 보일 정도였다.

그는 그 연구에 정신이 송두리째 팔려 있었으므로 피곤했지만, 여전히 보건대가 필요로 하는 집계와 통계 일을 계속했다. 매일 저녁 꾸준히 카드를 정리하고, 거기에 곡선 도표를 첨부해서 될 수 있는 대로 정확한 상황도를 제시하려고 애쓰고 있었다. 리외가 병원에서 일을 하고 있노라면 그랑은 그리로 꽤 자주 찾아와서, 그냥 사무실이건 혹은 진료실이건 간에 거기 있는 책상 하나를 내달라고 부탁하는 것이었다. 마치 시청의 자기 책상에 앉듯이 자리를 잡고 앉아 소독약과 질병 그 자체로 인한 침체된 공기 속에서 잉크를 말리려고 서류의 종잇장을 흔들곤 하였다. 그럴 때면 그는 말을 타는 여인 생각도 잊어버리고, 오직 필요한 일만 해내려고 고지식하게 애썼다.

만일 인간이 이른바 영웅이라는 것의 전례와 본보기를 눈앞에 두고 싶어하는 것이 사실이라면, 그리고 이 이야기 속에 영웅 한 사람이 반드시 필요하다면, 서술자는 바로 이 미미한 존재감도 없는 영웅, 가진 것이라고는 약간의 선량한 마음과 언뜻 봐도 우스꽝스럽기만 한 이상밖에 없는 이 영웅을 여기에 제시하고자 한다. 그렇게 하면, 진리에는 그 진리 본연의 것을, 둘 더하기 둘은 넷이라는 답을, 그리고 영웅주의에는 본디 지위, 즉 행복에 대한 강한 요구 바로 다음에 놓이되 결코 그 앞에는 있을 수 없는 그의 지위를 부여할 수 있게 될 것이다. 또, 그렇게 하면 이 연대기에도 그 나름의 성격을 부여할 수 있게 될 것이다. 그 성격이라는 것은 좋은 감정을 가지고, 즉 두드러지게 악하지 않고 또 흥행물처럼 야비하게 선동적이지도 않은 감정을 가지고 이루어진 연대기로서의 성격이다.

이것은 적어도 페스트에 감염된 이 도시로 외부세계가 보내오는 후원과 격려를, 혹은 신문에서 읽고 혹은 라디오로 들을 때의 의사 리외의 의견이었다. 공로 또는 육로로 보내오는 구호물자와 함께, 매일 저녁 전파를 타고 혹은 신문지 상에 동정 또는 찬양으로 가득 찬 논평들이 고립되어버린 이 도시로 쏟아져 들어오고 있었다. 그리고 그때마다 그것들의 그 서사시투나 수상식에서의 연설투가 의사를 초조하게 만들었다. 물론 그런 따뜻한 마음씨가 겉치레가 아님은 알고 있었다. 그러나 그것은 인간이 스스로를 인류 전체와 연결시키는 그 무엇을 표현하고자 할 때 쓰는 상투적 언어로 표현될 수밖에 없었다. 그런데 그런 언어는, 예를 들어 페스트의 소용돌이 속에서 그랑 같은 사람이 무엇을 의미하는지 도저히 설명해줄 수 없는 까닭에, 그랑이 기울이는 매일매일의 사소한 노력을 표현하는 데는 적합지 않은 것이었다.

때로 자정이 돼서, 그 무렵이면 인적 없는 거리의 깊은 정적 속에서 잠깐 잠이나마 자보려고 잠자리에 들 때 리외는 라디오의 스위치를 돌려보곤 했다. 그러면 세계의 저 끝에서 수천 킬로미터를 거슬러서 얼굴은 모르지만 우애에 찬 목소리들이, 자기들에게도 연대책임이 있다고 서투르게나마 말하려고 애썼으며 또 실제로 그 말을 했지만, 동시에 스스로 볼 수 없는 고통은 어떤 사람도 나누어 가질 수 없다는 저 가공할 만한 무력감을 증명해 보이는 것이었다. '오랑! 오랑!' 호소하는 목소리가 바다를 건너와도 헛수고였고, 리외가 정신을 차리고 귀를 기울여보아도 헛수고였다. 머지않아 웅변조의 목소리가 높아지면서, 그랑과 그 연설자를 남남으로 만들어 놓는 그 근본적인 거리만을 더욱 뚜렷하게 드러내는 것이었다. '오랑! 그렇지! 오랑!' 리외는 생각했다. '아니, 안 된다. 함께 사랑하든가 함께 죽든가 해야지, 그 밖의 다른 방법은 없어. 그들은 너무 멀리 떨어져 있으니.'

그런데 페스트가 절정에 이르고 그 재앙이 이 도시를 공격하여 완전히 삼켜버리려고 있는 힘을 다 모으고 있는 동안의 이야기로 들어가기 전에 꼭 적어두어야 하는 것은, 바로 랑베르처럼 마지막에 남겨진 사람들이 저마다 다시 그들의 행복을 되찾기 위해서, 또 그들이 모든 훼손의 손길과 맞서서라도 지키고자 하는 그들 자신의 몫을 페스트로부터 구해내기 위해서 기울인 절망적이고도 단조로우며 꾸준한 노력들이다. 그것은 바로 그들을 위협하고 있는 굴욕을 거부하려는 그들 스스로의 방식이었으며, 또 비록 그 거부가 표면적으로 다른 거부만큼 효과적인 것은 아니었지만 서술자의 의견으로는 그것도 그것대로의 의미를 가지고, 또 그 나름의 허영과 심지어 모순을 내포하고 있는 대로나마 그 당시 우리 각자의 마음속에 자랑스럽게 깃들고 있던 그 무엇을 증명해 주기도 했다고 믿어진다.

랑베르는 페스트에 사로잡히지 않으려고 싸우고 있었다. 합법적인 수단으로는 그 도시를 빠져나갈 수 없다는 확증을 얻었기 때문에 다른 수를 써보기로 결심했다고 그는 리외에게 말한 바가 있다. 그 신문기자는 카페 웨이터부터 시작했다. 카페의 웨이터란 언제나 모든 일에 환한 법이다. 그러나 처음에 그가 물어본 몇몇 웨이터들은 특히 그런 종류의 일을 획책하는 자들을 제재하기 위하여 마련된 극히 엄중한 처벌에 대해 잘 알았다. 한번은 그가 선동자로 오해를 받은 일까지 있었다. 결국 리외의 집에서 코타르를 만나서 일을 좀 진전시켰다. 그날 리외와 코타르는, 그 신문기자가 관청이란 관청

을 다 돌아다녔으나 허탕친 이야기를 또 했었다. 며칠 뒤, 코타르는
거리에서 랑베르를 만나자, 그즈음에는 누구하고 만나든 늘 그렇듯
이 자연스러운 태도로 그를 대했다.

"여전히 아무 진척이 없나요?" 코타르가 물었다.

"네, 아무것도."

"관청 따위는 기대할 게 못 돼요. 사람들의 이야기를 이해할 수 있
는 자들이 아니니까요."

"정말 그래요. 하지만 달리 궁리를 하고 있는데 어렵군요."

"아! 알겠습니다." 코타르가 말했다.

그는 어떤 길을 하나 알고 있었다. 그래서 의아해하는 랑베르에
게, 자기가 오래전부터 오랑의 모든 카페를 드나드는데 거기에는 친
구들도 많이 있어서 그런 일을 하는 어떤 조직이 있음을 들었다고
설명했다. 사실, 코타르는 그때부터 씀씀이가 수입보다 커져서, 배급
물자의 암거래에 손을 대고 있었던 것이다. 그래서 그는 끊임없이
값이 올라가는 담배와 값싼 술을 되넘기는 과정에서 자그마한 밑천
이 생기고 있는 중이었다.

"확실한가요?" 랑베르가 물었다.

"그럼요, 나에게 권하는 사람이 있었는걸요."

"그런데 당신은 이용을 안 하셨단 말이죠?"

"의심하지 마세요." 코타르는 호인 같은 태도로 말했다. "내가 이
용하지 않은 것은 떠날 의향이 없었기 때문이에요. 내겐 그럴 만한
이유가 있어요." 그는 말없이 있다가 이렇게 덧붙였다. "들으려고 하

지 않는군요. 이유가 뭐죠?"

"나하고는 상관없는 일일 것 같은데요." 랑베르가 말했다.

"사실 어떤 의미에서는 당신하고 관계가 없지요. 그러나, 다른 의미에서는…… 어쨌든 단 한 가지 명백한 것은, 우리가 페스트를 옆에 두고 살게 된 날부터 나는 훨씬 지내기 좋아졌다는 겁니다."

랑베르는 그의 말을 앞지르며 말했다.

"그 조직과는 어떻게 하면 연락할 수 있을까요?"

"아! 그게 쉬운 일은 아니죠. 나만 따라오세요." 코타르가 말했다.

오후 4시였다. 무더운 하늘 아래서 우리 도시는 서서히 열기로 익어가고 있었다. 가게라는 가게는 모두 발을 내리고 있었다. 도로는 인적이 끊겼다. 코타르와 랑베르는 아케이드가 늘어선 길로 들어서서 오랫동안 말없이 걸어갔다. 페스트가 눈에 안 띄는 그런 시간들 가운데 한순간이었다. 이 침묵, 이 색채와 움직임의 죽음은, 재앙의 침묵과 죽음인 동시에 여름의 침묵과 죽음일 수도 있었다. 주위 공기가 답답했는데, 전염병의 위협 때문인지 아니면 먼지와 타는 듯한 더위 때문인지 알 수가 없었다. 페스트를 찾아내려면 관찰하고 깊이 생각해봐야 했다. 왜냐하면 페스트는 음성적인 징후들을 통해서만 비로소 모습을 드러내는 것이기 때문이다. 페스트에 친밀감을 느끼고 있는 코타르는 랑베르에게, 예컨대 여느 때 같으면 복도의 문턱 앞에서 배를 깔고 엎드린 채, 전혀 일 것 같지 않은 바람기를 찾으며 헐떡거리고 있어야 할 개들이 안 보인다든가 하는 사실을 주목하라고 했다.

그들은 가로수길에 들어서서 연병장을 가로지른 다음 마련 구역 쪽으로 내려갔다. 왼쪽에 초록색 칠을 한 카페가 하나 있는데, 노란색의 두꺼운 천으로 된 차양을 비스듬히 쳐놓고 있었다. 이곳에 들어가면서 코타르와 랑베르는 이마의 땀을 닦았다. 그들은 초록색 철판으로 만든 테이블 앞의 접이식 정원용 의자에 앉았다. 홀은 사람 그림자 하나 없었다. 파리들이 공중에서 윙윙거렸다. 흔들거리는 카운터 위에 놓인 노란 새장 안에는 털이 몽땅 빠진 앵무새 한 마리가 횃대 위에 축 늘어져 있었다. 전투 장면을 그린 낡은 그림들이 벽에 걸려 있었는데, 땟국과 얼기설기한 거미줄에 덮여 있었다. 모든 철판 테이블 위에, 랑베르 자신이 앉은 테이블 위에까지도 닭똥이 들러붙어 있었다. 어디서 난 닭똥일까 하고 의아해하고 있는데, 침침한 구석에서 부스럭거리는 소리가 나더니 아주 잘생긴 수탉 한 마리가 강중강중 뛰어나왔다.

그때, 더위가 더욱 심해지는 것 같았다. 코타르는 웃옷을 벗고, 철판 테이블을 두드렸다. 덩치가 작은 사내가 안에서 나오더니 푸른색의 기다란 앞치마를 두르고 멀리서 코타르를 보자마자 인사를 했다. 발길로 수탉을 한 번 세차게 걷어차서 쫓아버리고 가까이 와서는 수탉이 소란스럽게 꼬꼬댁거리건 말건 신사분들께 무엇을 드릴까요, 하고 물어보았다. 코타르는 백포도주를 청하고 나서 가르시아라는 사람에 대해 물어보았다. 그 땅딸보 사내의 말로는, 벌써 4, 5일이나 그 사람을 카페에서 보지 못했다는 것이었다.

"오늘 저녁에는 올 것 같소?"

"글쎄요!" 사내가 말했다. "그 사람 속셈까지는 모르겠는뎁쇼. 그런데, 선생님께서는 그분이 오는 시간을 잘 알고 계시지 않나요?"

"알지. 그런데 그다지 중요한 일은 아니어서 말이야. 그저 소개해줄 분이 한 분 계셔서 그렇다네."

보이는 앞치마 자락에다 축축한 손을 문질렀다.

"아하! 선생님께서도 그 일을 하시는군요?"

"그럼." 코타르가 말했다.

그 땅딸보는 코를 훌쩍거렸다.

"그러면 오늘 저녁에 다시 와보세요. 제가 그 사람에게 애를 보내겠습니다."

밖으로 나오면서, 랑베르는 그 일이라는 게 무엇이냐고 물어보았다.

"그야 물론 암거래지요. 그들이 물건을 시의 문으로 통과시킵니다. 그리고 나서는 아주 비싼 값으로 팔죠."

"과연," 랑베르가 말했다. "서로 짜고 하는 거군요?"

"바로 그겁니다."

그날 저녁 무렵, 차양은 걷히고, 앵무새는 자기 새장 속에서 재잘거리고, 철판 테이블마다 셔츠 바람의 남자들이 둘러앉아 있었다. 그중 한 사람은 밀짚모자를 뒤로 젖혀 쓰고 새까맣게 그을은 가슴팍이 드러날 정도로 흰 와이셔츠를 활짝 풀어 헤치고 있었는데, 코타르가 들어오자 벌떡 일어났다. 반듯하고 햇볕에 그을은 얼굴, 검고 작은 눈, 흰 치아, 반지를 두세 개 끼고 있었으며 나이는 서른 살쯤 되어 보였다.

"안녕하슈?" 그가 말했다. "카운터에서 한 잔 하시죠."

그들은 말없이 한 잔씩 마셨다.

"나갈까요?" 가르시아가 말했다.

그들은 항구를 향해 내려갔고 가르시아가 무슨 이야기냐고 물었다. 코타르는 랑베르를 소개하려고 했던 것은 딱히 사업상 거래 때문이 아니고 '외출'이 목적이라고 말했다. 가르시아는 담배를 피우면서 곧장 앞으로 걸어가고 있었다. 그는 랑베르를 '그'라고 부르면서 몇 가지 질문을 했다. 마치 옆에 있는 랑베르는 눈에 띄지도 않는 듯싶었다.

"뭐 때문에, 왜 그러는 건데?" 가르시아가 물었다.

"프랑스에 아내가 있어."

"아하!"

그리고 조금 지나자 물었다.

"그 사람 직업이 뭐요?"

"신문기자."

"말이 많은 직업인데."

랑베르는 말이 없었다.

"내 친구야." 코타르가 말했다.

그들은 아무 말 없이 걸어가고 있었다. 부둣가까지 왔는데, 거창한 철조망을 쳐놓아서 출입 금지였다. 그러나 그들은, 벌써부터 냄새가 풍겨오고 있는 정어리 튀김 파는 자그마한 간이식당 쪽으로 향했다.

"아무튼," 가르시아가 결론을 내렸다. "그 문제라면 내가 아니라 라울이야. 내가 그를 찾아보지. 쉽지는 않을 텐데."

"그럼, 그는 숨어 다니나?" 코타르가 활기를 띠며 물었다.

가르시아는 대답이 없었다. 그는 간이식당 근처에서 발길을 멈추더니, 처음으로 랑베르에게로 고개를 돌렸다.

"모레 11시에, 시내 꼭대기에 있는 세관 건물 모퉁이에서 만나시죠. 그는 그대로 가버릴 듯하더니 두 사람에게로 다시 돌아섰다.

"비용이 들 텐데." 그가 말했다. 다짐을 한 것이었다.

"물론이죠." 랑베르는 고개를 끄덕거렸다.

잠시 뒤에 신문기자는 코타르에게 감사하다는 말을 했다.

"아, 천만에요!" 그는 소탈하게 대답했다. "도와드리는 것이 즐겁습니다. 게다가 선생은 신문기자니까 언젠가는 제게 갚을 날이 있겠죠."

그로부터 이틀 뒤, 랑베르와 코타르는 그 도시의 꼭대기로 뻗어 있는 그늘도 없는 한길을 올라갔다. 세관 건물의 일부분은 의무실로 변해 있었다. 그런데 그 커다란 문 앞에는 사람들이 서성거리고 있었다. 그 사람들은 허락되지 않는 면회를 혹시나 하는 심정에서, 또는 한두 시간 뒤에는 무효가 되어버릴 정보라도 얻어볼까 해서 모인 사람들이었다. 어쨌든 이처럼 사람들이 모여들다 보니 왕래하는 사람들이 많았고, 이런 점에 대한 고려가 가르시아와 랑베르가 만나기로 한 장소 선택과 무관하진 않다는 추측도 할 만했다.

"이상하군요. 그렇게도 떠나시려고 고집하시다니." 코타르가 말했다. "어쨌든 지금 일어난 일은 참 재밌지 않습니까?"

"나는 안 그런데요." 랑베르가 대답했다.

"오! 물론, 다소 위험부담이 있기는 하죠. 그러나 따지고 보면 페스트 이전에도, 차가 끊임없이 오가는 복잡한 네거리를 건너갈 때 그 정도의 위험부담은 있었죠."

마침 그때, 리외의 자동차가 그들이 서 있는 근처까지 와서 멎었다. 타루가 운전을 하고 있었고, 리외는 반쯤 졸고 있는 것 같았다.

그는 깨어나서 소개를 하려고 했다.

"이미 알아요." 타루가 말했다. "같은 호텔에 묵고 있는 걸요."

그는 랑베르에게 시내까지 태워다 주겠다고 했다.

"아닙니다. 우리는 여기서 누굴 만날 약속이 있어요."

리외가 랑베르를 쳐다보았다.

"그렇습니다." 랑베르가 말했다.

"아! 의사 선생님도 알고 계셨나요?" 코타르는 놀란 듯했다.

"저기 예심판사가 오는군요." 타루는 코타르를 보면서 알려 주었다.

코타르의 안색이 변했다. 오통 씨가 정말 길을 걸어 내려오고 있었다. 힘찬 그러나 정확한 걸음걸이로 그들을 향해서 다가오고 있었다. 그는 그 작은 모임 앞을 지나가면서 모자를 벗었다.

"안녕하십니까, 판사님!" 타루가 말했다.

판사는 차 안의 사람들에게 답례를 했고, 뒤에 물러나 있는 코타르와 랑베르를 보고 정중하게 고개를 숙였다. 타루가 그 연금생활자와 신문기자를 소개했다. 판사는 잠깐 하늘을 바라보다가 한숨을 쉬면서, 참 한심한 시기라고 말하는 것이었다.

"제가 알기에는, 타루 씨께서는 예방 조치 실시에 전력하고 계시다던데요. 저로서는 뭐라고 치하드려야 할지 모르겠습니다. 의사 선생께서는 병이 더 퍼질 것으로 생각하십니까?"

리외는 그렇게 되지 않기를 바라야 한다고 말했다. 그랬더니 판사는, 하느님의 뜻은 헤아릴 수 없는 것이므로 언제나 희망을 가져야 한다고 되받았다. 타루는 그에게 이번 사건 때문에 일이 늘었냐고 물었다.

"반댑니다. 오히려 우리가 보통 법이라고 부르는 사건은 줄어들었습니다. 제가 심리하게 된 것이라고는 이번 새 조치를 위반한 중대 범법자들뿐입니다. 기존의 법이 이렇게 잘 지켜진 경우는 거의 없었습니다."

"상대적으로 볼 때 기존의 법이 분명 훌륭하기 때문에 그런 것이겠지요." 타루가 말했다.

판사는 여태까지 꿈꾸는 듯한 태도와 허공에 매달린 듯한 시선을 바꾸었다. 그리고 싸늘한 표정으로 타루를 빤히 바라보았다.

"그래서 어쨌다는 겁니까?" 그가 말했다. "문제는 법에 있는 것이 아니라 처벌에 있습니다. 우리로서는 어쩔 수가 없습니다."

"저자가 원수 제1호야." 판사가 떠나자 곧 코타르가 말했다.

차가 움직이기 시작했다.

잠시 뒤 랑베르와 코타르는 가르시아가 오는 것을 보았다. 그는 아무 신호도 없이 그들에게로 가까이 오더니 갑자기 인사하듯이 이렇게 말했다.

"기다려야겠군!"

그들 주위에 무리를 이룬 사람들이—여자들이 압도적으로 많았다—모두 입을 굳게 다문 채 기다리고 있었다. 여자들은 거의 전부가 바구니를 들고 있었는데, 혹시 아픈 친척에게 식량을 전할 길이 있지나 않을까 하는 헛된 희망을 걸고 있었으며, 더욱 어처구니없는 일이지만, 아픈 사람들에게 그 식량이 도움이 될지도 모른다는 생각을 하고 있는 것이었다. 정문은 무장한 파수병이 지키고 있었고, 때때로 기괴한 비명이 정문과 병동 사이에 있는 마당 너머로 들려왔다. 그러면 기다리는 사람들 몇몇이 불안스런 얼굴로 의무실 쪽을 돌아보았다.

세 사나이도 이 광경을 보고 있었는데, 등 뒤에서 "안녕하십니까?"라는 분명하고 위엄 있는 목소리가 들려오자 그들은 고개를 돌렸다. 이 더위에도 라울은 아주 단정한 정장 차림이었다. 키가 크고 건장해 보이는 그는 짙은 빛깔의 정장 차림에 챙이 위로 둥글게 말려 올라간 모자를 쓰고 있었고, 상당히 창백한 얼굴이었다. 밤색 눈에 야무진 입을 가진 라울은 빠르고 정확하게 말을 했다.

"시내로 내려갑시다." 그가 말했다. "가르시아, 자네는 이만 가보게나."

가르시아는 담배에 불을 붙이더니 아무 말 없이 자리를 떴다. 그들은 중간에서 걸어가는 라울의 걸음걸이에 맞춰 빠른 속도로 걸었다.

"가르시아한테서 이야기는 들었습니다." 라울이 말했다. "불가능한 이야기는 아닙니다. 그러나 어쨌든 1만 프랑은 들여야 할 겁니다."

랑베르는 좋다고 대답했다.

"내일 나하고 점심이나 같이 하시죠. 마린 거리의 스페인 식당에서요."

랑베르가 알았다고 말하자, 라울은 처음으로 미소를 지으며 그와 악수를 했다. 그가 사라진 뒤 코타르는 못 가겠다고 말했다. 내일 시간이 없는 데다가 이제는 자기 없이 랑베르 혼자로도 충분하다는 것이었다.

그 이튿날 신문기자가 스페인 식당으로 들어가자, 모두의 시선이 그의 얼굴에 쏠렸다. 햇볕에 바싹 마른 좁은 골목 아래에 위치한 그 어둠침침한 지하 식당에는 남자 손님들만 드나들었으며, 그것도 대부분 스페인계 친구들이었다. 안쪽의 식탁에 자리잡고 앉은 라울이 신문기자에게 손짓을 하고, 랑베르가 그쪽으로 방향을 돌리자 사람들의 호기심이 수그러들어 다들 먹고 있던 접시로 얼굴을 돌렸다. 라울 곁에는 수염이 덥수룩하고 어깨가 엄청나게 넓고 말상인 데다가 머리숱이 적으며, 여위고 키가 큰 사내가 앉아 있었다. 시커먼 털로 덮인 길고 가느다란 그의 두 팔이 걷어 올린 와이셔츠 소매 밑으로 나와 있었다. 랑베르를 소개받았을 때, 그 친구는 고개를 세 번 끄덕였다. 그의 이름은 한 번도 입에 오르지 않았고 라울은 그를 가리킬 때 그저 '우리 친구'라고만 했다.

"우리 친구가 당신을 도울 수 있을 것 같다는군요. 그는 당신을……."

라울은 웨이트리스가 랑베르의 주문을 받으러 오자 잠시 말을 멈췄다.

"이 친구가 선생을 우리 동료 가운데 두 사람과 손이 닿게 해줄 텐데, 그 친구들이 우리가 매수해놓은 보초병들에게 선생을 소개해드릴 겁니다. 그러나 그것으로 다 끝나는 것이 아니죠. 보초들이 스스로 절호의 시기를 판단합니다. 가장 간단한 방법은, 보초병들 가운데 시의 문 가까이 사는 사람 집에 가서 몇 밤을 묵는 것이죠. 그러나 그 전에, 이 친구가 필요한 접촉을 시켜드릴 겁니다. 모든 일이 잘 되면, 이 친구에게 비용을 계산해주면 됩니다."

그의 친구는, 또 한 번 그 말상의 머리를 끄덕이면서 손으로는 여전히 토마토와 피망 샐러드를 쉬지 않고 섞어가면서 게걸스럽게 먹어댔다. 그러더니 스페인 억양을 약간 섞어가며 말했다. 그는 랑베르에게, 이틀 뒤 아침 8시에 대성당 정문 앞에서 만나자고 제의했다.

"또 이틀 뒤로군요." 랑베르가 말했다.

"쉬운 일은 아니니까요." 라울이 말했다. "그 친구들을 찾아야 되거든요."

그 말상의 사내가 또 한 번 고개를 끄덕였다. 랑베르는 맥이 풀린 어조로 동의했다. 나머지 식사 시간은 뭔가 할 말을 찾는 데 써버렸다. 그러나 그 말상의 사내가 축구 선수라는 것을 랑베르가 알고 나서부터 모든 일이 쉬워졌다. 그 자신도 축구를 많이 했었던 것이다. 그리하여 프랑스 선수권, 영국 프로 선수단의 가치, W형 전술에 대한 이야기가 나왔다. 식사가 끝날 무렵, 그 말상의 사내는 아주 신이 나서 랑베르에게 말까지 놓아가며, 팀에서 센터하프만큼 화려한 위치는 없다고 납득시키려 했다.

"센터하프는 알다시피 선수들에게 게임 역할을 배당하는 사람이란 말이야. 역할을 배당하는 것, 그게 바로 축구라는 거지."

사실 랑베르 자신도 항상 포워드를 보아왔지만, 그와 같은 의견이었다. 그 토론은 라디오 소리 때문에 비로소 중단되었는데, 라디오에서는 우선 감상적인 멜로디를 은은하게 되풀이하더니 그 전날의 페스트가 137명의 희생자를 냈다고 보도했다. 듣고 있던 사람들 누구 하나 반응을 보이지 않았다. 그 말상의 사나이는 어깨를 으쓱하면서 자리에서 일어났다. 라울과 랑베르도 그를 따랐다.

헤어지면서 그 센터하프는 랑베르의 손을 힘껏 쥐었다.

"내 이름은 곤잘레스야." 그가 말했다.

그 뒤 이틀 동안이 랑베르에게는 끝없이 느껴졌다. 그는 리외의 집을 찾아가서 자기 일의 진행을 자세하게 이야기했다. 그러고는 어떤 집으로 왕진을 가는 리외를 따라갔다. 그는 의심스러운 환자가 기다리는 집의 문 앞에서 의사에게 작별인사를 했다. 복도에서 사람들이 뛰어가거나 뭔가 말하는 소리가 들려왔다. 가족에게 의사가 온 것을 알리는 것이었다.

"타루가 이제 왔으면 좋으련만." 리외가 중얼거렸다.

그는 지쳐 보였다.

"전염병이 예상 외로 너무 빨리 퍼지지요?" 랑베르가 물었다.

리외는 그렇지 않고 통계 곡선의 상승 정도가 도리어 좀 완만해졌다고 말했다. 다만 페스트에 대항해 싸우기 위한 수단이 제한되어 있다는 것이었다.

"자재가 부족합니다." 그가 말했다. "세계 어느 나라 군대건 자재의 부족은 대개 인력으로 보충하지요. 그러나 우리는 그 인력마저도 부족합니다."

"외부에서 의사들과 보건대원들이 왔는데도요?"

"그렇습니다." 리외가 말했다. "의사 열 명을 포함해서 백여 명의 인원이 왔어요. 보기에는 많습니다. 그런데 그 인원으로는 현재의 병세를 감당하기에도 빠듯합니다. 병이 더 퍼지면 그 인원으로는 불충분합니다."

리외는 안에서 나는 소리에 귀를 기울였다. 그러고는 랑베르에게 미소를 지었다.

"그렇습니다. 선생도 서둘러 일을 성사시켜야 되겠어요."

한 줄기 어두운 그늘이 랑베르의 얼굴을 스쳐갔다.

"아시겠지만," 그가 낮은 목소리로 말했다. "그 때문에 떠나려는 것은 아닙니다."

리외가 자기도 그건 알고 있다고 대답했지만, 랑베르는 말을 계속했다.

"나는 내가 비겁자는 아니라고 믿습니다. 적어도 대부분의 경우에는 말입니다. 그걸 시험해볼 기회도 있었어요. 단지 도저히 참을 수 없는 생각이 몇 가지 있어서요."

의사는 그를 정면으로 보았다.

"꼭 부인을 만나실 거예요." 그가 말했다.

"어쩌면요. 그러나 이 상태가 계속될 것이고, 그 동안 그 여자가 늙을 거라고 생각하면 참을 수가 없어요. 나이가 서른이면 사람은 늙기 시작하니까 무슨 수라도 써야지요. 제 말씀을 이해하실지 모르겠군요."

리외는 자기도 이해할 것 같다고 중얼거리고 있었는데, 그때 타루가 신바람이 나서 왔다.

"지금 막 파늘루 신부에게 우리와 같이 일을 하자고 부탁했어요."

"그래서요?" 의사가 물었다.

"잠시 생각하더니, 그러자고 하더군요."

"그것 참 기쁜 일이군요." 의사는 말했다. "그가 자기의 설교보다 더 나은 사람이라는 걸 알게 되니 기쁘군요."

"사람이라는 게 다 그렇습니다." 타루가 말했다. "다만 기회를 줄 필요가 있지요."

그는 미소를 짓고 리외를 보면서 눈을 깜박거렸다.

"그것이 인생에서 내가 할 일입니다. 기회를 제공한다는 것 말입니다."

"실례하겠습니다." 랑베르가 말했다. "저는 가봐야겠습니다."

약속한 목요일, 랑베르는 8시 5분 전에 대성당의 정문 밑으로 갔다. 하늘에는 희고 둥근 작은 구름들이 떠다니고 있었는데, 이제 곧 더위가 치솟으면 대번에 삼켜질 것이었다. 아련한 습기의 냄새가 아직도 잔디밭에서 올라오고 있었지만, 잔디밭은 말라 있었다. 동쪽에 있는 집들 뒤에서 태양은 광장을 장식하고 있는, 온통 금도금을 한 잔 다르크의 투구만을 비추고 있었다. 어디선지 8시를 쳤다. 랑베르는 인적이 없는 정문 아래로 두세 걸음 내딛었다. 어렴풋이 성가의 멜로디가 지하실의 눅눅한 냄새와 향 피우는 냄새를 싣고 성당 안으로부터 들려오고 있었다. 갑자기 노랫소리가 멎었다. 10여 명의 조그만 검은 형체들이 성당에서 나오더니 시가쪽으로 종종걸음으로 뛰기 시작했다. 랑베르는 초조해지기 시작했다. 몇 개의 다른 형체들이 큰 계단을 거슬러 올라 정문 쪽으로 다가오고 있었다. 그는 담배에 불을 붙였는데, 어쩐지 장소가 장소니만큼 담배를 피워서는 안 될 것 같다는 느낌이 들었다.

8시 15분에 대성당의 오르간이 은은한 소리로 연주를 시작했다. 랑베르는 어둠침침한 궁륭 밑으로 들어섰다. 잠시 뒤, 그는 자기보다 먼저 본당에 들어와 있는 조그만 검은 그림자들을 알아볼 수가 있었다. 그 그림자들은 한 모퉁이, 시내 어느 아틀리에에서 급하게 제작한 성 로크 상을 모셔놓은 일종의 임시 제단 앞에 모여 있었다. 무릎을 꿇고 있어서인지 그들은 더한층 오그라들어 보였으며, 회색 배경 속에 번져들어 마치 응고된 그림자의 덩어리처럼, 주위의 안개보다 약간 더 짙을까 말까 싶게 여기저기에 드문드문 떠 있었다. 그 형체들 위로 오르간은 끝없이 변주곡을 울리고 있었다.

랑베르가 밖으로 나왔을 때, 곤잘레스는 이미 계단을 내려가서 시내로 향하고 있었다.

"이미 가버린 줄 알았지." 그는 랑베르에게 말했다. "보통 있는 일이니까."

그는 거기서 멀지 않은 곳에서 8시 10분 전에 그의 친구들과 만나기로 되어 있었는데, 20분을 기다려도 나타나지 않더라고 변명했다.

"무슨 일이 있는 게 분명해. 우리가 하는 이런 일이 늘 뜻대로 되는 것은 아니지."

그는 이튿날 같은 시간에 전사자 기념비 앞에서 다시 만나자고 했다. 랑베르는 한숨을 내쉬며 모자를 뒤로 젖혀 넘겼다.

"이 정도는 아무것도 아니라네." 곤잘레스는 웃으면서 말했다. "생각 좀 해보게. 한 골을 넣자면 그 전에 기습공격도 하고 패스도 하면서 온갖 작전을 짜지 않느냔 말일세."

"그야 물론이지." 랑베르는 계속해서 말했다. "그러나 축구시합은 한 시간 반밖에 안 걸리지."

오랑의 전사자 기념비는 이 도시에서 바다를 내려다볼 수 있는 유일한 장소에 있었는데, 그곳은 항구를 내려다보는 낭떠러지를 아주 짧은 거리에 걸쳐서 끼고 도는 일종의 산책도로였다. 그 이튿날 랑베르는 약속 시간보다 일찍 와서, 명예의 전사자 명단을 차근차근 읽고 있었다. 몇 분 뒤에 두 사나이가 다가와서 무심하게 그를 보고 있더니, 산책도로의 난간에 가서 팔꿈치를 괴고 텅 빈 쓸쓸한 항구를 정신없이 내려다보는 듯했다. 둘 다 비슷한 키로, 푸른 바지에 소매가 짧은 재킷을 입고 있었다. 랑베르는 약간 멀리 떨어진 벤치에 걸터앉아서 한가하게 그들을 바라볼 수 있었다. 그리하여 그는 그 사내들이 스무 살 이상은 되어 보이지 않는다는 것을 알아차렸다. 그때 곤잘레스가 변명을 하면서 자기에게 걸어오는 것이 보였다.

"저기 친구들이 오는군." 그는 그 두 젊은이에게로 랑베르를 데리고 가더니, 마르셀하고 루이라고 소개를 했다. 마주 바라보니, 그들은 닮은 데가 많았다. 그래서 랑베르는 그들이 아마 형제인 모양이라고 생각했다.

"자아," 곤잘레스가 말했다. "이걸로 인사는 끝난 셈이군. 이제 일을 상의해야지."

그래서 마르셀인지 루이인지가, 자기네들의 경비 차례는 이틀 뒤에 시작돼서 일주일 계속되니, 가장 편리한 날을 택해야 한다고 말했다. 그들은 넷이서 서쪽 문을 지키는데, 다른 두 사람은 직업군인이었다. 그들을 한패로 끌어들일 생각은 없다면서, 그들은 믿을 수도 없거니와 그랬다가는 비용이 더 든다는 것이었다. 그러나 어떤 날 저녁에는 그들 둘이 잘 아는 바의 뒷방에 가서 밤을 지새우는 일도 있다는 것이었다. 마르셀인가 루이인가는 이런 이야기를 하면서, 랑베르에게 문 가까이 있는 자기들 집에 와서 묵다가 자기들이 부를 때까지 기다리라는 제안을 했다. 그러면 통과는 아주 쉽다는 것이었다. 그러나 서두를 필요가 있다면서, 얼마 전부터 시 밖에 이

중 감시초소를 설치한다는 말이 돌고 있다는 것이었다.

랑베르는 찬성을 하고, 마지막으로 남은 담배 몇 대를 권했다. 둘 중에 그때까지 아무 말도 하지 않았던 청년이 곤잘레스에게 비용 문제가 해결되었는지, 선금을 받을 수 있는지 물었다.

"아니야, 그럴 필요는 없어." 곤잘레스가 말했다. "이 사람은 친구 니까. 비용은 출발할 때 다 치르기로 하세."

그들은 다시 만나기로 했다. 곤잘레스는 그 다음다음날 스페인 식당에서 저녁을 먹자고 제의했다. 거기서 곧장 보초병들의 집으로 갈 수 있다는 것이었다.

"첫날 밤은" 그가 랑베르에게 말했다. "내가 같이 있어주지."

그 이튿날 랑베르는 자기 방으로 올라가는 길에, 호텔의 계단에 서 타루를 만났다.

"리외를 만나러 가는 길입니다." 타루가 말했다. "같이 가지 않겠 습니까?"

"방해가 되지 않을지 모르겠네요." 좀 멈칫거리다가 랑베르가 말 했다.

"그렇지 않을 거예요. 선생 이야기를 꽤 들었거든요."

신문기자는 생각을 했다.

"그러면 이렇게 하죠." 그가 말했다. "저녁식사가 끝난 다음에 시 간이 있으시면, 밤이 늦더라도 호텔의 바로 두 분이 같이 오십시오."

"그분이나 페스트의 상황에 따라 달라지겠죠." 타루가 말했다.

그러나 밤 11시쯤 되어서 리외와 타루는 작고 좁은 바로 들어갔다. 30명 가량의 손님들이 팔꿈치를 맞대고 큰 소리로 이야기하고 있었다. 페스트에 전염된 도시의 정적 속에서 갓 나온 두 사람은 귀가 좀 먹먹해서 멈춰 섰다. 그들은 아직도 알코올 음료를 팔고 있는 것을 보고서야 그 법석을 이해할 수 있었다. 랑베르는 카운터 끝의 등받이 없는 의자에 올라앉은 채 그들에게 손짓을 했다. 두 사람이 그를 에워쌌다. 타루는 시치미를 떼고 떠들썩한 옆자리 사람을 밀어젖혔다.

"알코올은 괜찮습니까?"

"괜찮다마다요." 타루가 말했다.

리외는 자기 잔의 쌉쌀한 풀 냄새를 코로 맡아보았다. 그러한 소란 속에서는 이야기하기도 어려웠지만, 랑베르는 무엇보다도 술 마시는 데에 정신이 팔린 듯싶었다. 의사는 아직 그가 취했는지를 판단하기가 어려웠다. 그들이 앉은 좁은 구석 한쪽에 있는 두 테이블 중 하나에는 어떤 해군장교가 양팔에 여자를 하나씩 끼고, 얼굴이 새빨개진 뚱뚱보 남자를 상대로 장티푸스 유행 당시의 카이로 이야기를 하고 있었다.

"수용소가 있었지." 그가 말했다. "원주민들을 위해서 수용소를 만들었어. 환자를 수용할 천막을 치고, 둘레에 온통 보초선을 치고 말일세. 가족들이 몰래 민간요법 약품을 가지고 들어오면 쏘는 거야. 참 가혹한 일이었지만, 그게 옳은 일이었어."

또 한 테이블에는 멋쟁이 청년들이 앉아 있었는데 그들이 주고받는 이야기는 알아들을 수 없었지만, 말소리는 높은 곳에 올려놓은

축음기에서 쏟아져 나오는 〈성 제임스 병원〉의 박자 속으로 휩쓸려
들고 있었다.

"잘 되어갑니까?" 리외가 언성을 높이면서 물었다.

"되어가는 중입니다." 랑베르가 말했다. "아마 일주일 안으로 될
겁니다."

"유감이군요." 타루가 외쳤다.

"왜요?"

타루는 리외를 쳐다보았다.

"오!" 리외가 말했다. "타루의 말은 여기 계시면 우리에게 도움이
될 텐데 아쉽다는 얘기입니다. 그러나 난 떠나고 싶어하는 심정을
너무나 잘 이해해요."

타루가 한 잔씩 더 마시자고 했다. 랑베르는 의자에서 내려와 처
음으로 타루를 정면으로 보았다.

"제가 무엇에 도움이 될까요?"

"글쎄……." 타루는 자기 술잔으로 손을 천천히 내밀면서 말했다.
"그러니까 우리 보건대 일이지요."

랑베르는 다시 여느 때처럼 생각에 잠긴 얼굴로, 다시 자기 의자
에 올라앉았다.

"그런 단체가 유익한 것이라고 생각지 않으시나요?" 막 잔을 비운
타루는 이렇게 말하고, 가만히 랑베르를 바라보았다.

"아주 쓸모가 있지요." 신문기자는 이렇게 말하며 술을 마셨다.

리외는 그의 손이 떨리고 있는 것을 보았다. 이제는 정말 취했다

고 그는 생각했다.

그 이튿날, 랑베르가 두 번째로 그 스페인 식당에 들어갈 때는 몇몇 사람들이 그가 지나가는 입구 문 앞에 의자를 끌어내 놓고 앉아서 겨우 더위가 고개를 숙이기 시작하는 초록빛과 황금빛의 저녁때를 즐기고 있었다. 그들은 코를 찌르는 듯한 향의 담배를 피우고 있었다. 식당 내부는 거의 비어 있었다. 랑베르는 처음으로 곤잘레스를 만났던 안쪽의 그 식탁에 가서 앉았다. 웨이트리스에게는 기다리는 사람이 있다고 말했다. 7시 30분이었다. 차츰 남자들이 식당 안으로 들어와서 자리를 잡고 앉았다. 음식이 나오기 시작하고, 등 그런 천장 밑은 식기 부딪치는 소리와 귀가 먹먹할 정도의 소란스런 얘기 소리로 가득 찼다. 8시가 되어도 랑베르는 여전히 기다리고 있었다. 불이 켜졌다. 새로운 손님들이 그의 테이블에 와서 앉았다. 그는 혼자서 식사를 주문했다. 8시 30분에는 식사도 다 끝났지만, 곤잘레스도 그 두 젊은이도 오지 않았다. 그는 담배를 여러 대 피웠다. 홀은 서서히 비기 시작했다. 밖은 빠르게 어두워지고 있었다. 미지근한 바람이 바다에서 불어와 창문의 커튼을 슬며시 쳐들곤 했다. 9시가 되었을 때, 랑베르는 홀이 텅 비었고 웨이트리스가 의아하게 그를 보고 있는 것을 알아차렸다. 그는 계산을 끝내고 밖으로 나왔다. 식당 맞은편 카페가 열려 있었다. 랑베르는 카운터에 걸터앉아서 식당 입구를 감시하고 있었다. 9시 30분에, 그는 주소도 모르는 곤잘레스를 어떻게 만날까 하는 부질없는 궁리를 하면서 호텔로 향했다. 여태껏 밟아온 절차를 다시 밟아야 할 것을 생각하니 가슴이 답답했다.

그가 나중에 리외에게 말한 바에 따르면 바로 그때, 구급차가 질주하는 어둠 속에서 그는 자기와 아내를 갈라놓은 장벽으로부터 어떤 탈출구를 찾기에 열중한 나머지 그동안 줄곧 어떤 의미에서는 아내를 잊고 있었다는 사실을 깨닫게 되었다. 그러나 또한 바로 그때, 모든 길이 또다시 꽉 막히고 나자, 욕망의 한복판에서 새삼스레 아내의 모습을 되찾게 되었는데, 너무나 갑작스러운 고통의 폭발이었기 때문에, 그는 호텔 쪽으로 달음질치기 시작했다. 그 불지짐같이 혹독한 아픔에서 벗어나려는 것이었지만, 그래도 그 뜨거운 아픔은 그의 가슴속에 남아 관자놀이를 파먹듯이 쑤셔대는 것이었다.

그 이튿날 아주 일찌감치, 그는 리외를 만나러 와서 어떻게 하면 코타르를 만날 수 있느냐고 물었다.

"남은 방법이라고는," 그가 말했다. "처음부터 다시 그 순서를 밟아가는 것뿐입니다."

"내일 저녁 때 오십시오." 리외가 말했다. "타루가 코타르를 불러 달라더군요. 왜 그러는지 모르겠어요. 그는 10시에 오기로 되어 있어요. 그러니 10시 반쯤 이곳에 오시죠."

코타르가 그 이튿날 의사 집에 왔을 때, 타루와 리외는 리외의 담당구역 내에서 일어난 예기치 않은 완치 사례에 대해서 이야기하고 있었다.

"열에 하나입니다. 운이 좋았죠." 타루가 말했다.

"아, 그건 페스트가 아니었어요." 코타르가 말했다.

두 사람은 확실히 그 병은 페스트였다고 단언했다.

"그럴 리가 없어요, 나은 것을 보면 말이에요. 나보다 더 잘 아시겠지만, 페스트라면 용서가 없죠."

"대개는 그렇죠." 리외가 말했다. "그러나 좀더 꾸준히 대항하다 보면 뜻밖의 결과를 얻는 일도 있습니다."

코타르는 웃었다.

"그렇게 보이지 않는데요. 오늘 저녁 숫자를 들으셨어요?"

타루는 호의에 찬 시선으로 코타르를 보았는데, 숫자는 알고 있다, 사태가 심각하다, 그러나 그것이 증명하는 바는 무엇인가? 그것은 바로 강력한 대책이 필요하다는 사실을 증명하는 것이라고 말했다.

"아니! 이미 그런 대책을 세우고 계시면서……."

"그래요, 그렇지만 저마다 자기 나름대로 자신의 대책을 세워야 해요."

코타르는 무슨 말인지 몰라서 타루를 바라보고 있었다. 타루는 너무나 많은 사람이 아무 일도 안 하고 있다, 페스트는 각자의 문제다, 그러니 각자가 자기의 의무를 이행해야 한다고 말했다. 보건대의 문은 모든 사람에게 열려 있다는 것이었다.

"그것도 좋은 생각입니다." 코타르가 말했다. "그러나 그건 아무 소용도 없을 겁니다. 페스트가 너무나 억세니 말씀이에요."

"그거야 모르죠. 뭐든 해보고 나서……." 타루는 끈기 있는 어조로 말했다.

그동안 리외는 자기 책상에서 진료 카드를 다시 베끼고 있었다. 타루는 의자에 앉아서 동요하고 있는 코타르를 계속 바라보고 있었다.

"왜 우리와 같이 일하지 않으세요, 코타르 씨?"

코타르는 기분이 상한 듯이 의자에서 일어나 자기의 둥근 모자를 집어들었다.

"그건 내 일이 아닙니다."

그러고는 일부러 싸움이라도 걸려는 듯이 말했다.

"뿐만 아니라, 난 페스트 안에 있는 게 더 편안해요. 따라서 그것을 저지하는 일에 손을 댈 이유가 없지요."

타루는 갑자기 진실을 알아냈다는 듯이 이마를 탁 쳤다.

"아! 그랬군요. 내가 깜빡 잊고 있었네요. 그게 아니었더라면 당신은 체포되셨을 테니까요."

코타르는 움찔 놀라서 넘어지려는 듯이 의자를 꽉 잡았다. 리외는 글씨 쓰던 손을 멈추고, 심각하고도 흥미 있는 태도로 그를 바라보았다.

"누가 그딴 소리를 합니까?" 코타르가 소리쳤다.

타루는 뜻밖의 일이라도 들은 듯이 말했다.

"당신이 말하지 않았습니까? 아니 적어도 의사 선생하고 나는 그렇게 이해했는데요."

그러자 코타르는 걷잡을 수 없는 분노에 사로잡혀서 알아들을 수 없는 말들을 지껄여대기 시작했다.

"그렇게 흥분하지 마세요." 타루가 덧붙여 말했다. "의사 선생이나 나나 당신을 밀고할 사람은 아니니까. 당신의 사건은 우리하고는 관계가 없습니다. 게다가 우리는 결코 경찰을 좋아해본 적이 없으니까요.'자, 좀 앉으시죠."

코타르는 자기 의자를 내려다보며 한동안 망설이더니 앉았다. 한참 만에 그는 한숨을 내쉬었다.

"그건 다 지난 옛날 이야기입니다." 그는 인정했다. "그걸 다시 끄집어낸 거예요. 나는 다 잊었거니 했었는데 어떤 놈이 찔렀죠. 그들은 나를 호출하더니 조사가 끝날 때까지 늘 대기하고 있으라더군요. 그래서 결국 체포되고 말 것이라는 것을 알았죠."

"중죄인가요?" 타루가 물었다.

"그건 말하기에 달려 있어요. 하여간 살인은 아닙니다."

"금고형, 아니면 징역인가요?"

코타르는 몹시 풀이 죽어 보였다.

"금고형이겠죠, 운이 좋으면......"

그러나 얼마 지나지 않아, 그는 다시 핏대를 올리며 말했다.

"실수였어요. 누구나 실수는 하는 법이죠. 생각만으로도 참을 수 없어요. 그것 때문에 잡혀가서 집이며 익숙한 생활이며 모든 친지들과 헤어져야 하다니."

"아하!" 타루가 물었다. "목을 맬 생각을 한 것도 바로 그 때문이었군요?"

"네, 어리석은 짓이었지요, 확실히."

리외가 처음으로 입을 열어 코타르에게, 자기는 그의 불안을 이해하며 모든 것이 잘될 것 같다고 말했다.

"오! 당장에는 두려울 게 하나도 없다는 것은 알아요."

"아무래도," 타루가 말했다. "우리 보건대에 들어오는 일은 없겠군요."

두 손으로 자기 모자를 뱅뱅 돌리고 있던 코타르는 자신 없는 시선을 타루에게로 돌렸다.

"나를 원망하진 마십시오."

"물론이죠. 그렇지만 적어도," 타루는 미소를 지으면서 말했다. "일부러 병균을 퍼뜨리려고 애쓰지는 말아주세요."

코타르는, 자기가 페스트를 원한 것이 아니고 그냥 페스트가 그렇게 생겨난 거다, 당장에는 그 덕분에 자기 일이 잘 되고 있지만 그것이 제 탓은 아니라고 항의했다. 그리고 랑베르가 문 앞에까지 왔을 때, 그 연금생활자는 목소리에 있는 힘을 다 넣어서 이렇게 덧붙였다.

"게다가 내 생각으로는 당신들은 결국 아무런 성과도 얻지 못하실 겁니다."

랑베르가 물어 보니 코타르도 곤잘레스의 주소는 몰랐지만, 그래도 다시 그 작은 카페에 가볼 수는 있다고 했다. 그래서 이튿날 거기서 만나기로 약속했다. 그리고 리외가 소식을 알고 싶다는 뜻을 표시하기에, 랑베르는 주말 밤에 아무 때나 자기 방으로 타루와 함께 와달라고 초대했다.

아침이 되자 코타르와 랑베르는 그 작은 카페에 가서, 가르시아에게 저녁때 또는 곤란하면 그 이튿날 만나자는 전갈을 남겨두었다. 그날 저녁, 그들은 가르시아를 기다렸으나 허사였다. 그 이튿날, 가르시아가 와 있었다. 그는 말없이 랑베르의 이야기를 들었다. 그는, 사정은 잘 모르겠지만, 자기가 아는 바로는, 호별 검사를 실시하기 위해서 여러 구역 전체에서 24시간 통행이 차단되고 있다고 했다. 곤잘레스와 그 두 젊은이가 차단선을 넘지 못했을지도 모른다는 것이었다. 그러나 자기로서 할 수 있는 일은, 고작해야 다시 한 번 그들을 라울과 연결시켜주는 것뿐이라고 말했다. 그것도 물론 그 다음다음날 안으로는 어렵다는 것이었다.

"아무래도," 랑베르가 말했다. "아주 처음부터 다시 시작해야겠군요."

그 다음다음날, 어느 길모퉁이에서 라울이 가르시아의 추측을 확인시켜주었다. 아랫동네의 통행이 차단되었었다는 것이었다. 다시 곤잘레스와 연락할 필요가 있었다. 이틀 뒤, 랑베르는 그 축구선수와 점심을 먹고 있었다.

"바보 같은 이야기지." 곤잘레스가 말했다. "뭔가 연락할 방법을 정해 놓았어야 하는 건데."

랑베르도 동의했다.

"내일 아침, 우리 애들한테나 가보세. 가서 일을 조정해보지."

그 이튿날, 애들은 집에 없었다. 그래서 그들에게 이튿날 정오에 리세 광장에서 만나자고 전갈을 남겨놓았다. 랑베르가 돌아왔을 때

표정은, 그날 오후 그를 만난 타루가 섬뜩할 정도였다.

"잘 안 되나요?" 타루가 그에게 물었다.

"자꾸만 처음부터 다시 시작하니 말입니다." 랑베르가 말했다.

그리고 그는 그의 초대를 변경했다.

"오늘 저녁에 와주세요."

그날 저녁 두 사나이가 랑베르의 방에 들어갔을 때, 랑베르는 누워 있었다. 그는 일어나서 준비해 두었던 술잔을 채웠다. 리외는 자기 잔을 받으면서 그에게 일은 제대로 되어가느냐고 물었다. 랑베르는 완전히 한 바퀴 돌아서 원점으로 왔었는데, 머지않아 마지막 단계의 약속을 하게 될 것이라고 말했다. 그는 술을 마시고 덧붙였다.

"물론 그들은 오지 않을 테지요."

"그렇게 단정을 내릴 필요는 없죠." 타루가 말했다.

"아직 몰라서 그래요." 랑베르는 어깨를 으쓱하면서 대답했다.

"대체 뭘요?"

"페스트 말입니다."

"허참!" 리외가 중얼거렸다.

"그렇습니다. 아직도 모르는군요. 페스트란 바로 처음부터 다시 시작하는 게 특징이란 걸 말입니다."

랑베르는 방 한구석으로 가서 조그만 축음기의 뚜껑을 열었다.

"그 곡이 뭐죠?" 타루가 물었다. "나도 아는 곡인데요."

랑베르는 이 판이 〈성 제임스 병원〉이라고 대답했다.

판이 반쯤 돌아갔을 때, 멀리서 두 발의 총소리가 들려왔다.

"개 아니면 탈주자로군." 타루가 말했다.

얼마 지나지 않아 판이 다 돌아가자, 구급차 소리가 뚜렷하게 들리고 점점 커지다가 호텔 방 창 밑을 지나 점점 작아지더니 마침내 아주 그쳤다.

"이 판은 재미가 없어요." 랑베르가 말했다. "게다가 오늘은 벌써 열 번이나 들었으니 말이에요."

"그렇게 그 곡이 좋으세요?"

"아닙니다. 이것밖에 가진 게 없어서요." 그리고 잠시 뒤에 말했다. "자꾸 다시 시작하는 것이 특징이라니까요."

그는 리외에게 보건대 일은 어떻게 되어가느냐고 물었다. 현재 다섯 개 반이 활동하고 있는데 아직 몇 개 반이 더 생길 것 같았다. 랑베르는 자기 침대 위에 앉아서 손톱 손질에 여념이 없었다. 리외는 침대가에 웅크리고 있는 그 자그마하고 힘 있게 생긴 그의 실루엣을 살피고 있었다. 문득 그는 랑베르가 자기를 보고 있는 것을 알아차렸다.

"그런데 선생님," 그가 말했다. "저도 그 조직에 대해 많이 생각해 봤습니다. 제가 같이 일을 안 하고 있는 것은 저에게도 그만한 이유가 있기 때문입니다. 다른 일 같으면 아직도 제 몸을 바칠 수 있을 것 같아요. 저는 스페인 전쟁에 종군한 일도 있으니까요."

"어느 편이었죠?" 타루가 물었다.

"패배한 쪽이었죠. 그러나 그 뒤 나는 좀 생각한 것이 있었어요."

"무슨 생각이죠?" 타루가 말했다.

"용기라는 것에 대해서 말입니다. 이제 나는 인간이 위대한 행동을 할 수 있다는 것을 압니다. 그렇지만 만약 그 인간이 위대한 감정을 가질 수 없다면 나는 그 인간에 대해서 흥미가 없습니다."

"인간이 마치 온갖 능력을 다 가진 듯한 느낌이 드네요." 타루가 말했다.

"그건 아닙니다. 인간은 오랫동안 고통을 참을 수도 오랫동안 행복해질 수도 없습니다. 다시 말해 인간이란 가치 있는 일은 아무것도 할 수 없습니다."

그는 두 사람을 바라보고 있다가 계속 말했다.

"이것 보십시오, 타루. 당신은 사랑을 위해서 죽을 수 있나요?"

"모르겠어요. 그러나 아마 죽을 수는 없을 것 같군요. 지금은……."

"그렇죠. 그런데 당신은 하나의 관념을 위해서는 죽을 수 있습니다. 똑똑히 눈에 보입니다. 그런데 나는 어떤 관념 때문에 죽는 사람들은 진절머리가 납니다. 나는 영웅주의를 믿지 않습니다. 그것이 쉬운 일이라는 것을 알고 있고, 그것은 살인적인 것임을 알았습니다. 내가 흥미를 느끼는 것은, 사랑하는 것을 위해서 살고 사랑하는 것을 위해서 죽는 일입니다."

리외는 신문기자의 말을 주의 깊게 들었다. 줄곧 그를 바라보면서 그는 부드럽게 말했다.

"인간은 하나의 관념이 아닙니다, 랑베르."

랑베르는 흥분해서 침대에서 펄쩍 뛰어 일어났다.

"관념이죠, 게다가 어설픈 관념이죠. 인간이 사랑이란 것에 등을 돌리는 그 순간부터 그렇죠. 그런데 바로 우리는 더 이상 사랑할 줄 모르게 되고 만 겁니다. 단념합시다. 사랑할 수 있게 되기를 기다립시다. 그리고 정말 그것이 불가능하다면, 영웅 놀음은 집어치우고 전반적인 해방을 기다리십시다. 나는 그 이상은 더 나가지 않겠어요."

리외는 갑자기 피로를 느낀 듯이 일어섰다.

"말한 대로예요, 랑베르. 정말 그대로예요. 그러니 무슨 일이 있더라도 지금 하시려는 일에서 마음을 돌려놓고 싶지는 않습니다. 그 일이 내 생각에도 정당하고 좋은 일이라 여겨지니까요. 그러나 역시 이것만은 말해두어야겠습니다. 즉, 이 모든 일은 영웅주의와는 관계가 없습니다. 그것은 단지 성실함의 문제입니다. 어쩌면 비웃을지도 모르나, 페스트와 싸우는 유일한 방법은 성실한 것뿐입니다."

"성실하다는 게 대체 뭐죠?" 랑베르는 돌연 심각한 표정으로 물었다.

"일반적인 면에서는 모르겠지만, 내 경우 그것은 자기가 맡은 직분을 완수하는 것이라고 알고 있습니다."

"아!" 랑베르는 화를 내며 말했다. "나는 어떤 것이 내 직분인지를 모르겠어요. 어쩌면 사랑을 택한 것이 잘못일지도 모르겠군요."

리외는 그를 마주 보았다.

"아닙니다." 그는 이렇게 힘주어 말했다. "잘못하지 않았습니다."

랑베르는 생각에 잠긴 눈으로 그들을 바라보고 있었다.

"두 분께서는 아마 그런 모든 일에서 조금도 손해 보실 것이 없으실 겁니다. 유리한 편에 선다는 것은 쉬운 일이니까요."

리외는 자기 잔을 비웠다.

"자," 그가 말했다. "아직 할 일이 남아서요."

그는 나갔다.

타루도 그의 뒤를 따랐지만, 나가려는 순간에 막 생각이 난 듯이 신문기자에게로 몸을 돌리며 말했다.

"리외의 부인이 여기서 수백 킬로미터 떨어진 요양소에 있다는 것을 아시는지요?"

랑베르는 놀란 시늉을 했지만, 타루는 이미 나가버린 뒤였다.

이튿날 꼭두새벽에 랑베르는 의사에게 전화를 걸었다.

"나도 이 도시를 떠날 방도를 찾을 때까지 함께 일하도록 허락해 주시겠어요?"

저쪽 수화기에서 잠시 침묵이 흐르더니 이윽고, "좋아요, 랑베르. 감사합니다"라는 말이 들려왔다.

제3부

　이와 같이 매주일 계속해서 페스트의 그 포로들은 저마다 재주
껏 발버둥을 쳤다. 그리고 그들 가운데 랑베르를 포함한 몇몇은 보
다시피 아직도 자유인으로서 행동하고 있었으며, 아직도 선택할
수 있다고 상상하기까지 했다. 그러나 실상 8월 중순쯤에는 페스트
가 모든 것을 뒤덮어버렸다. 그때는 이미 개인적인 운명 같은 것은
존재하지 않았고, 다만 페스트라는 집단 역사적 사건과 모든 사람
이 공통으로 느끼는 여러 가지 감정이 있을 뿐이었다. 가장 컸던 것
은 생이별과 귀양살이의 감정이었다. 거기에는 공포와 반항이 내포
되어 있었다. 그러므로 서술자는 더위와 질병이 절정에 달한 이때
쯤 전반적인 시각에서 그 예를 들어가며, 죽지 않고 살아 있는 우
리 시민들의 난폭함, 사망자의 매장, 헤어져 있는 애인들의 고통 같
은 것을 묘사하는 것이 적절하다고 믿는 바이다. 그해가 반쯤 지나
갔을 때, 페스트에 휩싸인 그 도시에 여러 날 동안 바람이 불었다.
바람은 오랑 시민들이 특히 두려워하는 것인데, 이 도시가 세워진
곳이 고원 위인지라 바람이 아무런 자연적 장애도 만나지 않게 되
어 더할 수 없이 거칠게 거리마다 불어치기 때문이다. 몇 달 동안
비 한 방울 내리지 않았던 터라 도시는 뿌연 먼지를 뒤집어쓰고 있

었는데, 그것이 바람으로 술술 벗겨졌다. 이처럼 바람은 먼지와 종 잇조각들을 날아오르게 해 전보다 더 드물어진 산책객들의 다리를 때렸다. 그들이 몸을 앞으로 굽히고 손수건이나 손으로 입을 가린 채 급히 길을 지나가는 것이 보였다. 여태까지는 저녁때면 매일, 어쩌면 마지막이 될지도 모르는 그날 하루를 되도록 길게 끌어 보려고 사람들이 많이 무리를 지어 모여 있었는데, 이제는 자기들 집으로 또는 카페로 걸음을 재촉하며 돌아가는 몇몇 작은 무리들을 만날 수 있을 뿐이었다. 심지어 며칠 동안, 이 계절에는 훨씬 더 일찍 찾아드는 황혼 무렵이 되면 거리에 인적이 끊어지고, 바람만이 계속 울음 같은 소리를 곳곳에 토해놓는 것이었다. 여전히 눈에는 보이지 않은 채 물결이 높아진 바다로부터 해초와 소금 냄새가 올라왔다. 먼지가 덮여 뿌옇게 되고 바다 냄새로 절은 그 인적 없는 도시는, 바람만 윙윙 불어치는 가운데 불행하게 신음하는 하나의 섬과도 같았다.

여태껏 페스트는 도심지보다도 인구밀도가 높고 살기가 불편한 외곽지대에서 더 많은 희생자를 냈었다. 그러나 갑자기 번화가에 더 근접해와서 자리를 잡는 듯싶었다. 주민들은 바람이 전염병의 씨를 날라온 것이라고 못마땅해 했다. '바람이 카드를 마구 섞어서 파투를 시켰다'고 호텔의 지배인은 말하고 있었다. 그러나 어쨌든 중심가의 사람들은 밤중에, 그것도 점점 더 자주, 페스트의 음울하고도 맥빠진 호출 소리에 반항하듯 창문 앞으로 달려 지나가는 구급차의 사이렌 소리를 바로 코앞에서 들으면서 드디어 자신들의 차례가 왔음을 알게 되었다.

시내 그 자체에서도 특히 피해가 심한 구역을 격리시키고 직무상 불가피하다고 생각되는 사람 말고는 외출을 금하는 조치가 내려졌다. 그때까지 그 지역에 살던 사람들로서는 그러한 조치가 유난스럽게 자기네들에게만 불리하게 취해진 일종의 약자 학대라고 생각하지 않을 수 없었다. 그래서 모든 경우에 있어서 그들은 자신들과 비교해보면서 다른 지역의 주민들을 무슨 자유민처럼 생각하고 있었다. 반면에 다른 지역 사람들은 곤란한 순간에도, 다른 사람들은 그래도 자기네들보다 더 자유를 빼앗겼다고 상상하고는 어떤 위안을 얻는 것이었다. '항상 나보다 더 구속된 사람이 있다'는 것은 그 무렵 가질 수 있는 유일한 희망을 단적으로 보여주는 표현이었다.

거의 같은 시기에, 특히 시의 서쪽 문 근처 별장 지역에 다시 화재가 빈번하게 일어나는 일이 벌어졌다. 조사 결과, 예방 격리에서 돌아온 사람들이 상을 치른 것과 불행에 눈이 뒤집혀서, 페스트를 태워 죽여 버린다는 환상에 빠져 자기네 집에다 불을 지르곤 했던 것이다. 맹렬한 바람으로 인해 여러 지역 전체를 끊임없는 위험 속에 몰아넣게 되는 불상사가 빈번했으므로 그런 짓을 막는 것이 여간 힘든 것이 아니었다. 당국에서 실시하는 가옥 소독만으로 모든 전염의 위험을 제거하기에 충분하다고 아무리 설명해주어도 소용이 없어서, 마침내는 그런 순진한 방화자들에 대해서 극히 엄한 형벌을 내리겠다는 법령을 공포해야 했다. 그런데 아마도 그 불행한 사람들을 겁나게 만드는 것은 징역이라는 관념이 아니라 모든 시민들에게 공통된 확신, 즉 시의 감옥에서 확인된 극히 높은 사망률로 보건대 징역형은 사형이나 마찬가지라는 확신이었다. 물론 그같은 신념이 근거가 없는 것은 아니었다. 명백한 이유에서이긴 하지만, 페스트는 특히 군인이라든가 수도승이라든가 죄수들처럼 단체생활을 하는 사람들을 악착같이 공격하는 것 같았다. 왜냐하면 피검자들은 격리 상태에 있긴 하지만, 감옥이란 하나의 공동체이니까 말이다. 또 그것을 똑똑히 증명이라도 하듯, 우리 시의 감옥에서는 간수들도 죄수 못지않게 그 병으로 희생을 당했다. 페스트라는 저 꼭대기 지점에서 내려다보면 교도소장에서부터 말단 죄수에 이르기까지 모든 사람들이 빠져나갈 수 없는 운명을 선고받은 사람들이고, 아마 사상 처음으로 감옥 안에 절대적인 정의가 이루어진 셈이다.

당국은 그런 평등한 세계 속에 위계질서를 도입하려고 직무 수행 중에 순직한 간수들에게 훈장을 수여하는 구상을 해보았지만 결국 헛일이었다. 계엄령이 발령되어 있었고, 또 어떤 각도에서 보면 그 간수들은 동원된 자들로 볼 수 있었기 때문에, 당국은 그들에게 훈장을 추서(追敍)하였다. 그러나 죄수들이야 아무런 항의를 하지 않았지만 군 관계자들은 그 일을 그리 좋게 생각하지 않았으며, 일반 대중의 머릿속에 유감스러운 혼동을 일으킬 우려가 있다는 당연한 지적으로 의사 표시를 했다. 당국은 그들의 요구가 당연하다고 인정하고, 가장 간단한 방법은 간수들에게 방역 공로장을 주는 것이라고 생각했다. 그러나 먼저 받은 사람들의 경우에는 이미 엎질러진 물이었으므로 그들에게서 훈장을 회수한다는 것은 생각할 수 없었고, 군 관계자들은 여전히 자기네들의 견해를 고집했다. 또 한편 방역 공로장으로 말하면, 질병의 창궐 시기에 그런 훈장 하나 받아 보았댔자 대단한 것이 아니었기 때문에, 전공 훈장의 수여로 얻을 수 있었던 사기 진작의 효과를 얻지 못한다는 것이 문제였다. 요컨대 모든 사람들이 다 불만이었다.

게다가 교도소 당국은, 교회측이나 그보다는 차이가 훨씬 덜 나지만, 군 당국과 똑같은 조처는 취할 수가 없었다. 사실 시내의 단 두 개 수도원의 수도승들은 신앙심이 두터운 가정으로 흩어져 임시로 숙박하도록 조치되었다. 이와 마찬가지로, 사정이 허락할 때마다 소규모의 부대들이 병영에서 분리되어 학교나 공공건물에 주둔하도록 조처가 이루어졌다. 이처럼 외관적으로는 포위된 상태 속에서의 연대 책임을 시민들에게 강요하고 있던 질병은 동시에 전통적인 결합 형태를 파괴하고 개개인을 저마다의 고독 속으로 돌려보내고 있었다. 그것은 혼란을 낳았다.

이러한 모든 상황에 설상가상으로 바람까지 겹쳐 어떤 사람들의 정신에도 불을 댕겨놓았다고 볼 수 있다. 시의 문들은 밤에 몇 번씩이나, 그것도 이번에는 무장한 소규모 그룹에 의해서 습격을 받았다. 총격전이 벌어졌으며 부상자가 생겼고 약간의 도망자도 있었다. 감시 초소들이 강화되자 그러한 시도는 곧 완전히 없어졌다. 그래도 이것은 시내에 일종의 혁명과 비슷한 분위기를 만드는 데 충분했고, 그것으로 인하여 폭력 사건 몇 건을 야기하기에 충분했다.

보건상의 이유로 폐쇄되었거나 화재가 난 집들이 약탈을 당했다. 사실 그런 행위가 계획적인 것이었다고 추측하기는 어려웠다. 대개 여태껏 점잖았던 사람들이 돌발적인 기회에 비난을 받을 만한 일을 저지르게 되었으며, 그런 행위에 이어서 이내 딴 사람들이 흉내를 내게 되었던 것이다. 이리하여 슬픔이 극에 달해 얼이 빠진 집주인 눈앞에서, 아직도 불타고 있는 집으로 정신없이 뛰어드는 미치광이들도 있었다. 집주인이 무관심한 것을 보자 구경꾼들도 그들이 하는 짓을 따라 했고, 그래서 그 어두운 거리에는 꺼져가는 불길과 어깨에 걸머진 물건, 또는 가구들 때문에 생긴 일그러진 그림자들이 화재의 불빛을 받으며 사방으로 도망치는 모습을 볼 수 있었다. 그러한 불미스러운 사건들로 말미암아 당국은 부득이 페스트령을 계엄령과 동등하게 다루어, 거기에 입각한 법률을 적용하기에 이르렀다. 절도범 두 명이 총살되었는데, 이것이 다른 사람들에게 충격을 주었는지 어떤지는 의심스럽다. 왜냐하면 그렇게 사망자가 많은 판국에 두 명의 사형 집행쯤은 거의 눈에 띄지도 않았으니 말이다. 그것은 마치 바다에 떨어뜨린 물 한 방울과 같았다. 그리고 사실 당국은 개입할 엄두도 못 내는 가운데 그와 비슷한 광경이 상당히 자주 되풀이되었던 것이다. 모든 사람들에게 충격을 준 듯싶은 유일한 조치는 등화관제 제도였다. 밤 11시부터 완전한 암흑 속에 잠겨버린 시가는 마치 돌덩이처럼 되어버렸다.

달이 떠 있는 하늘 아래, 시가는 집들의 희끄무레한 벽과 곧게 뻗은 거리만이 늘어서 있을 뿐, 나무 한 그루의 검은 그림자가 반점을 찍어놓는 법도 없었고 산책하는 사람의 발자국 소리나 개 짖는 소리에도 동요되지 않았다. 그 적막한 대도시는 이미 활기를 잃어버린 거대한 정육면체들의 집합체에 지나지 않았고, 단지 그 사이에서 잊힌 자선가들이나 영원히 청동 속에 갇혀 질식해버린 그 옛 위인들의 흉상만이 돌이나 쇠로 만든 그 인공의 얼굴을 가지고, 한때는 인간이었던 것들의 몰락한 영상을 상기시키려고 애쓰고 있을 뿐이었다. 그 볼품없는 우상들은 답답한 하늘 밑, 생명이 사라진 네거리에서 자신을 과시하고 있었는데, 그 투박하고 무감각한 모습들은 우리가 발을 들여놓은 요지부동의 시대, 또는 적어도 그 최후의 질서, 즉 페스트와 돌과 어둠에 압도되어 모든 음성이 침묵으로 돌아가고 만 어느 지하 묘지의 질서를 꽤 상징적으로 보여주고 있었다.

그러나 밤은 모든 사람들의 가슴속에도 있었으며, 매장에 관해 떠도는 전설이나 참된 모습도 우리 시민들을 안심시킬 만한 것은 아니었다. 매장 이야기를 하지 않고 지나갈 수 없는 것이 서술자의 입장이기에 민망스럽기 짝이 없다. 이 점에 관해서 비난을 받을지도 모른다는 것은 서술자도 충분히 알고 있지만, 그러나 서술자의 유일한 변명은 그 기간 내내 매장이 끊이지 않았다는 것과, 또 매장에 대한 걱정이 모든 시민에게 불가피한 일이었던 것과 마찬가지로, 어떤 의미에서 서술자에게 있어서도 역시 불가피했다는 점이다. 어쨌든 이것은 서술자가 그런 의식에 취미를 가졌기 때문이 아니다.

도리어 반대로 서술자는 살아 있는 사람들의 사회, 그중의 한 예를 들면 해수욕 같은 것을 더 좋아한다. 그러나 결국 해수욕은 금지되었고, 살아 있는 사람들이 함께 사는 사회는 날마다 죽은 사람들의 사회에 의해 설 자리를 빼앗길까봐 이제나저제나 벌벌 떨며 두려워하고 있었다. 그것은 자명한 사실인 것이다. 물론 그것을 보지 않으려고 애쓰고 눈을 가림으로써 거부할 수도 있지만, 자명한 일이란 무서운 힘을 가지고 있어서 모든 것을 앗아가고야 마는 법이다. 예를 들어서 여러분이 사랑하는 사람들을 매장해야만 할 경우, 여러분은 무슨 방법으로 그 매장을 거부할 수 있겠는가?

그런데 초기에 우리의 장례식의 특색을 이루고 있었던 것은 바로 그 신속함이었다. 모든 형식은 간소화되었으며, 일반적인 경향으로 볼 때 장례식은 폐지되었다. 환자들은 가족과 멀리 떨어진 곳에서 죽었으며 의식적인 밤샘이 금지되어 있었으므로, 결국 저녁 나절에 죽은 사람은 그대로 송장이 되어 혼자 밤을 넘기고, 낮에 죽은 사람은 지체 없이 매장되었다. 물론 가족에게는 알리지만, 대개 그 가족도 만약 환자 곁에서 살았다면 예방 격리를 당하고 있었던 터라 움직일 수 없었다. 가족이 그 고인과 함께 살지 않았을 경우 그들은 지정된 시각, 즉 시체의 염이 끝나고 입관되어 묘지로 떠나려는 시각에나 와볼 수 있도록 되어 있었다.

가령 그러한 절차가, 리외가 담당하고 있는 그 임시병원에서 이루어졌다고 하자. 그 학교에는 본관 뒤에 출구가 하나 있었다. 복도로 면해 있는 커다란 창고에는 관들이 들어 있었다. 가족들은 바로 그 복도에서 이미 뚜껑이 닫힌 관이 하나만 놓인 것을 보게 된다. 이내 사람들은 가장 중요한 일로 들어가게 되는데, 그것은 즉 여러 가지 서류에 가족 대표의 서명을 받는 것을 말한다. 이어서 시신을 자동차에 싣는데, 트럭일 때도 있고, 대형 구급차를 개조한 것도 있다. 가족들이 아직까지도 운행이 허가되고 있는 택시를 하나 얻어 타고 나면 차들은 전속력으로 변두리 길을 달려서 묘지에 도착한다. 입구에서 헌병이 차를 세우고, 헌병이 없으면 우리 시민들은 소위 말하는 '마지막 거처'조차 얻을 수 없게 되는 공식 통과증에 고무도장을 한 번 누르고 옆으로 비켜선다. 그러면 차들은 수많은 구덩이가 메워지기를 기다리고 있는 한 네모진 터 앞에 도착한다. 신부 한 명이 시체를 맞이한다. 성당 안에서 장례식을 치르는 것은 금지되어 있기 때문이다. 기도를 올리는 동안 관이 내려지고, 밧줄에 감긴 채 끌려 내려가 구덩이 밑바닥에 털썩 놓이면 신부가 성수채를 흔들어대는데, 벌써 첫 흙이 관 뚜껑 위에 튄다. 구급차는 소독약을 살포 받기 위해서 조금 먼저 떠나버리고, 삽날이 흙을 찍어 던지는 소리가 차차 무디어져 가는 가운데 가족들은 택시 안으로 들어가버린다. 그리고 15분 뒤에는 집에 돌아가 있는 것이다.

이와 같이 모든 일은 정말 최대한의 신속함과 최소한의 위험을 가지고 진행되었다. 적어도 처음에는, 분명히 이런 식의 처리가 가족으로서 느끼는 자연적 감정을 해친다고들 보았던 것 같다. 그러나 페스트의 유행 기간 중, 그런 감정의 고려는 염두에 둘 수가 없었다. 즉, 모든 것을 효율성을 위해 희생시켰던 것이다. 게다가 처음에는 시민들도 이러한 처리방식 때문에 괴로워했다(격식을 갖추어 땅에 묻히고 싶다는 욕구는 사람들이 생각하고 있는 이상으로 널리 퍼져 있었기 때문이다). 그 뒤에는 다행히도 식량 보급 문제가 미묘해지고, 주민들의 관심은 보다 더 직접적인 관심사 쪽으로 쏠리게 되었다. 먹기 위해서는 줄을 서야 하고 수속을 밟아야 하고 서식을 갖춰야 하는지라 그런 일에 골몰하다 보니 사람들은 자기네 주위에서 어떻게들 죽어가고 있는지, 또는 앞으로 자기네들이 어떻게 죽어갈는지를 생각해볼 겨를이 없었다. 그리하여 고통스럽게 느껴져야 마땅할 물질적인 곤란이 나중에는 오히려 고마운 일로 여겨지게 된 것이다. 그리고 만약 질병이 이미 우리가 본 것처럼 그렇게 퍼지지만 않았더라면, 그런대로나마 모든 것이 잘 되었을 것이다.

왜냐하면 관이 더욱 귀해지고, 수의를 만들 옷감과 묏자리도 모자라게 되었으니 말이다. 무슨 수가 있어야만 했다. 가장 간단한 것은, 역시 효율성의 이유에서였지만, 장례식을 합동으로 하고 혹 필요에 따라서는 묘지와 병원 사이의 왕래를 여러 번으로 늘리는 방법이었다. 그래서 리외 담당에 관해서라면, 당시 그 병원은 관을 다섯 개 가지고 있었다. 그것이 다 차면 구급차가 싣고 간다. 묘지에서는 관이 비워지고, 무쇠빛 시체들은 들것에 실려서 이런 용도를 위해 개조된 헛간 속에서 차례를 기다리는 것이다. 관들은 소독액이 뿌려져서 다시 병원으로 운반된다. 이런 작업이 필요한 횟수만큼 되풀이된다. 그러니까 조직은 무척 잘 되어 있는 셈이어서 지사도 만족했다. 심지어 그는 리외에게, 따지고 보면 옛 페스트 기록에서 볼 수 있는 것과 같이 검둥이들이 끌고 가는 시체 운반 수레보다는 이것이 더 낫다고 말할 정도였다.

"네, 그렇습니다." 리외가 말했다. "매장 방식은 전과 마찬가지입니다만, 우리는 그래도 카드를 작성하고 있지요. 발전된 것은 의심할 여지가 없습니다."

그러한 처리 면에서의 성공이 있었는데도, 현재의 절차에 따른 그 불쾌한 성격 때문에 현청은 부득이 친척들로 하여금 장례식을 멀리하게 해야만 했다. 단지 묘지 입구까지 오는 것만은 허용하고 있었지만, 그것조차 공식적인 것은 아니었다. 왜냐하면 최종 단계의 의식에 관련된 사정이 좀 달라졌기 때문이었다. 당국은 묘지 맨 끝에, 유향나무들로 뒤덮인 빈터에다가 엄청나게 큰 구덩이 두 개를 마련했다. 남자용 구덩이와 여자용 구덩이였다. 이런 점에서 보면 행정 당국은 예전부터 예의를 존중했고, 훨씬 뒤에서야 여러 가지 사태의 압력으로 급기야는 그 마지막 수치심까지 팽개치고서 체면 따위는 아랑곳하지 않은 채, 여자 남자 가리지 않고 뒤범벅으로 포개어 묻어버리게 된 것이었다. 다행히도 그런 극도의 혼란은 그 재앙이 최종 단계에 이르렀을 때만 나타난 것이었다. 지금 우리가 언급하고 있는 이 시기에는 구덩이가 구별되어 있었고, 현청에서는 그 점을 고집하고 있었다. 그 구덩이 밑바닥마다 아주 두껍게 입혀 놓은 산화칼슘이 김을 뿜으며 부글부글 끓고 있었다. 또 구덩이 가장자리에는 같은 산화칼슘이 산더미처럼 쌓인 채 그 거품이 대기 속에서 터지고 있었다. 구급차의 왕복이 끝나면, 들것들이 줄을 지어 운반되고 거기에 담긴 벌거벗겨지고 약간 뒤틀린 시체들을 거의 나란히 붙여 구덩이 밑바닥으로 쏟아 붓고, 그 위에 산화칼슘을, 다음에는 흙을 덮는다. 그러나 그것도 다음에 들어올 사람을 위해서 일정한 높이까지만 덮고 만다. 다음날 가족들은 일종의 장부에 서명을 하도록 호출되는데, 이 점은 가령 사람과 개 사이에 있을 수 있는 차이를 나타내는 것이다. 즉, 등록이라는 게 어떤 경우에도 가능하니까 말이다.

그런 모든 작업을 하려면 사람이 필요했는데, 언제나 모자랐다. 처음에는 정식으로 채용되었고, 나중에는 임시로 채용되었던 간호사나 묘 파는 인부들도 페스트로 많이 죽었다. 아무리 조심해도, 언젠가는 감염되고 말았다. 그러나 잘 생각해보면, 가장 놀라운 것은 질병의 모든 기간을 통해서 그런 일을 하는 데 필요한 인력은 결코 모자라지 않았다는 사실이다. 위기는 페스트가 그 절정에 도달하기 바로 직전이었다. 그때 의사 리외가 불안해한 것은 그럴 만한 근거가 있었다. 간부건, 또 그가 말하는 막노동꾼이건 인력이 충분하지 않았다. 그러나 정작 페스트가 도시 전체를 사실상 장악해버리고 나자 그때부터는 그 과격함 자체가 아주 편리한 결과를 가져왔다. 페스트가 모든 경제 생활을 파괴했고, 그 결과 엄청난 숫자의 실업자를 냈기 때문이다. 그 대부분의 실업자들은 간부급 충원 대상은 못 되었지만, 막일에 관한 한 그들 때문에 일이 쉽게 되었다. 그 시기부터는 사실 곤궁이 공포보다 더 절박하다는 사실을 늘 눈으로 볼 수 있었고, 일은 위험성의 정도에 따라서 보수를 지불하게 마련이고 보니 그 점은 더욱 명백해졌다. 보건과에서는 취업 희망자의 리스트를 준비해 둘 수 있었고, 그래서 어디서 결원이 생기기만하면 그 리스트의 첫 머리에 올라 있는 사람에게 통지를 하곤 했는데, 그 사람들은 그 사이에 자기 자신들이 결원되었을 경우를 제외하고는 언제나 출두하게 마련이었다. 유기 또는 무기 죄수들을 활용하기를 오랫동안 주저해왔던 지사도, 이 극단적 조치까지 가는것을 피할 수 있게 되었다. 실업자들이 있는 한은 견딜 수 있다는생각이었다.

이럭저럭 8월 말까지는, 우리 시민들은 예의바르게는 아니더라도 적어도 행정 당국이 자기들의 의무를 다하고 있다는 의식을 가질 수 있기에 충분할 만큼 질서를 갖춰 그들의 마지막 거처로 갈수 있었다. 그러나 그 뒤에 일어난 사건까지 미리 말하자면, 결국 선택해야만 했던 마지막 수단에 대해 이야기하지 않을 수 없었다. 8월에 접어들자, 사실상 페스트가 통계 그래프의 꼭대기 평행선 위에서 요지부동으로 기승을 부리면서 누적된 희생자들의 수는 이 시의 조그만 묘지가 제공할 수 있는 한계를 훨씬 넘었다. 담 한쪽을헐어서 시체들을 위해 그 옆 터를 넓혀놓았다 해도 소용이 없어서이내 다른 방도를 강구해야 했다. 우선 밤에 매장을 하기로 결정했는데, 그것은 확실히 여러 가지 번거로운 고려를 생략할 수 있도록해주었다. 이로써 점점 더 많은 시체를 구급차에 포개어 쌓을 수있게 되었다. 그리고 변두리 지대에서는 등화관제 시간 이후에도볼 수 있는, 규칙을 위반하며 밤 늦게 다니는 산책객들(또는 직업상

나다닐 수밖에 없는 사람들)은, 때때로 광채 없는 사이렌 소리를 울려대며 밤의 후미진 거리를 전속력으로 달리는 길쭉한 백색 구급차들을 만나곤 했다. 시체들은 서둘러서 구덩이 속에 내던져졌다. 아직 완전히 구덩이 속으로 쏟아져 들어가기도 전에 벌써 삽에 담긴 석회가 시체의 얼굴을 짓이겼고, 이어서 이제는 더욱더 깊게 파진 구덩이 속에, 이름 없는 흙이 그 위를 덮어버리는 것이었다.

그러나 얼마 지난 뒤엔, 또 다른 곳을 물색해서 더욱 넓게 잡아야 했다. 지사령으로 영대 묘지의 소유권을 수용하고 거기서 발굴된 유골은 전부 화장터로 보냈다. 머지않아 페스트에 의한 사망자들까지도 화장터로 보내야만 했다. 그러니 시문 밖 동부지역에 있는 옛 화장터를 이용해야 했다. 경비 초소도 더 멀리 이동시켰다. 한 시청 직원이, 전에는 해안선을 따라 운행되었었으나 이제는 쓸모가 없어져버린 전동차를 이용하도록 건의함으로써 당국의 일은 훨씬 수월해졌다. 그렇게 하기 위하여 유람차나 전기 기관차에서 좌석을 들어내어 내부를 개조하고, 또 선로를 화장터에까지 우회시켜 화장터가 하나의 시발점이 되었다.

그래서 늦여름 내내, 그리고 가을비 속에서도, 매일같이 한밤중이면 승객 없는 전동차의 괴상한 행렬이 바다 위 저 중턱으로 덜거덕거리면서 지나다니는 광경을 볼 수 있었다. 시민들도 마침내는 그 내막을 알게 되었다. 그리고 순찰대가 해안도로에 접근을 금지하고 있는데도, 흔히 몇몇 무리의 사람들이 파도치는 바다를 굽어보며 솟아나온 바위틈에 숨어 있다가 전동차가 지나갈 때면 그 안에 꽃을 던지곤 했다. 그럴 때면, 사람들은 전동차가 꽃과 시체를 싣고 여름밤 속을 한층 더 심하게 흔들리며 달리는 소리를 듣곤 했다.

아무튼 처음 얼마 동안은, 구역질나는 짙은 연기가 아침녘에 시의 동쪽 구역 머리 위에 떠돌았다. 의사들은 누구나 그 연기가 불쾌하기는 하지만 인체에는 조금도 해롭지 않을 것이라는 의견이었다. 그러나 그 동네 주민들은 그렇게 페스트가 하늘에서 자기네들을 덮칠 것이라고 생각한 나머지, 그 동네에서 떠나버리겠다고 위협했고, 부득이 복잡한 도관 수송장치를 통해 그 연기를 다른 곳으로 뽑게 하고 나서야 주민들은 진정되었다. 바람이 몹시 부는 날에만 동쪽 지역에서 풍겨오는 어렴풋한 냄새가, 그들로 하여금 자신들이 새로운 질서 속에 놓여 있으며, 또 페스트의 불길이 매일 저녁 자기들이 바치는 공물을 집어삼키고 있다는 것을 떠올리게 한 것이었다.

이러한 것들이 그 질병이 가져온 극단적인 결과였다. 그러나 질병이 그후 더 기승을 부리지 않는 것은 다행한 일이다. 왜냐하면 각 기관의 기발한 대응책이나 현청의 처리 능력이나 나아가서는 화장장의 소화 능력이 감당할 수 없는 상황이 될 수도 있다고 가정할 수 있기 때문이다. 그렇게 되면 당국은 시체를 바다로 내던져버리는 것 같은 절망적인 해결 방법도 고려하고 있음을 리외는 알고 있었다. 그래서 그는 푸른 바닷물 위에 일어나는 그 시체들의 징그러운 거품을 쉽사리 상상했다. 또 만약 통계 숫자가 계속해서 상승한다면 어떠한 조직도, 그것이 제아무리 우수한 것이라 해도, 거기에 견딜 수는 없을 것이고, 현청이라는 것이 있는데도 불구하고 사람들은 첩첩이 죽어서 쌓일 것이고, 거리에서 썩을 것이고, 또 공공장소에서는 죽어가는 사람들이 당연한 증오심과 어리석은 희망이 뒤섞인 심정에서 살아남은 사람들을 붙잡고 매달리는 꼴을 보게 되리라는 것을 그는 알고 있었다.

어쨌든 그러한 종류의 명백한 사실이나 걱정으로 인하여 우리 시민들은 마음속에서 귀양살이의 그리고 생이별 상태의 감정을 지워 버릴 수가 없었다. 그 점과 관련하여, 서술자는 여기서 예컨대 옛날이야기에서 나오는 그것처럼 용기를 북돋아주는 영웅이든가 빛나는 행동과 같은, 아주 굉장한 구경거리라고는 아무것도 소개할 것이 없으니 얼마나 유감스러운 일인지 모르겠다. 그 까닭은, 재앙만큼이나 보잘것없는 구경거리는 없기 때문이다. 무시무시한 불행은 오래 끌기 때문에 오히려 단조로운 것이다. 그런 나날을 겪은 사람들의 기억 속에서는, 페스트를 겪는 그 무시무시한 나날들이 끝없이 타오르는 잔혹하고 커다란 불길처럼 보이는 것이 아니라, 차라리 발바닥 밑에 놓이는 모든 것을 짓이겨버리는 끝날 줄 모르는 답보 상태 같아 보이는 것이었다.

아니다. 페스트는 그 병이 유행하던 초기에 의사 리외를 성가시게 따라다녔던, 그처럼 사람을 흥분시키는 굉장한 이미지와 아무 관계가 없었다. 페스트는 무엇보다도 용의주도하고 빈틈없으며 그 기능이 순조로운 하나의 행정 사무였다. 그렇기 때문에, 한 마디 삽입해서 말하자면, 아무것도 배반하지 않기 위해서, 서술자는 객관

성이라는 것을 고집해왔던 것이다. 서술자는 이야기가 어느 정도 일
관성을 갖추고 있어야 한다는 기본적인 필요에 관한 것을 빼면, 거
의 아무것도 예술적인 효과를 위해서 바꾸려고 하지 않았다. 그리
고 지금은 그 객관성 자체가 서술자로 하여금 다음과 같이 말하도
록 요구한다. 즉, 그 시기의 커다란 고통, 가장 일반적이면서 동시에
가장 심각한 고통은 이별이라 하더라도, 또 그 단계의 페스트에 있
어서 생이별의 감정에 대하여 새로운 기록을 남겨놓는 것이 양심적
으로 반드시 필요하다 하더라도, 그 당시 그 고통 자체는 그것의 비
장감을 잃어버리고 있었다는 사실도 또한 부정할 수 없는 것이다.

우리 시민들, 적어도 그 생이별로 말미암아서 가장 심한 고통을
받았던 사람들은 그러한 상황에 익숙해진 것일까? 꼭 그렇다고 말
하기는 어렵다. 육체적으로나 정신적으로나, 그들은 감정의 메마름
때문에 괴로워했다고 말하는 편이 더 정확한 것이다. 페스트의 초
기 단계 때는 잃어버린 사람을 뚜렷이 기억할 수 있어서 그리워했
다. 그러나 사랑하는 그 얼굴, 그 웃음, 나중에 생각해보니 비로소
행복했던 날들이었다는 것을 알 수 있는 그런 어느 날의 일, 이런
모든 것들은 뚜렷하게 생각이 나지만, 그런 것을 다시 그려보고 있
는 바로 그 시간에, 또한 그때 이후 그렇게도 먼 곳이 되어버린 그
장소에서, 상대방은 무엇을 하고 있는지 상상하기란 너무 힘들었다.
요컨대 그 시기에 그에게는 기억력은 있었지만 상상력은 부족했다.
페스트의 제2단계에 접어들자 그들은 기억도 잃었다. 그 얼굴을 잊
어버린 것이 아니라, 결국은 같은 이야기지만, 그 얼굴에서 살이 없

어져 그 얼굴을 자기들의 마음속에서 알아볼 수가 없게 된 것이다. 그래서 페스트가 발생한 처음 몇 주 동안은 사랑을 느끼고 싶어도 이제는 허깨비밖에 상대할 대상이 없게 된 것을 괴로워했지만, 그 후 그들은 추억 속에 간직하고 있었던 미세한 얼굴들마저 잊어버림으로써, 그 허깨비는 전보다 더 살이 빠져버린 모습이 될 수도 있다는 사실을 알게 된 것이었다. 그 길고 긴 생이별의 세월을 겪고 나자 그들이 가졌던 정도 이제는 더 이상 상상할 수가 없게 되었으며, 또 언제든지 손을 얹어놓을 수 있었던 상대가 어떻게 자기 곁에 살고 있었던가도 더 이상 상상할 수 없게 되었다.

이러한 점에서 볼 때, 그들은 빈약한 것이기 때문에 그만큼 더 큰 위력을 발휘하는 페스트의 지배 속에 들어갔다고 말할 수 있다. 우리의 도시에서는 이제는 아무도 거창한 감정을 품지 못하게 되었다. 모든 사람들은 단조로운 감정만 느끼고 있었다.

"이젠 끝나도 좋은데." 시민들은 이렇게 말했는데, 재앙이 계속되는 기간 중에 집단적인 고통이 끝나기를 바라는 것은 당연한 일이었고, 또 실제로 그들은 그것이 끝나기를 바라고 있었기 때문이다. 그러나 이 모든 말들은 초기에 있었던 열정이나 안타까운 감정은 찾아볼 수 없고, 다만 우리에게 아직도 뚜렷이 남아 있는, 저 빈약하기 짝이 없는 이성이 비쳐 보이는 것이었다. 처음 몇 주일 간의 그 사나운 충동이 사그라지자 낙담이 뒤따르게 되었는데, 그 낙담을 체념으로 해석하는 것은 잘못일지 모르지만, 그러나 그것도 일종의 일시적인 동의가 아니라고는 할 수 없었다.

우리 시민들은 보조를 맞추었고, 흔히 사람들의 말을 빌리자면 스스로 적응하고 있었는데, 그것도 달리 어쩔 도리가 없었기 때문이었다. 물론 그들에게는 아직 불행과 고통의 태도가 남아 있었지만, 그 고통은 더 이상 느껴지지 않게 되었다. 예를 들어서 의사 리외가 지적했듯이, 사실 불행은 바로 그 점에 있는 것이며, 또 절망에 익숙해진 것은 절망 그 자체보다 더 나쁜 것이라고 할 수 있었다. 전에는 생이별 상태에 있는 사람들이 실제로 불행하지는 않았었다. 그들의 고통 속에는 이제 막 꺼져버린 어떤 섬광 같은 것이 담겨 있었다. 그런데 이제는 길모퉁이에서, 카페나 친구네 집에서, 평온하고도 무심한 표정을 하고 있는 사람들을 볼 수 있었는데, 게다가 또 어찌나 따분해하는 눈길인지 시 전체가 마치 하나의 대합실만 같았다. 직업을 가진 사람들도 그들의 일을 페스트와 같은 보조로, 즉 소심하고 눈에 띄지 않게 해나가는 것이었다. 모두들 겸손해졌다. 처음으로 헤어진 사람들도 거리낌없이 헤어져 있는 사람 얘기를 하거나 제삼자 같은 말투를 쓰거나, 자기들의 이별을 전염병의 통계 숫자와 똑같은 시각에서 검토해보기도 했다. 그때까지는 자기들의 고통을 한사코 집단적인 불행과 떼어서 생각하고 있었지만 이제는 두 문제를 섞어서 생각해도 좋다고 여기게 되었다. 기억도 희망도 없이 그들은 현재 속에 자리를 잡고 있었다. 사실 모든 것이 그들에게는 현재가 되었다. 이것도 말해야겠는데, 페스트는 모든 사람들에게서 사랑의 능력을, 심지어 우정을 나눌 힘조차도 빼앗아가 버렸다. 왜냐하면 연애를 하려면 어느 정도의 미래를 요구하는 법인데, 우리에게는 이미 현재의 순간 말고는 남은 것이 없었기 때문이다.

물론 이 모든 것이 그렇게 절대적인 것은 아니었다. 왜냐하면 생이별당한 사람들 모두가 그런 상태에 이르렀던 것은 사실이었다 하더라도, 모두 같은 시각에 거기에 도달했던 것은 아니고, 또한 일단 그 새로운 심리 상태 속에 자리를 잡았다가도 섬광과 같은 떠오름이나 미련이나 급격한 각성 등으로 인하여 사람들이 더 싱싱하고 더 고통스러운 감수성을 되찾게 되기도 한다는 것을 덧붙여 두는 것이 옳기 때문이다. 그렇게 되자면, 잠시 현실을 잊고서 마치 페스트가 물러가버리기나 한 것처럼 미래의 계획을 세워보는 방심의 순간들이 필요했다. 이리하여 그들은 그 무슨 은총의 도움을 입었는지 대상도 없는 질투심이 예기치 않게 솟아올라 가슴을 쥐어뜯는 것을 느끼게도 되는 것이다. 또 다른 사람들은 주중의 어떤 날, 물론 일요일 그리고 토요일 오후 같은 때면(왜냐하면 이런 날들은 지금은 여기 없는 사람과 함께 지내던 시절에 어떤 의례적인 즐거움에 바치던 날들이니까) 갑자기 생생한 감정이 되살아나는 것을 느끼게 되면서 무감각했던 마비 상태에서 깨어나곤 했다. 또는, 하루 해가 저물어갈 무렵 어떤 형언하기 어려운 우수가 밀려와 그들의 마음을 사로잡으면서 어쩌면 무뎌진 기억이 되살아날 것만 같다는 기대를 갖게 하지만 그 기대가 항상 만족되는 것은 아니었다. 저녁 나절의 그 시간은 신자들에게는 자기 반성의 기회였는데, 반성할 것이라고는 공허밖에 없어 감금생활이나 귀양살이를 하는 사람들에게는 가혹한 것이었다. 그 시간이 오면 그들은 잠시 엉거주춤하게 있다가, 결국 무기력 상태로 돌아가서 페스트 속에 틀어박혀버리고 마는 것이었다.

이미 짐작했겠지만, 그것은 결국 그들이 가진 가장 개인적인 것을 단념하는 것이었다. 페스트의 초기에는, 그들은 남이 보면 하등의 존재 가치가 없지만 자신들에게는 너무나도 중요한 자질구레한 일들이 무척 많은 데 놀랐고, 거기서 개인생활이라는 것을 체험했었다. 그런데 이제는 그와 반대로 남들이 흥미를 갖는 것밖에는 흥미를 갖지 않고 일반적인 관념만을 갖게 되었으며, 사랑조차도 그들에게는 가장 추상적인 모습을 띠기에 이르렀다. 그들은 이제 잠잘 때 꿈속에서밖에는 희망을 갖지 못하게 되었고, 자신도 모르게 '그놈의 멍울, 이젠 좀 끝났으면!' 하고 생각할 정도로 페스트에 온통 자신을 맡겨버린 상태가 되었다. 그러나 사실 그들은 이미 잠들어 있었으며, 이 기간 전부가 하나의 긴 잠에 지나지 않았다.

도시는 눈을 크게 뜬 채 잠자고 있는 사람들로 가득 차 있었는데, 그들이 실제로 자신의 운명에서 벗어나는 것은, 오로지 겉보기에는 다 아문 것으로 보이던 상처가 한밤중에 돌연 다시 쓰라려오는 그 드문 순간들뿐이었다. 그래서 벌떡 일어나, 일종의 방심한 상태로, 그 도진 상처의 언저리를 어루만지면서, 갑자기 다시 생생해진 그들의 고통을, 또 그것과 더불어 그들의 사랑의 간절한 표정을 한 줄기 섬광 속에서 다시 찾는 것이었다. 아침이 되면 그들은 다시 재앙 속으로, 즉 습관적 삶 속으로 돌아가는 것이었다.

그러나 그 생이별당한 사람들은 어떤 모습을 하고 있었느냐고 묻는 사람이 있을지도 모른다. 사실 그 답은 간단하다. 그들은 그냥 보잘것없는 모습이었으니 말이다. 구태여 달리 말해본다면 그들은 모든 사람들과 같은 모습, 즉 극히 보편적인 모습을 하고 있었다. 그들은 이 도시의 평온한 면과 유치한 소란을 동시에 가지고 있었다. 냉정하게 보이면서도 비판적 감각의 외모는 잃어버리고 없었다. 예를 들어, 그들 중의 가장 총명한 사람들까지도 모든 사람들과 마찬가지로, 신문이나 라디오 방송에서 혹시 페스트가 급속히 끝난다고 믿을 만한 얘깃거리가 나지는 않았나 하고 찾는 척하거나, 허황한 희망을 노골적으로 품거나, 또 어떤 신문기자가 따분한 나머지 하품을 하면서 되는 대로 써놓은 논설을 읽고 근거 없는 공포를 느끼는 것을 볼 수 있었다. 그 외에는 맥주를 마시거나 환자를 돌보거나 게으름을 피우거나 뼈가 으스러지게 일하거나 카드를 정리하거나 레코드를 돌리거나 하는 것만으로, 그 외에 달리 구별되는 것은 없었다. 달리 말하면, 그들은 더 이상 아무것도 선택하는 법이 없었다. 페스트가 가치 판단을 말소시켜버린 것이었다. 그것은 자기가 사는 옷이나 식료품의 질에 개의치 않는 그 태도에서도 확실히 보였다. 사람들은 모든 것을 하나로 뭉뚱그려 받아들이는 것이었다.

　요컨대 생이별당한 사람들도 초기에 그들만을 보호해주고 있었던 그 야릇한 특권을 잃어버렸다고 할 수 있다. 그들은 사랑의 에고이즘과 거기서 얻는 혜택을 잃었다. 적어도 이제는 사태가 명백해졌고, 재앙은 모든 사람에게 다 연관된 것이 되었다. 우리들은 모두가 시의 문에서 울리는 총소리며, 우리의 삶 또는 죽음에 박자를 맞춰 주는 고무도장 소리의 한가운데서, 화재와 카드, 공포와 수속 절차 속에서, 굴욕적이면서도 대장에 등록된 죽음과의 약속을 기다리면 서, 무시무시한 화장터의 연기와 구급차의 한가한 사이렌 소리 속 에서, 자신도 모르는 사이에 저 어처구니없는 재회와 평화의 시간 을 똑같이 기다리면서 똑같은 유배의 빵으로 요기를 하고 있는 것 이었다. 틀림없이 우리의 사랑은 여전히 거기에 있었건만, 단지 그 것은 무용지물이어서, 지니고 다니기에만 무겁고 우리의 마음속에 서는 생기를 잃어, 마치 범죄나 유죄 판결과도 같은 불모의 존재였 다. 그 사랑은 이미 미래가 없는 인내에 불과했고 좌절된 기대에 지 나지 않았다. 그래서 이런 점에서 보면, 시민들 중 어떤 사람들의 태도는 시내 곳곳의 식료품가게 앞에서 줄을 선 그 긴 행렬을 연 상케 하는 것이었다. 그것은 끝이 없는 동시에 환상도 없는 똑같은 체념이었고 똑같은 참을성이었다. 다만 생이별에 관해서는 그 감정 을 천 배나 확대해서 생각할 필요가 있을 것이다. 그러나 이별이란 면에서는 또 하나의 굶주림이긴 하지만 그것은 모든 것을 다 집어 삼킬 수 있는 굶주림이란 문제였기 때문이다.

어쨌든, 이 시의 생이별당한 사람들이 처해 있던 정신 상태에 대 해서 정확한 개념을 얻고자 하는 사람이 혹시 있다면, 저 영원히 되풀이되는 황금색의 먼지 자욱한 저녁이 나무 한 그루 없는 시가 지에 내리덮이고 다른 한편에서는 남녀가 거리거리로 쏟아져 나오는 석양 무렵을 다시 한 번 떠올릴 필요가 있을 것이다. 왜냐하면 이상하게도, 그때 아직 햇빛을 받고 있는 테라스 쪽으로 올라오고 있는 것은, 으레 도시의 언어를 이루게 마련인 차량과 기계소리들 대신 둔탁한 발소리와 목소리가 빚어내는 거대한 웅성거림뿐이었다. 요컨대 무겁게 덮인 하늘로부터 나오는 윙윙거리는 재앙의 휘파람소리에 리듬이 맞추어진 수천의 구두창들이 고통스럽게 미끄러져 가는 소리였으며, 차츰차츰 온 시가를 가득 채우고 있는, 끝없고 숨막히는 제자리걸음 소리였다. 그리고 그 당시 우리의 마음속에 사랑 대신 들어앉은 맹목적인 고집에, 저녁마다 가장 충실하고 가장 음울한 자신의 목소리를 들려주던 저 끝없고 숨막히는 제자리걸음 소리뿐이었다.

제4부

9월과 10월 두 달 동안, 페스트는 도시 전체를 자기 발 밑에 넙죽 엎드리게 만들었다. 본래 제자리걸음밖에 할 수 없었기에, 수십만의 사람들이 끝도 보이지 않는 그 여러 주일의 세월 동안에도 여전히 제자리걸음만 하고 있었다. 안개와 더위와 비가 차례로 하늘을 가득 채웠다. 남쪽에서 온 찌르레기와 지빠귀 무리는 하늘 높이 조용하게 지나갔다. 그러나 마치 파늘루 신부가 도시의 지붕 위에서 휘파람소리를 내고 있는 이상한 나무막대기라던 그 재앙이 새들을 얼씬 못하게 했다는 듯, 도시의 둘레만 빙빙 돌고 있었다. 10월 초에는, 억수 같은 소나기가 거리를 깨끗이 쓸었다. 그리고 그 동안 줄곧 그 기막힌 제자리걸음 외에 더 중요한 일은 아무것도 일어나지 않았다.

그때 리외와 그의 친구들은 자기네들이 어느 정도로까지 지쳐 있는지 알았다. 사실 보건대 사람들은 더 이상 그 피로를 감당할 수 없게 되었다. 의사 리외는 자기 친구들이나 자기 자신의 태도에서 이상야릇한 무관심이 커가는 것을 알아차리면서 그것을 깨달았다. 예를 들면, 그때까지 페스트에 관한 모든 뉴스에 대해서 그렇게도 깊은 관심을 보여주었던 그 사람들이, 이제는 아무것에도 관심을 두지 않게 되었다. 랑베르는 얼마 전부터 자기가 있는 호텔에 설치된 예방격리소의 관리를 임시로 맡고 있었는데, 자기가 담당하고 있는 사람들의 수효에 대해 아주 잘 알고 있었다. 그는 갑자기 병세가 나타나는 사람들을 위해 그가 만들어놓은 즉각적인 퇴거 절차에 대해서도 가장 세세한 사항에 이르기까지 다 알고 있었다. 예방격리자들에 대한 혈청의 효과에 관한 통계는 그의 기억에 강한 인상을 남기고 있었다. 그러나 그는 페스트로 인한 희생자의 주간 통계 수치는 알지 못하고 있었고 실제로 페스트가 더 심해지고 있는지 물러나고 있는지는 모르고 있었다. 그리고 그는 머지않아 기어코 탈출할 수 있다는 희망을 갖고 있었다.

밤낮으로 자기네들의 일에 몰두해 있는 다른 사람들은 신문도 보지 않고 라디오도 듣지 않았다. 그리고 혹 누가 어떤 결과를 알려줄라치면 거기에 흥미 있는 척하지만, 실지로는 딴 데 정신이 팔린 채 무관심한 태도로 듣고 있었다. 그것은 고역에 지칠 대로 지쳐서 그저 일상적인 자기 일에 과오나 없으면 그만으로 여기다 보니 결정적인 작전도 휴전의 날도 더 이상 기대하지 않게 된 대규모 전쟁의 전투원에게서나 상상할 수 있는 무관심이었다.

그랑은 페스트로 인해 필요해진 숫자 계산 업무를 계속하고 있었는데, 아마 그로서도 그 전반적인 결과를 지적할 수 없었을 것이다. 피로를 잘 견디는 타루나 랑베르나 리외와는 반대로 그는 여태까지 한 번도 건강이 좋았던 적이 없었다. 그런데도 그는 시청 보조직원의 직책과 리외의 사무실 서기로서의 일과 자기 자신의 밤일을 겸하고 있었다. 그래서 그가 두어 가지의 고정 관념, 즉 페스트가 멎고 나면 적어도 일주일 정도 완전한 휴가를 얻어 한번 본격적으로 자기가 현재 하고 있는 일을 '모자를 벗으시오' 하는 각오로 해보겠다는 생각으로 간신히 지탱하고 있지만, 사실은 계속된 탈진 상태에 있는 것을 볼 수 있었다. 그는 또한 갑자기 차분해지기도 했다. 그럴 때면 그는 즐겨 리외에게 잔 이야기를 하는 것이었고 지금 바로 이 순간 그녀는 어디에 있을까, 신문을 읽으며 자기 생각을 하고 있을까를 자문하는 것이었다. 그러한 그랑을 상대로 리외도 어느 날 아주 평범한 말투로, 여태껏 하지 않았던 자기 아내의 이야기를 하고 있는 자신에게 놀랐다. 늘 안심시키려는 내용인 아내의 전보에 어느 정도 신빙성을 부여해야 할지 자신이 없어서, 그는 아내가 요양하고 있는 요양소의 담당의사에게 전보를 쳐보기로 결심했던 것이다. 이에 대한 답신으로 그는 병세가 악화되었다는 통지와 병세의 악화를 막기 위해서 최선을 다하겠다는 약속을 받았었다. 그는 그런 소식을 혼자서만 알고 있었는데, 어떻게 돼서 자기가 그 이야기를 그랑에게 털어놓게 되었는지, 피곤 때문이라고밖에는 달리 설명할 수가 없었다. 그랑이 잔 이야기를 한 뒤에 아내에 대해서 물어보기에 리외는 대답을 했던 것이다.

"뭐, 그래도" 그랑이 말했다. "요새는 그런 병도 잘 낫는다더군요."

그래서 리외도 거기에 동의하면서, 다만 별거가 너무 오래 지속되어, 자기라도 곁에 있으면 아내의 병을 극복하는 데 도움이 될 수도 있었을 텐데 지금 아내는 정말 외로워하고 있을 것이라고 말했다. 그러고는 그는 입을 다물었고, 그랑의 물음에 대해서도 피하려는 듯 마지못해 대답했을 따름이었다.

다른 사람들도 같은 상황이었다. 타루가 제일 잘 참고 있었지만, 그의 수첩을 보면 그의 호기심도 그 깊이는 줄어들지 않았다 하더라도, 그 폭을 잃었다. 사실 그 기간 내내, 그는 겉으로 보기에는 코타르의 일밖에는 흥미가 없는 것처럼 보였다. 호텔이 예방격리소로 개조된 뒤 어쩔 수 없이 리외의 집에서 살게 되었는데, 저녁 때 그랑이나 의사가 결과들을 발표해도 그는 거의 듣지 않았다. 그는 곧 화제를 일반적으로 그의 관심을 끌고 있는 시민생활의 사소한 일로 돌리곤 했다.

카스텔로 말하자면, 그가 리외에게 혈청이 다 준비되었다고 알리러 왔던 날, 때마침 새로 병원에 데려온, 리외가 보기에도 증상이 절망적이었던 오통 씨의 어린 아들에게 그 첫 시험을 해보기로 결정한 다음 리외가 그 늙은 친구에게 최근의 통계를 전하고 있었다. 그때 갑자기 리외는 상대방이 안락의자에 푹 파묻혀서 깊이 잠들어 있다는 것을 알아차렸다. 그리고 평소에는 어딘지 부드러운 맛과 아이러니로 해서 영원한 청춘을 간직하고 있던 그 얼굴이 갑자기 맥이 풀려버린 채 반쯤 열린 입술 사이로 침이 한 줄기 흘러내리면서 피로와 노쇠를 드러내고 있는 얼굴을 보자 리외는 목이 조여드는 것 같았다.

그렇게 약해진 면을 보고, 리외는 자기가 얼마나 피곤한가를 판단할 수 있었다. 그의 감수성은 더 이상 그를 자유롭게 만들지 못했다. 대개 맺히고 딱딱해지고 메말라 있던 감수성이 때때로 풀어져서 걷잡을 수 없는 감정 속에 리외를 몰아넣곤 하는 것이었다. 그의 유일한 방비는, 그 딱딱해진 상태 속에 숨어 자신의 내부에 형성되어 있는 그 매듭을 다시 한 번 단단히 졸라매는 것이었다. 그는 그렇게 하는 것만이 계속 견뎌내기에 가장 좋은 방법임을 잘 알고 있었다. 게다가 그는 환상도 가지고 있지 않았고, 또 피로 때문에 가지고 있던 환상마저 빼앗겼다. 왜냐하면 언제 끝날지도 모르는 그 기간 중에 자기가 맡은 역할이 이미 병을 고치는 것이 아니라는 것을 알고 있었으니 말이다. 그의 역할은 진단하는 일이었다. 발견하고 보고 기록하고 등록하고, 다음에 선고를 내리고 하는 것이 그의 일이었다. 남편이나 아내들은 그의 손목을 쥐고 울고불고하는 것이었다.

"선생님, 저 사람 좀 살려주세요!"

그러나 그는 살려주기 위해서 거기에 있는 것이 아니라, 격리를 명령하기 위해서 거기에 있었던 것이다. 그때 사람들의 얼굴에서 읽을 수 있는 그 증오심 따위가 대체 뭐란 말이냐?

"참 인정 없군요." 어느 날 그는 이런 말을 들었다. 천만에, 그는 인정이 있는 사람이었다. 그 인정으로 그는 매일 스무 시간을, 살기 위해서 태어난 사람들이 죽어가는 광경을 참고 볼 수 있었던 것이다. 그 인정으로, 그는 매일 같은 일을 다시 시작할 수가 있는 것이었다. 이제 그에게는 꼭 그만큼의 인정밖에는 남은 것이 없었던 것이다. 그러니 그 인정만으로 어떻게 사람을 살릴 수 있겠는가?

그렇다, 날마다 자기가 나누어 주고 있는 것은 구원이 아니라 지식이었다. 물론 그런 것을 사람의 맡은 직분이라고 할 수는 없었다. 그러나 도대체 그 공포에 휩싸이고 많은 사람이 죽어가는 가운데, 누가 인간의 직분을 수행할 만큼 여유가 있단 말인가? 피곤하기라도 한 것이 차라리 행복이었다. 만약 리외에게 더 힘이 있었다면, 곳곳에 퍼져 있는 그 죽음의 냄새는 그를 감상적으로 만들었을지도 몰랐다. 그러나 잠을 네 시간밖에 못 잤을 때, 사람이 감상적이 될 수는 없다. 모든 것을 있는 그대로 보게 된다. 즉 정의의 눈으로, 끔찍하고 바보 같은 정의의 눈으로 보는 것이다. 그리고 다른 사람들, 즉 선고를 받은 사람들도 역시 그것을 충분히 느끼고 있었다. 페스트가 발생하기 이전에는 그는 구세주 같은 대접을 받았었다. 세 개의 알약과 주사 한 대면 모든 것을 다 바로잡을 수 있었으며, 사람들은 그의 팔을 붙들고 복도까지 따라 나왔었다. 그것은 흐뭇한 일이었지만 위험한 일이기도 했다. 이제는 그와 반대로, 그가 병정을 데리고 가서 개머리판으로 문을 두드려야 가족들은 문을 열 결심을 하는 것이었다. 그들은 리외를, 그리고 인류 전체를 자기네들과 함께 죽음으로 끌고 들어가고 싶었던 것이다. 아! 정말이지 인간은 다른 인간들 없이 지낼 수 없고, 정말이지 그도 이제는 저 불행한 사람들과 마찬가지로 속수무책의 신세이고, 정말이지 그들 곁을 떠나고 나면 그 역시 가슴속에 걷잡을 수 없이 솟구쳐오르는 동정심의 전율과 똑같은 것을 받을 가치가 있는 그런 인간인 것이었다.

  적어도 그런 것이, 그 끝이 없을 것만 같던 여러 주일 동안 의사 리외가 자기의 생이별 상태에 관한 그것과 더불어 마음속에 되뇌고 있던 생각들이었다. 그리고 그것은 또한 그의 친구들의 얼굴에도 그 그림자로 나타나는 그런 생각들이었다. 그러나 재앙에 맞서서 그 투쟁을 계속하고 있는 사람들에게 차츰차츰 밀려 들고 있는 탈진 상태의 가장 위험한 결과는, 외부의 사건이나 타인의 감동에 대한 무관심 속에 있는 것이 아니라, 차라리 그들이 자신도 모르게 빠져들고 있는 무성의에 있는 것이었다. 그들에게는 당시 꼭 필요한 것이 아닌 동작, 또 그들에게는 항상 힘에 겨운 듯이 보이는 모든 동작을 애써 회피하려는 경향이 있었기 때문이다. 따라서 그 사람들은 점점 더 자주 자기들 자신이 규정해놓은 위생 규칙을 소홀히 하고, 자기 자신들 몸에 실시하기로 되어 있었던 수많은 소독 규칙을 잊어버렸으며, 때로는 전염에 대한 예방 조치도 없이 폐페스트에 걸린 환자들 곁으로 달려가게 되었다. 왜냐하면 들어가기 직전에 자기가 이제 곧 감염된 집에 들어간다는 것을 알게 되었다 하더라도, 어떤 정해진 장소까지 되돌아가서 필요한 소독약을 몸에 뿌린다든가 하는 일은 피곤하기 짝이 없는 일로 여겨졌기 때문이다. 그것이야말로 정말 위험한 일이었다. 왜냐하면 그렇게 되면 페스트와의 투쟁 자체가 도리어 사람들을 페스트에 걸리기 가장 쉽게 해주는 셈이었기 때문이다. 그들은 결국 요행에 운명을 걸고 있었던 셈인데, 요행이란 누구의 편도 아니었다.

그러나 이 도시에서 초췌하거나 낙심한 것 같지도 않고 만족감의 살아 있는 이미지나 다름없는 사람이 한 명 있었다. 바로 코타르였다. 그는 다른 사람들과 접촉은 하면서도 여전히 따로 떨어진 채 홀로 있었다. 그는 타루의 일에 지장을 주지 않는 한 자주 타루를 만나보기로 했었는데, 그것은 타루가 자기의 사건을 잘 알고 있었던 탓도 있었고, 또 한편으로는 타루가 그 자그마한 연금생활자를 언제나 변함없는 상냥한 태도로 대해주고 있었음을 알았기 때문이었다. 그것은 끊임없는 기적이었지만, 타루 자신은 그토록 힘든 일을 하고 있는데도 항상 친절하고 자상하게 대해 주었던 것이다. 어떤 날 저녁에는 뼈가 으스러질 정도로 피곤했어도 그 이튿날이 되면 새 기운을 차리는 것이었다.

"그 사람하고는 말이 통해요." 코타르가 랑베르에게 한 말이었다. "왜냐하면 그는 정말 사나이니까요. 언제나 이해심이 깊어요."

바로 그런 이유로 그 시기의 타루의 수기는 차츰 코타르라는 인물에 집중되고 있었다. 타루는 코타르가 자기에게 고백한 그대로의 이야기, 또는 자기의 해석을 덧붙인 이야기를 가지고 코타르의 여러 가지 반응과 고찰의 일람표를 만들려고 했다. '코타르와 페스트의 관계'라는 표제 아래 그 일람표는 수첩의 몇 페이지나 차지하고 있었는데, 서술자는 그것을 여기에 요약해서 소개하는 것이 유익한 일이라고 믿는다. 그 키 작은 연금생활자에 대한 타루의 총체적인 의견은 다음과 같은 판단으로 요약되고 있었다. '그는 성장하고 있는 인물이다.' 어쨌든 외관상으로, 그는 점점 기분이 좋아지고 있었다. 그는 사건이 진행되는 형편에 대한 불만은 없었다. 그는 가끔 타루 앞에서 다음과 같은 몇 마디로 자기 생각 밑바닥에 있는 것을 표현하곤 했다.

'물론' 타루는 이렇게 덧붙였다. '물론 그도 다른 사람들처럼 위협받고 있지만, 다른 사람들과 함께 위협을 받고 있는 것이다. 그리고 또 내가 단언하는 바이지만, 그는 자기도 페스트에 걸릴 수 있다는 것은 진심으로 생각하고 있지 않다. 그는 이런 생각(아주 어리석은 생각도 아니지만), 어떤 큰 병 또는 심각한 번민에 사로잡혀 있는 사람은, 그와 동시에 다른 모든 병이나 번민을 면제받는다는 생각으로 살고 있는 듯싶었다.

"가만히 살펴보면 사람은 여러 가지 병을 한꺼번에 앓을 수 없다는 것을 알 수 있잖아요?" 그가 나에게 말했다. "가령, 선생이 중증의 암이라든가 심한 폐병이라든가 하는 위중하고도 불치의 병을 앓는다고 가정해보십시다. 선생은 절대로 페스트나 티푸스에 걸리지는 않을 것입니다. 그것은 있을 수 없는 일입니다. 사실은 그 정도가 아녜요. 왜냐하면 암 환자가 자동차 사고로 죽는 것은 보신 적이 없으실 테니까 말이에요."

사실이건 아니건, 그런 생각이 코타르를 아주 기분 좋게 만들어주고 있다. 그가 원하지 않는 단 한 가지 일은 딴 사람들과 헤어져 있는 일이다. 그는 혼자서 죄수가 되어 있느니보다는 모든 사람과 함께 포위당해 있는 편을 더 좋아한다. 페스트란 것이 있는 한은 비밀 조사고, 서류고, 카드고, 수수께끼 같은 심리고, 목전에 닥친 체포 같은 것도 이제는 문제가 될 수 없다. 확실하게 말하면, 이제는 경찰도 없고 오래되거나 새로운 범죄도 없고 죄인이라는 것도 없다.

다만 있는 것은 특사 중에서도 가장 자유재량적인 특별 사면을 기다리고 있는 죄수들뿐이며, 그들 중에는 경찰관 자신들도 포함되어 있다.'

그처럼, 역시 타루의 주석에 의하면, 코타르는 시민들이 나타내고 있는 고통과 혼란의 징조를, '계속 떠들어보십시오. 나는 먼저 다 겪고 났으니까요'라는 말로 표현될 수 있는 너그럽고 이해성 있는 만족감을 가지고 생각할 만한 충분한 근거를 가지고 있었다.

'다른 사람들과 떨어져 있지 않기 위한 유일한 방법은 결국 올바른 양심을 갖는 것이라고 아무리 내가 말하더라도, 그는 비웃는 듯이 나를 보면서 이렇게 말하는 것이었다.

"그러면, 그 점에서는 누구 하나 다른 사람과 함께 어울려 지낼 수 없습니다." 그러고는 "괜찮아요, 내가 장담하죠. 모든 사람을 함께 묶어두는 유일한 방법은 그들에게 페스트를 보내는 것입니다. 선생 주위를 좀 보세요."

그런데 사실 나는 그가 무슨 말을 하려는지도, 현재의 생활이 그에게는 얼마나 편안하게 여겨지는지도 잘 알고 있는 것이다. 한때 바로 자기 자신에게 절실했던 여러 가지 반응들인데 어찌 그가 그것들을 재빨리 알아보지 못하겠는가? 세상 사람들을 전부 자기 편으로 만들어보려고 애쓰는 그 노력, 길 잃은 행인에게 간혹 길을 가르쳐줄 때 사람들이 베푸는 친절과 때로는 그들에게 나타내는 불쾌한 기분. 고급 식당으로 몰려드는 사람들. 거기에 들어가서 늦도록 노닥거리는 그들의 만족감. 매일같이 영화관 앞에 모여들어 줄을 서고, 모든 연예장에서 댄스 홀에 이르기까지 만원을 이루었다가 모든 공공장소마다 성난 죄수처럼 풀려 나오는 인파. 모든 접촉에 대한 머뭇거림, 그러면서도 한편 사람들을 다른 사람들에게로, 팔꿈치를 팔꿈치에게로, 이성을 이성에게로 밀어가는 인간적인 체온에 대한 열망……. 코타르는 이 모든 것을 그들보다 먼저 경험했던 것이다. 그것은 분명하다. 단 여자만은 예외였는데, 그 까닭인즉 코타르같이 생겨가지고서야……. 그리고 내가 추측하기에는, 그가 계집들 있는 곳에 갈 마음의 준비가 다 된 것같이 막 느꼈다가도 나쁜 취미를 붙이지 않으려고 단념하고 말았으리라.

요컨대 페스트는 그에게 꼭 맞는 것이다. 페스트는 고독하면서도 고독하기를 원치 않는 사람들을 공범자로 만든다. 왜냐하면 그는 분명히 하나의 공범자이며, 게다가 그러기를 원하는 공범자이기 때문이다. 그는 눈에 띄는 모든 것, 즉 여러 가지 미신, 이치에 맞지 않는 두려움, 그 절박한 사람들의 신경과민, 되도록 페스트 이야기는 안 하길 원하면서 결국에는 그 이야기밖에 안 하게 되는 버릇, 그 병이 두통에서 시작된다는 것을 안 다음부터 머리가 조금 아프기만 해도 미친 사람처럼 되고 새파랗게 질리는 버릇, 그리고 초조해하고 예민해진, 요컨대 불안정한 감수성, 망각을 죄로 변형시키고 바지 단추 하나만 잃어버려도 안절부절못하는 그들의 감수성, 이 모든 것의 공범자인 것이다.'

타루는 저녁 때 코타르와 함께 외출하는 일이 자주 있었다. 그러고 나서 그는 자기 수첩 속에, 그들이 저녁 무렵이나 컴컴한 밤중에 우울한 사람들 속에 섞여서 어깨를 나란히 하고, 이따금 전등이 하나씩 희미하게 비춰주는 희고 검은 무리 속에 휩쓸려 페스트의 냉기를 막아주는 뜨거운 환락을 찾아가는 인간의 행렬 속에 섞여드는 모습을 적어 넣었다. 코타르가 수개월 전에 공공장소에서 찾고 있던 것, 다시 말하면 그의 꿈이면서도 만족스럽게 맛보지는 못했던 사치와 여유 있는 생활, 즉 거침없는 향락을 이제는 주민들 전체가 추구하고 있었다. 걷잡을 수 없이 물가가 상승하고 있었지만, 그때만큼 사람들이 돈을 낭비한 적은 없었으며, 또 대부분의 경우 생활 필수품이 부족했던 반면에, 그때처럼 사치품을 많이 소비한 적은 없었다. 사람들은 실업 상태를 의미할 뿐인 그 시간적 여유가 가져다 준 모든 유희들이 배로 늘어나는 것을 볼 수 있었다. 타루와 코타르는 가끔 꽤 오랫동안 한 쌍의 남녀 뒤를 따라가보는 일이 있었는데, 전에는 자기들의 관계를 감추려고 애쓰던 사람들이 이제는 서로 꼭 껴안고 악착같이 거리거리를 쏘다니며 대단한 열정에서 오는 외곬인 방심 상태에 빠진 채 자기네들 주위의 군중은 거들떠보지도 않는 것이었다. 코타르는 완전히 감동받은 듯했다.

"아! 화끈하구먼!" 그가 말했다. 그러고는 그는 집단적인 흥분과 거침없이 뿌려지는 팁과, 눈앞에서 펼쳐지는 정사(情事) 속에서 얼굴이 환해져 큰 소리로 얘길 하곤 했다.

그러나 타루가 보기에, 코타르의 태도에는 악의 같은 것은 거의 섞여 있지 않았다.

"난 그런 것을 그들보다 먼저 다 겪었으니까"라고 말하는 그의 말투도 으스댄다기보다는 오히려 그의 불행을 말해주고 있었다.

'내가 생각하건데' 이렇게 타루는 적어놓고 있었다. '그는 하늘과 도시의 벽 사이에 갇혀 있는 그 사람들을 사랑하기 시작한 것이다. 예를 들어 그는 할 수만 있다면, 그 사람들에게 그건 그리 무서운 것이 못 된다고 설명해주고 싶었으리라.'

"당신도 들리시죠." 그는 나에게 이렇게 확실하게 말한 일이 있었다. "페스트가 가고 나면 이렇게 해야지. 페스트가 가고 나면 저렇게 해야지 하는 소리 말입니다……. 저들은 가만히 있지 못하고 스스로 자신들의 생활을 망치고 있는 것이죠. 그리고 저들은 자기들이 얼마나 유리한 입장에 있는지조차 모르고 있거든요. 아, 그래 내가 이런 말을 할 수 있겠어요, 내가 체포되고 나면 이런 것을 하겠다고요? 체포는 하나의 시작이지 끝이 아닙니다. 그런데 페스트는……. 내 생각을 말할까요? 저들은 그냥 일이 되어가는 대로 가만 놓아두지 않기 때문에 불행한 거예요. 그리고 내가 말하는 것엔 다 근거가 있어요."

'그는 과연 자신이 말한 것의 의미를 잘 알고 있다'라고 타루는 덧붙이고 있었다. '그는 오랑 시민들의 모순을 있는 그대로 비판하고 있다. 주민들은 자기들을 서로 가깝게 만들어주는 따뜻한 것을 절실히 요구하고 있으면서도, 동시에 자기들을 서로 멀어지게 만드는 경계심 때문에 그런 요구에 감히 자신을 내맡기지 못하고 있었다. 사람들은 이웃 사람을 믿을 수 없다는 것, 나 자신도 모르게 그의 페스트에 감염될 수 있고, 방심한 틈을 타서 병균을 옮겨올 수 있다는 것을 너무나 잘 알고 있었던 것이다. 코타르처럼, 사실은 자기가 같이 사귀고 싶은 상대인데도 그 모든 사람이 혹시 밀고자일지도 모른다고 생각하며 지낸 사람들은 그 감정을 잘 이해할 수 있었다. 페스트가 오늘이나 내일 그들 어깨에 손을 얹어놓을 수도 있고, 혹시 건강하고 안전하다고 기뻐하고 있을 때, 은근히 페스트가 덤벼들 채비를 하고 있을 가능성이 있다고 생각하는 사람들의 심정은 충분히 이해할 수 있었다. 될 수 있는 한, 그는 공포 속에서도 편안한 상태로 있으려 한다. 그러나 그는 그 모든 것을 누구보다 먼저 맛보았으니만큼, 이 불안의 잔혹함을 완전히 그들과 똑같이 느끼지는 못할 것 같다. 요컨대, 아직은 페스트로 죽지 않은 우리들과 똑같이, 그는 자기의 자유와 생명이 매일매일 파괴 직전에 있음을 절실히 느끼고 있다. 그러나 그 자신은 이미 공포 속에서 산 일이 있으니만큼, 이번에는 다른 사람들이 그것을 겪는 것이 당연하다고 생각한다. 더 정확하게 말하면, 그 공포도 그렇게 되면 오로지 자기 혼자서만 당하는 경우보다는 감당하기에 덜 힘들 것 같았다. 이 점에서 그는 잘못 생각하고 있는 것이고 또 이 점에서 그가 다른 사람들보다 더 이해하기 어려운 것이다. 그러나 결국 그런 의미에서 그는 다른 사람들보다 더 우리가 이해하고자 애써볼 가치가 있는 대상이다.'

마지막에 타루의 수기는, 코타르와 페스트에 걸린 사람들에게 동시에 일어난 아주 이상한 의식을 뚜렷이 가시화시켜주는 한 얘기로 끝나고 있다. 그 얘기는 그 시기의 어려웠던 분위기를 거의 그대로 재현한 것으로, 서술자는 그것을 중요시하고 있는 것이다.

그들은 〈오르페우스와 에우리디케〉를 상연하고 있는 시립 오페라극장에 갔었다. 코타르가 타루를 초대했던 것이다. 페스트가 시작되던 봄에 이 도시로 공연을 하러 왔던 극단이 병으로 발이 묶이자, 부득이 오페라 극장측과 협정을 맺고 매주 한 번씩 그 공연을 되풀이하기로 한 것이다. 그래서 몇 달 전부터 금요일마다, 이 시립극장에서는 오르페우스의 음률적인 탄식과 에우리디케의 힘없는 호소 소리가 울려나오고 있었다. 그래서 그 공연은 여전히 최상의 인기를 차지하고 있었으며, 매번 막대한 수입을 올리고 있었다. 제일 비싼 좌석에 앉은 코타르와 타루는, 시민 중에서도 가장 멋쟁이들로 초만원을 이룬 일반석을 내려다볼 수 있었다. 이제 막 도착하고 있는 사람들은, 입장 시간을 놓치지 않으려고 애쓰고 있었다. 무대 전면의 눈부신 조명 아래 악사들이 조용히 악기를 조율하고 있는 동안, 사람의 그림자들이 자세하게 드러나, 이 줄에서 저 줄로 옮겨가거나 상냥하게 허리를 굽히곤 하는 모습이 보였다. 점잖은 대화의 나지막한 웅성거림 속에서, 사람들은 몇 시간 전 시의 캄캄한 거리에서는 갖지 못했던 마음의 안정을 찾는 것이었다. 정장 차림이 페스트를 쫓아버렸던 것이다.

제1막이 상연되는 내내 오르페우스는 거침없이 탄식했고, 튜닉을

입은 몇몇 여자들이 오르페우스의 불행에 우아하게 설명을 덧붙이
고, 소가극 형식으로 사랑을 노래했다. 장내는 정중한 열기로 이에
반응을 보였다. 오르페우스가 제2막의 노래에, 악보에는 실리지 않
은 떨리는 소리를 섞어서, 약간 지나친 비장미로 지옥의 주인을 향
해서 자기의 눈물에 감동해달라고 호소한 것도 거의 눈치채는 사람
이 없을 정도였다. 그로부터 나오는 발작적인 몸짓은 가장 주의력이
깊다는 사람들에게도 그 가수의 연기를 더욱 빛나게 하는 어떤 세
련미의 효과로 보였다.

　제3막에서 오르페우스와 에우리디케의 이중창 부분(즉 에우리디
케가 사랑하는 남편에게서 떠나가는 순간이다)까지 오자, 어떤 놀라
움이 장내를 술렁거리게 했다. 그런데 그 가수는 마치 이 같은 관중
의 동요만을 기다리고 있었다는 듯이, 더 정확히 말해서 아래층 일
반석에서 올라오는 웅성대는 소리가 자기가 느끼고 있던 것을 확
인시켜주기라도 했다는 듯이 그 순간에 고대의 의상을 입은 채 그
로테스크한 몸짓으로 무대 앞 쪽으로 걸어 나오더니, 목가적인 무
대장치 한복판에 그대로 쓰러졌다. 그 무대장치는 늘 시대착오적인
것이었지만, 관객들이 보기에는 그때 처음으로, 그리고 몸서리쳐지
는 방식으로 시대착오적인 것으로 변해버렸다. 왜냐하면 동시에 오
케스트라가 딱 멎고, 일반석의 관객들이 일어서서 천천히 장내에서
나가기 시작했으니 말이다. 처음에는 조용히, 예배장에서 예배가 끝
나고 나오듯, 혹은 빈소에서 문상을 하고 나오듯, 여자들은 치마를
여미고 고개를 숙인 채로, 남자들은 동반한 여인들의 팔꿈치를 잡

고 보조의자에 걸리지 않도록 주의하면서 퇴장했다. 그러나 점차로 동작이 급해지고 수군거리는 소리가 외침으로 변하는가 싶더니, 관객들이 출구로 몰려 서둘러대다가 마침내는 고함을 치면서 몸싸움을 벌이기 시작했다. 코타르와 타루는 자리에서 일어섰을 뿐이었지만, 당시 자기들의 삶 그 자체의 이미지인 그 광경들을 눈앞에 보면서 그저 외로이 서 있었다. 무대 위에는 전신의 관절들이 풀려버린 광대의 모습으로 분장한 페스트, 그리고 관람석에는 붉은 의자 덮개 위에 잊어버린 채 놓고 간 부채며 질질 늘어진 레이스 세공품들의 모습으로 지금은 아무 쓸모가 없게 된 사치, 그것이 바로 그들의 삶의 이미지였다.

랑베르는 9월 초순 동안, 리외의 옆에서 열심히 일을 했었다. 단지 고등학교 앞에서 곤잘레스와 두 청년을 만나기로 되어 있던 날엔 하루 휴가를 받았을 뿐이었다.

그날 정오에 곤잘레스와 그 신문기자는 웃으면서 오는 그 키 작은 두 녀석을 보았다. 그들은 전에는 운이 나빴지만 그런 것이야 각오했어야 마땅하다고 말했다. 어쨌든 그 주일에, 그들은 경비 근무 당번이 아니었다. 다음 주일까지 참을 필요가 있었다. 그때 다시 시작해보자는 것이었다. 랑베르는 자기 생각도 바로 그것이라고 말했다. 곤잘레스는 그러면 다음 월요일에 만날 약속을 하자고 제안했다. 그 대신 이번에는 랑베르가 아예 마르셀과 루이의 집으로 가 있기로 했다.

"자네하고 나하고 기다리지. 혹 내가 안 오거든, 자네가 곧장 저애들 집으로 찾아가게나. 어디 사는지 가르쳐줄 테니 말이야."

그러나 그때 마르셀인지 루이인지가, 가장 간단한 것은 즉시 그 친구를 데리고 가는 것이라고 말했다. 까다로운 사람만 아니라면 네 사람이 먹을 정도는 있다는 것이었다. 그렇게 하면 그도 다 이해할 것이라고 했다. 곤잘레스는 그것 참 좋은 생각이라고 말했다. 그래서 그들은 항구 쪽으로 내려갔다.

마르셀과 루이는 마린 거리의 맨 끝에, 해안도로 쪽으로 난 시문 바로 옆에 살고 있었다. 벽이 두껍고 창에는 페인트칠을 한 나무 덧문이 달려 있으며, 아무 장식도 없는 어둠침침한 방들이 있는 조그만 스페인 식 집이었다. 그 청년들의 어머니가 쌀밥을 대접했다. 그 어머니라는 사람은 웃는 낯에 주름살이 많은 스페인 여자였다. 곤잘레스는 깜짝 놀랐다. 시내에는 벌써 쌀이 동이 난 상태였기 때문이다.

"시문에서 적당히 마련하지." 마르셀이 말했다. 랑베르는 먹고 마셨다. 그리고 곤잘레스는 이제 그가 진짜 친구라고 말했는데, 그 사이 신문기자의 머릿속에는 앞으로 보내야 할 한 주일 생각밖에 없었다.

사실 그는 두 주일을 기다려야만 했다. 경비 근무의 차례는 사람의 수를 줄이기 위해서 보름씩 교대로 하게 되었기 때문이다. 그리고 랑베르는 보름 동안 몸을 아끼지 않고 쉴 사이도 없이, 어떤 의미에서는 눈을 딱 감고 새벽부터 밤까지 일을 했다. 밤 늦게야 그는 잠자리에 들었고 깊이 잠들었다. 한가로이 지내다가 갑자기 그 고 달픈 노역을 치르는 처지로 바뀌는 바람에, 그는 거의 꿈도 기력도 없는 상태가 되었다. 머지않아 있을 자기의 탈출에 대해서도 거의 입 밖에 내지 않았다. 단 한 가지 특별히 기록할 만한 일이 있다면 한 주일이 지났을 때 그는 태어나서 처음으로 그 전날 밤에 취했다 는 이야기를 리외에게 털어놓은 것이다. 바에서 나왔을 때, 그는 문 득 자기 사타구니 근처가 부어오르는 것같이 느껴졌으며 겨드랑이 가 아프고 두 팔을 놀리기가 어려웠다. 그는 페스트라고 생각했다. 그때 그가 할 수 있었던 유일한 반사적인 동작은, 그도 리외와 함께 이치에 맞지 않는 짓이라는 것을 인정했지만, 시에서 가장 높은 곳 으로 뛰어올라 간 것이었다. 그러고는 여전히 바다는 보이지 않지만 하늘이 좀더 잘 보이는 그 조그만 광장에서 그는 시의 벽돌담 저 너머로 큰 소리로 자기 아내의 이름을 부른 것이었다. 집으로 돌아 오니 자기 몸에 아무런 감염의 증세가 없음을 발견하자, 그는 그러 한 갑작스런 발작을 일으킨 것이 별로 자랑스럽지 못하더라는 것이 었다. 리외는 그렇게 행동할 수도 있다는 것을 이해할 수 있겠다고 했다.

"어쨌든" 그가 말했다. "그렇게 하고 싶을 때가 있는 법이죠."

"오늘 아침에 오통 씨가 나보고 당신에 관해서 이야기하더군요." 랑베르가 막 가려고 할 때, 갑자기 리외가 덧붙였다. "그는 나 보고 혹시 당신을 아느냐고 물었어요. 그러더니 그럼 암거래꾼들하고 자 주 접촉하지 말라고 그 사람에게 충고 좀 하세요, 주목받고 있으니까요, 하더군요."

"그게 무슨 뜻일까요?"

"빨리 서둘러야 한다는 말입니다."

"고맙습니다." 리외의 손을 잡으면서 랑베르가 말했다.

문까지 가서 그는 갑자기 몸을 돌렸다. 리외는 페스트가 발생한 뒤 처음으로 그가 웃는 것을 보았다.

"그런데 왜 선생께서는 내가 떠나는 것을 말리지 않으시나요? 말릴 방법이 얼마든지 있는데요."

리외는 버릇처럼 된 몸짓으로 고개를 끄덕이고 말했다. 그것은 랑베르의 문제이고 랑베르는 행복을 택한 것이며, 리외 자신은 그에 반대할 뚜렷한 이유가 없다고 했다. 그 문제에 관해서 자기는 무엇이 옳고 그른지 판단하기 어려운 느낌이라는 것이다.

"그런데 왜 저에게 빨리 서두르라고 하시나요?"

"아마 나도 행복을 위해서 뭔가 해주고 싶었겠죠."

그 이튿날, 그들은 더 이상 그 일에 대해서 아무 말도 하지 않았는데, 그 대신 함께 일을 했다. 다음주에, 랑베르는 마침내 그 조그만 스페인 식 집에 묵게 되었다. 거실에다가 그의 침대를 하나 들여놓았다. 젊은이들은 식사를 하러 돌아오는 일도 없었고, 또 되도록 밖에 나가지 말아달라고 했기 때문에, 그는 대부분의 시간을 거실에서 혼자 보내거나 그들의 어머니인 늙은 스페인 여자와 이야기를 하면서 보냈다. 그 노파는 탄탄한 몸에 바지런하고, 검은 옷을 입고 주름살이 많은 갈색의 얼굴에다가 아주 깨끗한 흰 머리칼을 갖고 있었다. 말이 없어서, 단지 랑베르를 바라볼 때 두 눈에 미소를 가득 담을 뿐이었다.

언젠가 그 노파는 랑베르에게, 부인한테 페스트를 옮길까봐 두렵지 않느냐고 물어보았다. 그의 생각은, 그럴 가능성도 있기는 하겠지만, 따지고 보면 그런 경우란 극히 드문 것이고, 반면에 그대로 도시에 남아 있으면 그들은 영원히 헤어지게 될 위험이 있을 것 같다고 말했다.

"그분은 상냥하신 모양이죠?" 그 노파는 미소를 지으며 말했다.

"퍽 상냥하죠."

"예뻐요?"

"그런 것 같아요."

"아!" 노파가 말했다. "그래서 그러시는군요."

랑베르는 생각했다. 아마도 그래서 그럴지도 몰랐다. 그러나 오로지 그것 때문만이라고는 할 수 없었다.

"하느님을 믿지 않으시나요?" 매일 아침 미사에 나가는 그 노파가 말했다.

랑베르가 믿지 않는다고 시인을 했더니, 또다시 그 노파는 바로 그 때문이군요, 하고 말했다.

"가서 만나셔야 돼요. 잘 생각하셨어요. 그렇지 않으면 당신에게 뭐가 남겠어요?"

랑베르는 그 나머지 시간에는 아무 장식도 없이 대충 바른 벽 둘레를 빙빙 돌면서 벽의 못에 걸린 부채들을 어루만지거나 테이블

보 끝에 달린 술을 헤아려보곤 했다. 저녁때가 되면 젊은이들이 돌아왔다. 그들은 말이 없어서, 말을 하면 아직 때가 안 되었다고 말하는 정도였다. 저녁식사가 끝나면 마르셀은 기타를 쳤고, 아니스가 들어간 술을 둘이서 마셨다. 랑베르는 생각에 잠겨 있는 것처럼 보였다.

수요일에 마르셀이 들어오면서 이렇게 말했다. "내일 저녁 12시야. 준비하고 있으라고." 그들과 보초를 섰던 두 사람 중 하나가 페스트에 걸렸고, 다른 한 사람은 그와 한 방을 써서 격리중이라는 것이었다. 그래서 2, 3일간은 마르셀과 루이는 둘뿐이었다. 밤 사이에 그들은 마지막 세세한 일들을 준비해놓을 작정이었다. 이튿날이면 일이 가능할지도 모른다. 랑베르가 고맙다고 말했다.

"기쁘세요?" 그 어머니가 물었다. 그는 기쁘다고 대답했으나 생각은 딴 데가 있었다.

이튿날은 하늘도 흐린 데다가 축축하고 숨막힐 듯한 더운 날씨였다. 페스트에 대한 소식은 좋지 않았다. 그 스페인 노파는 여전히 침착했다.

"이 세상엔 죄악이 있으니까요." 그 노파가 말했다. "그러니 당연하지!"

마르셀이나 루이처럼, 랑베르도 웃통은 벗은 채였다. 그러나 어떻게 해보아도 어깨죽지와 가슴팍에 땀이 줄줄 흘렀다. 덧문을 닫아버린 어둠침침한 가운데 그렇게 하고 있으니, 상반신이 거무스름하게 보였고 번들번들했다. 랑베르는 말도 없이 방 안을 빙빙 돌았다.

오후 4시가 되자 그는 갑자기 옷을 입더니 나갔다 오겠다고 했다.

"잊으면 안 돼요." 마르셀이 말했다. "오늘 자정이니까. 준비는 다 잘 되어 있어."

랑베르는 리외의 집으로 갔다. 리외의 어머니는 랑베르에게 높은 지대의 병원에 가면 리외를 만날 수 있을 것이라고 일러주었다. 초소 앞에는 여전히 사람들이 서성대고 있었다.

"저리들 가요!" 눈을 부릅뜬 한 경관이 소리질렀다. 사람들은 움직였으나 제자리에서 빙빙 돌고 있었다.

"기다려야 소용없다니까요." 윗옷까지 땀이 밴 경관이 말했다. 다른 사람들도 같은 생각이었지만, 살인적인 더위에도 그들은 기다리고 있었다. 랑베르가 경관에게 통행증을 내보이자, 경관은 그에게 타루의 사무실을 가리켜 보였다. 사무실의 문은 마당 쪽으로 나 있었다. 그는 마침 사무실에서 나오는 파늘루 신부와 마주쳤다.

약품과 축축한 시트 냄새가 나는 하얗게 칠한 더럽고 작은 방에서, 타루는 검은색 나무 테이블 너머에 앉아서 셔츠 소매를 걷어 올린 채 팔쪽에서 흘러내리는 땀을 손수건으로 닦아내고 있었다.

"아직 있었군요?" 그가 말했다.

"네, 리외한테 이야기할 것이 있어서요."

"그는 병실에 있어요. 그러나 리외가 없어도 해결될 일이면 좋겠는데요."

"왜요?"

"과로예요. 가능하면 내버려 뒀으면 해서요."

랑베르는 타루를 바라보았다. 타루는 야윈 모습이었다. 피로 때문에 두 눈과 얼굴이 흐릿하게 풀려 있었다. 그의 튼튼한 두 어깨도 둥그렇게 오그라들어 있었다. 노크 소리가 나더니, 간호사 한 명이 흰 마스크를 쓰고 들어왔다. 그는 타루의 책상 위에 한 묶음의 카드를 놓았다. 그러고는 마스크 때문에 코가 막힌 소리로 "여섯입니다"라고만 말하고 나가버렸다. 타루는 신문기자를 보았다. 그리고 카드를 부채 모양으로 펴 들면서 그에게 보여주었다.

"어때요, 근사한 카드죠? 그런데 아니랍니다. 사망자들이랍니다. 밤 사이에 생긴 사망자들이죠."

그의 이마에 주름살이 잡혔다. 그는 카드들을 다시 간추렸다.

"우리에게 남은 일은 숫자 계산뿐입니다."

타루가 테이블에 한 손을 짚고 일어섰다.

"곧 떠나시나요?"

"오늘밤 자정에 떠납니다."

타루는 랑베르에게 자기도 기쁘다고, 몸조심하라고 말했다.

"진심으로 그런 말씀을 하시나요?"

타루는 어깨를 으쓱해 보였다.

"내 나이가 되면 싫어도 진심을 말하죠. 거짓말을 한다는 것은 너무나 피곤합니다."

"죄송하지만," 랑베르가 말했다. "의사 선생을 만나고 싶습니다."

"압니다. 그는 나보다 더 인간적이지요. 그럼 갑시다."

"그게 아닙니다." 랑베르가 뭔가 말하기 힘든 듯이 말했다. 그러더니 도중에 입을 다물고 말을 하지 않았다.

타루가 그를 보더니 갑자기 미소를 지었다.

그들은 벽에 밝은 초록색으로 페인트칠을 해서 마치 수족관 속 같은 빛이 떠돌고 있는 복도를 따라서 걸어갔다. 뒤에 이상한 망령 같은 것들이 움직이는 것이 보이는 이중 유리문에 다다르기 직전, 타루는 벽장들이 잔뜩 달린 좁은 방으로 랑베르를 들여보냈다. 그는 그 벽장들 중의 하나를 열고, 소독기에서 흡수성 거즈로 만든 마스크 두 개를 꺼내서, 랑베르에게 그중 하나를 내밀며 쓰라고 말했다. 신문기자는 그것도 뭔가 도움이 되느냐고 물었다. 타루는, 그렇지는 않지만 다른 사람들에게 믿음직한 느낌을 주는 것이라고 대답했다.

그들은 유리로 된 문을 밀어 열었다. 크고 넓은 방이었는데, 계절에 아랑곳없이 창문이란 창문은 모두 꼭꼭 닫혀 있었다. 벽 위쪽에 환풍기가 윙윙거리고 있었는데, 그 날개가 두 줄로 놓인 회색 침대 위에서 찌는 듯하고 빽빽한 공기를 휘젓고 있었다. 여기저기서 둔하거나 날카로운 신음소리가 들려와서 하나의 단조로운 비명을 만들어내고 있을 따름이었다. 흰 옷을 입은 남자들이 철책을 붙인 높은 유리벽으로 쏟아져 들어오고 있는 따가운 햇살 속에서 느릿느릿 오가고 있었다. 랑베르는 그 방의 숨막히는 더위가 너무나 견디기 힘들어진 나머지 신음소리를 내고 있는 어떤 형체 위로 허리를 굽히고 있는 리외를 좀처럼 알아보지 못했다. 의사는 두 간호사가 침대 양쪽에서 활짝 벌리게 한 채 꽉 누르고 있는 환자의 사타구니를 째고 있었다. 그는 몸을 다시 일으키고서 조수가 내밀어준 수술 도구를 쟁반에다 떨어뜨리고는 잠시 우두커니 선 채 붕대가 감겨지기 시작한 그 남자를 바라보고 있었다.

"별다른 일이라도?" 그는 가까이 간 타루에게 물었다.

"파늘루 씨가 예방격리소의 랑베르 씨의 자리를 대신 맡겠다고 승낙했어요. 지금까지도 많은 일을 해주었지만요. 남은 일은 랑베르 씨를 빼고 제3검역반을 다시 편성하는 것이지요."

리외는 고개를 끄덕였다.

"카스텔이 첫 제품을 완성했어요. 시험해보자더군요."

"아!" 리외가 말했다. "그거 잘 되었군요."

"그리고 참, 여기 랑베르 씨가 와 있어요."

리외가 돌아다보았다. 마스크 너머로 랑베르를 확인하자 그는 눈을 찌푸렸다.

"이런 데서 뭘 하는 거요?" 그가 말했다. "지금쯤 다른 곳에 가 있어야 하지 않나요?"

타루가 드디어 오늘밤 자정으로 결정되었다고 말하자, 랑베르는 이렇게 덧붙였다. "원칙적으로는요."

그들 각자가 이야기를 할 때마다 가제 마스크는 불룩해지는 것이었고, 입이 닿은 부분이 축축해졌다. 그래서 마치 조각품들끼리의 대화처럼 어딘지 비현실적인 인상을 주었다.

"잠깐 얘기를 하고 싶습니다만." 랑베르가 말했다.

"괜찮으시다면 같이 나가시죠. 타루 씨의 사무실에서 기다려주세요.”

얼마 지나지 않아, 랑베르와 리외는 의사의 자동차 뒷좌석에 자리를 잡았다. 타루가 운전을 했다.

“휘발유가 동이 났어요.” 시동을 걸면서 타루가 말했다. “내일부터는 걸어다녀야만 해요.”

“역시,” 랑베르는 말을 꺼냈다. “나는 가지 않겠어요. 그리고 여러분과 함께 남겠어요.”

타루는 아무 반응도 보이지 않았다. 그대로 운전을 하고 있었다. 리외는 피로에서 벗어날 수가 없는 것 같았다.

“그럼 부인은요?” 그는 중얼거리듯이 말했다.

랑베르는 다시 한 번 생각해보았고, 여전히 자기 생각에 변함은 없지만 그래도 자기가 떠난다면 부끄러운 마음을 지울 수 없게 될 것이라고 말했다. 그렇게 되면 남겨두고 온 그 여자를 사랑하는 것도 거북해지리라는 것이었다. 그러나 리외는 몸을 일으켜 세워 앉으며 무뚝뚝한 목소리로, 그것은 어리석은 일이다, 행복을 택하는 데 부끄러울 것은 없다고 말했다.

“그렇습니다.” 랑베르가 말했다. “그러나 혼자만 행복한 것은 부끄러울지도 모르지요.”

타루는 그때까지 한 마디도 없었는데, 고개도 돌리지 않은 채 이렇게 지적했다.—만약 랑베르가 남들과 불행을 같이 나눌 생각이라면 행복을 위한 시간은 얻지 못할지도 모른다. 어느 한쪽을 택해야 한다고.

"그게 아닙니다." 랑베르가 말했다. "나는 여태껏 이 도시와는 남이고 여러분과는 아무 상관도 없다고 생각해왔어요. 그러나 이제는 볼대로 다 보고 나니, 나는 내가 원하건 원하지 않건 간에 이곳 사람이라는 것을 알았어요. 이 사건은 우리 모두에게 관련된 것입니다."

아무도 대꾸하려고 하지 않자 랑베르는 초조한 모양이었다.

"아니, 잘 알고 계시잖아요! 그렇지 않고서야 그 병원에서 무엇을 하시자는 거예요? 그래서 당신들은 선택한 거고, 그리고 행복도 단념한 것이 아닙니까!"

타루도 리외도 여전히 대답이 없었다. 오랜 침묵이 계속된 채로 그들은 리외의 집 앞까지 왔다. 그런데 랑베르는 더욱 힘 있게 아까의 그 질문을 되풀이했다. 그러자 오직 리외만이 그에게로 얼굴을 돌렸다. 그는 가까스로 일어섰다.

"나쁘게 생각하지 말았으면 합니다, 랑베르." 그가 말했다. "그러나 나도 잘 모르겠어요. 그렇게 하고 싶다면 우리와 함께 남았으면 좋겠습니다."

자동차가 기울어지는 바람에 그는 입을 다물었다. 그러고는 앞을 보면서 말을 이었다.

"자기가 사랑하는 것으로부터 몸을 돌릴 만한 가치가 있는 건 이 세상에 아무것도 없지요. 그렇지만 나 역시 왜 그러는지 모르는 채 거기서 돌아서 있죠."

그는 쿠션에 다시 몸을 푹 기대었다.

"그것은 하나의 사실입니다. 그뿐이죠." 그는 지쳐서 말했다. "그것을 그대로 기록해두고, 거기서 결론을 끌어내봅시다."

"무슨 결론을요?" 랑베르가 물었다.

"아!" 리외가 말했다. "우리는 병도 고치면서 동시에 그것도 알아낼 수는 없어요. 그러니 되도록 빨리 치료부터 합시다. 그것이 가장 급합니다."

자정이 되자 타루와 리외는 랑베르에게 그가 검역을 맡게 된 지역의 약도를 그려주고 있었다. 그때 타루가 자기의 손목시계를 보았다. 고개를 들다가 그는 랑베르의 시선과 마주쳤다.

"알려주었나요?"

랑베르는 고개를 돌렸다.

"한 마디 전했어요." 그는 힘들여 말했다. "두 분을 뵈러 오기 전에요."

카스텔의 혈청이 시험된 것은 10월 하순이었다. 사실상 그것은 리외의 마지막 희망이었다. 또다시 실패로 끝나면 페스트가 다시 몇 달을 더 두고 기승을 부리거나 혹은 아무 이유도 없이 그치거나 좌우간에, 도시 전체가 페스트의 변덕에 그냥 놀아나게 되리라는 것을 의사는 확신하고 있었다.

카스텔이 리외를 찾아온 바로 그 전날에는 오통 씨의 아들이 아파서 온 가족이 예방격리소에 들어가게 되었다. 그 어머니는 조금 전 격리소에서 나왔던 터라, 두 번째로 다시 격리되게 되었다. 소정의 규정을 준수하는 판사는 자기 아들의 몸에서 병의 증세를 발견하자마자 리외를 불렀던 것이다. 리외가 왔을 때, 그 아버지와 어머니는 침대의 발치에 서 있었다. 어린 딸은 멀리 떼어놓고 있었다. 어린아이는 힘이 빠져 있었기 때문에 진찰을 받는데도 가만히 있었다. 의사가 고개를 들었을 때 그는 판사의 시선과, 그의 뒤에서 손수건을 입에 대고 휘둥그레진 눈으로 가만히 지켜보고 있는 어머니의 창백한 얼굴과 마주쳤다.

"역시 그거죠?" 판사가 냉담한 목소리로 물었다.

"그렇군요." 리외는 어린아이를 보면서 대답했다.

어머니의 두 눈이 더욱 커졌다. 그래도 그녀는 여전히 말하려고 하지 않았다. 판사도 입을 다물고 있다가 이윽고 더 나지막한 소리로 말했다.

"그러면 선생님, 규정대로 해야겠군요."

리외는 여전히 입에 손수건을 대고 있는 그녀를 보지 않으려고 애썼다.

"곧 됩니다." 주저하면서 리외는 말했다. "전화를 걸었으면 하는데요."

오통 씨가 그를 안내하겠다고 말했다. 그러나 리외는 그의 아내에게로 몸을 돌렸다.

"뭐라 할 말이 없습니다. 부인께서는 짐을 꾸려주셔야 할 겁니다. 무슨 일인지는 아실 테니까요."

오통 부인은 당황하는 듯했다. 그녀는 가만히 발 밑을 보았다.

"네." 그녀는 고개를 끄덕이면서 말했다. "그렇잖아도 하려던 참이에요."

그들과 헤어지기 전에 리외는 혹시 무엇이고 필요한 것이 없느냐고 물어보지 않을 수 없었다. 오통 부인은 여전히 묵묵히 그를 보고 있었다. 그러나 이번에는 판사가 눈길을 돌렸다.

"아니, 별로." 말하고 나서 침을 삼켰다. "하지만 우리 애를 좀 살려주십시오."

예방격리는 애당초에는 단순한 형식에 지나지 않았는데, 리외와 랑베르에 의하여 조직화되어 아주 엄격해졌다. 특히 그들은 한 가족의 구성원들은 반드시 따로따로 격리시켜야 한다는 것을 강조했다. 만약 그 가족 중 하나가 모르는 사이에 전염이 된다 하더라도 병이 번질 기회를 주어서는 안 되었던 것이다. 리외는 그러한 취지를 판사에게 설명했고, 판사는 당연하다고 말했다. 그러나 판사와 그 아내가 서로 마주 보는 눈치로 미루어, 리외는 그 이별이 그들에게 얼마나 큰 타격을 주고 있는지 느낄 수 있었다. 오통 부인과 어린 딸은 랑베르가 관리하는 격리 호텔에 수용될 수 있었다. 그러나 그 예심판사에게는 현청 당국이 도로관리과에서 빌려온 천막들을 이용해서 시립운동장에 건설 중인 격리수용소 말고는 이제 자리가 없었다. 리외는 그 사실을 말하고 양해를 구했는데, 오통 씨가 규칙은 만인에게 똑같이 적용되는 것이므로 그것에 따르는 것이 옳다고 말했다.

아이는 임시병원인 침대 여섯 개가 갖추어진 옛날 교실로 옮겨졌다. 약 20시간이 지나자, 리외는 아주 절망적인 경우라고 판단을 내렸다. 그 작은 몸은 아무런 저항도 못하고 병균에 침식되어가고 있었다. 고통스러운, 그러나 거의 드러나 보이지 않는 작은 멍울들이 가냘픈 팔다리의 마디를 움직일 수 없게 만들어놓고 있었다. 이미 진 싸움이었다. 그런 이유로 리외는 카스텔의 혈청을 그 아이에게 시험해볼 생각을 한 것이다. 바로 그날 저녁, 그들은 저녁식사가 끝나자 장시간에 걸쳐서 접종을 실시했지만, 그 아이에게서는 단 한 번의 반응도 얻을 수 없었다. 이튿날 새벽에 그 중요한 실험의 결과를 판단하기 위해서 모두들 그 아이 곁으로 몰려들었다.

아이는 마비 상태에서 벗어나, 이불 밑에서 경련으로 몸을 뒤틀고 있었다. 의사 카스텔과 타루는 새벽 4시부터 그 곁에 서서 시시각각 병세를 살피고 있었다. 침대의 발치에 서 있는 리외의 곁에 앉은 카스텔은 표면적으로는 아주 침착한 태도로 오래된 옛날 책을 읽고 있었다. 차츰 햇살이 그 옛 교실 안으로 퍼져감에 따라서 다른 사람들도 왔다. 먼저 파늘루가 와서 침대 저편에 자리를 잡고 타루와 마주 보며 벽에 기대어 섰다. 고통스러운 표정이 그의 얼굴에 엿보였고, 몸을 바쳐 일해 온 지난 며칠 동안의 피로가 그 충혈된 이마에 주름살을 그어놓고 있었다. 이번에는 조제프 그랑이 왔다. 마침 7시였는데, 그랑은 헐떡거리며 미안하다고 말했다. 자기는 잠시 밖에는 머물러 있을 수가 없는데, 혹 무슨 확실한 것을 알게 되었느냐는 것이었다. 리외는 아무 말 없이 그에게, 일그러진 얼굴에 눈을 딱 감고 힘껏 이를 악문 채 몸은 꼼짝도 하지 않고, 베갯잇도 없는 베개 위에서 좌우로 머리를 움직이고 있는 아이를 가리켰다. 마침내 날이 밝아서, 방 안쪽 깊숙이 제자리에 그대로 걸려 있는 흑판 위에서 옛날에 썼던 방정식 자국을 읽을 수 있게 되었을 무렵 랑베르가 왔다. 그는 옆침대의 발치에 등을 기대고 담배를 꺼냈다. 그러나 아이를 한번 슬쩍 보고 나서 그는 담뱃갑을 도로 호주머니 속에 넣었다.

카스텔은 여전히 앉은 채 안경 너머로 리외를 건너다보고 있었다.

"애 아버지의 소식은 들으셨나요?

"아니오." 리외가 말했다. "그는 격리수용소에 있어요."

의사는 아이가 신음하고 있는 침대의 받침대를 힘껏 움켜쥐고 있었다. 그는 어린 환자에게서 눈을 돌리지 않고 있었는데, 아이는 갑자기 몸이 빳빳해지면서 다시 이를 악물고 허리께가 약간 패이면서 천천히 팔다리를 벌리는 것이었다. 군용 모포 아래 벌거벗은 작은 몸에서 털실 냄새와 시큼한 땀냄새가 올라왔다. 아이는 점점 축 늘어져서 팔다리를 침대 한가운데로 모으더니, 여전히 눈을 감고 입을 다물고 숨소리를 죽인 채로 숨만 더 가빠진 듯싶었다. 리외는 타루의 시선과 마주쳤는데, 타루는 시선을 돌렸다. 몇 달 전부터 그 무서운 병은 사람을 가리지 않았기 때문에, 그들은 이미 아이들이 죽는 것을 수없이 보아왔다. 그러나 그들이 이날 아침처럼 그렇게 시시각각으로 고통스러워하는 광경을 지켜본 적은 아직 한 번도 없었다. 게다가 물론 그 죄 없는 아이들에게 가해지는 고통이 그들에겐 언제나 변함없이 그 실체로서만, 즉 대중의 분노를 살 만한 사실로만 보이는 것이었다. 그러나 적어도 그전까지는, 이를테면 추상적인 격분을 느끼고 있었을 뿐이다. 왜냐하면 죄 없는 아이가 그렇게도 오랫동안 임종의 고통을 느끼는 모습을 똑바로 바라본 일이 한 번도 없었기 때문이었다.

아이는 마치 위장을 누가 잡아뜯기라도 하는 듯, 가냘픈 신음 소리를 내면서 다시 몸을 구부렸다. 아이는 한참 동안 그처럼 몸을 접은 채 마치 그의 연약한 뼈대가 휘몰아치는 페스트의 광풍에 꺾이고 신열이 끊임없이 반복되는 바람에 삐걱거리듯, 오들오들 떨면서 경련과 전율로 흔들거리고 있었다. 그 돌풍이 지나가자 몸이 약간 풀리고 열이 물러가면서 축축하고 독기 있는 모래밭 위에다가 헐떡거리는 그 아이를 내던져 놓은 것 같았는데, 편안히 쉬고 있는 그 모습이 벌써 죽은 것 같았다. 타오르는 듯한 열의 물결이 세 번째로 또다시 밀려와서 그의 몸이 약간 솟아오르는가 싶더니, 아이는 몸을 바싹 움츠렸고 온몸을 태워버릴 듯한 불꽃의 공포에 질려 침대 밑바닥으로 파고들었다가 담요를 걷어차면서 미친 듯이 머리를 저었다. 굵은 눈물이 뜨거워진 눈꺼풀 밑에서 솟아나와 납빛깔이 된 얼굴 위로 흘러내리기 시작했고, 그 발작이 끝나자 기진맥진한 아이는 뼈가 드러나 보이는 두 다리와 48시간 동안 살이 완전히 다 녹아버린 듯한 두 팔에 경련을 일으키면서, 황폐해진 침대 위에서 십자가에 못박힌 듯한 괴상한 자세를 취했다.

타루는 몸을 굽히고, 그의 두툼한 손으로 눈물과 땀으로 흠뻑 젖은 그 조그만 얼굴을 닦아주었다. 카스텔은 얼마 전부터 책을 덮고 환자를 바라보고 있었다. 그는 무슨 말을 하려고 시작했으나, 그 말을 끝낼 때까지 이따금 기침을 해야 했다. 목소리가 갑자기 이상하게 나왔기 때문이다.

"아침에 있는 일시적 해열 현상도 없었잖소, 리외?"

리외는 그건 그렇지만, 아이가 보통의 경우보다 더 오랜 저항을 하고 있다고 말했다. 파늘루는 벽에 기댄 채 어딘지 약간 맥이 풀린 듯이 보였는데, 그때 둔탁한 소리로 중얼거렸다.

"이렇게 죽는 거라면, 남보다 더 고통을 겪는 셈이지."

리외가 갑자기 그에게로 몸을 돌리고 말을 하려고 입을 벌리다가 그대로 입을 다물었는데, 자신을 억제하려고 애쓰는 빛이 역력히 보였다. 그러고는 다시 시선을 어린아이에게로 돌렸다.

햇빛이 방 안으로 가득 흘러들어왔다. 다른 다섯 개의 침대에는 여러 형체들이 꿈틀거리며 신음하고 있었다. 그러나 마치 약속이라도 한 듯이 나직한 신음 소리들이었다. 방의 저 끝에서 고함 치고 있는 한 사람만이 규칙적인 간격을 두고, 고통이라기보다는 차라리 놀라움을 나타내는 듯한 짧은 탄성을 내지르고 있었다. 마치 환자들 자신에게까지도, 그것은 초기의 공포와는 다른 듯이 느껴졌다. 심지어 이제 병에 대한 그들의 태도에서는 일종의 동의 같은 것이 엿보였다. 단지 아이만이 온 힘을 다해서 발버둥치고 있었다. 리외는 가끔가다가, 딱히 그럴 필요성이 있어서라기보다는 오히려 현재 자신이 놓인 아무것도 하는 일 없는 무력한 상태에서 벗어나려고 아이의 맥을 짚어보곤 했는데, 눈을 감으면 그 요란한 맥박이 자신의 맥박과 뒤섞이는 것을 느꼈다. 그때 그는 사형을 선고받은 아이와 자신이 한 몸이 된 것을 느꼈으며, 아직 몸이 성한 자신의 모든 힘을 다해서 그 애를 지탱해주려고 애썼다. 그러나 순간적으로 하나가 되었다가도 두 사람의 심장의 고동은 다시 엇갈리게 되어 아이는 그만 그에게서 빠져나갔고, 그러면 그는 그 가느다란 손목을 놓고 자기 자리로 돌아오곤 하는 것이었다.

회칠을 한 벽을 따라서 햇빛은 장밋빛에서 노란빛으로 변해갔다. 유리창 뒤에서는 뜨겁게 달아오른 아침이 타닥거리기 시작하고 있었다. 그랑이 다시 돌아오겠다고 말하고 가도 다른 사람들은 그 말을 제대로 듣는 것 같지도 않았다. 모두들 기다리고 있었다. 아이는 여전히 눈을 감은 채 약간 진정된 것 같았다. 마치 짐승의 발톱처럼 되어버린 두 손이 침대 가장자리를 살며시 긁적거리고 있었다. 그 손이 다시 올라가서 무릎 근처의 담요를 긁었고, 갑자기 아이는 두 다리를 꺾더니 넓적다리를 배 근처에 갖다 대고는 움직이지 않았다. 아이는 이때 처음으로 눈을 뜨고, 눈앞에 있는 리외를 보았다. 이제는 잿빛 찰흙처럼 굳어버린 그 얼굴의 움푹한 곳에서 입이 벌어졌다. 그러더니 곧 한 마디의 비명, 호흡에 따른 억양조차 거의 없이 갑자기 단조로운 불협화음의 항의로 방 안을 가득 채우는, 인간의 것이라기에는 너무나도 이상한, 마치 모든 인간들에게서 한꺼번에 솟구쳐 나오는 것만 같은 비명이 터져 나왔다. 리외는 이를 악물었고, 타루는 고개를 돌렸다. 랑베르는 카스텔 곁의 침대에 가까이 다가갔고, 카스텔은 무릎 위에 펼쳐져 있던 책을 덮었다. 파늘루는 병 때문에 까맣게 타버린 채 모든 시대의 비명으로 가득 차 있는 그 어린아이의 입을 바라보고 있었다. 그러고는 그가 슬며시 무릎을 꿇더니 약간 목소리를 죽이고, 그러나 끊이지 않고 들리는 그 이름 모를 비명 소리들 틈에서도 똑똑히 알아들을 수 있는 목소리로 다음과 같이 말하는 것을 아무도 부자연스럽게 생각하지 않았다.

"신이시여, 제발 이 어린아이를 구해주소서!"

그러나 아이는 계속해서 소리를 질러 그 주변의 환자들이 흥분하기 시작했다. 아까부터 줄곧 방의 저 끝에서 소리를 지르고 있던 환자는 앓는 소리의 리듬을 더 빨리해서 결국에는 그 역시 정말 비명을 지르게 되었고, 그 사이 다른 환자들도 점점 큰 소리로 신음하는 것이었다. 흐느낌의 밀물이 방 안으로 흘러들어 파늘루의 기도 소리를 뒤덮어버리고, 리외는 침대의 받침막대에 매달린 채 피로와 혐오감에 취한 듯이 두 눈을 감았다.

다시 눈을 뜨자 타루가 옆에 있었다.

"더 이상은 못 있겠어요." 리외가 말했다. "더 들을 수가 없어요."

그러나 갑자기 다른 환자들이 입을 다물었다. 그때 의사는 아이의 비명이 약해진 것을 알아차렸다. 그 비명은 점점 더 약해지더니 급기야는 멎어버렸다. 그러더니 그의 주위에서 앓는 소리들이 다시 들려오기 시작했다. 그러나 나지막하게, 이제 막 끝난 그 싸움의 머나먼 메아리처럼 들려왔다. 싸움은 끝났으니 말이다. 카스텔은 침대 저쪽으로 가더니, 이제 모든 것이 끝났다고 말했다. 어린아이는 입을 벌린 채로, 그러나 말없이, 흐트러진 담요의 움푹 들어간 곳에서 갑자기 더 작아진 듯한 몸을 웅크리고 얼굴에는 눈물 자국을 남긴 채 누워 있었다.

파늘루 신부는 침대에 다가가서 강복식의 몸짓을 했다. 그러고는 자신의 옷을 여미고, 중앙 통로를 지나서 나갔다.

"다시 시작해야 하나요?" 타루가 카스텔에게 물어보았다.

늙은 의사는 고개를 끄덕였다.

"아마도 그럴 겁니다." 그는 일그러진 미소를 띠면서 말했다. "어쨌든 오래 견디기는 했어요."

그러나 리외는 이미 방에서 나가고 있었는데, 그 걸음걸이가 이상하게 빠르고, 파늘루 곁을 스쳐 지나갈 때 파늘루가 그를 붙잡으려고 팔을 내밀었을 정도로 심상치 않은 태도였다.

"잠깐만요, 선생님." 그가 말했다.

리외는 여전히 성이 난 태도로 몸을 돌리더니 격렬한 어조로 내뱉었다.

"이 애만큼은 적어도 아무 죄가 없었습니다. 당신도 그것은 알고 계실 거예요!"

그러더니 그는 몸을 돌려 파늘루보다 먼저 방문들을 지나 교정의 안쪽으로 갔다. 그는 먼지가 켜켜이 내려앉은 두 그루의 나무 사이에 있는 벤치에 앉아서 벌써 눈 속에까지 흘러내려온 땀을 닦았다. 가슴을 짓이겨놓는 듯한 매듭을 풀기 위해서 아직도 소리를 내지르고만 싶었다. 더위가 무화과나무 가지들 사이로 서서히 쏟아져 내리고 있었다. 아침나절의 푸른 하늘에는 이내 허여멀건 구름이

덮여 대기를 더 숨막히게 만들어놓고 있었다. 리외는 벤치 등받이에 몸을 깊숙이 기댔다. 그는 나뭇가지들과 하늘을 바라보며 천천히 호흡을 가다듬고, 조금씩 피로를 풀어갔다.

"왜 나한테 그렇게 화를 내고 말씀하셨죠?" 하는 소리가 그의 뒤에서 들렸다. "내게도 역시 그 광경은 참을 수 없는 것이었어요."

리외가 파늘루를 돌아보았다.

"정말 그렇습니다." 그가 말했다. "용서하십시오. 피곤해서 그만 어리석은 짓을 했군요. 이따금 나는 이 도시에서 반항심밖에는 아무것도 느끼지 못할 때가 있습니다."

"압니다." 파늘루가 중얼거렸다. "화가 날 만합니다. 정말 우리 힘에는 도가 넘치는 일이니까요. 그렇지만 아마도 우리는 우리가 이해할 수 없는 것을 사랑해야 합니다."

리외가 벌떡 몸을 일으켰다. 그는 그로서 할 수 있는 모든 힘과 정열을 기울여서 파늘루의 얼굴을 바라보고는 고개를 흔들었다.

"아닙니다." 그가 말했다. "나는 사랑이라는 것에 대해서 달리 생각하고 있어요. 어린아이들마저 주리를 틀도록 창조해 놓은 이 세상이라면 나는 죽어도 거부하겠습니다."

파늘루의 얼굴에는 약간 당황한 듯한 그림자가 스쳤다.

"아! 선생님." 그는 서글프게 중얼거렸다. "이제야 나는 은총이라고 부르는 것이 과연 무엇인가를 알게 되었어요."

그러나 리외는 다시 벤치에 몸을 깊숙이 기대었다. 그는 다시 엄습해오는 피로의 저 깊숙한 곳으로부터 좀더 부드럽게 말했다.

"나에게 그런 것은 없어요. 그러나 그런 문제에 대해 당신하고 토론하고 싶지는 않아요. 우리는 신성 모독이나 기도를 초월해서, 우리를 한데 묶어주고 있는 그 무엇을 위해서 함께 일하고 있어요. 그것만이 중요합니다."

파늘루가 리외의 곁에 와서 앉았다. 그는 감동한 듯했다.

"그렇습니다." 그가 말했다. "당신도 역시 인간의 구원을 위해서 일하고 계시거든요."

리외는 억지로 웃으려고 했다.

"인간의 구원이란 나에게는 너무나 거창한 말입니다. 나는 그렇게까지 원대한 포부는 갖지 않았습니다. 내가 관심이 있는 것은 인간의 건강입니다. 다른 무엇보다도 건강이지요."

파늘루는 잠시 머뭇거렸다.

"선생님." 그가 말했다.

그러나 그는 그대로 입을 다물었다. 그의 이마에도 땀이 흘러내리기 시작하고 있었다. 그가 "안녕히 계세요" 하고 중얼거리며 일어났을 때, 그의 눈은 빛나고 있었다. 그가 가려고 했을 때 생각에 잠겨 있던 리외도 일어서서 그에게로 한 걸음 다가섰다.

"다시 사과합니다." 그는 말했다. "그렇게 화내는 일은 두 번 다시 없을 겁니다."

파늘루는 손을 내밀고 서글프게 말했다.

"그 때문에 나는 당신을 납득시킬 수 없었지요."

"그야 뭐 어떻습니까?" 리외가 말했다. "내가 증오하는 것이 죽음과 불행이라는 것을 당신도 잘 알고 계십니다. 그리고 당신이 원하시든 원하시지 않든 간에 우리는 함께 그것 때문에 고생하고 있고, 그것들과 싸우고 있습니다."

리외는 파늘루의 손을 붙들었다.

"그렇잖아요?" 그는 파늘루를 보지 않으려고 애쓰면서 말했다. "하느님조차 이제는 우리를 갈라놓을 수 없습니다."

보건대에 들어온 이후로, 파늘루는 병원과 페스트가 들끓는 장소를 떠나본 일이 없었다. 그는 보건대원들 틈에서 마땅히 자신이 있어야 한다고 생각되는 자리, 즉 최전선에 나섰던 것이다. 죽는 광경도 안 볼 수가 없었다. 그런데 비록 원칙적으로는 혈청에 의해서 안전이 보장되어 있기는 했었지만, 자기 자신이 목숨을 잃을 우려가 아주 없는 것은 아니었다. 언뜻 보기에 그는 언제나 냉정을 잃지 않았다. 그러나 한 어린아이가 죽어가는 것을 오랫동안 지켜보고 있었던 그날부터 그는 변한 것 같았다. 그의 얼굴에 점점 더 긴장감이 드러나 보였다. 그리고 그가 리외에게 미소를 지으면서, 자기는 지금 '사제가 의사의 진찰을 받을 수 있는가?'라는 주제로 짧은 논문을 준비 중이라고 말하던 날, 의사는 그것이 파늘루가 하는 말보다 훨씬 더 심각한 그 무엇을 의미하는 것 같다는 인상을 받았다. 의사가 그 논문의 내용을 알고 싶다는 희망을 드러내자 파늘루는, 자기가 남자들만이 모이는 미사에서 설교를 하게 되었는데, 그 기회에 자기 견해 중 적어도 몇 가지를 제시할 작정이라고 말했다.

"선생님도 오셨으면 좋겠습니다. 그 주제는 분명히 선생님도 흥미가 있으실 테니까요."

신부는 바람이 심하게 부는 어느 날 그의 두 번째 설교를 했다. 사실, 청중석에 와 앉은 사람들은 첫 번 설교 때보다 더 드문드문했다. 그것은 그런 종류의 광경이 우리 시민들에게 더 이상 신기한 것으로서의 매력이 없기 때문이었다. 도시 전체가 겪고 있는 그 여러 가지 어려운 환경 속에서는 새로움이라는 단어 자체가 이미 그 뜻을 잃었다. 게다가 대부분의 사람들은 종교상의 의무를 완전히 저버리거나, 또는 그 의무를 어떤 철저하게 부도덕한 생활에다 억지로 들이맞춰 놓거나 하지는 않는다 하더라도, 꾸준히 교회에 다니는 대신 도저히 말도 안 될 미신에 마음을 맡겨버리는 것이었다. 그들은 미사에 나가기보다도 차라리 불운을 막는 메달이라든가, 성 로크의 부적 같은 것을 몸에 지니고 다녔다.

그러한 예로써, 시민들이 예언을 무턱대고 즐겨왔다는 것을 들수 있다. 봄에는, 사실 사람들은 이제나저제나 하고 병의 종말을 기다리면서도, 질병이 얼마나 더 계속될지 물어보려는 자는 없었다. 왜냐하면 모든 사람들은 병이 얼마나 더 오래갈지에 대해 전혀 알길이 없다고 확신하고 있었기 때문이었다. 그러나 날이 지남에 따라 사람들은 그 불행이 끝이 없지 않을까 걱정하기 시작해 동시에 페스트의 종말이라는 것이 모든 희망의 대상이 되었던 것이다. 그래서 옛날의 마술사들이나 가톨릭교회의 성자들에 의한 여러 가지 예언이 이 손에서 저 손으로 떠돌아다니게 되었다. 시중의 인쇄업자들은 그 관심을 미끼로 한밑천 잡을 수 있다는 것을 재빠르게 눈치채고, 세상에 퍼졌던 원문을 대량으로 찍어내어 뿌렸다. 그들은 대중의 흥미가 식을 줄 모르는 것을 보고 시립도서관 등을 이용해 야사(野史) 중에서 딸 수 있는 그런 종류의 모든 증언을 찾아내서 그것들을 시중에 퍼뜨려놓았다. 역사 자체 속에도 예언들이 충분히 담겨 있지 않을 때에는 기자들에게 그런 것을 쓰도록 주문했는데, 그들 역시 그 점에 관한 한 과거 몇 세기 동안에 있었던 그들의 모범 못지않게 능란한 재주를 보여주었다.

그러한 예언들 가운데 어떤 것들은 신문에 연재되기까지 했는데, 그것들은 전염병이 안 돌 때 거기 실렸던 염문들만큼 열심히 읽혔다. 그러한 예언들 중 어떤 것은 그해의 연도나 사망자의 수, 페스트가 계속된 달 수 같은 것들을 더한 괴상한 계산에 근거를 두고 있었다. 또 어떤 것은 역사상 대규모로 발생한 페스트와 비교하고, 거기에서 비슷한 점(예언에서는 그것을 불변의 사실이라고 불렀다)을 골라 내서, 그것들 역시 전자에 못지않은 괴상한 계산을 해가지고, 거기서 현재의 시련에 관한 교훈을 끌어내려고 했다. 그러나 시민들의 입맛을 가장 많이 돋운 것은 두말할 나위도 없이 묵시록의 어법으로 알려주는 일련의 사건들이었는데, 그 하나하나는 이 도시에서 지금 겪고 있는 사건으로 볼 수도 있었고, 또 그 복잡성 때문에 온갖 다른 해석도 가능한 것들이었다. 매일같이 노스트라다무스와 성 오딜을 들먹였고, 또 매일같이 성과를 거두었다. 그런데 모든 예언에서 공통되는 것은, 결국에 가서는 사람들을 안심시켜준다는 점이었다. 다만 페스트만은 그렇지가 않았다.

그러므로 그러한 미신이 우리 시민들에게는 종교의 위치를 대신하고 있었으며, 그래서 파늘루의 설교도 4분의 3밖에 차지 않은 성당에서 이루어졌다. 설교가 있던 날 저녁 리외가 찾아갔을 때는 성당 입구의 문틈으로 들어오는 바람이 청중들 사이를 제멋대로 흘러다니고 있었다. 그는 싸늘하고 고요한 성당의 남자들만으로 한정된 청중들 한가운데에 자리를 잡고 앉아서, 신부가 설교대 위로 올라가 선 것을 보았던 것이다. 신부는 첫 번째보다 부드럽고 신중한 말투로 이야기했고, 또 몇 번씩이나 청중들은 그의 말투에서 어떤 주저하는 빛을 발견했다. 게다가 흥미로운 것은 그가, 이제는 '여러분'이라고 하지 않고 '우리'라는 말을 쓰는 점이었다.

그러나 그의 말투는 차츰 확고해져갔다. 그는 먼저, 여러 달 전부터 페스트가 우리 가운데 존재해왔던 점을 지적하고, 지금 그것이 우리의 식탁 또는 사랑하는 사람들의 머리맡에 와 앉고, 우리 바로 곁을 따라다니며 일터에서 우리가 오기를 기다리고 있는 것을 그렇게도 여러 번 보게 되었는데, 지금이야말로 그것이 끊임없이 우리를 말해주고 있는, 처음에는 놀라서 우리가 잘 알아듣지 못했을지도 모르는 것을 아마도 한층 더 잘 받아들일 수 있게 되었을 것이라는 말로 설교를 시작했다. 저번에 파늘루 신부가 바로 같은 자리에서 이미 설교한 것은 여전히 변함없는 진실이다—아니면 적어도 그는 그렇게 확신했다. 그러나 아마도 우리 누구나 다 그런 경험이 있겠지만, 또 자신은 가슴을 치며 자책까지 했지만, 그때는 아무

자비심도 없이 생각했으며 설교를 했던 것이다. 그래도 모든 일에는 언제나 취할 점이 있다는 사실은 변함없는 진실이다. 가장 잔인한 시련조차도 기독교인에게는 역시 이득이 되는 법이다. 그러니 기독교가 당면한 문제에서 정말로 추구해야 할 것은 바로 그 이득이며, 그 이득이 어떤 점에 있는지 어떻게 해서 발견할 것인지를 아는 데 있다는 것이었다.

그때 리외의 주위에서는, 사람들이 자기가 앉은 벤치의 팔걸이 사이에 깊숙이 들어앉아 될 수 있는 대로 편한 자세를 취하려는 것 같았다. 입구의 가죽을 입힌 문 한 짝이 가볍게 덜거덕거렸다. 누군가가 일어나서 그것을 붙잡았다. 리외는 그러한 동요에 마음이 흩어져서 다시 설교를 계속한 파늘루의 말을 거의 듣지 않고 있었다. 그는, 페스트로 인해서 생기는 상황은 논리적으로 납득하려 해서는 안 되고, 거기에서 배울 수 있는 것을 배우려고 노력해야 한다는 것이었다. 리외가 막연하게나마 이해한 것은, 신부로서는 페스트에 대해 아무것도 설명할 것이 없다는 것이다. 그의 흥미를 끈 것은, 파늘루가 세상에는 하느님과 비교해서 설명할 수 있는 것과 그렇지 않은 것이 있다고 강조해서 말했을 때였다. 물론 세상에는 선과 악이 있고, 또 대체로는 그 둘 사이의 구별은 쉽사리 설명된다. 그러나 악 그 자체 안에서 문제가 생긴다. 예를 들어서, 언뜻 보기에 필요한 악이 있고 또 언뜻 보기에 불필요한 악이 있다. 지옥에 빠진 돈 후안과 어린아이의 죽음이 있다. 왜냐하면 탕아가 벼락을 맞아서 죽는 것은 당연한 일이라 하더라도, 어린아이가 고통을 받는 것은 이해할 수 없는 일이기 때문이다. 그리고 사실, 어린아이의 고통과 그 고통에 따르는 공포, 그리고 거기서 찾아내야 할 여러 가지 이유만 큼 이 땅 위에서 더 중요한 것은 없다. 그 밖의 인간 생활에서 신은 우리에게 모든 것을 쉽게 해주시며, 따라서 거기까지는 종교도 별로 공덕은 없다. 그런데 여기서는 반대로 우리를 고통의 담 밑으로까 지 몰아넣었다. 그리하여 우리는 페스트의 담 밑에 와 있으며 그 치 명적인 그늘 속에서 우리의 이익을 찾아내어야 한다. 심지어 파늘루 신부는 그 담을 기어오를 수 있게 해주는 안이한 우선권조차 갖기 를 거부하고 있다는 것이었다. 그 어린아이를 기다리고 있는 영생의 환희가 능히 그 고통을 보상해줄 수 있다고 말하는 것이 그로서는 쉬운 일이겠으나, 사실 그 점에 대해서는 아무것도 몰랐다. 애당초 영생의 기쁨이 순간적인 인간의 고통을 보상해줄 수 있다고 누가 감히 단언할 수 있단 말인가? 그런 소리를 하는 자는 몸소 육체와 영혼의 고통을 맛본 주님을 섬기고 있는 기독교인이라고 결코 말할 수 없으리라. 아니, 신부는 고통의 담 밑에 몰린 채, 십자가가 상징하 고 있는 대로 그 팔다리가 찢어지는 고통을 충실하게 본받아서 어 린아이의 죽음을 마주 보고 있을 작정이라는 것이었다. 그리고 그 는 오늘 자기의 설교를 듣고 있는 사람들에게 서슴지 않고 이렇게 말하고 싶다는 것이었다.

"여러분, 드디어 때는 왔습니다. 모든 것을 믿거나, 아니면 모든 것 을 부정할 때입니다. 그런데 대체 우리 가운데 누가 감히 모든 것을 부정할 수 있겠습니까?"

신부는 이제 이단자가 되어가고 있다고 리외가 생각할 겨를도 없이 바로, 여전히 힘차게 말을 이어서 그 명령, 그 무조건적인 요구야말로 기독교인이 받는 이득이라고 단언했다. 그것은 또 기독교인의 덕성이기도 하다. 신부는, 자기가 이제 말하려는 덕성의 어떤 점은 과격한 것이어서, 그것이 좀더 관대하고 좀더 전통적인 도덕에 젖어 있는 많은 사람들에게 충격을 줄 것임을 알고 있다고 말했다. 그러나 페스트 시대의 종교는 여느 때의 종교와 같은 것일 수 없으며, 하느님도 행복의 시대에는 사람들의 영혼이 안식하고 향락하기를 허용하고 심지어 바라기까지 하시겠지만, 극도의 불행 속에서는 그 영혼이 과격한 것이 되기를 원하고 계시다는 것이었다. 하느님은 오늘날 스스로 창조하신 인간에게 은총을 베푸시와, 우리가 부득불 '전체 아니면 무'라는 가장 위대한 덕을 다시 찾아서 실천해야 할 만큼 큰 불행 속에 우리를 빠뜨려놓았다는 것이다.

어떤 불경한 저술가가 이미 수세기 전에, 비밀을 폭로한다고 하여 연옥이라는 것은 존재하지 않는다고 단언한 일이 있었다. 그는 그렇게 말함으로써, 어중간한 상황은 없고 '천국'과 '지옥'밖에는 없으며, 사람은 자기가 선택한 것에 의해서 구원을 받거나 저주 받는 길밖에는 없다는 것을 암시한 것이다. 파늘루의 말을 믿는다면 그것은 방종한 영혼만이 생각해낼 수 있는 엄청난 이단이다. 연옥은 엄연히 존재하기 때문이다. 그러나 아마도 연옥이라는 것을 별로 기대해서는 안 되는 시대, 곧 하찮은 죄를 운운할 수 없는 시대가 있으며, 모든 죄가 죽음을 의미하며 모든 무관심이 죄가 되는 시대가 있다는 것이었다. 그리하여 전체가 아니면 무라는 것이었다.

파늘루는 잠시 말을 멈췄다. 리외는 그때 밖에서 더욱 심해진 것 같은 바람이 문 밑으로 잉잉대며 새어드는 소리를 더 잘 들을 수 있었다. 그런데 그때, 신부는 말을 계속하는 것이었다. 즉, 자기가 말하는 무조건 복종이라는 덕성은, 보통 해석하듯 좁은 의미로 보아서는 안 되며, 그것은 속된 체념도 아니고 까다로운 자기비하도 아니라는 것이었다. 그것은 굴종이지만, 굴종하는 사람 스스로가 동의하는 굴종이다. 과연 어린아이의 고통은 정신적으로나 감정적으로나 굴욕적인 일이다. 그러나 바로 그런 이유로 고통을 감수하고 그 속에 몰입되어야 한다. 바로 그런 이유로 파늘루는 자기가 말하려는 것을 표현하기가 어렵다고 청중들에게 양해를 구하면서, 어쨌든 하느님이 원하기 때문에 우리는 받아들여야 한다고 말하는 것이었다. 그렇게 함으로써만 기독교인은 아무런 에누리도 하지 않을 것이며, 출구가 완전히 닫혀버린 가운데 근원적 선택의 자리로 돌아갈 수 있을 것이다. 그는 모든 것을 부정하는 지경에 빠지지 않기 위해서 모든 것을 믿는 쪽을 택할 것이다. 그리고 이 순간에도 여러 교회에서 씩씩한 부인네들이, 환부에 생기는 멍울은 바로 인간의 몸이 감염을 물리치는 자연스러운 방법이라고 생각하고, '주여, 우리 자식에게도 그 멍울을 베풀어주시옵소서!'라고 기도하고 있듯이, 비록 그것이 이해할 수 없는 것일지라도, 기독교인은 신의 성스러운 의지에 자신을 내맡길 줄 알아야 할 것이다. '나는 이해할 수 있다. 그러나 그것을 받아들일 수는 없다'는 말을 할 수는 없다. 우리에게 닥쳐온 받아들일 수 없는 것의 핵심을 향해서, 바로 우리의 선택을 하기 위하여 뛰어들어야만 한다. 어린아이들이 겪는 고통은 우리에게 쓴 빵과 같다. 그러나 그 빵 없이는 우리의 영혼은 정신적인 굶주림으로 사라지고 말 것이다.

여기서 파늘루 신부가 말을 쉴 때마다 솟아나왔던 그 나지막한 소음이 다시 일기 시작했는데, 그때 불현듯 그 설교자는 청중들을 대신해서 묻는 투로, 그러면 우리가 어떻게 해야 하는지 물었다. 그도 충분히 예상했던 일이지만, 사람들은 운명론이라는 무서운 말을 꺼내려고 할 것이다. 좋다, 다만 거기다가 '능동적'이라는 형용사를 붙이는 것을 허용만 해준다면 그 말도 마다하지는 않겠다. 다시 말하지만, 지난번에 이야기했던 아비시니아의 기독교인들의 흉내를 내서는 안 될 것이다. 뿐만 아니라, 기독교인들이 보건대를 향해 입었던 옷을 벗어 던지며, 신이 내리신 그 재앙에 대항하려는 불신자들에게 페스트를 옮겨달라고 기도하면서 하늘을 우러러보며 고함치던 페르시아의 페스트 환자들을 흉내내도 안 된다. 그러나 반대로, 지난 세기에 전염병이 유행하고 있을 때, 혹시 병균이 잠복하고 있을지도 모르는 축축하고 따뜻한 입술이 다른 입술에 닿지 않도록 핀셋으로 성체빵을 집어서 영성체를 시켜주던 카이로의 수도승들도 역시 흉내내서는 안 된다. 페르시아의 페스트 환자들이나 그 수도승들은 똑같은 죄를 지었다. 왜냐하면 전자로 말하면 어린아이들의 고통 같은 것은 전혀 문제되지 않았고, 후자로 말하면 그와 반대로 고통에 대한 극히 인간적인 공포가 너무 지나쳤기 때문이다. 두 경우 다 문제의 핵심을 벗어난 것이다. 모두들 하느님의 목소리를 알아듣지 못했던 것이다. 이 밖에도 파늘루가 들려고 한 또 다른 예들이 있었다. 마르세유에 발생했었다는 대대적인 페스트의 기록을 믿는다면, 메르시 수도원의 81명의 수도승들 중에서 겨우 네 명만이 살아남았는데, 그 네 명 중에서 세 명은 도망을 쳤다고 한다. 기록자는 여기까지만 적어놓았다. 그 이상을 적는 것은 그들의 직분에 어긋나는 일이었다. 그러나 그것을 읽었을 때, 파늘루 신부는 77구의 시체를 목격했는데도 특히 세 명의 동료들이 도망친 뒤에도 홀로 남아 있던 한 명의 수도승에게 매료되었다는 것이다. 그리고 신부는 설교대의 가장자리를 주먹으로 두드리면서 이렇게 외쳤다. "여러분, 우리는 남아 있는 한 사람이 되어야 합니다."

그렇다고 결코 재앙의 무질서 속에서 사회가 이끌어들인 예방책과 현명한 질서를 거부하라는 것은 아니었다. 무릎을 꿇고 모든 것을 포기해야 한다고 하는 저 도덕자들의 말에 현혹되어서는 안 된다. 어둠 속에서 더듬거리면서라도 앞으로 나아가야만 하고 선을 행하도록 노력해야 한다. 그러나 그 밖의 것들에 대해서는 어린아이의 죽음까지도 신의 뜻에 맡기고 행여 개인의 힘에 의존해볼 생각을 해서는 안 된다.

여기서 파늘루 신부는, 마르세유에 페스트가 유행했을 때 볼 수 있었던 벨죙스 주교의 고귀한 모습을 떠올렸다. 주교는 페스트가 끝날 무렵에, 이제까지 자기가 할 수 있는 일은 다 했으므로 이제 더 이상 어떻게 해볼 도리가 없다고 생각하고, 먹을 것을 준비해 가지고 벽을 높이 쌓고 집에 틀어박혔다. 그런데 그를 우상화하고 있었던 주민들은, 고통이 극에 달할 때 볼 수 있는 감정적인 반발로, 주교에 대해 분개한 나머지 주교에게도 전염시키기 위해서 그의 집 둘레에 시체를 쌓아올렸고, 그가 더 확실하게 파멸당하기를 바라면서 담 안으로 시체들을 던져넣기까지 했다. 이처럼 주교는 최후의 약한 마음에서, 자기는 죽음의 세계 한가운데서도 동떨어져 있다고 생각했었는데, 실상 죽음은 하늘로부터 그의 머리 위로 떨어져 내리고 있었던 것이다. 우리도 그와 마찬가지로 페스트와 완전히 격리된 섬이란 없다는 것을 명심해야 한다. 정말로 중간이라는 것은 없다. 용납할 수 없는 사실도 받아들여야 한다. 왜냐하면 우리는 신을 혐오하든가, 그렇지 않으면 사랑하든가 둘 중에 하나를 선택해야 하기 때문이다. 그런데 대체 누가 감히 신에 대한 증오를 택할 수 있단 말인가?

"여러분" 마침내 파늘루는 결론을 짓겠다는 어조로 말했다. "신의 사랑은 몹시 힘든 사랑입니다. 그것은 자신을 전적으로 포기하여 자기 자신을 돌보지 않는 것을 전제로 합니다. 그러나 그 사랑만이 어린아이의 고통과 죽음을 지워줄 수 있습니다. 어쨌든 그 사랑만이 그것을 필요한 것으로 만들어줄 수 있습니다. 왜냐하면 그것은 이해할 수 없기 때문이며, 그저 바라는 길밖에는 없기 때문입니다. 바로 이것이 여러분과 나누어 갖고자 하는 교훈인 것입니다. 이것이야말로 인간이 보기에는 잔인하지만 신이 보기에는 결정적인 믿음인데, 우리는 거기에 다가가야만 합니다. 우리는 그 무서운 이미지에 필적할 수 있게 되어야 합니다. 그 높은 꼭대기에서 모든 것이 서로 융합하고 모든 것이 동등하게 될 것이고 겉보기에는 정의가 아닌 듯한 것에서 진리가 용솟음치며 솟아나올 것입니다. 바로 이렇게 하여 프랑스 남부지방의 수많은 성당에서는 페스트로 쓰러진 사람들이 벌써 수세기 전부터 성당의 본당에 깔아놓은 돌 밑에 잠들어 있으며, 사제들은 그들의 무덤 위에서 설교를 하고 그들이 널리 알리는 정신은 어린아이들의 재도 한몫 낀 그 죽음의 재로부터 솟아나오는 것입니다."

리외가 밖으로 나오자, 반쯤 열린 문 사이로 거센 바람이 쏟아져 들어오면서 신자들의 얼굴을 정면으로 후려쳤다. 그 바람은 비 냄새와 축축한 포장도로 냄새를 실어다가 성당 안에 불어넣었다. 그래서 신자들은 밖으로 나가기도 전에 거리의 모습을 짐작할 수 있었다. 리외의 앞에서는 마침 그때 나온 어떤 늙은 신부와 젊은 부제(副題)가 바람에 날리는 모자를 붙잡아두느라고 애를 먹고 있었다. 늙은 신부는 쉬지 않고 그 설교에 대한 주석을 붙이고 있었다. 그는 파늘루의 웅변에 경의를 표했지만, 신부의 몇몇 가지 대담한 생각에 대해서는 걱정을 하고 있었다. 그 설교에는 힘보다도 오히려 불안이 더 많이 엿보이고 있는데, 파늘루 같은 나이가 되어서 사제가 불안해할 권리는 없다는 것이었다. 그 젊은 부제는 바람을 피해 고개를 숙이면서, 자기는 늘 파늘루 신부 집을 드나들고 있는 터라 신부의 사상적인 발전을 잘 알고 있는데 그의 논문은 앞으로 한층 더 대담한 것이 될 것이며, 아마도 출판 허가를 얻지 못하게 되리라고 단언했다.

"대체 어떤 사상인가?" 늙은 신부가 물었다.

그들은 성당 앞뜰까지 왔는데, 바람이 계속 불어서 젊은 부제는 말을 할 수가 없었다. 겨우 말을 할 수 있게 되었을 때, 그는 다만 이렇게 말했다.

"신부가 의사의 진찰을 받는다면 그것은 모순이라는 거죠."

타루는 리외로부터 파늘루의 연설 내용을 듣자, 자기는 전쟁통에 눈을 잃은 어떤 청년의 얼굴을 보고 신앙을 잃은 한 신부를 알고 있다고 말했다.

"파늘루의 말이 옳죠." 타루가 말했다. "죄 없는 사람이 눈을 잃게 될 때, 한 기독교인으로서는 신앙을 잃거나 눈을 잃거나 해야 마땅하죠. 파늘루는 신앙을 잃기를 원치 않습니다. 그러니 그는 끝까지 갈 거예요. 그가 하고 싶었던 것이 바로 그겁니다."

이러한 타루의 관찰이 그 뒤에 일어난, 그리고 그 당시 파늘루의 행동이 주위 사람들에게 이해하기 어렵다는 인상을 주게 된 불행한 사건들을 해명해주는 데 얼마나 도움이 될 수 있는지는 앞으로 각자가 판단해보기 바란다.

그 설교가 있은 지 며칠 뒤, 파늘루는 이사하기에 정신이 없었다. 그 당시 시내에는 병세의 기승으로 이사가 끊이지 않았다. 그리고 타루가 호텔을 떠나서 리외의 집에 와야만 했듯이, 신부 역시 교구에서 배당해주었던 아파트를 놓아두고, 성당의 신자로서 아직 페스트에 걸리지 않은 늙은 부인 집에 가서 살아야 했다. 신부는 이사를 하는 동안 자기의 피로와 불안이 커가는 것을 느꼈다. 그래서 마침내 그는 자기가 묵는 집 여주인의 존경을 잃게 되었다. 왜냐하면 그 부인이 그에게 성 오딜의 예언이 잘 들어맞는다고 열심히 이야기를 했는데, 신부는 아마도 피곤한 탓이었겠지만 아주 약간이나마 초조한 빛을 보였던 것이다. 그 뒤에 온갖 애를 써가면서, 그 부인으로부터 하다못해 호의적인 중립이라도 얻어볼까 애썼으나 성공하지 못했다. 그는 나쁜 인상을 주고 말았던 것이다. 그래서 저녁마다, 뜨개질한 레이스 커튼이 치렁치렁 늘어진 자기 방으로 돌아가기 전에, 그는 거실에 앉아 있는 여주인의 등을 우두커니 바라보고 있다가 그 부인이 돌아보지도 않은 채 쌀쌀한 어조로 그에게 "안녕히 주무세요, 신부님"이라고 하는 밤인사를 들으며 자기 방으로 돌아가야만 했다. 바로 그런 어느 날 저녁, 신부는 잠자리에 누우려고 하는 순간 머리가 욱신거리고 벌써 며칠 전부터 있었던 미열이 손목과 관자놀이로 터져 나오려는 것을 느꼈다.

그 뒤의 일은, 그 집 여주인의 이야기를 통해서 겨우 알 수 있었다. 아침에 그 여자는 여느 때처럼 매우 일찍 일어났다. 그런데 한참 지나도 신부가 그의 방에서 나오지 않자, 오랫동안 망설이다 큰맘 먹고 방문을 두드려보았다. 보아하니 신부는 밤새 한잠도 자지 못한 채 아직도 자리에 누워 있었다. 그는 가슴이 답답해서 고통을 겪고 있었으며, 평소보다 눈이 충혈되어 있었다. 부인 자신의 말에 의하면, 자기가 공손하게 의사를 부르자고 제안했더니 서운하다 싶을 정도로 거세게 반대하더라는 것이었다. 결국 그 부인은 물러나올 수밖에 없었다. 조금 지나 신부는 벨을 눌러서 부인을 불러들였다. 그는 자기가 아까 짜증을 냈던 것을 사과하고, 그것이 페스트일 리는 없으며 그런 증세는 조금도 보이지 않고 단지 일시적인 피로에서 온 것일 뿐이라고 말했다. 늙은 부인은 위엄 있는 태도로 자기가 그렇게 말한 것은 그런 종류의 불안 때문이 아니라 하느님의 손에 달린 자기 자신의 안전 같은 것은 안중에 없지만, 다만 자기에게도 부분적으로나마 책임이 있다고 볼 수 있는 신부님의 건강을 생각했을 뿐이라고 대답했다. 그러나 신부가 더 이상 아무 말이 없자 그 부인은(물론 그 부인의 말을 전적으로 믿는다면) 자기의 의무만은 다하겠다는 생각에서 의사를 부르자고 다시 한 번 그에게 제안했다. 신부는 또다시 거절했다. 그러나 이번에는 뭐라고 열심히 설명을 덧붙였는데, 늙은 부인으로서는 종잡을 수 없는 말이었다. 다만 그녀가 대충 알아들은 것은, 게다가 그것이 바로 부인에게는 이해가 안 되는 것이었는데, 신부가 진찰을 거부하는 것은 자신의 원칙과 일치하지 않기 때문이라는 것이었다. 그래서 그 부인은 열이 너무 심하게 나서 생각이 어지러운 탓이라고 결론을 짓고 탕약을 끓여주는 것으로 그치고 말았다.

그런 사태에서 생겨나는 여러 가지 의무를 아주 정확하게 완수하겠다고 늘 명심하고 있던 그녀는 두 시간마다 규칙적으로 환자의 방에 들어가보았다. 부인의 눈에 가장 띈 것은 신부가 끊임없는 흥분 속에서 그날을 보낸 사실이었다. 그는 이불을 걷어찼다가 끌어당겼다가 하면서 줄곧 땀이 밴 이마에 손을 갖다 대고, 가끔 몸을 일으키고는 마치 쥐어짜듯 축축하고 목 멘 기침을 뱉어내려고 애쓰는 것이었다. 그럴 때면 그는 마치 목구멍 깊숙이 박힌 솜방망이를 뽑아버릴 수 없어서 숨막혀 하는 것 같았다. 그러한 발작이 끝나자 완전히 기진맥진해져서 뒤로 나자빠지는 것이었다. 그는 마침내 몸을 다시 반쯤 일으키고 잠시 동안 조금 전보다 더 꼿꼿한 자세로 앉아 정면을 응시하는 것이었다. 그래도 늙은 부인은 또다시 의사를 불렀다가 환자의 기분을 거스를까 봐 주저하고 있었다. 겉으로는 요란하지만, 어쩌면 그저 단순한 열로 인한 발작인지도 몰랐다.

그래도 부인은 오후에 신부에게 말을 걸어보았는데, 대답이라고는 횡설수설하는 소리 몇 마디밖에는 들을 수가 없었다. 부인은 또 한 번 제안을 되풀이했다. 그러나 그때 신부는 몸을 일으키고 숨이 막혀 애쓰면서도 자기는 의사를 원치 않는다고 분명히 말했다. 그때서야 부인은 이튿날 아침까지 기다려보아도 신부의 병세가 나아지지 않으면 랑스도크 통신사가 하루에 여남은 번씩은 라디오에서 되풀이하고 있는 전화번호로 전화를 걸어보겠다고 마음먹었다. 언제나 자기의 의무에 충실한 그 부인은 밤에 환자를 찾아가서 밤을 새우면서 돌보아줄 생각이었다. 그런데 저녁때 신부에게 탕약을 한 차례 새로 먹이고 나서 잠시 누웠던 것이 그 이튿날 새벽에야 겨우 눈을 떴다. 그 부인은 그의 방으로 달려갔다.

신부는 약간의 움직임도 없이 누워 있었다. 지난밤에는 그토록 벌겋게 열이 나더니 지금은 납빛이 되어 있었는데, 얼굴 모양이 아직도 말짱한 만큼 그것이 더욱 뚜렷이 보였다. 신부는 침대 위에 걸려 있는 여러 빛깔의 진주 장식이 달린 작은 샹들리에를 가만히 바라보고 있었다. 여주인이 들어가자 그는 그녀에게로 고개를 돌렸다. 그 여주인의 말에 의하면, 그때 그의 모습은 밤새도록 고통에 시달려 이제 반응을 보일 힘도 완전히 없는 모양이었다. 그녀는 그에게 좀 어떠냐고 물어보았다. 그러자 이상할 정도로 무관심한 투로, 병세는 더해가나 의사를 부를 필요는 없고 다만 모든 것을 규칙대로 하기 위해서 자기를 병원으로 운반해주기만 하면 된다고 말했다. 노부인은 너무 놀라서 전화통으로 달려갔다.

리외는 정오에 왔다. 여주인의 이야기를 듣고 나서 그는 파늘루의 말 그대로 아마 때가 늦은 것 같다고만 대답했다. 신부는 여전히 무관심한 태도로 그를 맞았다. 리외는 진찰을 해보았는데, 목이 붓고 호흡이 곤란한 것 말고는 선페스트 또는 폐페스트의 중요한 증세는 하나도 발견할 수가 없다는 점에 놀랐다. 어쨌든 맥박이 너무나 낮게 뛰었고 전반적인 증세도 극히 위험해서 살아날 가망이 거의 없었다.

"페스트의 주요한 증세는 하나도 없습니다." 그는 파늘루에게 말했다. "하지만 뭔가 석연치 않은 점들이 있으니 역시 격리하는 게 좋을 듯합니다."

신부는 예의상 조금 웃어 보였지만, 아무 말도 하지 않았다. 리외는 전화를 걸러 나갔다가 다시 들어와 물끄러미 신부를 내려다보았다.

"제가 곁에 있겠습니다." 그는 부드럽게 말했다.

신부는 갑자기 생기를 되찾은 듯이 일종의 삶의 정열이 되살아나는 것 같은 눈초리를 의사에게로 돌렸다. 그러고는 가까스로 한 마디 한 마디 이어갔는데 그 어조가 슬픈 것인지 아닌지 전혀 알 수가 없었다.

"감사합니다." 그가 말했다. "그러나 성직자에겐 친구가 없습니다. 모든 것을 신에게 맡긴 몸이니까요."

그는 침대 머리맡에 놓여 있는 십자가를 달라고 하여 손에 들더니 고개를 돌려 그것을 바라보았다.

파늘루는 병원에서도 입을 열지 않았다. 그는 자기 몸에 가해지는 모든 치료에 대해서 마치 물건처럼 자기를 내맡기고 있었지만, 십자가만은 끝내 놓지 않았다. 그래도 신부의 증세는 여전히 애매했다. 의문은 리외의 마음속에서 사라지지 않았다. 페스트 같기도 했고 아닌 것 같기도 했다. 그런데 얼마 전부터 페스트는 진찰을 어렵게 만드는 것을 재미로 여기고 있는 듯싶었다. 그러나 파늘루의 경우, 그러한 불확실성도 그다지 중요하지 않았다는 것이 그 뒤의 경과에서 드러났다.

열이 높아졌다. 기침 소리는 점점 더 쇠졌고, 온종일 환자를 힘들게 했다. 신부는 마침내 저녁에 호흡을 틀어막고 있던 그 솜방망이를 기침과 함께 토해냈다. 그것은 새빨갰다. 그런 발열 상태에서도 여전히 파늘루는 무관심한 눈빛을 유지했다. 이튿날 아침, 침대 밖으로 몸을 반쯤 늘어뜨리고 죽어 있는 그의 눈에서는 아무 표정도 찾아볼 수 없었다. 그의 카드에는 이렇게 적혀졌다.

'병명 미상.'

그해의 만성절은 여느 때와는 달랐다. 날씨는 시기와 잘 어울렸다. 갑작스러운 변화가 생겨서, 늦더위가 별안간 선선한 날씨에 자리를 물려주고 사라져버렸다. 예년과 마찬가지로 지금은 찬바람이 계속적으로 불고 있다. 큼직한 구름들이 이 지평선에서 저 지평선으로 흐르면서 집들을 그늘로 덮었고, 그것들이 지나가면 11월의 싸늘하고 노란 햇빛이 다시 그 집들 위를 비추는 것이었다. 그해 처음으로 레인코트가 모습을 드러냈다. 고무를 입혀서 번들거리는 천들이 놀랄 만큼 눈에 많이 띄었다. 사실 신문지상에서는, 200년 전 남프랑스에 대규모의 페스트가 유행했을 때, 의사들이 자신들을 보호하고자 기름먹인 옷을 입었음을 보도했었다. 상인들은 그것을 이용해서 유행에 뒤떨어진 팔다 남은 재고품들을 방출했는데, 시민들은 그것에서라도 면역을 얻고자 하는 것 같았다.

그러나 그 모든 계절적 징후도 묘지를 찾는 사람이 없는 사실을 잊게 할 수는 없었다. 예년 같으면 전차들은 국화꽃의 은은한 향기로 가득 찼고, 부인네들이 떼를 지어 그들의 친척이 묻혀 있는 무덤에 꽃을 놓으러 가곤 했었다. 그날은 사람들이 고인 곁에 가서 그동안 잊은 채 버려두고 지냈던 것에 대한 용서를 빌고자 하는 날이었다. 그러나 이 해에는 아무도 죽은 이를 생각하려고 하는 사람이 없었다. 이미 그들은 죽은 사람들 생각을 지나치게 해왔던 것이다. 그러므로 이 이상 더 회한과 우수로 가득 찬 심정으로 그들을 찾아볼 필요는 없었다. 죽은 사람들은 이미 1년에 한 번씩 산 사람들이 찾아가서 그동안 버려둔 것을 변명해야 할 상대가 아니었다. 모두가 잊어버리고 싶은 입자들이었다. 이런 까닭으로 그해의 만성절은 이를테면 슬쩍 넘어가고 말았다. 타루가 보기에 그 언사가 점점 야유조로 변해가는 것을 알 수 있는 코타르의 말을 빌리면, 매일매일이 만성절이었다.

사실, 페스트의 기세등등한 불꽃은 화장터의 화덕에서 매일같이 더 신바람이 나서 타고 있었다. 사실 시간이 지남에 따라 사망자 수가 증가하는 것은 아니었다. 그러나 페스트는 이제 그 정점에 편안히 자리잡고 앉아서, 착실한 관리처럼 매일매일의 살인에서 정확성과 규칙성을 과시했다. 원칙적으로는, 그리고 당국의 견해로는, 그것은 좋은 징조라는 것이었다. 페스트 진행의 그래프는 끊임없는 상승에 이어서 오랜 안정 상태를 보여줌으로써, 예를 들어 의사 리샤르 같은 이에겐 바람직한 현상으로 보였던 것이다.

"좋아, 훌륭한 그래프야." 그는 이렇게 말했다. 그는 병세가 이른바 안정 단계에 도달한 것이라 보고 있었다. 앞으로는 쇠퇴하는 길밖에 남지 않았다. 그는 그 실적을 카스텔의 새로운 혈청 덕분이라고 생각했다. 사실 그 혈청은 예기치 않았던 성공을 몇 건 거뒀다. 늙은 카스텔도 그 의견에 조금도 반대하지 않았지만, 사실 페스트는 역사적으로 볼 때 예기치 못했던 여러 가지 재연 사례들이 있었으므로 앞날을 예측할 수 없다는 의견이었다. 현청은 오래전부터 민심이 안정되기를 바랐는데, 페스트는 좀처럼 그 길을 열어주지 않았다. 현청은 그 문제에 대한 의사들의 의견을 듣기 위해 회합을 열기로 제안했는데, 그때 의사 리샤르가 역시 페스트로, 더구나 병세가 안정 상태를 유지하고 있을 때 사망하고 말았다.

그 충격적인, 그러나 어떤 사실도 증명하지 못한 그 실례 앞에서 행정 당국은 처음에 낙관론을 받아들였을 때 못지않게 모순된 태도를 보이면서 이제는 비관론으로 돌아섰다. 카스텔은 혈청을 힘닿는 한 정성들여서 준비하는 데만 골몰했다. 어쨌든 이제는 병원이나 검역소로 개조되지 않은 공공장소란 한 군데도 없었지만, 그래도 아직 현청만은 손대지 않은 채 그대로 두고 있었다. 그것은 사람들이 모일 장소가 필요했기 때문이다. 그러나 전체적으로 볼 때, 그리고 그 당시에는 페스트가 비교적 안정된 상태에 있었다는 사실에서도, 리외가 계획했던 조직이 손이 모자라 쩔쩔매는 일은 절대로 없었다. 의사들이나 조수들은 있는 힘껏 노력했지만, 그 이상의 노력을 요하는 상황을 상상해 볼 필요는 없었다. 이렇게 말해도 괜찮다면, 그들은 다만 규칙적으로 그 초인적인 일들을 계속해야만 했다. 이미 나타난 폐페스트는 마치 바람이 사람들의 가슴속에 불을 붙여놓고 부채질하듯, 시내 여기저기로 퍼지고 있었다. 피를 토하며 환자들은 훨씬 더 빨리 죽어갔다. 이제는 그 새로운 증세와 더불어 전염성은 더 커질 위험이 있었다. 사실 그 점에 관해 전문가들의 의견은 항상 대립하기만 했다. 그래도 더욱 안전을 기하기 위해서 보건 관계자들은 여전히 소독된 거즈 마스크를 하고 호흡했다. 얼핏 보면 병이 더 확산되었어야 이치에 맞을 것 같았다. 그러나 선페스트의 사례가 감소하고 있었기 때문에, 통계 곡선은 그대로 수평을 유지하고 있었다.

그래도 시간이 흐르면서 자연적으로 식량 보급이 어려운 지경에 이름에 따라 이 밖에도 여러 가지 불안한 문제점들이 생겨난다. 게다가 투기가 성행해서 일반 시장에 부족하지만 가장 긴요한 생활필수품들이 터무니없는 가격으로 팔렸다. 그래서 빈곤한 가정은 무척 괴로운 처지에 놓이게 되었으나, 반면에 부유한 가정들은 부족한 것이라곤 거의 없었다. 페스트가 그 역할에서 보여준 것 같은 효과적 공평성으로 말미암아 시민들 사이에 평등이 강화될 수도 있었을 텐데, 페스트는 저마다의 이기심을 발동시킴으로써 오히려 인간의 마음속에 불공평의 감정만 과격하게 만들었다. 물론 죽음이라는 완전무결한 평등만은 남아 있었는데 그런 평등은 아무도 원하지 않았다. 그리하여 이처럼 굶주림에 시달리는 빈곤한 사람들은, 전보다 더한 향수에 젖어 생활이 자유롭고 빵도 비싸지 않은 이웃 도시들과 시골들을 그리워했다. 물론 논리에 맞지 않는 이야기지만, 자기들에게 식량을 충분히 공급해주지 못할 바엔 차라리 떠날 수있게 해주어야 할 것이 아니냐는 것이 그들의 심정이었다. 그래서 마침내 하나의 구호가 생기고 퍼져서, 때로는 그것이 벽에 나붙기도 했고 때로는 지사가 지나가는 길에서 외쳐지기도 했다. '빵을 달라, 그렇지 않으면 공기를 달라.' 이 풍자적인 문구는 몇몇 시위의 단서가 되었는데, 시위는 곧 진압되었지만 그 심각성은 다른 누구의 눈에도 확실했다.

물론 신문들은 그들에게 내려진 절대적인 낙관론의 수칙에 순종하고 있었다. 신문을 보면 현 상황의 현저한 특색이라 할 만한 것은 시민들이 보여 준 '냉철과 침착의 감동적인 모범'이었다. 하지만 꽉 막혀 있는 듯한 도시에서, 그리고 무엇이고 비밀인 채로 유지될 수 없는 그 도시에서, 아무도 공동체가 보여주고 있는 '모범' 따위에 속는 사람은 없었다. 그리고 문제가 된 그 냉철이나 침착이라는 것에 대해서 정확한 윤곽을 파악하자면, 당국에 의해서 마련된 예방격리소나 격리 수용소 중의 한 군데에 들어가보는 것만으로 충분했다. 마침 서술자는 딴 곳에 볼 일이 있어서 그런 곳들에 가보지 못했다. 그 때문에 서술자는 여기서 타루의 목격담을 인용할 수밖에 없다.

　사실 타루는 그의 수첩에 시립운동장에 설치된 수용소에 랑베르와 함께 갔던 이야기를 적어놓았다. 운동장은 시문 근처에 있었으며, 한쪽은 전차가 다니는 거리에, 또 한쪽은 그 도시가 자리잡은 고원 끝까지 뻗은 공터에 면하고 있었다. 그곳은 원래 콘크리트로 높은 담이 둘러쳐져 있어서 탈주를 막기 위해서는 네 군데의 출입구에 보초병을 세워두는 것만으로 충분했다. 동시에 그 담은 격리당하고 있는 사람들을 외부 사람들의 호기심으로부터 보호해주기도 했다. 그 대신 수용된 사람들은 하루 종일 보이지도 않는 전차가 지나가는 소리를 들어야 했고, 전차 소리와 더불어 더욱 커지는 웅성거림을 듣고 그때가 관공서의 출퇴근 시간이라는 것을 짐작하기도 했다. 그들은 이와 같이 자기들이 돌려내진 그 생활이 그들과 불과 몇 미터 떨어진 곳에서 계속되고 있는데도, 콘크리트 담을 경계로 자기들은 서로 다른 두 개의 별보다도 더, 저쪽 세상과는 딴판으로 갈라져 있다는 것을 알고 있었다.

어느 일요일 오후, 타루와 랑베르는 운동장으로 찾아갔다. 그들은 축구선수인 곤잘레스와 같이 갔는데, 랑베르가 그를 다시 찾아내서 결국은 수용소의 관리인에게 그를 소개해야만 했다. 곤잘레스는 그 두 사람과 만났을 때, 페스트가 발생하기 전 같으면 시합을 시작하려고 유니폼을 입고 있을 시간이라는 말을 했다. 경기장이 징발되고 난 지금에 와서는 그것도 있을 수 없는 일이었다. 그래서 곤잘레스는 아무것도 할 일이 없어진 사람처럼 보였고, 스스로도 그렇게 느낀 모양이었다. 바로 그런 이유도 있고 해서 그는 그 감시 업무를 주말에만 맡기로 한다는 조건으로 받아들였던 것이다. 하늘은 약간 흐려 있었다. 곤잘레스는 코를 벌름거리면서, 비도 안 오고 덥지도 않은 이런 날씨가 시합에는 제격이라고 아쉽다는 듯이 설명했다. 그는 탈의실의 도찰제(塗擦劑) 냄새며, 무너질 듯 가득 찬 관람석이며, 엷은 황갈색 땅 위를 누비는 산뜻한 빛깔의 팬츠며, 쉬는 시간에 마시는 레몬 주스나, 바싹 마른 목구멍을 수천 개의 바늘로 콕콕 찌르는 듯한 소다수 같은 것들을 나름대로 떠올려 보았다. 게다가 타루의 기록에 의하면, 교외의 몹시 팬 길을 걸어가는 동안에도 그 선수는 돌만 보면 발길로 차곤 했다. 그는 돌멩이를 똑바로 하수구에 집어넣으려고 애썼는데, 성공하면 "1 대 0"이라고 말하곤 했다. 담배를 피우고 나면 으레 꽁초를 앞으로 탁 내뱉고, 떨어지는 그것을 재빨리 발길로 찼다. 운동장 근처에서 놀고 있던 아이들이 지나가는 사람들을 향해서 공을 보내자, 곤잘레스는 공을 향해 달려가서 정확하게 그것을 차서 돌려보냈다.

마침내 그들은 운동장에 들어갔다. 관람석은 사람들로 꽉 차 있었다. 그러나 운동장은 수백 개의 붉은 천막으로 뒤덮여 있었고 그 속에 있는 침구라든지 보따리 같은 것이 멀리서도 보였다. 관람석은 그대로 남겨 두어, 몹시 덥거나 비가 오는 날에 수용자들이 그곳으로 피신할 수 있도록 했다. 다만 해가 지면 모두 천막 속으로 되돌아가야만 했다. 관람석 아래에는 새로 설치된 샤워실이나, 예전의 선수용 탈의실을 개조한 사무실, 그리고 병실들이 있었다. 수용자 대부분은 관람석에 모여 있었다. 다른 사람들은 터치라인 근처를 서성거리고 있었다. 몇몇 사람들은 자기네 천막 입구에 쭈그리고 앉아 멍한 시선으로 두리번거리고 있었다. 관람석에는 많은 사람들이 털썩 주저앉은 채, 마치 뭔가를 기다리는 듯했다.

"모두들 낮에는 무엇을 하나요?" 타루가 랑베르에게 물어보았다.

"아무것도 안 하죠."

사실 거의 전부가 멍하니 앞을 바라보고만 있었다. 그 인간의 거대한 집단은 신기하리만큼 조용했다.

"처음 며칠 동안은 글쎄, 서로의 말소리도 안 들릴 지경이었지요." 랑베르가 말했다. "그런데 날이 갈수록 모두들 말이 없어지더군요."

적힌 것을 그대로 믿는다면, 타루는 그들의 심정을 이해할 수 있었으며, 초기에 그들은 겹겹이 둘러쳐진 천막 속에서 파리가 날아다니는 소리를 듣거나, 그렇지 않으면 몸을 긁적거리기에 바쁘고,

혹 친절하게 자기 얘기를 들어줄 사람을 만나면 자기들의 분노나 공포에 대해 떠들어대는 모습을 볼 수 있었다. 그러나 수용소가 초만원을 이루게 된 뒤부터는 친절하게 말을 들어줄 사람이 점점 적어졌다. 그래서 결국은 입을 다물고 서로를 경계할 수밖에 없게 되었다. 사실 거기에는 경계심 같은 것이 잿빛으로 빛나는 하늘로부터 붉은 천막 위로 쏟아져내리고 있었다.

그렇다, 그들은 모두가 경계하는 표정이었다. 다른 사람들로부터 격리된 사람들이기 때문에, 전혀 이유가 없는 것도 아니었다. 그래서 그들은 스스로 이유를 찾고, 두려워하는 사람의 얼굴을 하고 있었다. 타루가 본 사람들은 하나같이 흐린 눈빛을 하고 있었으며, 모두 자기들의 생활을 이루고 있었던 것들에서 격리된 이별의 슬픔 때문에 고민하고 있었다. 그렇다고 해서 항상 죽음만을 생각하고 있을 수는 없었기 때문에 그들은 아무런 생각도 하지 않았다. 그들은 휴가중이었다. '그러나 가장 나쁜 것은,' 타루는 이렇게 쓰고 있다. '그들이 잊힌 사람들이라는 사실과 그들 역시 그것을 알고 있다는 사실이다. 그들을 아는 사람들도 다른 생각을 해야 하기 때문에 그들 생각을 잊어 버렸고, 그것 또한 충분히 이해할 수 있는 일이다. 그들을 사랑하는 사람들도 역시 그들을 거기서 끌어내기 위한 활동이나 계획에 몰두하고 있었기 때문에, 그들 생각은 잊어버렸던 것이다. 끌어내는 일에 급급해서 정작 끌어내야 할 사람에 대해서는 잊고 마는 것이다. 그것도 역시 당연한 일이다. 그래서 결국에 가서는, 비록 불행의 막바지에 이른 경우라 할지라도 어떤 사람을 정말로 생각한다는 것은 불가능함을 알게 되었다. 왜냐하면 어떤 사람을 정말로 생각한다는 것, 그것은 어느 순간에도 결코 다른 것에 마음을 빼앗기지 않고, 살림 걱정도 안 하고, 파리가 날아다니는 것이나 밥, 가려움도 느끼지 못하는 것이기 때문이다. 그러나 파리라든가 가려움이라든가 하는 것은 언제나 존재한다. 따라서 인생은 살기가 어려운 법이다. 그리고 사람들은 그것을 너무나 잘 알고 있었다.'

그들에게로 돌아온 소장이, 오통 씨가 그들을 만나고 싶어한다는 뜻을 전했다. 소장은 곤잘레스를 그의 사무실로 안내해주고 나서 그들을 관람석으로 데리고 갔다. 홀로 앉아 있던 오통 씨가 관람석에서 일어나 그들을 맞았다. 그는 여느 때와 같은 옷차림을 하고 있었고 빳빳한 옷깃도 여전했다. 타루는 다만 그의 머리털이 관자놀이의 위쪽에 곤두서 있고, 한쪽 구두끈이 풀려 있는 것을 보았다. 판사는 피곤한 듯했고, 말하는 동안에 단 한 번도 상대방을 보지 않았다. 그는 그들에게 만나게 되어서 대단히 기쁘다며, 의사 리외에게 여러 가지 신세를 졌으니 감사하다는 말을 전해달라고 했다.

두 사람은 잠자코 있었다.

"그래도," 얼마 지나지 않아 판사가 말했다. "필리프가 너무 호된 고생은 하지 않았으면 해서요."

타루로서는 그가 자기 아들의 이름을 부르는 것을 듣는 것이 처음이었고, 어딘가 변했다는 것을 알 수 있었다. 해가 지평선으로 기울었는데, 구름 사이로 햇빛이 비스듬히 관람석을 비추며 그 세 사람의 얼굴을 붉게 물들였다.

"아닙니다." 타루가 말했다. "그래요. 정말 고생은 별로 안 했어요."

그들이 돌아가자, 판사는 햇빛이 비치는 쪽을 가만히 바라보고 있었다.

그들은 곤잘레스에게 잘 있으라는 말을 하러 갔다. 그는 감시 교대표를 검토하고 있었다. 축구선수는 그들의 손을 잡으면서 웃었다. "적어도 탈의실만은 도로 찾았죠." 그가 말했다. "그것만이라도 어디예요."

얼마 지나지 않아 소장이 타루와 랑베르를 배웅해줄 때, 관람석에서 커다랗게 찌지직거리는 잡음이 들려왔다. 그러더니 좋았던 시절에는 시합 결과를 알린다든가 팀을 소개하는 데 사용했던 확성기가 코먹은 소리로, 수용자들은 각자의 천막으로 돌아가서 저녁식사 배급을 받으라고 알리는 것이었다. 사람들은 천천히 관람석을 떠나서, 신발을 찍찍 끌면서 천막 안으로 들어갔다. 모두가 제자리로 돌아갔을 때, 기차역에서나 볼 수 있는 조그만 전기 자동차 두 대가 천막 사이로 커다란 냄비를 싣고 다녔다. 사람들은 팔을 내밀어서 국자 두 개를 그 두 냄비에 담갔다가 두 개의 식기에 갖다 쏟았다. 차는 다시 움직였다. 다음 천막에서도 같은 일이 되풀이되었다.

"과학적이군요." 타루가 소장에게 말했다.

"그래요, 과학적이에요." 소장은 그들의 손을 잡으면서 만족스러운 듯 대답했다.

땅거미가 지고 하늘이 벗겨졌다. 부드럽고 신선한 햇빛이 수용소를 비춰주고 있었다. 저녁의 평화 속에서 숟가락과 접시 부딪히는 소리가 여기저기서 들렸다. 박쥐들이 천막 위에서 푸드덕거리더니 갑자기 사라졌다. 전차 한 대가 벽 저 너머에서 전철기(轉轍機) 위를 지나가느라고 삐걱거리고 있었다.

"판사도 가엾군." 문턱을 넘어서면서 타루가 중얼거렸다. "뭔가 해야겠는데, 선생을 위해서라도. 그런데 판사를 어떻게 돕는다?"

시중에는 이 같은 수용소가 몇 군데 더 있었는데, 서술자는 민망하기도 하고 직접적인 정보가 없기 때문에 더 이상 언급할 수가 없다. 그러나 서술자가 말할 수 있는 것은, 그러한 수용소의 존재라든가 거기서 나는 사람 냄새라든가 황혼 속에서 들리는 확성기의 커다란 소리라든가 담에 가려진 것의 신비, 누구나 질색할 장소에 대한 공포 같은 것들이 우리 시민들의 마음을 무겁게 짓누르고, 모든 사람이 그러잖아도 느끼고 있던 혼란과 불안감을 더욱 가중시키고 있었다는 것이다. 행정 당국과의 분규와 알력은 늘어날 뿐이었다.

11월 말이 되자 아침에는 꽤 추웠다. 억수 같은 비가 몇 차례 퍼부어서 아스팔트 길을 깨끗이 걷어내리고 하늘을 맑게 닦아내어 반짝이는 거리 위로 구름 한 점 없는 하늘이 드러났다. 힘을 잃은 태양이 매일 아침 시가지 위에 번득거리는 냉랭한 햇살을 퍼뜨리고 있었다. 저녁때가 되면 반대로 공기는 다시 따뜻해졌다. 바로 그런 때를 골라서 타루는 의사 리외에게 자기의 정체를 조금씩 밝혔다.

타루는 어느 날 저녁 10시쯤에, 지루하고 고달픈 하루를 보내고 나서 그 천식환자 영감 집에 저녁 왕진을 가는 리외를 따라갔다. 구시가의 집들 위로 하늘이 희미하게 빛나고 있었다. 산들바람이 어두운 네거리를 거슬러 소리도 없이 불고 있었다. 고요한 거리에서 올라오자마자 그 두 남자는 노인의 수다와 맞닥뜨리게 되었다. 노인은 그들에게, 못마땅한 것이 너무나 많다, 수지맞는 것은 늘 똑같은 놈들이다, 그릇을 너무 밖으로 내돌리면 결국 깨지고 만다, 아마도―그 영감은 여기에서도 손을 비볐다―무슨 소동이 일어나고 말 거라는 식으로 떠들어댔다. 의사가 치료를 하고 있는 동안에도, 노인은 여러 가지 일에 대해서 그치지 않고 설명을 늘어놓는 것이었다.

위층에서 누군가 걸어다니는 소리가 들렸다. 늙은 마누라가 타루의 궁금해하는 모습을 알아차리고, 이웃집 여자들이 테라스에 나와 있다고 설명해 주었다. 그들은 동시에, 그 위에서 보면 전망이 좋고 집들의 테라스가 서로 한쪽이 통해 있어서, 그 동네 여자들은 제 집 밖으로 나가지 않고도 쉽사리 남의 집을 방문할 수 있다는 것도 알았다.

"그렇습니다." 노인이 말했다. "자, 올라가보십시오. 거기는 공기가 좋답니다."

테라스에는 아무도 없었고, 의자만 세 개 놓여 있었다. 한쪽으로는 테라스가 줄지어 보였으며, 그 끝에는 컴컴하고 울룩불룩한 덩어리가 드러나 있었는데, 그것이 첫 번째 언덕임을 알 수 있었다. 또 한편으로는 몇몇 거리와 보이지 않는 항구 너머로, 하늘과 바다가 어렴풋이 고동치며 뒤섞여 있는 수평선이 내다보였다. 그것은 가슴을 몹시 설레게 만드는 것이었다. 그들이 낭떠러지라고 알고 있는 그 너머에서는, 어디서 오는지도 모를 불빛 한 줄기가 규칙적으로 깜박이고 있었다. 지난봄부터 해협의 등대가 다른 항구들로 항로를 돌리는 선박들을 위해서 계속 빛을 비춰주고 있었던 것이다. 바람에 쓸리고 닦인 하늘에서는 맑은 별들이 빛나고, 등대의 머나먼 불빛이 가끔가다가 거기에 순간적으로 회색빛을 섞어주곤 했다. 미풍이 향료와 돌의 냄새를 실어 왔다. 주위는 완전한 침묵에 잠겨 있었다.

"기분이 좋군요." 리외가 앉으면서 말했다. "뭐랄까, 페스트도 여기까지는 절대로 올라오지 못할 것 같네요."

타루는 그에게 등을 보이고 바다를 보고 있었다.

"네." 잠시 뒤에 타루가 말했다. "좋군요."

그도 의사 곁에 와 앉아서 유심히 그를 보았다. 불빛이 하늘에서 세 번 나타났다. 길의 안쪽 깊숙한 곳으로부터 접시 부딪치는 소리가 그들에게까지 들려왔다. 집 안에서 문이 닫히는 소리가 났다.

"리외!" 타루는 아주 자연스러운 어조로 말했다. "내가 어떤 사람인지 한 번도 알려고 하지 않으셨지요? 나에게 우정은 느끼십니까?"

"네." 리외가 말했다. "당신에게 우정을 느끼지요. 그러나 아직까지 우리에겐 시간이 없었죠."

"그렇습니까? 그래도 안심입니다. 그럼 이 시간을 우정의 시간으로 할까요?"

대답 대신 리외가 그에게 미소를 지어 보였다.

"자, 그럼……."

멀리 어떤 거리에선가 자동차 한 대가 축축한 포장도로 위로 오랫동안 미끄러지고 있는 모양이었다. 자동차가 멀어지자, 그 뒤로 알 수 있는 고함 소리들이 멀리서 터져 나와 침묵을 깨뜨렸다. 그 다음에 침묵은 하늘과 별의 온 무게를 싣고 그 두 사람을 다시금 내리눌렀다. 타루는 일어서서, 여전히 의자에 몸을 깊이 묻고 있는 리외의 맞은편 난간에 걸터앉았다. 그의 모습은 하늘에 새겨놓은 듯한 육중한 덩어리로 보일 뿐이었다. 그는 아주 오랫동안 이야기를 했는데, 그 이야기를 적어보면 대략 다음과 같다.

"간단히 말하자면 리외, 나는 이 도시와 전염병을 만나게 되기 훨씬 전부터 페스트로 고생했습니다. 그러니까 나도 이곳의 모든 사람과 마찬가지란 얘기죠. 그러나 세상에는 그런 것을 모르는 사람들도 있고, 그런 상태에서도 좋다고 살고 있는 사람들도 있고, 또 그런 것을 알면서 거기서 어떻게든 빠져나가보려고 애쓰는 사람들도 있어요. 나는 항상 빠져나가려고 했어요.

젊었을 때, 나는 결백하다는 생각을 갖고 있었어요. 말하자면, 전혀 생각이라고는 하지 않았던 거나 마찬가지죠. 고민하는 성질도 아니었고, 사회로의 첫 진출도 순조롭게 이루어졌어요. 머리도 괜찮았고, 여자들도 곧잘 따랐고, 모든 것이 순조로웠죠. 가끔 불안할 때도 있었지만 이내 잊고 말았어요. 그런데 어느 날 나는 반성하기 시작했어요. 그러니까 뭔가가…….

미리 말해두지만, 나는 당신처럼 가난하지는 않았었죠. 우리 아버지는 차장검사로 계셨는데 그만하면 좋은 자리지요. 그러나 아버지는 본디 호인이어서 그런 티도 볼 수 없었어요. 어머니는 단순하고 겸손했어요. 나는 언제나 변함없이 어머니를 사랑해왔지요. 그러나 그 이야기는 그만두는 편이 더 좋겠어요. 아버지는 나를 많이 사랑하셨어요. 그래서 나를 이해하려고 애쓰셨다고까지 생각하고 있어요. 지금 생각해보면 틀림없다 싶은데, 밖에서는 바람도 꽤 피우신 모양이지만 그렇다고 해서 그것 때문에 조금도 분개하시지는 않았습니다. 아버지는 마땅히 함직한 일이나 하시지 남을 짓밟거나 안 시키셨으니까요. 간단히 말해서, 그렇게 별난 인물은 아니었어요. 그것도 돌아가신 지금은, 성인처럼 살지도 않았지만 그렇다고 악인도 아니셨던 것 같아요. 뭐 그저 그랬죠. 그뿐이에요. 그리고 그런 타입의 사람에게서 사람들은 적당한 애정, 오래 유지해갈 수 있는 애정을 느끼죠.

그래도 아버지에겐 한 가지 특징이 있었습니다. 그는 늘 《철도 여행 안내》란 책을 머리맡에 두고 읽곤 했습니다. 그렇다고 별로 여행을 자주 가시는 것도 아니고 다만 휴가 때, 땅을 조금 갖고 있는 브르타뉴에나 가보는 정도였어요. 하지만 그는 파리에서 베를린선 열차의 출발 및 도착 시각이라든가, 리용에서 바르샤바까지 가려면 어디서 몇 시에 갈아타면 좋다든가, 이 수도에서 저 수도까지는 몇 킬로미터라든가 이런 것들을 정확하게 알고 계셨어요. 브리앙송에서 샤모니까지는 어떻게 가면 되는지 말하실 수 있으세요? 역장이라도 그런 물음에는 당황할 겁니다. 아버지는 달랐어요. 거의 매일 저녁 그 점에 대한 지식을 풍부히 하려고 공부를 하셨고 그것을 아주 자랑으로 여기고 계셨어요. 나도 재미를 단단히 붙여서 자주 아버지에게 질문을 해보곤 했어요. 그러고는 아버지의 대답을 책에서 찾아보고, 그것이 틀림없다는 것을 확인하고는 좋아했지요. 그런 놀이는 우리 부자간의 정을 매우 두텁게 만들었어요. 왜냐하면 아버지에게 아주 성의가 가상한 청중의 한 사람이 되어드렸기 때문입니다. 나로서는 철도에 관해서 해박한 것도, 다른 어떤 것에 해박한 것과 마찬가지로 가치가 있다고 생각했었습니다.

그러나 이러다가는 그 정직한 분을 너무나 중요한 인물로 만들까 두렵군요. 결국 아버지는 내 결심에 대해서 간접적인 영향을 미쳤을 뿐이니 말입니다. 고작 내게 어떤 기회를 만들어주신 것뿐입니다. 마침 내가 열일곱 살이 되었을 때, 아버지는 나더러 자신의 논고를 들으러 오라고 하셨어요. 그 사건은 중죄재판소에서 공판을 받는 어떤 중대 사건이었는데, 아버지는 필시 그날 자신의 가장 훌륭한 모습을 보여줄 수 있을 것으로 생각하신 모양이죠. 또한 젊은 사람의 상상력을 자극시키기에 적합한 그런 의식을 통해, 나도 자신이 택한 길로 들어가게 하려는 생각이었다고 믿습니다. 나는 그러겠다고 했죠. 아버지가 좋아하실 것 같기도 했고, 또 우리 가족들에게 하시던 것과 다른 역할을 하시는 것을 보고 듣고 싶다는 생각도 들었거든요. 그 이상은 아무것도 생각하지 않았어요. 그전까지만 해도 나는 법정에서 일어나는 일은 7월 14일의 사열식이라든가, 어떤 상장 수여식 같은 것과 마찬가지로 자연스럽고도 불가피한 것으로 늘 생각했었지요. 극히 추상적인 관념이었는데도 그것이 그다지 거리끼지 않았고 또 그것에 얽매이지도 않았어요.

그러나 그날, 내 마음에는 단 한 가지 이미지가 남았을 뿐입니다. 그것은 죄인의 이미지였어요. 나는 그 사람이 사실 죄가 있다고 생각했지만 그것이 무엇이었는가는 거의 문제가 아니었어요. 그러나 그 빨간 머리털을 한 키 작고 가엾은 남자는 모든 것을 인정하기로 결심했는데, 자기가 저지른 일과 이제 자기에게 가해질 일에 너무나 겁을 먹고 있는 눈치여서, 얼마 뒤에는 그 사람밖에 아무것도 보이지 않게 되었습니다. 그는 마치 너무 강한 햇빛을 받고 겁이 난 올빼미처럼 보였습니다. 넥타이의 매듭도 와이셔츠의 옷깃 단추를 끼운 곳에 반듯하게 매어져 있지 않았어요. 그는 오른손의 손톱을 깨물고 있었어요. 하여튼 더 이상 자세히 설명하지는 않겠지만 그가 살아 있는 사람이라는 건 아셨을 겁니다.

그러나 그때까지 나는 그를 '피고'라는 편리한 개념을 통해서밖에는 생각지 않았다는 것을 문득 깨달았어요. 그때 내가 아버지 생각을 아주 잊고 있었다고는 할 수 없었지만 무엇인가가 내 배를 꼭 졸라매고 있어서 그 형사 피고인 말고는 아무것에도 주의를 기울일 수가 없었습니다. 나는 거의 아무것도 귀에 들리지 않았어요. 다만 모두가 살아 있는 그 사람을 죽이려 한다는 것을 느끼자 물결처럼 밀려오는 굉장한 본능을 억제할 수 없게 되어 거의 맹목적으로 그 남자 편에 섰습니다. 내가 겨우 정신을 차린 것은 아버지의 논고가 시작되었을 때였습니다.

붉은 옷으로 싹 갈아입고, 호인도 못 되고 다정한 사람도 못 되는 아버지의 입에서는 굉장한 말들이 우글거리고 있다가 마치 뱀처럼 줄을 이어 튀어나오는 것이었습니다. 그렇게 내가 알게 된 것은, 아버지가 사회의 이름 아래 그 남자의 죽음을 요구하고 있다는 것, 그리고 심지어는 그 남자의 목을 자르라고 요구한다는 것이었어요. 사실 아버지는 이렇게 말했을 뿐이었어요. '그의 목은 마땅히 떨어져야 합니다.' 그러나 결국 그게 그거 아니겠어요? 어쨌든 아버지는 그 남자의 목을 차지하게 되셨으니까요. 다만 그때 하수인이 아버지가 아니었을 뿐이지요. 그리고 그 뒤, 나는 특히 이 사건만을 결론이 날 때까지 방청을 했는데, 그 불행한 남자에 대해서, 아버지는 도저히 느껴보지도 못하실 아찔할 만큼의 친밀감을 느꼈어요. 그래도 아버지는 관례에 따라, 사람들이 정중하게 이른바 최후의 순간이라고 부르는 것에 참석했을 것입니다. 그 순간이야말로 가장 비열한 살인이라고 불러야 할 것입니다.

그때부터 《철도 여행 안내》만 보아도 꺼림칙하고 구역질이 났습니다. 그날부터 나는 법이니 사형선고니 형의 집행이니 하는 것에 대해 관심을 갖게 되었는데, 결국 그렇게 현기증을 느끼는 것은 아버지가 벌써 몇 차례나 그러한 살인 현장에 입회했었고, 그리고 그가 아침 일찍 일어나는 날이 바로 그런 날이었다는 것을 알았을 때였습니다. 사실 아버지는 그런 경우엔 자명종을 틀어놓곤 했습니다. 나는 감히 그런 말을 어머니에게 하지는 못했지만, 어머니를 더 주의해서 관찰했어요. 그리고 내가 알아낸 것은, 그 부부 사이에는 이제 아무것도 없고, 어머니는 그저 체념의 생활을 하고 계시다는 것이었습니다. 그 점을 고려해 어머니는 용서해줄 수 있었습니다. 그때 나는 그렇게 말했었죠. 나중에 안 일이지만, 어머니는 용서받아야 할 것이 하나도 없었습니다. 왜냐하면 결혼할 때까지 내내 가난에 시달렸고 가난이 그녀에게 체념을 가르쳐주었던 것입니다.

아마 선생은 내가 곧 집에서 뛰쳐나왔다고 말할 것을 기대하고 계실 것입니다. 아닙니다. 나는 그대로 몇 달, 아마 거의 1년이나 집에 머물러 있었죠. 그러나 내 마음은 병이 들었습니다. 어느 날 저녁, 아버지가 일찍 일어나야겠으니 자명종을 가져오라고 말했어요. 나는 그날 밤, 한잠도 못 잤습니다. 그 이튿날 아버지가 돌아왔을 때, 집을 나와버렸습니다. 바로 말씀드리자면, 아버지는 나를 찾게 하셨죠. 그래서 나는 아버지를 보러 가서, 만약 나를 강제로 돌아오게 하면 자살해버리겠다고 했어요. 냉정하게, 아무런 설명도 붙이지 않고 말했어요. 결국 아버지가 졌어요. 왜냐하면 본디 성격이 온순한 편이었으니까요. 그리고 제 힘으로 살고 싶다는 어리석음에 대해(결국 아버지는 내 행동을 그렇게 해석하고 있었는데, 나도 그 오해를 굳이 풀어드리려 하지 않았지요) 연설을 늘어놓고 수천 가지 주의를 주면서, 진심으로 우러나오는 눈물을 눌러 참더군요. 그 뒤, 그 뒤래야 아주 오랜 뒤의 일이지만, 나는 정기적으로 어머니를 만나러 집에 들르곤 했는데 그때 아버지도 뵈었지요. 그런 관계만으로 그는 충분했던가봐요. 나로서는 아버지에게 별로 원한을 품고 있지도 않왔고, 다만 마음속에 얼마간의 슬픔을 느꼈을 뿐이었어요. 아버지가 돌아가시자 나는 어머니하고 같이 살았는데, 어머니도 돌아가시지 않으셨다면 지금도 모시고 있었을 것입니다.

출발 이야기를 길게 했는데, 그것은 사실 모든 것의 첫 출발이었기 때문입니다. 앞으로는 좀더 빨리 하겠어요. 나는 열여덟 살 때 그 안락한 생활에서 벗어나자 가난을 알았어요. 먹고 살기 위해서 별별 것을 다 했어요. 그런대로 성공을 한 셈이었어요. 그러나 내 관심은 사형선고였습니다. 나는 그 붉은 머리털을 한 올빼미 씨하고 결말을 지어보고 싶었죠. 그래서 결과적으로 정치 운동을 하게 되었어요. 결코 페스트 환자가 되고 싶지는 않았어요. 그것뿐이에요. 내가 살고 있는 사회는 사형선고라는 기반 위에 서 있다고 믿고, 그것과 투쟁함으로써 살인 행위와 싸울 수 있다고 믿었어요. 나는 그렇게 믿었고, 다른 사람들도 그렇게 말했으며, 또 결국은 그것이 대부분 진실이었습니다. 그래서 나는 그중에서 내가 좋아하고, 내가 변함없이 좋아하는 사람들하고 함께 일을 시작했어요. 나는 그 일에 오래 종사했고, 유럽의 각 나라 중에서 내가 더불어 투쟁하지 않은 곳이라곤 없을 정도입니다. 자아, 다음 이야기로 들어가겠어요.

물론 우리도 역시 때에 따라서는 사형선고를 내리고 있다는 것은 나도 알고 있었어요. 그러나 그런 몇몇 사람의 죽음은, 더 이상 아무도 사람을 죽이지 않는 세계로 이끌어가기 위해서 필요한 일이라고 들었어요. 어떤 의미에서는 그것도 진실이었고, 결국 나로서는 그런 종류의 진실을 끝까지 믿을 수는 없었던 것 같습니다. 확실한 것은 내가 주저하고 있었다는 사실입니다. 그러나 나는 그 올빼미 씨 생각을 했었고, 언제나 계속할 것 같았어요. 내가 사형집행을 구경한 그날(그것이 헝가리에서의 일이었어요)이 될 때까지는 말입니다. 그날, 어린아이였던 나를 덮친 바로 그 현기증이 어른이 된 나의 눈도 캄캄하게 만들었어요.

선생님은 사람을 총살하는 것을 보신 적은 없나요? 아니, 못 보셨겠죠. 그것은 대개 초청받은 사람들에게만 보여주게 되어 있고, 참석자는 미리 선정돼 있으니까요. 그 결과 선생님 같은 분들의 지식은 그림이나 책에 국한되어 있습니다. 눈가리개, 말뚝, 한참 떨어져 서 있는 병사들……. 천만에, 그런 것이 아닙니다. 총살형 집행반은 뜻밖에도 사형수로부터 1미터 50센티 거리에 자리잡고 있다는 것을 아시나요? 사형수가 두 걸음만 앞으로 나가면 가슴에 총부리가 부딪칠 정도예요. 그렇게 가까운 거리에서 사격수들이 심장 근처를 집중 사격하면, 굵직한 탄환들이 한데 뭉쳐서 주먹이라도 들어갈 만한 구멍을 뚫어놓는 걸 아시나요? 모르십니다. 선생님은 모르시지요. 그런 자세한 내용은 아무도 이야기해주지 않으니까요. 인간의 잠이라는 것은, 페스트 환자들이 생각하는 생명보다도 더 신성한 것입니다. 선량한 사람들이 잠자는 것을 방해해서는 안 됩니다. 그러려면 어느 정도의 악취미가 필요한 것인데, 누구나 다 아는 것이지만 취미란 애써 고집을 부리지 않는 것으로 되어 있지요. 그러나 나는 그때부터 잘 잔 적이 없습니다. 악취미를 버릴 수가 없었고, 여전히 고집을 부리고 있었습니다. 다시 말해서, 늘 그 생각만 하고 지냈단 말입니다.

그때, 나는 그야말로 내가 온 힘과 정신을 기울여 페스트와 싸우고 있었다고 믿고 있던 그 오랜 세월 동안 내가 끊임없이 페스트를 앓고 있었다는 것을 깨달았습니다. 나는 내가 간접적으로 수천 명의 인간의 죽음에 동의한다는 것, 불가피하게 그런 죽음을 가져오게 했던 그런 행위나 원칙들을 선이라고 인정함으로써 그러한 죽음을 야기하기까지 했다는 것을 알았습니다. 다른 사람들은 그런 것에 괴로워하는 것 같지 않았고, 적어도 자발적으로 그런 이야기를 꺼내는 일은 결코 없었습니다. 그러나 나는 목이 메는 것 같았어요. 나는 그들과 같이 있으면서도 외로웠어요. 내가 나의 께름칙한 마음을 표시할라치면, 그들은 나에게 지금 때가 어떤 때인지 잘 생각해 볼 필요가 있다고 말했습니다. 흔히 감동적인 이유들을 내세워 아무리 해도 소화되지 않는 것을 나로 하여금 삼켜버리게 하는 것이었습니다. 그러나 나는 저 거물급 페스트 환자들인 붉은 제복을 입은 사람들도 그들 나름대로의 그럴듯한 이유가 있는 것이고, 만약 내가 불가항력이라는 이유로 평범한 페스트 환자들이 주장하는 요구를 용인한다면 거물급들의 요구도 용인하지 않을 수 없게 될 것이라고 대답했습니다. 그들은 나에게, 붉은 제복이 옳음을 인정하는 태도는 곧 그들에게 사형선고를 전적으로 일임하는 것이라고 지적하는 것이었습니다. 그러나 그때 나는 이렇게 생각했습니다. 일단 한번 양보하게 되면 끝도 없이 양보해야 한다고 말입니다. 역사는 내 생각이 옳다는 것을 증명해 주었습니다. 오늘날에는 많이 죽이는 자가 승리하는 모양이니 말이에요. 그들은 모두 살인에 미친 듯이 열중해 있습니다. 달리 어쩔 도리가 없기 때문이지요.

어쨌든 내 문제는 이치를 따지는 게 아니었습니다. 그것은 그 붉은 머리털을 한 올빼미였습니다. 페스트균이 전염된 더러운 입이 쇠사슬에 매인 어떤 남자를 향해서 너는 죽을 거라고 선고를 내리고, 그 남자로 하여금 두 눈을 뜬 채로 살해당할 그날을 기다리며 몸서리치는 고뇌의 여러 밤을 보내게 해놓은 다음, 결국 그가 죽을 절차를 마련하는 그러한 더러운 모험이었습니다. 내 문제라는 것은 가슴에 뻥 뚫린 그 구멍이었습니다. 그래서 나는 이렇게 생각하곤 했어요. 적어도 나로서는 그 진저리가 나는 학살에 대해 단 하나라도, 오직 하나라도 정당성을 부여하는 것은 절대로 거부하겠다고요. 그렇습니다. 나는 완고하고 맹목적인 태도를 지켜나갈 것입니다. 더 확실하게 사리를 깨닫게 될 때까지는.

그 이후로 내 생각은 변하지 않았습니다. 오랫동안 나는 부끄러워했습니다. 아무리 간접적이라 하더라도, 또 아무리 선의에서 나온 것이었다 하더라도 나 역시 살인자 측에 끼어들었었다는 것이 죽을 만큼 부끄러웠습니다. 시간이 지남에 따라서 내가 알게 된 것은, 다른 사람들보다 나은 사람들조차도, 오늘날의 모든 논리 자체가 잘못되어 있기 때문에, 사람을 죽게 하는 위험을 무릅쓰지 않고서는 이 세상에서 몸 한번 마음대로 움직일 수 없다는 것이었습니다. 정말로 나는 부끄러웠으며, 우리는 모두가 페스트 속에 있다는 것을 알게 되었습니다. 그래서 마음의 평화를 잃어 버렸습니다. 나는 오늘날도 그 평화를 되찾아서 모든 사람을 이해하고 그 누구에게도 치명적인 원수가 되지 않으려고 애쓰고 있었던 것입니다. 다만, 이제 다시는 페스트에 전염되지 않으려면 반드시 해야만 할 일을 해야 한다는 것을, 그것만이 우리로 하여금 마음의 평화를, 아니면 적어도 떳떳한 죽음을 바랄 수 있게 해준다는 것을 알고 있습니다. 그것이야말로 사람들을 위로할 수 있는 것이며, 비록 인간을 구원해주지는 못한다 하더라도 최소한 그들에게 되도록 해를 덜 끼치며, 때로는 약간의 좋은 일까지 해줄 수 있는 것입니다. 그래서 나는 직접적이건 간접적이건, 좋은 이유에서건 나쁜 이유에서건 사람을 죽게 만들거나 또는 죽게 하는 것을 정당화시키는 모든 걸 거부하기로 결심했습니다.

또한 바로 그런 이유로, 나는 이번 유행병에서도 배운 것이라고는 하나도 없고, 있다면 당신들 편에 서서 그 병과 싸워야 한다는 것뿐입니다. 내가 확실히 알고 있는 것은(그렇습니다, 리외. 아시다시피 나는 인생 만사를 다 알고 있지요), 누구라도 제각기 자신 속에 페스트를 지니고 있다는 것입니다. 왜냐하면 세상에서 그 누구도 그 피해를 입지 않는 사람은 없기 때문입니다. 그리고 늘 스스로를 살피고 있어야지 자칫 방심하다가는 남의 얼굴에 입김을 뿜어서 병을 옮기고 맙니다. 자연스러운 것은 병균입니다. 그 밖의 것들, 즉 건강, 청렴, 순결성 등은 결코 멈추어서는 안 될 의지의 소산입니다. 정직한 사람, 즉 거의 누구에게도 병을 감염시키지 않는 사람이란 될 수 있는 한 마음이 해이해지지 않는 사람을 말하는 것입니다. 게다가 그렇게 하기 위해서는 그만한 의지와 긴장이 필요하단 말입니다. 리외, 사실 페스트 환자가 된다는 것은 피곤한 일입니다. 그러나 페스트 환자가 되지 않으려고 발버둥치는 것은 더욱더 피곤한 일입니다. 바로 그렇기 때문에 모든 사람이 다 피곤해 보이는 것입니다. 왜냐하면 오늘날에는 누구나 어느 정도는 페스트 환자니까요. 그러나 페스트 환자 노릇을 그만 하려고 애쓰는 몇몇 사람들이, 죽음 말고는 그들을 해방시켜 줄 것 같지 않은 극도의 피로를 겪고 있는 것도 바로 그 때문입니다.

그러다 보니 나는 내가 이 세상에서 아무런 가치도 없는 인간이라는 것, 죽이는 것을 단념한 그 순간부터 나는 결정적인 추방을 선고받은 인물이 되었다는 것을 알게 되었습니다. 역사를 만드는 것은 다른 사람들입니다. 나는 또한 내가 그 사람들을 표면적으로 비판할 수 없다는 것도 알고 있습니다. 나에게는 이성적인 살인자가 될 자질이 없으니까요. 그러니까 그것은 우월성이 아닙니다. 그러나 이제 나는, 본디 있는 그대로의 내가 되기로 했고 겸손이라는 것도 배웠습니다. 다만 지상에 재앙과 희생자들이 있으니 가능한은 재앙의 편을 들기를 거부해야 한다고 말하렵니다. 아마 좀 단순하다고 보실지도 모릅니다. 과연 단순한지 어떤지는 잘 모르겠지만, 아무튼 그것이 진실이라는 것을 알고 있습니다. 나는 너무 여러 가지 이론들을 들어서 머리가 돌아버릴 뻔했고, 그 이론들 때문에 실제로 다른 사람들은 살인 행위에 동의할 정도로 머리가 돌아버렸어요. 그래서 인간의 모든 불행은 그들이 정확한 언어를 쓰지 않는 데서 온다는 것을 깨달았습니다. 그래서 정도를 걸어가기 위하여 정확하게 말하고 행동하기로 마음먹었습니다. 따라서 나는 재앙과 희생자가 있다고만 말할 뿐, 그 이상은 더 말하지 않습니다. 그렇게 함으로써 비록 나 자신이 재앙 그 자체가 되는 일이 있다 할지라도 적어도 그것에 동조하지는 않을 겁니다. 나는 차라리 죄 없는 살인자가 되길 바랍니다. 보시다시피 이건 그리 큰 야심도 아닙니다.

물론 제3의 카테고리, 즉 진정한 의사로서의 카테고리가 당연히 있어야겠지만, 사실 이런 것은 그리 흔하게 볼 수 있는 것도 아니고, 더구나 그것은 아마도 어려운 일일 것입니다. 그래서 나는 어느 경우에는 희생자들 편에 서서 그 피해를 되도록 줄이기로 마음먹은 것입니다. 희생자들 가운데서 나는 적어도 어떻게 하면 제3의 카테고리, 즉 마음의 평화에 이를 수 있는가를 찾을 수는 있습니다.”

타루는 이야기를 맺으면서, 다리 한쪽을 흔들다가 테라스 바닥을 가볍게 탁탁 쳤다. 잠시 아무 말이 없던 의사는 몸을 약간 일으키면서 타루에게, 마음의 평화에 도달하기 위해 걸어야 할 길이 어떤 것일지 생각해본 것이 있느냐고 물었다.

“있죠. 공감이라는 겁니다.”

구급차의 사이렌이 멀리서 두 번 들렸다. 조금 전만 해도 희미했던 그 아우성이 시의 경계선 근처 돌 많은 언덕 가까이로 몰려가고 있었다. 동시에 무슨 폭발 소리 같은 것이 들리더니 다시 조용해졌다. 리외는 등대불이 두 번 깜빡거리는 것을 보았다. 산들바람이 거세어지는 것 같더니 이와 때를 같이해서 소금 냄새를 실은 바다 냄새가 실려왔다. 이제는 낭떠러지에 부딪치는 둔탁한 소리가 뚜렷이 들려왔다.

"결국," 솔직한 어조로 타루가 말했다. "내 마음을 끈 것은 어떻게 하면 성인이 되는가 하는 겁니다."

"하지만 신은 안 믿으시면서?"

"바로 그렇기 때문이죠. 오늘날 내가 아는 단 하나의 구체적인 문제는 사람이 신 없이 성인이 될 수 있는가 하는 겁니다."

갑자기 아까 고함 소리가 들려오던 곳에서 큰 불빛이 솟아오르더니, 바람결에 어렴풋한 함성이 그 두 사람에게까지 들려왔다. 불빛은 곧 어두워지고, 멀리 테라스 끝의 불그스레한 빛만 남았다. 바람이 그친 뒤에도 사람들의 고함 소리가 뚜렷하게 들려오다가, 이어서 사격 소리와 군중의 함성이 들렸다. 타루가 일어서서 귀를 기울였다. 이제 아무것도 들리지 않았다.

"또 시에서 싸움이 붙었군요."

"이제는 끝난 모양입니다." 리외가 말했다.

타루는 중얼거리듯이 말했다. 그것은 절대로 끝나지 않았으며 아직도 희생자는 나올 것이라고, 순서가 그렇게 되어 있기 때문이라는 것이었다.

"어쩌면요." 리외가 대답했다. "그렇지만 나는 성인들보다는 패배자들에게 더 연대의식을 느낍니다. 아마 나는 영웅주의라든가 성자 같은 것에는 취미가 없는 것 같아요. 내 마음을 끄는 것은 그저 인간이 되겠다는 것입니다."

"그럼요, 우리는 같은 것을 추구하고 있어요. 다만 내가 야심이 덜 할 뿐이죠."

리외는 타루가 농담하는 줄 알고 그의 얼굴을 보았다. 그러나 하늘에서 내려오는 어렴풋한 빛 속에서 보니, 그의 얼굴에는 어떤 비애와 진지함이 담겨 있었다. 바람이 다시 일기 시작했고 리외는 피부에 그 미지근한 감촉을 느꼈다. 타루는 몸을 움직였다.

"우리가 우정을 위해서 무엇을 하면 좋을지 아세요?" 그가 물었다.

"뭐, 좋으실 대로 합시다."

"해수욕을 하는 거죠. 미래의 성인에게 그것은 부끄럽지 않은 쾌락입니다."

리외는 미소를 지었다.

"통행증이 있으면 방파제까지 갈 수 있어요. 정말이지 페스트 속에서만 살아야 한다는 건 너무 바보 같아요. 물론 인간은 희생자들을 위해 싸워야 하죠. 그러나 사실 아무것도 사랑하지 않게 되어 버린다면 투쟁은 해서 뭣 하겠어요?"

"그렇죠." 리외가 말했다. "자, 갑시다."

얼마 지나지 않아 자동차는 항구의 철책 옆에 멈췄다. 달이 떠 있었다. 우윳빛 하늘이 곳곳에 엷은 그늘을 던지고 있었다. 그들 뒤에서는 시가지가 계단을 이루고 있었고, 거기서 불어오는 후덥지근하고 병든 바람이 그들을 점점 더 바다 쪽으로 밀어대고 있었다. 그들이 신분증을 보초에게 보여주자, 보초는 오랫동안 그것을 들여다보았다. 그들은 초소를 통과해서 큰 통들이 뒤덮인 둑 너머로, 포도주와 생선 냄새가 나는 속을 뚫고 방파제를 향해 갔다. 거기에 이르기도 전에 요오드 냄새와 해초 냄새가 가까이 바다가 있다는 것을 알려 주었다. 이어서 파도소리가 들려왔다.

바다는 커다란 덩어리를 이루고 있는 방파제 밑에서 부드럽게 철썩거리고 있었는데, 그들이 그 위를 기어올라가자 벨벳처럼 톡톡하고, 짐승처럼 부드럽고 매끄러운 바다가 나타났다. 그들은 바다를 향한 채 바윗돌 위에 앉았다. 물이 부풀어올랐다가 다시 서서히 주저앉곤 했다. 바다의 그 고요한 호흡으로, 기름을 바른 것 같은 반사광이 물 위에 나타났다가 사라지곤 했다. 그들 앞에는 밤의 어둠이 끝없이 펼쳐져 있었다. 손바닥 밑에 바윗돌의 울퉁불퉁한 감촉을 느끼는 리외의 마음속에 이상한 행복감이 가득 차올랐다. 타루에게로 고개를 돌리자 그는 친구의 침착하고 심각한 얼굴에서도 그 어느 것 하나, 심지어는 그 살인 행위까지도 잊지 않고 있는, 행복감을 느낄 수 있었다.

그들은 옷을 벗었다. 리외가 먼저 뛰어들었다. 처음에는 차갑던 물이, 다시 떠올랐을 때는 미지근하게 느껴졌다. 몇 번 평영을 하고 나니, 그날 저녁 바다는 여러 달을 두고 축적된 열을 대지로부터 옮겨받아 아직도 가을 바다의 따뜻한 온도를 그대로 지니고 있는 것을 알 수 있었다. 그는 규칙적으로 헤엄을 쳤다. 발을 풍덩거릴 때마다 그의 뒤에는 하얀 물거품이 남고, 두 팔을 따라 흘러내린 물이 다리로 흘렀다. 무겁게 울리는 물소리로 타루가 뛰어든 것을 알았다. 리외는 물 위에 드러누워서 달과 별들로 가득 찬 하늘을 바라보면서 미동도 하지 않았다. 그는 천천히 숨을 쉬었다. 그러자 밤의 침묵과 고요 속에서 물 튀기는 소리가 신기하게도 점점 뚜렷하게 들려왔다. 타루가 가까이 오자, 이윽고 그의 숨소리까지 들리게 되었다. 리외는 자세를 바꿔 친구와 나란히 같은 리듬으로 헤엄을 쳤다. 타루는 그보다 더 힘차게 나아가고 있었다. 그래서 그는 좀더 속력을 내야 했다. 몇 분 동안 그들은 같은 리듬, 같은 힘으로 세상을 멀리 떠나, 단둘이서 마침내 도시와 페스트에서 해방되어 나아갔다. 리외가 먼저 멈추었다. 그리고 그들은 천천히 되돌아갔다. 다만 도중에 한순간, 그들은 얼음처럼 찬 물결을 만났다. 둘 다 아무 말도 없이 바다의 기습에 겁을 먹은 듯 서둘러 헤엄쳤다.

그들은 다시 옷을 주워 입고, 말 한 마디 입 밖에 내지 않은 채 발길을 돌렸다. 그러나 그들은 똑같은 심정이었고, 그날 밤의 추억은 달콤한 것이었다. 멀리 페스트의 보초병이 보이자 리외는, 타루도 역시 자기처럼 이렇게 마음속으로 중얼거리고 있다는 것을 알았다.—페스트가 조금 아까 잠깐이나마 우리를 잊고 있어서 좋았는데 이제 또다시 시작이군.

다시 시작해야만 했다. 페스트는 누구나 그렇게 오랫동안은 잊지 않았다. 12월 내내, 페스트는 우리 시민들의 가슴속에서 타올랐고, 화장터의 화덕에 불을 질렀고, 맨손의 허깨비 같은 사람들로 수용소를 가득 차게 만드는 등, 어쨌든 멎을 줄 모르고 그 끈덕지고도 발작적인 걸음으로 앞을 향해 나아갔다. 당국은 날씨가 추워지면 병세가 수그러들 것으로 예상하고 있었지만, 오히려 페스트는 며칠 동안 계속된 겨울의 첫 추위에도 물러가지 않고 기승을 떨었다. 더 기다려야만 했다. 그러나 사람이란 너무 기다리게 하면 아예 기다리지 않게 되는 법이다. 그래서 우리 도시 전체는 미래의 희망 없이 살고 있었다.

의사로 말하면, 그가 누릴 수 있었던 평화와 우정의 그 덧없는 한 순간 역시 내일의 약속이 없는 것이었다. 병원이 또 하나 생겼으므로 이제 리외는 환자만 대하게 되었다. 그런 중에도 페스트가 점점 폐장성의 형태를 띠어가는 반면, 환자들은 어느 정도 의사에게 협조하는 경향을 보이고 있음을 알 수 있었다. 그들은 초기의 허탈과 광란에 빠지는 일 없이 자기들의 이익에 관해서 좀더 올바른 생각을 갖게 된 듯싶었으며, 자기들을 위해 가장 이로울 수 있는 것을 스스로 요구하게 되었다. 그들은 줄곧 마실 것을 요구했으며 모두들 따뜻한 것을 원했다. 의사로서는 여전히 피곤했지만, 그래도 그 경우에는 덜 고독하다는 느낌이 들었다.

12월 말쯤, 리외는 아직도 수용소에 있는 예심판사 오통 씨로부터 편지를 한 통 받았는데, 그의 격리기간이 지났다는 것, 당국이 자기의 입소 날짜를 확인하지 않은 것, 그가 아직 수용소에 있는 것은 확실히 착오에서 나온 것이라는 사연이었다. 얼마 전에 수용소에서 나온 그의 아내가 현청에 항의를 했는데, 거기서는 절대로 착오란 있을 수 없다고 오히려 큰소리치더라는 것이었다. 리외는 곧 랑베르에게 중재를 부탁했다. 그러자 2, 3일 뒤에 오통 씨가 찾아왔다. 실제로 착오가 있었던 것이어서 리외도 꽤나 화가 났다. 그러나 오통 씨는 그동안에 여윈 몸으로 힘없이 손을 들고는 한 마디 한 마디에 힘을 주어가면서, 누구에게나 실수는 있을 수 있다고 말했다. 의사는 그가 어딘지 달라졌다고만 생각했다.

"어떻게 하시겠어요, 판사님? 처리할 서류들이 잔뜩 기다리고 있을 텐데요." 리외가 말했다.

"그래도 할 수 없죠. 휴가를 얻을까 합니다." 판사가 말했다.

"정말 좀 쉬셔야죠."

"그것이 아닙니다. 나는 다시 수용소로 돌아갈까 합니다."

리외는 깜짝 놀랐다.

"아니, 이제 막 거기서 나오셨잖아요!"

"제 말은 그런 뜻이 아닙니다. 수용소에 자원봉사 사무원 자리가 있다고 들었습니다."

판사는 둥근 눈을 이리저리 굴리며, 손으로 한쪽 머리칼을 꼭꼭 눌러 모양을 바로잡았다.

"그러면 나도 일할 수 있으니까요. 게다가 어리석은 이야기 같지만, 내 자식놈하고 헤어져 있다는 고통도 덜 느끼게 될 테고요."

리외는 그의 얼굴을 바라보았다. 그 딱딱하고 멋없는 눈에 갑자기 부드러운 빛이 머문다는 것은 있을 수 없는 일이었다. 그러나 그의 두 눈은 더 흐릿해졌으며, 그 금속과 같은 맑은 빛은 말끔히 사라져버렸다.

"그거야 그렇죠." 리외가 말했다. "원하시면 제가 알아봐드리겠습니다."

의사는 정말 그 일을 알아봐주었다. 그리고 페스트가 덮친 그 도시의 생활은 크리스마스까지도 그 상태를 지속했다. 타루는 여전히 그 효과적인 침착성을 가는 곳마다 발휘했다. 랑베르는 리외에게, 그 두 젊은 보초 덕분에 자기 아내와의 비밀 편지 왕래의 길을 열어놓았다는 이야기를 털어놓았다. 가끔 아내의 편지를 받는다는 것이었다. 그는 리외에게도 그 방법을 이용하라고 권했고 리외는 그것을 받아들였다. 여러 달 만에 처음으로 편지를 썼는데 여간 힘들지 않았다. 그동안에 아주 잊어버린 말도 있었다. 편지는 발송되었다. 답장은 좀처럼 오지 않았다. 한편 코타르는 나름대로 장사가 잘 되었고, 그가 벌인 자질구레한 투기들이 그를 부자로 만들었다. 그랑만이 그 축제 기간 중에 별반 재미를 보지 못했다.

그해의 크리스마스는 복음서의 축제라기보다 차라리 지옥의 축제였다. 텅 비고 불 꺼진 가게들, 진열장에 장식된 모형 초콜릿이나 빈 상자들, 음울한 얼굴들을 실은 전차들, 어느 것 하나 과거의 크리스마스를 연상시키는 것은 하나도 없었다. 전 같으면 부자건 가난한 사람이건 모두 한데 모여서 지내던 그 축제에도, 이제는 꾀죄죄한 가게에서, 일부 특권층이 돈으로 손에 넣은 고독하고도 부끄러운 몇 가지 즐거움만 있을 뿐이었다. 성당들은 감사 기도보다는 오히려 탄식으로 가득 찼다. 음침하고 얼어붙은 시내에서는 몇몇 아이들이 어떤 위험에 직면해 있는지도 모른 채 뛰어놀고 있었다. 그러나 아무도 감히 그 애들에게, 인류의 고통만큼이나 오래되었으면서도 젊은날의 희망 그 자체의 신선한 선물을 가득 실은 옛날의 신이 찾아오는 이야기를 해주지는 못했다. 모든 사람의 마음속에는 이제 극도로 늙고 극도로 음울해진 희망, 심지어는 사람들로 하여금 그냥 가만히 죽어가지도 못하게 하는 희망, 삶에 대한 단순한 아집에 불과한 그런 희망밖에 없었다.

그 전날 밤, 그랑은 약속시간에 모습을 보이지 않았다. 불안해진 리외는 새벽에 일찍 그의 집에 갔으나 그는 없었다. 모두의 마음에 경계심이 생겼다. 랑베르가 11시경에 병원에 와서, 그랑이 초췌한 얼굴로 거리를 헤매고 있는 것을 보았는데 이내 놓치고 말았다고 리외에게 알려주었다. 의사와 타루는 차를 타고 그를 찾으러 나갔다.

정오에 날씨가 싸늘한 가운데 차에서 내린 리외는 그랑이 나무를 거칠게 깎아서 만든 장난감들로 가득 찬 어느 진열장 앞에 바싹 달라붙어 있는 것을 멀리서 보았다. 그 늙은 서기의 얼굴에 끊임없이 눈물이 흘러내리고 있었다. 그 눈물은 리외의 마음을 거세게 흔들었다. 왜냐하면 그는 그 눈물의 원인을 알고 있었고, 자기도 역시 목구멍 깊숙한 곳에서 그것을 느끼고 있었기 때문이었다. 리외도 또한 크리스마스 날, 어느 가게 앞에서의 그 불행한 사나이의 약혼과, 그 남자의 품에 기대면서 기쁘다고 말하던 잔의 모습을 떠올렸다. 미칠 듯한 그랑의 가슴에, 머나먼 그 세월의 밑바닥으로부터 잔의 그 맑은 목소리가 되살아났음이 분명했다. 리외는 늙어버린 그 사내가 울면서 그 순간에 무슨 생각을 하고 있는지를 알고 있었다.

그리고 자기도 그 늙은이와 마찬가지로, 사랑이 없는 이 세계는 죽은 세계와 다를 바 없으며, 언젠가는 반드시 감옥이니 일이니 용기니 하는 것들에 지친 나머지 한 인간의 얼굴과 애정어린 황홀한 가슴을 요구하게 되는 때가 찾아오게 마련이라는 생각을 하고 있었던 것이다.

그러나 그랑은 유리에 비친 리외를 알아보았다. 여전히 울음을 그치지 못한 채 그는 돌아서서 진열장 유리에 등을 기대고 리외가 다가오는 것을 보고 있었다.

"아! 선생님, 아! 선생님." 그가 중얼거렸다.

리외는 말 없이 고개를 끄덕거렸다. 그 슬픔은 리외 자신의 슬픔이었고, 그때 그의 마음을 괴롭히고 있는 것은 모든 인간이 다 같이 나누고 있는 고통 앞에서 문득 치솟는 견딜 수 없는 분노였다.

"그래요, 그랑." 그가 말했다.

"어떻게든 그녀에게 편지를 쓸 시간을 갖고 싶습니다. 그녀가 잘 알 수 있도록…… 그래서 후회 없이 행복하게 살도록……."

리외는 거의 강제적으로 그랑을 앞세우고 걸었다. 그랑은 끌려가듯이 걸어가면서 여전히 이렇게 중얼거렸다.

"너무 오래 계속돼요. 이젠 차라리 될 대로 되라는 생각이 드는 게 당연해요. 아! 선생님! 내가 겉으로는 침착해 보이겠죠. 그러나 그저 정상적이 되기 위해서만도 엄청난 노력이 필요했어요. 그런데 이제는 너무 힘이 들어요."

그는 손발을 부들부들 떨면서 미친 사람 같은 눈을 하고 말을 멈추었다. 리외가 그의 손을 잡았다. 아주 뜨거웠다.

"자, 돌아가야지요."

그러나 그랑은 그에게서 빠져나가서 몇 발짝을 뛰어가더니 멈춰 서서 두 팔을 벌리고 앞뒤로 휘청거리기 시작했다. 그는 제자리에서 빙그르르 돌다가 차디찬 보도 위에 쓰러졌다. 얼굴은 여전히 흘러내리는 눈물로 지저분했다. 지나가던 사람들은 그 자리에 멈춰 서서 멀리서 바라보더니, 이제 다가오려고도 하지 않았다. 리외가 그 노인을 두 팔로 부축해야 했다.

그랑은 이제 그의 침대 속에서 호흡조차 곤란했다. 이미 폐가 감염이 된 것이다. 리외는 생각에 잠겨 있었다. 그랑에게는 가족이 없다. 그를 병원으로 보내서 무엇하랴? 타루하고 둘이 돌봐주는 게 낫지…….

그랑은 파리해지고 눈은 빛을 잃은 채, 베개에 머리를 푹 박고 있었다. 그는 타루가 궤짝 부스러기로 벽난로에 지펴놓은 가느다란 불길을 바라보고 있었다.

"아무래도 안 좋게 되어가는걸요." 그가 말했다. 그리고 불길이 타오르는 듯한 그의 폐 속으로부터, 그가 말을 할 때마다 빠지직거리는 야릇한 소리가 새어 나왔다. 리외는 그에게 가만히 있으라고 타이르고, 자기는 이만 가보겠다고 말했다. 야릇한 미소가 환자의 얼굴에 떠오르더니, 미소와 함께 어떤 애정 같은 것이 보였다. 그는 가까스로 눈을 깜박거렸다.

"만약 내가 이 지경에서 벗어난다면, 모자를 벗고 경의를 표해야지요, 선생님!"

그러나 그는 곧 허탈한 상태에 빠지고 말았다.

리외와 타루가 몇 시간 뒤에 다시 와보니, 환자는 침대에서 반쯤 몸을 일으키고 있었다. 리외는 그의 얼굴에서 그의 몸을 불태우고 있는 병세의 진전을 보고 덜컥 겁이 났다. 그러나 환자는 훨씬 정신이 또렷해져서 그에게 이상스럽게도 허전한 목소리로, 서랍에 넣어 둔 원고를 갖다 달라고 부탁했다. 타루가 그 종이뭉치를 갖다 주자, 그는 그것들을 보지도 않고 꼭 껴안았다가, 다음에는 그것들을 의사에게로 내밀면서 자기에게 읽어달라는 몸짓을 했다. 그것은 50여 페이지 남짓한 얄팍한 원고였다. 리외는 그것을 뒤적거려보았는데, 그 종이뭉치에는 모두 같은 문장을 수없이 다시 베끼고 고치고, 더하거나 삭제한 것들뿐이라는 것을 알았다. 끊임없이 5월달이니 말을 탄 여인이니 숲의 오솔길이니 하는 말들이 쏟아져 나와서 여러 가지 방법으로 배열되어 있었다. 그 작품에는 또한 여러 가지 설명이 붙어 있었다. 어떤 때는 엄청나게 긴 것이 있는가 하면, 정정문(訂正文)도 들어 있었다. 그러나 마지막 페이지 끝에는 정성들인 글씨로 아직 잉크빛도 선연하게 '나의 사랑스러운 잔, 오늘은 크리스마스요……'라는 말이 씌어 있고, 그 위에는 앞의 그 문장의 마지막 문안이 공들여 쓴 글씨로 적혀 있었다.

"읽어주십시오." 그랑이 말했다. 그래서 리외가 읽었다.

"5월 어느 아름다운 아침, 가냘픈 여인 하나가 눈부신 밤색 암말에 몸을 싣고, 숲 속의 꽃으로 가득한 오솔길을 누비고 있었다……."

"그것이던가요?" 노인은 열에 뜬 목소리로 말했다.

리외는 그에게로 시선을 돌리지 않았다.

"그래, 알았어요." 그는 흥분해서 말했다. "'아름다운'이에요. '아름다운'은 적절한 표현이 아니에요."

리외는 이불 위에 놓인 그의 손을 잡았다.

"괜찮아요, 선생님. 이제 시간이 없어요······."

그의 가슴이 괴로운 듯 부풀어오르더니 그는 별안간 소리를 질렀다.

"태워버리세요!"

의사는 주저했지만, 그랑이 너무 무서운 말투로, 그리고 너무 괴로운 목소리로 그 명령을 되풀이하는 바람에, 리외도 거의 꺼져가는 불 속에 그 종잇장들을 던졌다. 방 안은 밝아지고 그 짧은 한 순간의 열이 방을 데웠다. 의사가 환자에게로 돌아왔을 때 그는 등을 돌리고 누워 있었는데, 얼굴이 거의 벽에 닿을 지경이었다. 타루는 그런 광경과는 아무 상관도 없다는 듯이 창밖을 내다보고 있었다. 리외가 혈청 주사를 놓은 다음 타루에게 그랑이 밤을 못 넘기겠다고 말하자, 타루는 자기가 남아 있겠다고 했다. 의사는 그러라고 했다.

밤새도록 그랑이 죽어가고 있다는 생각이 리외의 머릿속을 떠나지 않았다. 그러나 이튿날 아침에 리외가 가보니, 그랑은 침대 위에 일어나 앉아서 타루와 이야기를 하고 있었다. 열은 내렸다. 남은 것은 전반적인 쇠약 증세뿐이었다.

"아! 선생님, 제 잘못이었어요." 그랑이 말했다. "하지만 다시 시작하겠어요. 다 외우고 있거든요. 두고 보세요."

"기다려봅시다." 리외가 타루에게 말했다.

그러나 정오가 되어도 아무런 변화가 없었다. 저녁 때가 되자 그랑은 살아났다고 할 수 있었다. 리외는 그 회생을 이해할 수가 없었다. 그러나 거의 같은 시기에 리외에게 여자 환자가 한 사람 따라왔는데, 리외는 그 환자의 병세가 절망적이라고 보고 병원으로 오자마자 격리시켜버렸다. 그 처녀는 완전히 혼수상태였고 폐페스트의 온갖 증세를 다 드러내고 있었다. 그러나 이튿날 아침 열은 내려 있었다. 의사는 그래도 역시 그랑의 경우나 마찬가지로 아침나절의 일시적인 병세 완화 현상이라고 생각했고, 경험에 의해 나쁜 징조라고 생각할 수도 있었다. 그런데 낮이 되어도 열은 올라가지 않았다. 저녁때 겨우 2, 3부 올라갔는데, 이튿날 아침에는 열이 말끔히 가셔 있었다. 처녀는 쇠약하긴 했지만, 침대에 누워서 자유롭게 숨을 쉬고 있었다. 리외는 타루에게, 그 여자는 모든 법칙을 깨뜨리고 살아난 것이라고 말했다. 그러나 일주일 동안 리외의 관할 구역에서 그와 같은 일이 무려 4건이나 생겼다.

같은 주말에 그 늙은 천식환자는, 몹시 흥분해서 리외와 타루를 맞이했다.

"됐어요." 그가 말했다. "그놈들이 다시 나와요."

"누가요?"

"누구긴, 쥐 말이에요, 쥐!"

지난 4월 이후로 죽은 쥐는 단 한 마리도 볼 수가 없었다.

"그럼, 다시 시작된다는 건가요?" 타루가 리외에게 물었다.

노인은 계속해서 손을 비비고 있었다.

"놈들이 뛰어다니는 것은 꼭 봐야 한다니까요! 정말 즐거워지거든요."

그는 산 쥐 두 마리가 거리로 난 문을 통해 자기 집으로 들어오는 것을 보았던 것이다. 이웃사람들의 말로는, 그들 집에서도 그놈들이 다시 나타났다고 한다. 여기저기 서까래 주변에서 몇 달이나 잊고 지내던 바스락 소리가 다시 들려왔다. 리외는 매주 초에 실시되는 총괄적인 통계 발표를 기다렸다. 통계는 병세의 후퇴를 분명하게 보여주고 있었다.

제5부

비록 그렇게 갑작스러운 병세의 후퇴가 뜻밖의 일이기는 했지만, 우리 시민들은 선뜻 기뻐하지 않았다. 여태껏 겪어온 몇 달이 해방에 대한 그들의 욕망을 더하게 하면서도 그들에게 조심성이라는 것을 가르쳐주었으며, 이 전염병이 머잖아 끝난다는 기대는 점점 덜 갖도록 길들여 놓았던 것이다. 그러나 그 새로운 사실은 모든 사람들의 입에 오르내렸고, 따라서 내색은 하지 않아도 사람들의 마음속 깊은 곳에는 말할 수 없는 커다란 희망이 꿈틀거리고 있었다. 그 나머지 모든 일은 제2차적인 것이 되고 말았다. 페스트의 새로운 희생자들도 통계 숫자가 내려가고 있다는 엄청난 사실에 비긴다면 별로 의미가 없었다. 공공연하게 떠들어대지는 않았지만 누구나 건강한 시절을 은근히 기다리고 있다는 징조가 나타났는데, 그것은 바로 우리 시민들이 그때부터는 비록 무관심한 듯한 표정으로나마, 페스트가 퇴치되고 난 뒤에 세워야 할 생활 계획에 대해서 즐겨 이야기를 나눈다는 사실이었다.

모두의 생각이 일치하고 있는 것은 과거 생활의 온갖 편의가 대번에 회복될 수는 없으며, 파괴하기가 건설하기보다 훨씬 쉽다는 것이었다. 다만 사람들은 식량 보급만이라도 조금은 개선될 것이며,

또 그렇게 되면 가장 심각한 근심은 덜 수 있으리라고 보고 있었다. 그러나 사실은 그런 미온적인 고찰 밑바닥에는 동시에 무절제한 희망이 걷잡을 수 없이 꿈틀대고 있었는데, 정도가 심한 나머지 시민들도 그 사실을 자각할 때가 있을 만큼, 그럴 때면 그들은 부랴부랴 무절제한 희망을 지워버리고 아무래도 해방은 오늘내일에 올 것은 아니라고 딱 잘라 말하는 것이었다.

사실 페스트는 오늘내일로는 끝나지 않았는데, 겉보기에 사람들이 이성적으로 기대했던 것보다는 더 빨리 약화되어가고 있었다. 정월 초순에는 추위가 보통이 아닌 맹위를 떨치며 버티고 있어서, 도시의 하늘은 그대로 얼어붙은 듯싶었다. 그러면서도 그때만큼 하늘이 푸르렀던 적은 없었다. 며칠 동안 내내 싸늘하면서도 활짝 개인 채 미동도 없는 찬란한 하늘이 끊임없이 쏟아붓는 광선으로 온 도시가 가득했다. 페스트는 그 깨끗해진 대기 속에서 3주일 동안 계속적인 하강 상태에 있었다. 페스트로 인한 시체의 수도 점점 줄어들면서, 페스트는 힘을 잃어가는 듯싶었다. 단시일 안에, 페스트는 수개월 동안 축적해놓았던 힘을 거의 잃었다. 그랑이나 리외가 돌보았던 그 처녀처럼 완전히 점찍었던 미끼를 놓쳐버린다든지, 또 어떤 동네에서는 2, 3일간 병세가 기승을 부리는가 하면 또 다른 동네에서는 완전히 사라진다든지, 월요일에는 희생자의 수를 부쩍 늘려놓았다가 수요일에는 거의 대부분의 환자를 다시 살려준다든지 하는 식으로 그처럼 숨을 몰아쉬거나 거침없이 나아가는 꼴을 보면 마치 페스트는 신경질과 권태로 붕괴되고 있는 것 같아 보였으며, 그

것 자체에 대한 자제력과 동시에 그의 힘의 바탕이었던 그 수학적이며 위풍당당한 효율성마저 잃은 듯싶었다. 카스텔의 혈청은 갑자기 여태까지는 이룰 수 없었던 성공을 몇 번이나 연속으로 겪게 되었다. 전에는 아무런 결과도 얻지 못했던, 의사들의 몇몇 조치들 하나하나가 갑자기 확실한 효과를 올리는 것처럼 보였다. 이번에는 페스트 쪽에서 몰리게 되었고, 그 갑작스러운 약화로 인하여 여태껏 그것에 대해 겨누어졌던 무딘 칼날에 힘이 생긴 것처럼 보였다. 다만 가끔가다가 병세가 완강해지면서 틀림없이 완쾌할 것으로 기대했던 환자를 서너 명씩 앗아가곤 했을 뿐이다. 그들은 페스트에 운이 나쁜 사람, 희망에 가득 찼을 때 살해당한 사람들이다. 격리수용소에서 나온 오통 판사가 바로 그런 경우였는데, 사실 타루는 그에 대해서 운이 나빴다고 말했지만, 그 말이 판사의 죽음을 생각해서 하는 말인지, 살았을 때를 생각해서 하는 말인지 몰랐다.

그러나 전체적으로 감염은 모든 분야에서 물러가고 있었으며, 현청의 발표도 처음에는 소극적이고 은근한 희망이나 줄 뿐이었는데 마침내 승리가 확보되었으며, 병이 그 정위치를 버린 채 퇴각하고 있다는 확신을 대중의 마음속에 심어주게까지 되었다. 사실 그것이 과연 승리인지 아닌지는 딱 잘라 말하기 어려웠다. 사람들은 다만, 페스트가 들이닥쳤을 때처럼 사라져가고 있다는 것만은 확신하지 않을 수 없었다. 병에 대응하는 전략은 달리 변하지 않았고, 어제까지는 효과가 없다고 하면 오늘은 뚜렷이 효과를 나타냈다. 다만 병이 제풀에 힘을 다 써버렸거나 아니면 제 목적을 달성했으니까 물러

가는 것이리라는 인상을 받았을 뿐이었다. 그런 의미에서 이제 그 역할은 끝난 것이었다.

그런데도 시내에는 아무 변화도 일어나지 않았다. 낮에는 언제나 조용한 거리가 저녁만 되면 늘 같은 군중으로 가득 찬다. 다만 코트와 목도리가 눈에 띄는 것뿐이다. 영화관과 카페는 여전히 수지가 맞았다. 그러나 좀더 자세히 보면, 사람들의 표정은 한결 더 느긋해지고 간혹 미소까지 떠오르는 것을 알 수 있었다. 그리고 그럴 때는 여태까지 누구 한 사람 거리에서 웃는 이가 없었다는 것을 확인하는 기회가 되었다. 사실 몇 달 전부터 그 도시를 뒤덮고 있었던 어두운 베일에 이제 막 조그마한 구멍이 생겨났는데 사람들은 제각기 월요일마다 라디오 보도를 통해서 그 구멍이 자꾸 커져가고 있으며, 결국에 가서는 숨을 쉴 수 있게 된다는 것을 확인할 수 있었다. 그것은 아직 극히 소극적인 안도감이어서 노골적인 표현으로 나타나지는 않았다. 이전 같으면 기차가 떠났다든지 배가 들어왔다든지, 또는 자동차의 운행이 다시 허가될 것 같다는 소식을 들을 때 믿을 수 없다는 마음이 앞섰을 것이다. 그런데 정월 중순경에 이르러서는 그러한 발표를 했더라도 아무도 놀라지 않았을 것이다. 그것은 물론 사소한 일이었다. 그러나 그렇게 사소한 뉘앙스는 사실상 시민들이 희망으로 가는 과정에서 굉장한 진전이 있었음을 나타냈다. 아닌게아니라 가장 보잘것없는 것이나마 주민들에게 희망이란 것이 가능해진 그 순간부터 이미 페스트의 실질적인 지배는 끝났다고 할 수 있었다.

그렇긴 하나 정월 내내, 우리 시민들이 모순된 반응을 보였다는 것도 여전히 사실이다. 정확히 말해서, 그들은 흥분과 의기소침의 단계가 교대로 오는 경험을 한 것이다. 그리하여 통계 숫자가 가장 희망적인 결과를 보여주고 있는 바로 그 시점에 새로운 몇 건의 탈주 기도가 보고되는 일까지 생겼다. 그것은 당국을 크게 놀라게 하고, 감시초소들까지도 놀라게 했다. 탈주의 대부분이 성공했으니 말이다. 그러나 사실은 그 시기에 탈주한 사람들은 자연스러운 감정에 따른 것이다. 어떤 사람들은 페스트에서 벗어날 길이 없다는 심각한 회의에 빠져 있었다. 그들의 마음속에는 희망이라는 것이 더 이상 뿌리를 내릴 수가 없었다. 페스트의 시대가 끝난 그때에도, 그들은 여전히 페스트를 기준 삼아 살고 있었다. 그들은 사건의 흐름을 따라잡을 수 없었던 것이다. 또 어떤 사람들, 특히 그때까지 자기네가 사랑하는 사람과 생이별을 당한 채 살아왔던 사람들 중에서 많이 볼 수 있었는데, 그들은 오랜 세월에 걸친 유폐와 낙담을 겪고 난 다음 그렇게 일어난 희망의 바람이 어떤 열광과 초조에 불을 질러놓은 나머지, 어쩌면 죽어버릴지도 모른다거나, 그리던 사람과 다시 못 만나게 되어 그 오랜 고생이 아무 보람도 없이 될지도 모른다는 생각 때문에 갑작스러운 공포감에 사로잡히고 마는 것이었다. 그들은 여러 달 동안 눈에 보이지 않는 인내를 가지고, 감금과 귀양살이에도 끈기 있게 기다려 왔었는데, 이렇게 불쑥 나타난 한 가닥 희망은 공포나 절망에도 무너지지 않았던 것을 하루아침에 파괴해버리는 데 충분했다. 페스트의 걸음걸이를 끝까지 따라갈 수가 없게 된 그들은 그것보다 앞서려고 미친 사람들처럼 서둘러댔던 것이다.

그런데 바로 같은 시기에 낙관주의의 자연발생적인 징후도 나타났다. 물가의 현저한 하락 현상이 나타난 것도 그런 징후의 하나다. 단순히 경제적 견지에서 보면 그러한 동태는 설명이 되지 않았다. 곤란한 사정은 여전히 그대로였고, 검역 절차는 시의 문에서 계속되고 있었으며, 식량 보급도 개선되려면 언제 이루어질지 몰랐다. 그러한 동향은 마치 페스트의 쇠퇴로 인한 반향이 곳곳에 파급되고 있는 듯한, 순전히 정신적인 현상이었던 것이다. 그와 동시에 전에는 집단생활을 하다가 질병 때문에 떨어져 살게 되었던 사람들 사이에 낙관주의가 깃들기 시작하고 있었다. 시내의 두 수도원이 다시 제자리를 잡기 시작했고, 공동생활도 다시 할 수 있었다. 군대의 경우도 마찬가지로, 군인들도 텅 비어 있던 병영으로 다시 모여들기 시작했다. 그들은 평상시의 주둔생활을 시작한 것이다. 그런 사소한 일들이 괄목한 만한 징후들이었다.

주민들은 1월 25일까지 그렇게 은근한 흥분 속에서 지냈다. 그 주일에 통계 수치가 어찌나 낮아졌는지 현 당국은 의사협회의 자문을 거쳐서 질병은 저지된 것으로 간주할 수 있다는 발표를 했다. 사실 발표문에서는 덧붙여 말하기를, 반드시 시민들도 찬동하리라 기대하고 있지만 신중을 기하려는 취지에서 시문은 향후 2주일 간 폐쇄 상태를 유지할 것이며, 예방 조치는 1개월 간 더 계속될 것이다. 그 기간 중에 위험이 재발할 듯한 징후가 조금이라도 보인다면 '현상'

유지 조치는 계속될 것이며, 조치들은 더 강화될 것이라고 했다. 그러나 모든 사람들은 그 추가 항목을 형식적인 수사로 간주하는 데 의견들이 일치했다. 그래서 1월 25일 저녁에는 희색 넘치는 흥분이 시가를 가득 채웠다. 지사는 전반적인 기쁨에 동조하기 위해서 건강했던 시절과 마찬가지로 등화관제를 해제하라는 지시를 내렸다. 그러자 우리 시민들은 차고 맑은 하늘 아래, 불이 환하게 켜진 거리로 떠들썩하게 무리를 지으며 웃으면서 쏟아져 나왔다.

물론 많은 집들은 아직 덧창을 닫은 채로 있었고, 어떤 가족들은 다른 사람들이 환호하는 소리로 가득 채우고 있는 긴 밤을 고요히 침묵 속에서 보냈다. 그러나 그처럼 상중에 있는 사람들도, 또 다른 가족이 목숨을 빼앗기지나 않을까 하는 두려움이 마침내 사라졌기 때문이건, 자기 자신의 목숨 보전이라는 감정에 매달려 전전긍긍하지 않아도 되기 때문이건 간에 이제 마음을 놓을 수 있었다. 그러나 일반적인 기쁨과 가장 아랑곳없는 가족들이라면 두말할 필요도 없이, 바로 그 순간에도 병원에서 페스트와 싸우고 있는 가족, 또 예방격리소나 자기 집에서 재앙이 다른 사람에게서 손을 뗀 것처럼 자기들에게서도 손을 떼고 멀리 떠나버리기를 바라고 있는 가족들이었다. 그 가족들도 분명 희망을 품고 있었던 것은 틀림없지만, 그래도 그들은 희망을 예비로 간직해두고자 했고 정말 그 권리를 얻게 될 때까지는 그것을 퍼내어 쓰기를 스스로 금지하고 있었다. 그리하여 그들에게는 단말마의 고통과 기쁨의 중간지점에서 그렇게 기다리고 그렇게 묵묵히 밤을 밝힌다는 것이 모두들 기뻐하는 한

가운데서는 더욱 잔혹하게만 느껴지는 것이었다.

그러나 그런 예외들도 다른 사람들의 만족에 어떤 해를 끼친 것은 아니다. 물론 페스트는 아직 다 끝나지는 않았으며, 페스트가 장차 그 사실을 입증해 보일 것이다. 그런데도 모든 사람들의 머릿속에서는 이미 몇 주일이나 앞당겨서 기차가 끝없이 긴 철로 위로 기적소리를 내면서 지나가고 선박들이 햇빛에 반짝이는 바다를 가르며 나아가고 있었다. 이튿날이면 사람들의 마음도 진정이 되고 의혹도 되살아날 것이다. 그러나 지금 이 순간에는 도시 전체가 이제까지 뿌리를 박고 서 있던 그 어둡고 움직임 없는 밀폐된 장소를 떠나기 위해 흔들리더니 마침내는 생존자들을 실은 채 앞으로 나아가기 시작하는 것이었다. 그날 저녁, 타루와 리외도, 랑베르와 다른 사람들도 군중 틈에 섞여 걸어가고 있었는데, 그들 역시 땅에 발이 닿지 않는 느낌이었다. 큰길에서 벗어난 지 오래되었는데 타루와 리외의 귀에 여전히 그 기쁨의 소리가 그들 뒤를 따라오며 들리고 있었고, 심지어는 그들이 사람 그림자 하나 없는 골목길로 덧창이 닫힌 창문들을 따라 걸어가고 있을 때도 그 소리는 들려오고 있었다. 그런데 피로 탓인지 그들은 그 덧문들 뒤에서 아직도 계속되고 있는 그 괴로움을, 거기서 좀더 먼 곳의 거리들을 메우고 있는 기쁨과 분리시켜 생각할 수가 없었다. 다가오고 있는 해방은 웃음과 눈물이 뒤섞인 모습이었다.

웅성대는 소리가 더 크고 더 즐겁게 울려 퍼지자 타루는 별안간 멈춰섰다. 어둠침침한 보도 위에 어떤 형체 하나가 가볍게 달음질을 치고 있었다. 바로 고양이였다. 지난 봄 이후로 처음 보는 것이었다. 고양이는 잠깐 길 한복판에 서서 망설이더니 한쪽 발을 핥고 그 발을 재빨리 제 오른쪽 귀에 문지르고 나서 다시 소리 없이 달려가 어둠 속으로 사라져버렸다. 타루는 미소를 지었다. 그 작달막한 노인도 기뻤을 것이다.

그러나 페스트가 물러나 자신이 나왔던 알 수 없는 어떤 야수의 굴로 말없이 다시 기어들어갈 무렵, 도시 안에는 그 퇴각에 당황해하는 사람이 하나 있었다. 타루의 수첩에 적힌 바에 의하면 그것은 코타르였다.

사실 그 수첩은 통계 숫자가 내려가기 시작했을 무렵부터 자못 이상하게 변해가고 있다. 피로 탓인지는 몰라도, 수첩의 글씨가 읽기 어려워지고 화제가 너무 빈번히 이리저리 비약하고 있다. 게다가 처음으로 그 수첩에는 객관성이 결여되고 개인적인 판단이 끼어들고 있다. 그래서 코타르의 경우에 관한 상당히 긴 대목 도중, 그 고양이와 희롱하는 늙은이에 대한 짧은 내용이 있다. 타루의 말을 믿는다면, 페스트는 그 늙은이에 대한 그의 깊은 관심을 조금도 앗아가지는 못했으며, 노인은 전염병이 생긴 뒤에도 그 이전에 그의 흥미를 끌었던 것이나 마찬가지로 흥미를 끌고 있던 인물이었는데 타루 자신이 품고 있는 호의에 문제가 있는 것은 아니었으나, 어쨌든 불행하게도 더 이상은 그의 흥미를 끌 수 없게 된 그런 인물이었다. 그는 다시 그 노인을 보려고 애썼으니 말이다. 그 1월 25일 저녁이 지난 2, 3일 뒤에 그는 그 좁은 길 한모퉁이에 자리잡고 서 있었다. 고양이들은 전과 다름없이 그곳에 한데 모여서 따뜻한 양지에 몸을 녹이고 있었다. 그러나 여느 때의 그 시간이 되어도 덧창은 굳게 닫힌 채였다. 며칠이 지나도 타루는 그 문이 열리는 것을 보지 못했다. 그는 기이하게도 결론 내리기를, 노인 쪽에서 기분이 화가 났거나 아니면 죽었거나 한 것이며, 만약 기분이 아주 상한 것이라면 그것은 노인이 자기는 옳은데 페스트가 자기에게 몹쓸 짓을 한 것이라고 생각한 때문이겠으나, 만약 죽었다면 그 노인에 관해서도 천식환자 노인의 경우와 마찬가지로 그가 성인이었는지 아니었는지를 생각해볼 필요가 있다고 적어놓았다. 타루는 그 노인을 성인이라고는 생각하지 않았다. 그러나 그 노인의 실례 가운데 그 어떤 '징후'가 있다고 평가하고 있었다. 그 수첩에는 이렇게 적혀 있었다. '아마도 우리는 성스러움의 근사치까지밖에는 갈 수 없으리라. 그렇다면 겸손하고 자비로운 어떤 악마주의로 만족해야만 할 것이다.'

여전히 코타르에 관한 관찰 속에 섞여, 수첩에는 여기저기 분산되어 있는 수많은 고찰이 발견되었는데, 그중 어떤 것들은 이제는 회복기에 들어서 마치 아무 일도 없었다는 듯이 다시 일을 시작한 그랑에 관한 것이며, 또 어떤 것들은 의사 리외의 어머니를 묘사한 것들이었다. 한 집에 살고 있던 관계로 그 여인과 타루 사이에 있었던 얼마간의 대화나 그 늙은 부인의 태도, 미소, 페스트에 대하여 그녀가 한 말 같은 것들이 자세하게 적혀 있었다. 타루는 특히 리외 부인의 자신을 내세우지 않으려는 태도, 모든 것을 단순한 말로 표현하는 그 솜씨, 고요한 거리로 난 창문을 특히 좋아해서 저녁때가 되면 그 창 앞에 약간 몸을 꼿꼿이 세우고 두 손을 가만히 놓은 채 주의 깊은 시선으로, 황혼이 방 안으로 가득히 들어와 부인의 자태를 햇빛의 광선 속에 하나의 그림자로 만들었다가, 그 햇빛의 광선이 차차 짙어지면서 움직이지 않는 그림자를 녹여버릴 때까지 조용히 앉아 있는 모습, 이 방에서 저 방으로 갈 때의 유연한 동작, 타루 앞에서는 한 번도 분명하게 드러내 보인 적이 없기는 하나 부인의 행동이나 말씨에서 그런 빛을 알아볼 수 있는 선량함, 마지막으로 타루의 말에 의하면 부인은 결코 생각하는 일 없이 모든 것을 다 알고 있으며 그처럼 고요하게 어둠 속에 묻혀 있으면서도 그 어떤 광선에도, 심지어는 그것이 페스트의 광선이라 해도 떳떳이 어깨를 펴고 겨루어나갈 수 있다는 사실 같은 것을 특히 강조하고 있었다. 그런데 여기서 타루의 글씨에는 이상한 쇠퇴의 증세가 나타나고 있었다. 이어서 몇몇 줄은 읽기가 어려웠고, 또 그 쇠퇴의 새로운 증거를 보여주기라도 하듯 그 마지막 말들은 처음으로 개인적인 내용이었다. '내 어머니도 그러했다. 나는 어머니의 바로 그런, 자신을 내세우지 않는 태도를 좋아했고 어머니야말로 내가 늘 한편이 되고 싶었던 그런 여자였다. 8년 전에 어머니가 돌아가셨다고는 할 수 없다. 그저 어머니가 평소보다도 더 많이 자신의 존재를 숨기셨을 뿐이다. 그래서 내가 뒤를 돌아보자 어머니는 이미 거기에 안 계셨던 것이다.'

그러나 우리는 코타르 이야기로 다시 돌아가야 한다. 코타르는 통계 숫자가 하강하기 시작한 뒤로 이 핑계 저 핑계를 대가며 리외를 여러 차례 방문했다. 그러나 사실 그때마다 리외에게 질병 진행에 대한 예측을 물어보는 것이었다.

"그냥 이런 식으로 갑자기, 아무 예고도 없이 질병이 끝날 거라고 생각하세요?" 그는 그 점에 대해서 회의적이거나, 아니면 적어도 그렇다고 공언했다. 그러나 자꾸 되풀이해서 물어보는 것을 보면 생각보다는 확신이 굳지 못한 모양이었다. 1월 중순에 리외는 상당히 낙관적인 태도로 대답했다. 그런데 번번이 그 대답들이 코타르를 기쁘게 해주기커녕 불쾌감의 표시로부터 낙담에 이르는 여러 가지 다양한 반응을 일으켰다. 그래서 그 뒤부터 의사는 그에게 통계상 희망적인 징조가 나타났지만 아직은 섣불리 승리를 외칠 단계는 못 된다고 말하게끔 되었다.

"달리 말하면," 코타르가 지적했다. "그러니까 알 수 없다는 건가요? 언젠가 다시 시작될지도 모른다는 말씀이군요?"

"그렇죠. 퇴치 속도가 빨라질 수 있는 것과 마찬가지로 반대의 경우도 예상할 수 있죠."

모든 사람이 불안해하고 있는 그 불확실성이 분명히 코타르의 마음을 진정시켜주었다. 그래서 그는 타루가 보는 앞에서 자기 동네의 상인들과 이야기를 주고받는 가운데 리외의 의견을 널리 선전하려고 애썼다. 사실 그것은 하기 어려운 일도 아니었다. 왜냐하면 초기의 승리의 열광이 사라지자 많은 사람들의 머릿속에는 의심이 되살아나서 현청의 발표로 인해 흥분되었던 마음에 그늘을 드리우고 있었기 때문이다. 코타르는 그처럼 시민들이 불안해하는 것을 보고 안심하는 것이었다. 그리고 지난번처럼 그는 다시 낙심했다. "그래요." 그는 타루에게 말했다. "결국은 시문이 열리고 말 테죠. 그러면 두고 보세요. 모두들 나 같은 건 알 바 아니라는 듯 버릴 겁니다."

1월 25일까지 모든 사람들이 다 그의 정신상태가 불안정하다는 것을 알아차렸다. 그렇게 오랫동안 동네 사람들이며 친지들의 마음을 얻으려고 애써오던 그가 완전히 그들을 적대시했다. 적어도 겉으로는 그 당시 그는 이 세상과 아주 절연된 듯싶었다. 그러더니 이윽고 야만인처럼 살기 시작했다. 이제는 그가 좋아하던 식당에서도 극장에서도 카페에서도 볼 수 없게 되었다. 그런데 그러면서도 그는 질병이 유행하기 전의 절제 있고 이름없는 생활로 되돌아갈 수 없는 성싶었다. 그는 자기 아파트 속에 완전히 틀어박혀 살면서 식사는 근처 식당에서 시켜다 먹곤 했다. 다만 저녁 때면 숨어다니듯이 외출을 해서 필요한 물건들을 사가지고는 가게에서 나와 사람 있는 거리로 뛰어들어가는 것이었다. 그때 타루와 마주쳤다 하더라도, 그에게서는 그저 '네', '아니오'라는 말밖에 들을 수 없었다. 그러다가는 밑도 끝도 없이 사교적이 되어 페스트에 관해서 수다를 떨고 남의 의견에 장단을 맞추고, 매일 밤 군중 틈에 끼어서 신명나게 휩쓸려 다니는 그를 볼 수 있었다.

현청의 발표가 있었던 날, 코타르는 완전히 행방을 감추었다. 타루는 이틀 뒤에 거리를 헤매고 있는 그를 만났다. 코타르는 그에게 교외까지 같이 가달라고 부탁을 했다. 타루는 그날 하루 일로 유난히 피곤했기 때문에 주저했다. 그러나 코타르는 끈질기게 졸라댔다. 그는 몹시 흥분한 모양이어서 종잡을 수 없는 몸짓을 해가며 큰 소리로 마구 떠들어댔다. 그는 타루에게 현청의 발표로 정말 페스트가 물러갔다고 생각하느냐고 물었다. 타루는 물론 행정적인 발표 그 자체가 그것만으로는 재앙을 멎게 하지는 못한다고 생각했지만, 그래도 예기치 않은 사고를 제외하고는 질병이 끝나간다고 생각할 수 있다고 대답했다.

"그렇죠. 예기치 않은 사고를 제외하고 그렇죠." 코타르가 말했다. "그런데 예기치 않은 경우는 언제나 있는 법이죠."

타루는 아닌게아니라 시문 개방까지 2주일의 기간을 둠으로써 현에서도 어느 정도 예기치 않은 경우에 대비하고 있다는 점을 일깨워주었다.

"참 잘했어요." 여전히 우울하고 흥분한 어조로 코타르가 말했다. "일이 되어가는 꼴로 봐선 현청은 공연히 헛소리를 한 것이 될지도 몰라요."

타루는 그럴 수도 있지만, 그래도 머지않아 시문이 열려서 정상적인 생활로 돌아갈 것에 대비해두는 것이 나을 거라고 말했다.

"그렇다고 칩시다." 코타르가 말했다. "그렇다고 쳐요. 그러나 정상적인 생활로 돌아가는 게 무엇을 의미하는 거지요?"

"영화관에 새 필름이 들어오는 거죠." 웃으면서 타루가 말했다.

그러나 코타르는 웃지 않았다. 그는 페스트가 그 도시에 아무 변화도 일으키지 않을 것인지, 모든 것이 전처럼, 즉 아무 일도 없었던 것처럼 다시 시작될 수 있을지 알고 싶어했다. 타루는 페스트가 그 도시를 변화시킬 수도 있고 시키지 않을 수도 있으며, 시민들의 가장 강한 욕망은 현재도 또 앞으로도 마치 아무 일도 없었던 것처럼 행동하려는 것이라고 말했다. 따라서 어떤 의미에선 아무것도 바뀌지 않을 테지만, 다른 의미에서는 비록 충분한 의지를 갖고 있더라도 모든 것을 잊을 수는 없으며, 페스트는 적어도 사람들 마음속에라도 그 흔적을 남길 것이라고 했다. 그러자 코타르는 자기는 마음 같은 것에는 관심이 없다, 그런 것은 신경을 쓴다 해도 맨 마지막에나 신경을 쓸 것이다, 라고 잘라 말했다. 자기가 관심이 있는 것은, 조직 자체가 변화하지 않을는지, 예를 들어서 모든 기관이 과거와 같이 운영될지 어떨지 하는 문제라고 했다. 그래서 타루도 거기에 대해서는 아는 바가 없다고 시인하지 않을 수가 없었다. 그의 생각에 의하면, 질병 기간 중에 엉망이 된 기관들이 다시 움직이려면 어려움이 많으리라는 것이었다. 새로운 문제들이 수없이 생김으로써 적어도 종전의 기관들의 재편성이 필요해질 것을 믿는다고 말했다.

"과연," 코타르가 말했다. "그렇겠군요. 사실 모두들 모든 일을 전부 다시 시작해야 되겠죠."

그 둘은 코타르의 집 근처까지 왔다. 코타르는 활기를 띠면서 낙관적인 생각을 하려고 애썼다. 그는 무에서 다시 출발하기 위해서 과거를 청산하고 새롭게 살아보려는 도시를 상상하고 있었다.

"아, 그럼요." 타루가 말했다. "결국 당신도 형편이 좀 나아질 거예요. 어떤 의미에서 새 생활이 시작되는 것이니까요."

그들은 문 앞까지 와서 악수를 했다.

"옳은 말씀이에요." 코타르는 점점 더 흥분해서 말했다. "뭐든지 무에서 다시 출발한다는 것은 참 좋은 일이죠."

그런데 복도의 어둠 속에서 두 남자가 불쑥 나타났다. 타루는 저 치들이 뭣 때문에 왔는지 모르겠다고 코타르가 말하는 소리를 미처 들을 겨를도 없었는데 사복경찰처럼 보이는 그 사내들은 벌써, 코타르에게 틀림없이 당신 이름이 코타르냐고 물어보는 것이었다. 그러자 코타르는 일종의 신음소리 같은 탄성을 지르면서 몸을 휙 돌려 어둠 속으로 사라졌다. 그 사내들이나 타루가 어떻게 해볼 틈도 없었다. 놀라움이 좀 가시자 타루는 그 두 남자에게 왜 그러느냐고 물어보았다. 그들은 공손하고 친절한 태도로 조사할 일이 있어서 그런다고 말하고 태연스럽게 코타르가 간 방향으로 가버렸다.

집에 돌아오자 타루는 그 당시의 장면을 적어놓고는 곧 자신의 피로감(글씨가 그것을 증명하고 있었다)을 기록해놓았다. 그는 덧붙여서, 자기에게는 아직도 할 일이 많으며, 마음의 준비를 하지 않고 있어야 할 까닭이 없다고 적은 다음, 과연 자기가 마음의 준비가 되어 있는지 자문하고 있었다. 맨 끝으로 그는, 낮과 밤의 어떤 시간이 되면 인간이 비겁해지곤 하는데, 자기가 두려워하는 것은 바로 그 시각이라는 말을 대답 대신 적어놓았다. 그것으로 타루의 수첩은 끝나 있었다.

그 다음다음 날, 시의 문들이 열리기 며칠 전에, 의사 리외는 자신이 기다리는 전보가 와 있지나 않을까 해서 정오에 집으로 돌아왔다. 그 당시에도 그의 매일매일은 페스트가 맹위를 떨치던 때만큼 피곤했지만, 결국 해방에 대한 기대가 그의 피로감을 모두 다 씻어버렸다. 이제 그도 희망을 갖고 있었고, 또 희망을 갖게 된 것을 기뻐했다. 항상 의지력을 긴장시키고 굳은 채로 살 수는 없는 노릇이다. 투쟁을 위해 묶어놓았던 힘의 다발을 자연스레 솟아나는 감정 속에서 하나하나 풀어간다는 것은 참으로 즐거운 일이다. 만약 기다리던 전보가 반가운 것이라면 리외도 다시 시작할 수 있을 것이다. 그는 모두가 새출발을 해야 된다는 의견이었다.

그는 수위실 앞을 지나갔다. 새로 온 수위가 유리창에 얼굴을 바싹 갖다 대고 그에게 미소를 지었다. 리외는 계단을 걸어 올라가면서 피로와 가난으로 파리해진 그의 얼굴을 머릿속에 그려보았다.

그렇다, 추상이 끝나게 되면 다시 시작하리라…… 그리고 좀더 재수가 좋으면…… 그런데 마침 그가 방문을 열고 있었는데 어머니가 그를 마중 나와서 타루 씨가 몸이 좋지 않다고 말했다. 그는 아침에 일어났으나 외출할 수가 없어 이제 막 자리에 다시 누웠다는 것이었다. 리외의 어머니는 불안해했다.

"뭐 별것은 아니겠죠." 리외가 말했다.

타루는 몸을 쫙 펴고 누워 있었다. 그의 머리는 베개 속에 푹 파묻혔고, 튼튼한 가슴 윤곽이 두꺼운 이불 밑으로 드러나 보였다. 열이 있었고 머리가 아파서 괴로워하고 있었다. 그는 리외에게 증세가 확실하진 않지만 페스트 증세일지도 모른다고 했다.

"아니, 아직 확실하지는 않아요." 그를 진찰하고 나서 리외가 말했다.

그러나 타루는 갈증이 나서 견딜 수 없어하고 있었다. 복도에서 의사는 자기 어머니에게 아마도 페스트의 시초일지도 모른다고 했다.

"설마!" 어머니가 말했다. "이제 와서 그럴 수야 없지!" 그리고 곧 이어서 말했다. "그냥 집에서 치료하자, 베르나르."

리외는 생각에 잠겨 있었다.

"저에게는 그럴 권리가 없어요." 그가 말했다. "그렇지만 시문도 곧 개방될 거예요. 어머니만 안 계시다면 아마 제가 제 몫으로 누리는 첫 번째 권리 행사가 될 수도 있었을 거예요."

"베르나르!" 어머니가 말했다. "우리 둘 다 여기 있게 해주렴. 나는 예방주사를 맞은 지 얼마 되지 않잖느냐?"

의사는 타루도 예방주사는 맞았지만, 아마 너무 피곤했기 때문에 마지막 혈청 주사 맞을 차례를 빼먹었고, 또 몇 가지 주의사항을 잊어버렸을 것이라고 말했다.

리외는 이미 자기 진료실에 가 있었다. 그가 방으로 돌아왔을 때, 타루는 그가 커다란 혈청 앰플을 들고 있는 것을 보았다.

"아, 역시 그거군요." 그가 말했다.

"아니오, 단지 예방삼아서 하는 거예요."

타루는 대답 대신 말없이 팔을 내밀고, 자기 자신도 다른 환자들에게 놓아주었던 그 오래 걸리는 주사를 꾹 참고 맞았다.

"저녁이 되면 알겠지요." 리외는 이렇게 말하고 나서 타루를 똑바로 바라보았다.

"격리는 어떻게 되는 거죠, 리외?"

"페스트인지 아닌지도 전혀 확실치 않은걸요."

타루는 억지로 웃어 보였다.

"이런 것은 처음 보는데요. 혈청 주사를 놓아주면서 격리 지시를 안 내리시다니."

리외는 얼굴을 돌렸다.

"어머니와 내가 간호하겠어요. 당신에게는 여기가 더 나을 테니까요."

타루가 가만히 입을 다물었다. 그래서 리외는 주사액 앰풀을 정리하면서 그가 무슨 말을 하면 곧장 돌아서려고 기다리고 있었다. 마침내 그는 침대 쪽으로 걸어갔다. 환자는 그를 보고 있었다. 그의 얼굴은 피곤해 보였으나, 잿빛의 두 눈은 침착해 보였다. 리외가 그에게 미소를 지었다.

"되도록 잠을 푹 자둬요. 곧 돌아올 테니."

문 앞까지 갔을 때, 타루가 자신을 부르는 소리를 들었다. 그는 타루 쪽을 돌아보았다.

그러나 타루는 자기가 하려는 말의 표현 자체를 망설이고 있는 것 같았다.

"리외." 마침내 그가 말을 꺼냈다. "사실대로 말해 주세요. 그럴 필요가 있어요."

"약속하지요."

타루는 그 두툼한 얼굴을 일그러뜨리며 웃었다.

"고마워요. 나는 죽고 싶지 않아요. 그러니 싸워보겠어요. 그러나 만약 진다면 깨끗하게 최후를 마치고 싶어요."

리외는 머리를 숙이고 그의 어깨를 잡았다.

"안 돼요." 리외가 말했다. "성자가 되자면 살아야죠. 싸우십시오."

낮 동안 혹독했던 추위는 좀 풀렸지만, 그 대신 오후에는 우박이 섞인 소나기가 억세게 쏟아졌다. 황혼녘에는 하늘이 좀 개는 듯하더니, 추위는 더 뼈저리게 혹독해졌다. 리외는 어두워서야 집에 돌아왔다. 그는 외투도 벗지 않고 친구의 방으로 들어갔다. 리외의 어머니는 뜨개질을 하고 있었다. 타루는 그대로 옴짝달싹도 하지 않은 모양이었다. 그러나 열로 허옇게 된 그의 입술은 지금도 계속 투쟁하고 있음을 말해주고 있었다.

"좀 어때요?" 의사가 물었다.

타루는 침대 밖으로 나온 그 다부진 어깨를 약간 으쓱했다.

"그런데⋯⋯." 그가 말했다. "아무래도 내가 질 것 같아요."

의사는 그에게로 몸을 굽혔다. 끓는 듯이 뜨거운 피부 밑에서 임파선들이 단단해져 있었고, 그의 가슴은 보이지 않는 대장간의 풀무 소리를 내면서 요란스레 뛰고 있었다. 타루는 이상하게도 두 가지 증세를 보이고 있었다. 리외는 일어서면서 혈청이 아직 효력을 발휘할 만한 겨를이 없었다고 말했다. 그러나 타루의 목구멍 속에서 뜨거운 열이 솟아올라서 뭔가 몇 마디 하려던 말마저 녹아버리고 말았다.

리외와 그의 어머니는 저녁을 먹고 나서 환자 곁에 와서 앉았다. 타루에게 밤은 싸움 속에서 시작되었고, 리외는 페스트와의 고달픈 투쟁이 새벽녘까지 계속될 것임을 알고 있었다. 타루의 단단한 두 어깨와 넓은 가슴도 그의 최선의 무기는 아니었다. 오히려 리외가 아까 바늘 끝으로 뽑아냈던 그 피, 그리고 그 피 속 영혼보다도 더 안의 그 무엇, 그 어떤 과학의 힘으로도 밝힐 수 없는 그 무엇이야말로 최선의 무기였다. 그리고 리외로서는 자기 친구가 싸우고 있는 것을 보고만 있어야 했다. 그가 해보려고 하는 일, 가령 화농을 촉진시킨다든지 강장제를 주사한다든지 하는 따위의 일은 몇 달이나 거듭되던 실패였기 때문에 그 효과가 어느 정도인지 그는 알고 있었다. 사실상 그의 유일한 일은 우연의 기회를 만들어 주는 것인데, 자극을 받아야 비로소 그 모습을 드러내는 일이 더 많다. 게다가 그 우연이라는 것이 반드시 필요했다. 왜냐하면 다시 한 번 더 페스트는 그것을 물리치기 위하여 세웠던 전략들을 따돌리기 위해서 애쓰고 있었기 때문이다. 페스트는 전혀 예기치 않았던 곳에 나타나는가 하면, 이미 정착한 곳에서 홀연히 자취를 감추어버리기도 하는 것이었다. 또다시 페스트는 한사코 사람들을 어리둥절하게 하려고 열심이었다.

타루는 미동도 없이 싸우고 있었다. 밤새도록 단 한 번도 고통의 엄습에 몸부림으로 대응하지 않고 다만 그 육중한 몸과 철저한 침묵으로 싸우고 있었다. 그는 단 한 번도 입을 열지 않았다. 그러니까 그는 그런 방식으로 이제는 잠깐이라도 딴 데로 마음을 돌릴 여유 가 없음을 고백하고 있는 셈이었다. 리외는 투쟁의 경과를, 다만 친 구의 눈에서밖에는 달리 더듬어볼 길이 없었다. 떴다 감았다 하는 그 눈, 안구를 바싹 조이며 달라붙는가 하면 반대로 축 늘어지곤 하는 눈꺼풀, 무엇인가를 뚫어지게 바라보는가 하면 리외와 그의 어 머니에게로 옮겨지는 시선 같은 것으로 말이다. 의사가 그 눈길과 마주칠 때마다 타루는 몹시 애를 써서 미소를 지었다.

한순간 거리에서 아주 바쁘게 뛰어가는 발소리들을 들었다. 발소 리는 멀리서 으르렁거리는 천둥소리에 쫓기는 것 같더니, 이번에는 그 천둥소리가 차츰 가까워지면서 마침내 거리는 비가 좍좍 쏟아지 는 소리로 가득 찼다. 비가 또다시 오기 시작한 것이다. 그 비에 우 박이 섞여서 보도 위에 세게 부딪쳤다. 거대한 장막이 창문 밖에서 물결치듯 휘날렸다. 방 안의 그늘에서 비에 잠시 정신이 팔렸던 리 외는 머리맡에 놓인 램프 불빛에 비치는 타루를 다시 주시했다. 리 외의 어머니는 뜨개질을 하면서, 가끔 고개를 들고는 유심히 환자 를 바라보곤 했다. 의사는 이제 할 수 있는 일은 다 해본 셈이다. 비 가 멎자 방 안의 침묵은 더욱 짙어지고, 다만 눈에 보이지 않는 전 쟁의 소리없는 소용돌이만이 그곳에 가득했다. 수면 부족으로 신경 이 날카로워진 리외는 그 침묵의 저 끝에서 질병이 기승을 부리는 동안 내내 그를 따라다녔던, 그 부드럽고 규칙적인 휘파람소리가 들 리는 것 같은 착각에 빠졌다. 그는 어머니에게 그만 가서 누우라고 눈짓을 했다. 어머니는 고갯짓으로 싫다고 했다. 그는 눈을 빛내며 바늘 끝으로 뜨개질하던 것의 코를 조심스럽게 헤아려보는 것이었다. 리외는 일어서서 환자에게 물을 먹이고, 다시 자리에 돌아가 앉았다.

행인들은 비가 뜸한 틈을 타서 급히 보도를 걸어가고 있었다. 이내 그들의 발소리가 줄어들더니 멀어져갔다. 리외는 처음으로, 밤 늦게까지 산책객들이 가득하고 구급차의 사이렌 소리가 들리지 않는 그 밤이 옛날의 밤과 비슷하다는 것을 느꼈다. 그것은 페스트에서 해방된 밤이었다. 그리고 추위와 햇빛과 군중에게 쫓긴 질병이 시내의 어둡고 깊은 곳들에서 빠져나와 이 따뜻한 방 속에 숨어 들어와서 타루의 축 늘어진 몸을 향해 마지막 맹공격을 가하고 있는 듯싶었다. 재앙은 더 이상 이 도시의 하늘을 휘저어대고 있지 않았다. 그 대신 이 방 안의 무거운 공기 속에서 나직이 색색거리고 있었다. 리외가 몇 시간 전부터 듣고 있던 것이 바로 그 소리였다. 그는 그곳에서도 페스트가 멎고, 그곳에서도 페스트가 패배를 선언하기를 기다려야만 했다.

동이 트기 조금 전에, 리외는 어머니에게 몸을 굽히고 말했다.

"어머니는 주무시는 게 좋겠어요. 8시에 저하고 교대하려면요. 주무시기 전에 소독을 하세요."

리외 부인은 일어나서 뜨개질하던 것을 챙기고 침대 쪽으로 갔다. 타루는 벌써 얼마 전부터 눈을 감고 있었다. 그 다부진 이마 위에는 머리칼이 땀으로 엉겨붙어 있었다. 부인이 한숨을 쉬었다. 그랬더니 환자는 눈을 떴다. 부드러운 얼굴이 자기를 굽어보고 있는 것을 보자, 끓어오르는 열에 시달리는 중에도 애써 짓는 미소가 다시 그 얼굴에 떠올랐다. 그러나 그 눈은 이내 감겼다. 리외는 혼자 남게 되자 방금까지 어머니가 앉았던 안락의자에 가서 앉았다. 거리는 잠잠했고, 이제는 캄캄한 침묵만이 가득 차 있었다. 아침의 싸늘한 기운이 방안에서 느껴졌다.

의사는 깜박 잠이 들었다. 그러나 새벽의 첫 자동차 소리가 그를 잠에서 끌어냈다. 그는 진저리를 치고 타루를 보았다. 그는 병세가 일시적으로 가라앉아서 환자도 잠들어 있음을 알아차렸다. 나무와 쇠로 된 마차 바퀴 소리가 아직 멀리서 들려오고 있었다. 창문에는 아직도 밤의 어둠이 남아 있었다. 의사가 침대 가까이 다가가자 타루는 마치 아직 잠에서 깨어나지 않았다는 듯이 무표정한 눈으로 그를 보았다.

"잠들었었죠?" 리외가 물었다.

"네."

"숨쉬기는 편해졌나요?"

"약간은요. 근데 그게 무슨 의미가 있나요?"

리외는 입을 다물었다. 그러고는 잠시 뒤에 말했다.

"아뇨, 타루. 다른 뜻은 없어요. 당신도 알 듯이 아침에 나타나는 일시적 차도잖아요."

타루가 고개를 끄덕였다.

"고마워요." 그가 말했다. "언제나 그처럼 정확하게 대답해주세요."

리외는 침대 발치에 걸터앉았다. 그는 바로 곁에, 이미 죽은 사람의 몸뚱이처럼 딱딱하고 긴 환자의 다리를 느낄 수 있었다. 타루의 숨소리가 더 높아졌다.

"열이 또 나는 모양이에요. 그렇죠, 리외?" 그는 숨 가쁜 목소리로 말했다.

"네. 그러나 정오가 되면 확실히 결말이 나겠죠."

타루는 힘을 가다듬는 듯이 눈을 감았다. 녹초가 된 표정이 그의 얼굴에 나타났다. 그의 몸 깊숙한 어느 곳에서 이미 꿈틀거리기 시작한 열이 어서 온몸으로 올라오기를 그는 기다리고 있었다. 그가 눈을 떴을 때, 시선은 흐릿했다. 자기 곁에 구부리고 서 있는 리외를 보고서야 겨우 눈빛이 밝아졌다.

"물을 마셔요." 리외가 말했다.

그는 물을 마시고, 고개를 축 떨어뜨렸다.

"지루하군요." 그가 말했다.

리외가 그의 팔을 잡았지만 타루는 시선을 돌린 채 더 이상 반응을 보이지 않았다. 그러자 갑자기 내부에 있는 무슨 둑이라도 무너진 듯이 그의 이마에까지 열기가 뚜렷하게 밀어닥치기 시작했다. 타루가 시선을 의사에게로 돌리자 의사는 긴장한 얼굴로 그를 격려하려고 했다. 타루는 다시 미소를 지으려고 노력했으나, 미소는 굳은 턱과 뿌연 거품으로 시멘트 칠을 한 듯한 입술 밖으로 나오지 못하고 말았다. 그러나 아직도 그 굳은 얼굴에서 두 눈만은 온통 용기의 광채로 빛나고 있었다.

7시에 리외의 어머니가 방안으로 들어왔다. 의사는 사무실로 가서 병원에 전화를 걸고 자신을 대신해 줄 사람을 부탁했다. 그는 또 자기의 진료를 나중으로 연기하기로 하고, 진찰실의 긴 의자 위에 잠시 드러누웠다. 그러나 그는 이내 일어나서 다시 방으로 돌아왔다. 타루는 리외의 어머니 쪽으로 고개를 돌리고 있었다. 그는 의자에 웅크리고 앉아서 무릎 위에 두 손을 얹고 있는 그 조그마한 그림자를 보고 있었다. 그가 너무나 강렬하게 바라보고 있었기 때문에 부인은 그의 입술에 손가락을 갖다 대었다가 일어나서 머리맡 전등을 껐다. 그러나 커튼 뒤에서 햇살이 강하게 스며들기 시작했고, 잠시 뒤 환자의 얼굴 모습이 어둠 속에서 떠올랐을 때, 부인은 환자가 여전히 자기를 바라보고 있는 것을 볼 수 있었다. 그녀는 그에게로 몸을 굽혀서 베개를 고쳐주고, 몸을 일으키면서 축축하게 젖은 채 한데 엉킨 머리칼 위에 잠시 손을 얹었다. 그때 부인은 멀리서 들려오는 듯한 어렴풋한 목소리가 자기에게 고맙다고 하면서, 이제 모든 것은 잘됐다고 말하는 것을 들었다. 다시 그녀가 자리에 앉았을 때 타루는 눈을 감고 있었다. 입술을 굳게 다물고 있는데도 그 수척해진 얼굴은 다시 미소를 짓고 있는 것처럼 보였다.

정오가 되자 열은 절정에 달했다. 일종의 내장성 기침이 환자의 몸을 뒤흔들었고 환자는 처음으로 피를 토하기 시작했다. 임파선은 더 이상 붓지 않았다. 그러나 여전히 없어지지는 않고 관절의 오금마다 나사처럼 단단히 박혀 있어서 리외는 절제수술이 불가능하다고 판단했다. 타루는 열과 기침 사이사이에 아직도 간간이 자기의 벗들을 바라보는 것이었다. 마침내 눈을 뜨는 횟수도 드물어졌다. 그리고 햇빛 속에 드러난 황폐해진 그의 얼굴은 그때마다 더욱더 창백해졌다. 폭풍에 휩쓸린 그의 온몸은 발작적으로 경련하더니 이제는 그의 모습을 번쩍번쩍 비추던 번개도 점점 드물어졌고, 타루는 그 폭풍 속으로 서서히 표류해가고 있었다. 리외 앞에 있는 것은, 이제 미소가 사라진 채 무기력해져버린 하나의 가면에 지나지 않았다. 그에게 그렇게도 친근했던 그 인간의 모습이, 지금은 창 끝에 찔리고 초인간적인 악으로 불태워지고 하늘의 증오에 찬 온갖 바람에 주리가 틀리면서 바로 그의 눈앞에서 페스트의 검은 물결 속으로 빠져들어가고 있었지만, 그로서는 이 난파를 막는 데 속수무책이었다. 그는 다시 한 번 빈손과 뒤틀리는 마음뿐, 무기도 처방도 없이 기슭에 머물러 있어야만 했다. 그리고 마지막에는 자신의 무력함을 한탄하는 눈물이 앞을 가려 리외는 타루가 갑자기 벽 쪽으로 돌아누워 마치 몸 한구석에서 가장 근원적인 어떤 줄 하나가 툭 끊어지거나 한 것처럼 힘없는 신음소리를 내며 숨을 거두는 것조차 보지 못했다.

이어서 찾아온 밤은 투쟁의 밤이 아니라 침묵의 밤이었다. 세계로부터 단절된 그 방에서, 이제는 옷을 얌전히 입은 이 시체의 머리 위에 리외는 벌써 여러 날 전, 발 아래 페스트가 아우성치는 테라스 위에서, 시의 문이 습격당한 직후에 느꼈던 놀랄 만한 정적이 떠도는 것을 느꼈다. 그는 그때에도 이미, 그냥 죽게 내버려두고 온 사람들의 침대에 감돌고 있던 그 침묵을 생각했다. 그것은 어디서

나 똑같은 쉼표였으며, 똑같이 엄숙한 막간이었고, 전투 뒤에 언제나 찾아오는 똑같은 진정 상태였고, 패배의 침묵이었다. 그러나 지금 그의 친구를 에워싸고 있는 침묵에 이르면, 사실 너무나도 진하고 페스트에서 해방된 도시와 거리의 침묵과 너무나도 긴밀하게 일치했기 때문에, 리외는 이번이야말로 정말 결정적인 패배, 전쟁을 끝내면서 평화 그 자체를 치유할 길 없는 고통으로 만들어버리는 그런 패배라는 것을 절실히 느끼고 있었다. 의사는 결국 타루가 평화를 다시 찾았는지 어떤지 알 수 없었다. 그러나 적어도 그때, 그는 자기 자신에게 다시는 평화가 있을 수 없다는 것, 또 아들을 빼앗긴 어머니라든지 친구의 시체를 묻어본 적이 있는 사람에게 다시는 휴전이라는 것이 없다는 것을 알 것 같았다.

밖은 여전히 추운 밤이었고, 맑고 싸늘한 하늘에는 별들이 꽁꽁 얼어붙어 있었다. 어둠침침한 방에 있으니 유리창을 얼리는 추위와 북극의 밤으로부터 불어오는 매서운 바람을 느낄 수 있었다. 침대 옆에는 리외의 어머니가 언제나 낯익은 자세로 오른쪽에 머리맡의 전등 불빛을 받으면서 앉아 있었다. 리외는 불빛에서 멀리 떨어져 방 한가운데 놓인 안락의자에 앉아서 기다리고 있었다. 아내 생각이 갑자기 떠올랐지만, 그때마다 그는 그 생각을 떨쳐버렸다.

저녁이 되자 통행인들의 발소리가 추운 밤공기를 타고 또렷하게 들려왔다.

"다 끝났니?" 리외의 어머니가 말했다.

"네, 전화를 걸었어요."

두 사람은 다시 침묵의 밤샘을 계속했다. 리외의 어머니는 이따금 자기 아들을 바라보았다. 어머니의 시선과 마주치면 그는 미소를 지었다. 밤의 익숙한 소음이 거리에서 거듭 들려오고 있었다. 비록 아직 허가는 나지 않았지만, 많은 차량들이 다시 운행되기 시작했다. 차들은 빠른 속력으로 보도를 핥고 사라졌다가 다시 나타나곤 했다. 사람들의 말소리, 고함쳐 부르는 소리, 다시 돌아온 침묵, 말 굽 소리, 커브를 도는 두 대의 전차가 삐걱거리는 소리, 분명치는 않지만 웅성대는 소리, 그리고 다시 밤의 숨소리.

"베르나르야."

"네?"

"피곤하지 않느냐?"

"아뇨."

그 순간 그는 어머니가 무슨 생각을 하고 있는지, 그리고 어머니가 자기를 사랑하고 있다는 걸 알았다. 또한, 한 인간을 사랑한다는 것은 대수로운 일이 아님을, 적어도 사랑이라는 것이 자신의 표현을 발견할 수 있을 만큼 충분히 강력한 것이 못 된다는 것을 알았다. 그래서 그의 어머니와 그는 언제나 침묵 속에서 서로를 사랑할 것이다. 그러고는 어머니는—혹은 그는—일생 동안 자기네들의 애정을 그 이상으로는 드러내 보이지 못한 채 죽을 것이다. 마찬가지로, 그는 타루의 바로 곁에서 살아왔는데도, 자신들의 우정을 정말 우정답게 체험할 시간도 미처 갖지 못한 채 그날 저녁에 타루는 죽어갔던 것이다. 타루는 자기 말마따나 내기에 졌던 것이다. 그러나 리외는 대체 뭘 이긴 것인가? 단지 페스트를 알았고, 그리고 그것에 대한 기억을 가진다는 것, 우정을 알게 되었으며 그것에 대한 추억을 가진다는 것, 애정을 알게 되었으며 언젠가는 그것에 대한 추억을 갖게 되리라는 것, 그것만이 오로지 그가 얻은 점이었다. 인간이 페스트나 인생의 노름에서 얻을 수 있는 것이라고는 그것에 관한 인식과 추억뿐이다. 아마 이것이 내기에 이기는 것이라고 타루가 말했던 것이리라!

또다시 자동차가 한 대 지나갔고, 리외의 어머니는 의자 위에서 약간 몸을 움직였다. 리외가 어머니를 보고 미소를 지었다. 그는 아들에게 자기는 피곤하지 않다고 말했다. 그러고는 곧 말을 이었다.

"너도 산에라도 가서 쉬어야겠구나. 거기 말이다."

"그래야 할까봐요, 어머니."

그렇다, 거기 가서 그는 쉴 생각이었다. 그 역시 기억의 한 구실이 될 것이다. 그러나 내기에 이긴다면, 그것이 결국 이런 것을 말하는 것이라면, 단지 자기가 알고 있는 것, 추억만을 가지고 살아갈 뿐 바라는 것은 다 잃어야 하니 그 얼마나 괴로운 일이랴! 타루는 아마 그렇게 살아왔던 모양이어서 환상 없는 생활이 얼마나 메마른 생활인가를 잘 알고 있었던 것 같다. 희망 없이 마음의 평화는 없다. 그런데 아무도 단죄할 권리를 인간에게 주지 않았던 타루, 그러면서도 누구도 남을 단죄하지 않을 수 없으며, 심지어 희생자가 때로는 사형 집행인 노릇을 하게 됨을 알고 있었던 타루는 분열과 모순 속에서 살아 왔던 것이며, 희망이라곤 전혀 알지 못했던 것이다. 그래서 성스러움을 추구하고, 인간에 대한 봉사에서 마음의 평화를 찾으려고 했던 것일까? 사실 리외는 그런 것에 대해서 아무것도 몰랐고 그런 것은 별로 문제가 아니었다. 타루에 대해서 자기가 앞으로 간직할 유일한 이미지는, 자기 자동차의 핸들을 두 손으로 확 움켜잡고 운전하고 있는 한 남자의 이미지이거나, 이제는 움직이지 않고 뻗어 있는 그 육중한 육체에 대한 이미지이리라. 삶의 체온과 죽음의 이미지, 그것이 바로 인식이었던 것이다.

아마 그 탓이겠지만, 그 다음날 아침, 의사 리외는 자기 아내가 죽었다는 소식을 담담한 심정으로 들었다. 그는 자기 서재에 있었다. 그의 어머니가 뛰다시피 들어와 그에게 전보 한 장을 건네주고는 배달부에게 팁을 주려고 나갔다. 어머니가 돌아왔을 때, 아들은 전보를 펼쳐 들고 있었다. 어머니가 그를 바라보았다. 그러나 그는 창 너머로 항구 위에 밝아오는 찬란한 아침을 뚫어지게 보고 있었다.

"베르나르!" 어머니가 말했다.

의사는 넋이 나간 듯이 어머니를 바라보았다.

"전보는?" 어머니가 물었다.

"그거였어요." 의사는 고개를 끄덕였다. "8일 전이었군요."

리외의 어머니는 창으로 고개를 돌렸다. 의사는 가만히 있었다. 그리고 그는 어머니에게 울지 말라고 하고, 이렇게 될 줄은 알고 있었지만 그래도 몹시 가슴아프다고 말했다. 그런 말을 하면서 그는 다만 자신의 고통이 새삼스러운 것은 아니라는 것을 알고 있었다.

이것은 여러 달 전부터, 그리고 이틀 전부터 계속되어왔던 똑같은 아픔이었다.

　시의 문들은, 2월의 어느 화창한 날 아침, 시민들과 신문과 라디오와 현청의 발표문이 환호하는 가운데 마침내 열렸다. 그러므로 서술자에게 남은 일은, 비록 자신은 거기에 완전히 섞여서 기뻐할 자유가 없었던 사람들 중의 하나이긴 했지만, 시의 문이 개방되던 기쁜 순간의 기록자가 되는 일이었다.

　성대한 축하 행사가 밤낮 없이 마련되었다. 동시에 기차는 역에서 연기를 뿜기 시작했고, 한편 머나먼 바다로부터 항해해 온 배들은 어느새 우리 시의 항구로 뱃머리를 돌렸고, 제각기 그날이 생이별을 애달파했던 모든 사람들의 역사적인 재회의 날이라는 것을 분명히 보여주고 있었다.

　여기서 우리 시민들 중의 수많은 사람들 가슴속에 깃들어 있었던 생이별의 감정이 어떻게 변했을까 하는 것은 쉽게 상상할 수 있으리라. 낮 동안에 우리 시에 들어온 열차도 시에서 나간 열차들 못지않게 많은 승객을 싣고 있었다. 모두들 2주일의 유예 기간 중에 그날을 위해 좌석을 예약해놓고 마지막 순간에 가서 현청의 결정이 변경되지나 않을까 해서 벌벌 떨고 있었던 것이다. 시로 들어오는 여객들 가운데 어떤 사람은 그런 불안을 완전히 버리지 못했던 것이다. 왜냐하면 그들은 대개가 자기와 가까운 관계에 있는 사람들의 소식은 알고 있다 하더라도 다른 사람들이나 시 자체가 어떻게 되었는가는 전혀 몰랐었고, 도시가 아마도 무서운 꼴이 되었으리라고 상상하고 있었던 것이다. 그러나 그것은 그 기간 중에 정열이 모두 불타버리지 않은 사람들의 경우에나 맞는 이야기였다.

정열에 불타고 있던 사람들은 사실 고정관념에 사로잡혀 있었다. 그들에게 있어서는 단 한 가지만 변해 있었던 것이다. 즉, 귀양살이의 몇 달 동안 될 수 있으면 밀치고 나가서 앞으로 떠밀어 보고만 싶었던 그 시간, 이미 그들의 눈에 도시가 보이기 시작했던 그 순간에도 빨리 가라고 고집스럽게 재촉하고 또 재촉하고만 싶었던 그 시간이, 기차가 멈추기 위해 브레이크를 걸기 시작하자 이번에는 반대로 속도를 늦추고 그대로 멈춰 주기를 바라는 것이었다. 그들의 사랑하는 마음에서 볼 때 잃어버린 세월인 그 여러 달 동안의 삶에 대하여 마음에 품고 있는 막연하면서도 격렬한 감정 때문에, 그들은 기쁨의 시간이 기다림의 시간보다 곱절은 더디게 흘러가야 한다는 일종의 보상을 막연하게나마 요구하게 되었던 것이다. 그리고 랑베르의 아내는 벌써 몇 주일 전부터 그 소식을 듣고 필요한 절차를 밟아 오늘 이 도시에 도착할 참이었는데, 그러한 입장의 랑베르처럼 방 안에서나 플랫폼에서 기다리고 있는 사람들도 똑같은 초조감과 똑같은 혼란에 빠져 있었다. 왜냐하면 페스트가 몇 달 동안이나 계속됨으로써 추상이 되어버렸던 사랑이나 애정이 한때 그것의 의지가 되어주었던 실제 육체적인 존재에 견주어지는 순간을 랑베르는 가슴을 떨며 기다리고 있었기 때문이다.

그는 페스트가 번지던 초기에, 단숨에 그 도시를 탈출해서 사랑하는 여인을 만나러 날아가고 싶었던 자기 자신으로 돌아가고 싶었으리라. 그러나 이젠 그것이 불가능하다는 것을 그도 알고 있었다. 그는 변했다. 페스트는 그의 마음속에 방심이라는 것을 불어넣어 주었던 것이다. 그는 전력을 다해 방심을 아주 없애 버리려고 했지만, 그것은 마치 막연한 불안과도 같이 그의 마음속에 계속 살아남았다. 어떤 의미에서는 페스트가 너무나 별안간에 끝난 것 같은 생각이 들어서 그는 평정심을 잃었다. 행복은 전속력으로 다가오고 있었고, 일들은 기대하고 있던 것보다 훨씬 빨리 진행되고 있었다. 랑베르는 모든 일이 삽시간에 복구될 것이고, 기쁨은 음미해볼 겨를도 없이 닥쳐온 불길 같은 것이라는 사실을 깨달았다.

게다가 모든 사람들은 정도의 차이는 있었지만 결국 랑베르와 마찬가지였으므로 그 모든 사람들에 대해서 이야기해야 한다. 제각기 각자의 개인생활을 다시 시작하고 있는 그 플랫폼에서도 그들은 여전히 자기들의 연대성을 느끼면서 서로 눈짓과 미소를 교환하는 것이었다. 그러나 기차의 연기를 보자마자, 그들 귀양살이의 감정은 정신을 차릴 수 없는 기쁨의 소나기에 휩싸여 갑자기 꺼져버렸다. 기차가 멈추자, 서로의 팔이 이제는 그 모습조차 아물아물해졌던 몸과 몸 위로 희색이 만면해서 탐욕스럽게 휘감기는 순간, 대개는 바로 같은 플랫폼에서 시작되었던 그 끝없는 이별은 같은 곳에서 순식간에 마지막을 고했다. 랑베르는 자기를 향해서 달려오는 그 모습을 미처 볼 겨를도 없었는데, 그녀는 벌써 그의 품안에 뛰어들어 있었다. 그래서 그녀를 품안에 가득 껴안은 채, 정다운 머리털밖에 보이지 않는 그 머리를 꼭 끌어당기고, 현재의 행복에서 오는 것인지 아니면 너무나 오랫동안 억눌러 참았던 고통에서 오는 것인지 알 수 없는 눈물을 줄줄 흘리면서, 그 눈물로 지금 자기의 어깨에 파묻혀 있는 그 얼굴이 과연 자기가 그렇게 꿈에도 잊지 못하던 얼굴인지, 아니면 전혀 알지 못하는 타인의 얼굴인지를 확인해 볼 수 없다는 데에 꽤나 안심하고 있었다. 좀 있으면 자기의 의심이 참된 것인지를 알게 될 것이다. 당장에는 그도 자기 주위의 사람들처럼, 페스트가 오든지 가든지 사람의 마음은 조금도 변할 것이 없다고 믿고 싶었다.

그들은 모두 서로를 꼭 껴안고 자기들 밖의 세계와는 전혀 관계가 없다는 듯이, 겉으로는 페스트에 승리한 듯한 얼굴로 모든 비참함도 잊은 듯이, 그리고 역시 같은 기차를 타고 왔지만 아무도 마중 나온 사람이 없는 것을 보고서야 그 오랫동안의 무소식이 그들 마음속에 빚어 놓았던 두려움을 현실로 확인해야만 하는 그런 사람들을 잊어버린 채 집으로 돌아갔다. 그 잊힌 사람들, 이제 동반자라고는 아주 생생한 고통밖에는 없게 된 사람도, 또 그 순간 사라져간 사람의 추억에 골몰하고 있는 사람도 사정이 전혀 달라서, 이별의 슬픔은 절정에 달했다. 이름도 없는 구덩이에 허망하게 묻혀버렸거나, 또는 잿더미 속에서 녹아 없어진 사람과 더불어 모든 기쁨을 잃어버린 어머니들, 배우자들, 애인들에게 페스트는 여전히 계속되고 있었다.

그러나 누가 그 같은 고독을 생각해주겠는가? 정오가 되자 태양은 아침부터 대기 속에서 싸우고 있던 차가운 바람을 이겨, 끊임없이 강렬한 햇빛의 물결을 온 거리에 쏟아붓고 있었다. 낮은 멈춰 있는 듯했다. 산 언덕 꼭대기에 있는 요새의 대포들은 움직이지 않는 하늘에 끊임없이 포성을 울리고 있었다. 도시 전체가 밖으로 쏟아져 나와서, 고통의 시간은 종말을 고했지만 망각의 시간은 아직 시작도 되지 않은 그 벅찬 순간을 축복하고 있었다.

사람들은 광장이란 광장에 모두 모여서 춤을 추고 있었다. 지체 없이 교통량은 현저하게 증가되어 수가 늘어난 자동차들은 사람들이 밀려든 거리거리를 간신히 통과하고 있었다. 시내의 모든 종들이 오후 내내 힘껏 울렸다. 그 소리는 푸르른 황금빛 하늘을 진동으로 가득 채워놓았다. 과연 교회들에게서는 감사 기도를 올리고 있었다. 동시에 오락장들은 터질 듯한 성황을 이루었으며, 카페들은 앞일 걱정은 하지 않은 채 마지막 남은 술을 다 털어내놓는 것이었다. 카운터 앞에는 한결같이 흥분한 사람들이 밀려들고 있었다. 그리고 그들 중에는 구경거리가 되는 것도 두려워하지 않고 부둥켜안고 있는 쌍쌍들도 있었다. 모두들 소리치거나 웃고 있었다. 그들은 저마다 자기 영혼의 불빛을 낮게 줄여놓고 살아 온 지난 몇 달 동안에 비축되었던 생명감을, 마치 그날이 자기들의 남은 날들의 기념일인 양 마음껏 즐기고 있었다. 이튿날이 되면 다시금 본래의 생활이 그 자체의 조심성과 더불어 시작될 것이었다. 그러나 그날 그 순간에는 근본이 다른 사람들끼리 서로 팔꿈치를 비벼대면서 친밀감을 느끼고 있었다. 죽음 앞에서도 사실상 실현되지 못했던 평등이 해방의 기쁨 속에서 적어도 몇 시간 동안은 실현되고 있었다.

그러나 그 진부하고 요란스러운 기쁨이 모든 것을 다 말해주는 것은 아니었으니, 저녁 무렵에 랑베르와 어깨를 나란히 하고 거리를 쏘다니던 사람들 중에는 흔히 마음속에 더 미묘한 행복감을 감춘 채 겉으로는 덤덤한 태도만 드러내 보이는 사람들도 있었다. 실제로 수많은 연인들과 수많은 가족들이 겉보기에는 그저 평화스러운 산책객으로만 보였다. 사실은, 그 대부분의 사람들이 자신들이 고통을 겪었던 이곳저곳을 찾아 미묘한 순례를 하고 있는 것이었다. 그것은 새로 온 사람들에게, 페스트의 뚜렷한 또는 숨어 있는 흔적, 그 역사의 발자취를 보여주기 위해서였다. 어떤 사람들은 안내자의 역할을 맡아서 많은 것을 목격한 사람, 페스트와 함께 지낸 사람의 역할을 하는 데 만족했고, 아무런 공포심도 일으키지 않은 채 위험에 대해 이야기를 하는 것이었다. 그러한 즐거움은 해로운 것은 아니었다. 그러나 어떤 사람들의 경우에는 그것은 더 소름이 끼치는 과정이어서, 어떤 애인은 추억의 달콤한 불안 속에 빠져서 함께 있는 여자에게 이렇게 말하는 것이었다.

"바로 여기였어. 그 당시 나는 당신을 그렇게도 원했었는데 당신은 없었지."

그 정념의 편력자들은 그때 자신들이 어떤 존재인지를 확실히 깨달을 수 있었다. 그들은 자신들이 한데 섞여 걷고 있는 그 소용돌이 한가운데서 속삭임과 속내 이야기의 작은 섬을 이루고 있었던 것이다. 네거리의 떠들썩한 오케스트라보다도 정말 해방을 알리는 것은 바로 그들이었다. 말도 없이 서로 꼭 껴안은 채 황홀한 얼굴로 걸어가는 그 쌍쌍의 남녀들이야말로 그 소용돌이 한가운데서 행복한 사람 특유의 의기양양함과 부당함을 감추지 못한 채 이제 페스트는 끝났다고, 공포가 지배했던 시기는 이미 지나갔다고 확인해주는 것이었다. 그들은 우리가 한때 경험했던 저 어처구니없는 세계, 사람을 죽이는 것이 파리 한 마리 죽이는 것마냥 일상다반사였던 세계, 저 뚜렷이 규정된 야만성, 저 계산된 광란, 현재가 아닌 모든 것 앞에서의 무시무시한 자유를 가져왔던 저 감금 상태, 제풀에 죽어 넘어지지 않는 모든 자를 아연실색하게 하던 저 죽음의 냄새, 이런 것들을 그들은 태연하게, 자명한 사실인데도 부정하고 있었다. 그리고 그들은 마침내, 매일 어떤 사람들은 화장터의 아궁이에 켜켜이 쌓여 이글거리는 연기가 되어서 증발해버리고, 나머지 사람들은 무력함과 공포의 쇠사슬에 묶여 자기 차례를 기다리고 있던 그 어리벙벙한 사람들이었다는 것을 부정하고 있었다.

하여간 그것이, 그날 오후가 다 지날 무렵 변두리 구역 쪽으로 가보려고 교회당의 종소리와 대포소리와 음악소리와 귀가 멍멍해질 정도의 아우성 속을 혼자 걸어가고 있던 리외의 눈에 띈 광경이었다. 그가 맡은 일은 아직도 계속되고 있었다. 환자에게는 휴가라는 것이 없으니 말이다. 도시 위로 내리쬐는 화창한 햇볕 속에, 불고기 냄새나 아니스 주(酒)의 냄새가 피어오르고 있었다. 그의 주위에서는 즐거운 얼굴들이 하늘을 우러러보고 있었다. 남자들과 여자들이 서로 불타는 듯이 화끈 달아오른 얼굴을 하고, 욕정의 모든 흥분과 긴장에 떨면서 부둥켜안고 있었다. 그렇다, 이제 페스트는 공포와 더불어 끝났으며, 그처럼 부둥켜안은 팔들은 사실상 페스트가 귀양살이와 이별의 동의어였음을 말해주는 것이었다.

리외는 처음으로 몇 달 동안 행인들의 얼굴에서 읽을 수 있었던 그 가족적 분위기에 이름을 붙일 수가 있었다. 이제 그는 주위를 둘러보는 것만으로 족했다. 비극과 곤궁을 겪으면서 페스트가 끝나갈 때 그 모든 사람들은 그들이 이미 오래전부터 맡아온 역할의 제복을 걸치게 된 것이었다. 처음에는 얼굴이, 그리고 지금은 복장이, 부재와 멀리 두고 온 고향을 다 말해주고 있는 망명객으로서의 역할 말이다. 그들은 페스트가 시문을 폐쇄시킨 그 순간부터 오직 이별 속에서만 살아왔으며, 모든 것을 잊게 해주는 인간적인 체온으로부터 차단된 채 지내왔던 것이다. 정도는 다르나마 도시의 구석구석에서, 그 남자들과 여자들은 사람마다 각기 그 성질은 다르지만 모든 사람에게 있어서 한결같이 불가능한 것인 어떤 결합을 열망하면서 지냈다. 대부분은 곁에 없는 사람을 향해서 뜨거운 체온과 애정을 달라고, 혹은 습관을 돌려달라고 온 힘으로 외치고 있었다. 어떤 사람들은 흔히 자기도 모르는 사이에 사람들과의 우정이 끊어진 상태에 살고 있음을, 편지라든지 기차라든지 배라든지 하는 어떤 수단을 통해서 남들과 어울릴 처지도 못 된다는 사실을 괴롭게 여기고 있었다. 보다 더 드문 경우지만 그 밖의 사람들, 가령 타루 같은 사람들은 뭐라고 뚜렷하게 정의 내릴 수는 없지만 그들에게 정말로 바람직한 것으로 보이는 그 어떤 것과의 결합을 간절히 바라고 있었다. 그리고 그것을 달리 부를 말을 찾지 못해, 그들은 그것을 때로 평화라고 부르기도 했다.

리외는 계속해서 걸어가고 있었다. 그가 앞으로 나아갈수록 군중의 수가 점점 많아지고 그들의 소란도 더 심해져서, 그가 가고자 하는 변두리 구역이 자꾸 그만큼씩 뒷걸음치는 것 같았다. 그도 차츰차츰 그 소란스러운 커다란 집단 속으로 융화되어감에 따라, 적어도 그들의 외치는 소리의 일부가 자기 자신의 고함소리인 양 더 잘 이해되었다. 그렇다, 모든 사람들이 육체적으로나 정신적으로나 하나같이 괴로운 휴가, 도리 없는 귀양살이, 결코 채울 길 없는 갈증으로 다 함께 고통을 당했던 것이다. 그 산더미처럼 쌓인 시체들, 구급차의 사이렌 소리, 운명이라고 불러 마땅한 예고, 공포에 떨면서 맴도는 집요한 제자리걸음, 그들의 마음속에 치밀어 오르던 무서운 반항, 이러한 모든 것들의 틈바구니에서도 하나의 거대한 기운이 결코 그치지 않은 채 누비고 다니면서 공포에 싸여 있는 사람들에게 경고하듯이, 그들의 진정한 조국을 다시 찾아야 한다고 말해주고 있었던 것이다. 그들 모두에게 있어서, 진정한 조국은 그 질식한 도시의 담 저 너머에 있었다. 그 조국은 언덕 위의 그 향기로운 우거진 숲 속에, 바다 속에, 자유로운 고장들과 따뜻한 사랑의 무게 속에 있었다. 그리고 그들은 바로 그 조국을 향해서, 그 행복을 향해서 돌아가고 있었으며, 그 나머지 것들에 대해서는 혐오감으로 등을 돌리고 싶었던 것이다.

그 귀양살이와 그 결합에 대한 욕구 속에 어떤 의미를 가질 수 있는가에 대하여 리외는 전혀 알지 못했다. 그는 여기저기서 말을 걸어오는 군중들 틈에서도 여전히 걸음을 옮겨가서 점차 덜 붐비는 거리로 나서면서, 그런 것들에 의미가 있다거나 없다거나 하는 것은 그다지 중요한 일이 못 되며, 차라리 사람들의 희망에 어떠한 대답을 얻게 되었는지에 대해서만 알아볼 필요가 있다는 생각을 하는 것이었다.

그는 앞으로 어떠한 대답이 나올는지 알고 있었으며, 거의 사람 그림자 하나 없는 변두리 구역의 초입에 들어설 무렵에는 더욱 뚜렷이 그것을 알 수 있었다. 자기 자신의 보잘것없음을 알고 있는지라 다만 자신들의 사랑의 보금자리로 돌아가기만을 바라고 있던 사람들은 때때로 그 보람을 찾았다. 물론 그중 자신을 기다리고 있던 사람을 빼앗기고서 여전히 고독하게 길거리를 쏘다니고 있는 자도 있었다. 그러나 어떤 사람들은 두 번 생이별을 당하지 않은 것만으로도 다행이라고 여겨야 될 형편이었다. 가령 그 질병이 퍼지기 전에는 자기네의 사랑을 이룩하지 못하다가, 원수 같았던 애인들 사이를 결코 끊을 수 없도록 맺어주는 어려운 화합을 벌써 몇 해를 두고 맹목적으로 추구해왔던 사람들도 있었으니 말이다. 그런 사람들은 리외 자신과 마찬가지로 경솔하게도 시간을 믿었던 것이다. 그러나 그들은 영원히 헤어져야 했다. 하지만 의사가 바로 그날 아침에 헤어지면서 "용기를 내시오. 지금이야말로 정신을 바짝 차려야 할 때지요"라고 말했던 랑베르, 그 랑베르 같은 사람들은 아주 잃어버렸다고 믿었던 사람을 망설임도 없이 다시 찾았던 것이다. 적어도 당분간은 행복하리라. 이제 그들은 인간이 언제나 욕구를 느끼며, 가끔씩 손에 넣을 수도 있는 것이 있다면 그것은 바로 인간에 대한 애정이라는 것을 알게 되었다.

이에 반해 인간을 초월하여, 자신도 상상조차 할 수 없는 그 무언가에 관심을 갖고 있던 사람들은 결국엔 어떤 대답도 얻지 못했다. 타루는 그가 말하던 이른바 마음의 평화라는 어려운 것에 도달한 듯싶었지만, 그러나 그는 그것을 죽음 속에서, 이미 그에게는 아무런 도움이 되지 않았을 때에서야 겨우 발견했던 것이다. 반대로 다른 사람들, 즉 집집의 문턱에서 희미해져 가는 햇볕을 받으며, 서로를 힘껏 껴안은 채 정신없이 마주 보고 있는 사람들이 그들의 바라던 바를 손에 넣을 수 있었다면, 그것은 그들이 자기 힘으로 얻을 수 있는 것만을 요구했기 때문이다. 리외는 그랑과 코타르가 사는 거리로 접어들면서, 적어도 가끔씩은 기쁨이라는 게 찾아와서 인간만으로, 인간의 가난하지만 동시에 엄청난 사랑만으로 만족을 느끼는 사람들에게 보람을 주는 것은 정당한 일이라고 생각하고 있었다.

이 연대기도 막바지에 이르렀다. 이제 베르나르 리외도 자기가 이 연대기의 서술자라는 것을 고백해야 할 때가 되었다. 그러나 이 연대기의 마지막 사건들을 서술하기 전에 그는 적어도 자기가 여기에 개입하게 된 까닭을 설명하고, 또 그가 객관적인 증인의 어조로 기록하고자 애썼음을 알리고자 한다. 페스트가 설치던 동안, 그는 직책상 우리 시민의 대부분을 만나봤고, 따라서 그들의 느낀 점을 수

집할 수 있는 처지에 놓였다. 그야말로 자기가 보고 들은 바를 보고하기에 적절한 자리에 있었던 것이다. 그러나 그는 되도록 그것을 신중한 태도로 전달하고자 했다. 전반적으로, 그는 어디까지나 자기 눈으로 볼 수 있었던 것 이상의 일들은 보고하지 않도록, 그리고 페스트 시절을 함께 겪어온 사람들이 마음에 품고 있지도 않았던 생각들을 억지로 만들어내 이야기하지 않도록, 우연히 혹은 불행한 인연으로 자기의 손에 오게 된 텍스트만을 인용하도록 노력했다.

어떤 범죄 사건의 증인으로 불려갔던 일이 있었을 때에도 그는 선의의 증인에 적합한 조심성 있는 태도를 지켰다. 그러면서도 동시에 정직한 마음의 규칙에 따라 그는 단호하게 희생자의 편을 들었고 그와 같은 시민들이 서로 공통되게 지니고 있는 유일한 확신, 바로 사랑과 고통과 귀양살이를 겪으려고 했다. 그처럼 시민들의 불안이라면 그 어떤 것도 그들과 함께 겪지 않은 것이라고는 없고, 어떤 상황도 동시에 그 자신의 상황이 아닌 것은 없었다.

그는 충실한 증인이 되기 위해서, 특히 조서, 자료, 그리고 소문 같은 것들을 보고해야 했다. 그러나 개인적으로 말하고 싶었던 것, 즉 자신의 기대라든지 자신의 시련이라든지 하는 것에는 잠자코 있어야만 했다. 혹 그런 것을 이용하는 일이 있었다 하더라도, 그것은 다만 우리 시민들을 이해하고 또 이해시켜보려는 의도에서 그랬던 것이고, 대개 그들이 막연하게 느끼기만 하던 것에 어떤 형태를 부여해보려는 의도에서 그랬던 것이었다. 사실 이러한 이성적 노력이 그에게는 전혀 힘들지 않았다. 수천 명의 페스트 환자의 목소리에 자기 자신의 고백도 직접 섞어 넣어보고 싶은 유혹을 느꼈을 때도 그는 자기의 괴로움 중 어느 것 하나도 다른 사람들의 괴로움 아닌 것이 없으며, 혼자서 고독하게 슬픔을 겪어야 하는 일이 너무나 잦은 세계에서 그 같은 사정은 오히려 다행이라는 생각에서 참았던 것이다. 확실히 그는 모든 사람들에 관한 이야기를 해야만 했다.

그러나 시민들 중 적어도 한 사람만은 의사 리외로서도 두둔할 수 없는 입장이었다. 그는 언젠가 타루가 리외에게 이렇게 말한 적이 있는 바로 그 사람이었다.

"그 사람의 유일하고도 진정한 죄악은 아이들이나 사람들을 죽이는 것에 대해서 마음속으로 시인했다는 점입니다. 그 외의 것은 나도 이해할 수 있어요. 그러니 이것만은 용서할 수가 없어요."

이 기록이 그 무지한 마음, 즉 고독한 마음을 가졌던 그 사람에 대한 이야기로 끝난다는 것은 마땅한 일이다.

축제 분위기로 요란한 큰 거리를 빠져나와서, 그랑과 코타르가 살고 있는 골목으로 들어섰을 때, 의사 리외는 마침 경관들이 쳐 놓은 바리케이드로 인해 발길을 멈출 수밖에 없었다. 전혀 예기치 못했던 일이었다. 요란한 축제의 소리가 멀리서 들려오는 까닭에 그 동네는 더욱 조용한 것 같았으므로, 아예 인기척도 없으리라고 상상했던 것이다. 그는 신분증을 내보였다.

"안 됩니다, 선생님." 경관이 말했다. "미쳐서 시민들에게 총질을 하고 있습니다. 하지만 잠깐만 여기에 계십시오. 도움이 될 지도 모르겠어요."

그때 리외는 그랑이 자기 쪽으로 오는 것을 보았다. 그랑 역시 아무것도 몰랐다. 사람들이 가지 못하게 해서 보니까, 자기 집에서 누가 총을 쏘더라는 것이었다. 멀리, 싸늘해진 태양의 마지막 광선을 받아 노랗게 빛나는 아파트 정면이 보였다. 그 주위에는 커다란 텅 빈 공간이 생겨 맞은편 보도에까지 뻗어 있었다. 그 길 한가운데에 모자 하나와 더러운 헝겊 조각이 뚜렷하게 보였다. 리외와 그랑은 아주 저 멀리, 길 건너에도 자기들을 막고 있는 선과 나란히 경찰의 바리케이드가 또 하나 쳐 있고 그 뒤로 동네 사람들이 빠른 걸음으로 오가는 것을 볼 수 있었다. 잘 보니까, 아파트 맞은편 건물의 문 안에 찰싹 달라붙어서 권총을 겨누고 있는 경관들도 보였다. 아파트의 덧창은 모두 닫혀 있었다. 그러나 3층의 덧창 하나가 반쯤 떨어져서 가까스로 매달려 있는 것을 알 수 있었다. 거리는 정적만이 감돌았다. 시내 중심가에서 음악소리가 단편적으로 들려올 뿐이었다.

한순간 그 집 맞은편의 어떤 건물에서 권총 소리가 두 번 울리더니 아까의 그 떨어질 듯 매달린 덧창에서 파편 몇 개가 튀었다. 그러고는 다시 잠잠해졌다. 멀리서 보고 있자니 한낮의 소란스러운 거리를 지나와서 맞닥뜨린 이 광경이 리외에게는 다소 비현실적으로 느껴졌다.

"코타르의 방 창문이에요." 갑자기 몹시 흥분해서 그랑이 말했다. "그런데 코타르는 달아났는데."

"왜 총을 쏘나요?" 리외가 경관에게 물었다.

"그를 붙잡아두고 시간을 벌려는 겁니다. 우리는 필요한 장비들을 싣고 오는 자동차를 기다리는 중이거든요. 저 건물 문으로 들어가려고만 하면 쏘아대니 말입니다. 경관 한 명이 총에 맞았습니다."

"저 사람은 왜 총을 쏘는 걸까요?"

"모르겠어요. 사람들이 거리에서 즐기고 있었어요. 처음 쏘았을 때는 사람들도 뭐가 뭔지 몰랐었죠. 두 번째 총성이 나고서야 아우성이 일어났고, 부상자가 생겼어요. 그래서 모두들 도망쳤죠. 미친놈이라니까요, 글쎄!"

다시 조용해지자 일분 일분이 지루하게 느껴졌다. 갑자기 거리의 저편에서 개 한 마리가, 리외로서는 정말로 오래간만에 보는 개 한 마리가 튀어나왔다. 더러운 스패니얼 종으로 아마도 그 동안 주인이 숨겨두었던 놈일 텐데, 그놈이 벽을 따라서 껑충껑충 뛰어오고 있었다. 개는 문 앞에까지 와서 망설이더니 엉덩이를 땅에 대고 앉아, 뒤로 벌렁 나자빠져 벼룩을 물어뜯는 것이었다. 경관들이 호루라기를 불며 개를 불렀다. 개는 고개를 들더니 천천히 길을 건너가서 모자의 냄새를 맡기 시작했다. 바로 그때 권총소리가 또 3층에서 울렸다. 그러자 개는 얇은 헝겊 조각처럼 뒤집혀 맹렬히 네 발을 휘젓다가 경련을 몇 번 길게 일으키더니 결국은 옆으로 쓰러졌다. 그에 맞은편 문에서 대여섯 발의 총성이 울리며 그 덧창을 산산조각으로 부수어놓았다. 다시 정적이 돌았다. 태양이 약간 기울어져서 그늘이 코타르의 창으로 가까워지고 있었다. 의사 뒤에서 브레이크 소리가 나직이 울렸다.

"왔군." 경관이 말했다.

경관들이 그들 등 뒤로부터 밧줄과 사다리 한 개, 기름먹인 천으로 싼 길쭉한 보따리 두 개를 가지고 나타났다. 그들은 그랑의 집 맞은편 건물들을 끼고 도는 골목으로 들어갔다. 잠시 뒤에 그 집들의 문 안에서 모종의 동요가 직접 보였다기보다는 느낌으로 짐작되었다. 그리고 사람들은 기다렸다. 개는 더 이상 움직이지 않고, 지금은 거무스름한 액체 속에 잠겨 있었다.

갑자기 경관들이 들어가 있던 집들의 창으로부터 기총소사가 시작되었다. 사격이 계속됨에 따라서, 목표물이던 그 덧창은 또다시 말 그대로 산산조각이 나고 그 뒤로 검은 표면이 남았지만, 리외와 그랑이 서 있는 곳에서는 그 속에서 아무 모습도 분간할 수가 없었다. 그 총성이 멎자, 또 다른 기관총 소리가 좀더 떨어진 집으로부터 다른 각도에서 따다다다하고 울렸다. 탄환이 아마 창의 어느 쪽을 뚫고 갔는지 그중 한 방에 벽돌 파편이 날았다. 바로 그때, 경관 세 명이 달음박질로 길을 건너가서 아파트 문으로 빨려들 듯이 들어갔다. 거의 동시에 또 다른 세 명이 급히 뛰어들어가자 기관총소리가 멎었다. 사람들은 다시 기다렸다. 두 발의 총소리가 건물 안에서 어렴풋이 울렸다. 이윽고 무슨 소란한 소리가 나더니, 집 안으로부터 셔츠 바람의 작달막한 남자가 연방 소리소리 지르면서 끌려나왔다기보다는 안겨서 나오는 것이 보였다. 기적이라도 일어난 듯 거리의 덧창들이 모두 열리고 창문마다 호기심에 찬 사람들이 잔뜩 내려다보았다. 한편 수많은 사람들이 집집마다에서 쏟아져 나와 바리케이드 앞으로 몰려들었다. 길 한복판에서 그제야 발을 땅에 붙이고 두 팔을 뒤로 비틀린 채 경관에게 잡혀 있는 그 작달막한 사나이가 잠깐 보였다. 그는 큰 소리로 외치고 있었다. 경관 하나가 유유히 그에게로 다가가서 침착하게 주먹으로 두 번 힘껏 후려쳤다.

"코타르로군요." 그랑이 중얼거렸다. "미쳤군요."

코타르는 쓰러졌다. 경관이 땅 위에 누워 있는 그 사내에게 힘껏 발길질을 했다. 그러자 사람들이 동요하기 시작하면서 의사와 그의 늙은 친구에게로 다가왔다.

"길을 비키시오!" 경관이 말했다.

리외는 그 사람들이 몰려가는 쪽으로 시선을 돌렸다.

그랑과 의사는 해가 저물어가는 황혼 속에서 자리를 떴다. 마치 그 사건이 잠자는 듯 마비 상태에 빠져 있던 그 동네를 흔들어 깨우거나 한 것처럼, 그 외진 거리에도 다시 들뜬 군중의 웅성거리는 소리가 넘쳐나고 있었다. 그랑은 집 앞에서 의사에게 작별 인사를 했다. 그는 일을 할 예정이었다. 그러나 막 집으로 올라가려다가 그는 리외에게, 자기는 잔에게 편지를 썼으며, 지금 아주 만족한다고 말했다. 그리고 예의 그 문장을 새로 쓰기 시작했다는 것이었다.

"전부 없앴죠. 형용사들은 전부 다요." 그가 말했다.

그리고 짓궂은 미소를 지으며 그는 모자를 벗어 들고 정중하게 고개를 숙였다. 그러나 리외는 코타르 생각을 하고 있었다. 코타르의 얼굴을 후려갈기던 소리가 그 천식환자 영감 집을 향해 가는 내내 그의 귀에 들려오는 것만 같았다. 아마도 죄인에 대해 생각하는 것이 죽은 사람에 대해 생각하는 것보다 더 괴로운 일인지도 모른다.

리외가 그의 늙은 환자의 집에 도착했을 때, 벌써 하늘은 깜깜해져 있었다. 방 안에서도 먼 곳에서 자유를 만끽하는 사람들의 떠들썩한 소리가 들려오고, 노인은 여전히 한결같은 기분으로 콩 옮겨 담는 일을 계속하고 있었다.

"들뜬 것도 당연하지." 노인이 말했다. "세상을 살아가려면 뭐든 필요하지요. 그런데 선생님의 친구분은 어떻게 되셨어요?"

폭발음이 몇 번 그들의 귀에까지 들려왔지만, 그것은 평화로운 소리였다. 아이들이 폭죽놀이를 하고 있는 것이었다.

"죽었습니다." 리외는 영감의 쿨럭거리는 가슴에 청진기를 대면서 그렇게 말했다.

"아!" 노인은 좀 기가 막히다는 듯이 중얼거렸다.

"페스트더군요." 리외가 덧붙였다.

"그랬군요." 얼마 지나지 않아 노인이 말했다. "가장 좋은 사람들이 가버리는군요. 그게 인생이죠. 하지만 그이는 자기가 뭘 원하는지 다 알고 있었죠."

"왜 그런 말씀을 하시지요?" 청진기를 집어넣으면서 리외가 말했다.

"그냥요. 그분은 그저 무의미한 말은 하지 않으셨어요. 어쨌든 나는 그분이 좋았어요. 그냥 그랬다 이겁니다. 다른 사람들은 '페스트예요. 페스트를 이겨냈다는군요' 하고 난리를 치죠. 좀더 봐주다간 훈장이라도 달라고 할 판이죠. 그러나 페스트가 뭐기에? 그게 바로 인생이에요. 그뿐이죠."

"찜질을 규칙적으로 해야 합니다.

"아! 염려 마세요. 나는 아직 시간이 있어요. 나는 다른 사람들이 다 죽는 것을 보고 죽을 거예요. 나는 살아남는 방법을 알고 있단 말입니다."

멀리서 기쁨의 외침소리가 그의 말에 대답하는 듯이 들려왔다. 리외는 방 한복판에 우뚝 섰다.

"테라스로 나가봐도 될까요?"

"왜 안 되겠어요. 거기 가서 그들을 좀 보시겠다는 거죠, 그렇죠? 좋을 대로 하세요. 하지만 그들은 늘 똑같아요."

리외는 계단 쪽으로 갔다.

"그런데 선생님, 페스트로 죽은 사람들을 위해서 기념비를 세운다는 게 정말인가요?"

"신문에 그렇게 났더군요. 돌기둥이나 동판 같은 것으로요."

"그럴 줄 알았다니까. 그리고 연설들을 하겠죠." 노인은 목이 비틀리는 소리로 웃어댔다. "여기 앉아서도 훤히 들리죠. '희생자 분들께서는⋯⋯', 그 다음에는 한턱 잡수시겠죠."

리외는 벌써 계단을 올라가고 있었다. 드넓고 싸늘한 하늘이 집들 위에 펼쳐지고, 언덕 기슭에는 별들이 부싯돌처럼 단단해져가고 있었다. 그가 타루와 더불어 페스트를 잊어보려고 그 테라스 위로 올라왔던 그날 밤과 별로 다를 게 없었다. 그러나 오늘은 파도소리가 그때보다 훨씬 요란스레 낭떠러지 아래에서 들렸다. 공기는 가을의 미지근한 바람이 날라오던 찝찔한 맛이 없어지고, 더욱 잔잔하고 가벼웠다. 그 동안에도 시내에서 들려오는 웅성거리는 소리가 파도소리를 내면서 여전히 테라스 밑에 와서 부딪쳤다. 그러나 그 밤은 해방의 밤이지 반항의 밤은 아니었다. 멀리서 어두우면서도 불그레한 빛이, 그곳에 불빛 찬란한 큰길과 광장이 있다는 것을 말해주고 있었다. 이제 해방된 밤 속에서 욕망은 아무런 구속을 받지 않게 되었다. 리외의 발 밑에까지 으르렁거리며 밀려오는 것은 바로 그 욕망의 소리였다.

어둠침침한 항구로부터 공식적인 축하의 첫 불꽃이 솟아올랐다. 온 도시는 길고 은은한 함성으로 그 불꽃들을 반기고 있었다. 코타르도 타루도, 리외가 사랑했으나 잃고 만 남자들과 여자들도, 죽은 자들도, 범죄자들도 모두 잊혀갔다. 노인이 말한 대로였다. 인간들은 언제나 똑같다. 그러나 그것이 그들의 힘이고 순진함이기도 하다. 그런 점에서 리외는 모든 슬픔을 넘어서 자신이 그들과 통한다는 것을 느낄 수 있었다. 더 힘차고 더 긴 함성이 테라스 밑에서 발밑에까지 밀려와 오래도록 메아리치는 가운데, 온갖 빛깔의 불꽃다발들이 점점 그 수를 더해가며 하늘 높이 솟아오르는 것을 바라보며 의사 리외는, 입 다물고 침묵하는 사람들의 무리에 속하지 않기 위하여, 페스트에 희생된 그 사람들에게 유리한 증언을 하기 위하여, 아니 적어도 그들에게 가해진 불의와 폭력에 대해 기억만이라도 남겨놓기 위하여, 그리고 재앙의 소용돌이 속에서 배운 것만이라도, 그러니까 인간에게는 경멸해야 할 것보다도 찬미해야 할 것이 더 많다는 사실만이라도 말해두기 위하여, 지금 여기서 끝맺으려고 하는 이야기를 글로 쓸 결심을 했다.

그래도 그는 이 연대기가 결정적인 승리의 기록일 수 없다는 것을 알고 있었다. 그것은 다만 공포와 그 공포가 가지고 있는 악착같은 무기에 대항하여 수행해나가야 했던 것, 그리고 성자가 될 수도 없고 재앙을 용납할 수도 없기에 그 대신 의사가 되겠다고 노력하는 모든 사람들이 그들의 개인적인 고통에도 불구하고 아직도 수행해나가야 할 것에 대한 증언에 지나지 않는 것이다.

사실, 시내에서 올라오는 환희의 외침소리에 귀를 기울이면서, 리외는 그러한 환희가 항상 위협을 받고 있다는 사실을 떠올리고 있었다. 왜냐하면 그는 그 기뻐하는 군중이 모르고 있는 사실, 즉 페스트균은 결코 죽거나 소멸하지 않으며, 그 균은 수십 년간 가구나 옷가지들 속에서 잠자고 있을 수 있고, 방이나 지하실이나 트렁크나 손수건이나 낡은 서류 같은 것들 속에서 꾸준히 살아남아 있다가 아마 언젠가는 인간들에게 불행과 교훈을 가져다주기 위해서 또다시 저 쥐들을 불러내 어느 행복한 도시로 그것들을 몰아넣어 거기서 죽게 할 날이 온다는 것을 알고 있었기 때문이다.

알베르 카뮈 연보

1913년   11월 7일 알제리의 몽도비 근처 생폴 농장에서 출생. 아버지
　뤼시앵 카뮈는 19세기 끝 무렵 알제리로 이주한 보르도 지방 출신
　으로 포도주 수출회사에 다니는 가난한 노동자였고, 어머니 카트
　린 생테스는 스페인 출신으로 귀가 잘 안 들리고 말수가 적었음.
　네 살 위인 형 뤼시앵이 있었음.

1914년(1세)   8월 제1차 세계대전 발발. 아버지는 알제리군에 징집되어
　마른 전투에서 전사. 어머니는 두 형제를 데리고 엄격한 외할머니
　와 장애가 있는 삼촌이 사는 알제리의 가난한 마을 벨쿠르의 방
　두 개짜리 아파트로 이주. 어른 셋은 모두 문맹이었음.

1918년(5세)   초등학교에 입학. 교사 루이 제르맹을 만나 남다른 총애
　를 받음. 제르맹은 수업이 끝난 뒤에도 카뮈를 지도해주었을 뿐
　아니라 카뮈의 어머니에게 카뮈를 상급학교로 진학시킬 것을 권
　유하고 장학금을 받을 수 있도록 힘씀.

1920년(7세)   국가의 보호를 받는 전쟁고아로 인정받음.

1924년(11세)   고등학교에 장학생으로 입학. 기숙사 생활을 하며 프랑
　스어와 라틴어를 중심으로 교직 과정을 밟음.

1928년(15세)   알제대학교 축구팀의 골키퍼로 활약.

1929년(17세) 삼촌 아코의 권유로 지드의 《지상의 양식》을 읽음.

1930년(17세) 고등학교 최상급반에 진급. 평생의 스승이자 친구가 되는, 소설가·철학가 장 그르니에를 만남. 그르니에의 추천으로 앙드레 드 리쇼의 소설 《고통》을 읽고 문학에 눈뜸.

1931년(18세) 1월 폐결핵으로 첫 발병. 의사의 권유로 삼촌 아코 집에서 생활하게 됨. 잡지 〈르 쉬드(Le Sud)〉에 'P. 카뮈'라는 필명으로 단편소설 《어느 사생아의 마지막 날》이 실림. 외할머니 죽음.

1932년(19세) 6월 대학입학자격 취득. 〈르 쉬드〉지에 짧은 평론 다섯 편을 발표. 학창시절 친구로 클로드 드 프레맹빌과 앙드레 벨라미슈를 사귐. 나중에 건축가가 된 미켈, 조각가가 된 베니스티, 작가이자 비평가가 된 막스 폴 푸셰 등과 교우.

1933년(20세) 1월 히틀러가 정권을 장악. 카뮈는 앙리 바르뷔스와 로맹 롤랑이 주도한 암스테르담—플레이엘 반파쇼 운동에 가입, 투쟁. 그르니에의 수필집 《섬》을 읽고 깊은 감명을 받아 작가를 꿈꾸게 됨. 실존 문제를 다루면서 강한 회의주의를 표명하는 《섬》은 뒷날 《안과 겉》, 《결혼》에 큰 영향을 미침. 10월, 알제대학교 문학부에 입학, 르네 푸아리에와 그르니에의 지도를 받음. 독서노트를 쓰기 시작. 이 무렵 발표한 단편은 초기 작품집 《직관》(1993년 갈리마르사 출판)에 실림.

1934년(21세) 6월 친구의 약혼자였던 시몬 이에와 결혼. 시몬은 마약중독증 치료 중이었음. 결혼을 반대한 삼촌 아코의 집을 나온 뒤로 온갖 일을 하며 생계를 이어감. 그르니에의 집을 자주 방문.

1935년(22세)　창작노트 《작가수첩》을 쓰기 시작함. 5월, 철학 문학사 취득. 여름에 폐병이 악화되어 해안가 마을 티파자에서 요양. 여고생들을 모아 가정교사를 함. 가을에 공산당 입당. 알제리에서 이슬람교도를 대상으로 선전활동을 함. 공산당 문화원 운동에 가담하여 그 일환으로 극단 '노동극장'을 창설함.

1936년(23세)　1월 미완의 소설 《행복한 죽음》(1971년 갈리마르사 출판)의 창작준비 시작. '노동극장'에서 마르코의 〈모멸의 시대(Le Temps du mépris)〉를 각색하여 상연. 3월, 2년 전 스페인 내란을 소재로 한 《아스튀리의 반란》이 상영금지 당함. 뒷날 샤를로출판사에서 출간됨. 이 무렵 가브리엘 오디지오와 샤를로를 중심으로 '참다운 풍요'를 기치로 한 지중해 문학이 젊은이들 사이에서 크게 유행. 5월, 프랑스 본국에 인민전선내각이 성립. 7월, 스페인 내전 발발. 카뮈는 비폭력, 반파시즘 사상에 강하게 매료됨. 플로티노스와 성 아우구스티누스를 통한 헬레니즘과 기독교의 관계를 주제로 한 철학 졸업논문 제출(제목은 〈기독교 형이상학과 신플라톤 철학〉). 논문 심사에 합격하여 고등교육수료증을 받음. 여름, 아내와 친구와 함께 중앙 유럽을 여행. 귀국 뒤 이혼을 결심. 가을, 여대생 장 시카르, 마르그리트 도브란 등과 함께 알제리의 어느 언덕에 집을 빌려 '세계를 꿈꾸는 집'이라고 명명하고 공동생활을 시작.

1937년(24세)　'라디오 알제리'에 1년 계약으로 취직하여 배우로서 전국을 돌며 공연함. 희곡 《칼리굴라》 착상. 2월, 문화원에서 신지중해 문화에 대해 강연. 5월, 친구가 경영하는 샤를로출판사에서 수

필집 《안과 겉》 3백 부를 출간. 이 출판사에서 이듬해 창간된 잡지 〈리바주(Rivages)〉의 편집위원이 됨. 건강상 이유로 대학교수자격시험을 단념. 여름, 앙드레 말로에 대한 평론 계획. 첫 파리 여행 중 건강이 악화되어 사부아 지방에서 요양. 9월, '세계를 꿈꾸는 집'의 여자친구들과 이탈리아 여행. 오랑 교외의 작은 마을 철학교사로 임명되나 타성과 침체를 우려하여 거절. 12월, 알제대학교 부속 기상학연구소에 취직. 이해 반프랑스 투쟁가 메사리 하지의 알제 인민당을 지지했다는 이유로 공산당에서 파면당함. 그러나 '노동극장'이 해체된 뒤 흡수된 '협력극장'에서 〈카라마조프의 형제들〉을 상연할 때 카뮈는 이반 역을 맡음.

1938년(25세)   6월, 프랑신 폴과 만나 결혼. 10월, 기상학연구소를 나와 파스칼 피아가 주도하는 일간지 〈알제 레퓌블리캥(Alger républicain)〉 창간에 참여, 기자로서 활약. 잡보 기사, 사설, 의회 기사, 문학에 이르기까지 여러 분야를 담당했으며, 특히 알제리의 정치문제를 낱낱이 파헤치기도 했음. 12월, 친구 프레맹빌과 '카르프 출판'을 공동경영. 가을 무렵에 《작가수첩》에 《이방인》의 도입 부분을 씀. 1939년(26세)   '협력극장'에서 싱(Synge)의 〈서부의 멋쟁이(The Playboy of the Western World)〉를 상연, 대성공을 거둠. 5월, 단편집 《결혼》을 샤를로출판사에서 펴냄. 9월, 제2차 세계대전 발발. 군대에 지원하지만 징병심사에서 불합격됨. 〈알제 레퓌블리캥〉지에 〈카빌리의 비극〉 등의 유명 기사가 속속 실려 커다란 반향을 일으킴. 10월, 정부의 탄압과 종이 부족으로 〈알제 레퓌블리캥〉이 폐간되어 석간지 〈수아르 레퓌블리캥(Le soir républicain)〉지에 합병.

1940년(27세) 1월, 당국의 검열 요구에 불복하여 〈수아르 레퓌블리캥〉 지 발간금지 처분. 2월, 재판소에서 이혼허가를 받음. 3월, 정부의 퇴거 권고를 받고 알제리를 떠나 파리로 이사. 피아의 소개로 대중일간지 〈파리 수아르(Paris–Soir)〉의 편집자로 입사하여 주로 사무만 봄. 5월, 《이방인》 탈고. 6월, 프랑스, 독일에 전면 항복. 〈파리 수아르〉 편집진과 함께 국내를 돌아다님. 9월, 《시시포스 신화》 전반부 집필. 12월, 리옹에서 프랑신과 재혼. 인원정리에 따라 신문사에서 해고당함.

1941년(28세) 1월 아내의 고향인 알제리 오랑으로 이사. 유대인 아이들이 많이 다니는 사립학교에서 교편을 잡음. 2월, 《시시포스 신화》 탈고. 《페스트》를 구상. 4월, 피아와 말로의 주선으로 파리에 있는 갈리마르사에 '부조리 3부작'인 《이방인》, 《시시포스 신화》, 《칼리굴라》의 원고를 보냄. 가끔 알제리를 방문하여 '협력극장'의 부활에 힘을 보탬.

1942년(29세) 봄, 각혈이 재발하여 오른쪽 폐가 상함. 샹봉 쉬르 리뇽의 오래된 농장에서 요양. 6월, 갈리마르사에서 《이방인》 출간. 커다란 반향을 일으킴. 8월, 프랑스 샹봉 부근 파늘리에의 외틀리 부인 집에서 요양. 11월, 연합군의 북아프리카 상륙작전으로 알제리의 가족과 연락이 끊김. 그동안 희곡 〈오해〉와 《페스트》를 동시 집필. 12월, 갈리마르사에서 《시시포스의 신화》 출간. 비평계 일각에서 카뮈를 절망의 철학자로 규정, 선전.

1943년(30세) 2월, 〈카이에 뒤 쉬드(Cahiers du sud)〉지에 사르트르의
'《이방인》 해설'과 그르니에의 짧은 평전이 실려 호평을 받음. 6월,
파리에서 사르트르의 〈파리〉 무대연습을 보러 갔다가 사르트르
와 만남. 이해 말로, 보부아르, 레리스, 쿠노 등 지식인 친구를 얻
음. 11월, 파리에 정착. 갈리마르사가 얻어준 방에서 원고심사 일
(플레야드 상 등)을 함.

1944년(31세) 피아의 뒤를 이어 레지스탕스의 지하출판물 〈콩바
(Combat)〉지 편집을 맡음. '전국작가위원회'의 비밀기관지 〈레 레트
르 프랑세즈(Les Lettres françaises)〉의 운영위원회에 가담함. 6월, 파
리 마튀랭 극장에서 〈오해〉를 상연. 시답지 않은 반응. 8월, 파리
해방. 일간지로 격상한 〈콩바〉의 편집장이 되어 독일 협력자의 숙
청을 주장. 10월, 기독교적 관용을 주장하는 프랑수아 모리아크와
이 문제로 논쟁을 벌임.

1945년(32세) 1월, 독일 협력자인 작가 로베르 브레지야크의 특사청원
서에 서명. 5월 8일, 종전. 알제리에서 앙드레 지드와 함께 이 소식
을 들음. 전후 알제리에서 폭동 발발. 전국을 돌아다니며 〈콩바〉지
에 폭동 상황 보고. 9월, 에베르트 극장에서 〈칼리쿨라〉 초연, 대
성공을 거둠. 쌍둥이 자녀 장과 카트린 출생. 《반항하는 인간》의
출발점이 되는 《반항론》 발표.

1946년(33세) 2월, 삼촌 아코 죽음. 3~6월, 외교부의 '문화교류기구'로
부터 파견을 받고 미국, 캐나다로 강연을 다님. 대학생들의 열렬
한 환영을 받음. 하버드에서는 연극에 관해서, 뉴욕에서는 문명의

위기에 관해서 강연. 《페스트》를 어렵게 탈고. 7월, 레지옹 도뇌르 훈장 수상. 10월, 사르트르, 말로, 아서 쾨슬러, 마네스 슈페르버 등과 정치문제 토론. 11월, 〈콩바〉지에 〈희생자도 없고 사형집행인도 없다〉(뒷날 갈리마르사의 간행물 《시사평론》에 수록) 게재. 이해 갈리마르사의 《희망》 총서를 감수, 시몬 베유 등의 작품을 발굴.

1947년(34세) 1월, 브리앙송에서 요양. 6월, 경영의 어려움과 피아와의 갈등으로 〈콩바〉에서 손을 뗌. 갈리마르사에서 《페스트》 출간, 베스트셀러가 됨. 수많은 비평가들이 카뮈를 덕망 있는 '무신론적 성자'로 찬양, 선전. 비평가상 수상. 8월, 그르니에와 브르타뉴를 여행. 처음으로 아버지의 무덤을 찾아감. 여름, 아비뇽에서 평생의 벗이 될 르네 샤르와 만남. 10월, 《반항하는 인간》 집필.

1948년(35세) 5월, '문화교류기구'로부터 파견을 받고 영국으로 강연을 떠남. 10월, 마리니에 극장에서 〈계엄령〉을 상연, 악평을 받음. 11월, 세계시민을 자칭하는 게리 데이비스를 지지.

1949년(36세) 3월, 〈칼리굴라〉의 공연을 계기로 런던을 방문. 사형선고를 받은 그리스 공산당원들을 위한 구명 호소. 6~8월, '문화교류기구'로부터 파견을 받고 남미로 강연을 떠났다가 건강이 악화되어 우울증에 걸려 자살충동에 빠짐. 10월, 각혈. 절대안정을 이유로 갈리마르사에서 1년간 병가를 받고 프랑스 남부 카브리에서 요양. 12월, 에베르트 극장에서 〈정의의 사람들〉 상연.

1950년(37세) 《시사평론》 제1권 간행. 이해 파리와 카브리를 오가며 지냄.

1951년(38세) 10월, 〈아르(Arts)〉지에서 앙드레 브르통과 논쟁. 《반항하는 인간》을 갈리마르사에서 간행. 11월, 수술을 받은 어머니를 병문안하러 알제리 티파자를 방문.

1952년(39세) 5월, 사르트르가 주관하는 잡지 〈레 탕 모데른(Les Temps Modernes)〉에서 프랑시스 장송이 《반항하는 인간》을 비판, 카뮈와 사르트르 간의 논쟁으로 발전. 사르트르와 결별하며 파리 문단에서 차츰 고립됨. 11월, 레카미에 극장 운영 신청. '스페인 공화국 친선모임'에서 연설. 프랑코 장군이 이끄는 스페인이 국가로 인정받자 유네스코에서 탈퇴. 12월, 티파자 재방문 뒤 사하라의 오아시스 마을 구아트와 가르다이아를 여행.

1953년(40세) 6월, 앙제 연극축제에서 연출가 마르셀 에랑이 병으로 못 나오자 그를 대신하여 번안극 〈십자가에의 예배〉와 〈정령〉을 상연, 성공을 거둠. 여러 실패를 겪으며 실의에 빠진 나날을 보내던 카뮈는 이를 계기로 연극에 대한 정열을 다시금 불태움. 여름, 아내, 쓰러져 레망 호수에서 요양. 10월, 도스토옙스키의 〈악령〉 각색을 구상. 11월, 파리에서 회고전 '알베르 카뮈의 기록'이 열림. '알제리 소설대상'의 선고위원으로 발탁. 이해 자전적 소설 《최초의 인간》을 구상.

1954년(41세) '알제리 소설대상'이 총독부의 후원을 받는다는 사실을 알고 위원직에서 사퇴. 아내의 건강악화가 겹쳐 집필 불능 상태가 됨. 10월, 네덜란드 여행. 11월, 원주민 무장 봉기에서 비롯된 알제리 전쟁 발발. 이탈리아 여행.

1955년(42세) 3월, 디노 부차티의 〈흥미 있는 경우〉 각색. 4월, 그리스
를 여행하며 〈계엄령〉의 야외 상연을 다시 구상하고 연극에 대해
강연. 아내 병세 호전. 6월, 자유주의 성향의 주간지 〈렉스프레스
(L'Express)〉에 집필 재개. 주로 알제리 문제를 다룸. 여름, 샤모니에
서 요양 뒤 이탈리아 여행. 9월, 윌리엄 포크너가 파리를 방문했을
때 〈어떤 수녀를 위한 진혼곡〉의 번역을 계약.

1956년(43세) 1월, 알제에서 휴전을 위한 강연집회를 열지만 현지 반
응은 냉담. 이후 알제리 문제에 침묵, 〈렉스프레스〉와도 연락을 끊
음. 5월, 갈리마르사에서 《전락》 출간. 9월, 마튀랭 극장에서 〈어
떤 수녀를 위한 진혼곡〉 상연, 호평을 받음. 《여름》의 속편으로 《축
제》 집필 구상.

1957년(44세) 3월, 부다페스트 봉기. 탄압 반대 모임에 참여. 갈리마
르사에서 단편집 《적지와 왕국》 출간. 6월, 앙제 연극 축제를 지휘,
번안극 〈올메도의 기사(騎士)〉, 〈칼리굴라〉 상연. 10월, 노벨문학상
수상. 프랑스인으로 아홉 번째이며 최연소. 12월, 스톡홀름에서 열
린 수상식에 참석하여 강연.

1958년(45세) 3월, 머리말을 덧붙인 《안과 겉》 개정판을 갈리마르사에
서 출간. 드골을 방문하여 알제리 문제를 의논. 6월, 드골 내각 성
립. 알제리 연대기인 《시사평론》 제3권 출간. 이 저서를 통하여 알
제리의 갈등과 해결책 강구를 위한 면밀한 분석의 필요성을 제창
했으나, 유명 신문들은 아무런 논평도 하지 않음. 건강 쇠약. 미셸
갈리마르의 가족과 그리스 여행. 9월, 그르니에의 고향인 프랑스

남부의 루르마랭에 주택 구입.

1959년(46세) 1월, 앙투안 극장에서 〈악령〉 상연. 시도는 좋았으나 실패로 끝남. 르네 샤르에게 편지를 보내 딸의 병과 자신의 우울증을 호소. 카뮈가 극본을 쓴 TV드라마 〈클로즈 업〉 제1회 방송. 5월부터는 주로 루르마랭에서 지냄. 여름 무렵부터 죽기 직전까지 《최초의 인간》을 집필. 12월, 그르니에에게 마지막 편지를 씀.

1960년(46세) 1월 2일, 파리로 돌아가는 가족들을 아비뇽 역까지 배웅함. 3일, 갈리마르 가족과 승용차에 동승하여 파리로 향함. 4일, 빌블르뱅 근교에서 큰길 옆 플라타너스를 들이받고 즉사. 6일, 루르마랭에 묻힘.

이혜윤(李惠允)

가톨릭대학교 불어불문학과 졸업. 이화여자대학교 일반대학원 불문과 석사과
정 수료. 옮긴책 보부아르《처녀시절》《여자 한창 때》스탕달《파르마 수도원》동
화일러스트판 도로테 드 몽프리드《이젠 나도 알아요》이자벨 주니오《이젠 나
도 느껴요》라 퐁텐《라 퐁텐 우화집》페로동화집《장화신은 고양이》등이 있다.

Albert Camus
LA PESTE
페스트
알베르 카뮈/이혜윤 옮김
1판 1쇄 발행/2020. 4. 1
발행인 고정일
발행처 동서문화사
창업 1956. 12. 12. 등록 16-3799
서울 중구 마른내로 144(쌍림동)
☎ 546-0331~6 Fax. 545-0331
www.dongsuhbook.com
잘못 만들어진 책은 바꾸어 드립니다.

＊

이 책의 출판권은 동서문화사가 소유합니다.
의장권 제호권 편집권은 저작권 법에 의해 보호를 받는 출판물이므로 무단전재와 무단복제를 금합니다

사업자등록번호 211-87-75330
ISBN 978-89-497-1748-7 03860